Hermann Ungar

Sämtliche Werke 3: Gedichte, Dramen, Feuilletons, Briefe

Herausgegeben von Dieter Sudhoff

Hermann Ungar
Sämtliche Werke in drei Bänden

Band 3
Gedichte, Dramen, Feuilletons, Briefe

Herausgegeben von Dieter Sudhoff

Hermann Ungar:
Sämtliche Werke 3: Gedichte, Dramen, Feuilletons, Briefe.

1. Auflage 2002 | 2. Auflage 2011
ISBN: 978-3-86815-527-3
© IGEL Verlag *Literatur & Wissenschaft*, Hamburg, 2011
Umschlagbild: Anton Räderscheidt: La Lettera (1923)
Alle Rechte vorbehalten.
www.igelverlag.com

Igel Verlag Literatur & Wissenschaft ist ein Imprint der Diplomica Verlag GmbH
Hermannstal 119 k, 22119 Hamburg
Printed in Germany

Die Deutsche Bibliothek verzeichnet diesen Titel in der Deutschen Nationalbibliografie.
Bibliografische Daten sind unter http://dnb.d-nb.de verfügbar.

Inhalt

Gedichte..........7
Heute haben unsere Lippen sich gefunden..........9
Ich sehe uns, wir schreiten in die Weite..........10
Ich habe viel verloren…..........11

Dramen..........13

Krieg
Drama aus der Zeit Napoleons in drei Akten..........15
Gewehre. Aus einem Schauspiel aus der Zeit Napoleons..........57
Der rote General. Schauspiel..........59
Szene aus dem Schauspiel „Podkamienski"..........106
Podkamienski. Aus einem Drama..........111
Notiz zum Schauspiel „Der rote General"..........120
Zum Schauspiel „Der rote General"..........121

Die Gartenlaube. Komödie in drei Akten..........123
[Bemerkungen des Autors zu dieser Komödie]..........127

Feuilletons..........189
Der Bettler. Zu einer Kritik..........191
Unsere Zukunft..........193
Aus einem Tagebuch..........200
Schanis Brief zum 40semestrigen Stiftungsfest..........204
Edelmark und die Folgen..........206
Johannes Haase: „Lux in tenebris lucet"..........209
Publikum und Gesellschaft..........211
Für Dich! Die Charell-Revue im Großen Schauspielhaus...214
Die Teresina..........216
Das Recht auf das Wort „Bockmist"..........220
Shaw und Jerome..........222

Molnar: Der gläserne Pantoffel 225
Was die Manuskripte des Dichters verraten
Ein Blick in die Werkstatt Thomas Manns 227
Warum es den französischen Dichtern besser geht
Offener Brief Hermann Ungars an den Verleger 241
Panait Istrati: „Kyra Kyralina" und „Onkel Angiel" 246
Die größte Gemeinheit Ihres Lebens... Eine Rundfrage! 248
Wie entsteht ein Roman? 249
Für Alfred Döblin 254
„Wallenstein" von mir 255
Zwischen den Werken. Tagebuch-Aufzeichnungen 259
Fragment 264
Moderne Dramatiker über sich selbst 266
Schreien Pferde wirklich? 267
Tomy hilft dichten
Vom „kint, das in den Ozejan gefaln is" 270
Der Tod macht Reklame 273

Briefe 277

Anhang 329
   Textnachweise und Erläuterungen 331
   Liste der Briefempfänger 387
   Nachwort 388
   Bibliographie 392
      I. Primärliteratur 392
      II. Sekundärliteratur 413
   Werkregister 471

Gedichte

Heute haben unsere Lippen sich gefunden

Heute haben unsere Lippen sich gefunden
Und in Dein Auge sank mein Blick
Was ich ersehnt in vielen bangen Stunden
Ich hielts im Arm, mein stolzes Glück.

Mein Mund wird stets nach dem Deinen dürsten
Oh Königin, er hat geküßt
Und hat in diesem Kuß die Jahre
Der Sehnsucht und des Leids gebüßt.

Ein Mal wird stets auf meinen Lippen brennen
Ein Mal so heiß und feuerrot
Und mag auch Deine Liebe sterben
Das Mal auf meinen Lippen loht.

Ich sehe uns, wir schreiten in die Weite

Ich sehe uns, wir schreiten in die Weite
Stolz über frischgepflügtes Land
Ich halte Deine Kinderhand
Ich diene nicht, ich gehe Dir zur Seite

Wir gehen in ewigem Liebeswerben
Wir gehen in Glück und kennen keine Zeit
In Deinem Schoße ruht Unsterblichkeit
Für die wir Beide freudig sterben

Ich habe viel verloren...

Ich habe viel verloren
auf meiner kurzen Fahrt.
Wo ist der Mensch geboren,
der mein in Sehnsucht harrt?

Ich ließ manch gute Ecke
von meinem guten Kleid
an Stacheldraht und Hecke.
O Lieber, bist du weit?

Dem bin ich abgefallen
und der fiel von mir ab.
Wer bist du unter Allen,
den ich ersehnet hab'?

Ich fühl' dich in der Ferne.
Du hast an mich gedacht!
Grüßt seinen Schlaf, ihr Sterne
und hütet seine Nacht!

Dramen

Krieg

Drama aus der Zeit Napoleons
in drei Akten

PERSONEN

Geist der Menschheit
Der alte Ballou, Gastwirt, 60 Jahre alt
Mutter Ballou, seine Frau
Christophe Ballou, Musketier, ihr Sohn
Julienne Ballou, ihre Tochter, etwa 24 Jahre alt
Armand, Hausbursche, 17 Jahre alt
François Cabalière, ein Theologe, 26 Jahre alt
Thirbaut, ein Veteran
Ein Offizier
George
Jaques Rollin
Charles Bitrou
Émile Cabard
Ein Gerichtskommissär
Ein Gefängnispriester
Ein Schreiber
Ein Gefängniswärter
Soldaten und Burschen

Handlungsort ist Paris

[PROLOG]

[GEIST DER MENSCHHEIT:]
  [...]
(Er richtet sich langsam auf; nachdenklich)
  Noch hat der Wind die Spuren, die sie traten, nicht verweht.
  Hier zogen sie. Hier trat einer, der vielleicht ein Knabe war,
  jungen Bart um den Mund, leuchtenden Auges,
  ahnungslos vorwärtsgepeitscht in seinen Tod.
  Hier liegt er nun, hier unter diesen.
  Bist Du's, Pierre oder Claude, bist Du's,
  aus Paris hierhergeweht oder aus einem Dorfe der Bretagne,
  aus der Provence, oder Strassbourg,
  aus der Werkstätte eines Meisters,
  aus dem Laden eines Kaufmanns,
  vom Hofe des Vaters? Hergetrieben mit einer Herde,
  um hier zu sterben? Warum, warum?
  Warum ward dieser Wahnsinn losgelassen,
  ward Fleisch, die ganze Welt zu erfassen?
  Sprang er gegürtet aus Deinem Haupt,
  o Herr? – Sie haben an Dich geglaubt.
  In ihrer Augen letztem Licht
  bebten sie betend: noch nicht, noch nicht! –
  Und starben. – Ist es Dein Spruch,
  daß jeder sterbe, wozu den Fluch,
  hingerafft von Brüdern zu sein,
  warum dies Sterben in ganzen Reihn?
  Wo ward dies wilde Rasen wach?
  Sie schwiegen und gingen. Sie glaubten sich schwach.
  Die einst wie Blut so Licht durchflossen,
  sind so nutzlos in Nacht gestoßen.
(Er schweigt)
  Ich, der ich mit Prometheus war,
  da er den heiligen, segnenden Brand,
  schwingend, die Fackel!, aus Wäldern sprang
  und bei den Brüdern im Tale stand,

der ich durch alle tausend Jahr
erdgeboren und ewig war,
mit bei Leiden, schmerzreichem Drang,
der sich aus Seelen zu Göttern schwang,
mit in Kämpfen, in Schlachten, Not,
mit in Arbeit, Geburt und Tod,
der ich erblitzte aus leuchtenden Blicken,
mit im Hasse harter Fabriken,
Mutter Erde: noch war ich stumm.
Nun aber frag ich: warum, warum?
Reiße dies Wort nun los vom Mund
und weh's um die Erde im Rund, im Rund.
Wohl sah ich Satte an Tischen prassen,
indes im Dunkel finstrer Gassen
Hunger, Hunger Brüder zerbricht,
doch die Satten sahen es nicht;
warf bloß leuchtende Funken von meiner Glut
den Müden wirbelnd ins träge Blut.
Nun aber übers weite Land
schwing ich die Fackel, werf ich den Brand.
(rufend)
Die Männer tot, die Knaben erschlagen. –
Aufstehn muß man: um anzuklagen!
(beschwörend)
Auf, auf aus Abgründen verworrene Stimmen!
Aus Abgründen Takte kommender Musik,
aufquellend aus dem Wirbel von Hämmern,
aus rauschendem Blut; erzglühende Platten,
gebogen in rasendem Feuer, zischend aus Gründen,
uferlos, endlos. Auf, auf aus den Tiefen,
daß aller Augen sehen und aller Ohren
hören den schwellenden siegenden Klang
hinfegend durch Welten. Gebunden seid!
Nicht mehr zerrissen verströmend in eigenem Leid.
Auf, auf aus Abgründen, Stimmen der Getretenen! –
Was ist ein Bild? – Man sah's. Vor schießende Soldaten

hielten schon hungernde Mütter hungernde Kinder. Haltet so,
Ihr, Eure Stimmen vor Euch zum Schrei!
Tritte und Schritte von Millionen dringen von weitem
wie dumpfer Trommel Schlag. Aus Tiefen
murmelt, gebändigt noch, wilder Gesang
aus zechender Menschheit. Gemarterte, haltet das Kreuz
vor Euch in Eueren blutenden Händen.
Mit Euch bin ich und ich will mit Euch vollenden.
Auf, auf aus Abgründen, nicht mehr losgerissen
einzelner Los. Nicht *eine* Mutter, die in Wehen stirbt,
nicht *einer* Knecht! Es brech entzwei so Form und Hülle!
Ungeteilt entström der ewigen Liebe letzter Schrei!
Vor Ewigkeit will ich den Vorhang wanken sehn,
da Deine Stimme, getötetes Geschlecht, Unendlichkeit füllend
wach wird, gemartert, gekreuzigt, Fesseln sprengt,
Du *mein* Geschlecht!, aus Tiefen sich zu Licht,
                      zu Lichte drängt.
(Er wendet sich mit ausgebreiteten Armen)
O Erde, Erde, darum trugst Du sie,
gabst Nahrung, daß ihr Blut, gemordet, fließe in den Schnee?
Strahltest Du darum, Sonne, ihnen Freude ins leidvolle Herz,
daß es breche in seiner Kraft um fremden Willen?
Was Hunger, Leid, Schmerz, da Tod Heerschau hält
in allen Gefilden der Länder, lost und zeichnet?
Ein Dämon rast durch die Welt,
blutschnaubend auf schäumendem Tier!
Und tötet. – Ist das: letztes Gericht und die Zeit nun erfüllt?
Nein! denn noch fühl ich und seh ich suchend und wandernd
den glühenden Funken aus meiner Brust
aufleuchten in ihr, den Gott, den Gott,
fühl ich gesenket noch immer, noch immer in sie!
O, Erde, Erde, Einsamkeit
und Tod. O Erde, woher wuchs dies Leid?
Ins Angesicht blick ich Dir, wandelnd auf Dir,
o Du, bedeckt mit Körpern, die Leben waren!
Willst Du nicht zittern, erbeben, Erde, wie ich

zerrissen von diesem unsäglichen Schmerz?
(Im Hintergrunde geht ein Trupp Soldaten, gebückt unter der Last der Tornister, über die Bühne. Aus der Ferne Geschützdonner)
Wieder ziehen sie hin. Dort, Schritt setzend vor Schritt,
nicht wissend und doch von innerst von Grauen
verhalten und angezogen von geheimer Macht,
die sie, unfaßbar, ins Verderben zieht.
Männer, Männer, wie wird in wen'gen Stunden
rot sein auch von Eurem Blut Gewand und Erde!
Hört Ihr, hört Ihr die Schlacht rasen im Fernen?
Zögernd geht Ihr und doch: Ihr geht, Ihr geht.
Wer ist es, stark genug, Euch das zu nehmen,
das alles ist, das Leben, das Leben?
Vorstürmend, Wahnsinn in Augen, um Mund,
singend rasendes Lied, übertönend das Grauen
wie diese, sterbt Ihr, Ihr Brüder, wie diese!
(Er reckt die Hände zum Himmel)
Götter, Götter! In den Gewittern der Schöpfung
war es der Haß, der Welten gebar?
Ein Rauschen war, wie in dunklen Hainen,
da Ihr teiltet in Einem strömendes All.
Aus gleichem Sein ward Form wie Form.
Vergaßen sie? daß sie hinziehen, dort, dort,
zu töten und sterben solchen Tod.
Wo blieb das Ahnen von geborner Welt?
Vergaßen sie? Ward stumm ihr Herz?
Ist keiner, der aufweckt aus schrecklichem Traum?
hintretend, ergieße, von solchem Schmerz
überquellend, das liebende Herz,
ergieße, daß sie in anderen schwelle,
die eigene überströmende Seele,
ausbreitend die Arme zu Liebe wieder
hintrete und spreche: Ihr Brüder!
Ist keiner... keiner... nicht einer...
(Er schluchzt)
(Es dunkelt)

(Er richtet sich auf. Mit harter, metallischer Stimme)
  Erde! So will ich wach sein in einem, aus ihm zu sagen.
  So will ich das Wort durch die Länder tragen,
  in einem von diesen, aus ihm zu tönen,
  ich will Gestalt sein, um zu versöhnen.
  Sein Schicksal will ich ihn tragen lassen
  schwer und groß. Aus gewaltigem Hassen,
  aus Marter, Kreuz und Tod
  wächst wieder die Liebe in neuem Morgenrot.
  Und aus ihm, der gottverwandt in solcher Last zerbricht,
  steigt strahlend neuer Zeiten leuchtend Licht.
(Er schweigt, dann wie aus Träumen erwachend)
  Wieder ist um mich wie an Schöpfungstagen befreiende Kühle.
  Letzten Wissens drückende Gewitterschwüle,
  gelöst durch den Blitz gesegneter Tat.
  Aufstehn wird Schöpfung, aufblühn wird Saat!
  Stunde der Ewigkeit, nun sprech ich: Werde!
  Und aus Unendlichem hör ich schon
  Chöre von *Brüdern* ums Rund der Erde.
  Und aus Unendlichem hör ich schon,
  frohlockend in gottgeborenem Triebe,
  Gesang der Liebe.
(Er wendet sich und breitet die Arme gleichsam zum Gebete)
  Erde, nun umrauscht uns Nacht.
  Die Du auch mich zu Leben gebracht,
  Erde, Erde gib Dich nun kund,
  sprich, o Erde, bin ich Dein Mund?
(Man hört schmerzlich, wie ihn auch hätte ein Sterbender ausstoßen können, aus der unermeßlichen Weite den Schrei:)
  Mutter...!
(Der Geist der Menschheit sinkt in die Knie. Er schlägt sein Gesicht in die Hände)

(Vorhang)

ERSTER AKT

Nachmittag. Im Gasthaus Ballou in Paris. Rechts ein Buffet mit Flaschen, Tellern, Schalen, Gläsern. Dahinter eine Kredenz. An den Wänden Bänke, Tische. Die Türe im Hintergrund führt auf die Straße, die rechts in die Küche und die links in das Wohnzimmer der Ballous.
An der Wand rechts befindet sich ein billiges Bild, darstellend die Kaiserkrönung Napoleons.
Der Erker in der rechten Ecke enthält einen Tisch und eine runde Bank. Eine Stufe führt zu ihm hinauf.
Julienne Ballou (etwa 24 Jahre alt), der alte Ballou (60jährig), der Hausbursche Armand (17jährig) stehen im Erker, dessen Fenster sie geöffnet haben. Sie winken und rufen auf die Straße, von der man freudiges Geschrei und die gleichmäßigen Schritte vorbeimarschierender Soldaten hört.
François Cabalière, ein junger Theologe (26jährig), lehnt mit verschränkten Armen links am Ofen. Mutter Ballou am Buffet, hat den Kopf in die Hände gestützt.

ARMAND *(vom Fenster)*: Die neu Ausgehobenen. Mutter Ballou, die Rekruten! Hoch! Hoch! Sieg! – Wie sie marschieren, Mutter Ballou! Kommt nur, geschwind!

DER ALTE BALLOU: Die Alten haben ruhigeren Schritt. Seht dort! Die haben schon gesiegt. Fast alle das Kreuz!

ARMAND: Und die werden siegen. Dragoner! Hurra! Wie das glänzt! Heil, Sieg!

(Sie rufen)

FRANÇOIS: Ihr seid stumm, Mutter Ballou?

MUTTER BALLOU: Wie könnte ich anders?

FRANÇOIS: Ihr denkt an Euren Sohn.

MUTTER BALLOU *(schweigt)*.

FRANÇOIS: So ist auch er vorbeigezogen. Ja, ja, Mutter Ballou. Auch er jubelte. Ob er jetzt noch jubelt?

MUTTER BALLOU: Nun ist es zwei Monate her seit seinem letzten Brief.

(Draußen ist der Jubel immer stärker geworden, angeschwollen)

ARMAND: Der Kaiser!
(Ohrenbetäubender Lärm der Straße. Ballou, Julienne, Armand beugen sich aus dem Fenster. Mutter Ballou und François stehen aufrecht auf ihrem Platz. Der Jubel entfernt sich. Es wird stiller auf der Straße)
ARMAND: Einen Schimmel ritt der Kaiser. Habt Ihr ihn gesehn, Mutter Ballou, den Kaiser?
JULIENNE: Er hat mit dem Kopf genickt nach allen Seiten.
DER ALTE BALLOU: Aber gelächelt hat er nicht. – Der König lächelte, wenn er dankte.
MUTTER BALLOU: Soll er lachen? Es ist doch Krieg!
ARMAND: Noch heute, sagen sie, geht er ins Quartier der Armee nach Deutschland.
(Thirbaut, ein Veteran aus den italienischen Kriegen mit einem steifen Bein, und einige Soldaten treten ein)
THIRBAUT: Daß Ihr nicht mit wart! Nein, nie werde ich das vergessen! Er hat gesprochen! Wie damals, als wir im Lombardschen waren vor dem Tag von Lodi.
ERSTER SOLDAT: Wein, Jungfer Ballou, Wein!
(Sie setzen sich nach links)
DER ALTE BALLOU: Er hat gesprochen?
THIRBAUT *(stellt sich in Positur)*: Soldaten Frankreichs! Alte und Junge! Das Vaterland blickt auf Euch. Ihr werdet nicht vergessen an Marengo und Austerlitz. An Jena und Auerstädt. Ihr werdet nicht vergessen, daß Frankreich Eure Mutter ist. Ich werde mit Euch sein. Wir werden siegen, Soldaten!
EIN SOLDAT: So sagte er, ja; wir werden siegen, sagte er.
FRANÇOIS: Und die Soldaten?
THIRBAUT: Was soll's mit ihnen?
FRANÇOIS: Was die Soldaten sagten? Ob sie ihn nichts fragten?
THIRBAUT: Die Soldaten? Ihn fragten, Abbé?
FRANÇOIS: Gewiß. Die geht's doch an, das Siegen.
JULIENNE: Er meint, was dann geschah, nachdem der Kaiser gesprochen.
THIRBAUT: Jubel brach los, Jubel, ungeheurer Jubel. Die Marschälle jubelten, die Offiziere, die Grenadiere, die Dragoner, die

Leute, alle jubelten, daß man gedacht hätte, der Himmel müsse einstürzen über dem Feld.

DER ALTE BALLOU: Wißt Ihr, Thirbaut, der König, ich meine der Bourbon, hat nicht gesprochen. Er sah einen bloß an, einen nach dem andern, so sanft, fast fremd.

THIRBAUT: Geht doch schon zum Teufel mit Eurem Bourbon, Vater Ballou.

DER ALTE BALLOU: Nun, ich meinte nur so. Nur des Vergleiches halber. Ich meinte nur so.

MUTTER BALLOU: Und was geschieht nun, Thirbaut?

THIRBAUT: Nun fährt er in die Tuilerien. Heute ist große Tafel angesagt.

FRANÇOIS: Mit den Soldaten, meint Mutter Ballou, Thirbaut, was mit denen geschieht.

THIRBAUT: Mit den Soldaten? Was sollte da geschehen? Es heißt, daß sie noch nachts marschieren. Sagte man nicht so, Gaspard?

1. SOLDAT: Man sagt, daß wir noch heute gehen. Bring doch neuen Wein, Jungfer. Vater Thirbaut soll uns Bescheid tun.

2. SOLDAT: Der wird sich nicht bitten lassen, der alte Kugelfang. Soll die Jungfer doch mittun.

3. SOLDAT *(zu Ballou)*: Und Ihr! Wart Ihr Soldat?

DER ALTE BALLOU: Ich diente dem König.

2. SOLDAT: Ob Ihr Soldat wart, fragt er. Ja? Dann zecht mit uns.

THIRBAUT: Und Ihr, Abbé, steht nicht dort, als hätte Euch jemand was angetan. Weiß Gott, jetzt ist die Zeit nicht, ein böses Gesicht zu machen.

FRANÇOIS: Ich habe keinen Grund zu jubeln.

THIRBAUT: Keinen Grund! Ein Heer, größer als es je gesehen wurde, dient Frankreichs Ruhm. In die fernsten Winkel der Erde trägt es den Namen Frankreich. Ein Unbesiegbarer führt es. Ist das kein Grund zu jubeln?

FRANÇOIS: Ich bin ein Diener des Friedens. Ich sehe die Trauer des Krieges, nicht seine Freuden. Hör ich Euch und seh ich Euch, Thirbaut: ich kann mein Auge nicht von Eurem steifen Bein wenden. Alles versinkt, was Ihr sagt. Immer seh ich nur das steife Bein, Thirbauts steifes Bein.

1. SOLDAT: Er soll erzählen, der Alte. Von seinem steifen Bein soll er erzählen.
2. SOLDAT: Los, Alter. Erzähl von Deinem steifen Bein.
THIRBAUT: Wie's kam? *(Er trinkt)* Als wir bei Lodi die Brücke nehmen wollten, auf der der Feind Kanonen aufgefahren hatte, geschah's. Unsere Burschen liefen an die zehnmal, holten sich blutige Köpfe. Da kam der Kaiser: Grenadiere, sagte er, mir nach! Wir sterben oder siegen: miteinander. Und lief vor uns her im Sturm. Ich war Flügelmann im zweiten Glied. Wir nehmen Brücke und Kanonen; wir setzen den Fliehenden nach. Und ich mach kaum drei Schritte, spür einen Stich im Knie und fall zu Boden. Nun sterbe ich, denke ich. Und liege. Liege zwei Stunden, mögen drei gewesen sein, kommt der Kaiser zu Pferd. Einer von den Braven meiner Garde, sagt er. Man verbinde ihn! Ich, im Dreck, blutbedeckt, stütz mich auf die Arme und rufe: Es lebe der Kaiser. Er aber ritt schon weiter.
SOLDATEN: Es lebe der Kaiser! *(Sie trinken)*
1. SOLDAT: Hat Euch gleich erkannt, der Kaiser?
THIRBAUT: Wie denn nicht? –Hat oft genug mir zugewinkt, wenn wir in den Kampf zogen oder zurückkehrten. Der merkt sich, wen er einmal gesehn.
JULIENNE: Die Mutter weint.
THIRBAUT: Heult nicht, Mutter Ballou. – *(zu den Soldaten)* Hat einen Sohn bei der Armee, die Alte. – Wird schon noch wiederkommen, der Junge. Seht Eure Tochter an, hat den Bräutigam da draußen und weint nicht. – Trinken wir auf den Ruhm Frankreichs! *(Sie trinken; der alte Ballou zündet Lichter an)*
ARMAND *(kommt durch die Türe in der Mitte, atemlos, freudig)*: Draußen lagern sie. Auf dem Feld vor dem Haus. Mögen zwei Kompagnien sein! Kommt, Thirbaut, kommt. Sie zünden Lagerfeuer an. Kommt!
THIRBAUT *(steht auf)*: Lagern hier auf dem Feld? Da wollen wir doch wirklich... Lebt wohl, Mutter Ballou. *(ab)*
SOLDATEN *(legen Geld auf den Tisch)*: Lebt wohl!
Ballou, Mutter Ballou, Julienne, François.

(Pause)

DER ALTE BALLOU *(dehnt sich)*: Na, Mutter, wir könnten wohl Schluß machen, heute?
MUTTER BALLOU: Gut, Ballou; ich besorg es schon. Und Julienne sieht drin nach dem Rechten.
DER ALTE BALLOU: Also denn: Gute Nacht, François. Gute Nacht, Mutter. *(ab mit Julienne durch die Türe rechts)*
MUTTER BALLOU *(setzt sich an einen Tisch. Sie stützt den Kopf in die Hände)*.
FRANÇOIS *(tritt zu ihr hin, setzt sich)*.
FRANÇOIS *(blickt sie lange an, dann leise, zögernd)*: Könnt Ihr nicht Trost im Glauben finden?
MUTTER BALLOU: Im Glauben?... Soll ich glauben, daß Gott mein, gerade mein Kind ausersehen hat, es zu schützen? Warum, François, warum gerade meins und tausend anderer Mütter Söhne nicht? Da müßt ich glauben, daß ich besser sei als alle die anderen Mütter. Und, daß Gott mich auserwählt habe zu seiner Gnade. Kann ich das glauben, François? – *(leise, nach einer Pause)* Ich kann nicht mehr beten.
FRANÇOIS: Daß Gott *ihn* auserwählt habe zu leben, könnt Ihr nicht glauben? Christophe ist jung. Er ist reich gesegnet mit einem Herzen voll Liebe und Güte. Wer gab ihm dieses Herz, Mutter? – Gott. Er ist voll Drang zu Taten, guten Taten, voll Wissensgier, voll Hoffnung auf Erfüllung ist seine Seele. Wer gab ihm diese Hoffnung? – Gott. Wäre es möglich, Mutter, daß ihm Gott dies alles gab, um es zu Grunde gehen zu lassen durch ein lebloses Geschoß, erfrieren zu lassen im Schnee Polens? Denkt Ihr nicht auch, daß Gott wie ein Werkmann ist, der das Werk, das er mit seinem Geist erfüllt, nicht selbst zerstört? Nicht zerstört, Mutter, der es beschützt, behütet!
MUTTER BALLOU: Da stirbt... der und der. Sind die nicht auch des Werkmanns Werk? Auch jung, auch gut, auch voll Hoffnung? Ist er denn besser als alle, als alle? – François, warum hat er es soweit kommen lassen, wenn er sein Werk beschützt? Warum läßt er [zu], daß sein Werk getötet werde, da es nun sein Werk ist, das gute, wie das schlechte? Warum, François? Mir ist, als

hätten die bösen Geister ihm das Szepter aus der Hand gerungen.
FRANÇOIS *(schweigt)*.
MUTTER BALLOU: François, ich habe einen Sohn geboren. Und nun, nun? Man entriß ihn mir. Man führte ihn weg! Sie schmückten ihn wie zum Opfer. Trompeten bliesen und Trommeln schlugen, so laut, so laut. Daß man das Herz nicht höre, mein Herz. Wohl darum. Und jetzt geht er durch die fremden Länder in seinen Tod. Jetzt, jetzt vielleicht stirbt er, François, stirbt er, getroffen, mein Kind. – Warum habe ich ihn gegeben? Ich hätte ihn nicht geben sollen. Keine Mutter hätte den Sohn geben sollen, sie hätten sich alle mit ihren Leibern stellen sollen vor ihr Kind. – O Gott, o Gott, warum haben wir es nicht getan? – Vielleicht, weil wir damals noch dachten, daß auch dies *sein* Wille sei. Daß er auch da lenke. Jetzt aber, François, glaube ich, daß das Böse stärker ist als er. *(Pause)* Lästere ich, François?
FRANÇOIS: Ich bin nicht Richter über Euch. Ich bin Priester, Mutter Ballou. Und dann: bin ich nicht wie Euer Kind? Lieb ich Euch nicht, wie ein Kind seine Mutter? Kann ich Euch richten? – Ich steh vor Euch und mühe mich, ein Wort des Trostes zu finden. Und sehe, daß ich, der ich mich gesandt fühle, zu trösten, der, die mir am nächsten ist, kein Wort des Trostes sagen kann! Hat der Herr seine Hand von mir genommen und mich stumm gemacht? Warum, Mutter, kann ich Euch nicht sagen, daß auch dies sein Werk sei; daß Eures Sohnes Geschick in seiner Hand ruhe? O, Herr, fühl ich mich denn nicht geschwellt vom Glauben an Dich, hingegeben Deinem Sein, das mich froh machte und frei? – *(Pause)* Mutter Ballou, mein Glaube ist wohl auch nicht stark genug, mein Glaube, um den ich gerungen habe. Denn auch ich, Mutter Ballou, auch ich verzweifle. *(Er tritt zum Erker und blickt stumm auf die Straße. Mutter Ballou hat sich erhoben: sie macht das Zimmer zurecht. Stellt Flaschen und Gläser aufs Buffet. Sperrt die Läden. Von der Straße hört man Gelächter und Geschrei)*
MUTTER BALLOU: Was ist das?
FRANÇOIS: Thirbaut tanzt mit seinem lahmen Bein.

MUTTER BALLOU: Er ist wohl wieder betrunken.
FRANÇOIS: Und die Burschen jubeln ihm zu. Sie heben ihn auf die Schultern. Gewiß erzählt er von seinen Schlachten.
MUTTER BALLOU: Das ist ein großer Tag für Thirbaut, heute.
FRANÇOIS: Die Burschen sind alle betrunken. Sie wanken, daß man fürchtet, sie fallen ins Feuer.
(Mutter Ballou schließt die Fensterläden)
MUTTER BALLOU: Die armen Jungen. Sie wissen noch nicht...
(Pause)
FRANÇOIS: Nun, gute Nacht, Mutter; hoffentlich läßt Euch der Lärm da draußen schlafen.
MUTTER BALLOU: Leb wohl, François.
(François ab)
(Mutter Ballou schließt die Türe hinter ihm. Sie legt eine Stange vor)
JULIENNE *(tritt von rechts ein)*: François ist gegangen?
MUTTER BALLOU: Eben. – Lösch die Kerzen, Julienne. Es wird Zeit.
(Julienne hat alle Kerzen bis auf die letzte verlöscht, als plötzlich draußen ein Signal ertönt. Gleich darauf hört man Laufen, Pferdegetrappel, laute Kommandos)
(Mutter Ballou setzt sich schwer in einen Stuhl. Julienne, von plötzlichem Schmerz übermannt, sinkt ihr zu Füßen, sie birgt ihr Haupt in Mutter Ballous Schoß und schluchzt)
MUTTER BALLOU *(streichelt ihr Haar)*: Ich weiß, ich weiß, mein Kind. Ich weiß ja, um wen Du weinst.
(Julienne legt ihre Hände um den Leib der Mutter)
JULIENNE: Mutter, Mutter!
MUTTER BALLOU: Sprich doch, mein Kind, sprich, Julienne. Vielleicht wirst Du es dann leichter tragen.
JULIENNE: Ich... kann... nicht sprechen... Mutter.
MUTTER BALLOU: Zu Deiner Mutter nicht?
JULIENNE: Ich... muß es allein tragen... Mutter... ganz... allein. *(Sie schluchzt)*
(Draußen ist [es] plötzlich still geworden; da ein Trompetensignal in die Stille: Zum Gebet)

JULIENNE: Raoul... wird nicht... wiederkommen... Mutter.
(Im selben Augenblick ein dröhnendes Kommando. Gleichzeitig haben sich die Frauen erhoben. Und schon hört man dumpf die Schritte der abmarschierenden Soldaten. Die Frauen stehen, zu den geschlossenen Fenstern gewandt, stumm mit gefalteten Händen, bis das Geräusch in der Ferne verklungen ist. Langsam wenden sie sich)
JULIENNE *(wie in großer Müdigkeit, sie löscht das Licht)*: Gute Nacht, Mutter.
MUTTER BALLOU: Gute Nacht, Julienne.
(Sie gehen langsam hintereinander durch die Türe rechts)
(Pause)
(Es wird in Zwischenräumen dreimal leise an die Fensterläden geklopft. Nach einer Pause neuerlich)
STIMME VON AUSSEN: Öffnet! Öffnet! *(Klopfen)*
MUTTER BALLOU *(mit einer Kerze von rechts, bleibt an der Türe lauschend stehen)*.
(Es klopft neuerlich)
MUTTER BALLOU: Wer ist da?
STIMME VON AUSSEN: Öffnet, Mutter, öffnet...
MUTTER BALLOU: Christophe, Christophe! Bist Du zurück? Schon, schon, Christophe. *(Sie eilt zur Türe, sie hebt das Eisen weg)* Nur Geduld noch, Christophe, die Stange und den Schlüssel... Julienne... *(ist eingetreten)* hörst Du nicht, Christophe, ja, da draußen... der Schlüssel, hier ja... *(Sie hat die Türe geöffnet)*
MUTTER BALLOU: Christophe, mein Kind.
CHRISTOPHE: Mutter.
(Sie drückt ihn an sich)
CHRISTOPHE *(wehmütig)*: Julienne! *(Er drückt sie an sich)*
MUTTER BALLOU: Wecke den Vater, Julienne! Sag ihm...
CHRISTOPHE: Laßt ihn doch schlafen! – Ich bin so müde... *(setzt sich schwer auf einen Stuhl)*
MUTTER BALLOU: Und hungrig. *(Sie eilt ans Buffet)* Hier... komm doch, Julienne; hier ist zu essen genug... Der weite Weg... diese Reise...

CHRISTOPHE *(aufspringend)*: Habt Ihr die Türe versperrt, Mutter? – Versperre die Türe, Julienne!
JULIENNE *(versperrt die Türe)*: Kommst Du von...
CHRISTOPHE: Ich komme aus dem Krieg, Julienne.
JULIENNE *(stockend)*: Kommst Du allein, Christophe?
CHRISTOPHE: Ich komme allein, Julienne.
(Pause)
MUTTER BALLOU: Morgen wird er erzählen. Nun iß doch, Christophe, iß!
JULIENNE: Hast Du... mir nichts gebracht, Christophe?
CHRISTOPHE *(stützt seinen Kopf in die Hände)*: Frag mich nicht mehr, Julienne!
JULIENNE *(hinstürzend zu seinen Füßen)*: Sprich, Christophe, sprich! Sag, daß er lebt, sag, daß Raoul mich grüßen läßt durch Dich! Sprich!
CHRISTOPHE *(nimmt ihren Kopf zwischen seine Hände)*: Julienne, Raoul... ist tot!
JULIENNE *(tonlos)*: Tot?
CHRISTOPHE: Er starb neben mir.
JULIENNE *(schluchzt laut auf)*: Mutter, Mutter, er ist tot. Mutter, er ist tot... und ich trage ein Kind von ihm... Ich trage ein Kind und sein Vater ist der Tod... Mutter, Mutter... hörst Du es weinen, mein Kind, mein lebendiges Kind... hier, hier... *(Sie hockt zusammengekauert auf dem Boden)* ...hier, siehst Du, Mutter, weint mein Kind... *(aufschreiend)* Christophe, hast Du gesagt, daß er tot ist? Hast Du gesagt... Ja, ja... er ist tot... *Warum ist er tot*, Christophe... *warum*, wo ich... auf ihn gewartet habe... gebetet... Warum?... Mit meinem Kind... *(zärtlich)* Komm, komm mein Kind, wir wollen fortgehen. Von diesen bösen Menschen. Komm mein gutes Kind, damit Du lachen kannst, wenn auch... wenn auch Dein Vater tot ist... Wohin wollen wir gehen... mein Kind... Durch die Straßen... Nein, nein, dort sind Soldaten, die werden uns töten... mein Kind... Wohin, wohin wollen wir gehen, Du mein geliebtes Kind... *(Sie sinkt, von Schluchzen geschüttelt, zu Boden)*
MUTTER BALLOU *(neigt sich zu ihr)*: Julienne...

CHRISTOPHE: Du Arme... führt sie zu Bette, Mutter.
MUTTER BALLOU: Steh auf, Julienne, komm!
JULIENNE: Hilf mir, Mutter, hilf mir.
(Mutter Ballou führt sie durch die Türe rechts)
CHRISTOPHE *(blickt stumm vor sich hin; [Armand tritt ein])*.
ARMAND: Christophe! Du bist zurück? Gesund?
CHRISTOPHE: Ich bin zurück, Armand.
ARMAND: Ich hörte Deine Stimme, in meiner Kammer...
CHRISTOPHE: Tu mir einen Dienst, Armand!
ARMAND: Jeden.
CHRISTOPHE: Eile zu François! Sag ihm, ich sei hier, er möge kommen, schleunigst kommen. Und sprich sonst zu Niemandem davon. Hörst Du, Armand.
ARMAND: Verlaß Dich auf mich. Gleich soll François da sein. *(ab)*
(Christophe geht langsam im Zimmer auf und ab. Manchmal bleibt er stehen und blickt sinnend vor sich hin)
MUTTER BALLOU *(tritt ein)*.
CHRISTOPHE: Schläft sie?
MUTTER BALLOU: Sie spricht wirr. Bald so, als ob Raoul vor ihr stände, bald, als spräche sie zu ihrem Kind.
CHRISTOPHE: Wußtet Ihr von diesem Kind?
MUTTER BALLOU: Nichts. –
CHRISTOPHE: Geht, Mutter, laßt sie nicht allein.
(Mutter Ballou ab)
CHRISTOPHE *(allein, wie oben)*.
(Es wird an die Türe geklopft)
CHRISTOPHE: Wer ist's?
FRANÇOIS *(von außen)*: Ich bin's, Christophe, François!
CHRISTOPHE *(öffnet)*: François.
(Sie schütteln einander die Hände; dann wie in plötzlichem Entschluß umarmen sie einander)
CHRISTOPHE *(verschließt die Türe sorgfältig)*.
FRANÇOIS: Zu Hause, Christophe, zu Hause! Wer hätte das erwartet. – Wie kamst Du nach Paris? Als Kurier, mit einer Post?
CHRISTOPHE: Nein, nein, François.
FRANÇOIS: Krank doch nicht?

CHRISTOPHE: Nein, das alles nicht.
FRANÇOIS: So ging das Regiment hier in Quartiere?
CHRISTOPHE: François! Ich komme ohne Befehl!
FRANÇOIS: Ich verstehe Dich nicht.
CHRISTOPHE: Ich brach auf von der Armee, ohne Befehl. Hier bin ich nun.
FRANÇOIS: Du flohst?
CHRISTOPHE: Nenn es so.
FRANÇOIS: Verbirgst Dich nun?... O, Christophe. Noch weiß ich nicht, was Dich bewog. Mag es was immer gewesen sein, es liegt mir fern, Dich drum zu schelten. Aber dachtest Du daran, daß Du den Häschern nicht entgehen kannst? Daß sich jeden Augenblick die Türe öffnen kann, um die hereinzulassen, die Dich zum sicheren Tode führen?
CHRISTOPHE: Höre, François, hör mich an. – Ich konnte nicht anders... Wo fange ich an?... Dabei, daß wir marschierten, tagelang, wochenlang... oder waren es Jahre... bis wir stumpf wurden wie alte, müde Gäule. Ich weiß bloß noch, daß die Straße vor uns und hinter uns ein ewiges endloses Gewoge war, auf und ab. Häuser, Flüsse, Menschen an uns vorbei... Dann kamen wir in Schlachten und Gefechte. Ich weiß keinen Namen. Es war in fremdem Land. Keiner wußte recht, wo er sei. Wir schossen, wir liefen vor, wir sangen mit heiseren Kehlen und schlugen Menschen, die auf uns schossen, mit den Bajonetten.Wir wußten nicht warum. Doch wir fragten wohl auch nicht darnach. – Und viele, viele starben. – Eines Tags auch Raoul. – Ich weinte nicht, ich lachte nicht. Als müßte alles so sein, war mir. Wer wundert sich, wenn einer umsinkt und tot ist, mit einemmal? – Man ist ja so müde und so fremd. – Da gehen wir über ein weites, großes, schneebedecktes Feld. Es ist besät mit Leichen. Ich schreite hinter den andern her, Schritt um Schritt, Schritt um Schritt. Ich habe die Augen wohl geschlossen. Aber ich fühle, daß dieses Feld mit seinen Leichen leuchtet; von fern her wieder das Donnern der Geschütze; das ist der Tod, den sie alle starben, hier um mich, Raoul und die anderen. – Wir gehen ins Gefecht. Und da die Geschosse pfeifend um mich Löcher

schlagen, in den und den, wird's hell in mir von neuem Licht und aus der Seele, gequält, geschlagen und müd, bricht der Schrei, den ich selbst nicht weiß, der Schrei, den hier von Qualen zerrissen, eben in Leid meine Schwester schrie: Warum? Warum? – Mir ist, als sei ich frei. Als sei das Müde in mir gestorben. Als sei in mir etwas Neues geworden. – Ich blick um mich: Ich seh die Gesichter so, wie ich sie noch nie gesehen. Gramzerrissen, Todesfurcht auf den Wangen, Gebete stammelnd die Lippen, die Augen starr dorthin gewandt, wo der Tod herkommt, unser Tod, – Brüder, Brüder, denk ich, was treibt Euch in den Wahnsinn dieser Schlacht? Warum, warum wendet Ihr Euch nicht? Ihr schlaft, Ihr schlaft. Und Eure Körper, gebändigt zu einer irrsinnig gewordenen Maschine, säen und ernten Verderben. – Ich sink zu Boden und ich weine –
Ist da ein Wille, so stark, so groß, Euch in den eigenen Tod zu treiben? Ist da ein Wille, so stark, so groß, daß er vermag, Euch zu zwingen, Brüder zu erschlagen? Sie sagen, daß die dort Eure Feinde sind. Beben nicht auch sie vor dem Tod? Haben nicht auch sie Mütter? Stammeln nicht auch sie Gebete! – Soll nicht Euer, der vielen Tausenden Wille stärker sein als dieser eine? – Er schläft, Euer Wille. – Es schläft die Liebe in Euren Herzen. – François, da schwillt in mir Bewußtsein nie geahnter Kraft. Ich bin der Erwecker, weint's und jubelt's in mir. Es muß nur einer sein, der es ausspricht, und das große, große Leid ist zu Ende. Da fühle ich mich gesendet. Gesendet fühl ich mich, den wilden Haß zu stürzen. Und stehe auf. Wohl jagen die Geschosse in wildem Tanz um mich. Doch ich fürchte sie nicht. Ich glaube, daß eine Hand mich schützt und bewahrt für ein andres Geschick. Ich wende mich und gehe. Ich breite die Arme. Mir ist, als sollte ich zu Boden sinken und die Erde küssen. Als wachse in mir ein Funke in wogendem Schwellen aus irdischer Brust zu ewigem Unendlichsein.

(Pause)

FRANÇOIS: Christophe... Und nun?
CHRISTOPHE: Nun? – Ich will das Werk beginnen.

FRANÇOIS: Glaubst Du, sie werden Deine Worte hören, Christophe? Die Reichen und Mächtigen hören nicht auf das Wort der Liebe.
CHRISTOPHE: Hören nicht? Sie werden sie hören, die Stimme der Unterdrückten, François. Denn diese Stimme soll laut werden. Anschwellen soll das Wort aus meiner Kehle zum Orkan, der durch die Länder braust, François, über die Grenzen, über die Völker. Aufrufen will ich sie durch alle Welt; daß sie kommen und Recht und Liebe setzen, wo Gewalt und Hassen war.
FRANÇOIS: Und jetzt... wenn sie Dich suchen... holen?
CHRISTOPHE: Ich weiche ihnen nicht.
FRANÇOIS: Du allein?
CHRISTOPHE: Ich werde nicht allein sein. Du wirst mit mir sein, François. Und... Geh, François! Hole Freunde. Rufe Pierre, Gaston, die anderen. Denn ich will zu ihnen sprechen. *(Er drängt ihn zur Türe)*
(Mutter Ballou ist während Christophes Erzählung eingetreten. Sie steht an der Türe)
CHRISTOPHE *(erblickt sie, eilt auf sie zu, fällt ihr zu Füßen)*: Mutter, Mutter, ich will, daß dieses Leid zu Ende sei.

(Vorhang)

ZWEITER AKT

Zimmer bei Ballou wie im I. Akt. François, Burschen, junge Soldaten. Die Türe ins Freie ist geöffnet. Man sieht auch da zahlreiche junge Leute in Gruppen beieinander stehen. Fortwährendes Ein- und Ausgehen.

CHRISTOPHE *(tritt aus der Türe rechts)*: Ah, auch Du da, George? – Und Du, Jean? – Sagt ich's Dir nicht, sie würden alle kommen, François? – Ich danke Euch, daß Ihr da seid, ich danke Euch. Gebe bloß Gott, wir brauchten nicht durch unsre Zahl und Kraft zu wirken. O Gott, es ist doch das Recht, das wir wollen, nicht wahr, Freunde?

EIN JUNGER MANN: Sie suchten Dich schon, Christophe, im Viertel gegen Morgen. Als sie hörten, wir fänden uns alle ein bei Dir, gingen sie wieder.

FRANÇOIS: Sie werden wiederkommen.

CHRISTOPHE: Laß sie kommen!

FRANÇOIS: Was willst Du tun, wenn sie kommen?

CHRISTOPHE: Ich will zu ihnen sprechen. – Es sind ja Menschen wie ich und Ihr. Auch sie nur Knechte, und nicht harten Herzens durch den Besitz der Macht.

(Von draußen drängt alles in das Zimmer herein)

STIMMEN: Sie kommen! Sie kommen!

EIN JUNGER SOLDAT: Man soll sie nicht hereinlassen.

EIN ANDERER: Man soll die Türe versperren.

CHRISTOPHE: Laßt sie kommen, Freunde. Laßt sie ein.

(Eine Patrouille, geführt von einem Offizier, tritt ein und bleibt an der Türe stehen. Links und rechts im Halbkreis angeschlossen die anderen. Christophe und François vorne in der Mitte)

DER OFFIZIER: Christophe Ballou, Musketier...

CHRISTOPHE: Ist hier.

DER OFFIZIER: Du bist der Fahnenflucht beschuldigt, Christophe Ballou. Ich komme, Dich vor Deinen Richter zu holen.

CHRISTOPHE: Hier wird nicht ein irdischer richten. Mein Richter ist der Herr.

DER OFFIZIER: Scherze jetzt nicht. – Ich verhafte Dich im Namen des Kaisers.

FRANÇOIS: Und im Namen Gottes sage ich Euch: laßt Eure Hand von ihm.

DER OFFIZIER: Was hör ich? Das Pfäfflein? Schweige, mein Junge, sonst könnt's auch Dich den Kragen kosten. *(zu seinen Soldaten)* Nehmt den Soldaten fest!

FRANÇOIS: Laßt Eure Hand von ihm!

CHRISTOPHE: Nehmt mich doch fest, Brüder, nehmt mich doch fest. Fesselt mich, führt mich in den Kerker, schließt mir Eisen um die Füße und morgen, wenn der Tag graut, schießt mir Eure Kugeln in die Brust. Wie Ihr hab ich ja den Tod auf mich zukommen sehen tags und nachts, wachend und im Schlafe. Willenlos, wie Ihr, ließ ich mich jagen durch alle Länder der Welt, dem Tod entgegen. Nehmt mich fest, meine Brüder. Denn ich bin schuldig. Weh mir, dreimal wehe, schuldig bin ich nicht der Fahnenflucht, schuldig bin ich, denn ich *habe getötet*. Nehmt mich doch fest, denn meine Hand, nicht wissend, was sie tat, hat gemordet. Bin ich nicht schuldig zu sterben, meine Brüder?

DER OFFIZIER: Schwatz nicht, Ballou! Und Ihr, was steht Ihr da und gafft! Hinaus mit Euch allen!

(Keiner geht)

CHRISTOPHE: Hab ich an Euch vergessen, als ich aufstand und heimging? Links sah ich und rechts den sterben und diesen. Hinsinken zu Boden, um nicht mehr zu sein. Da kam eine Stimme in mich und wuchs und sie rief: *Nein!* Nein, dies Sterben soll nicht für ewig sein. Dies hat der Herr in seinem Plan nicht eingesetzt. Daß wir, und die drüben, aus gleichem Blut, sterben und töten in grausamer Wut. Wer ist, der uns in dies Rasen treibt? Und wir... schlafen wir, Nachtwandler, dumm und stumm und gehen und sterben? Hilfe, Hilfe! Weckt sie auf, daß sie sehen! Bringt Licht! – So stand ich auf! Und in mir war Schluchzen und Freude, in *einer* Brust.

DER OFFIZIER: Ergreift ihn!

EINIGE: Rührt ihn nicht an!

DER OFFIZIER: Schweigt! Ich rate es Euch! Und Ihr gehorcht!

CHRISTOPHE: Ist's Euch noch ernst?
EIN SOLDAT VON DER PATROUILLE: Du siehst, wir müssen!
CHRISTOPHE: Du mußt? Du mußt?... Muß ich nicht auch? Muß. Denn bin ich nicht auch ein Knecht? Müßt Ihr nicht auch, Gaston, George, François?... *(träumerisch)* Wir müssen leiden, glaubst Du, sei der Gang der Welt. Wir Knechte. Da nützt kein Bäumen, meinst Du! – François, Bruder... hier scheidet sich das Los. Ich bin ein Knecht, meint er, ich muß... *(Er lehnt sich an François' Schulter; sich aufrichtend)* Ich muß! Weiter muß ich! Ich sehe meinen Weg...
DER OFFIZIER: Los! Man greife ihn!
CHRISTOPHE: Zu mir, Ihr alle, zu mir! Und Ihr, weg, sag ich, weg mit Euch! Ihr macht mich nicht stumm. Ihr macht nicht tot meine Stimme, die Stimme der Toten! Ich sehe sie auf den Feldern erschlagen! Sie blicken auf mich, daß ich spreche. Ich spreche!
(Man dringt auf ihn ein. Er wehrt sich. Die Patrouille wird gegen die Türe gedrängt)
DER OFFIZIER: Empörung, Meuterei! Wer dieses Zimmer nicht sogleich verläßt, der ist des Todes!
STIMMEN: Hinaus mit ihm! Weg mit Euch! *(drängen die Patrouille hinaus)*
DER OFFIZIER: Ballou, Du hast Dich gerichtet. Das ist Aufruhr. Wir sehen einander wieder!
CHRISTOPHE *(während der Offizier und seine Leute die Szene verlassen)*: Aufruhr?... Ja, Aufruhr, Aufruhr durch die Lande! Aufruhr setz ich in die Welt! Stillstehen sollen die Maschinen, aus den Bergwerken sollen sie hervorkommen, die Männer, gramgebeugt. Die Mütter, aus den Häusern, die den Sohn gelassen. Aufruhr, ruf ich durch die Städte, durch die Dörfer. Aufruhr ruf ich durch die Herzen. – Nicht mehr stumm das Leid! Ich ruf's hervor aus dem Dunkel der Nacht, aus den Höfen und Kammern, aus den Seelen hervor auf die Straßen, daß es spreche, ich rufe das Leid hervor! – Herrgott, wir wollen ja nicht stürzen und Herren sein wie sie! Wir wollen Menschen sein. – In die Arme wollen wir einander sinken über alle Grenzen der Erde und in all ihren Sprachen wollen wir sagen: seht, wir sind Brüder.

(Wieder sind die meisten auf der Straße, François und etwa noch fünf sind im Zimmer)

EIN SOLDAT: Jetzt gibt es keine Wahl für Dich. Jetzt mußt Du gehen bis ans Ende.

CHRISTOPHE: Wollt Ihr mit mir gehen?

ALLE: Bis ans Ende.

(Julienne tritt ein von rechts. Sie macht Tanzschritte und dreht sich von Zeit zu Zeit. Dazu summt sie eine Melodie)

CHRISTOPHE: Still!... Seht sie... Da... sie tanzt um den Vater ihres ungebornen Kindes. – *(Er sinkt aufs Knie)* Heilige, Heilige! Du sei uns Zeugin für unsere Sache. – Tanze, Julienne, kleine Schwester, tanze und singe! Was sind Türme von Worten gegen diesen, Deinen erschütternden Tanz.

(Julienne geht wieder ab nach rechts. Christophe ihr langsam nach)

GEORGE: Was sinnst Du, François? Jetzt ist die Zeit zum Sinnen nicht.

FRANÇOIS: Du hast Recht. – Was ist zu tun?

EIN JUNGER SOLDAT: Sie werden gleich da sein.

FRANÇOIS: Wie viele sind der unsern?

EIN ANDERER JUNGER SOLDAT: Bis jetzt schon an die fünfzig. Aber ich wette, in zwei Stunden sind wir zweihundert und in zwei Tagen einige tausend.

FRANÇOIS: Sie schicken gegen uns wohl hundert Mann?

EIN SOLDAT: Vielleicht auch mehr.

GEORGE: Die Soldaten werden zu uns übergehen.

EIN SOLDAT: Frauen und Kinder werden mit uns sein. Sie werden nicht schießen.

GEORGE: Man soll die Straße durch eine starke Barrikade sperren.

EIN SOLDAT: Ich will gleich anfangen. *(ab)*

(Soldaten kommen und legen Gewehre auf die Diele)

EIN SOLDAT: Hier für alle Fälle noch ein Vorrat.

FRANÇOIS: O Gott, die Werkzeuge des Hasses sollen wir nehmen, um der Liebe zum Siege zu helfen!

GEORGE: Es ist kein anderer Weg.

FRANÇOIS: Es ist kein anderer Weg. – Geht, Freunde, geht. Seht nach dem Rechten da draußen. *(alle ab ohne François)*
MUTTER BALLOU *(kommt)*: Soll es wirklich so weit kommen, François?
FRANÇOIS: Mutter, es ist nicht unsre Schuld. Sie kommen über uns mit ihrer Macht. Wir müssen den Kampf wagen.
MUTTER BALLOU: Das kann kein gutes Ende nehmen. Wollt Ihr Euch mit dem Kaiser im Kampf messen? Ihr?... O Gott, das kann ja nicht gut enden!
FRANÇOIS: Glaubt Ihr, Mutter Ballou, daß das Rechte und Gute besiegt werden könne?
MUTTER BALLOU: Gewiß, François. Wird nicht fast immer das Gute und Gerechte besiegt? Mußte nicht selbst Christus am Kreuze sterben?
FRANÇOIS: Und blühte nicht aus seinem Tode eine neue Welt? – Mutter Ballou, dies wird ein Flammenzeichen sein am nächtlichen Himmel. Weithin wird er rot erstrahlen. Und überall, wo Männer seufzen unter hartem Druck, müde sind und beladen, wo Frauen um den Gatten bangen, den toten beklagen, Mütter um Söhne beben, wird Licht einziehen in die Herzen. – Seht, werden die Armen sagen, die neue Zeit bricht an.
MUTTER BALLOU: Sie werden Christophe fangen und töten.
FRANÇOIS: Hoffen wir, Mutter Ballou, daß schnell genug der Funke, der hier Flamme ward, zu strahlendem Feuer erwacht. Dann, Mutter, kann der Brand nie mehr gelöscht werden.
MUTTER BALLOU: Sie werden da sein, ehe es Mittag ist.
FRANÇOIS: Mutter Ballou, wißt Ihr noch, wie Ihr gestern zu mir spracht? Sagtet Ihr nicht, es sollten alle Mütter aufstehen um ihre Söhne? Nun stehen die Söhne auf, vieler Mütter Söhne; sie singen keine Lieder zum Kampf, es blasen keine Hörner. Stumm heben sie ihre Hände zum verhaßten Werk. Doch ihr Herz fühlt das Leid, das diese Erde schlägt in Millionen Qualen; den Wahnsinn, der Feindschaft sät, Haß und Tod, herrscht und bedrückt. Können sie schweigen? – Christophe ward sehend. Ein Gott hat seinen Mund sprechend gemacht und sein Herz erfüllt. Soll er schweigen?

MUTTER BALLOU: Ich bin seine Mutter.
(Pause)
CHRISTOPHE *(von rechts)*: Mutter!... Ich war bei Julienne. Laßt sie nicht allein in den Dingen, die kommen werden. – Wo ist der Vater?
MUTTER BALLOU: Er ist weggegangen, Christophe, als er sah, daß man Barrikaden baut. Er habe Freunde, sagte er, die sich verbergen. Jetzt sei ihre Zeit gekommen.
FRANÇOIS: Die Zeit seiner Freunde ist nicht gekommen. Er irrt, der Alte.
CHRISTOPHE *(hat den Haufen Gewehre in der Mitte des Zimmers erblickt)*: Gewehre, François, Gewehre! Auch wir, François, sollen sie sprechen lassen, sollen den Tod anrufen als Richter und mit Mord beginnen unser neues Reich? Ist denn das Wort nicht stark genug, Haß und Gewalt zu besiegen? Gewehre, Gewehre, François! Ich drück sie meinen Freunden in die Hand. Setzt an und feuert, sprech ich. Und aus diesen kleinen Löchern rast pfeifend Tod. Und in die Knie brechen seh ich meine „Feinde". Gewehre, François, Gewehre.
FRANÇOIS: Was hilft's, Christophe? [*gestrichen:* Mit ihren Mitteln mußt Du sie besiegen.]
CHRISTOPHE: Mörder wir und Mörder sie! Mir ist, als sei dies ganze Geschlecht fluchbeladen seit seiner Schöpfung. Was zwingt mir dies Gerät hier in die Hand? Man schaffe es hinweg. Ich will's nicht sehen, François!
FRANÇOIS: Und wenn sie kommen, Christophe, niederzutreten, niederzuschießen? Willst Du Dein Werk verlassen? Soll wieder, hoffnungslos, alles wieder sein wie bisher?
CHRISTOPHE: Sieh her! Auf der Pfanne liegt schon das Pulver und im Lauf das Blei. Noch atmet, den dies Geschoß hier fällt. Wer ist er? Ein Bürschlein, kaum dem Meister entlaufen, ein Bauernsohn, ein alter, bärtiger Soldat? Soll ich Dir's sagen, François? Ein armer Bursche ist's wie ich auf jeden Fall. Ein Werkzeug bloß wie dies Gewehr. Die trifft es nicht, die den Sturm befehlen gegen die Barrikade unsres Rechts. Wir legen an: und hinsinken namenlos unsere Brüder, gefesselt, Maschi-

nen, willenlos. Gewehre, François, Gewehre. Unser Blut vermischt sich leicht mit ihrem und über die Trümmer reitet auf weißem Pferd, grüßend links und rechts, der *Sieger*. Und weiter ziehen für ihn Männer und Knaben in Schlachten. Sterben weiter für ihn. Weiter weinst Du, Mutter, weiter durch alle Zeiten um die geopferten Söhne und weiter tanzt Julienne ihren Tanz. Weiter bauen sie Paläste und Schlösser, in denen andre wohnen. Weiter schmieden sie und hämmern sie und klopfen sie und sterben vor Hunger, weiter, immer weiter dieser wilde, grausame Reigen! Soll das das Schicksal sein? Nein! Wir werfen neue Würfel in den Becher! Das Spiel beginnt. Seht her! Der Einsatz sind wir selbst auf beiden Seiten! Lachst Du nicht, Mutter? Ich glaube, man sollte lachen zu diesem seltenen Würfelspiel! – *(Er ergreift ein Gewehr und hebt's in die Höhe)* Gewehre, François, Gewehre! Das Feuer lodre an! Nacht darf's nicht sein für alle Zeit. Wir zünden einen Brand, leuchtend weithin über die trauernde Erde!

(Draußen Bewegung und Lärm)

GEORGE *(tritt ein)*: Christophe, Christophe! Zweihundert Soldaten, gegen uns gesandt, haben sich uns angeschlossen!

FRANÇOIS: Ist's wahr?

GEORGE: Sie fesselten die Offiziere. Mit weißen Fahnen rückten sie heran. Nun sind sie da. Sie wollen Dich sehen, Christophe.

CHRISTOPHE: Mutter, Brüder, so stürzt Gewalt in sich zusammen und unser erster Schritt ist Sieg.

GEORGE: Sie kommen schon. *(zur Türe)* Nur herein, Brüder, nur herein!

(Soldaten drängen durch die Türe. Unregelmäßiger Halbkreis)

CHRISTOPHE *(drückt ihnen die Hände)*: Eure Hände, Eure Hände! Du noch und Du, den ich nicht kenne und doch!

EINER: Bist Du Christophe Ballou?

CHRISTOPHE: Ich bin Christophe Ballou! Und Du?

DER EINE: Ich bin Grâve; Louis Grâve. Und mein Vater ist Knecht auf dem Gute eines Herrn.

CHRISTOPHE: Hörst Du, François? Ist Knecht. Morgens steht er auf mit den Hühnern und seiner Hände hartes Tun schafft Segen.

Doch wem? Er hungert und sein Kind. Denn er ist Knecht auf dem Gute eines Herrn. Eines Herrn! Hört Ihr? – Was machte jenen zum Herrn über andre? Wer hat ihn auserwählt, daß er andere beuge unter schweres Joch und zwinge, ihm zu dienen? Eines Herrn, sagt er. Wie faßt mich da so weh der Jammer an: er ist Knecht auf dem Gute eines Herrn.

EIN ANDERER: Mein Vater ist Schuster in Toulon.

EIN DRITTER: Meiner Bergmann in Vlaemen.

CHRISTOPHE: Schuster, Bergmann, Schneider, sagt sie auf, die Trauerlitanei, Ihr alle! Knechte auf dem Gute eines Herrn.

FRANÇOIS: Und nun Soldaten.

CHRISTOPHE: Knechte auf dem Gute eines Herrn.

FRANÇOIS: Wir aber wollen: daß nicht Knechte seien und Herren. Wir wollen, daß Brüder seien, die nicht töten, die lieben.

CHRISTOPHE: Dort, den, siehst Du, François? Der Kleine. Ich kenne ihn wohl. Als Knaben spielten wir miteinander. Jaques. Des krummen Bilderdrechslers Sohn. Jaques, wir nannten ihn... *(reicht ihm die Hand)* Wie nannten wir Dich doch, Jaques, als Knaben... wie...?

JAQUES: Den hungernden.

CHRISTOPHE: Den hungernden, den hungernden, hier ist's, hier ist's! – Ja, ja. Weil er in den Gossen fischte, in den Ruinen nach Rinden Brots. Wir waren wohl alle noch reich gegen den hungernden Jaques. – Weinet, weinet mit mir! Daß es Tafeln gibt beladen mit Wein, mit Früchten, mit Wild und Leckereien und daß ein Mensch, ein Mensch wie die, die lächelnd sich zum Mahle niederlassen, ein Mensch muß wühlen ums Brot im Kot der Straßen. Bist Du nun satt, Du hungernder Jaques? – Sie haben Dir Deinen Bauch gefüllt, nicht weil die Bissen sie im Halse würgten, Hungernder, damit Du besser läufst und springst, bis Du getroffen zu Boden sinkst. Was stirbt mit Dir? Eines Bilderdrechslers, eines buckligen, der an Straßenecken Madonnen, schmerzreiche Mutter, zum Kaufe bot, des krummen Drechslers Sohn. Wahrlich nicht wert, eine Träne zu vergießen. Ein irgendwer, sagt man, stirbt, wenn Du stirbst, hungernder Jaques. Was macht Ihr Aufsehens von ihm? Was Ihr Aufsehens

von *Euch*? Schuster, Schneider, Bergleute, Arbeiter, namenlose
Knechte auf dem Gute eines Herrn? *(erschüttert)*
(Er fällt aufs Knie, zu Mutter Ballou)
Mutter, Mutter, Du hast uns geboren,
du hast uns zu diesem Leben erkoren,
uns namenlose und irgendwer!
Gabst Du uns nur von Deiner Qual
in Deinen Wehen tausendmal
und nichts von Sonne und nichts von Licht?
Freude, Mutter, gabst Du uns nicht?
Mutter, wir wuchsen aus Deinem Schoß.
Mutter, wer teilte uns solches Los?
Segnete nicht auch uns Dein Blick
und flehte zum Himmel um unser Geschick?
Ich bin einer armen Mutter Sohn...
der Armen Gebet hat keinen Lohn?
Muß ich von dieser Welt vergehn,
die ich bloß in Schmerz und in Leid gesehn,
von diesem Leben, das mich quält
und mich in tausend Fesseln hält
und doch und doch zu Liebe schwellt?
Atme ich nicht? Und seh ich nicht
aus Wolken brechen Sonne, Licht?
(Er reißt sein Hemd auf)
Mutter, Mutter, hörst Du es schlagen?
Ich lebe, ich lebe will es Dir sagen!
Wir sind nur Knechte, irgendwer!
Sag Mutter, liebt einer das Leben mehr?
MUTTER BALLOU: Als ich Euch trug, Eure Schmerzen,
                              meine Söhne,
waren in meinem Herzen schwer und groß.
Meine Tränen in tausend Nächten ließ ich um Euch.
Da Ihr wurdet und wuchset, Ihr meine Söhne,
zu Armut und Not, den Vätern gleich,
in wortlosen Klagen wandt ich zum Himmel den Blick.
Ich hab Euch dies harte Leben gegeben. –

Doch als ich Euch in erwachender Liebe
hier an mein pochendes Herz gedrückt,
schwoll Glück in mir, so groß und reich,
so jubelnd, so stürmend, daß ich vergaß
an unser Leben voll Trauer und Leid.
Ich sah Euch leben!
Nun Ihr, o meine Söhne, gepeinigt gefoltert dies Leben tragt,
das ich Euch von meinem Leben gab,
nun Ihr hinsinkt getötet, mein Atem, mein Sein:
Söhne, Söhne, habt Ihr eine Mutter weinen gesehn
um das erschlagene Kind?
CHRISTOPHE: Sie weint. – Wer weinte um uns Tränen,
um unsern Hunger, um unser Stöhnen,
um unser Leiden, um unsere Fron,
um unsern Tod: wer weinte schon? –
Die Mutter weint. – Brüder, den Chor
hört Ihr, der Mütter, aller, empor
dem Innern der Erde klagend entquellend
zu tosendem Stürmen, hört Ihr ihn, schwellend?
Vergessenes Leid aus allen Landen,
Mutter, die Mütter sind auferstanden,
Mütter und Mütter ungezählt!
Das Leid singt seine Hymne durch die Welt! –
Brüder, Brüder, das Leid ist erwacht,
Brüder, Brüder, aus Sterben und Nacht
seh ich Euch schreiten ungezählt:
Das Leid singt seine Hymne durch die Welt!
Die Armen, die Armen, ohn' End, ohn' Zahl,
wie Orgelbrausen das Leid durchs All,
und rauscht und braust, was die Erde litt,
und Mütter und Söhne schreien mit,
und recken die Hände zum Sonnenlicht,
die Sonne, wir sahen die Sonne noch nicht.
Mutter, wir heben die schwere Hand,
Mutter, wir werfen den Brand ins Land!
(Draußen entsteht Lärm; Rufe) Sie kommen, sie kommen!

(Bewegung im Zimmer. Geschrei)
RUFE: Auf die Barrikade! Hinaus! Sie sind da!
(Man hört draußen einzelne Schüsse)
CHRISTOPHE: Aufruhr, Fackel, zünd an, zünd an, durch Schatten brich der Sonne Bahn!
GEORGE: Mir nach, Brüder! Zu den Waffen, zu den Waffen!
(Das Zimmer hat sich schnell geleert, auch Mutter Ballou rechts ab)
CHRISTOPHE *(gleichsam erwachend)*: Halt... Halt... François, man halte sie zurück!
FRANÇOIS: Zurückhalten? Jetzt?
(Draußen hört man schießen)
CHRISTOPHE: Man soll dem Morden Einhalt tun... Sie schießen...
FRANÇOIS: Sie schießen... Sie würfeln um das Los der Welt... Wer siegt...
CHRISTOPHE: O Gott... O Gott... schon sinken sie, getroffen... Blut... Man soll dem Morden Einhalt tun, sag ich! Einhalt! *(Er will ab)*
FRANÇOIS *(ihn zurückhaltend)*: Christophe, der Kampf geht um Dein Werk. Nicht um Macht sterben die Toten. Sie sterben um die Liebe.
GEORGE *(von außen schon rufend)*: Christophe, Christophe!... Sie sind in Übermacht. Sie gehen vor Schritt für Schritt... Bald stürmen sie die Barrikade... Die unsern... mancher ist schon gefallen... Sie wissen nicht, wer sie führt... Ihre Blicke, Christophe, suchen Dich...
CHRISTOPHE: Gefallen? Tot, sagst Du, tot?
GEORGE: Pierre ist tot und Jean und... Komm, komm!
CHRISTOPHE: Gefallen... und ich...
FRANÇOIS: Stell Dich an ihre Spitze, führ sie... Sie glauben an Dich und werden siegen...
GEORGE: Komm, Christophe, komm! *(ab)*
(Das Feuer ist unterdessen immer lebhafter geworden)
CHRISTOPHE: Krieg, Krieg, François! – O Gott, wie durfte ich sie gegeneinander jagen; in den Tod! in den Tod! – Das Leid zu

beenden bin ich gekommen. *(Er bückt sich nach einem Gewehre)* Nun gehe ich zu töten.
FRANÇOIS: Wenn Du nicht gehst, Christophe?
CHRISTOPHE: Sinkt, sinkt die Hoffnung aus allen Herzen und wieder ist Nacht wie zuvor! – Komm, François. Nimm ein Gewehr!
FRANÇOIS: Ich nehme dies Kreuz!
(Christophe stützt sich auf seine Schulter, indes sie zur Türe gehen)
FRANÇOIS: Und Gott wird abwischen alle Tränen von ihren Augen und der Tod wird nicht mehr sein, noch Leid, noch Geschrei, noch Schmerz wird mehr sein; denn das Erste ist vergangen.
(Da sie in der Türe sind, fällt eine Salve; die Fenster zersplittern. François sinkt tot zu Boden. Christophe reißt sich los und geht ab)
(Draußen lebhaftes Feuer, Signale, Trommel)
THIRBAUT *(von rechts)*: Ha, ha! Barrikaden! *(geht zum Fenster)* Besser, besser, meine Jungen! Ha, ha! Immer mit Ruhe, immer mit Ruhe! Nur keine Bange! Hauptsache! Ruhig laden, ruhig anlegen, ruhig zielen, ruhig schießen, haha! Kann nicht mißlingen! *(draußen Signal)* Hoho! Hoho! *(Er pfeift sich das Signal vor)* Hei, da pfeift was um die Ohren! Hoho! *(Trommeln)* *(Er marschiert nach dem Takt, nimmt ein Gewehr und geht durch die Mitte ab)* Lustig! Lustig! Und Ruhe! Immer Ruhe! *(ab)*
(Lebhafter Lärm, Feuerschein. Heftigstes Feuer)
CHRISTOPHE *(durch die Mitte, die Stirne blutig, wirft das Gewehr zu Boden, reißt das Wams auf, vorne in der Mitte in die Knie)*: Ich kann nicht... Ich kann nicht... *(sinkt zusammen)*
(Draußen Sturmsignal, Sturmschreie, gleich darauf ein Krachen, als sei die Barrikade zusammengestürzt, heller Flummenschein, näherkommende laufende Schritte. Ein Offizier, Soldaten stehen in der Türe)

(Vorhang)

DRITTER AKT

Gefängnis in Paris. Dunkler Raum. Steinwände. In der Mitte eine vergitterte Türe mit einem Guckloch. Rechts oben ein kleines vergittertes Fenster, durch das etwas Licht fällt. Links vorne auf einer Pritsche Christophe Ballou, gefesselt, doch so, daß er einige Schritte gehen und die Arme bewegen kann. In der Mittelwand drei weitere Pritschen, auf denen in der Reihenfolge von links nach rechts liegen: Jaques Rollin, genannt der blutige, Charles Bitrou, Émile Cabard. Jeder der Gefangenen hat neben seinem Lager einen steinernen Krug und eine steinerne Schüssel stehen. Émile Cabard ist nicht gefesselt.
Es ist vor Dämmerung am Morgen.
Christophe richtet sich auf.
ROLLIN: Gut geschlafen?
CHRISTOPHE: Guten Morgen.
ROLLIN: Guten Morgen.
CHRISTOPHE: Zu meinem letzten guten Morgen. Glaubst Du nicht auch?
ROLLIN: Warte... Drei Tage... Ja, ja das kann schon sein.
BITROU: Immer drei Tage nach dem Urteil! Solange dauert's bis zur Bestätigung.
CABARD: Aber es kann auch länger dauern. Und dann: es muß ja nicht bestätigt werden.
ROLLIN: Quatsch nicht! Ist er denn ein Kind, daß man ihn streicheln sollte und ihm die Träume ausreden? *(mit gemachter Zärtlichkeit)* Nein, nein, mein Söhnchen, es kann nicht sein, der Kaiser ist voll Gnade! Du wirst leben!?
BITROU: Kann er ihn denn begnadigen! Einen „Aufrührer"!
ROLLIN: Wartet, wieviele waren schon bei uns zum Tode verurteilt, seit wir hier sind? Der dürre Jean, vor zehn Jahren vielleicht, dann der schwarze Lombarde und dann... dann Du... keinen hat er begnadigt.
CHRISTOPHE: Ich bat ja nicht um Gnade. Als sie mich fragten, was ich zu sagen habe, sagte ich: ich nehme das Urteil an. – Und

jetzt, jetzt ist wohl der letzte Morgen gekommen. Und diese Nacht war meine letzte Nacht.

ROLLIN: Hast Du geträumt?

BITROU: Man sagt, daß die Träume der letzten Nacht besondere Bedeutung haben. Man sagt, vor dem Tode sei einem gegeben, im Traume die Zukunft zu sehen.

ROLLIN: Der dürre Jean, von dem ich sprach! ich erinnere mich ganz genau. Der träumte, die Erde sei voll Feuer gewesen in allen Teilen. Und die Menschen, Männer, Frauen, Kinder seien verbrannt. Er aber habe ruhig geschlafen. Das hieß: großer, großer Krieg. Und... es ist eingetroffen.

CABARD: Und der Lombarde?

ROLLIN: Der Kerl weinte in einem fort. Er wollte nichts erzählen.

BITROU: Hast Du geträumt? Ja? Erzähle!

CHRISTOPHE *(erst stockend)*: Ich lag auf einem großen, grünen Feld. In mir war Ruhe, tiefe Ruhe. Ich war wohl tot. Und doch fühlte ich, daß um mich Wachsen sei und Blühn ringsum. Meine Augen waren geschlossen. Und dennoch war mir, als leuchte die Sonne und als lache die Wiese in allen Farben. So lag ich. Und mir war, als sei dies Glück. Da fühlte ich, daß jemand auf mich zutrete und mich anblicke. Ein Jüngling. Und mir war, als sehe der Jüngling aus wie ich. Und er sprach zu mir: Du bist nicht gestorben. Ja, so sagte er, Du bist nicht gestorben. Da rann eine Glut durch mich und ich bebte. Und ich stand und sah durch ihn. Und ich vergaß, wer ich sei: der vor mir lag, lächelnd ohne Atem oder der, der stand und ins Land blickte und zum Himmel. Und mir wurde, als schwebe ich. Und ich sah durch alle Zeit in Vergangenes und Zukunft.

CABARD: Was sahst Du?

CHRISTOPHE: Aus unendlicher Höhe sah ich die Erde, liegend tief unter mir. Nebel lag über ihr und von Klüften war sie zerrissen und Rinnen. Langsam sank ich herab. Da sah ich, daß Leben war auf ihr. Rauch sah ich steigen und Bauern hinter Pflügen schreiten. Und Städte, Flecken wie meine Hand so groß mit Häusern und Häusern und Türmen. Und zwischen den Häusern Hasten und Schieben von Menschen nach allen Winden. Silberne Bänder, wenn die Sonne auf sie fiel, blaue Adern waren die Flüsse, auf denen Männer Flösse stießen, und Schiffe zogen und Segel setzten. Und ich war voll Freude. Denn ich sah, daß die Erde voll sei von Schaffen und Werden. – Da aber hob ein Sturm an in meiner Brust. Mir war als müßte ich fallen. Ich fiel. Über Länder, die ich nie gesehen, durch Zeiten, die ich nie gekannt, schwebte ich von Anfang zu Ende. Und ich sah, wie man Sklaven schlug und erschlug, und Frauen raubte und Kinder zerschmetterte, und Krieg sah ich und Krieg. Und Hungernde sah ich in großen Städten aufstehn und sprechen, und Mächtige sah ich vernichten die Schwachen und Weinen hört ich und Klagen und Krieg sah ich und Krieg. Und Staaten versanken und Staaten entstanden: Krieg war und Krieg und Hunger auf der Erde. Und der Hunger murrte, und das Leid weinte. Doch die Satten gaben nicht von ihrem Überfluß und die Mächtigen gaben nicht von ihrer Macht. Ich fuhr durch die Zeiten und ich weinte. Und ich kam in Zeiten, die nicht gewesen sind und sah: rauchende Essen und glühenden Stahl und Hämmer und Glänzen und Hallen von Eisen, Paläste von Glas, und Häuser, ragend zum Himmel [*ursprünglich:* und Hallen von Eisen und Häuser von Glas, Paläste und himmelhohe Häuser]. Und Menschen wimmeln um glühende Öfen, nackt, schweißbedeckt. Und aus Toren sah ich sie strömen, müde, gebückt, mit glanzlosem totem Aug'. In Hütten verschwinden, im Dunkel verpesteter Höfe. Und Hunger der Tausenden war die Pracht der Wenigen. Wo sah ich Recht, wo Liebe? Hingestreckt sah ich auf weiten Feldern Knaben wie Männer, in Wäldern, auf Bergen, an Flüssen, in Tälern erschlagen! Bruder, sprach ich, Not ist die Welt und Tod ist die Zeit. – Da war mir, als schwinde das Bild und leuchte auf wie Sonne aus Innern der Erde. Und war, als lächle der Menschen Blick und sei verstummt Feindschaft wie Haß und Gier nach Macht. Männer stehen am Amboß und schmieden freudig ihr eigenes Glück. Und Tränen stürzten aus mir wie Quellen, ich sank zu Boden, und ich sprach: siehe, sprach ich, darum, darum bin ich gestorben. – Er aber legte die Hand auf mich, der ich dalag auf großem grünem Feld und voll Ruhe war, voll tiefer Ruhe, als sei ich tot, er aber legte die Hand auf mich und sprach: Du bist nicht gestorben, Christophe, Du bist nicht gestorben.

CABARD: So träumtest Du?

CHRISTOPHE: Das war mein letzter Traum.

ROLLIN: Dann wird es wahr.

CHRISTOPHE: Glaubst Du? Glaubst Du, daß es wahr wird? Ja, ja. Es kann nicht anders sein. Es muß ja wahr werden.

(Pause)

(Die Türe wird aufgesperrt und geöffnet. Herein tritt ein Gerichtskommissär, ein Schreiber und ein Gefängniswärter)

DER KOMMISSÄR: Welcher ist Christophe Ballou?

CHRISTOPHE: Ich bin's.

DER KOMMISSÄR *(liest)*: Christophe Ballou ist durch das Gericht schuldig gesprochen der Fahnenflucht, begangen dadurch, daß er sein Regiment vor dem Feinde verließ, mit Absicht nicht zurückzukehren und des vollbrachten Aufruhrs, begangen dadurch, daß er im Verein mit anderen als Rädelsführer Widerstand leistete und die Waffen erhob gegen kaiserliche Truppen, in der Absicht Umsturz und Verwirrung zu verbreiten. Er wird verurteilt nach den Gesetzen Frankreichs: zum Tode. Versehen mit Siegel des Gerichtes. Gefunden zu bestätigen und aufzutragen, sofort öffentlich zu vollziehen. Napoleon – Hast Du etwas zu sagen, Christophe Ballou?

CHRISTOPHE *(schweigt)*.

DER KOMMISSÄR: Man löse ihm die Fesseln. *(ab mit dem Schreiber)*

CHRISTOPHE *(steht aufrecht, während der Gefängniswärter ihm die Fesseln abnimmt. Das Gesicht nach oben gewandt)*: Wann... soll es... vollzogen werden?

DER GEFÄNGNISWÄRTER: Bald, Ballou, bald. In einer Stunde, etwa, kann sein, in einer Stunde.

CHRISTOPHE: In einer Stunde! – In einer Stunde, ich lebend noch und sehend, in einer Stunde tot. Seht mich an, Rollin, Cabard, Du Bitrou: Stehe ich nicht? Blicke ich nicht? Schlägt nicht mein Herz? In einer Stunde, Rollin, wird nichts mehr sein. In einer

Stunde – Warum blickt Ihr zu Boden? Warum seht Ihr mir nicht ins Auge? Scheut Ihr meinen Blick, weil Ihr leben dürft, indes ich sterbe? – Nein, nein, es ist nicht groß daran, daß ich verurteilt bin zu sterben. Dies geschah nicht jetzt. War es nicht, als mich meine Mutter gebar, daß ich hingerichtet werden soll, bestimmt, durch Hunger, durch Arbeit, durch Kerker wie Ihr, als Soldat? Was ist zu wundern daran? Bloß das, daß wir wissen, wissen, daß in einer Stunde unentrinnbar Christophe Ballou nicht mehr ist! – Kerkermeister, kanntet Ihr Christophe Ballou?

DER GEFÄNGNISWÄRTER: Ist Dir zum Scherzen, Ballou? *(ab)*

CHRISTOPHE: Armer, wie könnte ich scherzen! – Kanntet Ihr, Gefährten, Christophe Ballou?

CABARD: Ballou, wir werden Dich nicht vergessen!

CHRISTOPHE: Mich? Wer bin ich? Bin ich je gewesen?... Einen Augenblick sprach wohl die Gottheit durch mich. Ich war ein Instrument. Ich war. Wer wird von der Harfe sprechen, aus der das Lied klang?

DER GEFÄNGNISWÄRTER *[erscheint wieder]*: Ballou, Deine Mutter und dein Vater.

(Mutter Ballou, weinend, und Vater Ballou)

CHRISTOPHE: Mutter, Du weinst? Siehe, der Fesseln bin ich ledig, Mutter. Ich bin frei. Weine nicht, Mutter, um Deinen Sohn. Für mich ist all dies Leid zu Ende. Ich glaube, mir war nie noch so wohl wie jetzt. Als weite sich schon meine Seele für ein unendliches Land. Ruhe ist über mich gekommen, Mutter, selige Ruhe.

MUTTER BALLOU: Christophe, mein Kind, mein Kind! *(Sie lehnt ihren Kopf an seine Brust)*

CHRISTOPHE: Was könnte ich ihr zum Troste sagen? Daß sie meine Stimme nie mehr hören wird, weint sie; daß sie mich nie mehr streicheln wird, weint sie; daß sie mich nicht mehr wissen wird atmend, liebend, lebend, weint sie. Du meine Mutter!

DER ALTE BALLOU: O Christophe, es hätte nicht so enden müssen! Schon war ich auf dem Wege zu Dir mit einigen Gleichgesinnten. Wir hätten gesiegt. Wir hatten hohe Hilfe. Wir kamen von den Prinzen.

CHRISTOPHE: Von den Prinzen? Von denen Du mir erzähltest, als ich ein Knabe war, sie hätten so feine, blasse, so schlanke, weiße Hände? – Vater, das war nicht für feine weiße Hände.

DER ALTE BALLOU: Wir hätten *ihn* besiegt.

CHRISTOPHE: Ihm die Macht genommen, um sie andern zu geben. Auch sie wollen die Macht über uns, Vater. Wir aber wollten nicht, daß die Macht regiere. – Und nun weinst Du nicht mehr, Mutter. Sieh her, hier sind Rollin, Bitrou, Cabard: lebenslänglich in diesen Kerker gesperrt. Blick sie nicht so an, Mutter, damit man Deinen Sohn nicht auch so anblicke, wenn die Henker ihn zum Schaffott führen. Es sind Menschen, gut wie Du und ich. Sie haben gemordet. Doch sie waren ausgestoßen von Glück und Liebe. Sie waren arm, sie waren hungrig, sie waren ohne Recht. Und nun sind sie eingeschlossen in diesen Käfig gleich reißenden Tieren bis an ihr Ende. Ich aber, Mutter, darf sterben.

DER GEFÄNGNISPRIESTER *(tritt ein)*.

CHRISTOPHE: Ihr kommt zu mir, ehrwürdiger Vater?

DER PRIESTER: Ich komme zu Dir, Ballou, Dir auf Deinem schweren Gange beizustehn.

CHRISTOPHE: Dank Euch für Eure Güte. Aber ich glaube, ich brauche den Beistand nicht.

DER PRIESTER: Du wirst den Trost des Priesters nicht verschmähn!

CHRISTOPHE: Nein, ehrwürdiger Vater, nein. Ich kannte einen Priester, der mir in den letzten Worten, die er sprach, den Trost gab, des ich bedarf. Und Gott, sprach er, wird abwischen alle Tränen von ihren Augen; und der Tod wird nicht mehr sein, noch Leid, noch Geschrei, noch Schmerz wird mehr sein; denn das Erste ist vergangen. Könnt Ihr mir bessern Trost geben als diesen?

DER PRIESTER: Du bist zum Tode verurteilt, Ballou. Vor den Menschen bist Du beladen mit Schuld. Doch vor Gott kannst Du befreit werden durch mich, wenn Du bereust. Willst Du nicht beichten, Ballou?

CHRISTOPHE: Ich bin verurteilt, zu sterben. Verurteilt... Und vor den Menschen, sagt Ihr nicht so, bin ich beladen mit Schuld. Rollin, Bitrou, Cabard, bin ich vor Euch beladen mit Schuld?

DER PRIESTER: Rufst Du Verbrecher zu Richtern an?
CHRISTOPHE: Ja, ja, ich rufe sie zu Richtern an! Verbrecher, richtet Ihr zwischen mir und der Welt!
DER PRIESTER: Ballou, was verblendet Dich? Diese hier... zu lebenslangem Kerker verurteilt.
CHRISTOPHE: Sag ihm, Rollin, sag ihm, warum Du hier im Kerker sitzt! – Sag's doch, Rollin, ich bitte Dich darum.
ROLLIN: Ich habe... ich habe...
CHRISTOPHE: Sag, sag!
ROLLIN: Ich habe... getötet und geraubt.
CHRISTOPHE: Schuldig, schuldig! Rufet doch: schuldig; er hat getötet und geraubt. Wie kam's, Rollin, wie kam's; von Anfang, sprich!
ROLLIN: Wie's kam?
CHRISTOPHE: Wie wuchst Du auf und wo? Wer war Dein Vater?
ROLLIN: Vater und Mutter kannte ich nicht.
CHRISTOPHE: Kannte nicht. Allein – wie wuchsest Du heran?
ROLLIN: Nun, eben so; man wächst heran.
CHRISTOPHE: Man wächst heran. Man sucht sich seine Nahrung selbst und niemand ist, niemand, der einem die richt'gen Wege weist. Man wächst heran. – Glaubt Ihr, ehrwürdiger Vater, er wäre zum Raubmörder geworden, wäre er, dieser selbe Rollin, geboren worden in seidenen Kissen? – Nein, nein, ausgestoßen war er von Geburt. Wer gab ihm Nahrung von seinem Überfluß? Man ließ ihn werden, gierig, roh, trat ihn mit Füßen, jagte ihn von Tür zu Tür und da er, Bestie geworden, durch sie, die Hand hob zu morden, setzten sie sich zu Gericht über ihn und riefen ihr ehernes: schuldig! – Cabard, Bitrou, sprecht Ihr!
BITROU: Wir wohnten in einer Kammer. Ich mit meinem Weib, er mit seinem Weib. Ich erschlug ihn.
CHRISTOPHE: Wohnten in einer Kammer. Und sind Paläste, in deren Sälen bloß Bilder hangen. Er erschlug ihn. Sie waren arm und wohnten in einer Kammer. Du bist Verbrecher, Bitrou, Verbrecher.
CABARD: Mein Herr entließ mich. Ich stand ohne Brot. Ich hatte Weib und Kind. Da legt ich Feuer an sein Haus.

CHRISTOPHE: Sie trieben sie in Haß und dann ließen sie die Türen ihrer Kerker zufallen hinter ihnen für alle Zeiten. – Brüder, getretene, beladene, auch Eure Seele wand sich in namenlosem Leid. Brüder, Euch rufe ich zu Richtern an. Der Priester sagt, ich stünde schuldbeladen vor der Welt. Bildet ein Gericht! Rollin, den man den Blut'gen nennt, er sitz ihm vor! Und, Brüder, sprechet Recht!
Richter, so stand ich vor denen, die mich Todes schuldig gesprochen haben: ich klage an, sprach ich, *ich* klage an! Ich klage an, daß Hunger ist und Völlerei, daß die Satten taub sind dem Geschrei der Armen und blind ihren erhobenen Händen; ich klage an, daß Menschen sind, die sterben in harter Fron und wenige, die sie beherrschen; ich klage an, daß Macht ist und nicht Recht, und daß das Gesetz gemacht ist, die Macht zu schützen. Ich klage an unseres Hungers, ich klage an unserer Armut, die andrer Reichtum ist, ich klage an unseres Todes, der ihr Leben ist. Ich klage an, daß wir sterben müssen in Schlachten für wenige, goldbehangene, die uns schicken und niederhalten mit ihrer Gewalt. Ich klage an, daß wir Ware sind, unsre Hände, unsre Füße, unsere Augen, für die man bietet und zahlt nach Bedarf. Ich klage an, daß Not ist, Not und Überfluß. Ich klage an, daß Mütter sind, die in Jammer gebären, und Knaben, die um Brot betteln von Tür zu Tür und Männer, die gebeugt sind von Arbeit und Last und von Hunger, und Weiber, die sich verkaufen um Brot, und Männer, die morden um Brot und daß Krieg ist, in dem sie sterben, klag ich an, Krieg, das zu beschützen, um das sie leiden, klag ich an, ich klage an: wir sterben! – Sie sprachen mich schuldig des Todes. Nun Ihr, meine Richter, blutiger Rollin, Bitrou, Cabard, sprecht Ihr! Meine Brüder seid Ihr. Sprecht Recht über Eueren Bruder. Ich stand auf, Richter, Aufruhr zu setzen in die Herzen und zu erwecken die neue Zeit. Liebe sollte sein und Recht, nicht Hunger und nicht gewaltsames Sterben. Ich rief. Und es kamen die Brüder, wie ich, wie Ihr beladen mit der Last ihrer Armut, begleitet von Trauer der Mütter. Es schickten die Mächtigen von ihrer Macht aus gegen uns, uns niederzuwerfen zu neuen Schmerzen. Da schwang ich

in meiner erhobenen Hand auflodernden Aufruhr weit sichtbar ins Land! Und führte die Brüder. Richter, Richter, weh mir. Nicht frei ist meine Seele von Schuld. Sie stellten mit Waffen in ihren Händen sich hin zum Kampf. Und um die Liebe, Brüder, fielen so hüben wie drüben, fielen Männer wie ich und Ihr. – Richter, ein Empörer bin ich. In mir ward wach Leid der Väter, der Mütter Not durch alle Zeiten, aus mir schrie's zu Gott. Ein Empörer bin ich! Und hier mein Herz war aller Väter und Mütter Herz. Ein Empörer bin ich. Ein Empörer. Richter, Richter, ich habe Brüder, Aufruhr zündend, in Tod geführt. Wehe, wie trage ich diese Schuld?! – Sprecht Recht! Sprecht Recht! Sprecht: bin ich schuldig?

ROLLIN, CABARD, BITROU: Nein!

CHRISTOPHE: O, Eure gefesselten Hände! *(Er eilt zu ihnen, schüttelt ihre Hände)* Habt Dank, habt Dank. Priester, sie sprachen frei.

DER PRIESTER: Du trittst vor Gott, Ballou. Er wird Gericht halten über Dich.

CHRISTOPHE: Vater, Gott hat in mein Herz gesehn!

(Eine Glocke beginnt zu läuten. Mutter Ballou schluchzt auf. Christophe steht unbeweglich und lauscht)

DER PRIESTER *(tritt auf ihn zu, wohlwollend)*: Ballou, hörst Du's läuten? Es ist Deine letzte Glocke. Dein letztes Stündlein brach an. Denk an den Herrn, Ballou, und seine segnende Güte!

CHRISTOPHE: Mutter, Mutter, das Armesünderglöcklein klingt. Mutter, nun ist dies alles zu Ende. Nun steh ich da, Vater, Mutter, Brüder, und warte ratlos, daß man mich hole und ein Ende setze. Gleich werden sie wohl da sein. Einen Augenblick noch und ich kann Dir nichts mehr sagen, Mutter. Einen Augenblick noch und ich bin nicht mehr. Und mir ist, als wäre noch so viel in mir, das hinaus wollte ans Licht, ans Licht, ungeordnet, wild, aufgärend in mir und will noch getan und will noch gesagt sein; als erwache jetzt, jetzt, wo ich sterbe... Da sind sie, da sind sie...

(Der Gerichtskommissär, Gefängniswärter, Soldaten sind eingetreten)

Was soll ich nun sagen, wie dräng ich's zusammen, das Alles, das Alles! Gebt Zeit, gebt Zeit! So viel ist noch in meinem glü-

henden Herzen! Noch einmal fühl ich mit Urgewalt mein Sein durch die ganze Welt gespannt, und mein nun sterbendes, sterbendes Herz will von dieser Erde unbändigen Schmerz noch einmal, mit seinem letzten Schlagen, noch einmal, noch einmal den Menschen sagen, in Worten, die noch kein Ohr gehört, in Tönen, die nie noch aus Kehlen gedrungen, in Bildern, wie sie kein Pinsel gemalt, in Chören, die kein Sturm verweht... Zu spät, zu spät! Und press ich aus meiner Seele den *(schreit)* Schrei, hilflos bricht er an den Mauern entzwei und jagt nicht, erweckte Brüder zu grüßen, durch Land und steigt nicht zu jähem Brand entfacht zum Himmel, erhellend ewig die finstere Nacht! – Nun bin ich zum letzten Male. Und durchtobt vom Sturmwind der Ewigkeit wie nie. Ich bin der Liebe voll. Strahl der Unendlichkeit, wach auf aus meiner Brust, brecht auf, brecht auf, Harmonien der Zusammenhänge, in deren Rhythmus noch einmal die Seele erbebt. Brecht auf, brecht auf aus mir und seid! – Schon höre ich Eure Musik, Musik des letzten Beieinanderseins. Brüder. Von fern her. Eine getragene, rauschende, brausende Musik, in der die Mauern stürzen. Brüder. Von fern her... Schwillt sie an, Brüder... schwillt sie an?
(Er steht, gleichsam in die Weite lauschend)
DER KOMMISSÄR: Christophe Ballou, Du mußt jetzt mit uns gehen. Nimm Abschied.
CHRISTOPHE: Ich komme... *(sich zum Gehen wendend)* Ehrwürdiger Vater, wie sagt doch das Evangelium: Nicht alle sind tot, die begraben werden, denn sie töten den Geist nicht... Sagt es nicht so...? Lebt wohl, Brüder, Vater, Mutter, lebt wohl!
(Alle ihm nach ab mit Ausnahme von Rollin, Cabard, Bitrou)

(Vorhang)

Gewehre
Aus einem Schauspiel aus der Zeit Napoleons

Christophe Ballou, der zum Empörer gewordene Soldat, erwartet in der Gasthausstube seiner Eltern das erste Zusammentreffen mit den Schergen des Tyrannen. Gegen sein Haus, das den erwachten Bedrängten und Beladenen ein Sammelpunkt geworden ist, wird bald des Kaisers Macht ausgesendet werden. Die Freunde rüsten. Eben hat einer seiner Anhänger die letzten Gewehre in das Gasthofzimmer gebracht und in Haufen auf den Boden gelegt.

Christophe (tritt ein): Mutter!... Ich war bei Julienne. Laßt sie nicht allein in den Dingen, die kommen werden. Wo ist der Vater?

Mutter Ballou: Er ist fortgegangen, Christophe, als er sah, daß man Barrikaden baut. Er habe Freunde, sagt' er, die sich verbergen. Jetzt sei ihre Zeit gekommen.

François: Die Zeit *seiner* Freunde ist nicht gekommen. Er irrt sich, der Alte.

Christophe (hat den Haufen Gewehre in der Mitte des Zimmers erblickt): Gewehre, François, Gewehre! Auch wir, François, sollen sie sprechen lassen, sollen den Tod anrufen als Richter, und mit Mord beginnen unser neues Reich? Ist denn das *Wort* nicht stark genug, Haß und Gewalt zu besiegen?... (ergreift eine der Waffen) Gewehre... Gewehre... François! Ich drück' sie meinen Freunden in die Hand. Setzt an und feuert, sprech' ich. Und aus diesen kleinen Löchern rast pfeifend Tod. Und in die Knie brechen seh' ich meine „Feinde"... Gewehre, François, Gewehre...

François: Was hilft's, Christophe!

Christophe: Mörder wir und Mörder sie! Wie scheint mir dies Geschlecht mit Fluch beladen von seiner Schöpfung an. Was zwingt mir dies Gerät hier in die Hand? Man schaffe es hinweg! Ich will's nicht sehen, François!

François: Und wenn sie kommen, Christophe, niederzutreten, niederzuschießen? Willst du dein Werk verlassen? Soll wieder hoffnungslos alles sein wie bisher?
Christophe: Sieh' her! Auf der Pfanne liegt das Pulver und im Lauf das Blei. Noch atmet, den dies Geschoß hier fällt. Wer ist er? Ein Bürschlein, kaum dem Meister entlaufen, ein Bauernsohn, ein bärtiger Soldat? Soll ich dir's sagen, François? Ein armer Bursche ist's, wie ich, auf jeden Fall. Ein Werkzeug bloß wie dies Gewehr. Die trifft es nicht, die den Sturm befehlen gegen die Barrikade unseres Rechts.

Wir legen an: hinsinken namenlos unsere Brüder, gefesselt, Maschinen: willenlos: Gewehre, François, Gewehre. Unser Blut vermischt sich leicht mit ihrem und über die Trümmer reitet auf weißem Pferd, grüßend nach links und rechts, der *Sieger*. Und weiter ziehen für ihn Männer und Knaben in die Schlacht. Sterbend für ihn. Weiter weinst du, Mutter, weiter durch alle Zeiten, um die geopferten Söhne und weiter tanzt Julienne ihren irren Tanz. Weiter bauen sie Paläste und Schlösser, in denen *andere* wohnen, weiter schmieden *sie* und hämmern sie und klopfen sie und sterben Hungers, weiter, immer weiter der wilde grausame Reigen! Soll *das* das Schicksal sein? Nein! Wir werfen *neue* Würfel in die Becher! Das Spiel beginnt. Seht her! Der Einsatz sind wir selbst auf *beiden Seiten*! Lachst du nicht, Mutter? Ich glaub', man sollte lachen zu diesem seltenen Würfelspiel! (Indem er ein Gewehr in die Höhe hebt): Gewehre, François, Gewehre! Wir enden diese Nacht für alle Zeit! Wir zünden einen Brand, leuchtend weithin über die trauernde Erde!

Der rote General

Schauspiel

PERSONEN:
(In der Reihenfolge ihres Auftretens.)

Dimitri Pawlowitsch Pantschew
Trödler
Erster Soldat
Zweiter Soldat
Dritter Soldat
Vierter Soldat
Deputierte
Mendel Frischmann, Vater Podkamjenskis
Andrejew, ein junger Student
Brutzkin, Divisionskommandeur
Podkamjenski, Oberbefehlshaber
Serafima Iwanowna
Kaplan
Tatarinow
Zwiebel
Ein Jude
Ratmanow
Führer
Der Vorsitzende
Ein Kommissär
Nowosilzew
Eine Deputation von Bauern
Eine andere Deputation
Bauern, Arbeiter, Soldaten, Volkskommissare, Juden.

Das Stück spielt in den ersten Monaten der russischen Revolution 1917/18 in Petrograd, auf dem Wolhynischen Kriegsschauplatz und auf einem Bahnhof an der russischen Grenze.

1. Szene.

Nachts, Petrograd. Laden in einer Nebenstraße. Feuerschein, Gewehrschüsse von einer Hauptstraße. Gefecht in der Ferne. Dimitri Pawlowitsch Pantschew in Uniform. Achselstücke abgerissen. Klopft von außen ans Fenster.
DIMITRI: Hallo – Hallo – aufgemacht, aufgemacht! sag ich, Hallo...
TRÖDLER *(aus dem Fenster)*: Wer ist da... alle Gerechte...
DIMITRI: Aufgemacht... aufgemacht...
TRÖDLER: So e Nacht, so e Nacht... Gott sei uns gnädig... Sie schießen...
DIMITRI: Bescheiß dich nicht, Jüdchen... es wird dir kein Haar gekrümmt werden, wenn du aufmachst... mach auf, sag ich!
TRÖDLER *(hat geöffnet)*: ...e Offizier... Ihr wollt Euch verstecken bei mir... hier nebenan haben sie einen gefunden... bringt kein Unglück über uns... Herr Offizier...
DIMITRI: Kusch dich!... zeig deine Schätze... ich will Kleider, so... Rock... Hosen. So ist's recht... je dreckiger, umso besser... man wird mich für einen Minister halten, ha, ha, ha, Jüdchen, Jüdchen, du wirst noch die Gala für den neuen Hof liefern müssen.
TRÖDLER: Wenn jemand kommt... schnell, schnell, Euer Gnaden... e Jüdchen ist gleich hinüber in solche Zeiten...
DIMITRI: Ein Jüdchen. Ihr habt es doch gewollt und gemacht! Ihr seid jetzt obenan, Jud... vielleicht bist du morgen Finanzminister oder Hofmarschall oder General. Was kosten die Hosen, Exzellenz?
TRÖDLER: Schöne Hosen... hab gegeben selbst 50 Kopeken... von einem Kellner... 10 für mich, Euer Gnaden, und der Rock 40... ein gutes Stück... macht e Rubel rund, Euer Gnaden... Nehmt mit Eure Sachen, Euer Gnaden, Herr Offizier... vielleicht und sie kommen suchen... kann man sein genug vorsichtig, wenn man ist ein Jud? Was haben wir schon gesehen für Befreiungen! Aber dann sind sie immer gekommen mit Raub und Mord in unsere Häuser...

DIMITRI: Armes geprüftes Volk! Freu dich, Jud! Gott ist mit euch: die russischen Leute müssen sich verkleiden und Chajm und Isaak sitzen im Kreml...
Dimitri wirft ihm Geld hin, ab. Trödler zählt das Geld, Schüsse, schließt rasch den Laden, macht das Licht aus.

Verwandlung.

2. Szene.

Großer Saal im Winterpalais, Bewegung, Soldaten aus und ein. Hohe Fenster im Hintergrund. Von den Wänden abgerissene Bilder, Glasscheiben zerbrochen. An den Fenstern Gruppen, leise sprechend. An der Fensterwand erhöhte Galerie. Von außen anschwellendes und wieder sinkendes und wieder sich steigerndes Rauschen von vielen Menschenstimmen.
ERSTER SOLDAT *(kommt)*: Wer ist bei ihm?
ZWEITER SOLDAT: Podkamjenski.
ERSTER SOLDAT: Lange?
ZWEITER SOLDAT: Eine Stunde.
ERSTER SOLDAT: Allein?
ZWEITER SOLDAT: Sie haben noch Gargunow gerufen, Nowosilzew, Alexejew.
DRITTER SOLDAT *(kommt)*: Überall die Rote Fahne, in Wologda, Pskow, Nowgorod, Twer, Witebsk, Gomel, Tambow...
ZWEITER SOLDAT: Schnell, schnell... wir müssen schnell vorwärts, sonst... sie dürfen keine Zeit finden...
ERSTER SOLDAT: Es geht drunter und drüber!
ZWEITER SOLDAT: Drunter und drüber? Wie soll es denn gehen, wenn nicht drunter und drüber! Alles drunter und drüber! Alles von unterst zu oberst gekehrt!
DRITTER SOLDAT: Es wird dir wohl zu viel geschossen, Genosse...
ZWEITER SOLDAT: Du willst wohl Versammlungen mit ihnen halten und ihnen Broschüren zu lesen geben? Flintenkugeln sind die besten Argumente, wenn es rasch gehen soll... und es muß rasch gehen! *(Lärm von der Straße.)* Was wollen die Leute?

ERSTER SOLDAT: Es sind Soldaten aus Krasnoje Selo, sie sind heute zu Tausenden in die Stadt gekommen. Sie warten auf die Entscheidung, wer Oberbefehlshaber wird.
ANDREJEW: Was rufen sie?
ZWEITER SOLDAT: Sie wollen Podkamjenski. *(Ein Mann aus dem Nebenzimmer tritt ein.)* Wie weit sind sie? Ist es schon entschieden?
DER MANN *(abgehend)*: Geduld... Geduld! In 10 Minuten, Genossen!
VIERTER SOLDAT *(kommt)*: Telegramme für ihn.
ZWEITER SOLDAT: Man soll warten. Er soll nicht gestört werden. Podkamjenski ist bei ihm. Berichte?
VIERTER SOLDAT: Aus Moskau, aus Finnland *(sprechen leise weiter)*. *(Eine Deputation von Bauern tritt ein.)*
DEPUTATION: Wir kommen...
SOLDAT *(an der Tür)*: Pst... Pst. Es ist unmöglich! Später, Genossen, später. Sprecht drüben im Zimmer gegenüber mit Genossen Kolschawski. Er wird euch...
DEPUTATION: Von einem zum andern... Von diesem Genossen zu jenem Genossen... es handelt sich darum, daß wir... man hat uns alles Vieh genommen... wie sollen wir...
EINE ANDERE DEPUTATION: Es handelt sich... Genosse... es ist nichts zu essen... wir sind nämlich aus Tscherepowetz... unsere Weiber und Kinder...
ERSTER SOLDAT: Das Vieh, das Essen, unsere Weiber und Kinder, und ein Dampfpflug, eine Straße, und wieder nichts zu essen... haben wir nicht erst begonnen? Was zuerst, Genossen? Die Armee, Friede mit den Deutschen, und die Befestigung der Ordnung zu Hause. Es wird schon gehen, Genossen, ihr müßt selbst... ihr seid doch klug und ihr findet schon einen Ausweg... für den Augenblick...
EINER AUS DER DEPUTATION: Bei uns nämlich... nämlich, ich bin aus Werchowazkoi, Gouvernement Wologda, Genossen, daß ich es offen sage... ohne Mehl, Genossen, geht es nicht, ohne Mehl... wir haben beschlossen, daß Mehl eingeführt wird und nach Werchowazkoi gebracht.

ERSTER SOLDAT: Der Genosse Kolschawski wird es zu Protokoll nehmen.
DEPUTIERTER: Man soll es zu Protokoll nehmen, jawohl, das war es, das... ja... und das Mehl verteilen, gleichmäßig pro Kopf und Nase, Genossen!
(Deputation ab.)
ERSTER SOLDAT: Was ist mit Putilowo?
VIERTER SOLDAT: Podkamjenski ist gestern dagewesen! Er hat gesprochen und aus Kronstadt Genossen hingebracht. Es klappt alles wie ein Uhrwerk... wie er es ausgearbeitet hat... die Kaders der Armee sind gebildet, Genossen...
MENDEL FRISCHMANN *(tritt ein)*: Vergeben, kennt ihr meinen Sohn?
ANDREJEW: Pst!
MENDEL FRISCHMANN: Vor drei Tagen bin ich gekommen, hat er nicht geschrieben? Lieber Vater, schreibt er, kommt, seht Euch an die Stadt! Man darf jetzt reisen, wie man will, schreibt er, und alle sagen es in Podkamjen, der großmächtige Zar ist gegangen worden. Ihr könnt fahren, schreibt er, geliebter Vater, ohne Ängsten nach Petersburg.
ANDREJEW: Was wollen Sie?
MENDEL FRISCHMANN: Herr, ich bin der Vater, ich such ihn. Ich komm, und wo ist er? Schießen, brennen und mein Sohn? Ein großer Mann ist er geworden, sagt man mir, ich soll fragen hier... aber läßt man mich herein?
EIN SOLDAT: Ruhe!
MENDEL FRISCHMANN *(verneigt sich)*: Mendel Frischmann, Fleischer aus Podkamjen, wolhynisches Gouvernement. Läßt er mich kommen, mein Kind, mein geliebtes, gebenscht soll er sein, sperr zu dein Krämel, geliebter Vater, schreibt er...
BRUTZKIN *(ist kurz vorher eingetreten)*: Was ist mit dem Kreml, Jud?
ANDREJEW: Er hat seinen Kram gesperrt, Genosse, sagt er. Er ist gekommen, seinen Sohn zu sehen.
BRUTZKIN: Ist er hier?
ANDREJEW: Ich weiß nicht.

BRUTZKIN: Wie heißt du?
MENDEL FRISCHMANN: Mendel Frischmann, Fleischer aus Podkamjen, wolhynisches Gouvernement. Ein schöner großer Mann ist er, ein bißchen schwächlich ist er immer gewesen. Aber mein Hindele, mein Weib, meine Taube, Gott hab sie selig, sechs sind gestorben, aber ihn, das letzte, hat sie mit Gottes Hilfe, gepriesen sei er, hat sie ihn großgezogen.
(Stimmen aus dem Hintergrund) Pst! Pst!
MENDEL FRISCHMANN: Wo soll ich ihn suchen, Herr Soldat?
BRUTZKIN: Such ihn, Jud, auf der Straße such ihn, bei den Toten, die in den Fluß gefallen sind, die er anschwemmt an den Inseln, sie hängen an den Haaren, ha, ha, ha...
MENDEL FRISCHMANN *(hält sich die Ohren zu)*.
Brutzkin *(reißt ihm die Hände von den Ohren)*: Hör nur, hör nur! Ha, ha, ha, seht, wie er zittert, wie das Jüdchen zittert, ha, ha, ha...
EIN SOLDAT: Pst!... Podkamjenski!
(Die Türen rechts öffnen sich. Heraus sechs Männer, ernst. Stiller Halbkreis, auch die Gruppen an den Fenstern haben sich gelöst. Mendel Frischmann stutzend, vor, auf ihn zu.)
MENDEL FRISCHMANN: Moischele, Moischele...
PODKAMJENSKI *(zärtlich... Mendel Frischmann hält ihn umschlungen.)*: Vater! Vater!
MENDEL FRISCHMANN *(schluchzend und lachend)*.
BRUTZKIN *(lacht laut, unbändig, schlägt sich die Knie)*.
EIN VOLKSKOMMISSAR: Genossen! Der Rat der Volkskommissare hat dem Genossen Podkamjenski den Oberbefehl der Armee übertragen.
BRUTZKIN *(nimmt Haltung)*: Genosse Oberbefehlshaber! *(Allgemeiner Jubel im Saal und auf der Straße.)*
PODKAMJENSKI: Gleich, Vater, gleich. Komm ans Fenster, Genosse Kommandeur... mit mir. *(Der Saal hat sich gefüllt, die Fenster werden geöffnet, Gewirr von Stimmen von außen dringt ein; Podkamjenski auf der erhöhten Galerie beim Fenster hat eine Rote Fahne ergriffen, streckt die Hand aus, beginnt aus dem Fenster zu sprechen)* Genossen! Es hat gesiegt, woran wir ge-

glaubt haben, die Rote Armee marschiert. Heute seid ihr Tausende, morgen werdet ihr Hunderttausende sein! Es lebe die Revolution der Bauern, Arbeiter und Soldaten... *(seine Worte gehen unter in Lärm und Musik).*

Verwandlung.

3. Szene.

Wohnung Podkamjenskis. Serafima sitzt an der Schreibmaschine und schreibt von einer Vorlage ab. Aus dem Nebenzimmer hört man die Stimmen debattierender Männer, darunter die Stimme Podkamjenskis.

STIMMEN AUS DEM NEBENZIMMER: Diese Art der Aufbringung der Lebensmittel, wie sie vorgeschlagen wurde, gefährdet die Versorgung der südlichen Bezirke. Die Wichtigkeit gerade dieser Gouvernements für die Verpflegung der Armee brauche ich nicht zu erklären. Ich beantrage die Verweisung an eine Kommission, die bis heute abend einen Vorschlag... Wozu? Genug Kommissionen! *(Geht im Lärm aller Stimmen unter.)*

PODKAMJENSKI *(tritt ein, zu Serafima)*: Ich möchte... *(Sucht unter den Papieren neben der Maschine.)* ...Bitte schreibe: statt zusammenfassen, in eigenen Formationen zusammenfassen.

SERAFIMA: Freust du dich, Maxim?

(Pause.)

PODKAMJENSKI: Der Aufruf muß heute hinaus!

SERAFIMA: Alles ist so neu. Ich komme nicht zur Besinnung... Wie lange ist es her, da saßen wir in unserer Schweizer Mansarde... und heute...

PODKAMJENSKI: ...Schreib: Genossen! Soldaten der Roten Armee! Auf den Trümmern einer zusammengebrochenen Welt bauen wir das Rote Heer der Bauern, Arbeiter und Soldaten. Die Rote Armee marschiert! Genossen! Das Schicksal der größten Sache der Erde, der proletarischen Sache, unsere Sache liegt in unseren Händen! Der Tag ist angebrochen, auf den wir gewartet haben.

(Nebenan ist der Lärm der Debatte stärker geworden. Man hört rufen: Podkamjenski! Podkamjenski!*)*
PODKAMJENSKI: Einen Augenblick!... Gewartet haben... ich bin gleich wieder da. *(Ab.)*
(Im Nebenzimmer dauert der Lärm an, als ob alle auf Podkamjenski einreden würden. Podkamjenski beginnt zu sprechen. Serafima hat erst gewartet – dann steht sie auf, geht nach hinten, steckt den Samowar an. Podkamjenskis Stimme wird für Augenblicke deutlicher, um wieder undeutlich zu werden. Man versteht:)
PODKAMJENSKI: ...Ich halte es für falsch, die Aufbringung von Kartoffeln und Getreide den Bezirken zu überlassen... Ich bin auch hier für straffste Zentralisierung. Wir müssen die Gewißheit haben, daß alles, was geschieht, klar und in unserem Sinne geschieht und dürfen nicht Entscheidungen, die prinzipiell sein müssen, gerade in der ersten Zeit nicht, anderen überlassen.
STIMMEN: Die Kontrolle? Man wird die spezielle Lage nicht berücksichtigen können.
PODKAMJENSKI: Ich glaube, wir sollen einen betrauen, den Genossen Chobotow, der die Verantwortung tragen wird und die Sache nach dem vorliegenden Material durchführen...
STIMMEN: Ein Starrkopf... Chobotow... Man muß einen Geschmeidigen nehmen... Man kann nicht Chobotow... Personalfrage... vertagen... Nebensache... Das sind Kleinigkeiten...
SERAFIMA *(wieder an der Maschine, hat zu schreiben begonnen, dann wieder zum Samowar. Nebenan wird es still. Man hört klar und deutlich die Stimme Podkamjenskis. Serafima hört gespannt zu).*
PODKAMJENSKI: Es ist nichts Kleines, worüber wir sprechen. Genossen, hier gibt es nichts Kleines. Hier ist alles groß und gehört dazu! Die Aufbringung von Kartoffeln in Wologda... Nirgends, nirgends, Genossen, darf der Gedanke verwässert und verkleinert werden, ein kleines Loch, durch das die Mäuse dringen.
STIMMEN: Chobotow wird nicht wollen... Er wird seine Arbeit nicht lassen wollen... Man soll Chobotow nicht zwingen. –

PODKAMJENSKI: Wir müssen unbeirrbar sein, Genossen! Wir sind nicht Freunde, Brüder, Söhne, Gatten, wir sind nur eins: Diener, Diener dieser Sache, wir wissen nichts als diese Sache. Es ist ein großes Geschick, Genossen, kein menschliches Geschick zu tragen, nur das Geschick der allgemeinen Sache!

(Pause.)

EIN ANDERER IM NEBENZIMMER: Die Kartoffeln von Wologda, Genossen... *(Geht im Lärm unter.)*

(Serafima gießt den Tee ein. Podkamjenski tritt ein, geht langsam zum Sofa – setzt sich – raucht. Serafima hat ihn noch nicht gesehen – sie kommt mit dem Tee. Er sieht sie an – lange – mit großem Blick, wie sie auf ihn zuschreitet. Sie lächelt – nimmt zwei Tassen vom Tablett, stellt sie auf den Schreibtisch.)

PODKAMJENSKI: Ich habe heute meinen Vater gesehen, Serafima – nach fünfzehn Jahren – er ist wieder heimgefahren.

SERAFIMA *(sieht ihn bewegt an – legt die Hände auf seinen Kopf)*: Gott segne dich, Maxim!

PODKAMJENSKI *(lächelnd)*: Gott segne den Oberbefehlshaber der gottlosen Armee.

SERAFIMA: Das war dumm – aber ich mußte es sagen.

PODKAMJENSKI: Dumm – –!... Du bist vollkommen, Serafima! *(Will sie küssen. Das Telephon läutet. Am Apparat.)* Hallo... ja, am Apparat... Wir haben uns für Chobotow entschieden... Ja... bis heute abend... Gut... Ihr könnt es weitergeben... *(An die Tür zum Nebenzimmer, die er öffnet, um einen Blick ins Nebenzimmer zu werfen, dann hinter sich verschließt. Geht auf Serafima zu – langer Kuß. – Es klopft einmal – zweimal.)*

PODKAMJENSKI: Soll man da lachen oder weinen? Es wird Nowosilzew sein, Serafima. *(Zurück ins Nebenzimmer.)*

SERAFIMA *(geht öffnen – Aufschrei hinter der Tür, läuft zurück – hilfesuchend bis gegen die Tür ins Nebenzimmer. Hinter ihr ist Dimitri Pawlowitsch Pantschew eingetreten.)*

DIMITRI: Ganz nett – bißchen ärmlich, nicht? Also so wohnt der Oberbefehlshaber einer Armee. Nicht sehr imponierend, möchte ich sagen.

SERAFIMA: Was wollen Sie – wie kommen Sie hierher... ich rufe um Hilfe!

DIMITRI: Du hast dich nicht geändert, Serafima. Schön – sehr schön. Bißchen bleicher, schmäler geworden, im Bett bei dem Juden!

SERAFIMA *(zur Tür, als ob sie öffnen wollte)*: Gehen Sie! Er ist hier nebenan! Ich rufe... Was wollen Sie?

DIMITRI: Ist das so merkwürdig, daß ich zu dir komme, Serafima? Sie suchen mich, ich habe gegen sie gekämpft, wurde gefangen – entkam – bin auf der Flucht. Da erinnert man sich vielleicht einer Frau, deren erster Mann man gewesen ist – wenn es auch etwas lange her ist – zumal wenn diese Frau nun die... sagt man „Gattin" bei euch?... des Generalissimus geworden ist. An wen denn sonst soll ich mich wenden?

SERAFIMA: Gehen Sie!

DIMITRI: Sie hat dich nicht vergessen, denkt man, den Ersten vergißt man nicht – das ist der, der immer da ist, wenn man auch bei einem andern liegt.

SERAFIMA: Ich habe es vergessen – ich will nicht, daß Sie... Weg! – Hinaus! – – Sie sind sein Feind!

DIMITRI: Du wirst mich retten, Serafima!

SERAFIMA: Ich werde nicht! – Nein! Nein!

DIMITRI: Einen Geleitschein – von ihm unterzeichnet... über die Grenze... Du – ich hab' dich nicht vergessen! Serafima, Russin, bei allen Heiligen, zu denen du gebetet hast...

SERAFIMA *(verhalten)*: Hilfe! Hilfe!

DIMITRI: Ruhig! – Rette mich, Serafima!

SERAFIMA: Ich ruf' um Hilfe – – *(Reißt die Tür auf.)* Maxim – – Es ist... es ist ein Mann da, Maxim, – – er will...

PODKAMJENSKI *(tritt ein)*: Was... was wollen Sie? Wie sind Sie hier hereingekommen? Du kennst ihn?

SERAFIMA: Ich kannte ihn.

PODKAMJENSKI: Was wollen Sie?

DIMITRI: Ich heiße Dimitri Pawlowitsch Pantschew. Ich habe nichts verbrochen, als meinem Herrn gedient. Ich werde verfolgt – ich habe keinen Herrn mehr und bin des Eides ledig.

PODKAMJENSKI: Ja... aber... was soll...

DIMITRI: Ich bitte um einen Geleitschein über die finnische Grenze.
PODKAMJENSKI: Sie verstehen, daß Sie Ihr Anliegen hier nicht an der richtigen Stelle vorbringen. Ich wüßte nicht, was mich berechtigen würde, gerade Sie... weder die ungewohnte Art, den Fall zu Gehör zu bringen, noch der persönliche Eindruck, den Ihr Besuch auf mich machen sollte, dürfen mich verleiten, eine Sache der für alle geltenden Behandlung zu entziehen.
DIMITRI: Ich bin Russe – Sohn eines russischen Vaters – einer russischen Mutter. Durch die groteske Verwirrung aller Dinge in diesen Tagen stehe ich vor Ihnen – vogelfrei – und muß Sie bitten, mir zu erlauben, diese meine russische Heimat verlassen zu dürfen.
PODKAMJENSKI: Diese groteske Verwirrung trifft außer Ihnen – – wieviel sind es, Serafima...?
SERAFIMA *(sieht nach)*: 43 758.
PODKAMJENSKI: Also 43 757 kaiserliche Offiziere. Ich sehe keinen Anlaß, einen Einzelfall gesondert zu lösen.
DIMITRI: Ich stehe als einziger vor Ihnen.
PODKAMJENSKI: Wir wollen 43 758 Offiziere der alten Armee zu unserer Sache führen – ihr dienstbar machen – was gehen uns Einzelschicksale an, Einzelsorgen? Haben Sie sich darauf verlassen, durch die romantischen Wirkungen eines kühnen Handstreichs die Festung gegründeter Anschauung zu überrumpeln? Unsere Unterhaltung muß zu Ende sein... wir wollen fortsetzen, Serafima... Wo waren wir... der Tag ist angebrochen...
DIMITRI *(bitter herausfordernd)*: Keine Einzelschicksale!... Gut – gut – ich verstehe! Einer von 43 000 Offizieren! – – Auch für dich, Serafima, einer von 43 000 Offizieren, nicht mehr Dimitri Pantschew – du wirst stumm bleiben, wenn sie ihn in der nächsten Ecke niedermachen, einen von 43 000...!? Wie ist das? Ich bin nicht mehr für dich? Einer von 43 000? – Ab dafür? Diese Frau hat mir gehört! Warum erschrickt der Oberbefehlshaber? Ist er nicht bleich geworden, Serafima? Genosse Oberbefehlshaber... eine von... wie viele Millionen Frauen...? Sieh doch nach, Serafima! Was gehen Sie Einzelschicksale an – Einzelsorgen!!!

PODKAMJENSKI *(nach kurzer Pause)*: Schreib: *(Die Männer aus dem Nebenzimmer treten ein. Abschied, Händedrücken, Verneigung, auch zu Dimitri.)* Geleitschein für den Dimitri Pawlowitsch Pantschew zum Passieren der finnischen Grenze. Der Oberbefehlshaber. *(Er unterschreibt.) (Ab ins Nebenzimmer, die Tür bleibt offen. Serafima gibt Dimitri den Schein.)*
DIMITRI *(ab)*.
(Pause.)
SERAFIMA: Du hättest es nicht tun sollen.
PODKAMJENSKI: Ich hätte es nicht tun sollen?... Wo hielten wir, Serafima?
SERAFIMA *(lesend)*: Der Tag ist angebrochen, auf den wir gewartet haben.
PODKAMJENSKI *(diktierend)*: „Es ist keine Gewalt des Zaren mehr, keine Gewalt der Generale, keine Gewalt der Junker, keine Gewalt der Fabrikherren mehr! Bei euch ist die Gewalt, die Gewalt des Heeres, die Gewalt des Bodens, die Gewalt der Fabriken"... Ich hätte es nicht tun sollen, Serafima? Ja, ich hätte ihn auf die Straße schicken können ohne Schein. Man hätte ihn verhaftet und erschossen. Ich habe mich bei diesem Wunsch ertappt, bei dieser Rachlust des Bourgeois... *(Diktierend)* „Schart euch um die Fahnen der Roten Armee! Wir haben sie Petrograd aufgepflanzt, und ihr werdet sie weitertragen, das Zeichen der Freiheit zu den befreiten Sklaven aller Länder."... Ich habe ihn laufen lassen, obgleich ich ihn hätte unschädlich machen müssen, diesen Feind der Revolution. Nur daran hätte ich denken dürfen, an sonst nichts. An dich nicht, an mich nicht, Serafima. So sehen unsere Sünden aus... „Ihr habt mich zu eurem Führer gewählt, Genossen, ich danke euch, und ich gelobe, daß ich alles setzen will an unsere proletarische Sache. Es lebe die sozialistische Revolution der Bauern, Arbeiter und Soldaten!" Ich bin ein großmütiger Gatte und Bürger gewesen. „Der Oberbefehlshaber Podkamjenski." *(Unterschreibt den Aufruf.)*

Verwandlung.

4. Szene.

Zimmer in einem polnischen Herrenhaus, als Kanzlei adaptiert. Andrejew, der Schloßkaplan.

KAPLAN: Ausgezeichnet, ausgezeichnet! Was Sie da sagen, Genosse, ausgezeichnet! Eine große Sache, gewiß! Man kann nicht anders, als mit ganzem Herzen dafür sein! Besonders, wenn man jung ist, wie Sie! Unbelastet von Erfahrungen und Kenntnissen, ja. Sie verzeihen mir, daß ich es sage... Auch von Kenntnissen. Wir, sehen Sie, ich spreche ganz aufrichtig mit Ihnen, wir sind mit dem Herzen dabei... Aber da schlummert in uns etwas, das wir gelernt haben, nennen Sie es Tradition, alte verrostete Gefühle... Vaterland, Gott, Volk... es bedeutet nichts, gewiß, aber uns hält es, uns alle, die wir schon vorher Männer gewesen sind, bevor die neue Zeit kam... ja, ja, auch Ihre Führer, gewiß auch Ihre Führer! Erst Sie und Ihre Kameraden werden reinen Tisch machen können. Sie sind jung... Sie verzeihen, daß ich so freimütig bin, ich habe Vertrauen zu Ihnen... aber ich störe Sie, Sie haben zu arbeiten, gewiß, ich will...

ANDREJEW: Ganz und gar nicht, Kaplan! Ich habe jetzt eine freie Stunde. Der Genosse Oberbefehlshaber arbeitet, er wird mich rufen, wenn er mich braucht.

KAPLAN: Sehr interessant, sehr interessant! Das mit dem Boden, sehr interessant... sehr schön. Und entspricht es nicht auch, ich bitte um Entschuldigung, dem Wort Christi? Gewiß, das hat keine Bedeutung, aber, es ist ein Zeichen mehr, Genosse, ja, ja. Man kann nicht anders, als seinen Segen geben, der allerdings nicht verlangt wird. Und der Handel, Genosse?

ANDREJEW: Monopolisiert!

KAPLAN: Monopolisiert... ausgezeichnet... monopolisiert! Ein ausgezeichnetes Rezept! Diese Umwälzungen auf allen Gebieten, man findet sich nicht zurecht, wenn man aus einer andern Zeit ist, Sie verzeihen, Genosse. Schade, daß Sie morgen vielleicht wieder weg sind, Genosse Andrejew... Die andern Genossen... es spricht sich gut mit Ihnen, Genosse Andrejew. Früher mußte alle Arbeit ihren Lohn haben, ihren materiellen Lohn. Monopolisiert. Hat der Oberbefehlshaber Kinder, Genosse Andrejew?

ANDREJEW: Warum –... Wie kommen Sie darauf? Ob er Kinder hat? Ich glaube, er hat keine. Gewiß nicht. Sonst hätte er mir davon erzählt. Er spricht gerne mit mir, der Genosse Oberbefehlshaber, wenn er eine freie Stunde hat, und über alles. Gestern... es war am Abend, es waren zwei junge Genossen hier zum Dienst. Er setzte sich zu uns, und wir vier saßen bis drei Uhr morgens. Ja. Und wissen Sie, Kaplan, er hat da etwas Ähnliches gesagt wie Sie vorhin. Von den neuen jungen Menschen, die nicht alte Tradition haben und Gefühle, mit anderen Worten natürlich... ich war entsetzlich müde und habe es nicht so behalten. Wir hatten lange Märsche hinter uns, Tag und Nacht zu Pferd. Es war so ähnlich, wie Sie es sagten, es fiel mir gleich ein, als Sie davon sprachen. Aber wozu wollten Sie wissen, ob er Kinder hat, Kaplan?

KAPLAN: Ein plötzlicher Gedanke, wie er einem beim Sprechen eben kommt, Genosse Andrejew, ohne Bedeutung, ein dummer Gedanke, von dem man selbst nicht weiß, wieso er auf einmal im Gehirn und auf der Zunge ist... aber was man so sagt, wird doch niemand auf die Goldwage legen... ich selbst habe ja auch keine Kinder... ich konnte doch keine Frau nehmen, nicht wahr?... Ich dachte, wenn man Kinder hat, daß man da, mag die Vernunft und alles andere noch so radikal sein, daß man da, denk ich doch, für die Kinder wird sorgen wollen, daß man sie wird sichern wollen und wenn man ihnen kein Haus hinterlassen kann, kein Feld, kein Pferd und kein Geld, dann wird man vielleicht versuchen, ihnen eine Stellung zu hinterlassen, die eigene oder eine andere, in die man sie einsetzt, und das ist vielleicht nicht viel anders, als wenn man ein Vermögen hinterläßt. Ich spreche nur von den Schwachen, verstehen Sie mich recht, Genosse Andrejew, aber wo es um die eigene Brut geht, sind die meisten schwach. Darum verbietet unsere Kirche die Ehe, und es ist gut, wenn die Genossen an der Spitze kinderlos sind, es erweckt Vertrauen, und vielleicht kommt man noch dazu, den Männern, die ein Amt bekleiden, die Ehe zu verbieten. Ein Einfall, Genosse Andrejew, nichts weiter.

ANDREJEW: Hahaha... Was... ach, das ist ja... die Ehe verbieten. Kaplan, Kaplan, Sie sind wirklich der komischste Mensch, den ich je kennengelernt habe, die Ehe verbieten, aber ernsthaft gesprochen, wozu sollte man für die eigenen Kinder sorgen? Das mußte man früher, als die Gesamtheit nichts für den einzelnen tat. Heute sorgt der Staat für alle, sehen Sie, und man sorgt auch für die eigene Brut, wenn man hilft, für alle zu sorgen.

(Ferner Kanonendonner, der während der ganzen folgenden Szene von Zeit zu Zeit hörbar ist.)

KAPLAN: Ausgezeichnet, ausgezeichnet... sorgt für alle... Daran hab ich im Augenblick... ausgezeichnet, sehen Sie, man spricht so vor sich hin und merkt erst, daß man kein Fundament hatte, wenn das Haus zusammenstürzt. Sorgt für alle, ausgezeichnet... darum auch ängstigt uns der Gedanke an die nächste Ernte nicht... Die Felder liegen brach, das Vieh ist davongetrieben, die Soldaten nehmen die Pferde. Früher wußte der Bauer, daß niemand für ihn sorgen wird, wenn sein Feld nichts trägt... heute, ja, es ist ausgezeichnet, dieser Gedanke, daß es keine Hungersnot geben wird, da eben der Staat die Sorge übernommen hat. Was wir jetzt sehen, der gewisse Mangel, Organisationsschwierigkeiten des Anfangs, unvermeidbare, nichts weiter, die behoben werden in kürzestem, das ist gewiß! Ausgezeichnet! Ausgezeichnet!

ANDREJEW: Wir bauen eine neue Welt! Soll es uns hindern, daß nicht alles so schön und leicht geht wie bei einer Parade?

KAPLAN: Übrigens, Genosse Andrejew, ist es wahr, was man sagt, die Leute sprechen soviel, und man weiß nicht, was man davon halten soll, daß der Genosse Oberbefehlshaber ein Jude ist und daß er eigentlich nicht Podkamjenski...

ANDREJEW: Was tut das zur Sache? Er hat die Armee geschaffen aus dem Nichts! Sie denken, weil das Volk die Juden nicht liebt... ihn liebt es, man kann nicht anders als ihn lieben, Kaplan.

KAPLAN: Sie verstehen mich falsch, Genosse Andrejew, vielmehr, ich drücke mich falsch aus, daß man mich nicht verstehen kann. Daran habe ich nicht gedacht, nicht in erster Linie gedacht, Genosse Andrejew. An das Volk und die Armee, die ihn liebt. Aber Sie haben recht, es ist das Entscheidende. Das einzige, worauf es ankommt. Ich dachte an ihn... ich sah es von einer ganz unpraktischen Seite. Aber so sind wir, wir Bücherwürmer, ohne Berührung mit der wirklichen Welt, wenn ich so sagen darf, ich sah es vom Gemüt aus, aber das ist doch etwas, worüber ihr jungen Leute lacht! Gewiß werden Sie mich auslachen, Genosse Andrejew.
ANDREJEW: Los, los, Kaplan. Ich schwöre Ihnen, ich will mich zurückhalten, und wenn es so komisch sein sollte wie vorhin Ihr Traktat über das Zölibat der Beamten.
KAPLAN: Ich dachte daran, daß es für ihn merkwürdig sein muß... vorausgesetzt, daß er ein Jude ist... ich meine, so plötzlich an der Spitze zu stehen, als Jude, die Verantwortung für das russische Volk zu tragen, als Jude... die Verantwortung, die Verantwortung, Genosse Andrejew, wißt Ihr noch, was das ist... wenn er sich dessen bewußt wird... die lateinischen Juristen nannten es: negotiorum gestio, Geschäftsführung ohne Auftrag... er hat den Auftrag, gewiß... wie soll ich Sie nennen, Genosse Andrejew?
ANDREJEW: Wladimir Fjodorowitsch.
KAPLAN: Er hat den Auftrag, Genosse Wladimir Fjodorowitsch... aber im höheren Sinn, den Auftrag des Bluts, verstehen Sie mich, wenn er darüber nachdenkt, vielleicht, daß es ihm ein schwerer Gedanke ist.
ANDREJEW: Was Blut? Die proletarische Sache fragt nicht nach dem Blut, die proletarische Sache fragt, wie sehr man ihr ergeben ist, und nicht, wie der Vater geheißen hat, Podkamjenski hat seinen Vater heimgeschickt, als er nach Petrograd kam. Er will, daß sein Vater in der Masse bleibt. Er hat keinen anderen Vater als wir, er ist ein Kind der Masse, wie wir... Diese Gedanken können dem Genossen Podkamjenski nicht schwer sein, denn er hat nicht diese Gedanken, meine ich. Sein Gedanke ist:

unserer Sache zum Sieg zu verhelfen. Sie könnten sagen, daß er nie Soldat war und Krieg führt und daß ihm auch dieser Gedanke schwer sein könnte, aber auch das ist kein schwerer Gedanke, denn niemand, das wissen wir alle und das weiß er, kann unseren Krieg so gut führen wie einer, dessen Herz und Gehirn nichts kennt neben dieser Sache der Revolution, nichts, nichts! Ah... Tatarinow!

TATARINOW *(ist eingetreten)*: Oh, der hochwürdige Herr! Schon so früh auf den Beinen! Man schläft nicht mehr so gut im Bettchen seit gestern, seit die Roten Soldatenstiefel über die Steinfliesen poltern! Bißchen schwer geträumt, Hochwürden, wie?

KAPLAN: Ich habe die Nacht bei den Kranken zugebracht und keine Zeit gefunden zu träumen.

TATARINOW: Auf Wiedersehen, auf Wiedersehen! Gelobt sei Jesus Christus, du kleiner Liebling! *(Kaplan ab.)* Alter Schleicher! Man sollte ihn... Warum sprichst du mit ihm, Andrejew?

ANDREJEW: Er ist ein kluger Mensch, Genosse Tatarinow. Habt ihr Pferde gefunden, Tatarinow?

TATARINOW: Nicht der Rede wert. Ich weiß mir bald keinen Rat, Andrejew. Ich will mit Podkamjenski sprechen, es sind neue Leute da, aus Twer. Podkamjenski soll ihnen ein paar Worte sagen. Die Hälfte ohne Gewehre. Man soll die Leute so nicht herschicken. Ich habe ihnen gesagt, sie müssen sich die Gewehre von den Panjes leihen! Sie haben gelacht und geantwortet, sie wollten ihnen den Empfang gleich mit den Kolben quittieren! Schön, aber das sind so Witze, Andrejew! Ich kenne das doch, was das ist: Krieg! Mit Witzen kann man nicht Krieg führen, siehst du! Na... die scheinen ja heute wieder fleißig zu sein, da draußen.

ANDREJEW: Das kann nur Brutzkin sein, sie sind im Vormarsch. Haben Podkamjen, Alexinjec. Brutzkin läßt nicht locker.

TATARINOW: Ich kenne das, aber er verschwendet die Munition, siehst du! Ich sage dir, daß wir haushalten müssen! Wozu schießt er wie toll, wenn er verfolgt? Das können wir uns nicht leisten, Andrejew. Er hat seinen Spaß, wenn es ordentlich knallt. Dann kommt er sich wie ein richtiger Feldherr vor. Den

Leuten gefällt es auch besser, wenn die Artillerie schießt! Das hebt den Mut, gut! Aber wir haben die Munition nicht zum Mut heben. Den Mut muß der Gedanke an die Sache heben. Die Munition werden wir noch brauchen, sage ich. Ich kenne das, Andrejew! Da kannst du sagen, was du willst, aber Krieg führen ist eine Wissenschaft. Podkamjenski weiß das, und darum hat er mich hierhergenommen, aber Brutzkin... Brutzkin... was ist denn los?

EIN SOLDAT *(ist eingetreten)*: Es ist ein Mann da, Genossen, der will zum Genossen Oberbefehlshaber!

TATARINOW: Was für ein Mann?

SOLDAT: Ein Jüdchen, Genosse, aus Podkamjen. Den gestrigen Tag und die ganze Nacht gelaufen. Zum Umfallen, Genosse...

TATARINOW: Was will er? Laß ihn ein!

ZWIEBEL *(tritt ein)*.

TATARINOW: Was willst du?

ZWIEBEL: Zum Genossen Podkamjenski... ich bin gelaufen hierher, eine Botschaft für den Genossen Podkamjenski.

TATARINOW: Was für eine Botschaft?

ZWIEBEL: Für den Genossen Podkamjenski.

TATARINOW: Glaubst du, da kann jeder kommen und zum Genossen Oberbefehlshaber mit seinen Botschaften? Heraus mit der Botschaft!

ANDREJEW: Sie können Vertrauen zu uns haben!

TATARINOW: Was ihn angeht, geht uns an, verstehst du? Heraus mit der Sprache, oder du wirst Podkamjenski niemals sehen!

ZWIEBEL: Wasser!

ANDREJEW: Hier... setzen Sie sich... trinken Sie... Sie bluten... Finger...

ZWIEBEL: Pogrom! Pogrom in Podkamjen!

ANDREJEW: Was... was... die Polen?

ZWIEBEL *(irr lachend, schüttelt den Kopf)*.

TATARINOW: Deswegen läufst du die ganze Nacht hierher, ihm das zu sagen? Glaubt Ihr, der Genosse Podkamjenski ist zum Oberbefehlshaber eingesetzt, damit den Juden kein Haar gekrümmt wird? Du! Der Genosse Podkamjenski wird dich anblasen, daß dir die Lust vergeht, wiederzukommen. Was denkst du vom Genossen Podkamjenski? Er wird nicht Lust haben, sich als eueren Schutzpatron reklamieren zu lassen. Er kämpft für die Revolution und schert sich um die Juden, wie... einen Dreck schert er sich um die Juden. Warum gerade zu ihm, warum zu ihm mit dieser Botschaft? Warum der Oberbefehlshaber? Er hat nichts mehr mit euch gemein als irgendeiner von uns, hörst du! Warum er, warum er? Du...

ZWIEBEL: Alle ermordet... die ganze Nacht... Der Genosse Brutzkin... Gewalt, Gewalt!... Sein Vater ist geworden ermordet!

ANDREJEW: Was, wessen Vater?

ZWIEBEL: Ich bin sein Geschwisterkind... ich hab es gesehen mit diesen Augen! Hat er geschrien: ich bin der Vater, Podkamjenskis Vater, hat der großmächtige Genosse gelacht und hat ihn gelassen schlachten wie ein Rind!... Laßt mich zu...

TATARINOW *(stellt sich ihm in den Weg)*: Nein! Geh, geh, Lügenmaul... geh... und wenn du deine Botschaft jemandem erzählst, Gnade dir dein Gott.

ANDREJEW: Podkamjenskis Vater? Von Brutzkin? Wir müssen ihn hineinlassen!

TATARINOW: Nein, was soll das, wozu? Geht es ihn mehr an als uns? Was geht es ihn jetzt an, Andrejew? Später, später! Er braucht seinen klaren Kopf! Wozu es ihm schwer machen? Wozu diese Auseinandersetzung, weg mit dir, Lump, du lügst... ja, ja, Andrejew, es ist besser, wenn er lügt, wir glauben es nicht... weg. *(Auf die Tür zu, die er öffnen will.)*

ANDREJEW: Er wird es uns nicht verzeihen, Tatarinow, er ist doch ein Mensch, nicht bloß Befehlshaber der Armee, Tatarinow... sein Vater, und der hier hat es gesehen...

TATARINOW: Er wird es uns danken, Andrejew, verstehst du es nicht? Was soll ihm das? Geh, Jud, geh, wenn du nicht willst, daß ich dir meinen Stiefel in den Hintern trete! *(Drängt Zwiebel gegen die Tür.)*

PODKAMJENSKI *(tritt ein)*: Das ist Brutzkin, der soviel schießt. Er schießt zuviel, denk' ich. *(Setzt sich auf den Schreibtisch.)* Das ist ja Zwiebel. Ja, Zwiebel, was treibt dich hierher?

ZWIEBEL *(Geste unaussprechlichen Schmerzes, hebt die blutige Hand.)*
PODKAMJENSKI: Was soll das... Sprich, so rede doch, Zwiebel!
ZWIEBEL: Gewalt, Gewalt über Podkamjen!
PODKAMJENSKI: Gewalt über Podkamjen?
ZWIEBEL: Tod... Tod...
PODKAMJENSKI: Wer ist tot in Podkamjen?
ZWIEBEL: Gemordet in Podkamjen die ganze Nacht, alle Juden gemordet...
PODKAMJENSKI: Gemordet?
ZWIEBEL: Von Brutzkin gemordet... alle gemordet... dein Vater... *(Pause.)*
PODKAMJENSKI: Gemordet?
ZWIEBEL: Die ganze Nacht, alle Juden gemordet, von Brutzkin gemordet, dein Vater gemordet!
PODKAMJENSKI: Das ist nicht wahr, Zwiebel! Das ist nicht wahr! Erschrocken seid Ihr, Angst habt Ihr, um Euer Geld, Eure Häuser, Angst, darum lauft Ihr zu mir. Es wurde nicht gemordet, es wurde gekämpft um Podkamjen, die Kugeln haben viele getroffen... sie haben auch ihn... ich wußte, was mein Einsatz ist, mein eigener Einsatz wie jedes andern, er, ich und alles, was zu mir gehört – von einer Kugel getroffen.
ZWIEBEL *(beharrlich)*: Pogrom... Pogrom...
PODKAMJENSKI: Das ist nicht wahr. Es gibt keine Pogrome mehr, Zwiebel. Das ist vorbei. Sie ziehen nicht mehr mit Hepp-Hepp durch die Straßen, zerren aus den Verstecken... das ist vorbei... *(Auf den fassungslosen Zwiebel weisend, mit erzwungener Haltung.)* Du kannst gehen! *(Zwiebel ab.)*
TATARINOW: Begreifst du nun, Andrejew?

Verwandlung.

5. Szene.

Kriegsschauplatz in Wolhynien. Großer Raum. Einige Juden zusammengekauert in einer Ecke. Vorne ein Tisch, an dem Soldaten

Karten spielen. Draußen marschieren Truppen, während der ganzen Szene von Zeit zu Zeit Geschrei und Lärm von der Straße, wie in einem Ort, der kurz vorher besetzt wurde. Leises Beten und Seufzen der Juden.
SOLDAT: Flötet nur, ihr Teuren, flötet nur! Es wird kurzer Prozeß gemacht werden mit euch allen.
EIN JUDE: Was haben wir verbrochen, wenn es erlaubt ist? Gestern sind gemordet worden unsere Leute von den polnischen Herren und heute seid ihr gekommen...
EIN JUNGER JUDE: Schweigt, kein Haar wird uns gekrümmt werden, kein Haar! Wenn der Genosse Befehlshaber hierherkommt!...
SOLDAT: Freue dich nicht, Ilja Iljitsch hat ein proletarisches Herz, Jüdchen. Er wird mit euch tun, was er mit denen getan hat zwischen Rowno und Kowel in hundert Städten und Dörfern! Ihr haltet mit den Polen, ihr verratet die Revolution. Man wird euch alle umbringen und eure Häuser verbrennen. Ilja Iljitsch ist ein großer Held, Jüdchen, und in seinen Händen ist die proletarische Sache gut aufgehoben. Er läßt nicht mit sich handeln, Ilja Iljitsch. Wenn er kommt, hat eure letzte Stunde begonnen, meine Teuren!
DER JUNGE JUDE: Wir haben nichts verraten, Genosse Soldat. Warum hätten wir sollen verraten? Haben wir gehabt viele Freuden, beim großmächtigen Zar oder bei den Herren Polen? Gehängt, geschlagen, gemordet und das Geld geraubt. Wir haben geglaubt, es wird kommen die Freiheit. Es ist versprochen worden in den Manifesten und gestanden gedruckt in der Zeitung, wie es ist verkündet geworden. Der Oberbefehlshaber wird hören unsere Seufzer, er wird nicht verlassen die Seinen.
SOLDAT: Podkamjenski ist weit, er wird euch nicht hören. Und wenn er es hört, wird er Ilja Iljitsch die Hände drücken: Du bist ein guter Sohn der Revolution, wird er sagen, und du rottest alle aus, die uns verraten.
DER JUDE: Kann er wollen sein der neue Hamann bei seinem Fleisch und Blut, kann ein Jud wollen vernichten mit Mord alle Juden?
SOLDAT: Was Jud?

DER JUNGE JUDE: Kann Podkamjenski wollen vernichten unschuldig sein Fleisch und Blut, hat er nicht gehabt eine jüdische Mutter und einen jüdischen Vater?
SOLDAT: Daß dich die Pest fresse, du stinkendes Schwein. Noch ein Wort, und ich schieße dir dein schönes Köpfchen zu einem Klumpen, daß keine jüdische Mutter es mehr erkennt. Du Sohn einer Hure und eines räudigen Hundes. Was sagst du? Was? Podkamjenski ein Jud? Der Oberbefehlshaber, der Sieger, vor dem die Panjes und die Weißen wie die Flöhe davonhüpfen. Ist nicht auch da in Podkamjen einer dagestanden in seinem Kaftan und hat geschrien, daß er Podkamjenskis Vater ist? Weißt du, was Brutzkin gesagt hat: So einer des Genossen Podkamjenski Vater? Und er hat daran glauben müssen wie andere Verräter... Laß es dir gesagt sein, daß er kein Jud ist, er ist ein roter Held wie wir, woher er ist, du verlauster Kaftan, woher wird er sein, aus Kasan, daß ich überhaupt ein Wort an dich verschwende, aber nur um die Aufklärung zu verbreiten, weil die Aufklärung verbreitet werden soll, du stinkendes Lästermaul, und sein Vater ist ein großer reicher Herr gewesen mit eigenen Pferden, aber er hat sich unserer Sache angenommen und ist einer der Unsrigen geworden, und wenn noch einer von euch nur ein Wort spricht, so soll keines seiner Glieder am anderen hängen bleiben!
(Klopft mit den Karten auf den Tisch, dann Lärm.)
(Brutzkin und Gefolge.)
BRUTZKIN *(fragende Geste).*
SOLDAT: Als Geiseln genommen von uns. Wir sind als erste eingedrungen. Es wurde aus den Häusern geschossen, Ilja Iljitsch.
DER JUNGE JUDE: Genosse Divisionskommandeur, man hat uns gesagt, und es ist geschrieben, es soll kommen die Freiheit. Wir sind gewesen voll Hoffnung. Sagt dieser Soldat, daß man uns töten. Aber wir glauben es nicht. Wir glauben, was zugesagt ist in den Manifesten, und wir grüßen Euch, Genosse Divisionskommandeur, und wir wissen, es ist gekommen eine neue gerechte Zeit, und Ihr werdet uns beschützen vor der Unwissenheit, und wir werden dienen Euch und dem großen Sieger Pod-

kamjenski! *(Steht Brutzkin gegenüber. Dieser, vorgeneigt, hat ihm unbeweglich zugehört.)*
BRUTZKIN: Fertig? *(Schweigen. Schlägt ihm ins Gesicht. Der junge Jude taumelt aufschreiend zurück. Anwesende lachen.)* Hinaus alle! Und wenn ein Schuß fällt von irgendwo – man soll es verkünden –, macht sie ab! Es sind doch eure Freunde, die Panjes! Sie werden doch nicht schießen, wenn sie wissen, daß euch ein Haar gekrümmt wird. Oder irr ich mich? Hahaha! *(Alle lachen. Die Soldaten stoßen die Juden aus der Tür. Brutzkin setzt sich an den Tisch.)* Zu trinken, Kinder... Der Train muß von der Straße, kost' es, was es wolle, wir kommen nicht vorwärts, schmeißt alles in den Dreck, wenn es nicht anders geht. Die Straße muß frei sein, Kinder, und du, Ratmanow, geh nach Michalowka, Michalowka brauchen wir, wir können nicht hierbleiben ohne Michalowka.
RATMANOW: Die Pferde tragen uns nicht mehr, Ilja Iljitsch, wir haben achtundvierzig...
BRUTZKIN: Dann tragt ihr die Pferde, Bruder, geh nach Michalowka, sag ich! *(Ratmanow ab.)* Durchsucht die Häuser, sie sollen ihr Vieh herausgeben, Futter, und die Juden haben Geld. Die Juden haben immer Geld. Die Pfaffen sind davon?
EIN SOLDAT: Ein polnischer Kaplan ist da.
BRUTZKIN: Setzt ihm zu, Kinder, daß er das Geld herausgibt, sie haben Geld versteckt in den Kirchen... Ihr wißt schon. *(Handbewegung, alle ab bis auf einen.)* Telegramme?
SOLDAT: Vom Hauptquartier. Wir sollen um jeden Preis Fühlung rechts und links halten, lieber zurückgehen, als die Fühlung verlieren.
BRUTZKIN: Ist Fühlung links und rechts?
SOLDAT: Links haben wir die Fühlung seit heute morgen...
BRUTZKIN: Soll Iwanow vorgehen, was geht das mich an? Hab ich nicht gesiegt und sie davongejagt? Was zurück, was will er von zurück?! Das ist nicht das Rechte, versteh mich, ich will nichts sagen, aber warum soll ich zurück? Brutzkin hat nicht gesiegt, Brutzkin geht zurück? Das ist ja, daß man auf den Tisch schei-

ßen möchte, zum Teufel! Schreib ein Telegramm, Ilja Iljitsch geht nicht zurück und seine Helden auch nicht.
SOLDAT: Du kannst es ihm selbst sagen, Ilja Iljitsch.
BRUTZKIN: Selbst sagen?
SOLDAT: Er fährt die ganze Front entlang, vor einer Stunde ist er in Alexinjec gewesen, er kann in einer Stunde hier sein.
BRUTZKIN: Läßt sich von uns feiern, wie? Hoch der Sieger, wie? Die Pferde krepieren unter uns, wir fressen stinkendes Fleisch, kein Tropfen Schnaps, ich werde mir das Maul nicht verbinden, soll er kommen, der Oberbefehlshaber, ich habe gesiegt, sag ich, und darum kann mich keiner bringen, und wenn ich die Fühlung mit meinem eigenen Arsch verloren hätte.
SOLDAT: Dann telegraphiert das Hauptquartier: Allen Befehlshabern wird aufgetragen, die Bevölkerung des Kriegsgebietes, wenn die militärische und politische Lage es zuläßt, an ihrem Leben zu schonen. Vergeßt nicht, Genossen, daß es unsere Leute sind, Proletarier, die uns gehören werden, wenn wir ihnen die Augen öffnen.
BRUTZKIN: Gezeichnet?
SOLDAT: Gezeichnet: Podkamjenski.
BRUTZKIN *(springt auf, reißt die Fenster auf)*: Hallo... hallo... sie sollen die gefangenen Jüdchen freilassen! Verstanden?... Den Kaplan sollen sie abmachen! – Ist das recht, ist das so recht? Wie hat er telegraphiert, Bruder? Unsere Leute? Ist das recht so? Ich habe die Seinen freigelassen. Daß man ihnen kein Haar krümmt, seinen Leuten, ich will ihm schon das Blut warm machen... seinen Leuten. Hahaha, legt sie in Daunenbetten, Kinder!
SOLDAT: Genosse Brutzkin... Das ist nicht gut so... Es wird ihm alles zu Ohren kommen... Wenn er erfährt, was in Podkamjen...
BRUTZKIN: Schluß! Schluß! Schreib es ans Hauptquartier, Bruder! Stilisieren... wie man sagt. Du bist doch ein Studierter, siehst du, das hab ich nicht gelernt, aber vielleicht könnt ich nicht so zufassen, wenn ich's gelernt hätte, siehst du. Hol's der Teufel! Daß wir Michalowka haben und nicht zurückgehen werden und das wegen der Schonung, schreib so, wie schreibt man das...

warte... warte... ich hab's doch gewußt... so... warte... im Geiste...

SOLDAT: Im Sinne.

BRUTZKIN: Im Sinne, bist ein kluges Bürschchen! Was hast du denn gelernt, was... ein anderes Mal, wenn Ilja Iljitsch Zeit hat. Also schreib es auf... schreib es gleich, hörst du! *(Trinkt, setzt sich hin, der andere schreibt.)*

BRUTZKIN: Fertig? Also los!

SOLDAT: Der Divisionskommandeur Brutzkin hat durch eine Reiterabteilung Michalowka um zehn Uhr vierzig nachmittags besetzt, nähere Meldung folgt. Fühlung nach links unterbrochen, erbittet Befehl an linke Truppe, vorzugehen und Anschluß herzustellen. Dankt für Glückwünsche. Schonung der Bevölkerung des Kriegsgebietes erfolgt im Sinne des Befehls Nr. 6783. Gezeichnet Brutzkin.

BRUTZKIN: Erfolgt im Sinne... hab ich das gut gemacht, Bruder... Habe ich es gut gemacht? *(Unterschreibt.)* Geht ans Hauptquartier! *(Soldat ab.)*

Brutzkin allein, öffnet die Bluse, trinkt ein Glas Schnaps, löscht die Lampe, legt sich über den Tisch, um zu schlafen. Stimmen, Hochrufe, Lärm. Brutzkin macht die Lampe wieder an, brummend, fluchend. Hochrufe vor dem Haus, ein Auto, die Tür wird geöffnet, Podkamjenski, Andrejew, mit Führern und Unterführern, Soldaten umdrängen die Tür, drücken die Gesichter an die Fenster.

RUFE: Hoch der Sieger Podkamjenski, der Sieger Podkamjenski, Podkamjenski!

PODKAMJENSKI *(drückt Hände, die ihm zugestreckt werden)*: Genossen... ich danke euch, Genossen! Aber ihr seid die Sieger! Ihr habt den Sieg errungen, nicht wir, ich danke euch für euren Mut, für euren Glauben! Ich danke euch und ihm, Ilja Iljitsch Brutzkin! Ruft mit mir, Genossen, hoch dem roten Helden Brutzkin und seiner Division.

RUFE: Hoch, hoch, hoch Brutzkin, hoch Podkamjenski, hoch der Sieger Podkamjenski, Podkamjenski!

PODKAMJENSKI: Ich danke euch, lebt wohl, ich danke euch, lebt wohl.

(Alle ab bis auf wenige.)

BRUTZKIN: Ich bin kein Redner, Genosse Oberbefehlshaber, ich glaube, ich hab das Loch im Kopf nur zum Fluchen, Saufen und Fressen. *(Reicht ihm die Hand, Podkamjenski läßt seine herabhängen.)*

PODKAMJENSKI: Ich weiß, wie du es meinst, Genosse Divisionskommandeur, später, später... Die Karte?

BRUTZKIN *(legt sie auf den Tisch)*: Hier... Michalowka haben wir heute abend genommen.

PODKAMJENSKI: Verluste?

EIN FÜHRER: Wir haben fünfzig Gefangene gemacht, vier Maschinengewehre erbeutet; eigene Verluste, fünfzehn Tote, vierzig Verwundete, unter den Toten der Schwadronsführer Ratmanow.

BRUTZKIN *(auffahrend)*: Was... was... Kerl, du lügst... Ratmanow... auch Ratmanow... er war ein Kerl, Genosse Oberbefehlshaber, er... *(wegwerfend)* äh...

PODKAMJENSKI: Ist Fühlung rechts und links?

FÜHRER: Rechts ist Fühlung, Genosse Oberbefehlshaber... nach links ist seit heute morgen keine Verbindung.

BRUTZKIN *(zu einem der Anwesenden)*: Es soll ein Reiter nach Michalowka, Grischa, meine Stute holen, von Ratmanow. Er braucht sie nicht mehr.

PODKAMJENSKI: Die Fühlung nach links muß bis morgen früh hergestellt sein! Gebt den Befehl in meinem Namen an die linke Gruppe, daß sie ihrerseits das gleiche versucht. Wenn es nicht gelingt, müssen wir morgen räumen.

BRUTZKIN: Räumen? Wir räumen? Genosse Oberbefehlshaber, wir haben den Sieg erkämpft, wir haben uns den Panjes an die Pferdeschwänze gehängt und nicht losgelassen. Jetzt sind wir da, soll Iwanow vorgehen, wir haben gesiegt, wir lassen uns den Sieg nicht wegnehmen, sag ich, wir bleiben hier, wozu ist Ratmanow noch gestorben, wenn wir zurück sollen? Niemand kann es uns nehmen, daß wir sie besiegt haben, die Pferde sind ohne Futter, die Genossen ohne Schlaf, nein, nein, das kann niemand wollen, daß wir zurückgehen, wo Ilja Iljitsch Brutzkin ist, da bleibt er.

PODKAMJENSKI: Ich bitte um Anordnungen, die Verbindung mit der linken Gruppe schnellstens herzustellen, Genosse Divisionskommandeur.

BRUTZKIN: Grischa, nimm deine Leute, sieh zu, ob du die Gäule in Trab bringst. – Hat der Genosse Oberbefehlshaber noch Befehle?

PODKAMJENSKI: Ich möchte mit dir allein sein, Brutzkin.

(Alle ab. Podkamjenski erst sitzend, Brutzkin stehend, Pause.)

BRUTZKIN: Trinkst du? Hier *(gießt ihm ein).*

PODKAMJENSKI: Ich trinke nicht.

BRUTZKIN: Trinken ist gut. Unsereiner braucht das, es wird alles gut, wenn man trinkt. Trink, Oberbefehlshaber!

PODKAMJENSKI: Ich trinke nicht.

BRUTZKIN: Trinken nicht, besaufen sich nicht, immer den klaren Kopf, wenn wir von einem Bein aufs andere tanzen und singen, uns ansehen mit nüchternen großen Augen, so seid ihr!

PODKAMJENSKI: Du hast es scharf auf uns, Brutzkin!

BRUTZKIN: Auf wen?

PODKAMJENSKI: Du verstehst nicht, Brutzkin? Laß dir helfen: ich meine die Juden.

BRUTZKIN: Die Juden? Ich verstehe nicht, worauf du hinauswillst, Genosse Oberbefehlshaber! Soll ein Verhör mit mir gehalten werden, Genosse Oberbefehlshaber? Ohne Zeugen? Warum? Weil ein paar Juden daran haben glauben müssen? Ich bin ein guter Soldat der Revolution, Oberbefehlshaber, ich scher mich den Teufel darum, ob die Weiße Bande beschnitten ist oder nicht.

PODKAMJENSKI: Scherst du dich nicht doch darum?

BRUTZKIN: Wenn Befehl kommt, Genosse Oberbefehlshaber, wie heute. Wir hatten hier Geiseln genommen, den Kaplan und ein paar Juden. Ich hab die Juden freigelassen und den Kaplan abgemacht, wie du befohlen hast, Genosse Oberbefehlshaber! Hast du es nicht befohlen? Man hat mir das Telegramm gebracht. Schonet unsere Leute, hast du befohlen. Da hab ich die Juden freigelassen.

PODKAMJENSKI: Warum hast du mir das getan, Brutzkin? Wenn du mich haßt, mach es mit mir ab! Warum meinen Vater...
BRUTZKIN: Es sind viele in Podkamjen gestorben. *(Trinkt, Podkamjenski reißt ihm die Flasche aus der Hand.)*
PODKAMJENSKI: Lump, Lump... Mörder...
BRUTZKIN: Du kannst mich absetzen, Genosse Oberbefehlshaber.
PODKAMJENSKI: Absetzen? Ja, damit du hingehst... das willst du... hingehen und sagen, seht ihn an, den Oberbefehlshaber, der mich abgesetzt hat, weil ich ein paar Juden den Garaus gemacht habe, sie hatten Geld verborgen, sie hatten uns den Weißen verraten... Aber er schützte sie, weil sie Juden waren... Einer, sagt er, soll sein Vater gewesen sein. Ihr wißt doch, da sind tausend Juden, alle gleich in ihrem Kaftan, eine namenlose Masse, wer kann ihnen glauben, was sie sagen, wie kann ich glauben, daß dieser Mendele Frischmann, der in Podkamjen sitzt, der Vater ist des großen Genossen Podkamjenski? Und wenn ich's glaube, was kann ich tun, wenn ich Bericht habe, daß er Gold verbirgt und die Roten Helden den Weißen verrät? Aber ich mußte weg, ich, Ilja Iljitsch Brutzkin, der Sieger, den die Genossen lieben, weil er einer der Ihren ist, ein Bauernsohn wie sie, der sich den Teufel schert um Vater und Mutter und nichts will, als daß die Revolution siegt. Was heißt da Vater in der Revolution? Aber man soll die Beschnittenen achten, solange der Genosse Podkamjenski Oberbefehlshaber ist, sonst ergeht es einem, wie es mir ergangen ist, dem Ilja Iljitsch Brutzkin, der alten ehrlichen Haut. Absetzen? Vor Gericht sollst du gestellt werden. Du sollst gehört werden... Zeugen sollen darüber vernommen werden, ob es Feinde der Revolution waren, die du hast töten lassen, oder ob die Juden sterben mußten, weil mein Vater darunter war und weil du meinen Vater töten wolltest, um mich zu treffen. Sag nicht, daß du nicht gewußt hast, daß es mein Vater war... geh, geh, Genosse Divisionskommandeur... die Sache wird untersucht werden wie jede andere Sache... Die Genossen sollen kommen, es sind Meldungen da, Telegramme...
(Pause. Andrejew tritt ein mit Akten, Podkamjenski sitzend, liest halblaut.)

...Nowosilzew... Regierungen... Anträge gemacht, Situation... in Finnland. *(Stützt den Kopf in die Hände, sein Rücken von Schluchzen geschüttelt.)*

ANDREJEW: Genosse Oberbefehlshaber... Was ist... Genosse Oberbefehlshaber...

PODKAMJENSKI: Ich bin getroffen... ich bin getroffen... was ist das, Vater in der Revolution, was Sohn? Wir sind zu schwach, wir sind zu alt, das alte hängt noch an uns, an allen... Sie sind jung. Wie alt sind Sie, Andrejew?

ANDREJEW: Achtzehn Jahre, Genosse Oberbefehlshaber.

PODKAMJENSKI: Achtzehn Jahre *(hat seine Hand ergriffen)*, achtzehn Jahre, Andrejew... Revolution, Andrejew, Revolution, über unser Fleisch und Blut hinweg, mit uns und ohne uns, Andrejew, Revolution! Die große, die freie, die herrliche Revolution! Du bist achtzehn, Andrejew... Du... du... Andrejew! *(Küßt ihn auf die Stirn.)*

Verwandlung.

6. Szene.

Szene des dritten Bildes. Bei Podkamjenski. Andrejew, Serafima Iwanowna. Podkamjenski schlafend auf einem Ruhebett.

SERAFIMA: Er hat nur einen kleinen Imbiß genommen, als er kam. Dann ging er schlafen... so schläft er seit acht Stunden.

ANDREJEW: Er ist müde... Keinen Schlaf, Tag und Nacht in den Kleidern, immer von Leuten belagert, immer am Schreibtisch, kaum Zeit, etwas zu essen. Ich wurde abgelöst, wenn ich nicht mehr konnte. Aber er, er sprach, telephonierte, diktierte, entschied; wenn er eine Stunde schlief, dann immer auf dem Sprung. Und schon hieß es wieder: weiter auf schlechten Straßen oder neue Meldungen, neue Entscheidungen.

SERAFIMA: Wenn es nur nicht umsonst war, Wladimir Fjodorowitsch! Dafür hat er gesiegt!

ANDREJEW: Ja! Seine Stimmung war gut?

SERAFIMA: Wie immer. Aber warum fragen Sie?

ANDREJEW: Ach... so... ohne Grund... wirklich ohne besonderen Grund, Serafima Iwanowna. Als wir uns trennten, gestern nach der Ankunft... er schien mir bedrückt... nicht wie sonst... aber vielleicht war es nur die Trauer, und nichts sonst.
SERAFIMA: Ich verstehe Sie nicht... was für eine Trauer... sprechen Sie doch... Wladimir Fjodorowitsch.
ANDREJEW: Sie wissen es nicht? Er hat es Ihnen nicht gesagt?
SERAFIMA: Kein Wort... Was ist, sagen Sie doch endlich...
ANDREJEW: Sein Vater... Sein Vater ist ermordet worden, sein Vater, von Brutzkin oder von Brutzkins Leuten, aber doch wohl nicht ohne Brutzkins Wissen.
SERAFIMA: Sein Vater? Ermordet! Nein, nein, es ist nicht wahr... Warum hat er es mir nicht gesagt? Brutzkin hat es getan?
ANDREJEW: Ich glaube, daß er davon wußte.
SERAFIMA: Warum? Um Gottes willen, warum? Was sagt man im Kommissariat?
ANDREJEW: Eine sehr peinliche Sache. Man weiß nicht, wie man sich dazu stellen soll. Brutzkin ist ein guter Soldat der Revolution. Die Genossen in der Armee wollen Brutzkin, Brutzkin ist einer der Ihren... Podkamjenski, sie verehren ihn... aber Brutzkin ist ihresgleichen. Brutzkin klopft ihnen auf die Schulter, er ist ein guter Kerl und sie können du zu ihm sagen.
SERAFIMA: Das ist die Meinung im Kommissariat, Andrejew!
ANDREJEW: Zur heutigen Sitzung ist auch Brutzkin geladen. Durch den Oberbefehlshaber. Ich glaube, er wird ihn vor den Genossen zur Rede stellen. Brutzkin hat telegraphiert, daß er hier sein wird.
SERAFIMA: Und Ihre Meinung?
ANDREJEW: Serafima Iwanowna, glauben Sie mir, die Juden sind gegen uns. Sie verstecken das Geld. Sie haben nichts Gutes erfahren vom Zaren, von den Polen, aber sie verkaufen ihre Seele für Gold, sie glauben nicht an die proletarische Freiheit.
SERAFIMA: Podkamjenski selbst...
ANDREJEW: Podkamjenski ist ein... ein Gott! Serafima Iwanowna! Er wird auch Brutzkin verzeihen. Brutzkin ist ein Dummkopf,

ein Bauer, Serafima Iwanowna. Er haßt die Juden. Wie soll der Bauer plötzlich aufhören, sie zu hassen?

SERAFIMA: Was wird werden, Wladimir Fjodorowitsch... er wird nicht verzeihen, nein, nein... Brutzkin hat ihn dort getroffen, wo... Er wird Brutzkins Absetzung wollen, und wenn sie sie nicht geben...

PODKAMJENSKI *(erwachend)*: ...Serafima... Serafima...

SERAFIMA *(trocknet die Tränen)*: Maxim... *(Pause.)* Warum hast du es mir nicht gesagt?

PODKAMJENSKI: Sehen Sie, was Sie angerichtet haben, Andrejew. Nun weint sie. Was sollte ich dir sagen... Ich habe mich so auf das Wiedersehen gefreut... da hätte ich dir... Serafima!

SERAFIMA: Bin ich ein kleines Kind, das du schonen mußt... Sie hassen dich, alle, ich weiß es... sie wollen dich nicht... bleib hier, geh nicht weg mit Andrejew, er soll ihnen sagen, daß du nicht wiederkommst... ehe es zu spät ist!

PODKAMJENSKI: Warum sollten sie mich hassen? Wer sollte mich hassen?

SERAFIMA: Alle... Brutzkin... Hätte er sonst deinen Vater...

PODKAMJENSKI: Mein Vater ist tot... laß ihn!

SERAFIMA: Warum hat er ihn getötet?... Sie werden zu ihm stehen! Sie wollen dich nicht über sich, sie lieben dich nicht. Bleib bei mir, Maxim!

PODKAMJENSKI: Sie wollen mich nicht? Weil meine Väter vom Zaren getreten wurden, mehr als ihre, wollen sie mich nicht? Hier stehe ich, wie sie, ein Sohn unterdrückter Väter, frei geworden, wie sie mit am Werk, Serafima, das *hier* für mich zu vollbringen ist. Ich soll weichen, weil ein roher Mensch es nicht begreift? Sie lieben mich nicht? Liebst du mich nicht, Serafima? Ist etwas zwischen uns, Serafima, ein Schatten von altem, ererbtem Haß, könnte einer von ihnen dir näher sein, dich mehr lieben als ich, der *Jude* Podkamjenski? Versteh ich dein Lachen nicht, deine Tränen nicht, deine Sorgen, deine Sehnsüchte nicht, deine Trauer, deine Freuden, versteh *ich* sie nicht? *(Bei ihr.)* Sie werden zu mir stehen gegen Brutzkin, wie du zu mir stehst ohne Vorbehalt gegen jeden, und sei es Ruriks Sohn. Nun lachst du

schon... Drehe dich weg, Andrejew... *(küßt sie)*. Weißt du, wie alt er ist, dieser große Sohn der Revolution? Achtzehn Jahre!
SERAFIMA *(fällt vor ihm nieder)*: Bleibe bei mir... wenn du weg bist...
PODKAMJENSKI *(hebt sie auf)*: Und... wenn ich weg bin... sehen Sie, Andrejew, das ist ein großes Geheimnis, das ich Ihnen jetzt verrate, sie betet ihr Kindergebet für mich! Für den Oberbefehlshaber der Roten Armee... um den Segen der Heiligen!... Siehst du, Serafima... auch das verstehe ich! *(Küßt sie, ab.)*

Verwandlung.

7. Szene.

Beratungszimmer, eventuell wie in 2, aber Fenster wieder verglast usw. In der Mitte ist ein langer großer Tisch aufgestellt. Um den Tisch etwa zehn Männer.

DER VORSITZENDE: Es liegt ferner ein Antrag vor vom Genossen Nowosilzew, eine Proklamation zu verbreiten, die den Sieg der Armee bekanntmacht.
EIN KOMMISSÄR: Ausgezeichnet!
DER VORSITZENDE: Wir können näher erst auf diesen Antrag eingehen, wenn Podkamjenski zugegen ist. Nowosilzew wünscht, daß *(liest)* mit Rücksicht auf die Stimmung der Armee und um dem Streben nach Schaffung eines volkstümlichen Helden entgegenzukommen, Genosse Brutzkin als Sieger der Schlacht in Wolhynien proklamiert wird.
1. KOMMISSÄR: Alle Pläne stammen doch von Podkamjenski.
2. KOMMISSÄR: Sämtliche Berichte waren doch von ihm unterzeichnet.
3. KOMMISSÄR: Was wird Podkamjenski dazu sagen?
DER VORSITZENDE: Wenn auch das Hauptverdienst an dem günstigen Fortschreiten der militärischen Aktionen dem Genossen Podkamjenski zukommt, worauf einleitend in der Proklamation hingewiesen werden könnte, so liegt es anderseits im Interesse der Bewegung, einen „Nichtstudierten" als Sieger zu pro-

klamieren, den Unterschied gegen andere Systeme augenfällig zu machen und einem nach Berichten in der Armee vorhandenen Mißtrauen zu begegnen.

PODKAMJENSKI *(tritt ein)*: Guten Abend!

NOWOSILZEW: Guten Abend, Podkamjenski!

DER VORSITZENDE: Wir sprechen gerade über den Antrag des Genossen Nowosilzew zur heutigen Proklamation.

NOWOSILZEW: Vor allem möchte ich sagen, daß ich wohl weiß, wem dieser Sieg zu verdanken ist, Genossen. Und keiner von uns wird darüber im unklaren sein. Aber... sind wir dazu da, persönliches Verdienst auszuzeichnen, oder dienen wir einer Sache? Wir wollen nicht Brutzkin belohnen, wenn wir ihn als Sieger erklären. Wir treiben keinen Kult der Persönlichkeit. Die Proklamation ist eine politische Angelegenheit wie jede andere. Man verlangt einen Namen: wir nennen den, der die größte Wirkung verspricht! Es ist stärker, werbender für die Massen, daß ein Bauer gesiegt hat, ein Mann aus dem russischen Volk, als wenn ein „Intelligenzler" siegt. Für mich ist die Frage damit entschieden. Wir müssen frei sein von Gefühlsrücksichten, auch in diesen Dingen.

PODKAMJENSKI: Ja... aber warum nicht Iwanow, Nowicki, Kusniecow? Warum Brutzkin, Genosse Nowosilzew?

NOWOSILZEW: Weil die Stimmung Brutzkin entgegenkommt. Brutzkin wird wissen, daß die Proklamation mit seinen wirklichen Verdiensten, ob er sie nun hat oder nicht, in keinem Zusammenhang steht. Was schert uns Brutzkin? Weder seine noch des Oberbefehlshabers wirkliche Verdienste beirren uns bei der Beurteilung der Frage: wessen Proklamierung ist politisch am klügsten und wirkungsvollsten.

PODKAMJENSKI: Ich bitte die Angelegenheit bis nach Erledigung des nächsten Punktes der Tagesordnung zu vertagen. Wenn ihr dann noch Nowosilzew folgen wollt, dann könnt ihr Brutzkin gleich zum Sieger machen. Brutzkin wartet vor der Tür. Ich hab ihn hergeladen. Ich habe Dinge vorzubringen, zu denen sich Genosse Brutzkin wird vor euch äußern müssen. Wenn ihr einverstanden seid, Genossen, mag Brutzkin eintreten!

(Einer geht an die Tür, öffnet sie, Brutzkin tritt ein. Brutzkin verneigt sich.)
VORSITZENDER: Genosse Brutzkin... setz dich, Brutzkin... du hast harte Zeiten hinter dir, Brutzkin...
BRUTZKIN: Wir sind ihnen auch jetzt auf den Fersen, Genossen, noch gestern...
VORSITZENDER: Ja... wir wissen es... Ihr tut, was in euren Kräften ist, Brutzkin.
BRUTZKIN: Darauf kommt es auch an, mein' ich, Genossen! Ich bin kein Redner, Genossen, weiß Gott, ich habe nichts gelernt, als die proletarische Freiheit lieben und zufassen! Aber ich dachte, dazu bist du da, Ilja Iljitsch Brutzkin, daß du die gestellte Aufgabe erfüllst, und sonst zu nichts, und das haben wir getan. Der Krieg ist ein rauhes Geschäft, Genossen, das ist anders, als man es sich bei der Lampe vorstellt. Da ist nichts zu suchen für feine Nerven. Es sind viele hinüber... unsere und andere... Ich nehme sie alle auf meine Seele. Sie werden meine Seele nicht plattquetschen. Wir wollen es doch beim Namen nennen, worum es da geht. Es handelt sich um die Juden, oder irr ich mich?
PODKAMJENSKI: Ich werde später darauf antworten.
BRUTZKIN: Es sind auch ein paar Juden umgekommen, Genossen! Wenn man die Leute bei Laune erhalten will, muß man ihnen zwei Dinge geben, die Pfaffen und die Juden, und was gehen sie dich an, Genosse Oberbefehlshaber, die Pfaffen und die Juden?
PODKAMJENSKI: Die Pfaffen und die Juden. Was mich die Juden angehen, meinst du? Ja. Das ist die Schlinge, in der ich mich fangen soll. Ich verstehe, Brutzkin, ich verstehe. Der Schutzherr der Juden Podkamjenski, willst du sagen, wenn du auch zwei Pfaffen getötet hast, um das für Dritte zu verwischen. Genossen, ich fühle mich frei von Bindungen an irgend etwas, außer der Bindung an unsere Sache, so frei, daß mich der Verdacht nicht beirrt, ich könnte an die Sache der Juden mit meinem Herzen gebunden sein. Ich fühle mich unbestechlich, wie sehr auch Brutzkin zeigen möchte, daß ich mich in meinen Handlungen durch Liebe zu den Juden bestechen lasse. Ich nehme den Verdacht, den er hervorrufen will, daß ich den Juden diene und

nicht nur unserer Sache, auf mich, trotzdem ich weiß, daß er mich über diesen Verdacht fallen lassen will, nicht anders im Grunde fallen lassen als jener ehemalige Leutnant der kaiserlichen Armee Dimitri Pawlowitsch Pantschew, von dem wir Bericht haben, daß er vom Bund der echtrussischen Leute ausersehen ist, mich zu töten, mich, nicht einen von uns, sondern mich, den Juden. Er wird gesucht, er wird verhaftet werden und sein Leben, das er gegen meines eingesetzt hat, verlieren. Er will unter Einsatz seines Lebens mein Leben. Brutzkin will versteckt und, wie er hofft, ohne Einsatz mich von der Sache entfernen: er will dasselbe: mein Leben. Denn es gibt kein Leben neben der Sache. Man kann nicht entfernt sein von der Sache und leben. Wer nicht mehr in der Sache lebt, ist tot. Brutzkin schüttelt den Kopf. Gut, Brutzkin. Er wollte nichts, als Feinde unserer Sache unschädlich machen und zugleich seine Leute bei Laune erhalten. Ich lasse seine geheimen Absichten und Wünsche beiseite. Ich lege ein Protokoll vor, aufgenommen im Hauptquartier des Oberbefehlshabers der Armee am Zwölften dieses Monats. An diesem Tage wurden die Augenzeugen, Genossen Dimitri Alexejew, Pjotr Kostonski, beide vom Stab der Brutzkinschen Division, die Einwohner von Podkamjen, wolhynisches Gouvernement, Mordechai Zwiebel, Abraham Kallfuß, Hinde Rosenblatt, Chaim Berkowicz, vom Genossen Tatarinow vernommen. Sie haben bekundet, daß am Achten dieses Monats in Podkamjen zwei Kapläne und 183 Juden auf Brutzkins Befehl ermordet worden sind. Die Zeugen sagen aus über die Greuel der Ermordung. Die Einwohner wurden um sechs Uhr abends aus den Häusern gejagt, in denen sie sich verborgen hatten, auf den Marktplatz getrieben und vor dem Genossen Divisionskommandeur teils mit Gewehrkolben niedergemacht, teils auf Bajonette gespießt, die dann noch Atmenden erschossen. Es kamen an diesem Tag in Podkamjen um: achtundneunzig Männer und Greise, sechsundfünfzig Frauen, neunundzwanzig Personen, die ihr sechzehntes Lebensjahr noch nicht erreicht hatten, man könnte sagen: Kinder. Genossen, der Genosse Brutzkin und ich, wir sind die einzigen unter euch, die wissen, was das ist: Pogrom. Ich habe noch Stirnlöckchen getragen in Podkamjen unter dem Zaren. Das Grauen des Verfolgten ist unauslöschlich. Und die Lust des Verfolgers? Unauslöschlich die Lust des Schlächters...? Hier ist das Protokoll. Es sind nicht dicke Gutsherrn und Bürger gewesen, die Brutzkin hat umbringen lassen. Es ist – wenn ich Brutzkin recht verstanden habe – vielleicht kein Zufall, daß neben den Zeugen des Protokolls auch ich als Zeuge dafür eintreten kann, daß es nicht Feinde unserer Sache gewesen sind, die ermordet wurden. Mein eigener Vater ist darunter gewesen. Mein Vater ist kein weißer Verräter gewesen, er hat kein Geld versteckt, er hat nie Geld zu verstecken gehabt. Aber ich denke nicht an ihn. Ich will nicht, daß ihr an ihn denkt. Ich will, daß ihr an 183 Unschuldige denkt, die durch Brutzkin gestorben sind. Es waren Hungernde, Verfolgte, Gehetzte, Geschlagene und Verzweifelte. Sie haben unseren Versprechungen geglaubt, auf uns gehofft, unser Kommen ersehnt. Aber Brutzkin sah nur, daß sie einen Kaftan trugen, und wie ein General des Zaren ermordete er sie. Auf Grund des Protokolls und eigener Feststellung verlange ich, der Oberbefehlshaber der Roten Armee, daß Brutzkin gegenrevolutionärer Gesinnung und gegenrevolutionärer Handlungen angeklagt wird.

(Pause.)

VORSITZENDER: Wer wünscht das Wort? Brutzkin?

BRUTZKIN: Was soll ich sagen, Genossen? Ich bin stets ein guter Soldat der Revolution gewesen, mein' ich, Genossen.

NOWOSILZEW: Ich bitte um das Wort. Wir haben schweigend die Anklage gehört, beschämt, daß einer der Unsern sich hat zu Taten hinreißen lassen, die wir verabscheuen und verdammen. Der Genosse Podkamjenski hat recht: Auf deine Taten, Brutzkin, gibt es nur eine Antwort: Anklage. Wer die Menschen anders einteilt als in solche, die für uns sind und für unsere Sache, in solche, die gegen uns sind, sieht nicht mit unseren Augen. Können wir es verantworten, dem Genossen Brutzkin weiterhin die Führung unserer Sache an exponierter Stelle anzuvertrauen, bürgt er uns dafür, daß die schlechten, alten, auch uns immer feindlichen Instinkte, die – leugnen wir es nicht – in den Massen noch immer schlummern, bereit aufzuflammen, wenn ein Funke sie entzündet, durch sein Beispiel unterdrückt werden, oder ist er nicht vielmehr eine Gefahr für unsere Sache, und wo, Genossen, endet dieses Unternehmen, wenn der Genosse Brutzkin fortfährt, die, die uns folgen, in ihren Zielen und Wünschen unsicher zu machen und zu beirren? Unsere Idee duldet nichts neben sich, alles andere ist daneben gleichermaßen böse, denn alles daneben ist zugleich dagegen.

PODKAMJENSKI: Also... stimmt über meinen Antrag ab, Genossen!

NOWOSILZEW: Wenn es erlaubt ist... noch einige Worte. So müßte... Ich bin noch nicht zu Ende. Was ich gesagt habe, gilt, doch absolut, wenn man mich recht versteht. Wir sind nicht Richter, die Recht sprechen, unbeirrt von dem, was folgt. Möge die Welt zugrunde gehen, wenn nur Recht wird, sagten sie nicht so, die Richter? Was ist uns abstrakte Gerechtigkeit, Genossen, wenn sie gegen unsere Sache ist? Ich sage nicht, daß in dieser Sache die Gerechtigkeit gegen uns wäre, allein...

PODKAMJENSKI: Ein politisches Rezept auch hierfür?

NOWOSILZEW: Ich sage, daß wir es prüfen müssen. Prüfen... Brutzkin hat Juden umgebracht, der Oberbefehlshaber hat durch Einvernahme von Zeugen und eigene Feststellung Brutzkin gegenrevolutionärer Handlungen überführt. Angenommen, es erfolgt Brutzkins Absetzung. Wie würde man diese Absetzung aufnehmen, Genossen? Wird man nicht glauben, daß der Oberbefehlshaber aus einer persönlichen Kränkung...

PODKAMJENSKI: Denk' nicht an mich, Nowosilzew!

NOWOSILZEW: Ich denke an niemanden, an mich nicht, an dich nicht und an Brutzkin nicht. Ich denke an die Folgen, die die Versetzung Brutzkins in den Anklagezustand für die Sache haben kann, wenn die Weiße Propaganda es aufgreift. Wir sind frei von Vorurteilen, aber wir müssen mit diesen Vorurteilen rechnen. Die Weiße Propaganda wird sie benützen können, sie wird immer stärker, ich ziehe noch keine Schlüsse, Genossen, ich sage, daß geprüft werden soll, ob wir nicht selbst Waffen gegen uns liefern. Ich sage noch nichts, als daß wir die Sache überlegen sollen.

PODKAMJENSKI: Prüfen, Nowosilzew? Überlegen?... Ach so, der Sieger in deiner Proklamation soll wohl vor allem kein Jude sein! *(Pause. Podkamjenski packt seine Papiere zusammen. Er erhebt sich, um zu gehen.)*

NOWOSILZEW: Keiner unter uns, der vergäße, was du als Flüchtling und später getan hast.

EIN KOMMISSÄR: Die Gründe sind äußere Gründe, die du selbst bei ruhiger Besinnung anerkennen wirst. Verstehe, daß nichts sich geändert hat, wir achten dich, Genosse Podkamjenski...

VORSITZENDER: Des Genossen Podkamjenski Dienste können nicht hoch genug angeschlagen werden. Aber vielleicht hat Nowosilzew recht. Unsere Lage verlangt, daß wir nicht überflüssig Angriffsflächen geben. Podkamjenski wird weiter dienen und nicht wollen, daß Schaden stiftet, was zum Nutzen sein könnte.

PODKAMJENSKI: Also ihr seid euch schon schlüssig geworden? Wo ist die Proklamation, ich unterzeichne...!

BRUTZKIN: Er legt den Oberbefehl nieder, Genossen?

PODKAMJENSKI: Er legt ihn nieder... *Nun kommst du, Brutzkin... möge der Geist über dich kommen, Brutzkin...*

BRUTZKIN: Hol' mich der Teufel, Nowosilzew, wenn ich das wollte... das nicht, Genossen, das nicht...

NOWOSILZEW: Es gibt große und wichtige Aufgaben für den Genossen Podkamjenski. Wichtiger als der Oberbefehl, wenn doch der Friede in Sicht ist. *(Zustimmung der anderen.)* Vielleicht gehst du nach Paris, Genosse Podkamjenski.

PODKAMJENSKI: Ja... Gute Nacht...! *(Ab.)*

Verwandlung.

8. Szene.

Saal im Winterpalast wie vorige Szene. Halbdunkel, am Fenster Brutzkin, im Zimmer die Personen des vorigen Bildes ohne Podkamjenski. Brutzkin steht auf einem Tisch, das Gesicht gegen den

unsichtbaren Platz vor dem Haus, der von Menschen erfüllt ist. Man hört Gesang, Musik, Kommandos, marschierende Menschen. Der Takt ihrer Schritte begleitet die ganze Szene. Brutzkin grüßend, Hut schwenkend, salutierend. Vom Platz her alles übertönend immer wieder der Ruf: Brutzkin! Hoch! Brutzkin! Brutzkin!
BRUTZKIN: Genossen! Ich danke euch! Ich habe es nicht gehofft, daß ich so dastehen würde, aber der Genosse Podkamjenski hat Größeres zu tun, Genossen! Und weil ihr mir den Oberbefehl gegeben habt, will ich ihn in die Hand nehmen und in der Hand halten, und es soll alles geschehen, so gut als es Ilja Iljitsch Brutzkin kann, Genossen! Aber wenn der Acker gut ist, dann braucht es nur eine gute Faust auf dem Pflug und aufstehen am Morgen und den ganzen Tag dahintergehen, daß die Saat gut wird und keinen gelehrten Kopf, und so nehme ich es auf mich, wenn auch ich ein Mann bin, der nichts gelernt hat, aber die Faust ist gut, und sie will niemandem dienen als nur der proletarischen Sache. Ein russischer Mann bin ich wie ihr und ich frage nicht viel nach den gelehrten Dingen und so, wie ihr, wer nicht ist wie wir, hols der Teufel, daß er die proletarische Sache nicht versteht wie wir, soll daran glauben, und sagt es euren Brüdern auf den Dörfern, daß die Sache gut aufgehoben sein wird, denn ich bin einer von euch und will schon sorgen, daß es wird, wie wir wollen, und so danke ich euch, und nun wollen wir sie auch hochleben lassen, die Rote Armee, die die Siege errungen hat, Kinder, Genossen, die Rote Armee, sie soll leben!
(Hochrufe, Musik spielt die Internationale, Übergang ins Marschtempo, Marschmusik, Schritt der marschierenden Kolonnen. Musik geht über in das nächste Bild.)

Verwandlung.

9. Szene.

Szene wie 3 und 7. Serafima Iwanowna tritt aus dem Nebenzimmer ein. Draußen zieht ein lärmender Umzug vorbei. – Abends. – Di-

mitri Pawlowitsch im Mantel, Kragen hochgeschlagen, sitzt im dunklen Zimmer in einer Ecke.
SERAFIMA: Bist du es, Maxim?
DIMITRI: Nur ein Russe!
SERAFIMA *(dreht das Licht an)*: Dimitri Pawlowitsch!... Sie? Was suchen Sie hier? Warum sind Sie nicht über die Grenze?
DIMITRI: Ich kann nicht weg, Serafima. Von dir nicht, von Rußland nicht.
SERAFIMA: Ich habe keine Zeit für Sie, Dimitri Pawlowitsch.
DIMITRI: Was für eine tolle Musik die machen! Weißt du, was da gefeiert wird, von den Genossen?
SERAFIMA: Der Sieg.
DIMITRI: Der Sieger Ilja Iljitsch Brutzkin! Wer ist das? Ich habe den Namen nie gehört? Hat er früher Goldstein geheißen oder Silberstein?
SERAFIMA: Brutzkin?
DIMITRI: Ja, Brutzkin! Es ist ein großes Manifest angeschlagen worden. Wie lange kann es her sein, eine halbe Stunde. Ich stand und las und mußte mit den anderen: Hoch Ilja Iljitsch! schreien. Die Genossen hatten gleich Fahnen, Fackeln, Transparente, Musikinstrumente... weiß Gott, wie sie das in ihren zerrissenen Taschen mit sich hertragen. Aber ich glaube, sie haben diese Ausstattung immer bei sich. Wie leicht kann einen ein freudiger Anlaß auf der Straße überraschen in diesen großen Zeiten! Hoch Goldstein, Hoch Silberstein, Hoch Pfirsichbaum, hoch!
SERAFIMA: Brutzkin hat immer Brutzkin geheißen. Er ist ein Bauer gewesen.
DIMITRI: So? Wirklich? Darum haben sie wohl ihn proklamiert? Damit wir sehen, es gibt auch rechtgläubige Christen unter diesen jüdischen Räubern! Da hat der Oberbefehlshaber verzichtet und Brutzkin vorgeschoben. Gutes Zeichen, ein gutes Zeichen für uns, Serafima. Es scheint, daß sie sich nicht mehr ganz sicher fühlen, die jüdischen Herrschaften!

SERAFIMA: Ich kenne die Gründe nicht. Wahrscheinlich war es
  Brutzkin, der gesiegt hat... Ich habe keine Lust, mich darüber
  mit Ihnen auszusprechen, Dimitri Pawlowitsch.
DIMITRI *(in geändertem Ton)*: Du bist Russin, Serafima! Was weiß
  er von dir! Was bist du ihm? Was ist dem Juden Rußland, Serafima!
SERAFIMA: Was ihm Rußland ist? Mehr als es dir je gewesen ist...
  Was ist es dir...? Offizierspatent... Er liebt es, und es hat ihm
  nichts gegeben, als ihn verfolgt, gehaßt... er liebt es... und du?
  Was willst du von mir... ich... ich liebe ihn, ich will ihn lieben,
  hörst du, ich will ihm gehören, er beschützt mich, vor solchen
  wie du bist, schützt er mich, Rußland schützt er vor solchen...
  dafür liebe ich ihn. Ich will Sie nicht mehr sehen, Dimitri
  Pawlowitsch. Sie hassen ihn, was wollen Sie von mir?
DIMITRI: Sprechen wir von etwas anderem!
SERAFIMA: Ich will überhaupt nicht sprechen. Was wollen Sie?
DIMITRI: Abschied, Serafima, Abschied! Kann ich Rußland verlas-
  sen, so... ohne... ich will dich noch einmal sehen, ehe ich gehe!
SERAFIMA: Leben Sie wohl, Dimitri Pawlowitsch.
DIMITRI: So schnell, Serafima? Du reichst mir nicht die Hand?
SERAFIMA: Podkamjenski... wenn Podkamjenski Sie hier findet...
DIMITRI: Ich fliehe über die Dächer. Ich habe mir das von außen
  angesehen. *(Auf das Bett weisend.)* Da schläfst du mit ihm?
  Hübsch, sehr hübsch!
SERAFIMA: Fürchten Sie nicht, daß er...
DIMITRI: Fürchten? Ich habe eine Waffe.
SERAFIMA: Eine Waffe?
DIMITRI: Für alle Fälle. Wenn man eine Reise antritt, wie ich, man
  will sich doch nicht von den Genossen abknallen lassen.
SERAFIMA: Lassen Sie meine Hand los, ich will nicht!
DIMITRI: Glaubst du, Serafima, ich lasse mich so abweisen, wenn
  ich einmal da bin? Ich bin doch ein Herr gewesen, Serafima!
  Weißt du, daß du mir die Hand geküßt hast, Serafima? Ich bin
  gewöhnt zu nehmen, was mir gefällt... und was kann mich hier
  hindern. *(Hat sie aufgehoben, trägt sie zum Bett.)* Schlechte

Kost, Serafima, aber dafür reicht meine Kraft noch, auch wenn du dich wehrst... *(Küßt sie.)*

SERAFIMA: Nein, nein! *(Sich losmachend.)* Ich... ich... es ist gemein von Ihnen, Dimitri Pawlowitsch, Sie haben es gewußt, daß ich nicht schreien kann, weil man Sie töten würde, wenn man Sie faßt... Gott, o Gott, was tue ich? Ich liebe Sie nicht, nein, nein! Gehen Sie weg, Dimitri Pawlowitsch, wenn es wahr ist, daß Sie mich lieben, gehen Sie weg von hier!

DIMITRI: Du liebst ihn nicht, Serafima!

SERAFIMA: Sie sind undankbar gegen ihn! Er wollte Sie retten, und Sie... Warum haben Sie damals nicht das Land verlassen? Da, da... hören Sie, ein Auto, das ist er... weg, weg!

DIMITRI: Ich laufe nicht weg, ich bleibe. *(Serafima bringt ihr Haar in Ordnung. Andrejew tritt ein.)*

ANDREJEW *(tritt ein)*: Serafima Iwanowna, guten Abend!

SERAFIMA: Ah, Sie sind es, Andrejew. Guten Abend. Wo ist Maxim, Andrejew?

ANDREJEW: Der Genosse Podkamjenski arbeitet im Kommissariat. Ich soll Ihnen sagen, daß er nicht kommt, Serafima Iwanowna. Sie sollen seine Koffer zurecht machen. Hier ist die Liste der Bücher, die er mitnehmen will.

SERAFIMA: Mitnehmen? Was...

ANDREJEW: Der Genosse Podkamjenski verreist noch heute abend.

SERAFIMA: Verreisen? Wohin? Will er Rußland... nein, nein... er will doch nicht Rußland verlassen? Haben sie Brutzkin... was ist geschehen, Andrejew?

ANDREJEW: Es war eine lange Sitzung. Der Genosse Podkamjenski hat auf den Oberbefehl verzichtet. Oh, Sie haben Besuch!

DIMITRI *(vortretend)*: Iwan Blagoronski... Blagoronski aus Smolensk.

SERAFIMA: Ja.

ANDREJEW: Ein Freund des Hauses?

DIMITRI: Ein Jugendfreund der Hausfrau.

SERAFIMA: Ein ehemaliger Freund, ja, ja.

DIMITRI: Ich kann jetzt gehen, Serafima. Leben Sie wohl, Serafima. Auf Wiedersehen. *(Ab.)*

SERAFIMA: Brutzkin, sagen Sie. Man hat ihn im Stich gelassen... alle, auch Gargunow...
ANDREJEW: Ich weiß nichts Näheres, Serafima Iwanowna.
SERAFIMA: Sie werden ihn wieder rufen... ja, ja, bestimmt. Er soll nicht wegreisen, sagen Sie ihm, hierbleiben... nicht in der ersten Erregung...
ANDREJEW: Ich habe den Genossen Podkamjenski noch nie so ruhig gesehen wie heute. Ich glaube nicht, daß man mit ihm über seinen Entschluß sprechen kann... Sie müssen sich beeilen, Serafima Iwanowna. Nehmen Sie die Liste.
SERAFIMA: Ja, ja. Ich... ich *(liest)* Politische Ökonomie... Mehrwert... Geschichte der englischen Revolution...

Verwandlung.

10. Szene.

Warteraum auf einem Grenzbahnhof, mit Blick auf einen Perron. Nachts. Auf den Bänken Männer, Frauen, Kinder. Familien haben sich häuslich eingerichtet. Man wartet lange, vielleicht einen Tag oder länger, auf den nächsten Zug. Auf den Bänken ausgestreckt Schlafende, an der Theke und an den Tischen Teetrinker. Übernächtige Luft und Zigarettenrauch. Podkamjenski und Serafima treten ein. Setzen sich.

SERAFIMA: Er sagt, daß der Zug nach Petrograd wahrscheinlich vorher abgelassen wird. Vor dem Zug nach Riga.
PODKAMJENSKI: Ja.
SERAFIMA: Es soll noch gar nicht so sicher sein, ob der Zug nach Riga überhaupt abgeht. Die Grenzbeamten von drüben machen Schwierigkeiten. Ich habe mit dem Genossen vom Bahnhofskommando gesprochen. Es ist ganz unsicher, sagte er. Der Zug nach Petrograd wird abgehen. Wir könnten in Petrograd warten, bis sich eine sichere Gelegenheit findet.
PODKAMJENSKI: Es ist kalt. Nimm eine Decke, Serafima.
SERAFIMA: Du änderst deinen Entschluß nicht. Du wartest, bis die sichere Gelegenheit sich findet... in Petrograd... Indessen rufen

sie dich zurück. Wenn du hier bleibst, einige Tage noch, sie rufen dich zurück, Maxim.
PODKAMJENSKI: Du sollst ein bißchen schlafen, Serafima.
SERAFIMA: Die letzten Stunden in Rußland, Maxim. Wieder von Ort zu Ort, wieder wandern, wandern. Es ist... es ist ein schreckliches Los, Maxim. Du liebst doch Rußland wie ich, Rußland, die Ebene, die Flüsse, die Wälder. Maxim, kannst du nicht bleiben? Maxim, nicht mehr Rußland verlassen!
PODKAMJENSKI: Rußland, Rußland. Ich bin so weit weg von all dem, Serafima. Wenn du dich nicht davon lösen kannst, dann bleibe hier, Serafima.
SERAFIMA: Nein, nein, ohne dich... Verzeihe mir, Maxim! *(Pause.)*
PODKAMJENSKI: Versuche zu schlafen, Serafima.
(Er nimmt eine Zeitung, liest, macht müde Notizen. Sie ist an die andere Ecke der Bank gerückt, trocknet ihre Augen, dann schläft sie ein. Indessen hat sich ein Mann neben Podkamjenski gesetzt. Rückt näher, schiebt die Mütze aus der Stirn.)
DIMITRI *(einen Revolver in der Hand, halb verdeckt)*: Rühr' dich nicht!
PODKAMJENSKI: Ich habe keine Waffe. *(Blickt hinter sich. Auf der andern Seite der Bank, hinter seinem Rücken, zwei Männer, mit Revolvern in der Hand.)*
DIMITRI: Moische Frischmann aus Podkamjen, du wirst dein Urteil hören, dann niederknien und sterben.
PODKAMJENSKI: Ich möchte stehen.
DIMITRI: Bitte. Wenn Serafima erwacht, verhalten Sie sich unauffällig, geben Sie kein Zeichen. Wenn Sie ein Zeichen geben, wird auch sie erschossen.
PODKAMJENSKI: Ich habe nicht die Absicht, Ihre Pläne zu stören.
DIMITRI: Moische Frischmann aus Podkamjen, das Gericht der echt russischen Leute hat dich zum Tode verurteilt und mich ausersehen, dich zu töten. Du bist schuldig gefunden worden, Rußland... *(Ein Zug fährt ein, rascher Aufbruch eines Teiles der Wartenden, Rufe:* Petrograd, Petrograd! *Serafima erwacht.)*
SERAFIMA: Unser Zug, Maxim.

PODKAMJENSKI: Der Zug nach Petrograd, Serafima. Schlaf ruhig weiter, Serafima. *(Pause.) (Das Zimmer beruhigt sich wieder, Serafima schlummert.)*

DIMITRI: Du bist schuldig gefunden worden, Rußland verraten, den Bürgerkrieg entfesselt, gemordet, Brand gelegt, die von Gott eingesetzten Gewalten gestürzt und dich selbst an ihre Stelle gesetzt zu haben, weil du Juda zum Herrn über die Welt machen wolltest und den christlichen Glauben vernichten. Du hast teilgenommen am Raub des Eigentums, die russischen Leute arm zu machen und Juda zu bereichern. Du hast Hunger, Not und Elend über Rußland gebracht. Du hast die Obrigkeit zerstört und den Besitz aufgehoben, um den teuflischen Plan Judas und des Freimaurertums wahr zu machen, der im Evangelium vorhergesagt ist, daß ein zufriedenes Volk aufbegehre, um leichter unter die Gewalt des Satans Juda gebracht zu werden.

PODKAMJENSKI: Es ist lächerlich und dumm, was Sie sagen.

DIMITRI *(reicht ihm einen Zettel).*

PODKAMJENSKI *(liest)*: „Das Urteil ist zu vollstrecken, wo und wann immer es sei, durch unseren lieben Bruder Dimitri Pantschew, Leutnant der kaiserlichen Garde, Ritter des Ordens vom heiligen Georg, den Gott zu diesem Werke segnen wird. Am 25. April von adeligen Offizieren und kaiserlichen Räten im Hause zum Engel, Kyrillsgasse 5." Ich akzeptiere das Schicksal, das Sie mir anbieten. Es ist der beste Dienst, den ich meiner Sache jetzt noch erweisen kann.

DIMITRI: Wir müssen ein Ende machen. Wir können jeden Augenblick gestört werden.

PODKAMJENSKI: Ich bin bereit. Ich bitte Sie, mich aufmerksam zu machen, ehe Sie schießen. Ich weiß nicht, in welchem Zustand sich mein Gehirn im Augenblick nach dem Schuß befinden wird. Ich möchte etwas unmittelbar vor dem Schuß klar und deutlich rufen.

DIMITRI: Bitte.

PODKAMJENSKI: Danke. Es gibt einen ungeschriebenen Komment für Revolutionäre und Gegenrevolutionäre. – Woher wußten Sie, daß ich hier...

DIMITRI: Ich war bei Serafima, als man es ihr sagte. Wenn Sie der Frau noch etwas sagen wollen, schreiben Sie es nieder auf die Zeitung.
PODKAMJENSKI: Ich habe niemandem etwas zu sagen.
DIMITRI: ...Jetzt schieße ich.
PODKAMJENSKI *(steht auf, spricht sachlich, unpathetisch)*: Es lebe die Revolution der Arbeiter, Bauern und Soldaten.
DIMITRI: Tod den Juden, es lebe Rußland! *(Schießt.)*
PODKAMJENSKI *(stehend)*: Es lebe die Revolution der Arbeiter, Bauern und Soldaten! *(Feuer, Schuß gegen seinen Kopf.)* Es lebe die Revolution der Arbeiter... *(Schuß.)* Bauern... Soldaten *(Schwankt.)* Revolution... Solda... *(Fällt zu Boden.)*
(Beim ersten Schuß ist Serafima erwacht und aufgesprungen, bleibt erstarrt stehen. Nach dem letzten Schuß dreht einer der Attentäter das Licht aus, Dimitri mit den beiden anderen rasch ab. Im Dunkel stürzt Serafima laut schreiend über Podkamjenski. Lärm von außen, sich nähernde Leute. Stürzen in den Wartesaal. Blendlaterne.)
SERAFIMA *(über Podkamjenski)*: Maxim, Maxim, stirb nicht, Maxim!
PODKAMJENSKI *(sterbend, mit letzter Kraft)*: Kyrillsgasse 5... Ausheben, Serafima...

Ende.

Szene aus dem Schauspiel „Podkamienski"

Certain le traitent d'etranger. „Qu'est l'Angleterre pour lui ou lui pour l'Angleterre?"
André Maurois „Disraeli".

Das Problem des Rassefremden, der an hervorragender Stelle für das Schicksal eines Volkes verantwortlich wird, das ihn im Grunde als einen Wesensfremden empfindet, das Schicksal eines solchen Menschen, der diese Verantwortung im besten Glauben sucht und auf sich nimmt wie die Juden Disraëli, Rathenau, Trotzki – Schicksale, die ihre Parallele selbst in der durchschnittlichsten jüdischen Existenz haben, in den genannten drei Gestalten bloß vervielfältigt und gesteigert sind, haben den Autor verführt, die Konflikte eines jüdischen Revolutionärs, den der Umsturz zu führender Stellung trägt, dramatisch darzustellen. Die hier abgedruckte Szene ist als Exposition gedacht und als Einführung des Helden.

(Großer Saal im Winterpalais, auf und ab, Soldaten, aus und ein. Von den Wänden abgerissen, Bilder. Hohe Fenster im Hintergrund. Glasscheiben zerbrochen. An den Fenstern Gruppen, leise sprechend. An der Fensterwand erhöhte Galerie. Von außen anschwellendes und wieder sinkendes und wieder sich steigerndes Rauschen von vielen Menschenstimmen.)
ERSTER: Wer ist bei ihm?
ZWEITER: Podkamienski.
ERSTER: Lange?
ZWEITER: Eine Stunde!
DRITTER: Allein?
ZWEITER: Sie haben noch Gargunow gerufen, Nowosilzew, Alexejew.
DRITTER: Überall die rote Fahne, in Wologda, Pskow, Nowgorod, Twer, Witewsk, Comel, Tambow...
ZWEITER: Schnell, schnell... wir müssen schnell vorwärts, sonst... sie dürfen keine Zeit finden...

ERSTER: Es geht drunter und drüber!
ZWEITER: Drunter und drüber? Wie soll es denn gehen, wenn nicht drunter und drüber! Alles drunter und drüber! Alles von unterst zu oberst gekehrt!
DRITTER: Es wird viel geschossen, Genosse...
ZWEITER: Du willst wohl Versammlungen mit ihnen halten und ihnen Broschüren zu lesen geben? Flintenkugeln sind die besten Argumente, wenn es rasch gehen soll... und es muß rasch gehen! Was schreien sie... draußen?
ERSTER: Podkamienski... Es sind Soldaten aus Krasnoje Selo, sie sind heute zu Tausenden in die Stadt gekommen.
VIERTER *(kommt)*: Telegramme für ihn.
ZWEITER: Man soll warten. Er soll nicht gestört werden. Podkamienski ist bei ihm. Berichte?
VIERTER: Aus Moskau, aus Finnland. *(Sprechen leise weiter) (Eine Deputation von Bauern tritt ein)*
EINE DEPUTATION: Wir kommen...
SOLDAT *(an der Tür)*: Pst... Pst. Es ist unmöglich! Später, Genossen, später. Sprecht drüben im Zimmer gegenüber mit Genossen Kolschawski. Er wird Euch...
DEPUTATION: Von einem zum andern... Von diesem Genossen zu jenem Genossen... Es handelt sich darum, daß wir... man hat uns alles Vieh genommen... wie sollen wir...
EINE ANDERE DEPUTATION: Es handelt sich... Genosse... es ist nichts zu essen... wir sind nämlich aus Tscherepowetz... unsere Weiber und Kinder...
ERSTER: Das Vieh, das Essen, unsere Weiber und Kinder, ein Dampfpflug, eine Straße, und wieder nichts zu essen... haben wir nicht erst begonnen? Was zuerst, Genossen? Die Armee, Friede mit den Deutschen, und die Befestigung der Ordnung zu Hause. Es wird schon gehen, Genossen, ihr müßt selbst... ihr seid doch klug und ihr findet schon einen Ausweg... für den Augenblick...
EINER AUS DER DEPUTATION: Bei uns nämlich... nämlich, ich bin aus Werchowaźkoi, Gouvernement Wologda, Genossen, daß ich es offen sage... ohne Mehl, Genossen, geht es nicht, ohne

Mehl... wir haben beschlossen, daß Mehl eingeführt wird und nach Werchowažkoi gebracht.

ERSTER: Der Genosse Kolschawski wird es zu Protokoll nehmen.

DEPUTIERTER: Man soll es zu Protokoll nehmen, jawohl, das war es, daß... ja... und das Mehl verteilen, gleichmäßig, pro Kopf und Nase, Genossen!

(Deputationen ab.)

ERSTER: Was ist mit Putilowo?

VIERTER: Podkamienski ist gestern dagewesen! Er hat gesprochen und aus Kronstadt Genossen hingebracht. Es klappt alles wie ein Uhrwerk... wie er es ausgearbeitet hat... die Kaders der Armee sind gebildet, Genossen!

MENDEL FRISCHMANN *(tritt ein)*: Vergeben, kennt Ihr meinen Sohn?

ANDREJEW *(ein junger Student)*: Pst!

MENDEL FRISCHMANN: Vor drei Tagen bin ich gekommen, hat er nicht geschrieben? Lieber Vater, schreibt er, kommt, seht Euch an die Stadt! Man darf jetzt reisen wie man will, schreibt er, und alle sagen es in Podkamien, der großmächtige Zar ist gegangen geworden. Ihr könnt fahren, schreibt er, geliebter Vater, ohne Ängsten nach Petersburg.

ANDREJEW: Was wollen Sie?

MENDEL FRISCHMANN: Herr, ich bin der Vater, ich such ihn. Ich bin gereist, im Zug haben sie mich gerissen am Bart. Hat einer geschrien, es darf nicht mehr sein, aber es ist gewesen. Ich komm und wo ist er? Schießen, Brennen und mein Sohn? Ein großer Mann ist er geworden, sagt man mir, ich soll fragen hier... aber läßt man mich herein?

EIN SOLDAT: Ruhe!

MENDEL FRISCHMANN *(verneigt sich)*: Mendel Frischmann, koscher Fleischer aus Podkamien, wolhynisches Gouvernement. Läßt er mich kommen, mein Kind, mein geliebtes, gebenscht soll er sein, sperr zu, den Krämel, geliebter Vater, schreibt er...

BRUTZKIN *(ein dicker Soldat mit Kommandoabzeichen)*: Was ist mit dem Kremel, Jud?

ANDREJEW: Er hat seinen Kram gesperrt, Genosse, sagt er. Er ist gekommen, seinen Sohn zu sehen.
BRUTZKIN: Ist er hier?
ANDREJEW: Ich weiß nicht.
BRUTZKIN: Wie heißt du?
MENDEL FRISCHMANN: Mendel Frischmann, koscher Fleischer aus Podkamien, wolhynisches Gouvernement unten. Ein schöner großer Mann ist er... ein bißchen schwächlich ist er immer gewesen. Aber mein Hindele, mein Weib, meine Taube, Gott hab sie selig, sechs sind gestorben, aber ihn, das letzte, hat sie mit Gottes Hilfe, gepriesen sei er, hat sie ihn groß gezogen.
(Stimmen aus dem Hintergrund) Pst! Pst!
MENDEL FRISCHMANN: Wo soll ich ihn suchen, Herr Soldat?
BRUTZKIN: Such ihn, Jud, auf der Straße, such ihn, bei den Toten, die in den Fluß gefallen sind, die er anschwemmt an den Inseln, sie hängen an den Haaren, ha, ha, ha...
MENDEL FRISCHMANN *(hält sich die Ohren zu).*
Brutzkin *(reißt ihm die Hände von den Ohren)*: Hör nur, hör nur! ha, ha, ha, seht, wie er zittert, wie das Jüdchen zittert, ha, ha, ha...
EIN SOLDAT: Pst! ... Podkamienski!
(Die Türen rechts öffnen sich. Heraus sechs Männer, ernst stille. Halbkreis, auch die Gruppen an den Fenstern haben sich gelöst. Einer bereitet sich vor, ein Schriftstück zu verlesen. Mendel Frischmann stutzend, vor, auf ihn zu.)
MENDEL FRISCHMANN: Moischele, Moischele...
PODKAMIENSKI *(zärtlich, Mendel Frischmann hält ihn umschlungen)*: Vater! Vater!
(Mendel Frischmann schluchzend und lachend. Brutzkin lacht laut, unbändig, schlägt sich die Knie.)
PODKAMIENSKI *(ernst)*: Genosse Divisionskommandeur! Ich habe den Oberbefehl über die Armee übernommen.
BRUTZKIN *(nimmt Haltung)*: Genosse Oberbefehlshaber!
PODKAMIENSKI: Gleich, Vater, gleich. Komm ans Fenster, Genosse Kommandeur... mit mir.

(Der Saal hat sich gefüllt, die Fenster werden geöffnet. Stimmengewirr dringt von außen ein. Podkamienski auf der erhöhten Galerie beim Fenster hat eine rote Fahne ergriffen, streckt die Hand aus, beginnt aus dem Fenster zu sprechen.)

Bauern, Arbeiter und Soldaten...

Verwandlung

Podkamienski
Aus einem Drama

Podkamienski ist Oberbefehlshaber im Heere der Sowjetarmee, die siegreich gegen Polen kämpft. Brutzkin, einer seiner erfolgreichen Unterführer, veranstaltet Judenpogrome, bei denen der Vater des Oberbefehlshabers ermordet wird. Brutzkin handelt aus Haß gegen die Juden im allgemeinen und aus Neid gegen den ihm intellektuell überlegenen Oberbefehlshaber. Podkamienski versucht den Mörder Brutzkin vor dem Rat der Genossen zur Rechenschaft zu ziehen, die Genossen mißbilligen zwar den Mord, sind aber aus politisch-taktischen Gründen dafür, Brutzkin nicht zu bestrafen, sondern vielmehr ihn in einer öffentlichen Proklamation als Sieger bekanntzugeben.

Wir bringen diese Szene im Beratungszimmer der Volkskommissare, die im Mittelpunkt der Handlung steht. Die Gestalt Podkamienskis trägt deutlich die Züge Trotzkis, doch muß ausdrücklich betont werden, daß die Vorgänge freie dichterische Erfindung, also nicht etwa historisch nachweisbar sind. – Das Drama wird im Herbst am Theater in der Königgrätzer Straße uraufgeführt werden. (Bühnenvertrieb Felix Bloch Erben.)

Beratungszimmer.
VORSITZENDER: Es liegt ferner ein Antrag vor vom Genossen Nowosilzew, eine Proklamation zu verbreiten, die den Sieg der Armee bekanntmacht.
EIN KOMMISSÄR: Ausgezeichnet!
VORSITZENDER: Nowosilzew wünscht, daß *(liest)* mit Rücksicht auf die Stimmung der Armee und um dem Streben nach Schaffung eines volkstümlichen Helden entgegenzukommen, Genosse Brutzkin als Sieger proklamiert wird. Wenn auch das Hauptverdienst an dem günstigen Fortschreiten der militärischen Aktionen...
PODKAMIENSKI: Brutzkin?

VORSITZENDER: militärischen Aktionen dem Genossen Podkamienski zukommt, worauf einleitend in der Proklamation hingewiesen werden könnte, so liegt es andrerseits im Interesse der Bewegung, einen „Nichtstudierten" als Sieger zu proklamieren, den Unterschied gegen andere Systeme augenfällig zu machen, und einem nach Berichten in der Armee vorhandenen Mißtrauen zu begegnen.
PODKAMIENSKI: Ich bitte um das Wort –
VORSITZENDER: Gleich, Genosse! Genosse Nowosilzew begründet zuerst seinen Antrag.
NOWOSILZEW: Vor allem, daß ich wohl weiß, wem dieser Sieg zu verdanken ist, Genossen. Und keiner von uns wird darüber im unklaren sein. Aber... sind wir dazu da, persönliches Verdienst auszuzeichnen, oder dienen wir einer Sache? Wir wollen nicht Brutzkin belohnen, wenn wir ihn als Sieger erklären. Wir treiben keinen Kult der Persönlichkeit. Die Proklamation ist eine politische Angelegenheit wie jede andere. Man verlangt einen Namen: wir nennen den, der die größte Wirkung verspricht! Podkamienski dient der Bewegung auch dadurch, daß wir nun seinen Sieg benutzen können, den Namen Brutzkin durch die Straßen zu rufen. Es ist stärker, werbender für die Massen, daß ein Bauer gesiegt hat, ein Mann aus dem russischen Volk, als wenn ein „Intelligenzler" siegt. Für mich ist die Frage damit entschieden. Wir müssen frei sein von Gefühlsrücksichten, auch in diesen Dingen.
PODKAMIENSKI: Warum nicht Iwanow, Nowicki, Kusniecow? Warum Brutzkin, Genosse Nowosilzew?
NOWOSILZEW: Weil die Stimmung Brutzkin entgegenkommt. Ich würde Iwanow nehmen, Nowicki, wen immer, einen erfundenen Namen, wie ich Brutzkins Namen nehme! Aber daß es Brutzkin ist, wird ein Echo finden; bei anderen würden sie fragen: Wer ist Iwanow? Wer ist Nowicki? Brutzkin wird wissen, daß die Proklamation mit seinen wirklichen Verdiensten, ob er sie nun hat oder nicht, nicht in Zusammenhang steht. Was schert uns Brutzkin? Weder seine noch des Oberbefehlshabers wirkliche

Verdienste beirren uns bei der Beurteilung der Frage, wessen Proklamierung politisch am klügsten und wirkungsvollsten ist.
VORSITZENDER: Genosse Podkamienski.
PODKAMIENSKI: Die Armee hat: Hoch der Sieger Podkamienski gerufen, Genosse Nowosilzew, – soll Petersburg hoch Brutzkin schreien? Ich bitte die Angelegenheit bis nach Erledigung des nächsten Punktes der Tagesordnung zu vertagen. Wenn ihr dann noch Nowosilzew folgen wollt, dann könnt ihr Brutzkin gleich zum Sieger krönen. Brutzkin wartet vor der Tür. Ich hab ihn hergeladen. Allerdings nicht, weil ich wußte, daß Nowosilzew ihm den Lorbeer des Sieges auf die Stirn drücken will. Ich habe Dinge vorzubringen, zu denen sich Genosse Brutzkin wird vor euch äußern müssen. Wenn ihr einverstanden seid, Genossen, mag Brutzkin eintreten!
(Einer geht an die Tür, öffnet sie, Brutzkin tritt ein. Brutzkin verneigt sich.)
VORSITZENDER: Genosse Brutzkin... setz dich, Brutzkin... du hast harte Zeiten hinter dir, Brutzkin...
BRUTZKIN: Wir sind ihnen auch jetzt auf den Fersen, Genossen, noch gestern...
VORSITZENDER: Ja... wir wissen es... ihr tut, was in euren Kräften ist, Brutzkin.
BRUTZKIN: Darauf kommt es auch an, mein ich, Genossen! Ich bin kein Redner, Genossen, weiß Gott, ich habe nichts gelernt, als die proletarische Freiheit lieben und zufassen! Aber ich dachte, dazu bist du ja da, Iljy Iljitsch Brutzkin, daß du die gestellte Aufgabe erfüllst, und sonst zu nichts, und das haben wir getan, wie der Genosse Podkamienski, der es besser sagen kann als ich, es auch zugeben wird.
PODKAMIENSKI: Du hast auch Aufgaben gelöst, die du dir selbst gestellt hast, Genosse Brutzkin. Ist es wahr oder nicht, daß in den besetzten Orten mit deinem Wissen Blutbäder unter der Bevölkerung angerichtet wurden, antworte mir!
BRUTZKIN: Der Krieg ist ein rauhes Geschäft, Genossen, das ist anders als man es sich bei der Lampe vorstellt. Da ist nichts zu su-

chen für feine Nerven. Es sind viele hinüber... unsere und andere.

PODKAMIENSKI: Mit deinem Wissen hinüber, Brutzkin? Mit deinem Wissen?

BRUTZKIN: Hol mich der Teufel, wir wollen es doch beim Namen nennen, Genosse Podkamienski, worum es da geht. Es handelt sich um die Juden, oder irr ich mich? Es sind auch ein paar Juden umgekommen, Genossen!

PODKAMIENSKI: Mit deinem Wissen, Brutzkin, „umgekommen"?

BRUTZKIN: Wenn du sie bei Laune halten willst, mußt du ihnen zwei Dinge geben, damit sie tun, was Sie wollen, Genosse Oberbefehlshaber, wo es doch nichts zu fressen gibt und keinen Hafer für die Pferde: Also zwei Dinge, die Pfaffen und die Juden, und was gehen sie dich an, Genosse Oberbefehlshaber, die Pfaffen und die Juden?

PODKAMIENSKI: Was sie mich angehen, fragst du? Bin ich nicht der Oberbefehlshaber und bürge nicht ich für dich? Wenn ihr geschlagen worden wäret, wer hätte es hier verantwortet, du Brutzkin? Du? Wir erwerben Verdienste, aber keinen Lohn, gut, gut Nowosilzew, aber die wir führen, über wen wird man zu Gericht sitzen, über mich oder über dich, Brutzkin? Was sie mich angehen, die Juden? Ich verstehe, Brutzkin, ich verstehe. Der Schutzherr der Juden Podkamienski, willst du sagen! Man hat ein paar Juden umgebracht in diesem großen Morden, und ich stehe da und erhebe Anklage gegen dich, den braven einfachen Mann, vielleicht ist dein Herz rauh, aber bist du nicht ein Krieger und soll ein Krieger sanft sein? Sind es nicht Weiße gewesen, Feinde unserer Sache, sag es doch, Brutzkin, die du hast umbringen lassen in hundert Dörfern und Städtchen, hundert und aberhundert?

BRUTZKIN: Daß mich die Pest, Genossen, wenn das nicht wahr ist, und wenn sie nicht alle durch die Bank weiße Verräter sind!

PODKAMIENSKI: Darum hast du sie umgebracht? Sprich doch, nur darum? Wolltest du niemanden treffen? Wenn ich nicht wäre, lebten sie nicht noch? War es nicht, weil du mich haßt und weil du mir durch ihre Leichen zurufen wolltest, was du mir nicht

selbst zu sagen wagst: Du Jud, du Jud, du Jud! – Genossen, es
sind nicht alles Weiße gewesen, die er gemordet hat, es war
darunter – aber was tut's zur Sache, wer darunter war – sie haben auf uns gehofft, unser Kommen ersehnt, den Versprechungen geglaubt! Ich spreche nicht für mich, Genossen! Ich fühle
mich frei von Bindungen an irgendetwas außer den Bindungen
an unsere Sache, so frei, daß ich es wagen kann, den Verdacht
auf mich zu nehmen, an die gemordeten Juden mit meinem
Herzen gebunden zu sein! Was Juden! Es waren Unschuldige,
die dieser hat morden lassen. Dient er dem Zaren oder dient er
der proletarischen Sache? Sind es Weiße gewesen und hat er es
geprüft? Ich frage nicht, ob es Juden waren.
Aber er hat gefragt, ob es Juden sind, und hat sie umkommen
lassen, um seine Leute bei Laune zu halten! Braucht die proletarische Sache Pogrome, um denen, die für sie kämpfen, Laune zu
machen, Genossen? Müssen wir erst Brand an Hütten legen, um
das Feuer in uns zu entfachen? Was ist das für eine Laune, die
du dir machst? Was ist das für ein Feuer, das in dir brennt? Was
ist das für eine Sache, der du dienst, Brutzkin? Befleckt, be-
dreckt, und geschändet!

BRUTZKIN: Weiß der Teufel, es ist unter den Panjes auch mancher
unschuldig zum Handkuß gekommen. Ich nahm sie alle auf
meine Seele, Genossen, die Unschuldigen, die Panjes, die Pfaffen und die Juden! Sie werden meine Seele nicht platt quetschen
mit ihrem Gewicht, Genossen. Ich sage es, wie ich es denke,
Genossen!

PODKAMIENSKI: Und du denkst wie einer nicht denken darf, dem
unsere Sache eine heilige Sache ist! Darf einer so denken, wie
Brutzkin, frage ich euch, Genossen, so handeln, der für die
proletarische Sache ficht? Sind es dicke Bürger und Gutsherren
gewesen, die du umgebracht hast, Brutzkin, oder Verfolgte,
Hungernde, Gehetzte, Geschlagene und Verzweifelte? Er sah
nur, daß sie einen Kaftan trugen, sonst nichts, und wie ein General des Zaren ermordete er sie. Was sind dagegen die ver-
steckten Rubel des Krämers? Und was steht darauf, Brutzkin,
was steht darauf? Ich verlange, der Oberbefehlshaber der Roten

Armee, daß Brutzkin gegenrevolutionärer Gesinnung und gegenrevolutionärer Handlungen angeklagt wird. Was sind alle Siege, die errungen worden sind – man kann verlorene Schlachten wiedergewinnen, Genossen – wenn die Rote Freiheit zur Hure wird für die Lüste eines Lumpen.
(Pause)
VORSITZENDER: Wer wünscht das Wort? Brutzkin?
BRUTZKIN: Was soll ich sagen, Genossen? Ich bin stets ein guter Soldat der Revolution gewesen, mein ich, Genossen.
NOWOSILZEW: Ich bitte um das Wort. Wir haben schweigend die Anklage gehört, beschämt, daß einer der Unsern sich hat zu Taten hinreißen lassen, die wir verabscheuen und verdammen. Der Genosse Podkamienski hat recht: auf deine Taten, Brutzkin, gibt es nur eine Antwort: Anklage. Wer die Menschen anders einteilt, als in solche, die für uns sind und für unsere Sache, und in solche, die gegen uns sind, sieht nicht mit unseren Augen. Können wir es verantworten, dem Genossen Brutzkin weiterhin die Führung unserer Sache an exponierter Stelle anzuvertrauen, bürgt er uns dafür, daß die schlechten, alten, auch uns immer feindlichen Instinkte, die – leugnen wir es nicht – in den Massen noch schlummern, bereit aufzuflammen, wenn ein Funke sie entzündet, durch sein Beispiel unterdrückt werden, oder ist er nicht vielmehr eine Gefahr für unsere Sache, und wo, Genossen, endet dieses Unternehmen, wenn der Genosse Brutzkin fortfährt, die uns folgen, in ihren Zielen und Wünschen unsicher zu machen und zu beirren? Ein System, das keine Idee hat, muß sich mit vielen kleinen Fahnen bestecken, und auch Brutzkins Fähnchen wird da leicht zur Fahne. Unsere Idee duldet nichts neben sich, alles andere ist daneben gleichermaßen böse, denn alles daneben ist zugleich dagegen.
PODKAMIENSKI: Stimmt über meinen Antrag ab, Genossen!
NOWOSILZEW: Wenn es erlaubt ist... noch einige Worte. So müßte... Ich bin noch nicht zu Ende. Was ich gesagt habe, gilt nicht absolut, wenn man mich recht versteht. Wir sind nicht Richter, die Recht sprechen, unbeirrt von dem, was folgt. Möge die Welt

zu Grunde gehen, wenn nur Recht wird, sagten sie nicht so, die Richter?

PODKAMIENSKI: Was soll das, Genosse Nowosilzew? Soll die Welt zu Grunde gehen über Brutzkin?

NOWOSILZEW: Was ist uns Gerechtigkeit, Genossen, wenn sie gegen unsere Sache ist? Ich sage nicht, daß in dieser Sache die Gerechtigkeit gegen uns wäre, allein...

PODKAMIENSKI: Ein politisches Rezept auch hierfür?

NOWOSILZEW: Ich sage, daß wir es prüfen müssen. Prüfen... Brutzkin hat Juden umgebracht, der Oberbefehlshaber hat seine Absetzung verlangt. Das heißt... wie wird man es auslegen, Genossen? Für den Oberbefehlshaber, für Podkamienski?

PODKAMIENSKI: Denk nicht an mich, Nowosilzew!

NOWOSILZEW: Ich denke an niemanden, an mich nicht, an dich nicht, und an Brutzkin nicht. Ich denke an die Folgen, die die Versetzung Brutzkins in den Anklagezustand für die Sache haben kann, wenn die weiße Propaganda es aufgreift. Wir sind frei von Vorurteilen, aber wir müssen mit diesen Vorurteilen rechnen. Die weiße Propaganda wird es benützen können, sie wird immer stärker, ich ziehe noch keine Schlüsse, Genossen, ich sage, daß geprüft werden soll, ob wir nicht selbst Waffen gegen uns liefern. Ich sage noch nichts, als daß wir die Sache überlegen sollen.

PODKAMIENSKI: Prüfen, Nowosilzew? Überlegen? Nowosilzew, das willst du überlegen? Nein, nein, Nowosilzew... Und ihr *(Die andern haben die Köpfe gesenkt, Schweigen, Stille)* Ihr schweigt alle? Gargunow, du schweigst, Syrcow... oh, oh... Ihr hattet die Karten gemischt, schon ehe ich kam... Mein eigener Vater ist darunter gewesen, Gargunow... auch ein Weißer? Vielleicht bin ich selbst... mir dämmert es... soll vielleicht der Sieger in deiner Proklamation vor allem kein Jude sein, Nowosilzew? Ich verstehe dich, Nowosilzew... was würde die weiße Propaganda... ich verstehe euch...

NOWOSILZEW: Keiner unter uns, der vergäße, was du als Flüchtling und später getan hast. Was ich gesagt habe, ich habe es schweren Herzens gesagt. Die Gründe sind äußere Gründe, die du

selbst bei ruhiger Besinnung anerkennen wirst. Verstehe, daß nichts sich geändert hat, wir achten dich, Genosse Podkamienski...
PODKAMIENSKI: Ja, ja. Ihr achtet mich, aber ihr... Ihr liebt mich nicht... und ich... ich...
VORSITZENDER: Des Genossen Podkamienski Dienste können nicht hoch genug angeschlagen werden. Aber vielleicht hat Nowosilzew recht. Unsere Lage verlangt, daß wir nicht überflüssig Angriffsflächen geben. Podkamienski wird weiter dienen und nicht wollen, daß Schaden stiftet, was zum Nutzen sein könnte, wenn man...
PODKAMIENSKI: Wenn man ihn versteckt... verbirgt... oh... oh... Ihr seid euch schon schlüssig geworden, ehe ich kam. Keiner, der zu mir steht. Keiner? Ihr seht den Juden, immer den Juden, sonst nichts. Bin ich sonst nichts? Hab ich nicht... war ich nicht... Warum wollt ihr mich nicht? Gargunow... damals in der Dachkammer in der Schweiz, als wir beisammen saßen und träumten... mir war damals, als liebtest du mich... Gut, gut... ist der Traum zu Ende, Gargunow? Für mich, für mich...
GARGUNOW: Nichts ist zu Ende... Podkamienski. *(Legt Podkamienski zärtlich die Hand auf die Schulter.)*
PODKAMIENSKI: Du hast Tränen in den Augen, Gargunow... Das ist alles? Tränen sind nicht genug! Nichts, nichts... die Soldaten können mich nicht lieben, weil ich... Wie könnten sie einen Juden wollen, Gargunow... Hier, hier, hier ist er, den sie wollen und lieben. Hoch Brutzkin, mag es Brutzkin sein, er hat einen alten Juden erschlagen, der mein Vater war, Gargunow!... Wo ist die Proklamation, Nowosilzew... hier, hier, ich unterzeichne...! Oder auch das nicht, Nowosilzew? Was sagt die weiße Propaganda dazu, Nowosilzew?
BRUTZKIN: Er legt den Oberbefehl nieder, Genossen?
PODKAMIENSKI: Er legt ihn nieder... Nun kommst du, Brutzkin... und ich... möge der Geist über dich kommen, Brutzkin... und ich... ich könnte vielleicht... mit besonderen Aufgaben... nach, nach... wo wollt ihr, daß ich mich verberge? Oder darf ich überhaupt nicht mehr, auch im Verborgenen nicht mehr...

BRUTZKIN: Hol mich der Teufel, Podkamienski, wenn ich das wollte... das nicht, Genossen, das nicht... Ich habe es nicht gewollt, Podkamienski!

NOWOSILZEW: Es gibt große und wichtige Aufgaben für den Genossen Podkamienski. Wichtiger als der Oberbefehl, wenn doch der Friede in Sicht ist. Wir brauchen den Genossen Podkamienski *(Zustimmung der anderen.)*. Vielleicht gehst du nach Paris, Genosse Podkamienski.

PODKAMIENSKI: Natürlich, Genossen –... wo doch der Friede in Sicht ist... Nach Paris, es ist so weit, wie Sibirien, warum nicht nach Paris?

Notiz zum Schauspiel „Der rote General"

Für diejenigen, die von der Kulisse verleitet, Beziehungen zwischen Dichtung und Realität, zwischen Zeitlosem und Aktuellem suchen, möchte ich – so peinlich Erklärungen des Autors zu seinem Stück auch sein mögen – bemerken, daß Erscheinungen wie Rathenau oder Trotzki wohl Anregung aber nicht Vorbild gewesen sind. Der dargestellte Konflikt ist in jeder Zeit und in jedem Land denkbar, wo eine Masse Gleichgearteter dem Einzelnen, dem Blut oder Geist nach Andersgearteten, gegenübersteht. Ich habe Rußland zum Schauplatz gewählt, weil es für unsere Zeit das Land der großen Umwälzung ist, wie früher Frankreich das klassische Land der Revolution war. Die Kulisse ist imaginär. Die Darstellung des tragischen Schicksals Podkamjenski's soll nicht zur Idee der russischen Revolution Stellung nehmen.

Zum Schauspiel „Der rote General"

Tragischer als die „erworbene" Schuld scheint mir die „geerbte", die Schuld, in die man geboren wurde. Die Schuld, die subjektiv keine Schuld ist, aber Schuld im Sinne einer religiösen Weltanschauung. Denn diese kennt nicht Sühne ohne Schuld. Von den griechischen Tragikern her wird diese schuldlose Schuld immer wieder im Kunstwerk ergreifen, denn sie ist unentrinnbar, nicht abzuwenden durch menschliche Entscheidung.

Schuldlos schuldig, schuldig durch sein Blut und seine Geburt ist in meinem Schauspiel „Der rote General" der Held des Stückes Podkamjenski. Je größer und reiner er als Mensch dasteht, umso härter und tragischer erscheint sein Los, sein unentrinnbares, von der Geburt her mit der Schuld des Blutes gezeichnetes Schicksal. Es gibt keine Flucht aus diesem Schicksal, keine Rettung. Er muß sein Schicksal leben, leben unter dem tragischen Zeichen der Sühne für dieses Schicksal, er scheitert – im höheren Sinne – nicht an Unverstand und Rohheit, er scheitert an seiner Sünde. Es ist die Sünde der großen tragischen Figuren der Wirklichkeit, die Sünde Napoleons, die Sünde Trotzkis, die Sünde Rathenaus, wie es die Sünde des Oedipus ist: die von Anfang an dem tragischen Helden auferlegte, bestimmte, unabwendbare Sünde, die die Kunst „Schuld" nennt. Podkamjenski ist ein Jude und er stirbt an keiner anderen Schuld als an dieser.

Die Gartenlaube

Komödie in drei Akten

...die Tugenden zu preisen, die der Gesellschaft Stütze sind: die Botmäßigkeit gegen den Reichtum, die frommen Gefühle und insbesondere die Entsagung der Armen, diese Grundlage der Ordnung.

Anatole France: Die Insel der Pinguine.

„Der Komiker verfehlt seine Wirkung nicht, solange ihm vergönnt ist, ernst zu bleiben."

(nach Frank Wedekind)

Dieses Stück soll mit geradezu tierischem Ernst gespielt werden.

PERSONEN:

1) Josef Colbert, 52 Jahre alt, Rentier.
2) Melanie Colbert, 43 Jahre alt, seine Frau.
3) Amélie, im 17. Lebensjahr stehend, Tochter der Colberts, von der Mutter Maltscha genannt.
4) Kudernak, 52 Jahre alt, Vetter der Frau Colbert, Rentier.
5) Ferdinand, 26 Jahre alt, Kudernaks Neffe, ein Maler.
6) Modlizki, 25 Jahre alt, im Hause der Colberts aufgewachsen.
7) Josefine, eine schöne Frau, die ihre Schönheit kaufmännisch verwertet.
8) Ein Gendarm, der Vocedalek heißt.
9) Anna, ein Dienstmädchen bei Colberts.
10) Marie, ein Dienstmädchen.

Bemerkungen des Autors zu dieser Komödie:

Der Stoff zu dieser Komödie entstammt weder dem Pitaval, noch dem Plutarch, auch nicht einer englischen Komödie, sondern ist einer eigenen Skizze des Autors entnommen, die „Colberts Reise" hieß, und in der, wenn auch nur skizzenhaft, die Grundzüge der hauptsächlichen Charaktere (Colbert und Modlizki) angelegt und die Hauptlinien der Handlung erfunden waren. Modlizkis Figur, der seit vielen Jahren das größte Interesse des Autors gehört, wurde auch im Roman „Die Klasse" in späteren Schicksalen verfolgt.

Die Komödie spielt in einem kleinen mährischen Ort von etwa 10.000 Einwohnern, im Frühjahr des Jahres 1900 und etliche. Alle Akte haben den gleichen Schauplatz: die Villa Colbert. Sie liegt in einer kleinen Villenkolonie außerhalb des Städtchens. Man sieht freundlich helle Häuschen im Hintergrund, rote Dächer, den Kirchturm, zwiebelförmig, aber nicht wie die russischen Kirchtürme, sondern schlank. Dazwischen grün, im Hintergrund Felder, strichweise frisch geackert, auf anderen Strichen steht die Wintersaat. Rechts vom Zuschauer die Villa, links daran anschließend der Garten. Die Villa ist im Stil der 80er Jahre gebaut, das heißt, sie entstand etwa um die Jahrhundertwende, als der Stil der 80er Jahre in dem mährischen Landstädtchen als hypermodern galt. Die Villa steht mit ihrer schmalen Seite gegen den Zuschauer. Eine große offene Veranda im ersten Stock mit einer Treppe nach links in den gepflegten Garten. Ein zweiter Ausgang aus dem Haus in den Garten, der – der Ausgang – dem Zuschauer nicht sichtbar sein muß, aus der senkrecht auf die offene Bühnenseite stehenden Front. Hinter der Veranda, (Glasschiebetür) Wohn- und Speisezimmer, Klavier, Schreibtisch, Kredenz und trotzdem Klubsessel, Stickereien, Kissen, Nippes. Im Stockwerk darüber die Schlafzimmer unsichtbar, eine sichtbare Giebelkammer, davor eine schmale Terrasse, – eine Art Klopfgang, – die in der Hauptsache zum Wäschehängen und Teppichklopfen Verwendung finden mag. Im Parterre, in der Art eines Portierzimmers, Modlizkis Wohnraum, Eisenbett, Tisch, schwarzer Koffer statt eines Schrankes, über dem Bett ein

Heiligenbild. Der Garten ist vorn und hinten durch je einen Eisenzaun abgegrenzt, vorn gegen eine Straße, hinten gegen einen schmalen Feldweg zwischen diesem und einem anderen Grundstück. Im Garten gepflegte Kieswege, Rosenstöcke, Beete, alles noch kahl oder im ersten Grün, denn es ist Frühlingsanfang, aber schon sehr warmes sonniges Wetter. Vorn im Garten Tisch mit Stühlen, seitwärts links eine Bank, alles weiß gestrichen, im Hintergrund links eine weiße Laube mit bequemer Bank, kleinem Tischchen und Gartenstühlen, Sonnengardinen, rot und weiß, die so heruntergelassen werden können, daß das Innere der Laube unsichtbar wird.

Sämtliche Personen der Komödie – dies für den Schauspieler – nehmen sich sehr ernst und empfinden ihr Komödienschicksal eher tragisch als komisch. Das Motto dieses Stückes könnte heißen: Jeder Mensch hat seine fixe Idee: Im Zusammenhang dieser Komödie ausgedrückt: *dem einen seine Frostbeulen sind dem andern sein Louvre.* Wegen seiner Idee lebt der Mensch. Sie erscheint ihm selbst als etwas ungeheures, wichtiges, dem Beschauer, der aber natürlich wieder seine fixe Idee hat, lächerlich.

COLBERT:

Er kleidet sich mit gewählter Eleganz, die französisch anmutet, wenn auch zugleich leicht provinzial. Das Haar ist geölt und gepflegt, sorgsam über eine rosig schimmernde Glatze gestrichen. Kleiner gepflegter Spitzbart, knapp unter den Nasenlöchern aufwärts gezwirntes Schnurrbärtchen. Rote Wangen. Ein schönes seidenes Taschentuch, das aus der Rocktasche hervorguckt und weiße Gamaschen geben dem Äußeren Colberts etwas, was man nicht anders nennen kann als soigniert. Von Zeit zu Zeit führt er, besonders wenn er erregt ist, das Taschentuch an die Nase und zieht seinen Duft ein – genießerisch oder um sich zu erholen, je nach seiner augenblicklichen Verfassung. Er spricht das R als leichtes Gaumen-R.

MELANIE:

Sie ist Hausfrau. Ideale und Weltanschauung der „gehobenen" Reinemachefrau! Sie ist vor allen Dingen tüchtig und eine anständige Frau. Sie ist überzeugt, daß ihre Anständigkeit etwas wichtiges ist wie die Führung des Haushaltes. Sie überschätzt diese Dinge ebenso wie *Amélie* die Erotik überschätzt, als Folge ihrer 16 Jahre, ihrer Erziehung und ihrer Lektüre.

AMÉLIE

ist von naiver, direkter Sexualität. Sie hat kein anderes Interesse als das geschlechtliche und versteht oder mißversteht jedes Wort in diesem Sinne. Aber sie wird keineswegs das nehmen, was ihre Mutter ein schlimmes Ende nennen könnte, sondern bald heiraten und rechtzeitig anfangen, den Haushalt, die Dienstbotenfrage, die Tugend, zu denen auch die Anständigkeit in einem Sinn von Feindschaft gegen das Erotische gehört, für etwas sehr wichtiges und etwas, das von großer Bedeutung für die Allgemeinheit ist, zu halten. Sie wird ihre Jugenderlebnisse vollständig vergessen. Sie wird, wie schon heute, – sie und alle anderen, vielleicht nicht nur in dieser Komödie – überzeugt davon sein, daß ihr persönliches Schicksal, ihr persönliches Leben, ihre persönlichen Meinungen Dinge sind, die nicht nur von allgemeiner Gültigkeit sind, sondern auch für alle andern von größtem und wichtigstem Interesse, eine Krankheit, an der nach der Meinung des Autors die Menschen seit Adam und Eva leiden, oder richtiger, eine Krankheit, der sie sich erfreuen, und die ihnen über die Nichtigkeit und Unwichtigkeit eines verzweifelt rasch vorbeirollenden Lebens hinweghilft, das anders gar nicht zu ertragen wäre.

MODLIZKI

ist 25 Jahre alt und mit 6 Jahren ins Haus gekommen. Er ist in den Augen des Herrn Colbert eine Art von Sohn des Hauses, der zu häuslichen Arbeiten in der Art eines Dieners herangezogen wird. Er empfindet diesen Widerspruch und beharrt darauf, Diener zu sein, nur in diesem Sinn mit dem Haus verbunden, lehnt jede persönliche und private Beziehung ab. Seine soziale Idee ist die borniert Privatidee eines Ungebildeten, der er allgemeine Gültigkeit zubilligen will. Er sieht, wie die anderen, Amélie die Erotik, Colbert die Schönheit u.s.w., überschätzen, hält diese Dinge nicht nur für unwichtig, geradezu für schädlich. Er ist im Hause dem Herrn gegenüber ein prinzipieller – bedrohlicher! – Schweiger, er lehnt es ab zu sprechen, da seine Ansicht nicht verlangt werden darf, weil Colbert bloß das Recht hat, Modlizkis Gehorsam zu verlangen. Wenn er spricht, dann in der Art von Autodidakten, gewählt und mit verschrobenen Bücherkonstruktionen im Satzbau. Er ist immer schwarz gekleidet, unbeweglich im Ausdruck, von gewollter planmäßiger Unberührtheit durch alles, was neben ihm vorgeht. Selbst im Garten an der Arbeit trägt er unter der blau-weiß gestreiften Arbeitsjacke schwarze kleine Kravatte und schwarze Weste.

FERDINAND

glaubt, daß er bestimmt keine fixe Idee hat, findet alle anderen köstlich und sich über alle erhaben. Doch er hält seine Kunst für etwas sehr wichtiges, allgemein wichtiges, jede Diskussion darüber ist ausgeschlossen, Menschen die anders empfinden sind Barbaren, ihre Ansichten machen ihn wild. Er ist wirklich der allerdümmste unter allen.

KUDERNAK

frißt gern, trinkt gern, früher hat er auch gern ein Mädchen bei sich gehabt. Er hält das, was er persönlich ißt, für das, was man allein richtigerweise essen muß und die Sache selbst für außerordentlich wichtig.

JOSEFINE

ist sehr schön und sehr elegant. Sie glaubt, daß zwischen anständigen Frauen und unanständigen ein sehr wichtiger Unterschied besteht, zu Gunsten der unanständigen. Sie hält es für überaus wichtig, amüsant und angenehm im Bett zu sein. Als objektive Bestätigung dieser Eigenschaften gelten ihr die bei der Kundschaft erzielten Preise.

ERSTER AKT

Modlizki in Hausjacke, gießt die Beete, recht u.s.w. Amélie sitzt auf der Bank links und lernt laut.
AMÉLIE: N'y-a-t-il à Paris deux grandes colonnes? Oui, mon ami; la colonne de la Place vendôme et celle de la Place de la Bastille... Es ist blödsinnig! Dans quel quartier avez-vous demeuré à Paris?... Diese gute Erziehung! Die Pietät gegen die Ahnen, sagt Papa... „Ich rühme mich französischen Blutes." Le document, Josef Colbert, né à Rouen... le 14 décembre 1758. Vornehme Abstammung... Papa hat einen Laden gehabt wie hundert andere im Ort, nun schön, einen großen Laden. Mamas Vater hatte eine Wirtschaft, *Ökonom*, sagt Papa, er war Bauer wie tausend andere hier auch. Also: ein Colbert ist vor 150 Jahren hierher gekommen, aus Frankreich, das ist alles. Ausgewandert mit einem adeligen Herrn, dem die Zeiten dort zu blutig waren. Er ist vielleicht Kutscher bei diesem Herrn gewesen, oder Kammerdiener, aber nein: die große französische Revolution hat unsere königstreuen Ahnen hierher verschlagen. Unter diese Bauern! Das legt Verpflichtungen auf, Modlizki! Man heißt nicht Maltscha wie die andern, man heißt Amélie! Zum Davonlaufen ist es! *(Pause)* Mama hat recht. Lächerlich macht er uns mit seinem Bärtchen und riecht nach Parfum wie eine Frau... Wir sind hier in Mähren und nicht in Frankreich, das ist die Hanna und nicht die Champagne. Und man spricht hier wie einem der Schnabel gewachsen ist und wie alle reden und nicht französisch. „Oui, Monsieur, oui, Madame, entendu." Seine drei Worte, die er kann, immer wieder und wenn wir uns umdrehen, lachen sie uns alle aus. Avec qui avez vous fait ce voyage? Avec un ami de mon père. Vous l'avec vu; c'est ce monsieur, qui dînait si souvent chez nous l'hiver dernier. C'est ce monsieur, qui a eu la bonté de m'emmener... *(seufzt)*... Du, Modlizki, warum sagst Du nichts? C'est ce monsieur, qui a eu la bonté de m'emmener. Dieser Herr, der die Güte hatte mich mitzunehmen oder wegzuführen. Ach... daß Du das aushältst, Modlizki... Blümchen begießen... Du hast es doch nicht nötig. Du

bist doch nicht aus feinem Haus. Du könntest doch davonlaufen. Warum hilfst Du mir nicht? Warum machst Du... warum stellst Du nicht alles auf den Kopf da, Du... Du solltest... wenn ich Du wäre, so aus dem Volk aus dem Waisenhaus, Du... ein Kommunist wäre ich, glaub mir, eine Revolution würde ich machen, die Blumen ausreißen, die feinen Mädchen verführen, und dem Herrn Colbert würde ich... ins... Gesicht würde ich ihm lachen. Aber Du bist unbeweglich, voll Anstand, Du verziehst Dein Gesicht nicht, schweigsam... unheimlich ist das, Modlizki... wie Du so dastehst, Blümchen gießt, mit Deiner Fresse... ja, Du hast etwas unheimliches, Modlizki... man möchte glauben, daß Du Vitriol auf die Blumen gießt, so wahr mir Gott helfe... Warum gießt Du nicht? Gieß doch, Modlizki! Du mußt doch keine gute Erziehung haben, Modlizki... wer könnte Dir etwas sagen, wenn Du ein gemeines Wort sagen würdest, vor Mama und Papa zum Beispiel, so... aber nein, nichts, fein, fein, wie ein Tanzmeister vor den Alten und dazu ein Gesicht, daß man Angst kriegen könnte. Ich hab es schwerer als Du, oder die... Du, hast Du wieder mit ihr gesprochen?

MODLIZKI: Mit wem?
AMÉLIE: Aus Prag.
MODLIZKI: Josefine?
AMÉLIE: Ja.
MODLIZKI: Ja.
AMÉLIE: Erzähle... Du... ist das nicht großartig, daß sie aus unserem Ort stammt? Das hätte niemand gedacht. So ein Nest... Hat sie eingewilligt?
MODLIZKI: Sie ist zur Erholung hier, sagt sie... aber mit mir...
AMÉLIE: Hat sie eine Ausnahme gemacht... hat sie eine...?
MODLIZKI *(nickt)*.
AMÉLIE: Du! Wie war es... Du... also sag doch... War sie nackt?
MODLIZKI: Natürlich, nackt!
AMÉLIE: Und... Du...
MODLIZKI: Auch natürlich.
AMÉLIE: Natürlich, natürlich... Du... begießt die Blümchen... Wie ist sie? Voll... schlank?

MODLIZKI: Voll.
AMÉLIE: Voller als ich?
MODLIZKI: Eine reife Schönheit.
AMÉLIE: Wie viele Männer die wohl schon... Ach... da sitzt man und... Ach, wie schwer man es hat... Ich habe mich entschlossen, Modlizki!
MODLIZKI: Ja?
AMÉLIE: Ja!... wie alt ist sie, Modlizki?
MODLIZKI: Sie könnte 26 sein, denk ich.
AMÉLIE: Und wie alt ist sie damals gewesen, als sie nach Prag ging, Modlizki?
MODLIZKI: Sie wird wohl siebzehn Jahre alt gewesen sein, als die Geschichte aufkam. Sie bekam Geld unter der Bedingung, daß sie die Stadt verläßt. Es ist jetzt wohl neun Jahre her. Der Junge wird wohl acht Jahre alt sein und ist ein schönes starkes Kind, vornehm gekleidet und man kann nicht sagen, daß er jemandem ähnlich ist.
AMÉLIE: Dem Onkel Kudernak meinst Du?
MODLIZKI: Ich bin nicht berechtigt, einen Namen zu nennen.
AMÉLIE: Das muß ein Mann gewesen sein, der Onkel Kudernak. Mich überläuft es immer, wenn er mich ansieht, oder gar wenn er mir mit der Hand übers Haar fährt. Ein Verführer.
MODLIZKI: Ihr Vater ist der Händler Hanak. Er hat sie früh angehalten, für ihn zu sorgen. Sie gibt ihm monatlich 400 Kronen, sagt man. Sie hat ihm ein Zimmer bei achtbaren Leuten gemietet.
AMÉLIE: Ein Verführer. Ob er noch zu Josefine geht, wenn sie hier ist, Modlizki?
MODLIZKI: Herr Kudernak wird nie in unserer Stadt, wenn er nüchtern ist, etwas unangemessenes tun. Es ist eine kleine Stadt, Amélie, und es bleibt nicht verborgen.
AMÉLIE: Aber das Kind!
MODLIZKI: Es wäre unangemessen!
AMÉLIE: Ein Mädchen verführen und mit einem Kind sitzen lassen! Das ist etwas, Modlizki! Wenn ich ein Mann wäre, ich würde alle verführen und sitzen lassen. Das wäre meine Rache.

MODLIZKI: Ich verstehe das nicht, Deine Rache, woran?
AMÉLIE: Ach, an allem, an Mama, Papa, an der guten Erziehung, an dem ganzen Haus... was weiß denn ich... an allem! Nun ist sie eine Courtisane, und er... man würde es ihm nicht ansehen, Modlizki.
MODLIZKI: Was?
AMÉLIE: Daß er ein Mädchen verführt hat, er ist doch nur ein Fresser, aber er hat sein Geheimnis...
MODLIZKI: Das ist kein Geheimnis, wenn ich so sagen darf. Es hat 100 Gulden gekostet. Der Alte hat das Mädchen selbst hingebracht. Und Josefine wußte, daß 100 Gulden ein guter Preis sind für die Jungfernschaft. Sie hätte von niemandem sonst diesen Preis bekommen und dann war das Glück mit dem Kind und die Abfindung, daß sie nach Prag konnte.
AMÉLIE: Ich habe mich entschlossen!
MODLIZKI: Vielleicht wäre auch Herr Kudernak der geeignete.
AMÉLIE: Nein.
MODLIZKI: Der Herr Apotheker oder sein Sohn.
AMÉLIE: Nein.
MODLIZKI: Es kommt nicht darauf an. Es ist ohne Bedeutung.
AMÉLIE: Das ist nicht ohne Bedeutung, Modlizki, das erste Mal.
MODLIZKI: In vornehmen Kreisen ist viel besonderes und heimliches da herum. Bei Leuten meines Standes ist es nicht von Wichtigkeit, wenn es erlaubt ist. Das Geschlechtsleben ist unwichtig und lächerlich, Amélie. Ich werde Dir die Darstellung auf den Bildern zeigen.
AMÉLIE: Ich habe gewartet – hier in der Laube – daß einer kommt und mich vergewaltigt, und wieder geht. Einer von den Handwerksburschen, die vorbeikommen. Ich saß hier ganze Tage, deswegen, wenn einer kam, zitterte ich. Aber sie gehen alle vorbei. Aber jetzt habe ich genug. Jetzt... Du bist eine Art von Bruder zu mir. Du bist noch vor meiner Geburt ins Haus gekommen. Es ist das Beste und Einfachste, wenn Du es machst. Ich kann mit Dir über alles sprechen. Ich kann Dir alles vorher genau sagen, wie ich es will, wie ich es mir vorstelle. Wir werden uns hier treffen, nachts, in der Laube. Wir werden vorher

alles miteinander durchsprechen und probieren. Alles muß vorher besprochen und geprobt sein, damit es ohne Komplikationen geht. Ich wünsche, daß es hier geschieht, unter den Bäumen, unter freiem Himmel in der Laube, ich werde Kissen herbringen und Erfrischungen.

MODLIZKI: Nein!

AMÉLIE: Was?

MODLIZKI: Wenn es gestattet ist: Nein!

AMÉLIE: Du willst nicht?

MODLIZKI: Nicht in der Laube.

AMÉLIE: Warum nicht in der... ich stelle es mir so herrlich vor... hier... im Garten... ich will... ich kann es mir anders nicht mehr vorstellen... Ich werde hier sitzen, ahnungslos... Du wirst kommen und mich vergewaltigen... ja, vergewaltigen, Modlizki... in der Laube. Und dann werden wir die Erfrischungen...

MODLIZKI: Nein!

AMÉLIE: Aber...

MODLIZKI: In der Laube nicht, sage ich, wenn es erlaubt ist. Nicht in der Laube. Ich lehne es ab.

AMÉLIE: Warum lehnst Du ab, Modlizki?

MODLIZKI: Die Laube! Ich lehne sie ab... hier gehen wir auseinander, sage ich.

AMÉLIE: Es wäre am schönsten, Modlizki... Wenn ich später daran zurückdenken werde. An die Pölster, den Himmel, das Rauschen der Bäume, warum denn nicht, Modlizki, es wäre am schönsten!

MODLIZKI: Gerade deshalb nicht, Amélie.

AMÉLIE: Es soll nicht...

MODLIZKI: Nein, nein... es soll nicht... Wenn Du das willst, Amélie, dann soll es ein anderer sein, ein junger Herr oder Herr Kudernak. Das wäre das Geeignetste. Was geht es mich denn an, frage ich, was hat es für mich denn für eine Wichtigkeit, frag ich. Ich tu es aus Gefälligkeit, wenn ich es tue. Es gehört im Grunde nicht zu meinen Obliegenheiten. Ich habe andere Sorgen, wenn es erlaubt ist. Ich bin der Diener des Herrn Colbert. Mein Vater stand auf einer Leiter, als er beim Diebstahl ertappt wurde. Er stürzte von der Leiter und starb. Ich habe Frostbeulen an den Füßen. Wenn ich es machen soll, mach ichs in meiner Kammer, auf dem Eisenbett und ohne Rauschen und Kissen und Erfrischungen. Ich soll Revolution machen, sagst Du? Das ist meine Revolution! Ich lasse mir nicht imponieren und mich sanft machen durch das alles. Der Herr Kudernak soll es machen oder der Sohn vom Apotheker, der auch Klavierspielen gelernt hat.

AMÉLIE: Aber das alles hat doch nichts damit zu tun, um Gottes willen.

MODLIZKI: Es hat, um Gottes willen. Denn wessen Willen sonst ist es, daß hier Blumen gepflegt werden und Klavier gespielt? Was gehts mich an? Ich tue meine Pflichten also, nicht mehr, um Gottes willen!

AMÉLIE: Aber wenn ich doch... Mit Dir kann ich alles vorher besprechen. Ich will doch nicht dann dastehen... wie... wie eine... ohne Ahnung. Du wirst mich doch nicht im Stich lassen, Modlizki? Du wolltest mir doch alles zeigen, vorher, und erklären und die Bilder. Es ist doch nur das erste Mal, Modlizki! Papa kommt, sag schnell, Modlizki, Modlizki... C'est ce Monsieur, qui a eu la bonté de m'emmener. Avec un ami de mon père. Vous l'avec vu. C'est ce monsieur, qui dînait si souvent...

(Josef Colbert kommt von rechts auf der Straße vor dem Zaun.)

COLBERT: Guten Morgen, meine Lieben, bonjour, mes chers! Fleißig gewesen, meine Kleine?

AMÉLIE: Guten Morgen, Papa, ach... es will mir nicht in den Kopf!

COLBERT: Nur Fleiß, mein Kind, es wird schon gehen, tu verras! Und was machen die Blumen, Modlizki?

MODLIZKI: Wenn es erlaubt ist. Die Lilien kommen wohl nicht. Sie sind erfroren.

COLBERT: Schade, schade... gerade die weißen Lilien... Ich bin beim Onkel Kudernak gewesen... jetzt rate mal, Amélie! Wir bekommen Besuch heute abends.

AMÉLIE: Man muß es Mama sagen.

COLBERT: Gewiß doch, sans doute. Onkel Kudernak kommt, aber nicht allein, eine große Überraschung, er kommt mit... mit... nun Amélie?
AMÉLIE *(rasch)*: Josefine!... Papa, ich wollte...
COLBERT: Josefine? Wer ist das? Amélie, ma fille, meine Tochter, was weißt Du davon?
AMÉLIE: Nichts, nichts, wirklich nichts, Papa... die Mädchen in der Stadt erzählen bloß, daß sie hier ist und daß sie seine... seine Jugendliebe gewesen ist.
COLBERT: Amélie... setz Dich, komm, setz Dich hierher zu mir... mon enfant... *(sieht sie prüfend an, seufzt)* Ja... ja... Du bist... was ich sagen wollte... ja... ja... Wie alt bist Du, ma chérie?
AMÉLIE: 16 Jahre.
COLBERT: Richtig, richtig, sechzehn Jahre... daß ich das im Augenblick nicht wußte... hahaha – – –
AMÉLIE: Hahaha. *(Beide lachen verlegen.)*
COLBERT: Ist sie nicht ein hübsches Mädchen, meine Tochter, une belle fille, das kann man vielleicht sagen, ohne Eitelkeit sagen, nicht wahr, Modlizki?
MODLIZKI: Reif für ihr Alter, wenn es erlaubt ist.
COLBERT: Gewiß, ja, ja... Du... Du... Du schnürst Dich doch nicht, Amélie?
AMÉLIE: Ach, Papa!
MODLIZKI: Die jungen Damen schnüren sich heute nicht mehr, Herr Colbert. Es sind die natürlichen Formen.
COLBERT: Ja... vielleicht... ich glaube selbst, man müßte Dir jetzt einiges sagen, Amélie. Ja. Mais c'est difficile pour un père. Es ist zu schwer für einen Vater. Ich werde mit Deiner Mutter sprechen. Sie kann Dir... aber sprich nicht mehr von dieser... die Du vorhin nanntest, mein Kind, jamais!
AMÉLIE: Nie mehr! Ich wollte auch nicht.
COLBERT: Ich weiß es, je le sais. Aber nun, was den heutigen Besuch betrifft: Ferdinand ist gekommen, Kudernaks Neffe, der Maler aus... Paris! *(spricht: Pari)* Ich habe sie eingeladen. Ich konnte nicht mit ihm sprechen, er schläft, den ganzen Vormittag, schläft. Ist das nicht köstlich? Er wird uns heute abends er-

zählen, frisch aus Paris. *(ist aufgestanden, ruft)* Mama! Mama!
(Frau Colbert erscheint im ersten Stock auf der Veranda.)
FRAU COLBERT: Was gibts denn?
COLBERT: Bon jour, bon jour, ma chérie, mille baisers, tausend Küsse. *(Kußhand nach oben)*
FRAU COLBERT: Schon gut, ja, ja!
COLBERT: Wir bekommen Besuch, heute abends, meine Teure, Kudernak und Ferdinand. Ferdinand ist gestern abends aus Paris gekommen, gleich ins Bett und schläft noch immer! Ein Pariser geworden, der Junge!
FRAU COLBERT: Nach dem Abendbrot?
COLBERT: Gewiß doch, gewiß doch... Ich weiß doch, was es für Umstände macht. Sie kommen nach dem Essen, ein Täßchen schwarzen Kaffee, ein Gläschen Wein, ein kleiner Imbiß, das ist alles.
FRAU COLBERT: Als ob man nicht ohnehin alle Hände voll zu tun hätte! Maltscha!
AMÉLIE: Ja, Mama. *(ab ins Haus)*
COLBERT: Mon dieu, was machen Sie aus dem Namen meines einzigen Kindes, Melanie?
FRAU COLBERT: Und was machst Du? Du machst Dein einziges Kind lächerlich mit Deiner Narrheit. *(ab von der Veranda)*
COLBERT *(schickt eine Kußhand, leise, bedrückt)*: Mille baisers, ma chérie, mille baisers. *(knöpft sich den Rock zu, tupft mit dem Taschentuch seine Stirn, riecht dann daran, seufzt, geht im Garten unruhig auf und ab)* Mon dieu, Mon dieu! *(geht auf und ab)* Trotz allem, trotz allem, ich bin es *mir* schuldig, Modlizki! *(Kußhand nach dem Fenster)* Mille baisers! Sie ist meine Frau, was auch immer sie antwortet, mille baisers!
MODLIZKI: Wir müssen es hinnehmen, Herr Colbert.
COLBERT: „Wir müssen es hinnehmen." *(legt ihm die Hand auf die Schulter)* „Wir"... mon fils, mein Sohn! Du verstehst mich! Du weißt, warum ich es tue. „*Wir* müssen es..." Du weißt, daß ich eine andere Welt darstelle als diese Bauernwelt hier. Eine Welt des Geistes, esprit mon ami, der vornehmen Art. Eine Welt, von der uns Ferdinand heute erzählen wird. Die Welt des alten We-

stens hier in diesem barbarisch rauhen Osten, in dem die weißen Lilien der Bourbons erfrieren, wie ich erfrieren werde, ebenso, conformément. „Wir müssen es hinnehmen, Herr Colbert", ich werde es Dir nie vergessen, mein Freund, mein Vertrauter! Ein außerordentliches Wort verlangt eine außerordentliche Belohnung! Un prix extraordinaire... Ja, ja... nun zweifle ich nicht mehr... mon ami, mon enfant, mein Kind, mein Freund. Komm, komm... hier...! Ich will es Dir nun anvertrauen, Modlizki, nur Dir! C'est le secret de ma vie! Es ist das Geheimnis meines Lebens. *(feierlich-erregt)* Ich habe Dich als zwölfjährigen aus dem Waisenhaus des Klosters zu mir genommen und Dich gehalten wie mein Kind. Mon enfant, Du wirst mich nicht verraten.

MODLIZKI: Wollen Sie meiner niederen Herkunft vergessen!

COLBERT: Quelle naïveté, mon ami! Wer spricht davon? Du sollst über alles, was Du erfährst, schweigen, Modlizki, hast Du mich verstanden? As-tu compris?

MODLIZKI *(nickt mit dem Kopf)*.

COLBERT: Bon, bon, ich vertraue Dir. Ich habe mich entschlossen zu verreisen. *(Pause)* Komm!

(Modlizki folgt, unbewegten Antlitzes, in gemessener Haltung Colbert ins Haus. Indessen ist auf der Veranda Frau Colbert mit Amélie erschienen, wo sie den Tisch zum Mittagessen decken.)

FRAU COLBERT: Streck die Brust nicht so heraus, Maltscha! Was ist das für eine Schamlosigkeit.

AMÉLIE: Ich strecke gar nichts heraus, Mama!

FRAU COLBERT: Du streckst Deine Brust heraus. Ein junges Mädchen streckt seine Brust nicht heraus.

AMÉLIE: Wie soll ich sie denn verstecken, Mama? Ich habe eben schon Formen, Mama!

FRAU COLBERT: Was hast Du? Ein junges Mädchen... eine Schamlosigkeit ist das. Nimm immer nur einen Teller!

AMÉLIE: Ja, Mama. À propos, Mama. Ich hatte soeben ein Gespräch mit Papa. Es ist ihm wohl auch aufgefallen.

FRAU COLBERT: Was ist ihm aufgefallen?

AMÉLIE: Meine Entwicklung. Man soll mich aufklären, Mama!

FRAU COLBERT: Hast Du nichts anderes im Kopf, Maltscha?

AMÉLIE: Es ist vielleicht das Wichtigste für mich. Papa versteht das.
FRAU COLBERT: Das Wichtigste für Dich wäre, daß Du einen Vater hättest, der Dir von Zeit zu Zeit ein paar über die Formen haut, aber hinten und kräftig. Ich habe gewußt, daß er ein kindischer Narr ist, aber das übersteigt die Verschrobenheit, das ist schon Schweinerei! Aufklären wird Dich Dein Mann, wenn sich einer findet, der eine nimmt, die so verdorben ist wie Du. Aber wenn man so einen Vater hat, der bemerkt, daß seine minderjährige Tochter Formen hat, einen Wüstling...
AMÉLIE: Verdorben, Mama?
FRAU COLBERT: Nicht verdorben, so? Und wer wäscht sich täglich. Du weißt schon was, jeden Tag, wie eine, Du weißt schon, wer?
AMÉLIE: Das ist Reinlichkeit, Mama.
FRAU COLBERT: So, dann bin also ich und anständige Frauen, also wir sind nicht reinlich! Wir stinken wohl vor Schmutz, meinst Du?
AMÉLIE: Ich habe nie zu einer anständigen Frau gerochen, Mama.
FRAU COLBERT: Stell die Teller hin. So *(gibt ihr eine Ohrfeige)* So, und heb die Röcke hoch, also, so gehorchst Du, also seidene Wäsche, trotzdem ichs verboten habe wie eine... warum denn sonst? Solche Wäsche trägt ein Mädchen, das auf sich hält, ja? ja? *(Ohrfeige)* aber, wenn man sich täglich wäscht, dann ist es natürlich... da geht also das Geld hin – für Wäsche, daß man glauben könnte, das Mädel ist eine Dirne! Man darf sich nicht umdrehen, gleich geht alles drunter und drüber. Man möchte versinken vor Scham! Hinauf in Dein Zimmer, sag ich, und ich will in 10 Minuten nachsehen, ob Du Dir wollene Hosen angezogen hast wie ein Mädchen aus anständigem... marsch... Wenn ich nicht alles zusammenhalte... *(beide ab)*
(Indessen sind oben auf der Terrasse Colbert und Modlizki sichtbar geworden.)
COLBERT *(öffnet eine Kiste, entnimmt ihr während des folgenden Bücher, Prospekte etc.)*: Hier... begreifst Du nun?... *(Er drückt ihm einen Reiseführer in die Hand.)* Paris *(spricht „Pari")* Alles ist ein Geheimnis, Modlizki, ich bereite es seit langem vor.

(blättert erregt) Hier arbeite ich täglich. Es soll eine Reise auf lange Zeit sein.

MODLIZKI *(schweigt)*.

COLBERT: Es soll eine Reise auf Monate sein, mon ami. Drei Monate, leicht können es vier werden, c'est possible. – Du sollst mich begleiten, Modlizki.

MODLIZKI: Ich?

COLBERT *(feierlich)*: Du!

MODLIZKI: Wann werden wir reisen?

COLBERT: So wie alles bereit ist. So bald wie möglich. O, es ist noch vieles vorzubereiten. Man muß auf alles vorbereitet sein, Modlizki. Wir werden zusammen arbeiten. Heute nachmittags. Nachts, wenn die Gäste fort sind. Wenn wir fertig sind: Morgen! Übermorgen! Ich habe vorgearbeitet, Modlizki! Hier! Aber, attention, daß Melanie es nicht bemerkt. Sie würde es hintertreiben. Nun, mon cher, Du stehst unbeweglich, nichts erhellt Dein Gesicht? Was siehst Du mich so an, Modlizki? Paris, Modlizki, Paris, begreifst Du denn nicht? Louvre! Hast Du noch nie vom Louvre gehört? Wir werden alles sehen, Modlizki, o, diese Gemälde, hier, hier, blättere in diesem Buch, diese Schätze, la France, la France! Daß Du nicht begreifst! C'est à s'arracher les cheveux. O, es rächt sich doch Deine Geburt, ich mache Dir keine Vorwürfe, Du bist daran unschuldig. Aber Du wirst alles begreifen, bis Du es siehst, Du wirst ergriffen sein, gerührt, wie ich. Modlizki, und Dein Herz wird lauter pochen, wie meines!

MODLIZKI: Wie leicht, daß Sie recht haben, Herr Colbert, wenn Sie sich an meinen Vater und an meine Mutter erinnern. Vielleicht ist dies alles wirklich nur für Menschen aus gutem Hause und nicht für Leute so niederer Herkunft. Ich sollte zu Hause bleiben, Herr Colbert!

COLBERT: Modlizki, ich verstehe Dich nicht! Warum denn sollte das nur für Menschen aus gutem Hause sein? Das Schöne und Edle ist uns allen gleich teuer, arm und reich und es entzückt uns alle.

MODLIZKI: Vielleicht können wir auch da nicht unsere Herkunft vergessen.
COLBERT: Du wirst sie vergessen, Modlizki, nous le verrons!
MODLIZKI: Die Anwesenheit eines Mannes wird vielleicht zum Schutze des Hauses nötig sein. Sie werden allein größere Freude genießen.
COLBERT: Es ist alles bedacht. Ich werde Kudernak bitten, bei uns zu wohnen. Es ist alles bedacht. Ich habe nach langem Überlegen den Entschluß gefaßt, Dich mitzunehmen. Ich weiß, daß Du mich nicht enttäuschen wirst.
MODLIZKI *(verneigt sich)*.
COLBERT: Eine Reise ist mit vielem Unvorhergesehenem verbunden. Es ist gut, wenn man einen Begleiter hat, für alle Fälle. Ich denke nicht an das Ärgste, nein, gewiß nicht. Aber gibt es nicht immer etwas, worüber man mit einem andern, einem verläßlichen Menschen zu Rate gehen möchte? Siehst Du, Modlizki, man steht oft vor unerwarteten Situationen. Enfin, vier Augen sehen besser als zwei, auch das ist wichtig, wo man ganz auf sich gestellt ist. Aber nun heißt es, die letzten Vorbereitungen treffen. Das Gepäck bestimmen – das ist eine sehr schwierige Aufgabe, die reichlicher Überlegung bedarf, mon dieu, wer würde das glauben? Dann die Sprache: man muß auf alle Eventualitäten auch sprachlich vorbereitet sein. Hier diese Sammlungen enthalten die notwendigen Phrasen für alle erdenklichen Situationen, man muß sie studieren und ordnen, die Auswahl der Züge, der Hôtels, die Zeiteinteilung, o mon enfant, es gibt 1000 Möglichkeiten und man muß immer die beste wählen. Daß Ferdinand gekommen ist, ist ein gutes Zeichen. Du weißt, warum ich ihn zu mir geladen habe, wir werden uns von ihm erzählen lassen, unauffällig nach allem fragen, was von Wichtigkeit für uns ist, unauffällig, as-tu compris?
(Frau Colberts Stimme, unsichtbar: Modlizki!*)*
COLBERT: Ja, ja genug für den Augenblick, nun kennst Du mich, nun weißt Du alles, ich habe Dir mein Innerstes enthüllt, dépêche-toi, gehe, mon fils, und schweige. Kein Wort, zu keiner

Menschenseele ein Wort über das alles, Du versprichst es mir, Modlizki!

MODLIZKI: Ich verspreche es, Herr Colbert!

(Modlizki ab)

(Colbert setzt sich ermüdet auf die Bücherkiste, wischt sich seufzend den Schweiß von der Stirn; indessen ist Modlizki mit Frau Colbert ins Eßzimmer getreten, sie übergibt ihm Eßbestecke zum Putzen. Während Modlizki zu seiner Kammer geht, sich einen Stuhl in die Tür schiebt, um darauf das Zeug zu legen, einen zweiten, um darauf zu sitzen, hat sich Colbert erhoben und ist ins Eßzimmer getreten. Er legt sich auf ein Sofa.)

(Modlizki putzt das Silber.)

(Maltscha kommt mit einem in Papier eingeschlagenen Päckchen.)

AMÉLIE: Papa schläft. Mama ist in der Küche. Ich will mir bloß rasch das anziehen. *(zieht seidene Höschen aus dem Paket)* Schau, was ich mir anziehen mußte! Aber ich werde so nicht bleiben. Nicht eine Stunde! Wenn jemand käme, ich würde vor Scham versinken. *(kleidet sich im Zimmer um)* So... was hast Du denn für Heimlichkeiten mit Papa?

MODLIZKI: Er reist nach Paris.

AMÉLIE: Nach Paris?

MODLIZKI: Niemand soll es wissen.

AMÉLIE: Und Du fährst mit?

MODLIZKI: Ich weiß nicht.

AMÉLIE *(kommt nach vorn, hebt die Röcke)*: So, ist das nicht schöner? Wie gefalle ich Dir? Wenn es so weit ist, werde ich noch schönere haben, sie sind vorbereitet! Wenn Du sagst, daß Du bereit bist, werde ich sie anziehen. Was für Wäsche trägt Josefine...? Wo sind die Bilder, Modlizki?

MODLIZKI *(reicht ihr Photografien in Ansichtskartengröße, die er aus einer Kassette genommen hat)*: Hier.

AMÉLIE: Du... Du... ach... das...

MODLIZKI: Es sind Darstellungen von der Schändung unserer slavischen Schwestern in Bulgarien durch die Türken. Zu wohltätigen Zwecken.

AMÉLIE: Du mußt es mir erklären, das hier, Modlizki. Das ist... herrlich!

MODLIZKI: Die Größe der dargestellten männlichen Geschlechtsorgane wird in Wirklichkeit kaum erreicht, Maltscha.

AMÉLIE: Maltscha? Du sagst... Maltscha?

MODLIZKI *(wütend)*: Ja, Maltscha... Maltscha! Zum Teufel hinein! Hol das alles der Teufel, das Schöne und das Edle, ich werde mich nicht entzücken lassen, ich nicht! Maltscha, sag ich, Maltscha! Zum Teufel hinein!

Vorhang

ZWEITER AKT

Szene des ersten Aktes. Der Garten liegt im hellen Mondschein. Man sieht, wenn auch etwas schattenhaft, die Laube, Bäume und Büsche. Das Wohnzimmer hinter der Veranda ist beleuchtet, später auch die Veranda. Um den gedeckten Tisch sitzen Colbert, Frau Colbert, Amélie, Kudernak, Ferdinand. Modlizki serviert und setzt sich dann auf seinen Platz am Ende der Tafel. Amélie sitzt zwischen Ferdinand und Kudernak. Die Tür zur Veranda ist geschlossen. Modlizki erhebt sich, tritt auf die Veranda, stellt Café-Tassen und Weingläser auf den Tisch. Nach einer Weile erscheint Amélie und hilft ihm.

AMÉLIE: Der Onkel Kudernak und Ferdinand haben beide unter dem Tisch... Der Ferdinand gleich frech, der Onkel Kudernak erst ganz vorsichtig, wie aus Versehen und wie ich das Bein nicht gleich weggezogen habe, richtig. Aber der ist ja in einer halben Stunde besoffen. *(Pause)* So eine Nacht! *(Pause)* Wie der Mond auf die Laube scheint. Ach das ist reizend. Das ist wundervoll, Modlizki! *(Pause)* Hast Du denn gar keinen Sinn für die Schönheit, Modlizki?

MODLIZKI: Ich bin hier beruflich tätig.

AMÉLIE: Wenn Du verstehen könntest, wie schön das ist. Ich möcht da draußen im Mondschein sitzen in der Laube, und träumen.

MODLIZKI: Ich werde Herrn Ferdinand darauf aufmerksam machen.

AMÉLIE: Ich habe solche Angst vor einem Fremden, Modlizki. Ich werde ungeschickt sein! Es soll Frauen geben, bei denen es unmöglich ist. Am Ende bin ich so eine Frau! Ich könnte diese Beschämung nicht überleben! *(Pause)* Ist es Dein letztes Wort? Willst Du wirklich nicht, Modlizki? Auch bei Dir nicht? Auf dem Eisenbett, Modlizki?

MODLIZKI: Ich bleibe dabei.

AMÉLIE: Du hast keinen Sportgeist, Modlizki.

MODLIZKI: Mein Körper ist kein Lehrkörper, Amélie. Ich habe mich entschlossen, nur meine Pflichten zu tun. Ich leere am Morgen das Nachtgeschirr. Ich möchte es nicht verwischen, wenn Du mich verstehst.

AMÉLIE: Nein, ich verstehe Dich nicht.
MODLIZKI: Herr Colbert nennt mich: mon fils, das heißt: mein Sohn. Aber er hat mich als Diener aus dem Waisenhaus genommen.
AMÉLIE: Ach, Modlizki, das gehört doch nicht hierher!
MODLIZKI: Gerade hierher gehört es. Ich werde Herrn Ferdinand sagen, daß Du in der Laube bist, wenn die Gelegenheit es gestattet. Meine Stellung hier ist nicht privat. Ich will es nicht vergessen, Amélie.
AMÉLIE: Sie stehen vom Tisch auf... also, Du willst nicht?
MODLIZKI: Herr Ferdinand wird kommen.
AMÉLIE: Ferdinand... wird er verstehen? Was wirst Du ihm sagen?
MODLIZKI: Alles.
AMÉLIE: Ich habe solche Angst. Er sieht grausam aus, schonungslos!
MODLIZKI: Ich werde es ihm nahelegen.
AMÉLIE: Soll ich mir die blauen Höschen anziehen, glaubst Du?
MODLIZKI: Am bequemsten, wenn Du überhaupt keine anhast.
(Ferdinand tritt ein.)
FERDINAND: Hallo, hallo, da bin ich! Weglaufen, wie, dem gefeierten Gast aus Paris? Alles hängt an meinem Mund. Der guterhaltene Vater, die würdige Mutter, Patron und Patrone, sie sehen mich an... sie erwarten wunderbares von mir. Ich kann ihnen nicht genug tun. Ich komme mir wie ein höheres Wesen vor, ich beginne Hochachtung vor mir zu haben.
AMÉLIE: Sie haben viel getrunken, Herr Ferdinand.
FERDINAND: Nur das Unumgängliche, um der Situation gewachsen zu sein. Warum entlaufen Sie mir? Bin ich so furchterregend, Amélie?
AMÉLIE: Sie verspotten mich, Herr Ferdinand, wie Sie die andern verspotten.
FERDINAND: Sie nicht, Amélie, Sie nicht!
AMÉLIE: Sie sollen Mitleid mit mir haben. Sie kommen aus der großen Welt, Frauen sind Ihnen zu Füßen gelegen, reiche, hinreißend leidenschaftliche, schöne Frauen, und nun sind Sie grausam zu einem jungen Mädchen, das am Lande aufgewach-

sen ist. Sie haben grausame Augen, Herr Ferdinand, ich fühle es, Sie werden mich nicht schonen, Sie sind gewöhnt rücksichtslos zu tun, was Ihnen gefällt.

FERDINAND *(in großer Verblüffung und Unsicherheit, blickt Modlizki fragend an, der bejahend mit dem Kopf nickt).*

AMÉLIE: Verzeihen Sie mir, Herr Ferdinand, ich bin verwirrt, ich bin nicht gewöhnt... o, diese Männer hier, das sind keine Männer, sie wissen nicht, was eine Frau will.

FERDINAND: Was... will eine Frau?

AMÉLIE: O Gott, Herr Ferdinand, nun werden Sie schlecht von mir denken! *(ab)*

(Pause)

FERDINAND: Hören Sie mal, Modlizki, kneifen Sie mich mal fest in die linke Hosenbacke!

MODLIZKI: Mit Ihrer Erlaubnis!

FERDINAND: Au!... Danke!

MODLIZKI: Bitte!

FERDINAND: Ich bin doch noch nicht vollkommen betrunken, wie? Dieses Mädchen dreht den Spieß um und macht sich einen guten Tag aus mir!

MODLIZKI: Die jungen Damen lieben es, Romane zu lesen und überschätzen die allgemeine Wichtigkeit des geschlechtlichen Vorgangs.

FERDINAND: Sie sind ein Philosoph.

MODLIZKI: Ich weiß mir das Lob eines gereisten Mannes zu schätzen.

FERDINAND: Himmelherrgott, sagen Sie mir lieber, wie ich das verstehen soll, was die Kleine gesagt hat. Soll ich...?

MODLIZKI: Ja!

FERDINAND: Was ja?

MODLIZKI: Alles Ja, Herr Ferdinand!

(Colbert, Frau Colbert, Kudernak, später Amélie)

COLBERT: Die Franzosen lieben stark gewürzte Speisen, Herr Ferdinand?

FERDINAND: Gewürzt, gekümmelt, gepfeffert! Auf das Wohl der Hausfrau! *(trinkt einen Schnaps und gleich einen zweiten, um sein Gleichgewicht wieder zu finden)* Ae!
FRAU COLBERT: Er ist zu Haus gebrannt!
FERDINAND: Ausgezeichnet!
KUDERNAK: Ja, wenn es auf Sliwowitz ankommt, das verstehen wir hier, da könnt Ihr nicht mit, Ihr Franzosen!
COLBERT: Man nimmt in Paris einen Schnaps zum schwarzen Café, wenn ich recht berichtet bin? Votre santé, Monsieur Ferdinand!
FERDINAND: À la votre! Une fine!
COLBERT: Une fine? Eine Feine?
FERDINAND: Cognac. Man nennt es so.
COLBERT: Modlizki, hast Du gehört? Une fine. Très intéressant! Man sollte es sich merken. Man sagt une fine, wenn man einen Cognac will, und man will stets einen Cognac zum Schwarzen, wenn ich verstanden habe. Une fine, wer würde einen sonst verstehen, man wäre lächerlich, ridicule. Une fine, Modlizki, une fine. *(Modlizki reicht ihm ein Glas.)* Ich danke Dir, aber ich trinke ihn nicht. Ich habe es übungshalber getan, mon cher. Garçon, une fine!
FERDINAND *(schnalzt mit den Lippen)*: Pf, pf! *(Alle blicken ihn fragend an, er nickt mit dem Kopf.)* pf, pf! dann kommt in Paris der Kellner.
COLBERT: Pf, pf?
FERDINAND: Pf, pf!
FRAU COLBERT: Pf, pf?
AMÉLIE: Pf, pf? Hahaha!
FERDINAND: Pf, pf!
COLBERT: Pf, pf!
KUDERNAK: Hahaha... das ist ja wie im... hahahah... Pf, pf!
ALLE: Pf, pf, pf, pf, pf, pf, pf!
COLBERT: Interéssant! Pf, pf. Versuche es einmal, Modlizki! Pf, pf! Ist es richtig, Herr Ferdinand?
FERDINAND: Pf, pf!
MODLIZKI *(ernst)*: Pf, pf!
COLBERT: Lauter, lauter, Modlizki!

MODLIZKI *(unbeweglich)*: Pf, pf!
COLBERT: Es ist wichtig, es sich zu merken! Pf, pf, une fine! Nicht doch, nicht doch, Modlizki, ich sehe, daß Du es Dir eingeprägt hast. Es ist gut so, Modlizki.
KUDERNAK: So oder so, Hauptsache, daß es ein Cognac ist, denke ich, meine Lieben, alles andere ist getrommelt wie gepfiffen! Und vorher, was nehmt Ihr vor dem Essen?
FERDINAND: Hauptsächlich! Vorher hauptsächlich! Apéritif!
COLBERT: Apéritif, Apéritif!
KUDERNAK: Hauptsächlich vorher? Es macht Säfte, alles, was recht ist, aber wenn man die Ladung richtig verstaut hat, wenn man gegessen hat, mein ich, dann muß die Maschine wieder geölt werden, daß sie nicht ächzt, verstehst Du? Der Schnaps nach dem Essen befreit Dich, die Gase stoßen Dir auf, Du erleichterst Dich. Der Schnaps hat es bewirkt, siehst Du, Ferdinand, niemand sonst. Mach mich nicht traurig, Ferdinand, ich bin schließlich auch in der Welt gewesen, bis in Triest und Ragusa bei der Marine, sag nicht, daß es nachher nebensächlich ist.
FERDINAND: Das heißt, Onkel Kudernak, daß Du Dich weigerst, einen Schnaps vor dem Essen zu trinken?
KUDERNAK: So einer bist Du, Ferdinand? Das Wort im Mund umdrehen, das willst Du? Gib mir zu trinken, Modlizki! Du bist mein Zeuge, habe ich jemals vor dem Essen einen abgelehnt? Habe ich das, Modlizki?
MODLIZKI: Sie haben es nie getan, Herr Kudernak.
KUDERNAK: Du bist ein wahrer Zeuge, Modlizki! Das hast Du also gelernt in Paris, Ferdinand, ein loses Maul und keine Ehrfurcht vor dem Alter!
COLBERT: Die Franzosen, heißt es, kennen keine Mehlspeisen, Herr Ferdinand?
FERDINAND: Nein, kennen sie nicht.
KUDERNAK: Apfelstrudel, Ferdinand, Apfelstrudel z. B. kennen sie nicht?
FERDINAND: Kennen sie nicht!
KUDERNAK: Kennen sie nicht. Dann bleib mir vom Hals mit Deinen Franzosen.

COLBERT: Wir haben keine culture des Essens, cher cousin, unsere Küche hat keine tradition.

KUDERNAK: Wenn es nur schmeckt, das ist die Hauptsache, wenn es nur schmeckt. Wenn man es bedenkt, da leben sie, ein großes mächtiges Volk, und Apfelstrudel kennen sie nicht und Zwetschkenknödel, wie ist es mit Zwetschkenknödeln, Ferdinand?

FERDINAND: Kennen sie nicht.

KUDERNAK: Kennen sie nicht! Colbert, was sagst Du dazu? Apfelstrudel mit Mohn, Ferdinand, ja haben sie nie davon gehört? Ich möchte dort nicht leben, weiß Gott, Ferdinand, ich nicht. Man kann es sich nicht vorstellen, so ein Volk, so ein Volk!

COLBERT: Als dessert nimmt man Früchte und Käse.

FERDINAND: Sie kennen die französischen Gewohnheiten.

COLBERT: Ich schmeichle mir, mon ami. Darf ich Sie so nennen?

FERDINAND: Ich bin stolz darauf, Herr Colbert. Die Atmosphäre Ihres Hauses, die geistvolle Konversation, wahrhaftig, ich fühle mich nach Paris versetzt unter meine Freunde.

COLBERT: Très aimable!

FERDINAND: Man könnte Ihre Tochter für eine Pariserin halten.

COLBERT: Es ist das Blut der Colberts!

FRAU COLBERT: Man sagt, daß sie ganz nach der Mutter ist.

COLBERT: Auch das, ma chérie.

FERDINAND: Ja... die Mutter wieder geboren, eine Knospe, die eine volle Rose zu werden verspricht.

AMÉLIE: O, Sie finden mich zu dick, Herr Ferdinand.

FERDINAND: Ich freue mich, daß Sie die schöne Fülle Ihrer Mutter zu erreichen versprechen. Treiben Sie keinen Sport, Fräulein Amélie! Sie sollen einst die weiche Fülle des Fleisches haben wie jene Frauen, die die großen Maler gemalt haben, Rubens, Tizian, Rembrandt, die vollen Brüste, den gewölbten Bauch, die runden Hüften... *Das ist Schönheit*, meine Damen!

FRAU COLBERT: Es waren keine anständigen Frauen, die sich dazu hergegeben haben, sehen Sie mich an, Herr Ferdinand! Ich möchte nicht auf meine Anständigkeit verzichten, um mich als nackte Schönheit zu zeigen. Ich nicht, Herr Ferdinand, ich nicht.

FERDINAND: Ich möchte Sie malen, Maltscha!
COLBERT: Amélie.
FERDINAND: Amélie.
AMÉLIE: Ach!
FRAU COLBERT: Pfui, Herr Ferdinand.
FERDINAND: Bis hierher... zum Brustansatz, gnädige Frau!
AMÉLIE: Nicht doch, Herr Ferdinand.
KUDERNAK: Ein Junge ist das, ein Junge, zum Bru... Bru... hahaha!
COLBERT: Madame hat keinen Kunstsinn, Herr Ferdinand.
FRAU COLBERT: Es ist wahr. Ich liebe keine Schweinereien. Verlasse das Zimmer, Maltscha. Es mag modern sein... ich nicht, Herr Ferdinand.
KUDERNAK: Er hat recht! Melanie, das verstehst Du nicht. Eine runde Figur, das ist das gegebene. Von einer richtigen Frau muß Wärme ausgehen. Wovon kommt die Wärme: vom Fett. An den Knochigen stößt man sich blaue Flecken.
FERDINAND: Was natürlich ist, ist keine Schweinerei, gnädige Frau.
AMÉLIE: Oh!
FRAU COLBERT: Du schweig!
KUDERNAK: Hahaha, was natürlich ist, hahaha!
AMÉLIE: Lieben Sie die Natur, Herr Ferdinand?
FRAU COLBERT: Du verläßt das Zimmer!
AMÉLIE: Ich hasse das Landleben!
FERDINAND: Sie möchten?...
AMÉLIE: Ja!
KUDERNAK: Trinke Ferdinand! Halb besoffen ist das schönste Leben.
FERDINAND: Ich verstehe Sie, Amélie!
AMÉLIE: Ach schämen Sie sich, Herr Ferdinand!
FRAU COLBERT: Du könntest gute Nacht sagen und gehen, Maltscha!
COLBERT: Pf, pf. Nichts, nichts, Modlizki.
AMÉLIE: Sie haben gewiß schon viele Frauen... gemalt, Herr Ferdinand.

KUDERNAK: Hahaha, prost Ferdinand! Bis zum Brustansatz, hahaha, Waserln sind wir, Waserln sag ich!
FRAU COLBERT: Hast Du gehört, Maltscha?
AMÉLIE: Ach Mama!
KUDERNAK: Wai-sen-kin-der!
MODLIZKI: Ich bin als einziger im Waisenhaus aufgewachsen, Herr Kudernak.
COLBERT: Er meint es anders, mon cher, in übertragener Bedeutung.
MODLIZKI: Man kann es nur ermessen, wenn man es gewesen ist.
FRAU COLBERT: Geh auf Dein Zimmer, Amélie!
COLBERT: Niemand wollte Dich kränken, Modlizki.
MODLIZKI: Ich fühle keine Kränkung. Ich will nur betonen, daß ich das einzige Waisenkind unter den Anwesenden bin.
AMÉLIE: Ich gehe in die Laube! Sehen Sie den Mond? Ist es nicht herrlich, Herr Ferdinand?
COLBERT: Zu denken, daß es derselbe Mond ist, den Sie in Paris gesehen haben, Herr Ferdinand. Ein merkwürdiger Gedanke. C'est merveilleux, es ist wunderbar!
FERDINAND *(hebt das Glas)*: Gestirn der Nacht!
COLBERT: Magnifique!
FRAU COLBERT: Es wird viele Schwämme geben, diesen Sommer!
KUDERNAK: Ihr seid wohl alle mondsüchtig geworden? Gib mir zu trinken, Modlizki. Die Kolberts haben es alle mit der Romantik.
COLBERT: Du verursachst mir einen körperlichen Schmerz, wenn Du meinen Namen so aussprichst, mein Teurer.
AMÉLIE: Herr Ferdinand, auf Wiedersehen! Sie werden doch heute nicht zu viel trinken, Herr Ferdinand?
AMÉLIE *(ab. Sie erscheint nach einer Weile, mit Kissen und Decken beladen im Garten. Dann bringt sie ein Tablett mit Erfrischungen. Sie setzt sich, nachdem sie verschiedene Positionen versucht und verworfen hat, erwartungsvoll seufzend in die Kissen.)*
FERDINAND: Da geht sie nun, ein Mondkind! Wie der Mond sie anlockt! Die Frauen sind Mondkinder, sie hängen am Mond wie Eisenspäne am Magnet.

KUDERNAK: Hahaha, Mondkinder! Und was sind dann wir, Ferdinand?
FERDINAND: Du bist ein Mondkalb, Kudernak.
KUDERNAK: Ferdinand, Ferdinand, wenn ich getrunken habe, bin ich niemandem böse. Trink noch ein Gläschen. Es ist ein guter Wein! Der säuert Dir nicht im Magen.
FERDINAND: Schweig!... Ich möchte aufstehen und hinter dem Kind hergehen! O jungfräulicher Körper, Glieder und Leib in edlem Verhältnis, anmutig das leise Wiegen in den Hüften...
FRAU COLBERT: Und eine perfekte Köchin!
FERDINAND: Ich habe diesen Gang nur bei Negerinnen gesehen!
KUDERNAK: Was da Negerinnen? Negerinnen, Ferdinand?
FERDINAND: Negerinnen. Sie haben den gestrafften Gang edler Tiere. Ihr Schritt beginnt in der Hüfte.
KUDERNAK: Alle angesteckt! Ich warne Dich, Ferdinand, ich war bei der Marine!
FERDINAND: Sie sind schmiegsam wie Schlangen, Herr Colbert, und glatt und warm wie keine weiße Frau es sein kann.
FRAU COLBERT: Eine anständige Frau ist keine Negerin, Herr Ferdinand. Eine anständige Frau ist nicht warm und glatt, das ist ja ekelhaft.
COLBERT: Madame ist entzückend.
FRAU COLBERT: Das verbitte ich mir! Ich bin keine Hebamme, daß ich mir Madame sagen lasse!
FERDINAND: Plötzlich nachts, öffnen Sie die Augen und Sie sehen in dieses dunkel leuchtende Gesicht, in dem die Menschenfresserzähne lachen wie Kinder. O Gott, o Gott, welch fremde wilde angstvolle Lust! *(trinkt)* Ich habe sie so gemalt in Paris, immer wieder!
KUDERNAK: Alle angesteckt!
FERDINAND: Kusch Du, alter Fresser, kusch! Ich schmeiß Dich hinaus, ich... wagst Du den Mund aufzutun?... wenn sich sein Rachen noch einmal auftut, ich vergesse, daß ich Ihr Gast bin, ich schmeiß ihn hinaus!
KUDERNAK: Er hat sich angesteckt, sag ich.

MODLIZKI: Wollen Sie sich nicht hinreißen lassen, Herr Kudernak. Die jungen Herren aus guten Häusern begeistern sich für die Schönheit. Es ist nicht von allgemeiner Bedeutung, Herr Kudernak!

FERDINAND: Und wenn ich mich angesteckt hätte, wenn ich hätte, warum nicht? Dafür hätte ich sie gemalt, das wäre es wert, begreifst Du? Aber das begreifst Du nicht, weil Du ein Schwein bist, ein Fresser bist, ein Nichtsriskierer, Geld nicht, Gesundheit nicht, Geizkragen, dafür habe ich sie gemalt, dafür hätte ich es gegeben, Du, mußt Du Dein Leben lang gesund herumlaufen Du? Fresser, Rülpser, Verdauer, Stinker! Vor solchen Tieren leert man sein Herz aus, Modlizki!

COLBERT: Mon dieu! Mon dieu!

FERDINAND: Das sitzt da, sinnlos, nutzlos, lebt nur um zu fressen, frißt um zu leben! Das lebt von Renten! Enteignen sollte man das, enteignen! Alles angesteckt, was, aber Du bist gesund? Er ist etwas besseres, weil er weiß ist. Dieser aufgeblähte Sack, nur mit Gedärmen gefüllt. Kopf, Brust, Bauch: Gedärme, Gehirn, Gedärme, er ist etwas besseres! Wenn man sagen würde, daß er verächtlich ist, er könnte es nicht fassen. Ich verachte Dich!

KUDERNAK: Hahaha!

FERDINAND: Hören Sie, er lacht! Sag, daß Du ihn verachtest, Modlizki.

MODLIZKI: Ich stehe allen Anwesenden mit gleichen Gefühlen gegenüber, Herr Ferdinand, und sorge für die Getränke.

FERDINAND: Schwarze Nonnen, schwarze Priester, Erzbischöfe, alle angesteckt? Ihre Muttergottes ist schwarz und das Jesuskind: Der liebe Gott ist am Ende auch kein Tschech, sondern ein Neger!

FRAU COLBERT: Jesus, Maria und Josef. Der liebe Gott ein Neger! Das ist Gotteslästerung!

FERDINAND: Was glaubst Du, Modlizki, wie er ist, ob er wie der Kudernak aussieht, der liebe Gott!

MODLIZKI: Ich meine, wenn es erlaubt ist: er ist ein Herr, der sich die Stiefel putzen läßt und täglich gebratenes Fleisch ißt.

FRAU COLBERT: Ihr seid alle besoffen!

COLBERT: Ich habe nicht...
FRAU COLBERT: Du bist ein Narr, Du schweig! *(schlägt die Tür zu, ab)*
FERDINAND: Gute Nacht, gnädige Frau!
(Schon während des vorherigen hat man auf der Straße verhaltenes Mädchenkichern und eine männliche Stimme gehört. Nun tritt von links ein Gendarm mit einem Mädchen auf, sie gehen nach rechts über die Bühne.)
MÄDCHEN: Nicht doch, nicht doch, hihihi!
GENDARM: Ich hab mich doch auch nicht lumpen lassen, Du... wir werden wieder tanzen gehen. Mach doch jetzt keine Geschichten, Du...
MÄDCHEN: Nicht, nicht, ich habe doch eine neue Bluse... nicht hihihi! Wenn man uns sieht, nicht, nicht!
GENDARM: Es ist doch keine Schande, mit mir. Ein Gendarm kann doch jede, da traut sich keine, nein zu sagen, der möcht' ich das Leben versalzen, kann ich Dir sagen... Da, da, jetzt komm doch, ich will eben nur Dich, ich könnte jedes Fräulein haben, jawohl, sehen sich alle nach mir um, aber ich...
(Beide rechts ab. Man hört sie noch kichern und flüstern. Amélie ist aufgestanden, an den Zaun getreten und horcht.)
(Im Zimmer ist eine Gesprächspause eingetreten. Colbert sitzt verzweifelt da. Ferdinand spricht nun in geändertem Ton. Ernüchtert und müde. Auch Kudernak lallt bloß. Es ist, als ob die Schläfrigkeit des einen den anderen immer schläfriger machen würde und umgekehrt, bis sie im Laufe der Szene einschlafen.)
FERDINAND: Erledigt. Wie sind wir auf die Neger gekommen? Das wollte ich garnicht, es war ein Mißverständnis. Mir war alles zum kotzen!
MODLIZKI: Es ist allgemein die Folge nach dem Trinken, Herr Ferdinand.
FERDINAND *(prüfender Blick auf Modlizki, der ihn unbeweglich erwidert)*: Vielen Dank!
COLBERT: Hörst Du? ein Mißverständnis, Kudernak! Ich danke Ihnen für diese Erklärung. Je vous remercie beaucoup! Es handelt sich nicht um die Neger!

KUDERNAK: Nein, darum handelt es sich nicht. Ich wollte aufstehen und ihn züchtigen, aber ich konnte nicht mehr. Er möchte uns, wie wir da sitzen, in die Luft sprengen.
COLBERT: O verzeihen Sie ihm, Ferdinand! Er ist ein einfacher Mensch, ein einfacher mährischer Mensch. Er kennt nicht die Sitten des Westens.
KUDERNAK: Er ist ein Narr, Ferdinand!
FERDINAND: Er ist köstlich, jawohl, aber ich achte ihn!
COLBERT: Vous êtes gentil, mon ami, Sie haben die anmutige Liebenswürdigkeit der Franzosen.
FERDINAND *(höflich)*: Merde!
COLBERT: Bitte.
KUDERNAK: Man muß die nationalen Güter schützen, Colbert. Er ist ein Bolschewik! Was mir gehört, gehört der Nation, mein ich.
MODLIZKI: Sie belieben einer weitverbreiteten Meinung Ausdruck zu geben, Herr Kudernak.
COLBERT: O, wie kannst Du so sprechen... cher cousin, Ferdinand ein Bolschewist, ein Barbar! Er, der sich in Paris an Schönheit gesättigt hat, an der heiligen Stätte westlichen Geistes, der am Grabe Louis Quatorze, Napoléons gestanden hat, der Notre dame gemalt hat, wie oft, wie oft haben Sie sie gemalt, erzählen Sie uns, Herr Ferdinand!
FERDINAND: Nie!
COLBERT: O, ich verstehe, Louxenbourg, die Tuilerien, Louvre, St. Jaques, Bastille...
FERDINAND: Alles aussteigen!
COLBERT: Wie beliebt? La Madeleine, l'Opéra, Palais Royal, Sacré coeur.
FERDINAND: Menschen!
COLBERT: Ich verstehe Sie, je vous comprends, Menschen am Sonntag im Bois, Bürger in bunten Cafés, in der Opéra, ich habe solche Bilder gesehen.
FERDINAND *(mit scharfem Blick auf Kudernak)*: Neger!
KUDERNAK *(nach kurzer Pause)*: Pf, pf, gib mir zu trinken.

(Es entsteht eine Pause, Colbert sitzt hoffnungslos da, Modlizki gibt Kudernak und Ferdinand zu trinken. Man hört von links wieder Stimmen und Lachen, der Gendarm und das Mädchen gehen von links nach rechts über den Weg vor dem Haus.)
MARIE: Du hast einen so schönen großen Säbel... Du *(sie umschlingt ihn)* Küß mich!
GENDARM: Nicht doch, nicht doch!
MARIE: Ich bin so glücklich... Du wirst mich nicht sitzen lassen *(als ob sie Romeo sagen würde)* Vocedalek! *(küßt ihn)*
GENDARM: Nicht doch, nicht doch, mein Waffenrock... Marie, Du bist wild. Wir müssen jetzt nach Hause, morgen ist Dienst.
MARIE: Du hast mich nicht mehr lieb, Du. *(neuer Zärtlichkeitsanfall)*
GENDARM: Nicht doch, nicht doch!
MARIE: Die Frau wird schimpfen, daß so spät ist, aber heute hab ich keine Angst, Du, Gendarm, Du, ich wär im Stand und schmeiß alles hin heute, siehst Du.
GENDARM: Das wär aber gar nicht in meinem Sinne, da wäre es gleich aus mit mir. Da verstehe ich keinen Spaß. Das betrifft die Pflichterfüllung, Marie.
MARIE: Die möchte einen die ganze Nacht arbeiten... *(schwatzend ab)*
(Amélie hat die Szene am Zaun verborgen aufmerksam und neidvoll belauscht, sie geht nun an die Veranda, wo das Gespräch wieder begonnen hat, verzweifelt in die Laube zurück.)
FERDINAND: Mir war doch, als wollte ich heute noch etwas, was war es doch... was wollte ich bloß?
COLBERT: Wir sprachen von Paris. Ich wäre Ihnen dankbar, parole d'honneur, wenn Sie uns noch erzählen wollten.
FERDINAND: Ich habe genug davon. Lassen Sie mich aus mit Ihren Franzosen... Er ist köstlich... *(Langes Gähnen. Colbert indigniert)* Aber Sie haben keinen Sinn... Sinn für Humor... Ich wollte... aufstehen... wenn mir...
COLBERT: Ich verstehe Sie. Sie wissen ja nicht, worum es sich handelt... Es muß Sie langweilen, Sie wissen ja nicht... Nicht wahr, Modlizki? Er ahnt ja nicht...

FERDINAND: Ahne alles...
COLBERT: Mein Freund, ich danke Ihnen, Sie machen es mir so leicht, ich danke Ihnen, ja, ja, je ne vous trompe pas, ich täusche Sie nicht. O mon pauvre roi, hier in diesem Land habe ich ihm die Treue gehalten... verzeiht mir, meine Freunde, es ergreift mich, ja, ja, ich bin ergriffen... ich habe die weiße Lilie in meinem Garten gepflanzt, sie ist erfroren... meine Freunde, Ihr ahnt es, Herr Ferdinand, cher ami, je vous remercie: wir reisen! Ich werde die Stadt sehen, in der meine Vorfahren gelebt haben, la ville de mes ancêtres, anbetend vor den Gräbern ihrer Könige knien. Modlizki wird mich begleiten, nein, nein, sprich jetzt nicht, nun schweig, mon fils, und Ihr werdet Stillschweigen bewahren, daß Melanie es nicht zu früh erfährt, Du wirst mein Haus hüten, Kudernak, mon cousin, je t'en prie, ich bitte Dich darum. Es ist alles bereit, wir reisen bald, nein, nein, Modlizki, ich sage nicht zu viel, wir werden sehr bald reisen. Kennen Sie das Hôtel Mercure, mon ami? Es ist in allen Führern als bescheidenen Ansprüchen entsprechend empfohlen.
MODLIZKI: Wenn es erlaubt ist, Herr Kudernak und Herr Ferdinand sind eingeschlafen!
COLBERT *(sinkt, das Tuch vor den Augen, in einen Stuhl)*: Gut, gut... wecke sie auf, Modlizki.
MODLIZKI: Wollen Sie die Störung entschuldigen, Herr Kudernak, wollen Sie die Störung entschuldigen, Herr Ferdinand!
KUDERNAK: Ja, ja, es ist wohl spät geworden, hilf mir aufstehen, Modlizki!
FERDINAND *(sich erhebend)*: Ahne alles... pardon! Ich habe alles gehört, sehr verehrter, ich hatte die Augen bloß geschlossen... wie gesagt: Frauen! Sie können in Paris haben, so viele Sie wollen... Weiber... Weiber, Paris, das will man hören, wie? Es wird geliebt, in Paris, und *jeder*, jawohl, die Höhlen des Lasters, jawohl, es sind wilde Geschichten, die ich Ihnen erzählen könnte. Ein andermal, jawohl. Eine Frau streift Sie auf der Straße, sitzt Ihnen gegenüber im Café, eine Göttin, eine Königin des Luxus, duftend wie das Paradies, die Schönheit, Sie verstehen: *die!* – Kostet nur 50 Fr. liebenswürdige Behandlung ist im Prei-

se mit eingeschlossen, mon petit, mon petit amour, mon chou, Sie dürfen nicht zuviel verlangen für 50 Fr. Brutale Behandlung wird höher bezahlt, es ist merkwürdig, aber es ist so. Man sollte glauben, daß schlechte Laune näherliegt, aber das weibliche Geschlecht ist verlogen. *(Kudernak und Ferdinand reichen Colbert die Hand, der sie ihnen in stummem Schmerz drückt.)* Morgen, mon amour! Cordon! Man ruft Cordon in Paris, Herr Colbert, wenn man geht, dann öffnet die Concierge!
(Beide durch den Garten ab zum Ausgang im Hintergrund. Sie stillen am Zaun ihr Bedürfnis. Kudernak zuerst ab, leise vor sich hin ächzend und fluchend)
AMÉLIE *(tritt auf Ferdinand zu)*: Lassen Sie nur!
FERDINAND: Pardon!
AMÉLIE: Ach!
FERDINAND: Sie...
AMÉLIE: Es ist Frühling.
FERDINAND: Jawohl.
AMÉLIE: Die Nächte sind kühl.
FERDINAND: Jawohl.
AMÉLIE: Ich sitze in der Laube.
FERDINAND: Ich wäre gerne...
AMÉLIE: Ich friere entsetzlich.
FERDINAND: Die Nächte sind...
AMÉLIE: Und dann, ich habe keine Höschen an.
FERDINAND *(Schritt auf sie zu)*: Amélie!
AMÉLIE: Ferdinand, o Gott, Ferdinand!
FERDINAND: Du hast, Du hast meinetwegen gewartet?
AMÉLIE *(weicht gegen die Laube zurück)*: O Gott, schone mich, Ferdinand, schone mich, sieh mich an, ich bin wehrlos. Ferdinand, nimm mich nicht, Du Gewalti... ger... *(Sie hat sich umgewendet, Ferdinand ist starr stehen geblieben.)* Sie... sie...
FERDINAND: Pardon... Amélie es ist... es ist stärker als ich. Ich habe etwas gegessen, wahrscheinlich der Fisch. Ich muß Sie unmittelbar verlassen. Plötzlich eine furchtbare Erschütterung in mir. Auf *(schon außerhalb des Gartens)* Wiederse... *(rasch ab)*

(Amélie vergräbt sich schluchzend in den Kissen. Herr Colbert hat indessen zuerst stumm und in sich versunken dagesessen, hat sich dann erhoben und ist schweigend auf und ab gegangen. Modlizki hat den Tisch abgedeckt.)
COLBERT: Ich notiere es hier auf diesem Zettel: Cordon, pf, pf, une fine, apéritif, es ist nicht viel, Modlizki. Ich fürchte, auch Ferdinand hat mich nicht verstanden. Er hat in Paris gelebt und hat mich nicht verstanden. Ich habe mich gefreut, daß er uns erzählen würde. Auch Deinetwegen, Modlizki.
MODLIZKI: Es ist meinetwegen nicht nötig, Herr Colbert. Ich tue das, was meine Pflicht ist, auch ohne Erzählungen.
COLBERT: Ich wollte, daß es Dich endlich ergreife, wie es mich ergriffen hat. O, o, Modlizki!
MODLIZKI: Wollen Sie sich fassen, Herr Colbert, es ist kein Anlaß zu weinen.
COLBERT: Du hast recht, ich muß gefaßt sein. Aber wenn ich denke, daß nun unten in Deinem Zimmer alles schon vorbereitet ist... bis auf die Reiseapotheke, ja, ja, man muß allem ins Gesicht sehen können, auch die Reiseapotheke. Komm, wir wollen uns sie ansehen, Modlizki. Ja, ja, wir wollen dem Anblick nicht ausweichen. *(Über die Treppe in den Garten und von da zu Modlizkis Zimmer)*
MODLIZKI: Sie werden sie nicht brauchen, Herr Colbert.
COLBERT: Ich danke Dir. Vielleicht werde ich sie nicht brauchen, ich hoffe es. Ich danke Dir, mon fils, Du bist der einzige... ich segne den Augenblick, da ich Dich aus dem Waisenhaus zu mir genommen habe, ich stände heute allein, Modlizki, allein... *(betrachtet die Apotheke)* Doppelkohlensaures Natron, wir werden einander nicht verlassen, Modlizki. Ich dachte zuerst, daß Du dritter Klasse reisen könntest, aber nein, wir werden uns nicht von einander trennen, wir werden zusammen zweiter Klasse fahren.
MODLIZKI: Mir ist, Herr Colbert, als sei Ihr erster Gedanke angemessener gewesen. Ich gehöre nicht in die zweite Klasse, in der die den besseren Ständen angehörenden Herren und Damen reisen. Sie sind reich und Sie reisen zu Ihrem Vergnügen. Sie rei-

sen in der zweiten Klasse. Ich reise nicht, um die Dinge zu sehen, die Sie sehen wollen, ich reise als Ihr Diener und Begleiter. Wer bin ich ohne Sie, Herr Colbert, wollen Sie es überlegen!

COLBERT: O mon cher, was sprichst Du? Du wirst sehen, was ich sehen werde, die Wunder von Paris, Dein Herz wird höher schlagen, wie das meine, je suis ton père, bin ich nicht wie Dein Vater, Modlizki?

MODLIZKI *(verneigt sich)*: Es will mir scheinen, daß ein Mann meines Standes nicht reist. Das Reisen ist für die Reichen ein Vergnügen. Ein Mann meines Standes reist aus Not oder wie ich in Diensten. Sonst soll er bleiben, wo er geboren ist, denn er gehört da hin!

COLBERT: Du sollst alles sehen wie ich, Modlizki!

MODLIZKI: Es steht mir nicht zu, alles zu sehen wie Sie, Herr Colbert. Ich bin von niedriger Abkunft, mein Vater stand auf einer Leiter, als er, beim Diebstahl ertappt, abstürzte und starb. Sie wissen, ich habe Frostbeulen an den Füßen.

COLBERT: Wozu davon sprechen! Comme c'est horrible, Modlizki. Das ist entsetzlich!

MODLIZKI: Es ist entsetzlich.

COLBERT: Du wirst es vergessen, wenn Du sie sehen wirst, diese Wunder, Raffaels Madonnen, die Venus von Milo, das Schloß von Versailles...

MODLIZKI: Es ist so, daß die Werke der Kunst viele Menschen meines Standes versöhnlich stimmen und ihrer Abkunft vergessen lassen.

COLBERT: Du verstehst, was ich sagen wollte. Mon ami, mon ami, wir werden die Wunder dieser Stadt sehen und weinen!

MODLIZKI: Ich werde nicht weinen, Herr Colbert!

COLBERT *(aufgeschreckt)*: Du...

MODLIZKI: Ich werde in allem gehorsam sein, aber ich lehne es ab zu weinen!

COLBERT: Nous verrons, Modlizki, wir werden sehen! *(Pause)*
(In Modlizkis Zimmer stehen die gepackten Reisetaschen. Colbert, vor der Tür im Garten auf und ab, ist stehen geblieben und betrachtet das Gepäck.) Ja, ja!... Es wird empfohlen, das große

Gepäck bis Paris aufzugeben. Versichert, naturellement! Lege die Apotheke in das Handgepäck, ganz oben, Modlizki, daß sie leicht zugänglich ist. Wir werden telegraphisch Zimmer im Hôtel Mercure bestellen... trotz allem, es ist gut empfohlen, Modlizki! Du wirst Dir nicht einfallen lassen, Dinge ins Gepäck zu tun, die einer Verzollung unterliegen, wenn wir bestraft würden, o quel horreur, ich bitte Dich dringendst, unterlasse das! Wir werden in Paris einen Vormittag mit der Verzollung des Gepäckes verlieren, aber trotzdem, malgrè lui, man hört soviel von Diebstählen bei der Kontrolle an der Grenze, es ist besser so oder wie meinst Du, Modlizki?

MODLIZKI *(verneigt sich).*

COLBERT: Du verstehst mich. *(unruhiger Gang)* Noch eins, noch eins. Ich hoffe, Du wirst mich verstehen. C'est une chose délicate, eine delikate Angelegenheit... Paris ist eine große Stadt... une ville mondiale mit allen Verlockungen und Verführungen... Du hast Ferdinand gehört... Der Mensch ist auf Reisen in einem Zustand höherer Erregung, denke an den Louvre, Modlizki, an das Leben in den Straßen, es könnte sein, daß er der Verführung unterliegt. Lächle nicht über mein Alter. In solchen Stunden, c'est admirable, durchfließen Dich die Kräfte der Jugend! Die Gefahr ist groß, in die dunklen Viertel der Großstadt verschleppt zu werden z. B., die man beraubt oder gar nicht wieder verläßt. Du verstehst mich doch recht, mein Sohn, Du verstehst mich doch, tu saisis?

MODLIZKI *(neigt bejahend den Kopf).*

COLBERT: Du weißt, ich gehöre nicht zu den Leichtfertigen, Modlizki. Du kennst mich seit vielen Jahren. Ich ehre meine Frau, parole d'honneur, die Familie, es würde mir fern liegen. Ein außerordentliches Ereignis erfordert außerordentliche Maßnahmen. C'est une affaire extraordinaire, man muß alles in Rechnung setzen, wenn man reist. Ich hoffe, ich denke an alles. Man muß gegen alles gewappnet sein. *(Pause)* Nun, nun, verstehe mich recht, Modlizki! Man muß es vorher erledigen, man muß seine Spannung vorher entladen. Verstehst Du mich, Modlizki, o mon dieu, so begreife doch!

MODLIZKI: Ich verstehe Sie noch nicht, Herr Colbert.
COLBERT *(ergreift seine Hände)*: Modlizki! Wie gesagt, c'est une chose délicate, mais nécessaire! Eine notwendige Sache! Man muß diese Gefahr ausschließen, man muß es vorher erledigen, jawohl, solange unsere Vernunft klar ist, bevor ein Verlangen da ist, verstehst Du mich, und solange man alle Vorsichten gebrauchen kann. Verstehe doch! Es ist mir so schwer, es deutlicher zu sagen!
MODLIZKI: Wenn Sie wünschen, daß ich verstehe, Herr Colbert, wird es notwendig sein, es deutlich zu sagen.
COLBERT: Du kennst ein... Mädchen aus unserem Ort, das in Prag lebt. – Sie soll sich dort einem leichtfertigen Lebenswandel ergeben haben. Man sagt, daß sie hier angekommen ist.
MODLIZKI: Josefine.
COLBERT: Wie auch immer. Lasse das beiseite. Ich wünsche es nicht, daß der Name einer solchen Frau in meinem Hause genannt werde. Der Name tut nichts zur Sache. Ich habe mir überlegt, daß wir sie benützen könnten, diese Angelegenheit vorher zu erledigen, diese Gefahrenquelle vor Antritt der Reise auszuschalten. Nun verstehst Du mich! Du wirst mit dieser Frau verhandeln, Modlizki. Du wirst sie nach Pardubitz bestellen. Dorthin wollen wir am ersten Tage reisen und sie soll uns dort erwarten. Du bestellst sie gleichsam für Dich, ich habe Rücksichten zu nehmen. Du wirst mit ihr sprechen und gleich den Preis vereinbaren. Lächle darüber nicht, Modlizki.
MODLIZKI: Ich habe nicht gelächelt, Herr Colbert.
COLBERT: Vermeide jedes persönliche Wort im Gespräch mit dieser Frau. Wir wollen nicht vergessen, wer diese Frau ist.
MODLIZKI: Josefine ist eine Frau von schönem Körperbau, wenn es erlaubt ist.
COLBERT: Wie auch immer. Laß es beiseite. Es tut nichts zur Sache. Wie sie heißt und wie sie aussieht. Es ist eine Maßnahme unserer Voraussicht.
MODLIZKI: Immerhin, wenn es erlaubt ist: es ist angenehmer, daß Josefine von schönem...

COLBERT: Nichts mehr von dieser Person, mein Sohn. *(Gang)* Wenn das abgemacht ist, können wir morgen mittag sagen, daß wir reisen. Du kannst vormittags mit dieser Frau sprechen und wir können abends reisen – Ja, ja mon cher, wir werden es vielleicht morgen mittags Melanie sagen müssen. Sie... nein, nein, sie ist nicht schlecht, aber sie wird es nicht verstehen wollen und... Du wirst mir beistehen, Modlizki! Ohne Deine Hilfe, ich wäre Melanie vielleicht nicht ganz gewachsen. Sie versteht meine Neigung zum Schönen nicht ganz, das ist es... Es ist das schwerste, jawohl, aber nun wird es nicht scheitern, wir werden einer den anderen stützen und hart bleiben, Modlizki. Ich weiß, ich kann auf Dich rechnen, auch in dieser schweren Stunde. Aber dann... dann gibt es kein Hindernis mehr, Modlizki, noch ein Weilchen und wir werden in Paris sein, der Stadt, in der das Herz der Menschheit pocht.

(Sie sind während des letzten langsam die Treppen der Veranda wieder hinauf gestiegen. Colbert hat sich erschüttert hingesetzt, dann beginnt er nervös Zettel mit Notizen in den Taschen zu suchen und zu ordnen. Seine Hände zittern, er läßt es sein, tupft sich die Stirn und hält sein wohlriechendes Taschentuch an die Nase. Dann erhebt er sich, geht auf und ab. Modlizki ist in der Wohnung verschwunden, um sie gleich darauf durch den rückwärtigen Ausgang zu verlassen. Er wird im Garten sichtbar, ein weißes Hündchen an der Leine führend. Er nähert sich Amélie, die in der Laube sitzend seine Annäherung bemerkt hat.)

AMÉLIE: Wer ist da?
MODLIZKI: Ich.
AMÉLIE: Modlizki... Du... Du kommst...
MODLIZKI: Ich führe Pussi äußerln.
AMÉLIE: Du hast Ferdinand nichts gesagt?
MODLIZKI: Herr Ferdinand schwärmte von der Kunst. Es war ein lächerlicher Anblick. Es ergab sich keine Gelegenheit.
AMÉLIE: Ich bin ganz erfroren, Modlizki. Der Gendarm Vocedalek und die Marie von der Frau Postmeister...
MODLIZKI: Ich habe sie gesehen.
AMÉLIE: Nur ich bin unglücklich, Modlizki.

MODLIZKI: Pussi!
AMÉLIE: Komm doch zu mir, Modlizki! Ich will nicht mehr warten, Modlizki. Du hast mich doch vorbereitet, alles erklärt. Ich gefalle Dir nicht, Modlizki.
MODLIZKI: Ich werde nicht verstanden. Du hast gut geformte Brüste, schlanke Beine und man kann Dein Gesicht hübsch nennen.
AMÉLIE: Also...
MODLIZKI: Das ist es nicht. Meine Stellung hier ist nicht privat, ich habe es schon gesagt. Ich bin ein Diener in diesem Hause. Ich kann nicht zugeben, daß ich es im einzelnen aufgebe, ein Diener zu sein, wenn Du es verstehst. Ich will nicht im einzelnen die Unterschiede vergessen. Herr Colbert sagt mein Sohn, aber ich lehne es ab. Er hat mich als Diener aus dem Waisenhaus genommen. Ich will nicht vergessen, daß ich ein Diener bin. Da sind Dinge, die ich ablehne, denn sie schaffen Verwirrung: das Geschlechtsleben, die Kunst, das Klavierspielen und so!
AMÉLIE: Ach Gott, das ist ja... Du bist nicht bei Trost, was soll denn... ich will doch jetzt nicht Klavier spielen!
MODLIZKI: Es ist so: wenn Du Klavier spielst z. B.... Ich räume vom Tisch ab. Ich bin anwesend, der Herr und die Dame sind ergriffen. Das lehne ich ab, meine ich. Nur meine Anwesenheit bei solchen Dingen kann zu meinen Obliegenheiten gehören. Ich höre, aber ich höre gleichsam nicht zu und ich gerate nicht in Verzückung. Es gehört nicht zu den Obliegenheiten des Dieners zu schwärmen. Ich bitte mir aus, daß dieses von mir verlangt wird. Ich beharre darauf, der Diener zu sein. Ich lasse mich nicht ins private verwickeln. Mein Vater stand auf einer Leiter, als er beim Diebstahl ertappt wurde, von der Leiter stürzte und starb. Ich...
AMÉLIE: Ja, und Du hast von Jugend an Frostbeulen an den Füßen.
MODLIZKI: Ich will es nicht vergessen. Du kennst den Diener des Herrn Colbert, der weiß, wie er sich zu benehmen hat. Wenn verlangt wird, daß ich aufhöre, Diener zu sein, bekenne ich mich zu meiner Abkunft, ich bekenne mich zu den Lebensformen meines Vaters und der Klasse, der ich angehöre.

AMÉLIE: Gott, o Gott... Der Ferdinand ist besoffen und Du bist irrsinnig... was geht mich denn das alles an... ich will meine Ehre los sein, hörst Du... bin ich schlechter als die Marie vom Postmeister... noch heute... was geht Dich meine Ehre an? Das kannst Du doch tun, trotz Deiner Frostbeulen. Das hätte doch Dein Vater auch getan... gerade er... der Tochter des aufgeblasenen Colbert einen Fleck auf die Ehre... diese Schande für die Colberts, diese Schande...
MODLIZKI: Mach mich nicht schwach, Maltscha.
AMÉLIE: Mach mir doch einen Fleck auf die Ehre, Modlizki...!
MODLIZKI *(befestigt den Hund an einem Zweig. Er tritt zu Amélie in die Laube. Sachlich)*: Ich tue es in diesem Sinne und mit diesem Vorbehalt.
AMÉLIE *(zieht ihn zu sich, während sie das folgende spricht, läßt sie geschäftig die Sonnengardinen herunter)*: O Gott, schone mich, Modlizki, schone mich, sieh mich an, ich bin wehrlos, Modlizki, nimm mich nicht, Du Gewaltiger... Romeo...
MODLIZKI *(hat sich erhoben)*: Das nicht, das geht zu weit... ich trete zurück...
AMÉLIE: Nicht doch, nicht doch, ich werde schweigen.
MODLIZKI: Wage nicht, mir Erfrischungen anzubieten!
(Er hat die Kissen auf den Boden geworfen. Das Innere der Laube ist unsichtbar. Indessen hat Herr Colbert im Wohnzimmer sich an das Klavier gesetzt und begonnen zu fantasieren, melancholische, sehnsüchtige, erregte Melodie. Pussi beginnt zu bellen. Modlizki wirft aus der Laube einen Stein nach ihm, worauf der Hund jammervoll zu heulen beginnt. Frau Colbert erscheint im Nachtgewand im Fenster.)
FRAU COLBERT: Pussi... Pussi... Du bist wohl irrsinnig geworden, Colbert! Den ganzen Tag schinden und nicht einmal nachts seine Ruhe... wirst Du gleich... und hol Pussi aus dem Garten!
(Colbert hat erschreckt, über dem Klavier zusammengesunken, wie im stillen Gebet die Hände gefaltet. Der Nachtwächter geht vorn vorbei, pfeift 11 Mal.)

Vorhang

DRITTER AKT

Schauplatz wie I. und II. Akt. Vormittags, etwa 11 Uhr. Auf der obersten Terrasse und der Veranda ist Wäsche aufgehängt. Hosen von Herrn und Frau Colbert. Modlizki beendet in seinem Zimmer das Einpacken verschiedener Gegenstände in allerhand Taschen und Koffer. Josefine, schlank, jung, mit auffallender, pikanter Eleganz gekleidet, erscheint vorn links am Zaun.)
JOSEFINE: Nun?
MODLIZKI: Noch nicht, Josefine.
JOSEFINE: Später?
MODLIZKI: In einer halben Stunde. *(Josefine geht ab.)*
(Modlizki geht in den Garten und beschäftigt sich an den Blumenbeeten. Amélie kommt leise pfeifend von der Straße hinter dem Haus, Tenniskleidung, ein Racket unter dem Arm. Sie schlendert an Modlizki vorbei, stößt ihn an.)
AMÉLIE: Pardon!
MODLIZKI: Bitte!
AMÉLIE: Kennen mich wohl gar nicht?
MODLIZKI *(keine Antwort).*
AMÉLIE: Guten Morgen!
MODLIZKI: Guten Morgen.
AMÉLIE: Gut geträumt? Du machst ein Gesicht wie ein Totengräber. Ich scheine Dich ja an ein sehr unangenehmes Erlebnis zu erinnern! Du... *(Sie stößt ihn scherzhaft-vertraulich mit dem Racket.)*
MODLIZKI: Ich bitte alle Vertraulichkeiten zu unterlassen.
AMÉLIE: Ich denke, nach allem dürfte ich mir schon gewisse Vertraulichkeiten herausnehmen.
MODLIZKI: Ich habe es gestern nicht in diesem Sinne getan.
AMÉLIE: Du hast es getan, Modlizki, alles andere ist egal, Du... Du...
MODLIZKI: Ich lehne diese Form der Unterhaltung ab. *(verächtlich)* Ich bin nicht Dein Bräutigam. Ich hätte es nicht tun sollen. Mein Vorbehalt wurde nicht verstanden. Meine Stellung hat

sich durch den gestrigen Vorfall in nichts geändert. Ich bitte daran festzuhalten und...
AMÉLIE: Und Du hast noch immer Frostbeulen an den Füßen.
MODLIZKI: Jawohl.
AMÉLIE: Hahaha!
MODLIZKI: Da ist nichts zu lachen, wenn es erlaubt ist.
AMÉLIE: Wenn es erlaubt ist, ich finde, Papa und Du... dem einen seine Frostbeulen sind dem andern sein Louvre. Hahaha! Du hast mehr von Papa als Du glaubst und mehr als von Deinem eigenen Vater, von dem Du wohl wirklich nur die Frostbeulen geerbt hast.
MODLIZKI: Ich habe nichts mit Herrn Colbert und seinen Angehörigen gemeinsam, als daß ich Diener in seinem Haus bin.
AMÉLIE: Und der Liebhaber seiner Tochter.
MODLIZKI: Ich bedauere. Ich bin nicht der Liebhaber. Ich habe mich nach langen Bitten...
AMÉLIE: Das ist gemein!
MODLIZKI: Ich habe nicht die feinen Formen der Angehörigen bürgerlicher Familien. Ich habe mich gestern dazu verstanden, die Tochter des Herrn Colbert in ihrem bürgerlichen Wert zu schädigen. Jede andere Auffassung lehne ich ab. Da Du der gestrigen Handlung, entgegen Deinen gestrigen Worten...
AMÉLIE: Ach, was sagt eine Frau alles, wenn sie etwas durchsetzen will!
MODLIZKI: Eine andere als eine rein sozialrevolutionäre Bedeutung beimißt, bitte ich Dich, meine gestrige Betätigung als ungeschehen anzusehen.
AMÉLIE: Als nicht geschehen! Du, ich glaube... Sieht man mir nichts an? Sieh mich doch an, Modlizki!
MODLIZKI: Es ist heute keine Zeit, Gespräche auszuüben, es ist große Wäsche und außerdem, wir werden wohl heute reisen!
AMÉLIE: Weiß Mama?
MODLIZKI: Sie soll es heute mittags erfahren.
AMÉLIE: Du, wie ich Mama kenne, daraus wird nichts. Aber ernsthaft, sieh mich an, Modlizki!
MODLIZKI: Was sollte man Dir denn ansehen?

AMÉLIE: Vielleicht habe ich mich seit gestern geändert, Du, ja ich glaube wirklich, ich muß mich geändert haben! Die Augen... oder... körperlich, irgendetwas...
MODLIZKI: Ich kann nichts bemerken.
AMÉLIE: Wie ich jetzt vom Tennisplatz gekommen bin, habe ich Josefine getroffen. Die hat mich angesehen und merkwürdig gelacht... Sie muß die Veränderung an mir bemerkt haben. Ich war so verlegen, daß ich rot wurde und gegrüßt habe. Ich muß doch wirklich vor Josefine nicht mehr erröten. Auf der anderen Seite ging gerade der Sohn vom Apotheker vorüber. Ich weiß nicht, wie ich es ihm erklären soll.
MODLIZKI: Vielleicht sagst Du, daß sie eine Freundin Deiner Familie ist.
AMÉLIE: Hahaha... Wegen Onkel Kudernak, meinst Du?
MODLIZKI: Auch das!
AMÉLIE: Ach, es ist wirklich sehr unangenehm! Du, Du hast doch heute noch nicht mit ihr gesprochen?
MODLIZKI: Warum?
AMÉLIE: Du hast es ihr doch nicht erzählt?
MODLIZKI: Die Erinnerung daran ist mir zu peinlich.
AMÉLIE: Das ist... das ist... wirklich, das ist sehr häßlich von Dir. Du bist ein Prolet.
MODLIZKI: Ich bitte daran festzuhalten. Aber ich meine es anders.
AMÉLIE: Wie...
MODLIZKI: Es ist mir peinlich, weil der Angelegenheit von Dir eine andere Bedeutung beigelegt wird. Diese ist mir peinlich.
AMÉLIE: Ich wußte ja, daß Du nicht so gemein sein kannst. Ich habe Dir doch das teuerste gegeben, was ein Mädchen geben kann: die Jungfräulichkeit.
MODLIZKI: Sie ist Dir, wenn es erlaubt ist, nicht sehr teuer gewesen.
AMÉLIE: Aber im allgemeinen: es ist das teuerste, was ein Mädchen geben kann.
MODLIZKI: Du hast sie ja anderen auch angeboten.
AMÉLIE: Wie kannst Du das sagen!
MODLIZKI: Herrn Ferdinand!

AMÉLIE: Du glaubst, es wäre Ferdinand so leicht geworden?
MODLIZKI: Du hättest Dich ihm verweigert?
AMÉLIE: Er kennt mich doch nicht. Was hätte er gedacht, wenn ich so... Ich wollte zuerst mit Dir. Ich hatte Angst, so eine dumme Angst, daß es nicht glatt geht oder... jetzt bin ich endlich beruhigt, Du...
STIMME DER FRAU COLBERT: Maltscha, Maltscha!
AMÉLIE: Ja, ja, die große Wäsche! Du, noch etwas, schnell... bin ich... ich meine... wie bin ich?
MODLIZKI: Was denn?
AMÉLIE: Ich bin doch... ich meine, so amüsant wie Josefine bin ich auch?
MODLIZKI: Nein. Oder noch nicht!
AMÉLIE: Noch nicht?
MODLIZKI: Josefine hat viel Praxis hinter sich, eine große Erfahrung.
AMÉLIE: Das kommt mit der Zeit, nicht wahr, Modlizki?
MODLIZKI: Es ist kein Zweifel, daß auch da natürliche Anlagen mitsprechen wie überall. Man kann es noch nicht beurteilen.
STIMME DER FRAU COLBERT: Maltscha!
AMÉLIE: Ich bin schon da, Mama! *(ab)*
(Colbert kommt von links auf der Straße, blickt sich, bevor er eintritt, vorsichtig um, ob Modlizki allein ist.)
COLBERT *(von dem Platz vor Modlizkis Zimmer aus)*: Modlizki!
MODLIZKI *(kommt)*: Herr Colbert?
COLBERT: Noch einige Kleinigkeiten... o Gott, o Gott, einen Stuhl, Modlizki. Ich danke Dir! Es geht mir alles wirr durch den Kopf... ja, hier... ein kleines Nähzeug, Du kannst doch etwas nähen, Modlizki?
MODLIZKI: Es gehört seit jeher zu meinen Obliegenheiten, Ihre Garderobe in Ordnung zu halten, Herr Colbert.
COLBERT: Ausgezeichnet! Ausge... *(sucht in einem winzigen Taschenwörterbuch)* O Gott, o Gott, ich behalte es nicht mehr... distingué... nein, das ist doch etwas anderes, distingué, was werde ich tun, Modlizki?
MODLIZKI: Sie müssen dieses Wort vermeiden, Herr Colbert.

COLBERT: Ausgezeichnet, ja, ja, vermeiden. Hier Pfefferminzplätzchen, das ist wichtig für die Reise... Tu sie ganz oben hinein ins Handgepäck, Modlizki. Und hier etwas diskretes, jawohl, für alle Fälle... Du kannst es in Deine Westentasche tun, mon cher... Il tonne, es donnert.
MODLIZKI: Vielleicht sollten Sie die Reise verschieben, Herr Colbert. Sie sind zu erregt. Es hat nicht gedonnert.
COLBERT: Nein, nein, ich weiß, es hat nicht gedonnert. Wenn ich es verschiebe, dann werde ich nie mehr reisen... Melanie ist in der Küche?
MODLIZKI: Große Wäsche, Herr Colbert. Alles steht günstig. Frau Colbert hat keine Zeit, sich um Sie zu kümmern.
COLBERT: Ich danke Dir. Mein Sohn, mein Sohn, ich möchte Dich küssen, ich stehe in Deiner Schuld, Modlizki.
MODLIZKI: Wenn es erlaubt ist, ich weiß, daß Sie auch andere Möglichkeiten, meine Dienste zu belohnen, in Erwägung ziehen.

(Modlizki entwindet sich der Umarmung Colberts, der wieder auf den Stuhl sinkt.)

COLBERT: Le controlleur poinçonne les billets, der Kontrolleur durchlocht die Fahrkarten. J'ai mal au coeur, ich befinde mich nicht wohl, Modlizki. Wenn es doch schon überstanden wäre!
MODLIZKI: Frau Colbert hat angeordnet, daß im Garten gespeist wird. Wegen der Wäsche!
COLBERT: Au jardin, im Garten. Ich befinde mich nicht wohl, Modlizki.
MODLIZKI: Sie sollten sich ein wenig hinlegen, Herr Colbert. Sie werden Ihre Kräfte heute noch brauchen. Mittags und abends in Pardubitz.
COLBERT: Du hast mit dieser Frau gesprochen?
MODLIZKI: Flüchtig. Sie war noch zu Bett, als ich bei ihr war. Aber sie ist, scheint es, im wesentlichen einverstanden. Ich werde das genaue noch mit ihr besprechen...
COLBERT: Es ist zu viel für mich... ich fürchte... ich habe zu lange darauf gewartet. Wenn nun noch ein Hindernis entsteht und wir nicht reisen... ich würde es nicht überleben. *(von Modlizki ge-*

stützt über die Treppe auf die Veranda und ins Wohnzimmer, in dem er verschwindet) Ich bin zu alt, da es Wirklichkeit werden soll, réalité, quel âge me donnez-vous, für wie alt halten Sie mich? J'ai trente ans passé, ich bin dreißig Jahre vorüber.
MODLIZKI: Man kann es auch so sagen, Herr Colbert. *(beide ab)*
(Amélie tritt mit einem Arm voll ungebügelter Wäsche und Nähzeug aus dem Haus. Sie will auf die Laube zugehen, als sie Ferdinand erblickt, der vorn an den Zaun getreten ist.)
FERDINAND: Guten Morgen, Amélie!
AMÉLIE: Guten Tag, Herr Ferdinand!
FERDINAND: Schon fleißig?
AMÉLIE: Wäsche flicken. Wir haben große Wäsche. Mama ist sehr streng in diesen Dingen.
FERDINAND: Sie sind mir nicht böse wegen gestern?
AMÉLIE: Ich? Ich wüßte nicht warum? Hahaha! *(gezwungenes Lachen)*
FERDINAND: Ich meine, als ich wegging...
AMÉLIE: Herr Ferdinand, das verbitte ich mir! Sie waren wohl sehr betrunken. Sie haben geträumt.
FERDINAND: Geträumt? Es wäre schade. So ein schöner Traum.
AMÉLIE: Ich bitte dieses Thema zu lassen, Herr Ferdinand. Ich habe zu tun. Hier hinter dem Haus ist ein ganz einsames Plätzchen, mein Lieblingsplatz. Er ist allen Blicken verborgen. Ich setze mich jetzt hin und will arbeiten. Ich werde ganz allein sein.
FERDINAND: Wenn ich Ihnen doch Gesellschaft leisten dürfte, Fräulein Amélie.
AMÉLIE: Pfui! Woran Sie immer gleich denken, Herr Ferdinand! *(ab)*
(Ferdinand tritt in den Garten, begegnet Modlizki, der aus dem Haus tritt.)
FERDINAND: Gut, daß ich Sie sehe, Modlizki. Sie finden sich besser zurecht. Ich bin wieder ganz verwirrt. Diese Amélie...
MODLIZKI: Sie dürfte hinter das Haus gegangen sein, Herr Ferdinand.
FERDINAND: Soll ich ihr folgen? Sie spricht so unklar!

MODLIZKI: Ich glaube, daß gerade die große Klarheit Sie verwirrt, mit der Fräulein Amélie sich auszudrücken vorzieht, Herr Ferdinand.
FERDINAND: Sie glauben, ich könnte wagen...
MODLIZKI: Alles, Herr Ferdinand –
FERDINAND: Ich danke Ihnen für diesen Fingerzeig, Modlizki. Ich glaube, wir zwei sind Bundesgenossen! Also, auf Wiedersehen!
MODLIZKI: Wenn es erlaubt ist, ich glaube nicht, daß wir Bundesgenossen sind!
FERDINAND: Nicht?
MODLIZKI: Sie gehören zu den anderen, Sie schätzen die Kunst und die feinen Sitten. Sie sind aus gutem Hause, Herr Ferdinand. Mein Vater ist ein Säufer gewesen. Er stand auf einer Leiter, als er beim Diebstahl ertappt wurde, abstürzte und starb. Ich bin im Waisenhaus des Klosters erzogen worden, ich habe rotgefrorene Hände und Frostbeulen an den Füßen. Ich werde es nicht vergessen. Sie gehören zu den Menschen aus bürgerlichem Haus, Herr Ferdinand, wie Herr Colbert, Herr Kudernak und Fräulein Amélie!
FERDINAND: Hahaha. Ich gehöre... Sie sind ein Narr, Modlizki! Diese Leute... das ist ja zum Kotzen! Wenn es nach mir ging: ich würde dieses Haus in die Luft sprengen, ich würde diese Leute enteignen, Nichtstuer, Drohnen...
MODLIZKI: Herr Colbert schwärmt für die Kunst.
FERDINAND: Mag er! Ich würde ihm alles wegnehmen. Schonungslos! Ein Narr ist er.
MODLIZKI: Sie sprachen schon gestern davon. Ich habe nicht zugehört, denn ich höre grundsätzlich nicht zu, wenn die Herrschaften sich unterhalten. Es gehört nicht zu meinen Obliegenheiten. Aber ich glaube, auf die Enteignung kommt es nicht an. Wenn man sie enteignete, was wäre gewonnen? Es wäre wegen der Gerechtigkeit, aber wie lange würde es dauern? Darauf kommt es nicht an, wenn es erlaubt ist.
FERDINAND: Worauf denn kommt es an? Der Besitz ist die Macht.
MODLIZKI: Mit dem Besitz werden wir nicht so beherrscht, als mit den Formen, darauf kommt es an, meine ich.

FERDINAND: Mit den Formen?
MODLIZKI: Es ist das Wichtigste, meine ich.
FERDINAND: Was ist das Wichtigste?
MODLIZKI: Wenn Sie Herrn Colbert alles weggenommen haben und sein Gut verteilt, bleibt er ein Herr. Ein Herr, dem man alles weggenommen hat.
FERDINAND: Das verstehe ich nicht.
MODLIZKI: Ich bin nicht befähigt, es auszudrücken.
FERDINAND: Drücken Sie es aus, wenn es jetzt sein muß... ich hoffe, Amélie wird nicht davonlaufen.
MODLIZKI: Bestimmt nicht! – Daß man ihnen die Güter nimmt, darauf kommt es, meine ich, nicht an. Vielleicht müßte man verhindern, daß sie ihre Fingernägel pflegen, die Wäsche wechseln, Klavier spielen und den Damen die Hände küssen z. B. Wenn ich Revolution machen wollte, das wäre meine Revolution, meine ich. Vielleicht, daß es unnütz ist, das Hab und Gut zu enteignen, solange das bleibt, das ganze Getue, was sie als Anstand bezeichnen, die Gesittung, die alten Bilder und so. Durch diese Dinge beherrschen sie die Menschen meines Standes, diese Dinge unterscheiden sie, sie werden für höhere gehalten.
FERDINAND: Modlizki, Modlizki, was sind das für Narrheiten, Modlizki!
MODLIZKI: Ich dränge sie niemandem auf, meine ich.
FERDINAND: Was soll man also tun, meinen Sie?
MODLIZKI: Wer?
FERDINAND: Sie, z. B.
MODLIZKI: Jeder kann das seine tun. Er kann ablehnen, an dieser Welt teilzunehmen, auch im kleinsten. Er darf den Verlockungen nicht erliegen. Sie suchen uns zu verlocken durch die Kunst, die feinen Formen, das Geschlechtsleben und so.
FERDINAND: Was nützt das?
MODLIZKI: Sie brauchen alle Bedienung. Man kann Verwirrung schaffen und Angst verbreiten. Alle Menschen meines Standes müßten es tun. Schweigend und bedrohlich unbeteiligt sein an dem Ritus der bürgerlichen Gesittung. Diese würden die Haltung verlieren, es würde sich Angst und Schrecken, Verwirrung

verbreiten und die Selbstsicherheit, durch die sie uns nach allen Revolutionen immer von neuem beherrschen, würde verloren gehen.

FERDINAND: Und ich z. B., was könnte ich tun, Modlizki?

MODLIZKI: Sie, wie kämen Sie dazu?

FERDINAND: Nun, weil ich Lust hätte z. B. Ich möchte, daß der alte Kudernak und der gute Colbert aus der Fassung geraten, hahaha!

MODLIZKI: Stecken Sie Maltscha an!

FERDINAND: Sie können einen wirklich etwas aus der Fassung bringen! – Das wäre umständlich. Ich müßte erst selbst... Warum tun Sie es nicht?

MODLIZKI: Ich bin der Diener, Herr Ferdinand. Ich lehne private Beziehungen zu den Herrschaften ab. Fräulein Amélie mißt dem Geschlechtsleben eine besondere Bedeutung bei. Sie überschätzt es, wenn es erlaubt ist. Sie ist schwärmerisch veranlagt.

FERDINAND: Es ist, glaube ich, höchste Zeit, daß ich mich selbst davon überzeuge, Modlizki! *(ab)*

(Während der letzten Worte Ferdinands ist das Dienstmädchen Anna bäuerlich gekleidet auf der oberen Terrasse erschienen, hat begonnen Wäsche zu hängen, sich dann über die Brüstung gelehnt und neugierig zu Ferdinand hinunter gesehen.)

FRAU COLBERT *(erscheint bei Anna auf der Terrasse, stellt sich abwartend hinter sie)*: Also so was nimmt den Lohn, was? den Lohn nehmen, das ja. So hängst Du die Wäsche auf, was? Das möchte nur Fressen und Schlafen! Das ist meine Zeit, Anna, und nicht Deine, was hast Du da herumzuschauen?

ANNA: Ich hab ja nicht, gnädige Frau... nur weil ich da...

FRAU COLBERT: Schweig, sag ich. Wer hat Dir erlaubt zu sprechen? So ein Tier nimmt man ins Haus, füttert das und gibt ihm noch Lohn zu allem und das stellt sich hin herumschauen, stellt sich hin herumschauen, stellt sich hin... Keine Dankbarkeit ist in euch, keine Dankbarkeit, fort hinter euch hersein muß man, sonst ist Schluß mit der Arbeit... bei mir nicht, sag ich Dir, bei mir nicht... undankbares Gesindel, das hat man davon, daß man sowas ins Haus nimmt, das hat man für alle Güte, bei mir nicht. Du machst Deine 14 Tage, Anna, verstanden!

ANNA: Ich wär eh zum ersten gegangen. Hier hälts doch eh keine aus. Hier ist doch eh alle 14 Tage eine neue.

FRAU COLBERT: So ein Mensch, ein undankbares, so eine Schlampe, natürlich ist alle 14 Tage eine andere, wenn es lauter Schlampen sind wie Du, die sich hinsetzen möchten, wenn man wegschaut, hinsetzen, ausruhen möchte sich das!

ANNA: Ich hab mich nicht hingesetzt.

FRAU COLBERT: Schweig! Der Schmutz liegt fingerdick auf Dir, wo man hinschaut im Haus liegt der Schmutz. Marsch, die Blusen bügeln vom Fräulein!

(Anna ab, gefolgt von Frau Colbert)

(Indessen hat Modlizki Tisch und Stühle von der Veranda getragen und vorn in der Nähe der Treppe aufgestellt. Während er damit beschäftigt ist, erscheint aufgeregt Herr Colbert über die Verandatreppe.)

COLBERT: Concernant les repas, die Mahlzeiten betreffend, Modlizki. Es könnte sein, daß uns auf der Reise der Hunger überwältigt. Lasse in der „Krone" zwei Schnitzel ausbacken, Du könntest gleich nach dem Essen hingehen. Nicht fett, daß wir uns nicht verderben. Es wäre nicht auszudenken. Nichts wäre entsetzlicher, als auf der Reise von Unwohlsein befallen zu werden. Mon dieu, mon dieu, wo ist denn der Zettel mit den Fahrzeiten, Modlizki. Da, da, ich bitte Dich, wenn ich es verlieren sollte, Abreise 17,20, an Pardubitz 19,30, Pardubitz ab morgens 7,50, schreib es auf, Modlizki!

MODLIZKI: Ich behalte es auswendig, Herr Colbert.

COLBERT: Behältst Du es? An Prag 10,10, ab 11,30, an Paris 14,40... an Paris... an Paris, Modlizki, begreifst Du es?

MODLIZKI: An Paris, Herr Colbert.

COLBERT: Montrez-moi, des gants de chevreau de plusieurs nuances. Zeigen Sie mir Glacéhandschuhe in verschiedenen Farben.

MODLIZKI: Glacéhandschuhe?

COLBERT: Nichts, nichts! Wir müssen uns alles zurechtlegen, Modlizki. Wir wollen es erst gegen Ende der Mahlzeit Melanie sagen. Ich werde davon anfangen und bevor sie sich gefaßt hat, sagst Du, daß alles vorbereitet ist und die Karten gelöst... o Gott, o Gott mein Herz... ich werde es nicht überstehen... une attaque...

MODLIZKI: Setzen Sie sich hier... so... Herr Colbert... Es ist die Begeisterung, Herr Colbert...

(Josefine erscheint vorn von rechts am Zaun.)

COLBERT: Was... was... das... *(Er erhebt sich.)*

MODLIZKI: Tritt ein, Josefine... Ich habe mir erlaubt, Josefine zur Besprechung hierher zu bitten. Ich bitte, wollen Sie sich vor mein Zimmer bemühen, Herr Colbert. Ich habe zwei Stühle hingesetzt, Frau Colbert bleibt heute in den hinteren Räumen und Fräulein Amélie ist beschäftigt. Es wird Sie niemand sehen, Herr Colbert!

COLBERT: Impossible, Mademoiselle. Unmöglich, mein Fräulein.

JOSEFINE: Frau, wenn ich bitten darf. Ich nenne mich Frau, Herr Colbert. Wem gehören denn diese herrlichen Höschen, hahaha!

MODLIZKI: Es ist die Unterkleidung der Frau Colbert mit Vergeben!

JOSEFINE: Hahaha... wie unanständig sich anständige Frauen doch anziehen! Und das, das ist wohl Ihre Unterkleidung, Herr Colbert, hahaha, Sie würden Aufsehen erregen in der Stadt, Sie sollten nach Prag reisen und sich zeigen, hahaha.

COLBERT *(gekränkt)*: Ich reise nach Paris. Ich bitte Dich, Modlizki, die Verhandlung zu führen. Ich möchte persönlich außerhalb des Kontaktes bleiben.

JOSEFINE: Wenn zutrifft, was ich annehme, wird es sich wohl nicht ganz vermeiden lassen, auch persönlich mit mir in Kontakt zu treten.

COLBERT: Vorläufig.

MODLIZKI: Josefine ist unterrichtet, worum es sich handelt.

JOSEFINE: Ja. Modlizki hat es mir gesagt. Aber sehen Sie, ich bin hierher gekommen, mich zu erholen, vollständig auszuspannen. Es ist sehr schwer, Herr Colbert. Die Nachfrage ist hier sehr groß. Ich möchte hier wirklich nur arbeiten, wenn es sich um einen besonderen Auftrag handelt. Ich habe bisher alles abgelehnt. Ich wollte hier so gern alles geschäftliche vergessen! Ich habe mich den ganzen Winter hindurch im Geschäft so furchtbar geplagt. Sie kennen das Arbeitstempo der Großstadt nicht, Herr Colbert. Immerzu Arbeit, nicht das geringste Vergnügen. Man will doch etwas für sein Kind tun, nicht wahr, Herr Colbert, das verstehen Sie als Vater, damit es nicht einmal eine schlechte Meinung von seiner Mutter hat, nicht wahr? Aber hier, hier verbringe ich meine Ferien.

COLBERT: Vacances.

JOSEFINE: Wie bitte?

COLBERT: Pour éviter un malentendu, um ein Mißverständnis zu vermeiden, Du hast die Preisfrage geregelt? Das ist wichtig.

JOSEFINE *(überzeugt)*: Das ist das Allerwichtigste, Herr Colbert.

COLBERT: Bitte?

JOSEFINE: In Prag arbeite ich für 300 K, das ist der Minimaltarif, Sie werden verstehen, daß ich hier mindestens 5 verlangen muß.

COLBERT: Gut. Erledigt.

JOSEFINE *(entschlossen, rückt näher)*: Bitte.

COLBERT *(abrückend)*: Ich bitte Dich, Modlizki, mache die Dame aufmerksam, worum es sich handelt.

MODLIZKI: Ich glaube, Josefine hat verstanden.

COLBERT: Ich meine, daß es sich nicht um irgendwelche Angelegenheit des Vergnügens oder der Zärtlichkeit handelt, sondern, von mir aus um eine Angelegenheit der Vorsicht und der Gesundheit und gegenseitig um eine geschäftliche Angelegenheit.

JOSEFINE *(erleichtert, sehr nett)*: Das ist reizend von Ihnen, wirklich reizend, Herr Colbert. Die Zärtlichkeit, das ist die entsetzlichste Plage. Die Kunden sind ja so widerwärtig. Aber Kunden sind mal so. Ich höre diese Klage von allen Seiten und aus allen Branchen. Aber wer verkaufen will, muß ein freundliches Gesicht machen. Das ist nun mal schon so. *(Sie hat sich erhoben und wirft einen sachlich prüfenden Blick in Modlizkis Zimmer. Sie untersucht sein Bett.)* Gott, sehr bescheiden, ich bin das eigentlich nicht gewöhnt. Sie müßten mal mein Prager Büro sehen. Ich arbeite prinzipiell nur zu Hause. Es wird doch nicht lange dauern? *(Sie beginnt sich auszuziehen, bemerkt Colberts verblüfftes Gesicht.)* Sie wundern sich, daß ich Büro sage? Ich habe mir das so angewöhnt. Und es ist doch auch im Grunde so, nicht?

COLBERT: Que ce qu'est çà, mon dieu, Modlizki, um Gottes willen, was ist das? Madame, wo sind Sie?

JOSEFINE: Ja soll denn die Sache nicht gleich von statten gehen? Das wäre doch das einfachste.

COLBERT: O Gott, o Gott, was habe ich begonnen? Modlizki, imprudent, unbedachter, warum hast Du das getan? Wo denken Sie hin? In meinem Haus! Das ist das Haus, in dem meine Frau wohnt, meine Frau ist eine anständige Frau, wissen Sie, was das ist, Madame?

JOSEFINE: O ja. Ich erkenne das an der Wäsche.

COLBERT: Pardon, pardon, Melanie, daß ich von Ihnen spreche!

MODLIZKI: Herr Colbert reist heute nach Pardubitz. Es handelt sich darum, daß Du ihn dort erwartest. Die Sache soll dort ausgeübt werden.

JOSEFINE: O, das ändert die Sachlage... wenn ich erst reisen soll... die Anstrengung, ich vertrage das Reisen so schlecht.

COLBERT: Die Reise dauert nicht lange. 2 Stunden, 10 Minuten.

JOSEFINE: Das ist lange genug! Und ich verliere eine ganze Nacht. Da muß ich schon mit Ihnen übernachten.

COLBERT: Ausgeschlossen!

JOSEFINE: Ich muß dort übernachten. 800 K und die Reise und Hôtelspesen. Zusammen 1000.

COLBERT: 1000?

JOSEFINE: Anders ist es unmöglich.

COLBERT: Das ist sehr viel Geld.

JOSEFINE: Dafür sind Sie erstklassig bedient.

COLBERT: Darum handelt es sich in diesem Fall nicht.

JOSEFINE: Immerhin... Das muß bezahlt werden. Je besser der Schneider, desto teurer der Anzug.

COLBERT: Es übersteigt meinen Voranschlag, Modlizki.

JOSEFINE: Also bitte, wenn Sie mir jetzt das Geld geben, werde ich da sein. Haben Sie Wünsche betreffend die Aufmachung? Pijama oder Hemdchen, Kostüm oder Pelz?

COLBERT: Nein, nein... Ich werde Ihnen jetzt eine Anzahlung leisten.
JOSEFINE: Wenn ich in den Zug steige, ist es so, als ob ich schon gearbeitet hätte. Ich habe dann jedenfalls die Zeit verloren und das ist es, was Sie mir zu bezahlen haben. Und wenn Sie nicht kommen? Da stehe ich da mit der Anzahlung. Ich kann dann den Rest vielleicht bei Ihrer Frau kassieren? Es ist eine furchtbare Ungerechtigkeit, daß solche Schulden nicht klagbar sind. Das wäre einmal eine Sache, in der die Handelskammer einschreiten sollte. Diese Branche gehört doch auch zum Wirtschaftsleben. Ich wollte schon oft an die Handelskammer eine Eingabe in dieser Sache machen. Vielleicht können Sie mir da raten, Herr Colbert!
COLBERT: 1000 K.
JOSEFINE: Ich mache ohnehin schon eine Ausnahme, weil wir ein bißchen verwandt sind.
COLBERT: Gut, gut, also... aber ich bitte Sie, sprechen Sie nicht von diesem Punkt, ich höre nicht gern davon.
JOSEFINE: Bitte. Ich füge mich Ihren Wünschen.
(Colbert zieht die Brieftasche und bezahlt ihr.)
COLBERT: Bitte.
JOSEFINE: Danke... Also ich fahre um 5,20, das ist wohl der beste Zug.
COLBERT: Ich würde Sie bitten, den Zug um 4,30 zu benützen, da ich selbst um 5,20 fahren möchte. Es ist möglich, wahrscheinlich, vraisemblable, daß meine Tochter mich an die Bahn bringen wird. Ich möchte nicht...
JOSEFINE: Ach, das Fräulein ist reizend. Sie können stolz auf sie sein, Herr Colbert. Die hat Beinchen und einen Mund! Ich erkenne jede Frau am Mund und am... an den Hüften, Herr Colbert. Die ist ausgezeichnet im Bett, ganz bestimmt.
COLBERT: Meine Tochter ist ein unberührtes Mädchen, Madame, bitte sprechen Sie nicht von ihr!
JOSEFINE: Einerlei! Sie wird ausgezeichnet im Bett sein. Glauben Sie mir, Sie können sich auf mein Urteil ganz fest verlassen, in dieser Beziehung können Sie ganz beruhigt sein und auf mich

vertrauen. Mein Wadi, z. B., der wird einmal eine große Partie machen, das ist ganz sicher, sowas erkenne ich, er hat samtene Augen...

COLBERT: Wadi?

JOSEFINE: Ach, einer meiner Freunde nennt meinen Sohn so. Ich hab es mir auch angewöhnt. Eigentlich heißt er Wolfgang Amadeus, aber das ist doch etwas umständlich, finden Sie nicht? Nach Mozart, das war ein Komponist, Sie wissen doch, der Vater des Kindes ißt so gerne Mozartlocken.

COLBERT: Ich finde es unpassend.

JOSEFINE: Wadi? Er hat so schöne Wädchen, das hat er von mir, nicht wahr?

MODLIZKI: Ich habe Herrn Kudernak einmal im Bad gesehen, er hat einen sehr dicken Leib und sehr dürre Beine.

JOSEFINE: Eben. Vom Vater kann es Wadi nicht haben... Aber siehst Du, Modlizki, das ist gewöhnlich so. Wenn einer sehr dick ist, hat er sehr dünne Beine. O Gott, was habe ich nicht schon alles gesehen!

COLBERT: Ich bitte Dich, Modlizki, laß das! Ich finde es unpassend, daß er nach Mozart heißt.

JOSEFINE: Ja ich weiß nicht... war dieser Mozart am Ende... Herr Colbert!

COLBERT: Nach Mozart: ein illegitimes Kind! Bedenken Sie!

(Mittagsläuten von der Kirche)

O Gott, es ist Mittag, Modlizki.

MODLIZKI: Jawohl, es könnte sein, daß Frau Colbert nun...

JOSEFINE: Es ist doch auch alles klar. Wir plauschen weiter in Pardubitz. Also... auf Wiedersehen, Herr Colbert.

COLBERT: Wie konntest Du! Imprudent! Imprudent! *(ab)*

JOSEFINE: Und Du?

MODLIZKI: Ich?

JOSEFINE: Machst ihm den Popanz, wie?

MODLIZKI: Ich bin sein Diener.

JOSEFINE: Der Diener! Sieh mich an!

MODLIZKI: Ich wünsche zu bleiben, was ich bin.

JOSEFINE: Ich verstehe das nicht.

MODLIZKI: Nein.
JOSEFINE: Wunschlos glücklich.
MODLIZKI: Wunschlos unglücklich.
JOSEFINE: Hahaha!
MODLIZKI: Ich wünsche nicht aufzusteigen, verstehst Du?
JOSEFINE: Nein!
MODLIZKI: Du machst den Popanz.
JOSEFINE: In meinen Amtsstunden.
MODLIZKI: Ich lehne die private Beziehung ab, verstehst du, die pri-va-te...
JOSEFINE: Du führst noch immer die Kleine in die Klavierstunde?
MODLIZKI: Es wird nicht mehr von mir verlangt.
JOSEFINE: Am Ende lernst Du auch Klavierspielen, um Herrn Colbert eine Freude zu machen.
MODLIZKI: Ich mache Herrn Colbert keine Freuden, ich erfülle seine Befehle. Mit blinder, aufsässiger Genauigkeit.
JOSEFINE: Es kommt darauf an, was er dabei denkt.
MODLIZKI: Was heißt das?
JOSEFINE: Das heißt, wenn ich sage 1000 K, weiß er was los ist, ich muß nichts erklären. Aber an Dir hat er seine Freude... weil Du... ein Narr bist, Modlizki.
MODLIZKI: Ein...
JOSEFINE: Ja, ein Narr. Er denkt, daß Du sein Freund bist, sagt er nicht mein Sohn zu Dir?
MODLIZKI: Er...
JOSEFINE: Mach es ihm begreiflich, hahaha... aber Du... ein... ein... Schwachkopf bist Du. Tust alles und denkst Dir Dein Teil... denkst Dir Dein... Du liebst am Ende die Kleine! Aufrichtig, hast Du die Kleine nie...
MODLIZKI: Und wenn auch!
JOSEFINE: Ja, die Liebe.
MODLIZKI: Ich habe es nicht aus Liebe getan.
JOSEFINE: Infolge einer Wette?
MODLIZKI: Ich habe es aus Wut getan.
JOSEFINE: Wer weiß das? Du weißt das. Sie glaubt, daß Du sie liebst, der Alte glaubt, daß Du wie ein Sohn zu ihm aufblickst.

MODLIZKI: Du... ich, glaubst Du... ich kann es ihm nicht... ich kann es ihm begreiflich machen.
JOSEFINE: Dann tus doch, Modlizki.
MODLIZKI: Dann wird aber nichts aus Pardubitz, Josefine!
JOSEFINE: Du, das wäre... das wäre ja... das Geld hab ich doch schon... dann müßte ich ja gar nicht fahren... Ich reise so ungern, Modlizki! Ich bin doch schließlich zu meiner Erholung hier... kann ich mich bestimmt darauf verlassen?
MODLIZKI: Du kannst Dich verlassen.
JOSEFINE: Ich laß mir in geschäftlichen Dingen nicht gern etwas nachsagen, Modlizki. Du, rein kaufmännisch gesprochen: Geschäft ist Geschäft. Wenn man es zu etwas bringen will, darf man sich nicht nachsagen lassen, daß man unsolide Geschäftsgrundsätze hat. Kann ich mich wirklich ganz fest darauf verlassen? Soll ich wirklich nicht fahren?
MODLIZKI: Ja! Du brauchst nicht zu fahren!
JOSEFINE *(gehend)*: Du bist doch ein... Du zeigst ihm, was Du Dir denkst, daß er es begreift, Du... ja? Und komm bei mir vorbei, ich will sicher sein, daß alles in Ordnung ist, verstehst Du. Also... Wiedersehen, Modlizki! *(ab)*
(Während Modlizki die letzten Vorbereitungen für die Mahlzeit im Garten trifft, kommt Ferdinand aufgeregt aus dem Hintergrund.)
FERDINAND: Ich wollte Ihnen bloß sagen, Sie haben sich in Amélie geirrt. Das jungfräulichste Geschöpf auf Gottes Erdboden, unnahbar!
MODLIZKI: So?
FERDINAND: Sie ist unnahbar, sage ich Ihnen. Ihre kindlichen Reden haben in mir einen falschen Eindruck erweckt. Sie läßt sich auch nicht ohne weiteres küssen, ausgeschlossen.
MODLIZKI: Wenn es erlaubt ist...
FERDINAND: Nein, nein, es ist nicht erlaubt! Ich möchte Sie bitten, die Art, in der Sie über Amélie sprechen, zu ändern! Ich ersuche Sie, das was Sie vorhin gesagt haben, zurückzunehmen.
MODLIZKI: Ich nehme stets alles zurück.
FERDINAND: Erledigt.
MODLIZKI: Sie hat Ihnen einen Korb gegeben, Herr Ferdinand?

FERDINAND: Mir? Einen Korb! Ich habe mich mit ihr verlobt, Sie können mir Glück wünschen, Modlizki. Sie ist noch hinten, ganz erregt, muß sich beruhigen.

MODLIZKI: Das verstehe ich.

FERDINAND: Das ganze bleibt vorläufig geheim, auch vor den Eltern. Sie verstehen, daß ich auch Ihnen nichts näheres sage. Ich möchte nicht weiter über Amélie sprechen, es handelt sich doch jetzt um meine Braut. Ich verzeihe Ihnen alles, was Sie gesagt haben. Sie verstehen sie eben nicht. Wie sollten Sie auch! Deswegen bleiben wir doch Bundesgenossen!

MODLIZKI: Im Evangelium Lukas sagt Abraham, den Lazarus im Schoß hegend, zu den aus der Hölle emporflehenden Reichen: Über das Alles ist zwischen uns und Euch eine große Kluft befestiget, daß die da wollten von hinnen hinabfahren zu Euch, können nicht, und auch nicht von dannen zu uns herüberfahren.

FERDINAND: Das ist zwar keine Stelle für einen Bräutigam und hat zu der Sache keine Beziehung, aber immerhin, es ist eine Bibelstelle und ich danke Ihnen, auch im Namen von Amélie. Sie hätten Pfarrer werden sollen. Warum sind Sie nicht Pfarrer geworden?

MODLIZKI: Mein Vater...

FERDINAND: O Gott, o Gott, verschonen Sie mich, das weiß ich ja schon!

(Ferdinand hat sich abseits hingesetzt. Pause)

FERDINAND: Ja, es ist ein eigenartiges Gefühl, das ich jetzt habe... der erste zu sein, unzweifelhaft der allererste, ganz bestimmt, ein unberührtes Geschöpf zu empfangen, das sich einem hingibt... ein großes Gefühl.

FRAU COLBERT *(ruft)*: Modlizki!

(Modlizki ab, gleich darauf erscheint er hinter Frau Colbert, die Suppenterrine in der Hand.)

FRAU COLBERT *(stellt sich an den Tisch. Brüllt)*: Essen!

(Colbert, Amélie erscheinen. Colbert erblickt Ferdinand.)

COLBERT *(küßt Frau Colbert die Hand)*: Bonjour, ma gazelle!

FRAU COLBERT *(ihre Hand entziehend)*: Ach, selbst am Waschtag nichts anderes im Kopf.

COLBERT: Ach, Ferdinand, essen Sie mit uns! À la fortune du pot! Ich darf doch Ferdinand bitten, am Essen teilzunehmen. Du hast doch nichts dagegen, Melanie?
FRAU COLBERT: Nein. Du tust ja gerade so, als ob ich etwas dagegen hätte, am Waschtag Gäste zu bewirten.
FERDINAND: Ich danke herzlichst. Ich werde von Onkel Kudernak erwartet. Ich setze mich hierher und sehe zu.
(Alle haben sich erhoben. Alle bekreuzigen sich geschäftsmäßig.)
FRAU COLBERT *(unmittelbar in das stumme Gebet)*: Bist Du fertig mit dem Flicken, Amélie?
AMÉLIE: Nachmittags, Mama!
FRAU COLBERT: Daß Du Dich nicht vor Herrn Ferdinand schämst.
AMÉLIE: Ach Gott, wirklich, Mama, ich schäme mich!
(Während der folgenden Unterhaltung serviert Modlizki, das heißt, er bringt die Schüsseln von draußen, wozu er immer auf einen Augenblick verschwindet, und stellt sie vor Frau Colbert hin, die die Speisen austeilt. Modlizki setzt sich selbst auch immer wieder an den Tisch, um zu essen.)
COLBERT: Ist es nicht ein guter Gedanke gewesen, daß wir Modlizki zu uns genommen haben, Melanie? Sehen Sie ihn an, er ist gleichsam ein Mitglied unserer Familie geworden. Erinnern Sie sich, wie wir ihn aus dem Waisenhaus genommen haben? Wir fürchteten, daß in ihm schlimme Instinkte schlummern. Die Sehnsucht nach dem Schönen, wie sie ein gutes bürgerliches Haus kennzeichnet, hat auch ihn veredelt.
MODLIZKI: Nein, Herr Colbert.
COLBERT: Was meinst Du, mon fils?
MODLIZKI: Ich habe mich nicht veredelt, das geht zu weit, ich bitte.
COLBERT: Ich begreife Dich nicht, Modlizki!
MODLIZKI: Sie begreifen mich nicht. So wie Sie sich nicht meinem niedrigen Stand angepaßt haben, habe auch ich mich nicht veredelt, meine ich.
COLBERT: Ich habe keinen Einfluß auf Dich gehabt?
FERDINAND: Lassen Sie ihn, Herr Colbert. Er ist ein Narr!
MODLIZKI: Von Ihnen gesehen, bin ich es, wer weiß, was Sie sind, von mir gesehen.

FRAU COLBERT: Das geht zu weit, vergiß Deine Stellung in unserem Haus nicht, Modlizki.
MODLIZKI: Sie haben recht, Frau Colbert. Man kann von mir verlangen, daß ich niemandem nahe trete, unter keinen Umständen nicht! Ich habe mich vergessen! Ich bitte Sie, Herr Ferdinand, um Verzeihung!
FERDINAND: Gut, gut, alter Bundesgenosse!
MODLIZKI: Ich bin niemandes Bundesgenosse hier.
COLBERT: Nun, nun.
MODLIZKI: Niemandes.
COLBERT: Ich meine, wenn Du noch nicht Dich veredelt hast, mon cher... danke, ma chérie, vous êtes ravissante aujourd'hui, aber ich nehme heute kein Fleisch... vielleicht wird Dich veredeln, was bevorsteht!
FRAU COLBERT: Was steht bevor?
COLBERT: Nun Melanie, an sich nichts wichtiges. Hören Sie, es ist Zeit, daß Sie es erfahren *(sehr aufgeregt)*. Ich verreise heute... nach Paris, ma bonne, nach Paris.
FRAU COLBERT: Leg das Messer hin!
COLBERT: Alles ist vorbereitet... hier... hier, die Fahrscheine... wir reisen zusammen... Ich reise mit Modlizki.
MODLIZKI: Ich sollte mit Herrn Colbert reisen.
COLBERT: Du solltest?
MODLIZKI: Sie verstehen mich, Herr Colbert.
FRAU COLBERT: Das sind Narrheiten. Bring die Schkubanken, Modlizki.
COLBERT: Er reist mit mir, es ist abgemacht... wir sind aufgeregt... es verwirrt ihn... Modlizki!
MODLIZKI: Ich bin nicht aufgeregt, Herr Colbert, und ich verstehe Ihre Aufregung nicht, so wichtig kann doch der ganze Louvre nicht sein, für mich gewiß nicht. – Ich hole gleich die Schkubanken – Weil ich gerade dabei bin, Herr Colbert, ich habe mir die ganze Sache überlegt. Ich habe mich entschlossen, Sie nicht zu begleiten. Sie haben zu viel mißverständliche Meinungen geäußert. Ich habe nicht die Absicht, die Meinung aufkommen

zu lassen, daß mich der Umgang mit Ihnen oder Ihre Reise, auf der ich Sie als Ihr Diener begleiten wollte, veredeln könnte.

FRAU COLBERT: Also erledigt. Hol die Schkubanken!

COLBERT: O Gott, o Gott... Modlizki. Modlizki... nein, nein, ich dachte... Du bist doch mein Sohn gewesen, Du hast geliebt, was ich liebe, Du hast Dich wie ich gefreut... o Gott, wie soll ich das...

MODLIZKI: Ich bin nicht Ihr Sohn, Herr Colbert. Ich bin als Diener in dieses Haus genommen worden und ich wünschte nie, es zu vergessen. Mein Vater war ein Mann, der beim Diebstahl ertappt, von einer Leiter stürzte und starb. Der Gedanke an diesen Mann ist Ihnen entsetzlich. Ich habe nicht geliebt, was Sie lieben... ich habe keine Ehrfurcht vor Ihrer Welt, verstehen Sie? und vor Ihrer Sehnsucht nach dem Schönen. Wie soll ich es Ihnen beweisen, daß Sie es begreifen, wie unabhängig ich von diesem Getue bin. Gesetzt den Fall, ich hätte Amélie entehrt...

FERDINAND: Modlizki, ich warne Sie!

AMÉLIE: Du Guter! Was will er?

MODLIZKI: Was wäre dann? Man würde es vor sich selbst vertuschen. Ich könnte mir nur eines vorstellen, was alles erhellen würde, Herr Colbert, an diesem guten Familientisch in einer Weise sich laut zu benehmen, wie es nur in den Schlafzimmern eines bürgerlichen Hauses üblich ist. Aber leider, man hat es nicht immer auf Lager. Nun brauche ich wohl die Schkubanken nicht mehr zu holen, Frau Colbert. Ich möchte gehen!

COLBERT: Das ist der Geist des Umsturzes... o Gott, ich habe nicht geahnt... der Abgrund... Alles stürzt zusammen!

FRAU COLBERT: Was stürzt zusammen? Gar nichts stürzt hier zusammen.

COLBERT: Un Jacobin, ein Jacobiner... ich habe alles vorbereitet...

MODLIZKI: Jawohl, sogar Josefine ist nach Pardubitz bestellt.

FRAU COLBERT: Was? Er hat... geh hinauf, Maltscha! Was? *(gibt Colbert eine Ohrfeige)*

COLBERT: O mein Herz, mein Herz...

AMÉLIE: Papa stirbt, Papa stirbt...

FRAU COLBERT: Das hast Du auf dem Gewissen, Du... Du Waisenkind... Colbert, o Gott, o Gott... Wasser, Wasser... o Gott. *(Sie führen ihn auf die Veranda.)*
COLBERT: Merci, merci, nun ist es besser!
FRAU COLBERT: Wenn man die Männer läßt, geht alles drunter und drüber! Aber jetzt ist es wieder in Ordnung, Colbert! Ich... jetzt werde ich... jetzt ist Schluß mit allen Narrheiten, verstanden?
COLBERT: Es war die Sehnsucht meines Lebens, Melanie!
FRAU COLBERT: Ein anständiger Mensch hat mit 52 keine Sehnsucht, Colbert! Wir haben eine ledige Tochter!
MODLIZKI *(geht in sein Zimmer, sein Koffer ist gepackt für die Reise, er nimmt ihn, ein Heiligenbild von der Wand steckt er in die Tasche, unentschlossen wohin, wendet er sich dann auf der Straße nach rechts, hält zurück, ruft zur Veranda)*: Hallo, Hallo, das da gehört noch Fräulein Amélie. *(Wirft die kleinen Bilder hinauf, die Amélie im ersten Akt angesehen hat.)*
FRAU COLBERT *(oben)*: Das ist ja... eine Schweinerei ist das... *(setzt den Zwicker auf)* eine bodenlose Schweinerei...

Vorhang

Feuilletons

Der Bettler
Zu einer Kritik

I.

Ich lese eine Besprechung der dramatischen Sendung Reinhard Sorges „Der Bettler", des Werkes eines Neunzehnjährigen. Der Kritiker findet nicht das Dramatische an dieser Sendung: es fehle die Handlung, es messe der Dichter dem Worte zu große Bedeutung bei. Und eben das sei des jungen Geschlechtes Art und vergebliche Mühe: durch Türmen der Worte Wirkung zu erreichen, niegewesene Wirkung; es mühe sich, der Seele Letztes darzubringen durch den Monolog. Worten neues Licht zu geben, um Worte zu ringen, sei ihr Kampf. (Ist es nicht ein armes Geschlecht?)

Ich kenne den „Bettler" nicht. Doch: ich liebe ihn. Schon darum, weil er ein Bettler ist. Wie ich. Und um Worte ringt. Wie ich.

II.

Ich lese beim Kritiker: Es komme der Bettler von der Uraufführung seines ersten Stückes ins Café. Bestürzt, daß nun, wo es gesagt sei, das Tiefste, was er sagen könne, das Heiligste – das alte Leben weitergeht. Männlein, Weiblein im Café, Literaten, Kritiker, die Straßen, Lichter: wie zuvor. –

Er wollte aufwühlen, pochen an die Pforten neuen Lebens, daß sie aufspringen und neue Helligkeit falle in die Menschen.

Und nun ist alles wie zuvor. Wozu ist es dann gesagt worden?

Wozu sagen wir es? Doch nicht, weil *ein* Schicksal traurig war, weil irgendeiner starb, ermordet wurde, hungerte, tausendmal irgendeiner? Doch nicht, um zu zeigen: seht, ein Fuhrmann namens Henschel...! Nein, nein und aber nein: nicht darum!

III.

Ich sage ein Wort von Schwere: Ethos. Wir ringen um das Ethos vom neuen Menschsein. Hineingestellt in dieses wirbelnde Sein, blicken wir um uns und sehen: Hunger, Sterben, Armut, Haß und

Verzweiflung. Fabriken, Kasernen, Bergwerke, Paläste, Hütten der Armen. Wo ist Liebe? Wo ist Gerechtigkeit? Erfüllt das eigene liebende Herz vom Leid der Erde, erschüttert zuinnerst blicken wir stumm. Doch schon erhebt uns ahnungsvolles Wissen von Zusammenhängen, längstvergessenen. Brücken bauen sich von Sein zu Sein. Wir stehen auf, zu sprechen, zu wecken.

Erhellt vom Ethos des neuen Menschseins.

IV.

Und nun ein Schicksal, daraus das Bild zu formen. Doch frei vom Wuste kleiner Handlung, daß nicht vergessen werde, daß dies kein Einzelschicksal ist. Das Ewige sei gesetzt, das Ewige. Der Mensch in seiner Ewigkeit, zerrissen von ewigem Schicksal, trete ins Licht der Bühne. Und wecke die stumme Menge: aus Haß und Neid. Hunger zeige er auf und Not. Und all die Schrecken des Lebens. Wunden und Sterben. Er spreche!

Er spreche! Das Wort ist stärker denn das Bild der Handlung.

Er türme die Worte, neu und nie gehört, um die er gerungen in tausend Nächten. Daß sie auffahren, die Satten, Zufriedenen vom gepolsterten Sitz, erblassen; nicht *ein* Mann, namens Meyer, wird hier gehandelt: wir, wir, wir! Unrechtbeladen, mordend, hassend, zeugend: wir! Nicht ein Mann stirbt: wir. Ausgeliefert grausamem Erlöschen, wir, wir... ich und tausendmal ich. Und aus der geballten Worte Wolke zucke der Schrei, gepreßt aus der Seele letzter Not und letztem Jubel. Der Schrei, stärker, tobender als schwerstes Schicksal, als Myriaden von Worten, aufwühlend die Seelen, umstürzend.

Und er brenne in denen, in die er fuhr, leuchtend und hange ewig als Licht zwischen Himmel und Erde.

V.

...es komme der Bettler von der Uraufführung seines ersten Stückes ins Café. Bestürzt, daß nun, wo es gesagt sei, das Tiefste, was er sagen könne, das Heiligste – das alte Leben weitergehe. Männlein, Weiblein im Café, Literaten, Kritiker, die Straßen, Lichter: wie zuvor...

Unsere Zukunft

Voll festen Vertrauens auf die starken, lebendigen Kräfte, die in unserer Verbindung gebunden sind und die, wie ich hoffe, sich auch zur Geltung bringen und unser neues Leben gestalten werden, auch ohne daß man Beschlüsse faßt und Pläne entwirft, wende ich mich an unsere „breite Öffentlichkeit", um einige Bemerkungen zu den Fragen zu machen, die uns alle bewegen: zu den Fragen unserer Verbindung. Mir fällt auf, daß aus unserem Kreise, gerade von uns, die wir vor Ausbruch des Krieges für den „Geist der Verbindung" verantwortlich gezeichnet haben, mit Ausnahme Dr. Ecksteins noch keiner seine Stimme im Rate der Alten erhoben hat, seine Gedanken zur Sache zu sagen. Und ich glaube im Sinne der Kontinuität unserer Entwicklung wäre gerade das von besonderem Interesse. Trotzdem ich glaube, daß derartige Auseinandersetzungen, Beschlüsse, Resolutionen keinen anderen Wert haben als den, uns selbst Klarheit über unsere Entwicklung zu verschaffen; an eine Beeinflussung unserer Zukunft glaube ich nur im geringsten Maße. Denn nicht was *wir* beschlossen wird sein, sondern so wie die *Jungen* sie wollen wird unsere Verbindung aussehen. Das ist historische Notwendigkeit. Deswegen ist unsere Auseinandersetzung in erster Reihe akademischer Natur. Die Jungen werden ummodeln und in den Staub ziehen, von seinem Piedestal werfen, was uns hoch und heilig erschien! O daß wir doch solch ein junges reformhungriges Geschlecht hätten, das keinen Respekt vor dem Alter hat!

Auch ich bin leider ein sentimentaler Mensch mit der Neigung zu gerührter Romantik. Wie wir alle! Denn in erster Linie das war es doch wohl, was uns in die Verbindung trieb und darin festhielt. Man wird sagen, daß diese Fähigkeit gefühlsmäßiger Erfassung unserer Ziele, unserer Ideale, unserer ganzen Jugend ein innerer Reichtum ist! Gewiß: ich fühle mich unendlich reich, weil ich, wie unser lieber Dr. Kohner schreibt, mein Band so liebe, weil ich weinen könnte, wenn ich mich an nächtliches Beisammensein in dieser Atmosphäre von Hradschin, Freundschaft, Parteigespräch, Palästinatraum in Wehmut erinnere. An Kneipe, Abschied vom geliebten Farbenbruder, der hinauszog, um wenig von sich hören zu lassen, umsomehr aber „wehmütig" an uns zu denken, an nächtlichen Heimzug durch Prags alte Gassen mit einem Herzen voll Sturm und Drang. Du verstehst mich, Pirus, Kastor, Sergius, Medo, Lik, Mungo und Alef und ihr anderen aus unserer romantischen Zeit. Aber ich fürchte (oder ist es nicht auch eine Hoffnung?), unsere neuen Füxe werden sagen: Das ist Quatsch. Denn unsere kommende Generation wird den Dingen an den Leib gehen, wie sie dem Kriegsrausch von 14 an den Leib gegangen ist, und allzuwenig, fürchte ich, wird übrig bleiben von unserem epheuumrankten Häuschen mit seiner Burschenherrlichkeits- und ‚Wenn Ihr wollt ist es kein Märchen'-Poesie, den beiden schlanken Säulen, auf denen das Dach unseres Hauses ruhte.

Denn die Jungen werden fragen (klipp und klar): Was wollen wir? Und welche Mittel sind zur Erreichung die besten? Und wir werden antworten: Wir wollen unsere Jugend erziehen für das Leben (ich möchte fast militärisch sagen: den Dienst) in Palästina, zum mindesten aber zum Dienst für unser Volk in der Diaspora, indem wir unserer Jugend soviel Judentum, soviel Mut zum Judentum, soviel Stolz auf ihr Judentum geben, daß ihr die Erfüllung ihres Lebens *notwendig* die Erfüllung ihres Judentums ist. Und wie wir das wollen, durch welche Mittel? Wir antworten: Durch die Erziehung in einer Zweckorganisation, d. h. in einem Verband, dessen Gestalt nur Hülle ist. Denn das Ziel ist alles und die Form ist nichts. (Ist uns nicht vielleicht oft, Hand aufs Herz! der Begriff „Couleur" Selbstzweck gewesen?) – Also muß die Form, die überlebt erscheint, schonungslos neuem Geiste weichen? Ein Stück meiner Vergangenheit reiß ich aus meinem Herzen, doch ich antworte mit Sicherheit: Gewiß!

Darüber besteht wohl bei keinem von uns ein Zweifel, daß die Verbindung in unserem Sinn, die Barissia des „Vormärz" fallen muß, wenn es sich zeigt, daß sie ihrem Zweck nicht entspricht, um dann in neuer Form wie ein Phoenix aus der Asche zu steigen.

Und nun zu dieser Standard-Frage. Entspricht die Form der Verbindung uns jungen Juden, können unsere Jungen in ihr sich voll entfalten, was gibt sie ihnen mit auf ihren Weg? Genug auch schweren Stürmen zu widerstehen? (Ich bin noch konsterniert vom Falle K. Urbach.)

Ich will vorläufig nicht von der Vergangenheit sprechen, das hat bloß historisches Interesse und die Frage der Gegenwart und Zukunft ist brennend. Ich glaube, A. H. Kohner sprach in seinem ersten Artikel, der mir derzeit nicht vorliegt, vom Kriege als Umwerter aller Werte. Dieses Wort wird leider so oft gebraucht, daß man sich, wenn man es ausspricht, eigentlich gar nichts mehr denkt. Aber ich kann Euch sagen, meine, jedes fühlenden, mit der Zeit lebenden Menschen, Hoffnung, vielleicht einzige Hoffnung ist es, daß dieser Krieg wirklich der Umwerter aller Werte sei. Blicken wir über die Grenzen unserer Judenfragen auf die Fragen der Menschheit! Blicken wir auf die Apostel eines neuen Glaubens, Trotzky und Lenin! Aus dem Schutt einer sterbenden Welt wächst ein Märtyrer, wie Friedrich Adler! (Mag man über die Sache an sich denken wie man will.) In allen Ländern werden laut die Stimmen der Völker, unterdrückte, seit Jahrtausenden unterdrückte Klassen erheben ihre Hände, sie über die Grenzen, die Geschichte, Sprache, Glaube zog, einander zu reichen! Und wir? Wir wollen weiter in bunten Mützchen über den Graben ziehen, in würdigem Schritt, vorne der x mit dem xx, dann die a.B. a.B., i.a.B. i.a.B. und die Füxe, mit ernsten Mienen wie bei einer rituellen Handlung, als lächerliche Träger einer versteinerten, toten Überlieferung? Wir wollen uns weiter deutsch maskieren (es ist nicht einmal deutsch, sondern der Fall liegt bloß so, daß deutsche Knaben diese Tracht erfunden haben), wenn wir an besonders feierlichen Tagen zusammen kommen? (O wie stolz, glaubt mir, habe auch ich den Flaus getragen!) Wollen wir weiter uns hinstellen, mit scharfen Säbeln für unsere Ehre zu bluten, nach in feierlichem Rituale vorgetragenen Formeln, so verzeichnet sind im Bolgar, diesem Buch, das wie die Bibel nicht im Hause eines guten Barissen fehlen sollte? Sollen wir vom „Bekenntnis" zu dieser Form der Genugtuung für angetanen Schimpf noch immer die Aufnahme in unsern Bund abhängig machen? Wenn ich auf Partie stand, dachte ich immer, – ich sprach darüber wohl auch mit meinen Couleurbrüdern, – es gehöre mehr

Mut dazu, auszukneifen, als zu schlagen. Ich gestehe, daß ich aus Feigheit meinen natürlichen Trieb wegzulaufen besiegt habe. Aus Feigheit war ich stramm und habe selbst vor Bubis strengen Augen bestanden. Doch der Krieg ist ein Umwerter aller Werte: nach dem Kriege wird wieder mehr Mut dazu gehören, sich zu schlagen, der Mut nämlich, sich fürchterlich lächerlich zu machen. – Und im Innern? Wie steht es mit der gerühmten Disziplin? Sind die Machtvollkommenheiten des Ersten, ist besonders das Verhältnis zwischen Burschen und Füxen nicht ein Nonsens? Wir haben dieses blinde Gehorchen, diese Rechtlosigkeit des „Untergebenen" nun beim Militär in seinen Auswüchsen kennen gelernt, zur Genüge, wie mir däucht! Glaubt Ihr, es werden sich noch Leute finden, diese Dummheit freiwillig auf sich zu nehmen? Ist nicht das Losungswort der neuen Zeit Freiheit und Gleichheit? Damals in der Zeit vor dem Kriege haben wir den Gehorsam gerne auf uns genommen. Voll Stolz haben wir gehorcht, worin gewiß auch eine gewisse sexuelle Befriedigung für uns Knaben von achtzehn bis zweiundzwanzig gelegen hat, (wie überhaupt viele ungesunde sexuelle Momente in der „Knabenverbindung" versteckt sind; doch es würde mich zu weit führen, hierüber zu sprechen und ich bin auch nicht sachverständig genug hiezu. Vielleicht untersucht ein anderer einmal diese Frage von diesem Gesichtspunkt.) Nein, diese an das Alter geknüpfte Stellung des Mitgliedes unseres Bundes paßt so in diese neue Zeit wie etwa das preußische Wahlrecht, wie die Kappe, das Band, die unbedingte Satisfaktion oder das preußische Hofzeremoniell. Wozu sind wir da? Doch nicht zur Erziehung von Philistern, die ängstlich das Überkommene hüten, die neuen heiligen Respekt vor Alter, Amt, Würde und den Wahrheiten, die für unsere Urgroßväter im Grunde schon überlebt waren, haben? Sind wir nicht vielmehr da zur Erziehung von Männern, die es frei wagen nach ihrem besten Wissen und Gewissen zu leben, die den Mut haben sollen, alte ausgefahrene Gleise zu verlassen und Pioniere zu sein auf jungfräulichem Boden? Gedrückt sind wir alle genug worden in unserem Leben und von unseren Vätern haben wir ein großes Stück unserer Seele, das Gedrücktheit, mangelnder Mut zu sich selbst heißt, geerbt. Wir brauchen freie Seelen ohne Respekt! Ohne

Scheu, den Willen durchzusetzen, der unser Wille ist, und sei es selbst gegen den borniertenen Willen einer Welt! Sollen wir da unsere Jungen zum scheuen Gehorsam gegen einen Genossen erziehen, der zufällig um ein halbes Jahr früher als „reif" von der Schule entlassen wurde? Der Anteil aller an der Verbindung muß gleich sein, die Rechte aller müssen die gleichen sein! Frei von Eitelkeiten soll das neue Geschlecht sein, wird es sein – wenn es sein muß gegen uns Alte; die Vorurteile werden fallen wie Kappe und Band, mit unserem Willen oder gegen unseren Willen! Denn eine neue Zeit ist da, die aus dem Osten leuchtet: die Zeit der Freiheit, der Gleichheit, – die Demokratie! Die deutsche Verbindung ist ein Geselligkeitsverein deutscher Bourgeoissöhne. Der Verband junger Juden aber sollte sein und wird sein im Kleinen der Spiegel, in dem sich ein Volk von Proletariern wiederfindet in seinen Hoffnungen, dem Guten und Edlen, das es gerettet hat aus den Jahrhunderten der Leiden. Ein Geist des Vorwärtsschauens wird darin herrschen, der nicht gekettet sein kann an starre Regeln. Nicht zur Verteidigung ist unsere Jugend zu erziehen, sondern zum Erobern! Die Form, die das ermöglicht, heißt: Freiheit, Freiheit und wiederum Freiheit.

Ich glaube, daß ich nicht bloß über die Form gesprochen habe, sondern auch über den Inhalt. Trotzdem auch noch etwas hiezu. Ich glaube, wir brauchen keine Programme aufzustellen für unsere „innere Kolonisation". Ich hoffe auf den lebendigen Geist in unserem Nachwuchs, der sich seinen Weg selbst geben wird. Menschentum wird das Evangelium der Jungen sein und so wird die Verbindung eine Pflanzenstätte des „Geistes des Judentums" werden. (*Werden, sie war es leider nicht in vollem Maße.*) Der Körper wird geschult werden durch Wandern, Turnen, Rudern: Das ist der Geist der Wahrhaftigkeit. Palästina wird jeder kennen aus eigener Anschauung und nicht bloß aus einem Vortrag und einer Landkarte. Denn jeder wird eine Zeit, ein Jahr zumindestens, in seinem Leben opfern, um dort zu arbeiten, sei es als Landarbeiter, sei es als medizinische Hilfskraft. Das – ich werde das nächstens an geeigneter Stelle anregen – sei das Einjährig-Freiwilligenjahr für unser Land. So wird das Land jährlich einen Strom junger Arbeiter haben und unsere Jugend wird fürs Leben verbunden sein mit ihrem Land, nicht durch einen schönen Traum, sondern durch die Schule eines arbeitsreichen und doch so glückseligen Jahres.

Perspektiven eröffnen sich, die ein Zusammenarbeiten mit allen gleichartigen Jugendverbänden, besonders den studentischen, eine stetige enge Fühlungnahme hervorrufen werden. Die verschiedenen Studentenverbindungen müssen sich gemeinsam organisieren. Mit Ukrainern, Finnen, Letten, Polen u.s.w. wird auch das Volk im Osten erwachen. Die Zeit großer Entscheidungen bricht an. Wir müssen gerüstet sein. Abgesehen davon, daß, was eigentlich weniger wichtig ist, auch unsere Stellung im Westen harten Stürmen entgegensieht. Darum fort mit den kleinen Gehässigkeiten zwischen den einzelnen Verbänden! Das Kartell der österreichischen Studentenverbände muß geschaffen werden. Eine gemeinsame Leitung, eine gemeinsame Zeitung sind Dinge, die wir brauchen. Das Kartell P. j. V. erhebe die Stimme der Versöhnung. Ich sehe nichts trennendes zwischen uns und den anderen. Rufen wir „Bar Kochba" auf und zeigen wir vor der jüdischen Welt, daß wir in diesem Kriege gelernt haben. Wenn der österreichische Verband geschaffen ist, wollen wir uns mit dem deutschen K. J. V. zu einer größeren Organisation zusammentun. Ich will dieses Thema nicht in den Einzelheiten ausführen. Für heute genüge, daß ich es zur Diskussion stelle.

Und nun, liebe zerstreute Brüder, habe ich genug gesprochen für heute. Vielleicht ergibt eine Diskussion die Möglichkeit, daß ich wieder das Wort ergreife. Glaubt mir: auch mein Herz, wie das Eure, will nicht glauben, was mein Verstand sagt. Auch mein Herz ist voll von Träumen von der alten, schönen, farbentragenden Verbindung. Mir ist, als sei ich wie ein Mann, der mit Tränen in den Augen Hand anlegt, das Haus, das liebe gute alte Häuschen, einzureißen, in dem seine Vorfahren gelebt, in dem er geboren und groß wurde, um ein neues Haus zu bauen mit großen breiten Fenstern, durch die Licht und Sonne fällt, und mit hohen hellen Zimmern, statt der kleinen halbdunklen Räume, in denen sichs so wohl träumen und sinnen ließ. Doch das ist meine Hoffnung: daß Licht sein wird und Sonne und Luft im neuen Hause und Raum für „den Flügelschlag einer freien Seele". Und den Jungen, die im neuen Hause wohnen, werde ich erzählen und Du von unserer Verbindung mit all ihrer versunkenen Romantik. Aber ich glaube fast, sie werden nicht verstehen und darüber lächeln. Da werde ich mich hinsetzen und einen Brief schreiben an Mungo oder Medo oder Mikron oder Baby und werde loben die schöne, gute, sorgenlose alte Zeit. Wenn ich nämlich bis dahin weniger schreibfaul geworden bin...

Aus einem Tagebuch

2. April 1922.

Ihr meine lieben Freunde und Freundinnen!

Ich sitze, trotz des kühlen Wetters, – es hat am Vormittag geregnet – vor dem Café auf der Piazza Vittorio Emanuel'le, sein Standbild vor den Augen. Es ist ein Vormittag hinter mir, wie ich ihn noch nicht erlebt habe, trotz des regnerischen Wetters, das meine Reise nach Italien zu weihen scheint. Soll ich erzählen? Ihr wart alle hier, Ihr habt, zum Teil, die Bücher gelesen, die andere über dieses Land geschrieben haben. Ich kann nichts Neues erzählen. Trotzdem...

Die Frauen. Ja, immer die Frauen, über allem die Frauen. Ich dachte mir sie früher reif in Italien erblüht, Cornelia und die beiden Gracchen, Mütter, liebenswert, begehrenswert... Und sehe – überall zierliche, zarte, knabenhafte Mädchen, dunkel, rhythmisch im Gang, – Rhythmus, das ist das Geheimnis fraulichen Reizes – schlanke Füßchen und in europäischer Kleidung wie auf den Boulevards der großen Städte an allen Herrlichkeiten der Vergangenheit vorbei. Ich möchte hier bleiben.

Die Droschkenkutscher hatten am Morgen, als es regnete, große Regenschirme über sich gespannt. Ihr lächelt, denn Ihr wißt es. Aber ich wußte es nicht. Alles schreit, lärmt, die Verkäufer singen einander und den Passanten ihre Waren zu (Ihr wißt es.). Die zweirädrigen Karren – und die Pferde; oder sind es nicht Maultiere? mit roten Decken bedeckt. Ich ging vom Hotel nach der Signoria. Am Dom vorbei. Ihr kennt den Dom von Florenz, ich weiß es, Ihr habt ihn jung gesehen, den ich alt sehe (nun, ich bin dreißig) nach einem Leben! Es regnet. Wie müßte dieser Dom in der Sonne sein. Hell in den Farben. Er ist für die Sonne gebaut. Gegenüber das Tor des Battisterio. Ich will es nicht beschreiben. Ihr alle habt es gesehen. Ich könnte auch nicht. Mein Griffel ist nicht geübt für solche Erzählung. Weiter zwischen Gewühl von Menschen zur Signoria.

Signoria: hat man hier nicht Savonarola verbrannt? Hier staute sich das Volk auf diesem kleinen Platz, der für die Statuen und Paläste zu klein scheint? Wieso begnügten sich einmal die Menschen mit so engen Räumen? Woran liegt das, daß nun alles ins Breite gewachsen ist? Ich sehe den Palazzo Vecchio, die Loggia dei Lanzi (Benvenuto Cellini) und ehe ich mich zu den Uffizien entschließe, die wenigen Schritte an den Arno.

Dies ist mein schönster Augenblick heute in Florenz, da ich von der Brücke der Goldmacher, Porto Vecchio auf den Arno und die Stadt sehe. Weit rechts in hellem Grün Villen und Schlösser. Ich möchte hier bleiben. In den Fluß steigen die grauen Häuser, halbverfallen bisweilen, manche mit grünen und braunen Läden an den kleinen Fenstern. Ich möchte mich gleich hinsetzen und Euch allen schreiben, daß ich hier bleiben will, nicht zurück. Hier ein Haus haben, oben, reich sein, sorglos sein und Euch alle zu mir zu Gast laden. Das Wasser des Arno ist gelb. Ich denke, daß es im Sommer, im Frühling, wenn die Schneeschmelze in den Bergen vorüber ist, blau ist oder grün. Priester an mir vorbei, Verkäufer von links und rechts, ein Alter sitzt vor der Staffel und malt, Fremde, Fremde. Die Engländerinnen sind schön. Ich sehe sie an, aber sie blicken nicht zurück. Man müßte heute eine schöne Frau haben, wenn man vom Ponte Vecchio kommt.

In den Uffizien ergreift mich der Taumel. Wohin zuerst: von allen Wänden Farben, Körper, Köpfe, Bewegung. O, daß solches geschaffen ist und aufbewahrt (von Fürsten!). Ich sehe zuerst die Strengen: Dürer, Cranach, die Deutschen. Ihre Kunst ist Mühe, will mir scheinen, Arbeit, Trost, Flucht. Es ist kein Spielen da, kein Jubel, kein Lachen. Mir näher, o Gott, leider mir näher. Saal um Saal: Raffaels Madonnen, heilig, ruhig, nichts erwartend, Ewigkeit; Michelangelos heilige Familie, die volle irdische Mutter, die den Säugling ergreift, Mutter, Frau, andere als bei Raffael, irdisches Glück, Frauentum. Correggios „Rast in Egypten": ich stehe vor diesem Bild am längsten. Gelb und rötlich. Der Blick der Mutter, nach schwerem Erlebnis, voll ewiger Hoffnung. Correggio: alle seine Frauen gleichen einander. Judith wie Maria, es ist eine fremde Frau hier. In slavischen Ländern gibt es solche Frauen. Das Gesicht ist breit, die Augen liegen auseinander, der Blick ist Ergebenheit, Demut, selbst bei der Siegreichen, die heimkehr vom ermordeten Feldherrn. Ich will morgen das alles noch einmal sehen.

Ich habe nichts darüber zu sagen, als daß mich hier ein Taumel erfaßt hat. Ich habe nur zu sagen, daß ich aus einem Fenster der Uffizien über die Stadt und das Land geblickt habe. Ich habe ein Buch geschrieben, bevor ich dies gesehen habe, zwei Bücher, und nun begreife ich, daß sie entsetzlich sind. Nun möchte ich fast diese Bücher nicht geschrieben haben, andere Bücher schreiben, malen. Manchmal mußte ich stehen bleiben. Ich unterdrückte Schreie. Nicht aus Anlaß des Bildes, vor dem ich stand. Aus allgemeinem Anlaß. Aus Anlaß der Farben, aus Anlaß der Freuden, die in der Welt sind, der Freuden.

Nun will ich nach Fiesole fahren.

*

Fiesole: Caféterrasse Pension Aurora, den 11. April 6 Uhr abends.

Ich, Hermann Ungar, Schriftsteller, Staatsbeamter, bin die steile Straße hinaufgestiegen. Ich, Hermann Ungar, war, nein, weilte, wandelte in Fiesole. In einigen Tagen wird alles vorbei sein.

Ich, H. U., Schriftsteller und Staatsbeamter, gewohnt, dem Vorgesetzten die Zeitung zu bringen, müde von den Verfolgungen der Großstadt, stärker im Haß als in der Liebe, bis zum 15. Jahre meines Lebens gelebt ohne ein Bild zu sehen, ohne ein Konzert zu hören, es sei denn das der Dudelsackpfeifer vor dem Haus, oder daß man sich des Bildes seiner Großmutter erinnert, einer vergrößerten Photographie mit Ölfarben bemalt, die in einem Rahmen im Wohnzimmer hing, ich also in Fiesole, oben im Kloster, von der Terrasse den Blick über die Hügel der Landschaft, die im Abend weit ihre Schatten werfen. Im Westen das Band des Arno, Nebel darüber. Häuser im Schatten, Schlößchen, da in der Sonne des späten Nachmittags leuchtend aus dem frischen Grün des Frühjahrs, oben auf den Hügeln, im Tale, an den Hängen Schlößchen, die weißen Mauern, grünen Läden der Fenster, flachen, zufriedenen Dächer, Cypressen, Cypressen und Fiorenza in der Mitte. Auf der andern Seite im alten römischen Theater auf dem feuchten Rasen, ich, H. U., Staatsbeamter, bin ich's, wie lange noch, wann wieder zurück, laufend durch die Straßen, man könnte die Uhr ziehen, wenn ich zu spät bin; bin ich hier? Ich denke, alles ist bereit für mich, daß ich es sehe! Ich möchte all das mitnehmen. Ich möchte nicht fort. Ich möchte, daß meine Mutter es sehen könnte, daß sie bei mir wäre, ich würde ihr es sagen, da ihre Augen nicht sehen können, meine Worte würden heiß sein und lebendig, und sie würde diese ruhige Sonne fühlen, diese freundliche Sonne, sie wärmt ganz leise.

Hinauf mit Engländern, hier Engländer und Einheimische. Ich höre deutsch, es sind Schweizer. Ich schäme mich vor Euch allen zu Hause, daß ich herfahren konnte, daß ich Geld hatte, ich schämte mich dessen schon zu Hause, als ich es plante, wollte es nicht sagen; ich denke, alle müssen mich beneiden, die es wissen, ihr Neid muß mich begleiten und mir Unglück bringen. Man darf keine Reisen machen, ich weiß es, man darf das Schöne nicht sehen, es hat keine Beziehung zu uns, ich weiß es, man soll bei seinem Leben bleiben und keinen Urlaub ins Sorglose nehmen. Es ist gegen das Gesetz unseres Lebens. Wenn wir nach Hause kommen, sind wir stärker im Haß geworden, je mehr wir hier schwärmen. Ich will kein Poet sein, kein Italienfahrer. „Wir sind nur Tote auf Urlaub", ja, das sind wir. Und der Urlaub gilt nicht.

Am Wege aufwärts habe ich den Einfall zu einer Erzählung gehabt. Ich habe die ersten Zeilen in dieses Buch geschrieben. Es könnte die kleine Geschichte einer Reise sein.

Schanis Brief
zum 40semestrigen Stiftungsfest

Liebe Kouleurbrüder!

Ihr könnt mir glauben, daß ich nur schweren Herzens den Plan, in diesen Tagen unter Euch zu sein, aufgegeben habe. Wirklich triftige Gründe, die Ihr mir glaubt, ohne daß ich Euch mit ihrer Darlegung langweile, haben mich nun endgültig bestimmt, hier zu bleiben, da ich so gerne Euch Alten wieder die Hand drücken, Euch Junge kennen lernen möchte. Soll ich Euch nun ein Telegramm schicken mit den üblichen Glückwünschen für eine „gedeihliche Tagung"? Ich entschließe mich lieber, Euch in einigen Zeilen zu sagen, wie mir ums Herz ist, wenn ich in der Ferne Euerer Versammlung gedenke.

Ich glaube, die Älteren unter uns werden mich verstehen, ohne darin eine Herabsetzung der Idee zu finden, der zu dienen wir im Grunde Barissen geworden sind, die Älteren unter uns werden verstehen, daß das Wertvollste, was die Verbindung uns gegeben hat, das Gefühl der Zusammengehörigkeit ist, das uns verbindet. Unsere Beziehungen sind nicht aufgebaut auf logischen Überlegungen, für die Idee, der wir dienen wollen, ist es wichtiger, daß wir den Ortsgruppen angehören als der Barissia, es ist ein Sentiment, das uns verbindet, ein Sentiment, das man vielleicht gar nicht streng prüfen dürfte auf seine Gründe! Ein Philister würde lächeln über ihre Nichtigkeit, ihre kindische Romantik, aber es ist in uns allen da, dieses Sentiment, nicht faßbar, nicht greifbar und nichts anderes als die Erinnerung an unsere schönsten Jahre. Schön, weil es die Jahre waren – – nicht immer die glücklichsten für alle. Vielleicht ist mancher von uns im bürgerlichen Sinne heute glücklicher als er damals war – – schön, weil es die Jahre waren, in denen unsere Herzen noch einen rascheren Schlag schlugen, in denen wir grundlos weinen, grundlos lachen und ohne Hemmung einander in die Arme fallen konnten. In uns sehen wir, daß wir kälter und älter geworden sind, aber die Gefährten dieser Jahre haben sich für unseren Blick noch nicht verändert, sie sind für uns geblieben, was sie damals waren, ihnen glauben wir das feurige Herz noch heute, das wir in uns einen langsameren Takt pochen fühlen. So sitzen wir denn an langer Tafel einander gegenüber und einer sieht im andern die eigene Jugend.

Ich weiß, wenn der Morgen sich nähern wird, werden Euere Frauen aufstehen und gehen. Da werdet Ihr dann untereinander sein, Semester um Semester, und der eine wird still sein und den andern ansehen, der andere wird von seinem Leben erzählen, seinen täglichen Sorgen, seinen Erfolgen und Mißerfolgen. Um all das, wird jeder fühlen, ist es nicht, warum wir da sind. Um etwas anderes sind wir hier zusammen gekommen, was sich nicht greifen läßt, nicht sagen, etwas Unfaßbares. Daß es sich nicht sagen läßt und nicht gesagt wird, das ist die heilige Keuschheit von Männern untereinander. Daß es aber da ist über den Gesprächen, von jedem – fast schamhaft gefühlt, von keinem gesprochen, das ist der Segen, der über uns ruht und über unserem Bunde, das ist die Bürgschaft dafür, daß wir einander nicht verloren gehen werden.

Nein, wir wollen einander nicht verloren gehen und wenn Ihr beisammen seid, erinnert Euch, daß auch ich der Euere bin und einmal, wenn die Gelegenheit des Gespräches es möglich macht, dann nennt auch mich, damit auch ich wirklich da sei unter Euch, zu denen ich durch meine und – ich weiß es – auch durch Euere Liebe für immer gehöre.

Berlin, am 18. Mai 1923.

   Euer

     Hermann Ungar.

Edelmark und die Folgen

Ist sie also wirklich begraben zugleich mit Havenstein, ihrem General, dem Napoleon der Inflation? Ist es wirklich wahr, daß die Rentenmark, deren sicheren Untergang man in Berlin ebenso wie in Paris und Wien geweissagt hatte, auf allen Geldplätzen der Welt gefragt und kaum angeboten ist?

Es geschehen Zeichen und Wunder. Die Leitung der Rentenbank hat es abgelehnt, dem Reich über die gewährten 1200 Millionen Rentenmark hinaus Kredit zu gewähren. Und das, trotzdem das Statut der Rentenbank diese Möglichkeit vorsieht. Aber, wenn man den Glauben an die Gesundung des deutschen Geldes nicht gleich in seinem Keim ersticken wollte, konnte die Antwort der Rentenbank an den Finanzminister des Reiches nicht anders lauten als ablehnend, zumal erst vor kurzem in der Öffentlichkeit auf den ruinösen Stand der Reichsfinanzen hingewiesen worden war. Wenn die Rentenmark weiter bleiben will, was sie heute noch ist, wenn sie nicht „Papier"mark werden will, gibt es kein anderes Mittel als: der Rentenbankpräsident muß hart sein und unzugänglich den Ansuchen um Darlehen, wenn sie den ersten Schritt auf dem Weg zur Inflation bedeuten.

Wie es auch kommen mag, für den Augenblick ist die Stabilisierung erreicht. Man kann noch nicht ruhig leben, aber man kann eine Atempause machen. Die ersten schweren Erschütterungen der Stabilisierung machen sich bemerkbar. Die Preise, die – und das oft bei den lebensnotwendigsten Gegenständen – die Weltmarktpreise um ein fünffaches übertrafen, haben allerdings sich den Weltmarktpreisen zum großen Teil wieder angenähert. Sie stehen noch lange in keinem Verhältnis zum Einkommen der untersten Kreise sozialer Schichtung, die ebenso die Opfer der Deflation werden, wie sie die Opfer der Inflation waren. Gegen diese Schwachen setzt sich die Deflation mit Leichtigkeit durch. Es muß ihr viel geopfert werden. 25 % des Beamtenstandes von Reich, Land und Kommunen sollen vollständig „abgebaut" werden, der Rest wird auf einen Hungeretat gesetzt. Die Absatzstockung in der Industrie, Folge sowohl der Preise als der auf fast Null gesunkenen Kaufkraft der breiten Masse – heißt in ihrer Wirkung Entlassung von Arbeitern und die Morgenröte fallender Löhne der Arbeiter, deren Gewerkschaften durch die Inflation machtlos geworden sind. Die hohen Steuern, die die kapitalskräftigen Teile der Bevölkerung in den nächsten Tagen schon an den Kassen des Reiches zu zahlen haben, werden leicht getragen werden. Jahrelange Inflationsgewinne ermöglichen das „Durchhalten" der Deflation. Aber den kleinen Leuten birgt die Zukunft noch ein Geschenk, das seine Schatten vorauswirft: Die Goldmiete steht zur Diskussion. Gelingt es nicht, in dieser Frage ein annehmbares Kompromiß gegen den Willen der Hauseigentümer durchzusetzen, müssen die Folgen für städtische Mieter katastrophal werden. Die besitzenden Klassen gehen aus dem Schlammbad der Inflation so gestärkt wie aus dem Stahlbad des Krieges. Man ist entschlossen, die Preise rasch abzubauen (auf Kosten der Arbeiter) und die alten Absatzgebiete wieder zu gewinnen. Wenn es ernst bleibt mit der Wertbeständigkeit der Mark, wird das Ausland bald wieder mit Deutschland handeln, zumal das deutsche Kapital entschlossen ist, die alten Märkte wieder zu erobern, neue zu erschließen, sei es auch fürs erste mit Opfern.

Man kann nicht leugnen, daß die inneren Zustände Deutschlands in der letzten Zeit auf einen Teil der tschechoslowakischen Industrie belebend gewirkt haben. Das Ausscheiden des Ruhrgebietes als Produzenten hatte zur Folge, daß die tschechoslowakische Schwerindustrie mit ihren Produkten einspringen konnte. Die Unverläßlichkeit deutscher Kalkulation, die innerpolitische Ungewißheit brachten es mit sich, daß das Ausland sich lieber andere Bezugsquellen suchte als die deutschen. Wird es der tschechoslowakischen Industrie nun gelingen, gegen die deutsche Konkurrenz, die in einiger Zeit auf dem Weltmarkt beginnen wird, die eroberten Positionen zu erhalten? Ist auch die tschechoslowakische Industrie entschlossen, sich den Weltmarkt, wenn auch mit anfänglichen Opfern, zu erkaufen? Es hat fast den Anschein, als ob der tschechoslowakische Industrielle, der tschechoslowakische Kaufmann noch nicht davon durchdrungen seien, daß man Schlachten nur gewinnen kann, wenn man sie schlägt, d. h. Bataillone einsetzt, daß es ohne den Ankauf eines Loses keine Gewinne in der Lotterie gibt. Sich auf Handelsverträge zu verlassen, auf Verhandlungen zwischen Regierungen, ist nicht genug; es heißt neue Absatzgebiete für seine Produkte suchen und sie dann nicht bloß theoretisch durch Verträge, sondern auch praktisch, selbst unter zeitweiligen Opfern zu halten.

Johannes Haase: „Lux in tenebris lucet"

(Mosaikverlag, Berlin.)

Ein Buch von nicht ganz hundert Seiten, das einen Menschen enthüllt. Einen leidenden, einen gequälten, einen Gott suchenden Menschen. Man möchte aufstehen von seinem Tisch, an dem man lesend saß, und diesem Johannes Haase die Hand drücken, diesem Johannes Haase, dessen hageres Gesicht mit den brennenden Augen man nicht vergessen hat, seit man es einmal sah, seit man aus der Farbe eines Satzes fühlte: hier besiegt einen die Welt, der wert wäre, die Welt zu besiegen. – –

Er ist der Sproß einer alten deutschen Prager Familie. Er schreibt ihre, seine Geschichte in andere, dichterische Wahrheit gehoben. Er ist unser Zeitgenosse und enthüllt sich als der leidende Genosse aller Zeiten. Er lebt das zeitlose mystische Abenteuer, der Katholik aus dem katholischen Prag die zeitlose Mystik des Katholizismus. Güldenstubbe, der die neuesten Doktrinen des Geistes kennt, unser Zeitgenosse, ist zugleich Claus von Deckenpfronn, Peinmann der heiligen Inquisition. Was er wirklich ist? Eines oder das andere? Warum nicht beides? „Es gibt keinen Wahnsinn!" „Es gibt keine Geisteskrankheiten!" ruft Güldenstubbe oder Deckenpfronn. Das ist die Wahrheit des Johannes Haase. Die Realität, die dem Geist Gesetze gibt, dem zeitlosen Geist Gesetze der zeitlichen Ordnung, die Realität ist wahnsinnig, sie ist krank. Gegen den Geist ist die Realität nicht wahr. Der Geist ist stark, so stark, sich selbst in seinen Sprüngen zu beobachten und aufzuzeichnen. Güldenstubbe ist Deckenpfronns Irrenarzt. Güldenstubbe hält den irrsinnigen Deckenpfronn in Gewahrsam, bis Deckenpfronn gesiegt hat und nichts bleibt als eben er: der Laienbruder des Klosters St. Hilarius und St. Laurentius. Der Geist ist stark, und er verwandelt das Irrenhaus trotz aller Wirklichkeiten in das Kloster, in dem das Herz den Frieden sucht. – –

Die blutigen Grausamkeiten, die der treue Knecht der ecclesia militans zu ihrem Triumph gläubig begeht, stehen hart da in einer Sprache, die den Ton katholischer Jahrhunderte zu beschwören weiß. Die Berichte des Gryphius Güldenstubbe in unserer Sprache, das heißt in der Sprache unserer Besten. Einheitlich in der Gelassenheit und Ruhe, in der berichtet wird, einheitlich in der Stärke des Erlebnisses, das hinter jeder der klaren Zeilen dieses Buches steht. Ein Erlebnis, aus dem man trotz der distanzierten Kunst dieses Erzählers, die Leiden eines Menschen fühlt, dem man helfen möchte. – Daß man es nicht anders kann, als indem man die Worte des frommen Bruders zu Deckenpfronn niederschreibt! Johannes Haase, „im Namen des Vaters, des Sohnes und des heiligen Geistes – Friede sei mit Dir!"

Publikum und Gesellschaft

Ich beantworte Ihre Anfrage ausschließlich vom Standpunkt des „Erzählers", einseitig, subjektiv, wozu Sie Ihre Erlaubnis gegeben haben. Es ist nicht zu leugnen, daß es ein Publikum gibt, das heißt eine Masse von Personen beiden Geschlechtes, jeden Alters und jeden Temperaments, ein Publikum, das ich – aus Gesprächen mit meinem Verleger schöpfend – bloß definieren kann als eine Gesamtheit von Menschen, an die es schwer ist, „heranzukommen". Schwer mit Büchern überhaupt, sehr schwer, ganz besonders schwer angeblich mit Büchern von mir. Trotzdem scheint es in Deutschland einige tausend Menschen zu geben, die sich dafür entschieden haben, zusammen mein Publikum zu bilden, und ich erkenne die außerordentliche Tüchtigkeit meines Verlegers an, weil es ihm gelungen ist, trotz der besonderen Schwere dieses Falles, an so viele Menschen heranzukommen, sie zur Einheit meines Publikums zusammenzuschmelzen.

Das Publikum ist eine geschäftliche Angelegenheit meines Verlegers. Ich persönlich lege keinen Wert auf Publikum. Ich trete dem Publikum inkognito entgegen in ganz bürgerlichen Eigenschaften. Daß ich trotzdem des öfteren entlarvt wurde, geschah ohne mein Zutun. Einmal z. B. wurde ich von einem schlanken Jüngling im Künstlerzimmer eines Vortragssaales, wo ich den Vortragenden besuchte, festgestellt und so behandelt: „Sie sind Hermann Ungar? Ich dachte, Sie sind ein junger Böhme!" (So hatte es in einer Besprechung gestanden.) Mir blieb nichts, als mit der Geste einer hilflosen Bitte um Verzeihung zu erröten. Wohl nicht jung, nicht Böhme genug! Ich hatte ihn zu schwer enttäuscht. Jedenfalls habe ich auch sonst erfahren, daß mein Wunsch, dem Publikum persönlich verborgen zu bleiben, begründet ist. Ich habe noch immer die Vorstellung zerstört, die man sich nach der Lektüre von mir gemacht hatte, nie ihr noch entsprochen. Der größte Teil des Publikums gefällt sich in der Vorstellung, daß ich unter entsetzlichen Nöten ein klägliches Hungerdasein friste. Man begreift, daß die Enttäuschung, die ich, der ich in einer Beamtentätigkeit mein Brot verdiene, dadurch bereite, unverzeihlich ist.

Ich glaube nicht, daß das Publikum einen produktiven Faktor im Künstlerischen darzustellen berufen ist. Publikum, das ist die Resultierende aus vielen Kräften, meist Beharrungskräften. In der Kunst heißt die Resultierende das Mittelmaß. Das Künstlerische ist immer das Werk des einzelnen, die Masse diesem einzelnen ein Objekt wie vieles andere. Ich wage den Vergleich mit dem Wind, der über ein Feld geht, auf dem die Ähren auf langen Halmen kopfwackelnd stehen, sein, des Windes Publikum. Der Künstler ist Bewegung, die Masse bewegungslos. In der Kunst gibt es keine Demokratie, da herrscht der Geist absolut, unabhängig von jedem Parlament, und er ist um so größer, je unabhängiger er ist.

Ist Gesellschaft für den Künstler etwas anderes als Publikum? Ein gewähltes Publikum, gewiß. Aber doch nicht jedenfalls jenes Publikum, jener Kreis von Menschen, den der Künstler manchmal brauchen mag, in ihm die Dinge zu besprechen, die ihn brennen, wie einen Liebhaber die Sorgen des Herzens in den Wechselfällen seines Liebesschicksals? Wird dieser eine Gesellschaft suchen, einen Salon, um hier Klärung, Erhebung, Bestätigung oder Belehrung zu finden? Er wird den Gleichgestimmten suchen, d. h., um das gefühlvolle Bild wieder zu verlassen, der Künstler mag manchmal Gesellschaft brauchen, aber nicht „die Gesellschaft". Seine Gesellschaft ist die Gesellschaft desjenigen, dem die Dinge, die ihn beschäftigen, nicht Anlaß zu geistvollem Gespräch, sondern Lebensprobleme sind. Bei „Gesellschaft" denke ich an Salons. Ich habe nicht die Absicht, die berühmtesten Salons der Vergangenheit auszuschließen, wenn ich sage, daß die Salons ein schönrednerischer schleimiger Snobismus sind und waren, schon zur Zeit der Rahel Varnhagen, ja schon zur Zeit der Dido, die nach allem auch derartige Kaffeekränzchen geliebt zu haben scheinen. Ein Kreis von schöngeistigen Rechtsanwälten, emeritierten höheren Töchtern und Literaten versammelt sich am ersten Dienstag jeden Monats um eine geistige Hausfrau, die – heute – Freud gelesen hat, trinkt Tee und übt eine hochgeistige Unterhaltung aus. Schöngeistige Rechtsanwälte – ich habe nichts gegen Rechtsanwälte, solange sie brav sind –, schöngeistige Rechtsanwälte sind zum Kotzen! Wenn es das also wieder gibt oder wieder geben sollte, ich bin gesonnen, die Schöngeister ganz unter sich zu lassen!

Für Dich!
Die Charell-Revue im Großen Schauspielhaus

Licht, Farben, nackte, halbnackte Frauen, Musik, Tänze, dröhnendes Lachen und trommelnder Applaus Tausender, die dieses Theater füllen. Wie soll man aufzählen, was man gesehen hat? Marokkanische Bauchtänzerinnen, Tänzerinnen aus Rußland, Spanien, aus Amerika vor allem (die blonde schlanke Betty Delaune blieb haften). Man erinnert sich, daß das Ganze lose zusammenhing durch eine Idee, die witzig geblieben ist, wenn sie auch von einem anderen geliehen wurde. Es ist die Idee der sechs Personen, die Pirandello ihren Autor suchen läßt. Hier sind es zwei Personen, das glückliche Paar einer Operette, deren letzter Akt, der Akt mit dem guten Ende, zugleich das erste Bild der Revue ist. Der Kritiker, Paul Morgan, und der Dichter, Wilhelm Bendow, beschließen, das frisch getraute Paar weiter zu dichten. Sie lassen es hochzeitreisen. Woraus sich logisch und mühelos der „rote Faden" der Revue ergibt.

Die Stationen der Reise, unterbrochen und begleitet von den witzigen Dialogen zwischen Bendow und Morgan, bieten Charells Regiekunst die Gelegenheit, die er sucht. Meist sind es Szenen, in denen die Girls und die Boys in Massen auftreten, in alle erdenklichen Farben gekleidet (das Wichtigste bleiben die Beine). Die Tänze haben Tempo. Etwas Militärisches liegt im Takt, etwas Berlinisch-Amerikanisches. Die schönste Massenszene, nicht zuletzt wegen ihrer Farbenwirkung, wohl die leicht ironisch gestellte Alpensymphonie, zu der der Prager Walter Trier Kostüme und Dekorationen entworfen hat. Und Patience, der bunte Tanz der Figuren aus dem Kartenspiel.

Man hat wieder Gelegenheit festzustellen, daß die einfachsten Mittel die durchschlagendste komische Wirkung erzielen. Die Pferdehaut, in der Agar und Young stecken, erregt durch die Selbständigkeit von Vorder- und Hinterteil Lachstürme. Man hat diese Art Lachen als kleiner Junge im Zirkus erlebt, wenn der Clown in die Manege stolperte, und später bei Chaplin-Filmen. Sonst nicht.

Die Revue, hört man, löst nicht die Operette ab. Die Revue ist das Theater von heute. Sie bringt, sagt man, vielerlei wie eine schwedische Schüssel. Der Theatergast von 1925 bis 1950 wird keine langatmigen Theaterstücke hören wollen. Kurze bunte, rhythmische Szenen mit Witz im Körperlichen, nicht im Geistigen. Der Theatergast ist der Probleme und Handlungen müde. Er will sehen und nichts hören, höchstens eine leichte, anspruchslose Musik als Nebengeräusch. Wenn auch bisher die Revuen nicht vielerlei gebracht haben, sondern von dem ersten bis zum letzten Bild immer dasselbe, einmal rot, einmal grün, einmal chinesisch, einmal holländisch mit entsprechend getauschten Prospekten, mag wahr sein, daß das Langatmige nicht mehr der Zeit entspricht. Auch das Drama kann Revue sein, wenn es bunter wird, nicht in den Kostümen, aber vielleicht durch den vielfältigeren Wechsel der Szenen, die einander rasch ablösen. Es gibt Anzeichen, die für eine solche Entwicklung sprechen (der Amerikaner O'Neill, der Deutsche Brecht). Und der größte Regieerfolg des vorigen Jahres war die Martinsche Revue (Wedekinds „Franziska"). Es ist wahr, das heutige Theater langweilt alle, ausgenommen die Schauspieler, die Kritiker und den Autor des Stückes, das gerade gespielt wird. Aber warten wir ab, ob wir bei der zehnten Revue, die wir sehen werden, auch noch bis halb 12 im Theater aushalten. Erst gefallen einem die Beinchen, dann gewöhnt man sich daran und zum Schluß kann man vielleicht gar nicht mehr hinsehen. Die glücklichsten Liebschaften haben schon so geendet.

Die Teresina

Ich hatte den Auftrag der Prager Redaktion mit Freude angenommen. War meine Freude nicht verfrüht? Nun mußte ich diesen gestampften Bockmist schlucken, den die Herren Schanzer und Welisch aus allen Regionen der Literatur zusammengekratzt hatten. Gewiß, die Massary! Bin ich ein so verstockter Eigenbrödler, verstehe ich meine Zeit noch nicht oder nicht mehr, daß ich mit Gefühlen ausgesprochenen Übelbefindens die „Teresina" vor meinen Augen vorbeirollen ließ, keinen anderen Wunsch im Herzen, als: O wäre ich weiter, o wär' ich zu Haus!, indes das Publikum sich sichtlich vorzüglich unterhielt. Es füllte Parterre, Logen und Ränge bis auf den letzten Platz und hatte sich den Zutritt zu diesem mit allen Mitteln der Reklame wohl vorbereiteten Ereignis schon Wochen vorher gesichert. Man hätte, wenn man sich umgesehen hätte, alle Größen der Berliner Gesellschaft erkennen können. In den Logen die Herren vom gefüllten Beutel mit ihren nackten Damen, manchmal auch an der Seite irgend einen Arrivierten aus den Gefilden der Kunst, diese Mäcene der Angekommenen, die den erst umdrängen, der sie nicht mehr braucht. Im Parterre ein Gemisch von Smoking und nackter Schulter, von der der Hermelin- oder Nerzmantel diskret herunterrutscht. All das schlägt die Hände gegeneinander unter Ah und Oh! Auch die Berufenen der Kritik mischen ihre Freudenausdrücke in die allgemeine, wenn auch temperierte Ekstase. Erliegen sie der Suggestion der Umgebung, oder sind sie es, die das Publikum, von dem man sagt, daß es eine natürliche Empfindung für gut und schlecht, für langweilig und amüsant habe, taub und blind machen durch ihr Urteil, das ja vorher bekannt ist aus hunderten Anzeichen? Ich verstehe das alles nicht...

Um aber auf den gestampften Bockmist zurückzukommen, möchte ich sagen, daß es eher ein auseinander getretener gewesen ist. Terese ist ein kleines Schauspielermädchen aus Korsika, das mit einer fahrenden Truppe nach Fréjus gekommen ist, an dem Tage, an dem ein General namens Bonaparte, aus Ägypten heimkehrend, in diesem Hafen landet. Ein verbannter und zurückgekehrter

Graf, der seine Zeit mit Büffeljagd (wie interessant) in Amerika verbracht hat, muß innerhalb 24 Stunden heiraten, wenn er amnestiert sein will, und zwar ein Mädchen aus dem Volke. Muß man sagen, daß der Graf Terese heiratet? Indes Napoleon, ein jugendlicher Feldwebel, der in der Hauptsache im Eilschritt hin und her läuft wie ein gefangenes Raubtier, durch einige Phrasen, auf die kein Gymnasiast mehr hereinfällt, den Grafen zum sofortigen Anschluß an sein Unternehmen gewinnt, bleibt die verlassene Terese zurück, nichts von ihrem Grafen behaltend als die Hälfte des Ehekontraktes (mit der anderen Hälfte hat der Eroberer der Welt eine Einlage für seinen Hut erzeugt). Terese fühlt sich verraten, sie weiß nicht, wohin er ist, der Geliebte auf den ersten Blick, der sie zur Gräfin gemacht hat. Er hatte ja nicht einmal Zeit gehabt, ihr von seinem Gehen Mitteilung zu machen. Er muß doch schnell mit dem General, wohin, das wissen wir doch alle aus Emil Ludwigs Napoleon.

Der zweite Akt ist von unerhörter Kühnheit der Erfindung. Ein genialer Einfall der Firma Schanzer & Welisch ermöglicht es der Massary, einen Garderobewechsel während des Aktes einzulegen. Terese ist nun Teresina, die berühmte Sängerin. Der General ist nun Kaiser. Fest bei Pauline, Prinzessin Borghese, der Schwester des Kaisers. Das Fest ist veranstaltet, dem Kaiser die Teresina, auf die sein Soldatentritt gefallen ist, zuzuführen. Aber wer kommt denn da? Der Marschall! Und wer ist es? Jener Graf, der die Terese verlassen hat von wegen Vaterland, aber sie weiß ja nicht, warum, sie weiß nur daß. Er verliebt sich in seine Frau, die er nicht erkennt. Aber sie wischt ihm eins aus. Der Kaiser, weiß der ganze Hof, wird sie fragen, ob sie eine Gnade zu erbitten wünscht. Das heißt übersetzt, ob sie heute abends auf sein Schloß zu ihm kommt. Die Teresina gibt die vorgeschriebene Antwort. (Wie kompliziert solche Sachen an den Höfen sind!) Armer Graf und Marschall von Frankreich! Das hast du von deinem Kampf für die Säuberung des Vaterlandes von den korrupten republikanischen Elementen!

Aber die Teresina sagt in der Sprache, in der die herstellende Firma dichtet, sozusagen: Denke gar nicht daran! Werde dem Kaiser was! Der Feldwebel hat sie die ganze Nacht vergebens erwartet.

Er ist am Morgen gelaunt wie ein Bullenbeißer. Der Hofstaat wird beschimpft: Esel, abfahren (das ist zu lustig!). Aber da kommt die Teresina, hu!, in das Nest des Löwen. Und da kommt der Marschall, kurzum, es kommen alle. Es soll doch ein Ende nehmen. Und da klärt sich alles auf. Und die Einlage mit dem halben Ehekontrakt fällt aus dem Hut. Und in Napoleons Brust schlägt ein edles Herz. Und was der General Bonaparte auseinandergerissen hat, kann der Kaiser Napoleon wieder zusammenführen, sagt er. Nebenbei wird schnell noch einer zum Herzog gemacht, der ein Friseur war und sich um das Blut der Bonapartes durch Auffrischung der Borgheses verdient gemacht hat. „Sie haben ja soviel Schneider und Schuster zu Fürsten gemacht, warum nicht auch einen Barbier?" fragt die Teresina. Wie das sitzt!

Das sitzt wie ihre Kleider von Klara Schulz. Sie kommt in zweierlei Gewandung (s. oben: der kühne Einfall). Der erste Akt könnte heißen: wie sich Klara Schulz die korsikanische Nationaltracht vorstellt. Der 2. Akt: die beiden Gesellschaftskleider. Der 3.: das Trotteurkostüm um 1810. Da kommt die Massary im Zylinder, framboise wie das Kostume.

Damit bin ich einverstanden. Bleiben Sie, Frau Massary, bei der Schulz. Aber sagt Ihnen niemand, daß solcher Unsinn, wie Sie ihn nach Schanzers und Welisch' Willen zu sprechen, zu singen und zu handeln haben, eine Sünde ist gegen das große Talent, mit dem Sie begnadet sind? Wollen Sie wirklich nicht mehr, als von Akt zu Akt auf Händen herausgetragen werden, was wir schon so oft gesehen haben, immer wieder, nicht mehr als eine Gelegenheit für die Toiletten? Es ist wahr, daß Sie die Couplets „Teresina, Teresina" und „Besuch mich mal in Korsika" reizend bringen wie manches andere, einen Blick, ein Wort, eine Bewegung Ihrer lebendigen, ausdrucksreichen Hand! Aber das ist nicht genug für die Massary von heute. Das ist auch nicht genug für Oscar Straus, dessen gute, leichte, rhythmische Musik bisweilen die Textdichter vergessen macht.

Noch eins, was nicht verschwiegen werden soll: Dieses Kokettieren mit dem höchsten Glück, ein blaugeborener Graf zu sein und die Spekulation auf einen süßlichen Instinkt des Publikums, der dazu da ist, daß er ausgerottet wird, nicht daß man ihn geschäftlich verwertet, meine Herren Textdichter. Diese Lächerlichmachung der Familie Bonaparte, weil sie das feine Benehmen nicht hat, das die guten Kaiser Franze alle hatten, denen dafür alles andere fehlte. Das Verständnis für die Größe der Tatsache, daß ein Sattler Staatsoberhaupt wird, ist in Deutschland an und für sich gering. Man darf darauf nicht spekulieren. Man darf das nicht ausnützen. Das darf man auf keinen Fall.

Dann noch, daß die Geschichte kein Ende nehmen will! Das zieht sich hin, daß man dem Verzweifeln nahe ist.

Man hätte besser zu Hellmer gehen sollen ins Lessingtheater, wo der Prager Rosenheim den Götz von Berlichingen mit Wegener und der Höflich erfolgreich inszenierte.

Das Recht auf das Wort „Bockmist"

Der Dichter *Hermann Ungar* schreibt uns:

Ich erhalte von der Direktion des Deutschen Künstlertheaters unter dem 25. 9. 1925 folgendes Schreiben, das mir wichtig genug erscheint, wörtlich publiziert zu werden:

Geehrter Herr!
In Beantwortung Ihres Schreibens vom 24. d. Mts. teile ich Ihnen das Folgende mit:

Ich habe die in Frage stehende Angelegenheit mit Herrn Zarek besprochen und Herr Zarek hat erklärt, daß sein mit Ihnen geführtes Gespräch in seiner privaten Eigenschaft als Schriftsteller geführt worden ist. Als Vertreter der Saltenburgbühnen würde es ihm niemals eingefallen sein, einem Referenten Vorwürfe über das von ihm Geschriebene zu machen.

Diese Erklärungen des Herrn Zarek genügen mir und ich billige sie.

Solange sich Zeitungen finden, welche die in Ihrer Kritik über die „Teresina" angewandte Exkrementalstilistik (Bockmist) aufzunehmen für gut befinden, werden Sie natürlich kaum daran zu hindern sein, auch weiterhin durch Ihre Kritiken die Theater zu schädigen, wenngleich Sie sich mit Ihrem schriftstellerischem Erzeugnis in diesem Falle in den Gegensatz zur gesamten Fachpresse (Kritiker für musikalische Werke) und zum Berliner Publikum gesetzt haben.

Hochachtungsvoll
Heinz Saltenburg m. p.

Vorgeschichte

Ich habe in einer im *Prager Tagblatt* erschienenen Besprechung aus künstlerischen und aus Weltanschauungsgründen das Textbuch der *Teresina* einen *Bockmist* genannt, und ich werde fortfahren, es so zu nennen, hauptsächlich deswegen, weil dieses Textbuch mit fortschrittsfeindlichen und unzeitgemäßen Instinkten spekuliert, die, wenn nicht zu bekämpfen, mindestens nicht geschäftlich auszunützen, meiner Ansicht nach die Pflicht selbst eines Operettentextbuchautors ist. Herr *Otto Zarek, der Dramaturg der Saltenburgbühnen,* hat mich darauf mündlich mit Belehrungen beehrt, von denen ich nicht annehmen konnte, daß er sie als Schriftsteller äußere, da sie darin gipfelten, *mir mangelnde Rücksichtnahme auf die Geschäftsinteressen des Theaters vorzuwerfen,* und da ihr letzter Schluß war, daß ich auf *Freibilletts von den Saltenburgbühnen* (ich habe meine Billetts bei den Saltenburgbühnen stets bezahlt) *nicht rechnen dürfe.* Ich ersuchte die Direktion der Saltenburgbühnen schriftlich um eine Stellungnahme zu dieser Äußerung des Herrn Zarek und erhielt die oben zitierte Antwort. Es ist müßig, mit einem Menschen zu rechten, dessen Gestalt so vielfältig ist und so anpassungsfähig wie die des Herrn Zarek, und es ist mir nicht darum zu tun, das kluge Janusköpfchen dieses Herrn ins Licht zu zerren. Es geht mir um mehr. Es geht darum, daß ein Theaterdirektor, geschwellt von dem Bewußtsein seiner Macht (Filialen in allen Stadtteilen) und verwöhnt durch die Bekanntschaft mit seinem Dramaturgen, auch von einem unabhängigen Schriftsteller jene Rücksicht auf den Geschäftsgang seines Betriebes, den er beharrlich Theater nennt, verlangt, die Herr Zarek in seiner Eigenschaft als Dramaturg auch als Schriftsteller zu nehmen wohl gezwungen ist. Ich fühle mich nicht beleidigt und ich verlange keine Entschuldigung. Es genügt mir, auf die Methoden des größten Berliner Theaterdirektors der Kritik gegenüber hinzuweisen und an dieser Stelle die beschämende Tatsache zu registrieren, daß ein Schriftsteller, dem diese Eigenschaft von Herrn Saltenburg und seine Eignung für seine jetzige Stellung hiermit von mir bestätigt wird, seinen Herrn in dem Bestreben unterstützt, eine abfällige Kritik mit Anrempelungen zu beantworten. Es genügt mir, diesen Zustand und zugleich eine Mentalität aufzudecken, die die Geschäftskunst beim Kunstgeschäft auf das Geschäft beschränkt und die sich in dem zitierten Briefe selbst charakterisiert.

Hermann Ungar.

Shaw und Jerome

Die Herren Saltenburg, Hellmer, Barnowsky und Reinhardt, abgesehen von Jeßner, dem Intendanten der Staatstheater, heute die einzigen Direktoren in Berlin, vereinigen jeder mehrere Theater in einer Hand. Meinhard und Bernauer und die Brüder Rotter haben das Feld geräumt. Sie lassen sich große Mieten zahlen und warten das Weitere ab. Wie es kommen wird? Nun, die Aussichten sind nicht günstig. Das Theater ist, bei Zahlung voller Eintrittspreise, und nur so können die Theater bestehen, für die Mehrzahl des Publikums ein unerschwingliches Vergnügen. Film, Radio, selbst Boxkämpfe sind billig dagegen und am Ende auch dem Geschmack der Masse entsprechender. Probleme interessieren nicht, selbst in witziger Form vorgetragene, interessant ist Schnelligkeit, technischer Trick, Kraft, Elastizität des Körpers, Technik, Technik – Technik in jedem Tun des Körpers oder der Maschine, Überwindung von Hindernissen, nicht der Seele, wie sie das Theater, sondern der Elemente, wie sie Film und Radio überwinden. Ich unterschätze nicht die Wichtigkeit eines Zeppelinfluges nach Amerika oder rund um die Erde. Auch die Griechen haben Dädalus und Ikarus, die ersten Flieger, verherrlicht. Sie haben die Sieger der olympischen Spiele gefeiert. Aber ihre Eckener und Breitensträter waren zugleich Schüler der Weisen. Vor Sokrates beugte sich der Leichtathlet Alkibiades, der ein andächtiger Jünger des Philosophen war. Ich weiß nicht, ob Perikles Golf spielte. Wenn er es tat, ließ er sich jedenfalls nicht dabei photographieren, wie Lloyd George. Denn den Griechen war Sport im Grunde nichts als ein Mittel zur Verdauungsförderung. Unsere Zeit nimmt ihn zu wichtig. Sie nimmt die Technik zu wichtig. Das Interesse für das, was das Theater zu bieten hat, ist, wie mir scheint, endgültig im Schwinden.

Nach diesem Exkurs zurück zum Berliner Theater. Da gab es, bei Barnowsky, eine deutsche Uraufführung: „Zurück zu Methusalem", von Bernard Shaw. In der Tribüne, von der aus 1918 die Sage von einer neuen Theaterkunst ausging, als Karlheinz Martin da die „Wandlung" von Toller inszenierte. „Zurück zu Methusalem", das heißt, wir wollen wieder lang leben, 70 Jahre, das ist zu kurz, da kennen wir das Leben noch nicht, wir sind kaum den Kinderschuhen entwachsen, wenn wir auch schon von der Bühne des Lebens abtreten. In fünf Stücken, von denen bloß die beiden ersten, „Am Anfang" und „Das Evangelium" der Brüder Barnabas, aufgeführt wurden, sagt Bernard Shaw all das Geistvolle, was er zu diesem Thema zu sagen hat. Er beginnt im Garten Eden. Adam und Eva wollen nicht ewig leben, sie ertragen die Ewigkeit nicht, die wirklich eine unangenehme und äußerst langweilige Sache zu sein scheint. Die Schlange verrät das Mittel dagegen: Geburt, Fortpflanzung und Sterben. Nun leben sie tausend Jahre. Bis Kain kommt, der erste Soldat, schneidig, fesch, und den Mord, das Massenmorden in die Welt bringt. Nun wird sich die Welt ändern. Die tötenden Menschen werden nicht mehr so alt werden wie Adam und Eva und Methusalem.

Die Brüder Barnabas aber haben erkannt, daß man mit 75 Jahren gerade erst ein Anfänger in Weisheit und Lebenserfahrung ist. Sie wollen, daß die Menschen 300 Jahre leben. Zwei englische Staatsmänner, gerade die, die den Krieg geführt haben, erscheinen bei ihnen, ihnen die Parlamentskandidatur auf das liberale Programm anzutragen. Die Brüder Barnabas verkünden ihr Evangelium. Sie haben kein Mittel, die dreihundert Jahre Lebenszeit zu erreichen, sie wissen bloß, daß es sich „ereignen" wird als biologische Notwendigkeit, denn von solchen unreifen Kindern wie den beiden englischen Ministern wird sich die Welt nicht mehr regieren und in Kriege führen lassen wollen. Das Evangelium der Brüder Barnabas ist das Gespräch, ein politisch anzügliches, sehr lustiges Gespräch zwischen den Ministern, den „Politikern" und den naiven Wissenschaftlern Barnabas. Und niemand glaubt den Barnabas, die eigene Tochter nicht, ihr Bräutigam nicht. Der Politiker hat jedenfalls einige Punkte notiert, die er im Wahlkampf verwenden will gegen die konservative Partei. Das unglaublichste ist den Gästen im Hause Barnabas, daß jeder ausersehen sein könnte zu diesem Leben, nicht bloß die Bedeutenden, wofür die Staatsmänner sich selbst halten. Das Dienstmädchen kann dazu auserwählt sein.

Es ist der alte Shaw, der aus diesem Stück spricht. Eine gewisse Versöhnlichkeit keimt selbst aus den scharfen Worten, mit denen er die englische Kriegspolitik und ihre Träger enthüllt. Es ist der alte Shaw, der an den Tod denkt, widerwillig, wie alle großen Männer nicht imstande, zu glauben, daß nun bald dieser geistvolle, funkelnde, lebenssprühende Apparat, Bernard Shaw geheißen, nicht mehr sein soll. Er kleidet diese Wehmut, wie es nicht anders zu erwarten ist, in Ironie, Satire. Aber man fühlt, daß es ihm um die „schöpferische Evolution" ernst ist, die Entwicklung des Menschen nach oben, zum langlebigen, zum „Langleber", wie dieser Mensch in den nächsten Stücken heißt, die nicht aufgeführt wurden. Man fühlt, daß sich Bernard Shaw mit dem eigenen Sterben auseinandersetzt und man wird wehmütig, daß nun bald einer weniger sein wird, ein Großer, Gewichtiger weniger auf der Wagschale des Geistes gegenüber der Wagschale der Boxer, Leichtathleten, Schnelligkeitsrekordmenschen und all der anderen, die so schnell laufen, fahren und springen und so langsam denken.

In dieser Aufführung spielte in der Maske Asquiths Curt Goetz. Es ist eines der größten Vergnügen, diesen humorvollen, erfindungsreichen und kultivierten Schauspieler zu hören und zu sehen.

Bei Saltenburg, am Schiffbauerdamm „Lady Fanny und die Dienstbotenfrage" von Jerome K. Jerome. Ein Engländer von durchschnittlichem Kaliber. Das Problem: Lady Fanny war Tänzerin, heiratet den Lord, kommt auf sein Schloß, wo nicht weniger als 23 ihrer Sippe als Diener, Zofe, Köchin u. ä. in Dienst stehen. Kampf der Sippe gegen die „Lady". Sieg der Lady. Wichtig, weil die Durieux die Lady spielt. Jung, schneidig, witzig, eine bewunderungswürdige Frau in dieser Rolle, von der man nicht angenommen hätte, daß sie sie würde spielen können. Im zweiten Akt tanzt und singt sie ein englisches Chanson. Sie macht es besser als alle Chansonetten zusammen. Sie macht es mit der linken Hand, nicht als Höhe, als Nebenbei ihrer großen Kunst. Das der Unterschied und das das Auszeichnende und Ausgezeichnete. Sie mußte wiederholen. Vielleicht bürgert sich das nun ein im Sprechtheater. Vielleicht wird man demnächst von Wilhelm Tell, wenn er seinen Monolog gesprochen hat, ein Da capo verlangen. Wir sind auf alles vorbereitet.

Molnar: Der gläserne Pantoffel
Berliner Theater am Kurfürstendamm

Der gläserne Pantoffel ist derselbe, den Aschenbrödel seinerzeit verlor und den der Prinz fand. In diesem Falle ist der Prinz ein Möbeltischler, ein Brummbär mit edlem Herzen, und die Prinzessin heißt Irma und ist Dienstmädchen in der Pension, in der der Brummbär lebt. Die einfachen Typen mit den geraden Instinkten. Wo die Liebe hinschlägt, gibt es keine Rettung. Irma liebt so rettungslos den Möbeltischler, der seinerseits im zweiten Akt die Pensionsmutter heiratet. Irma liebt mit einer geistesschwachen Käthchen-von-Heilbronn-Seele und dem Körper eines Trampels. Daraus der komische Gegensatz. Aber man soll – ich glaube, daß Molnar es sich so wünscht –, man soll nicht richtig lachen über die romantischen Ergüsse des Trampels, man soll höchstens wehmütig lächeln in dem Gefühl, daß auch Molnar, als er die Figur schuf, mit einem Auge geweint hat.

Das Mädchen geht aus unglücklicher Liebe bis ins Bordell. Aber: nichts ist geschehen. Sogar der Polizeiarzt konstatiert es. So kann am Ende das Käthchen seinen Ritter kriegen, indes die Pensionsmutter sich mit einem anderen Zimmerherrn trösten wird.

Molnar versucht in diesem Stück die Wirkung, die er in „Liliom" erzielt hat, von neuem zu erreichen. Aber man merkt, das Naive, Volksstückhafte kommt hier aus einem routinierten Handgelenk. Man schreibt nicht straflos so viele Kassenstücke. Der Zuschauer fühlt sich nirgends ergriffen, wenn nicht durch die Darsteller, die in den Dienst dieser Sache gestellt waren.

Vor allem Pallenberg. Er spielte den geliebten Brummbär. In Maske, Bewegung, Sprache, der Möbeltischler Ludwig Sepòs. Pallenberg gehört zu den wenigen großen Menschendarstellern, die die deutsche Bühne besitzt. Trotz Molnar stellt er ein atmendes plastisches Geschöpf auf die Beine: ein hilfloses Geschöpf, trotz Poltern und Schreien, dieser ergreifende Darsteller der Hilflosigkeit. Wenn er ausholt gegen den Mann, der ihn mit seiner „Braut" betrügt, um ihn dann schreiend wegen einer ganz unbedeutenden Nebensache zu beschimpfen, wenn er im zweiten Akt eine Rede hält und endlich, wenn er, gegen den Schluß zu, die Vereinigung mit dem Trampel, die nach allem nun kommen muß, schamhaft, hilflos in Haltung, Tonfall und Blick mit der Frage einleitet: Wußtest du auch, daß der Hausmeister Popovicz heißt? fühlt man diesen Künstler von neuem bestätigt, und man bedauert bloß, daß man so selten Gelegenheit hat, seine Kunst an einer großen, würdigen Aufgabe erprobt zu sehen.

Die Dorsch bemüht sich redlich, von ihrem vollen Leben der Irma einen Hauch zu geben. Daß es selbst der Dorsch nicht gelingt, spricht nicht gegen die Dorsch. Die große Adele Sandrock war bemüht worden, eine Bordellmutter einige Witze sagen zu lassen, die sich aus dem Metier und aus dem Gegensatz zwischen diesem Metier und einer anspruchsvollen Haltung als Dame ergeben.

Das Publikum dankte den Darstellern mit lautem Beifall. Nach dem zweiten Akt schien es, als höre man Rufe nach dem Autor. Dieser erschien, sich zu verneigen. Immerhin, er war der Anlaß zu diesem Erfolg.

Was die Manuskripte des Dichters verraten
Ein Blick in die Werkstatt Thomas Manns

Vor mir liegen in hohen Stößen gehäuft Manuskripte, Blätter, bedeckt mit einer peinlich ordentlichen Handschrift, peinlich ordentlich nicht so sehr, was die Einzelheit, als was die Gesamtheit angeht. Nicht irgendwelche Manuskripte, irgendeines Autors. Man ist geneigt, einen Augenblick scheu den Atem anzuhalten, wenn man die Blätter in der Hand hält, wenn der Blick über die Worte gleitet, die man wiedererkennt, trotz des so anderen Bildes, in dem sie sich bieten. Man las diese Worte in schön gedruckten Büchern und liest sie – nachdem man sich an die Besonderheit dieser Schrift gewöhnt hat – wieder, urschriftlich wieder, in den Federzügen, mit denen der Dichter sie hingezeichnet hat auf ein Papier, das damals weiß war, wenn man von dem feinen hellblauen Raster absieht, der das Schreibpapier überzieht, auf das die „Buddenbrooks", der „Tod in Venedig" und Teile des „Zauberbergs" geschrieben wurden, ein Raster für die Ordnung und Regelmäßigkeit der Abstände von oben und unten, von links und rechts. Wird die Schrift hineilen über das Papier, wenn die Spannung der Erzählung des Dichters Atem schneller gehen machte? Wird man die Hand des Dichters zittern sehn bei Schmerz und Tod, wird die Schrift schwer sein wie ein Adagio einer Messe, wenn es um Krankheit und Ende geht? Werden die Zeilen muntere Fähnchen sein, wenn eine heitere Begegnung den Dichter lächeln machte? Oder werden die Blätter bedeckt sein von regelmäßigem Gleichmaß? Man zaudert noch. Man entsinnt sich eines Satzes dieses Dichters aus eben dem Werk, dessen erste Niederschrift man vor den anderen rasch, in der schamvollen Erregung des Enthüllens, durchblättert hat: „Es ist sicher gut, daß die Welt nur das schöne Werk, nicht auch seine Ursprünge und Entstehungsbedingungen kennt; denn die Kenntnis der Quellen, aus denen dem Künstler Eingebung floß, würde sie oftmals verwirren, abschrecken und so die Wirkung des Vortrefflichen aufheben." Soll es eine Mahnung sein, daß dieses Wort gerade jetzt vor einem aufsteht? Werden sich, wo wir die Entstehung des Werkes an seiner ersten Niederschrift verfolgen, Quellen enthüllen, die geeignet sind zu „verwirren, abzuschrecken und die Wirkung des Vortrefflichen aufzuheben"? Aber schon ist diese Frage in den Hintergrund gerückt, eine rhetorische Frage geworden, auf die wir uns keine Antwort mehr zu geben gedenken. Der Plan ist zu verlockend, die Keuschheit unseres Herzens zu machtlos, als daß sie diese Lockung überwinden könnte: die Lockung, an den Manuskripten, soweit es der Rahmen eines Zeitungsaufsatzes zuläßt, dem Dichter näherzukommen. Muß das Manuskript eines Werkes nicht einem Schlachtfeld gleichen, einem blutigeren oder weniger blutigen, je nach der Planmäßigkeit, Durchdachtheit, Vorbereitung seiner Mittel, mit der der Feldherr in den Kampf ging? Ganz ohne Blutvergießen kann es nicht gegangen sein. Das Schlachtfeld, die Gebliebenen dieses Feldes und die Überlebenden, welch letztere wir sauber gedruckt in Reih und Glied, ohne daß die Verwirrung von Verlusten, Durchbrüchen, eingeschobenen Verstärkungen an ihnen zu erkennen gewesen wäre, aus den Büchern kannten, werden zeugen.

In Reih und Glied, sauber und korrekt, mit geregelten Abständen von den Rändern, geregelt nach den Gesetzen von Sparsamkeit und Symmetrie, stehen die Zeichen, die die Feder Thomas Manns gezogen hat, auf den Blättern. Wie ein sparsamer Hausvater seinen Garten, bestellt er das weiße Papier seines Manuskripts. Er nützt peinlich den Raum. Oben und unten und an der linken Seite der Blätter kaum ein Fingerbreit Papier, das nicht genützt ist. Die Zeilen, auch dort, wo wie in Teilen des „Zauberberg" das Papier nicht liniert ist, laufen genau parallel zu oberem und unterem Bogenrand. Nirgends tanzen sie schräg nach oben, nirgends fallen sie abwärts. Jedes Wort steht da, gleichsam für sich gesetzt und gestochen, nach links und nach rechts gleich entfernt von seinen Nachbarn. Die Abstände zwischen den einzelnen Worten sind, an der gedrängten Enge des Wortbildes gemessen, unverhältnismäßig groß und alle einander gleich. Das Weiß dieser regelmäßigen Abstände ist es erst, das so recht den Eindruck der peinlichen Pünktlichkeit und Sauberkeit hervorruft. Aber sind nicht diese ungenützten Zwischenräume ein Zeichen der Unwirtschaftlichkeit und strafen sie nicht die Sparsamkeit Lügen, von der eben die Rede war? Die Sparsamkeit ist hier überwunden von etwas, das stärker war als sie: von der Freude an dem Angenehmen, die der Anblick des mit Schriftzeichen gleichsam schachbrettartig bedeckten Papiers hervorruft, von dem Widerwillen gegen die Unübersichtlichkeit ineinander verfließender Zeichen und Worte. Die Worte lieben es, mit dem ersten Buchstaben leicht über der Zeile zu beginnen und an der Zeile zu enden, sie füllen, um beim Bild vom Schachbrett zu bleiben, das schwarze Feld in mäßiger Querneigung. Die Sparsamkeit des Wortraumes wird begünstigt durch den Umstand, daß Thomas Mann bis auf wenige Ausnahmen (B, S u. a.) die Kurrentschrift anwendet, die den raumfüllenden lateinischen Bogen mit den sparsamen gotischen Spitzen vertauscht. Dieser Unterschied wird dort auffallend, wo das Manuskript notgedrungen mit lateinischen Buchstaben geschrieben sein muß, wie im „Zauberberg", wenn Hans Castorp mit Frau Chauchat jenes jedem Leser unvergeßliche Gespräch in französischer Sprache führt.

Wieder ist es ein Wort aus dem „Tod in Venedig", das einem einfällt. Das Wort vom „heilig nüchternen Dienst des Alltags", mit dem der Dienst des Schriftstellers an seinem Werk gemeint ist. Diese Schrift im einzelnen jedes Federzuges und in der Summe aller Federzüge, dem Manuskript als Ganzem, legt von der heiligen Nüchternheit, mit der dieser Dichter seinen Dienst am Werk hält, Zeugenschaft ab. Er setzt sich nicht an den Schreibtisch im Fieber der Konzeption, die die Zeilen durcheinanderwerfen, die Schrift über das Papier hineilen machen würde. Vielleicht beginnt er seinen Tag beizeiten mit Stürzen kalten Wassers über Brust und Rücken wie Gustav Aschenbach, mit Stürzen kalten Wassers, die zugleich den Körper hart machen, und die Sinne ruhig und klar, und schichtet in kleinen Tagewerken, wie eben dieser Aschenbach, sein Werk zur Größe empor. Kein Zweifel, der Prozeß des Erfindens, jenes Erfinden, das nach Eloessers Mannbiographie dem Dichter schwerfällt, ist vorüber, wenn er die Feder eintaucht. Der Kampf um die Personen und ihre Schicksale ist ausgefochten im Gehirn des Dichters. Das Werk ist fertig, in diesem Sinne, die Vision ist klar, wenn der nüchterne Dienst beginnt. Dostojewskij hat gestrichen, überschrieben, wieder gestrichen, quer geschrieben, oben und unten Verbesserungen angebracht, ganze Kapitel ausgelassen mit Personen und Dialogen. Thomas Manns Korrekturen sind selten. Seitenweise gibt es kaum ein Wörtchen durch ein besseres zu ersetzen. Wo der Korrekturen mehr sind und der Dichter fürchtet, das Manuskript könnte durch die anzubringende Verbesserung unordentlich und unübersichtlich werden, liederlich wie die Seelen der Settembrini und Chauchat, verweist er auf die Rückseite des Bogens, und ersetzt hier die vorne gestrichene Stelle sauber durch die verbesserte.

Ich setze hierher drei Proben aus Thomas Manns Manuskripten. Die erste ist den „Buddenbrooks" (erschien 1901), die zweite dem „Tod in Venedig" (1913), die dritte Thomas Manns größtem und schönstem Werk, dem 1924 vollendeten deutschen „Oblomow", genannt der „Zauberberg", entnommen:

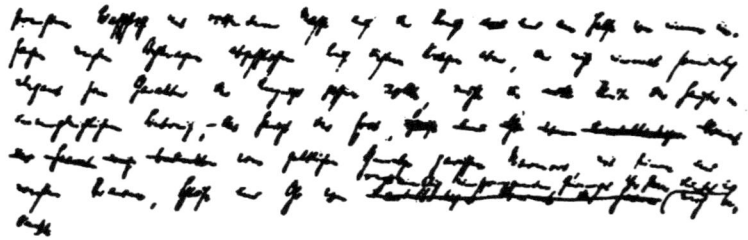

Buddenbrooks

Tod in Venedig

Zauberberg

Zwischen jedem dieser drei Manuskripte liegt ein Zeitraum von etwa zehn Jahren. Der junge Dichter der „Buddenbrooks" wird zwei Jahre nach der Vollendung des „Tod in Venedig" vierzig Jahre alt, und nähert sich unter der Arbeit am „Zauberberg" dem fünfzigsten Lebensjahr. Die charakteristischen Züge der Schrift prägen sich von Jahr zu Jahr, in gleichem Lauf wie die Züge des Dichters klarer, sicherer und eindeutiger aus. Die Schrift der „Buddenbrooks" ist die des Fünfundzwanzigjährigen. Wenn auch sie charakteristische Züge der Schrift der späteren Werke zeigt, sie ist gleichsam noch weich, nicht endgültig zur Thomas-Mann-Schrift geformt. Die Zeichen sind mit Sorgfalt gesetzt, mit kalligraphischem Bemühen. Vielleicht kannte Thomas Mann die Anekdote, die berichtet, Goethe habe das Manuskript eines Dichters zurückgeschickt mit dem Bemerken, die erste Pflicht des Dichters sei, auf eine saubere und leserliche Schrift zu achten, und es sei Anmaßung, dem Leser des Manuskriptes zuzumuten, daß er Wort für Wort zu entziffern sich bemühe. Diese Weisheit gilt für Thomas Mann um so mehr, als Thomas Manns große Werke dem Verlag urschriftlich und nicht in Abschriften zugegangen sind. Die „Buddenbrooks" in einer Form, die des Bedeutsamen nicht entbehrt. Die Manuskriptblätter der „Buddenbrooks" sind – es klingt unglaublich – zweiseitig beschrieben, der Autor eines der gelesensten, in die meisten Sprachen übersetzten Romans hat zu der Zeit, da er diesen Roman schrieb, noch nicht gewußt, daß man Manuskripte nur „einseitig beschreiben darf", eine Weisheit, die jeder dichtende Primaner kennt. Die Setzer werden ihren Ärger mit den „Buddenbrooks" gehabt haben. Wieso, fragt man, ist diese landläufige Weisheit dem Dichter der „Buddenbrooks" verborgen gewesen? Daß sie ihm verborgen war, legt den Gedanken nahe, daß Thomas Mann, als er an diesem Werk schrieb, keine „literarischen" Freunde besaß, daß er dem literarischen allgemeinen Wesen fern stand, wenn er auch die Ereignisse der literarischen Welt gewiß beobachtete. Der technische Mangel des Manuskripts ist in tieferem Sinn also keine Äußerlichkeit. Er beweist die Unabhängigkeit des jungen Dichters von freundschaftlichen Ratschlägen zu einer Zeit, wo sie ihm vielleicht noch hätten gefährlich werden können, nicht indem sie den Thomas Mann, den wir kennen, verhindert, vielleicht aber indem sie ihn verzögert hätten.

Die an den „Buddenbrooks" vorgenommenen Textkorrekturen sind so gründlich durchgeführt, daß von den ersten Fassungen als Spur nichts als ein undurchdringlicher Tintenfleck bleibt. Bisweilen auch, wo es sich wohl um die Korrektur nicht einzelner Worte sondern ganzer Passagen handelte, ist die korrigierte Stelle aus dem Manuskript entfernt und durch eine neue Seite oder halbe Seite ersetzt, oder so gründlich überklebt, daß die Aufdeckung des ursprünglichen Textes nicht ohne Beschädigung des Blattes möglich ist. Vielleicht das Zeichen einer auf die Spitze getriebenen Gründlichkeit, die später fiel. Vielleicht auch ein Hinweis auf eine gewisse Unsicherheit, die im ersten Anlauf gesetzte Unvollkommenheiten und Schwächen vor sich selbst und anderen schamhaft ausmerzen will, daß auch keine Erinnerung daran bleibe.

Mehr als die „Buddenbrooks"-Handschrift verrät das Manuskript des Werkes: „Der Tod in Venedig", von Thomas Manns Art zu schaffen. Vor allem fällt auf, daß, im Verhältnis zu „Buddenbrooks" und „Zauberberg", die Streichungen und Verbesserungen häufiger sind. Liegt es daran vielleicht, daß Thomas Mann hier, wenn auch ein Thema seines Herzens, so doch einen Vorwurf nahm, der nicht so natürlich aus seinem eignen Leben floß, wie die Geschichte vom Niedergang einer Familie und die Geschichte von Hans Castorp? Liegt es daran, daß Aschenbachs Schicksal wegen des Griechisch-Märchenhaften und doch dieser unserer Welt Angehörigen seines Verlaufs besonders vorsichtig und sorgsam genommen werden wollte? Es ist fast, als hätte hier manche Seite des Dichters Sorge mehr in Anspruch genommen als manches Seitenhundert aus den „Buddenbrooks". Es fällt schwer, bei der Vielfalt und Menge dessen, was dieses Manuskript unserer Untersuchung bietet, sich auf das Wenige zu beschränken, das der zugestandene Raum gestattet.

Ich glaube, daß, um nur dieses hervorzuheben, nichts für Schriftsteller und solche, die es werden wollen, lehrreicher ist, als die Beschäftigung mit der Handschrift eines Meisterwerks. Wenn man den „Tod in Venedig" liest, und hört, daß Aschenbach aus L. stammt, liest man darüber hinweg, man liest darüber hinweg, daß dieser Aschenbach Tisch und Sessel aus seiner Kapanne auf den Strand setzen läßt und wenn man auch den „süßlich-offizinellen-Geruch", der Aschenbach „an Elend und Wunden und verdächtige Reinlichkeit erinnerte", zu fühlen glaubt, man weiß nicht, daß all dies nur so wahr sein kann und so wirklich und eindeutig, weil der Dichter, wie wir aus dem Manuskript erfahren, sowohl genau wußte, woher dieser Aschenbach stammte, als auch welchen Geruch er einsog. Statt dieses L. könnte kein N. oder O. stehen wie bei einem Unechten. Das L. hat ein Wort verdrängt, das dort stand: Liegnitz. Es fiel, weil es besser ist, daß der Leser, der immer, auch wenn er es nie gesehen hat, von Liegnitz irgendeine Vorstellung haben wird, nicht einen Eindruck habe, den am Ende der Dichter nicht wünschte. Es fiel, weil es seinen Zweck erfüllt hatte, als es einmal hingeschrieben war, als der Dichter den Aschenbach fest in eine bestimmte Heimat gepflanzt hatte, die blieb, auch wenn das „Liegnitz" dem L. wich. Liegnitz war wesentlich für den Dichter, unwesentlich für den Leser, wie es wesentlich für den Dichter ist, einen bestimmten, einen für sich genannten Geruch zu beschreiben, wenn die dichterische und nicht die literarische Wirkung entstehen soll. Das Wort „Carbolsäure" wurde gestrichen, als es gedient hatte. Es sind zwei Stellen, die in ihrer Ungewolltheit den Dichter, brauchte er es noch, groß und stark und unwiderleglich beweisen wie „Tisch und Sessel" den wägenden und ahnungsvollen Künstler. Warum hätte Thomas Mann das Wort „Möbel" gestrichen, wenn nicht, weil er fühlte, daß Möbel nichts sind und Tisch und Sessel sichtbare, greifbare Dinge. Und wenn Thomas Mann Aschenbach dem schönen Knaben beim Ballspielen zusehen läßt, an Haykinthos erinnert, „das Herz voll zärtlicher Fabeln", verwandelt er zunächst das erotische Wort in das einfältigere Wörtchen „zart", da es überflüssig ist, das erotisch volle dieser Stunde mit der Einzelheit eines bestimmten Wortes zu einseitig zu verstärken, um dann die ganze Stelle zu streichen, weil er fühlt, daß die „zarten Fabeln" eine arme Erinnerung sind gegen den Reichtum der nun leicht gesetzten Fabeln selbst. An diesem Werden erst wird das tiefe Gefühl Thomas Manns für das Dichterische deutlich. Ohne dieses Gefühl, ohne die Stimme, die ihn einhalten ließ, als er die erste Fassung geschrieben hatte, wäre die neue Fassung nicht geworden. Sie war nicht zu errechnen und zu erzwingen, ebensowenig wie etwas anderes als die dämonische Ahnung, die Gnade des Schöpferischen den Dichter lehren konnte, die Stelle:

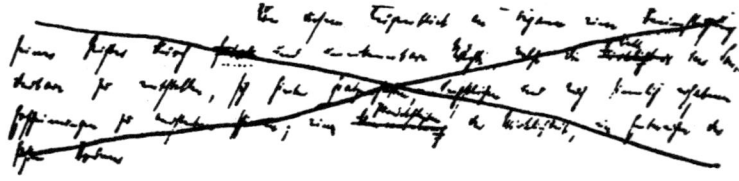

wie ersichtlich zu streichen und von dem Orte, an dem sie so stand, – Aschenbach hat gerade das Schiff bestiegen, einige Sätze klaren und handfesten Schilderns waren vorangegangen – weg, geändert dorthin zu setzen, wo sie kein erläuternder, erklärender Anfang mehr ist, sondern eine mit dem Persönlichen innerlich verbundene, aus allem natürlich fließende unheimliche, traumhafte Erkenntnis wurde. Denn die Begegnung mit dem mythischen Greis leitet nun unmittelbar zu ihr über, die in der endgültigen Fassung lautet:

„Ihm war, als lasse nicht alles sich ganz gewöhnlich an, als beginne eine träumerische Entfremdung, eine Entstellung der Welt ins Sonderbare um sich zu greifen, der vielleicht Einhalt zu tun wäre, wenn er sein Gesicht ein wenig verdunkelte und aufs neue um sich schaute."

Und noch eines, dessen Entdeckung mit Freude erfüllt. Es tut dar, wie sinnlich, wie von dieser Welt der Dichter Thomas Mann ist, wie er kein „Erfinder" ist, sondern einer von den Großen, bei denen zuerst das Gesicht ist und dann der Kampf um dieses Gesicht, die sinnliche Anschauung in die mittelbare des Gedichts zu verwandeln. Nicht aus dem Wort fließt sein Werk, sondern aus der Vision. Es mag ein kleines, ein für die Gesamtheit des Thomas Mannschen Schaffens nicht wesentliches Moment sein, das hier herausgegriffen wird, aber es ist darum nicht weniger bezeichnend für den Schaffensprozeß dieses Dichters. Wir haben eingangs das Faksimile der Stelle gebracht, die den Kopf des schönen Knaben schildert. Eine ursprüngliche Fassung sehen wir gestrichen und wir könnten glauben, sie sei aus Formgründen gestrichen worden, wenn wir nicht auf der Rückseite des vorhergehenden Bogens, der wohl links neben dem Dichter lag, während er an der neuen Seite schrieb, diese Skizze finden würden:

und damit den Beweis für die Behauptung, daß es ein Kampf zwischen sinnlicher Vision (der wahrhaft dichterischen) und dem Wort war, ein Kampf, der so stark war, daß der Dichter die Vision zeichnerisch auf dem Papier festhalten mußte, von sich entfernen, um die Ruhe zu finden, sie objektiv, betrachtend zu beschreiben.

Daß der „Zauberberg" all dies bestätigt, vielfältiger durch die Fülle des Materials erweist, was zuerst an den Proben aus dem „Tod in Venedig" gezeigt werden sollte, bedarf nicht ausführlicher Erhärtung. Wir haben oben dieses Buch den deutschen „Oblomow" genannt und damit ausdrücken wollen, daß es das deutsche Element der Gründlichkeit, der Ordentlichkeit, des Wissensdranges, den Drang nach Ergründung aller geistigen Probleme mit jenem süßen Wissen von der Zwecklosigkeit und Gleichgültigkeit alles Tuns, Werdens und Geschehens vereinigt, das dem Russentum, soweit es nicht auf die christliche Heilslehre eingestellt ist, eben dem Oblomowschen Russentum eigen ist. Es ist die Vermählung Hans Castorps mit Clawdia Chauchat, eine Vereinigung aus ordentlichem, aus deutschem Nihilismus in gewissem Sinne, nach der gründlichen Odyssee durch den Geist. Der ironische Pessimismus, der, war er auch in allen früheren Werken Thomas Manns lebendig, nirgends seine Form in Stil und Handlung so groß gefunden hat wie hier, macht dieses Buch zum Buch der Zeit, und in Verbindung mit Vision und Formgebung zum Zeitlosen.

Nach diesem Exkurs, den ich nicht zu unterdrücken vermochte, kehre ich zu unserem Vorhaben zurück, indem ich im folgenden die Beispiele um einige Stellen aus dem „Zauberberg" vermehre. Der Maßstab des Dichters, an dem er seinen Ausdruck mißt, ist seine Vision. Ist die Vision nicht abstrakt gedanklich, ist sie eindeutigsinnlich und nur dann, fühlt der Dichter, ahnt durch die Gnade des Schöpferischen die Blässe eines Ausdrucks, über die ein Dichter abstrakter Konzeption und der Leser hinweggegangen wäre. Wäre die Vision des Gewölks, von dem einmal im „Zauberberg" die Rede ist, abstrakt gewesen, hätte er das Gewölk nicht sinnlich gesehen, nur begrifflich gedacht, dann hätte nichts ihn mahnen können, beim Wiederlesen das „Gewölk von bräunlicher Färbung" durch das „torfbraune Gewölk" zu ersetzen und damit dieses Gewölk nicht nur der Farbe nach, zugleich auch in seiner Körperlichkeit durch die gegenständliche Assoziation zu bestimmen. Nur einem Dichter mochte es nicht genügen zu schreiben, daß „ein Wind von fremder Luftbeschaffenheit und Temperatur plötzlich durch das Tal fegte". Die Vision dieses Windes war: „Kalt und das Gebein erschreckend" und die Änderung der ersten Fassung belehrt von dem Ringen um das Gleichgewicht zwischen Vision und ihrer Übersetzung in die Sprache. Es ist ein in seinen Gründen unbewußter Prozeß, der sich vielfältig belegen läßt. So bedurfte es dieses Prozesses, um die Verschönung von Joachims Gesicht durch sein Leiden aus dieser allgemeinen in die bestimmte sinnliche Form der „männlichen" Verschönung zu verwandeln. Und wenn am Karneval im Sanatorium die Bewohner des Zauberbergs mit geschlossenen Augen die Umrisse eines Schweinchens auf ein Papier zu zeichnen suchten, da war ursprünglich „das Fiasko vollständig". Ein vollständiges Fiasko ist nichts als ein Wort, eine Aushilfe, ein Begriff, aber nicht Überlegung konnte hier stocken, die Vernunft, die Logik hatte genug. Ich wähle diese Beispiele, weil gerade sie, die kleinen es sind, an denen sich beweist, daß die Vision war, nicht nur die Vision großer Vorgänge, die ein Politiker, ein Philosoph, ein Historiker haben mag wie der Dichter. Den Dichter macht die Vision des kleinsten Details, das er sehen muß, kennen muß, selbst wenn er es nicht schreibt, wenn anders jeder Mensch auf zweien, jeder Stuhl auf vier Beinen stehen soll. Daß Thomas Manns Vision noch im Detail lebendig ist, beweisen die wenigen Exempel, die hier aus der Masse herausgegriffen werden können, nicht zuletzt, daß er das „vollständige Fiasko" durch den Satz „was kamen da für Mißgeburten zustande" den Augen sichtbar machen mußte.

Ich bin mir bewußt, daß ein Einwand gegen das Gesagte über der Stelle aus dem „Zauberberg" erhoben werden könnte, die ich hier im Faksimile reproduziere. Es ist jene Stelle des Manuskripts, wo Claudia Chauchats Kleidung am Karneval beschrieben wird:

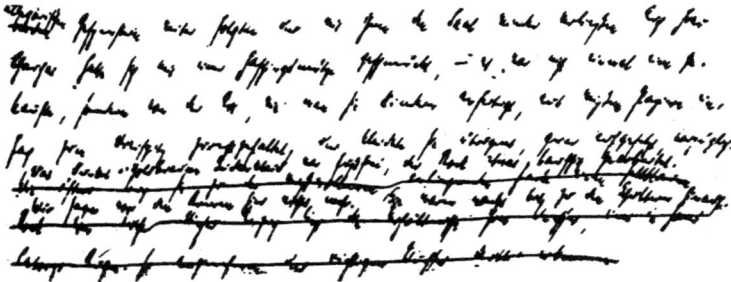

Kann man nun nicht sagen: wenn das wahr wäre, was zu erhärten versucht wurde, dann hätte doch keine Unklarheit des Dichters darüber bestehen können, wie Frau Chauchat gekleidet war, als sie am Karneval erschien. Diese Änderung ist ein Beweis, daß der Dichter die Chauchat ursprünglich nicht so gesehen hatte, wie er sie endgültig beschreibt. Er sah sie auch diesen Abend in weißwollenem Sweater. Und er änderte die Kleidung – später, sicherlich nicht in der ersten Stunde, das beweist der Unterschied der Tinten – in das, was man vielleicht ein großes Abendkleid nennen könnte. Wie hat er sie nun eigentlich gesehen, lautet die Frage, die der Einwand stellt? Und die Antwort: Im Sweater und im Abendkleid, in beiden. Der Dichter sieht sie nicht bloß wie das Antlitz des sterbenden Joachim oder die torfbraune Wolke, er kennt Frau Chauchat in allen ihren Geheimnissen, er kennt alle ihre Erlebnisse, auch die, die sie erlebte, da sie in ihrer Liederlichkeit dem Zauberberg entflohen war. Er kennt ihren Vorrat an Kleidern, den sie mitführt und er entschließt sich – denn Frau Chauchat zieht den nachlässigen Sweater jeder anderen Kleidung vor – schwer dazu, erst nach Kampf, Frau Chauchat das große Abendkleid aus dem Schrank nehmen zu lassen. Vielleicht ist sich der Dichter selbst über die Gründe nicht klar, warum er sich, fast möchte man die Sprache vergewaltigen und sagen, warum er Frau Chauchat dazu entschließt, sich zu schmücken. Beide begründen den späten Entschluß vielleicht mit der besonderen Festlichkeit des Abends. Ich möchte glauben, daß ein anderer Grund, unbewußt gewiß, entschieden hat: das Gesicht von der erotischen Schwüle, die über dem Abend ist. Diese Vision verlangte Konsequenz in den kleinsten Details. Sie war es, die den Wollsweater ablehnte. Sie verlangte das dunkel-goldbraune Seidenkleid und die Entblößung des Fleisches: „Wir sagen von den Armen hier nichts mehr. Sie waren nackt bis zu den Schultern hinauf." Nicht weil kein dichterisches Gesicht war, fiel der Wollsweater, gerade weil das Gesicht des Dichters groß und stark war, mußte er weichen.

Es ist eines der stark korrigierten Blätter, das Blatt, von dem eben die Rede war, keines von denen, über die die Feder ohne Stocken hinglitt, nichts Vorläufiges, gleich das Endgültige setzend.

Es mag sein, daß diese Passage zu jenen gehört, da das Vorgestellte im ersten Augenblick seiner Umschaffung seine Erregung auf den Schaffenden überträgt. Schon die nächste Seite ist ruhig und gefaßt. Das mehrmalige Ansetzen zum Ende wieder, zum aufgeschobenen Ende, mag zeigen, wie schwer er sich von seinem Hans Castorp trennt, wie schwer er sich von dem ihm aufgezwungenen Ende unterwerfen läßt, indes der Einwand gegen Thomas Mann als den unbeteiligten, kühlen Betrachter, der über der Freude an der Wortfindung aufhört, menschlich mitzuleiden, zusammenbricht unter einer auffallenden Probe aus dem „Zauberberg" (s. Faksimile am Ende des Aufsatzes.)

Er war nicht kalt und entfernt, eingesponnen in ein artistisches Schaffen, dieser Dichter, als der Krieg über ihn hineinbrach, und er hat, es ist eine große Freude es zu erkennen, Partei genommen, erregt im Impuls der Stunde, ein Dichter, der an den Nöten der Zeit leidenschaftlichen Anteil nimmt. Gewiß, das erste, das leidenschaftliche, verdammende Wort vom „übergewaltigen Unfug" wich dem ironischen bildhaften objektiven vom „wüsten Tanzvergnügen". Aus dem aktiven Thomas Mann der ersten Fassung wurde nach der Prüfung der Erzähler, der die Gelassenheit, die Affektlosigkeit des Erzählens zu seinem obersten künstlerischen Gesetz erhoben hat. Aber es war da, dieses Wort vom „übergewaltigen Unfug", ob es dann künstlerischen Einsichten wich oder nicht, und daß es dastand, Partei nehmend, ergriffen, das entscheidet groß für den Dichter Thomas Mann und für den Menschen.

Vielleicht wird einer oder der andere diese Untersuchung nicht gutheißen. Er wird sagen, daß es vermessen sei, zu entzaubern. Denn solche Untersuchungen könnten doch eine Entzauberung des Dichters bedeuten. Aber ich fürchte diesen Einwand nicht: ich bin dafür, zu entzaubern. Ich bin dafür, an die Stelle romantischer Vorstellungen von dem Wesen des Dichters das Wissen um die Schwere und das Aufreibende seiner Sendung zu setzen. Man kann das Geheimnis der dichterischen Konzeption nicht ergründen und niemandem nahebringen, den die Qual und die Lust solcher Stunden nicht zerrissen hat. Aber man kann und man sollte, wie mir scheint, an ihnen allen, deren Werk groß genug ist, an Goethe, Dostojewskij, Flaubert, Tolstoi, den Kampf verfolgen, der bei der Umformung der Vision zur Sprache gekämpft wird, und man wird den Lohn finden in einer tieferen Erkenntnis des Dichters und seines Werkes. Die Narben dieses Kampfes finden wir bei ihnen allen, in der Regel vielleicht sogar zahlreicher, als sie bei Thomas Mann zu finden sind. Denn es hat noch keinen gegeben, der mit dem Engel des Herrn gerungen hat, ohne daß der Engel ihn an der Hüfte verwundete.

Warum es den französischen Dichtern besser geht

Offener Brief Hermann Ungars an den Verleger

Lieber Ernst Rowohlt!

Sie werden sagen: In Paris! Und Ihre Kollegen, die Verleger und die Buchhändler in Berlin, München, Wien, Prag werden dasselbe sagen. Was in Paris möglich ist, ist hier eben noch lange nicht möglich. Ich bitte Sie: In Paris...

Lieber Rowohlt, glauben Sie nicht, daß wir alle vielleicht doch ein bißchen selbst daran schuld sind, wenn alles, was mit Literatur zusammenhängt, in Deutschland so unpopulär ist, wenn in Deutschland der Portier, war bei der ersten Begegnung mit dem Inwohner seines Hauses noch die Spur eines devoten Portierlächelns auf seinem Gesicht, sein Antlitz in verächtliche Falten der enttäuschten Trinkgeldhoffnung zieht, nachdem er erfahren hat, daß man Schriftsteller ist – indes mir am Morgen nach meiner Ankunft die Concierge des Hauses in den Champs-Elysées, ohne Zusammenhang, gleichsam bloß um mir etwas Liebes anzutun, mit freundlichem Lächeln sagte: Vous êtes écrivain, monsieur!

Sie wissen – ich muß es erzählen, denn es erklärt, warum ich mich berechtigt fühle, über dieses Thema zu sprechen. – Sie wissen, daß eines meiner Bücher im Verlag der Nouvelle Revue Française vor einigen Tagen in französischer Übersetzung erschienen ist. Ich kam, vom Penklub zu einem Bankett geladen, in Paris an, und zwar unmittelbar nach Erscheinen des Buches: Ein neuer, vollkommen unbekannter fremdsprachiger Autor, aber mein Buch ist in allen Auslagen, auf den Büchergestellen auf den Trottoirs vor den Läden, aufgeschnittene, also schon unverkäufliche Exemplare darunter, zum Blättern für die Passanten, Animierexemplare. (In Frankreich gibt es fast nur broschierte Bücher.) Mein Bild und Schriftproben in manchen und der weithin sichtbare rote Prospekt des Verlages mit meiner Bio- und Bibliographie in vielen Buchhandlungen an den Scheiben! Am zweiten Abend, 8 Uhr, Soirée in der Buchhandlung Flammarion am Boulevard des capucines. Ich dachte an ein Essen, Vorlesung, nichts dergleichen. Von acht bis zwölf habe ich mit Krampf in den Fingern viele hundert Mal den Käufern meines Buches l'hommage de l'auteur versichert. Unterschrift nach Unterschrift. Erst in meinem Stolz etwas peinlich berührt, dann amüsiert und zum Schluß voll Freude, daß es so viele Menschen gab, die mich sehen, mich sprechen wollten, die mein Buch schon gelesen, von meinem Buch schon gehört, die vielleicht auch die Neugierde getrieben hatte... ist es nicht gleichgültig? Diese Menschen haben einen Kontakt mit mir, sie lesen, wenn sie es noch nicht gelesen haben, mein Buch vielleicht am nächsten Tag, sie erzählen vielleicht davon, sie empfehlen es: Publicité! Es kommen hohe Staatsbeamte, Oberste der Armee, Studenten, Frauen, Journalisten, ja, es kommen bekannte Schriftsteller, „mir die Hand zu drücken", sich eine Widmung in mein Buch schreiben zu lassen, mir gleich eines ihrer Bücher zu widmen, eine Geste freundlicher Kameradschaft, die ich nicht vergessen werde: Dekobra, Carco, Paulhan, Pierre Benoit, Leon Paul Fargue, es kommt Gallimard, mein Pariser Verleger, mit seinem Direktor und seinem Bruder. Samuel, der Inhaber der Buchhandlung, der Napoleon der Buchhändler genannt, hilft mir über die ersten schweren Augenblicke. Er setzt eine schöne Frau neben mich. „Das ist Schwerarbeit," sagt Dekobra, „aber das muß sein!" Das muß sein, daß man dich sieht, von dir spricht, sei nicht eitel, sei nicht stolz, Schriftsteller, Dichter, stell dich zu deinem Buch, Publicité, Publicité, wir haben keine Zeit, bis es sich herumgesprochen hat, auch wir wollen Ruhm und Geld wie die Filmstars! Es geht auch anders, aber langsam, und wenn man es mit einem lachenden Auge macht, ist es nicht arg. Ich unterschrieb an einem Nachmittag in einer vornehmen Buchhandlung in den Champs-Elysées. Es war ein kleines Publikum erschienen, aber um so näher kam man jedem einzelnen. Eine reizende Frau leitete die Amtshandlung. Und es kamen mit letztem Schick angezogene Frauen, Frauen, die bei uns gewiß nur für Charleston Interesse hätten. Die Literatur ist salonfähig in Paris! Ich bekam Einladungen über Einladungen (die ich, da ich abreisen mußte, nicht annehmen konnte.) Ich bin skeptisch: Höflichkeit gegen den

Gast weniger Tage, denke ich. Ich weiß doch, daß niemand mehr an Tradition hängt, konservativer ist als der Franzose. Ich frage den Schriftsteller Georges Imann: „Als Schriftsteller," sagt er, „haben Sie in Paris immer offene Türen. Das ist eben in diesem Fall die Tradition, an der wir konservativ hängen," lacht er. Ich bin bereit, mir solchen Konservativismus auch im übrigen Europa gefallen zu lassen.

Essen im Penklub. Ich bin keine Richtung, ich repräsentiere nichts, kein Land, keine Gruppe. Trotzdem: Ehrengast. Wohl, weil der kluge Gallimard es gemanaged hat (nehme ich an, nüchtern, wie ich bin: Publicité!). Dadurch wird mir dieses Bankett nur wertvoller. Keine schnellvergessene Gastfreundschaft. Der Mann, den ich hier brauche, setzt sich für mich ein. (Jetzt kommen also Sie an die Reihe, lieber Herr Rowohlt.) Haben Sie oder einer Ihrer Kollegen schon etwas ähnliches für einen Ihrer Autoren, der jung war, Anfänger, an den Sie aber glaubten, getan? Nicht aus Sorglosigkeit, ich weiß es, haben Sie es unterlassen, aber es ist des Landes nicht der Brauch, daß man für sich spricht. Wenn wir sechzig Jahre alt werden... Beim Bankett erhob sich der Schriftsteller Benjamin Crémieux und begrüßte die Ehrengäste: Sherwood Anderson, Luciano Zuccoli und mich. Mich beglückwünschte er, daß ich das 60. Jahr nicht erst erreichen mußte, um in Paris als fremdsprachiger Autor bekannt zu werden, daß ich den Erfolg und die Befriedigung dieser Tage mit etwas über 30 buchen könne. Aber ich habe auf diesem Bankett des Penklubs wenig 60jährige gesehen, dagegen Jugend, Jugend, sehr viel Jugend.

Der Verleger schließt sich nicht ab und ein. Er verkehrt mit seinen Autoren, den Buchhändlern, den Leuten der Politik, Wissenschaft. Er ist ein Faktor im literarischen Leben wie der Autor. In erster Linie er setzt es durch, daß der Buchkritik ein so breiter Raum in den französischen Zeitungen eingeräumt wird. Er sorgt dafür, daß von seinen Autoren gesprochen wird, ergreift und findet Gelegenheiten, sie ohne geschmacklose Übertreibung ehren zu lassen. Er kennt die Buchhändler, die wie er im Kontakt sind mit Publikum und Autor; Buchhändler, Publikum und Autor kennen ihn. Noch etwas, das auch hierher gehört: Man hat in Paris keine Scheu, einen

Kritiker, einen Zeitungsherausgeber zu besuchen, sei es auch bloß darum zu besuchen, ihn so taktvoll auf sich aufmerksam zu machen. In Deutschland gilt als unzulässige captatio benevolentiae, was dort eine zwanglose selbstverständliche Höflichkeitssache ist. Warum dieses Mißtrauen gegen die Kritik, daß der Besuch eines Autors das Urteil über sein Buch beeinflussen könnte? Ich habe, von Gallimard ermuntert, mit meinem Übersetzer Guy Fritsch-Estrangin, den Kritiker Edmond Jaloux, den ich kennen lernen wollte und der zum Abend des Penklubs nicht kommen konnte, weil er krank war, besucht, und die Stunde in seiner Wohnung gehört zu meinen schönsten Erinnerungen an Paris. Keine Wände zwischen Autor, Kritiker, Verleger, Buchhändler und Publikum! (In beliebiger Reihenfolge.)

Keine Wände zwischen Verleger und Buchhändler, keine zwischen Autor und Buchhändler. Die Autoren gehen, wie ich es getan habe, auch Leute mit 100 000 Auflagen, in die Buchhandlungen, unterschreiben ihre Bücher, sprechen mit ihren Lesern. Und der Buchhändler: er riskiert, daß ein Buch einregnet, vielleicht, daß eines gestohlen wird, er legt seine Bücher auf Brettern auf der Straße aus, keine Wände, man bleibt stehen, man blättert und man kauft. Verbietet es hier die Polizei? Und gibt es wirklich kein Mittel für den Buchhändler, diese allerwichtigste und einfachste Art – das Publikum, das den Laden ungern ohne bestimmte Kaufabsicht betritt, zwanglos zu interessieren – in irgendeiner Form hier einzuführen? Man kann abends in eine Buchhandlung eintreten und ein Buch von der ersten bis zur letzten Seite lesen. Das stört nicht. Das Buch interessiert den Leser offensichtlich. Er wird davon sprechen. Da er selbst es nicht kaufen kann, andere werden es kaufen. Das Sprechen von den Büchern ist die wichtigste Propaganda, die Inserate in den Zeitungen nur unterstützen können. Deswegen die Buchhandlungen, die zugleich Teestuben sind, wie das reizende Café „chez Fast". Zu diesem Café oder dieser Buchhandlung, die von einer schönen Frau geleitet wird, gehört ein Kreis von Freunden der Literatur, Schriftsteller, Gelehrte, Mitglieder der Akademie, Politiker (!), ein Kreis, der von Zeit zu Zeit Diners gibt und interne Vorlesungen neuer Bücher veranstaltet, Vorlesungen, an denen naturgemäß nur eine beschränkte Zahl von Zuhörern teilnimmt. Denn der Zweck ist: nicht eine vergebliche Attacke auf die Masse zu machen, sondern Kenner, deren Urteil gilt und weiterwirbt, zu interessieren.

So könnte ich, lieber Ernst Rowohlt, noch seitenlang mit Beispielen, wie sie mir einfallen, fortfahren, aber ich mache Schluß. Ich schließe mit dem Bekenntnis, daß ich in Paris jene Freude genossen habe, die wir hier im allgemeinen erst nach unserem Tod genießen könnten, wenn es da nicht zu spät wäre. Die Freude, zu fühlen, daß vom Publikum etwas Lebendiges zu uns zurückkommt, daß man eine Stellung in dieser Welt einnimmt und nicht die letzte, ein Rad ist im Getriebe und nicht das unwichtigste, daß gehört wird und mit Dank vernommen, was man zu sagen hat. Es ist eine Erfahrung, die wieder mutig macht und die wir alle so nötig brauchen, wenn wir arbeiten sollen: Autor, Verleger und Buchhändler. Denn wir fangen an, uns hier entsetzlich überflüssig zu fühlen.

Ich wünsche Ihnen schönes Wetter in Tirol und bin mit herzlichsten Grüßen

    Ihr
    Hermann UNGAR

Panait Istrati: „Kyra Kyralina" und „Onkel Angiel"

Rütten & Loening, Frankfurt a. M.

„Aus den Geschichten des Adrian Zograffi" lautet der beiden Büchern des Panait Istrati gemeinsame Untertitel. Es ist wirklich, als habe jemand aus einem unendlichen Reichtum von Figuren und Abenteuern scheinbar unabsichtlich Geschichten zu erzählen begonnen, ohne Plan, wie alte Frauen an langen Winterabenden erzählen, eigene Erlebnisse mit fremden zu mythischen Sagen verspinnend. Es sind die ersten Nächte der Tausend und einer Nacht, Märchen von sagenhaft starken, trinkfesten Schmugglern, von rätselhaft schönen Frauen, von Gospodaren, Mädchenhändlern, Paschas und Knaben, Sklaven und Räubern zwischen Braila und Bagdad, zwischen Konstanza und Alexandrien. Deren Geschichten Panait Istrati niederzuschreiben begann, als durch eine geheimnisvolle Fügung, die selbst aus den Mythen des Orient, wie sie Istrati erzählt, geboren zu sein scheint, der Dichter Romain Rolland ihn entdeckte und aus den „tiefen Wassern des sozialen Ozeans" auffischte, in denen er bis dahin geschwommen war als „Schankkellner, Kuchenbäcker, Schlosser, Kupferschmied, Mechaniker, Maschinist, Taglöhner, Schiffslader, Diener, Sandwichmann, Schildermaler, Anstreicher, Journalist, Photograph".

Es ist schwer, den Inhalt dieser Geschichten wiederzugeben, die wie ein bunter Smyrnateppich sind, doch klar in den Mustern, wie die kostbarsten Stücke dieser Gewebe. Lebenswille, Menschenliebe, und vor allem und immer wieder das Bewußtsein von der Schönheit dieser Erde, die Lust, frei und ohne Herrn über sich, sie zu durchziehen: das ist das große Grundmotiv, über dem hier geliebt und gehaßt, gesungen, betrogen, entführt, verkuppelt, gekämpft, geraubt, geritten, gesoffen, gefressen, geprügelt, gelacht und getötet wird. Gestalten bleiben für immer haften: der unglückliche, von einem alten Türken verführte Knabe Dragomir, der seine schöne Schwester sucht und die Freiheit liebt, seine girrende, lachende, Männer tollmachende, konfektlutschende schöne Mutter, der sterbende Onkel Angiel und Cosma, der Riese, der Räuber, der liebt und wegwirft, der Männer zermalmen könnte nur dadurch, daß er sich auf sie fallen ließe; ein Gewitter, eine Eiche ist Cosma, der Sohn des Waldes, ein Haiduk, der keine Kette trägt und stirbt, da eine Kette sich ihm um das Herz legt, eine Kette, die er nicht sprengen kann: die schwere Kette der eifersüchtigen Liebe.

Die beiden Bücher sind von *O. R. Sylvester* in ein gutes Deutsch übertragen (aus dem Französischen) und in klarem Druck und geschmackvoller Ausstattung im Verlag Rütten & Loening erschienen.

Die größte Gemeinheit Ihres Lebens...
Eine Rundfrage!

Die größten Gemeinheiten meines Lebens, ich sage es ganz offen, habe ich selbst begangen. Welche es sind? – – – Glauben Sie wirklich, ich hätte den Ehrgeiz, öffentlich eine Beichte abzulegen? – – –

Wie entsteht ein Roman?

Es ist eine Frage, die jeder Schriftsteller immer wieder hört: Haben Sie das, was Sie in diesem Roman, in jener Novelle erzählt haben, wirklich erlebt? Und es sind nicht immer die naivsten Menschen, die diese Frage an den Autor eines Buches richten und bisweilen hinzufügen: das kann nicht erfunden sein, das müssen Sie erlebt haben!

Niemand von uns Schriftstellern ist über diese Frage überrascht und jeder hat gewiß eine geistvolle Antwort vorbereitet, eine Antwort, die die Frage „gesellschaftlich" erledigt. Der eine wird scherzhaft ausweichen, der andere ernsthaft eine sachliche, aber allgemeine Antwort geben, doch nur selten wird ein Schriftsteller so antworten, wie er eigentlich antworten sollte: ja, ich habe es erlebt! – denn er wird fürchten, daß man diese Antwort falsch verstehen, daß man ihn mit dieser oder jener Person seiner Werke identifizieren, ihm diese oder jene Leidenschaften, Neigungen oder Abneigungen zuschreiben könnte, von denen er sich frei fühlt. Er könnte diese Antwort nur geben, wenn er Erklärungen hinzufügt, zu denen im allgemeinen keine Gelegenheit ist.

Es ist wirklich so, daß ein gutes Buch niemals das Kind einer völlig freischweifenden Phantasie sein kann, daß ein gutes Buch immer aus einem Erlebnis gewachsen sein muß, aus einem „wirklichen" Erlebnis oder aus einem Erlebnis im Geiste, das nicht minder stark zu sein braucht als ein Erlebnis in der Welt der realen Dinge.

Es ist schwer, im Werk des Dichters von außen her das für das einzelne Buch grundlegende Erlebnis, das wir das Keimerlebnis nennen könnten, zu erkennen. Im Laufe des Schöpfungsaktes hat sich dieses Erlebnis umgewandelt und umgestaltet, und oft steht es vielleicht, trotzdem es der Angelpunkt des Werkes ist, unerkannt an einer verborgenen Stelle. Nur der Autor selbst könnte, und vielleicht auch er nicht ohne weiteres, sondern erst nach Prüfung, Schritt für Schritt zurückgehend bis zu dem Punkt, an dem das Werk zum erstenmal noch ungeformt in ihm war, Auskunft geben und uns diesen Punkt zeigen, den wir suchen. Immerhin ist es möglich, gewisse allgemeine Grunderlebnisse eines Autors nachzuweisen, die hinter seinem Werk stehen. Ich möchte zum Beispiel glauben, daß das Grunderlebnis, die Keimzelle seines Schaffens, bei Henri Beyle, der sich nach dem kleinen Städtchen Stendal bei Magdeburg Stendhal nannte, daß das Grunderlebnis dieses großen Sängers der Liebe, von dem einer der schönsten Liebesromane der Weltliteratur stammt, „Le Rouge et le Noir", seine eigene Häßlichkeit gewesen ist. Es ist bekannt von Stendhal, daß er kein Glück bei Frauen hatte, in den Salons lächerlich wirkte und daß diese Mißerfolge den großen Dichter fast mehr schmerzten, als die Erfolge seiner Bücher ihm Freude bereiteten. Doch aus diesem Gefühl ist kein menschenfeindliches Werk entstanden, sondern es war der Boden, aus dem der große Roman der ersehnten Liebe wuchs. Dostojewski, das dämonische russische Genie, der Dichter der unsterblichen Romane „Raskolnikow", „Dämonen", „Die Brüder Karamasow", wiederholte in immer neuen Variationen die Frage nach Schuld, Sühne und Erlösung. Und wenn auch die Witwe des Dichters in ihren Erinnerungen, bestrebt, dieses unbändige Genie als biederen Hausvater und kleinbürgerlichen Gatten darzustellen, es kategorisch ableugnet, in irgend einer Form mag doch wahr sein, was berichtet wird, daß ein schreckliches eigenes Erlebnis, vielleicht sogar ein in Wahnsinn oder Verzweiflung verübtes Delikt, den Dichter bis an sein Ende verfolgte und in seinen Werken um Sühne und Erlösung ringen ließ.

Gewiß, daß das Erlebnis des Dichters kein Zufall ist! Es hat große Dichter gegeben, die häßlicher waren als Stendhal und denen ihre Häßlichkeit nicht zum dichterischen Erlebnis wurde. Nur das, worauf er innerlich vorbereitet, abgestimmt ist, erlebt der Dichter wirklich, das andere dringt nicht in sein Innerstes, indes gerade dieses andere dem nächsten zu entscheidendem Erlebnis werden kann.

Ich habe gesagt, daß es unmöglich ist, von außen her zu dem im Einzelfall zugrunde liegenden Erlebnis vorzudringen, das für ein Werk entscheidend war. Nur der Autor selbst kann da Führer sein. Ich will nun versuchen, mit der ganzen Aufrichtigkeit, die mir zur Verfügung steht, an einem eigenen Werk den Faden zu verfolgen und das Erlebnis bloßzulegen. Ich muß beginnen, von mir selbst zu reden, wenn ich an einem Beispiel den Weg vom ursprünglichen Erlebnis bis zum Inhalt, der Handlung des fertigen Werks, klarmachen will. Ich nehme als Beispiel mein letztes Buch, den Roman „Die Klasse". Die Hauptperson des Buches ist ein Lehrer. Ich bin nie Lehrer gewesen und kann doch sagen, daß ich das Schicksal dieses Lehrers erlebt habe, und wenn mich jemand fragt: Woher wissen Sie das alles von diesem Ihren Lehrer?, so kann ich ruhig sagen, daß ich es im Grunde nicht erdacht habe, daß das Erdachte daran nur äußerlich ist und den Kern des Werkes nicht trifft.

Trotzdem ich ein Mensch unserer Zeit bin, erzogen, alles durch die Brille der Vernunft zu sehen und nur das zu glauben, was einleuchtet oder durch Erfahrung bewiesen ist, bin ich nicht frei von Resten eines alten, besonders im Landvolk noch wachen „Aberglaubens" – ich komme vom Lande – eines Aberglaubens, der sich nur in kleinen Dingen des Lebens, in kleinen Angewohnheiten äußert und mir selbst kaum je bewußt wurde. Ich erwähne das, weil jemand, in dem nicht ein Rest des Glaubens an mythische und mystische Zusammenhänge im Leben trotz Bildung und Erziehung als Erbteil aus der Vergangenheit lebendig geblieben ist, in den Erlebnissen, die auf mich so tief gewirkt haben, nichts gesehen hätte als Realitäten, Zufälle, mit denen man sich abfinden muß und die zu „erleben" mäßig ist. Ich möchte sagen, daß mein Roman „Die Klasse" bei der Geburt meines Sohnes beginnt. Vor vier Jahren lag eines Tages ein kleines, runzeliges, neues Geschöpf vor mir, ich sah es an und meine Vaterfreude wandelte sich in jähes Erschrecken, denn plötzlich war mir, als sähe ich ein ganz altes Greisengesicht, das mich ernsthaft anblickte. Schon auch wandelte sich das Gesicht und schon war das schreckliche Bild geschwunden. Es hatte nur einen Augenblick gedauert. Aber ich trug es in mir und vergaß es nicht und mir war, als habe dieses Gesicht mir gesagt: ich bin *dein* Sohn und damit der Sohn deines Vaters, Großvaters, Urgroßvaters in unendlicher Reihe. Sie alle hast du in mich vererbt. Weißt du, was du mir damit auf den Weg gegeben hast, Vater?

Ich hatte den Tag der Geburt meines Sohnes nicht vergessen, vielleicht war die Erinnerung daran blässer geworden, zurückgetreten, als ein neues Erlebnis den Anstoß gab, das alte wieder aufzuwecken, und, zusammen mit diesem, mich zu brennen begann, sich mit dem alten Erlebnis verband, selbständig wurde, lebte und ein Roman wurde.

Das zweite Erlebnis: ich sollte um 10 Uhr abends am Bahnhof sein, um jemanden abzuholen. Ich hatte die Absicht, um halb zehn ein Auto zu nehmen und zum Anhalter Bahnhof zu fahren, bei langsamer Fahrt von meiner Wohnung eine Strecke von zwanzig Minuten. Um halb neun kam ein Besucher. Ich sprach mit ihm; als ich das erste Mal auf die Uhr sah, war es neun ein viertel Uhr, wir sprachen weiter, als ich wieder auf die Uhr blickte, zeigte sie neun ein halb. Ich eilte auf die Straße und nahm ein Auto. Es war drei Minuten später, als ich mir vorgesetzt hatte, aber immerhin Zeit genug, rechtzeitig am Bahnhof zu sein. Als wir am Kurfürstendamm ein leer fahrendes Auto überholten, sprang ein Mann, der unvorsichtigerweise vor dem überholten Auto die Straße rasch überschreiten wollte, gegen den Wagen, in dem ich saß. Der Mann stürzte aufschreiend zu Boden. Wir luden ihn – er war blutüberströmt – ins Auto und brachten den Bewußtlosen zur Rettungsstelle. Die Verwundungen erwiesen sich später als harmlos. Im ersten Augenblick erschienen sie auch dem Heilgehilfen der Rettungsstelle schwer.

Nach einstimmiger Aussage aller Zeugen war der Mann an dem Unfall selbst schuld. Allein mir schien, daß ich nicht frei von einer gewissen „mystischen" Verantwortung war, wenn auch ich „unschuldig" war, zumal ich ja nur als unbeteiligter Passagier im Innern des Autos gesessen hatte. Wenn ich so gehandelt hätte, wie ich es mir vorgenommen hatte, das heißt, wenn ich drei Minuten früher mein Haus verlassen hätte, dann hätte doch dieser Mann nicht auch drei Minuten früher die Straße überqueren wollen? Ich konnte doch annehmen, daß dann dieser Mann nicht nur nicht von mir, sondern überhaupt nicht überfahren worden wäre. Weil mein Freund mich besuchte, hatte ich das Haus nicht rechtzeitig verlassen. Hinzu kam, daß der, den ich erwarten sollte, an diesem Tag nicht eintraf. Ein Telegramm, das er mir gesandt hatte, fand ich erst bei meiner Rückkehr nach Hause vor. Wenn ich das Telegramm rechtzeitig erhalten hätte, wäre ich nicht an die Bahn gefahren, und dem Verletzten, der jetzt schon gestorben sein konnte, wäre nichts zugestoßen. Also hing auch das Telegramm, der Freund, der ankommen sollte, also hingen wir alle mit dem Schicksal des Unglücklichen zusammen, eine Kette, ein Glied griff ins andere, wenn der Freund nicht gekommen wäre, mich zu besuchen, wenn ich rechtzeitig weggefahren wäre, wie ich mir vorgesetzt hatte, wenn der andere Freund, der ankommen sollte, sein Telegramm eine Stunde früher aufgegeben hätte, der unvorsichtige Passant, den ich für sterbend halten mußte, läge nicht im Krankenhaus.

Man findet mein zweites Erlebnis überhaupt nicht in meinem Roman; das erste erkennt man vielleicht in einer Passage, die den Leser, der die Entstehungsgeschichte nicht vom Autor kennt, nicht unbedingt wesentlich erscheinen muß. Und doch sind diese Erlebnisse der Ursprung des Romans. Ich begriff, daß ich die Frage nach der menschlichen Verantwortung zu stellen hatte, daß meine Erlebnisse ihre Gestaltung verlangten. Ich habe einen Lehrer zum Helden des Romans gemacht, denn ich fühlte instinktiv, daß der Held des Buches ein Mensch sein mußte, dessen Beruf an sich Verantwortung auf den Träger bürdet, Verantwortung, wie sie neben dem Lehrer vielleicht bloß Feldherren, Staatenlenker, Richter tragen. Der Lehrer verantwortet vor einer höheren Instanz, die die Gläubigen Gott, die Ungläubigen das Gewissen nennen, seinen Einfluß auf seine Schüler, in meinem speziellen Fall verantwortet er daneben das Schicksal von Frau und Kind. Wenn ich dichterische Phantasie habe, so begann sie erst hier lebendig zu werden, als ich aus den ungeformten Vorstellungen von den Zusammenhängen der menschlichen Schicksale, von der Verantwortung für das, was man tut oder unterläßt vor einem höheren Forum, Gestalten erfand, Gestalten von tragischer Art und lustige Personen, Männer, Frauen und Knaben, und als diese ein eigenes Leben zu führen begannen und meinen Roman „dichteten" auf dem Hintergrund meiner Erlebnisse, von denen ich hier zwei in ihrer „wirklichen" Form mitgeteilt habe.

Für Alfred Döblin

Alfred Döblin, der Dichter, Denker, feiert seinen fünfzigsten Geburtstag. Dieser junge sprühende Mensch, der wie ein Kind lachen und ungezogen sein kann, der lebhafteste unter uns, die wir, zum großen Teil um zehn bis zwanzig Jahre jünger, an manchem langen Winterabend um ihn herumsaßen, ist er wirklich unser Ältester? Der Älteste unserer Generation, den Jahren nach schon der Generation vor uns angehörend? Man nennt immer noch unsere Generation die „junge" in der deutschen Literatur. Vergißt man, daß Döblin dazu gehört? Man vergißt, daß er fünfzig ist. Man vergißt es, wenn man ihn sieht, sein immer bewegtes Gesicht, wenn man ihn liest, seine aufwühlenden epischen Dichtungen, die so groß wie neu sind. Unvergeßlicher Chinese Wang-Lun, unvergeßlicher Wallenstein, den er neu geschaffen hat, unvergeßlicher Manas, unvergeßliches Epos der elementaren Gewalten, Berge, Meere, Giganten, um die die Literatur nicht nur, um die unsere Welt durch ihn reicher und vielfältiger geworden ist. Ein Wegräumer des Alten ist er, einer der Neues neugesehen, neugeprägt zu geben hat, und so gehört er, einer unserer Besten, die wir an Guten nicht arm sind, zu uns, den dreißig-, den vierzigjährigen, zu der neuen Zeit und nicht zu der alten, denn gerade da, wo er dem Alter nach stehen sollte und dem Geiste nach nicht ist, geht der große Strich, der die Schaffenden in zwei Welten teilt, in eine alte und in eine neue. Wir sind stolz und froh, daß Döblin zu uns gehört. Heute wie jeden anderen Tag drängen sich in seiner Wohnung im Osten Berlins abgehärmte Kassenpatienten in seinem Wartezimmer und harren, daß er ihnen hilft. Sie wissen nicht, daß ihr Arzt ein großer Dichter ist. Aber daß er ein Mensch ist, ein großer, gütiger, fröhlicher, herzlicher Mensch, fühlen sie und sie verlassen ihn beschenkt durch sein Wort und sein Lächeln. Auch das gehört zu Alfred Döblins gesammelten guten Werken.

„Wallenstein" von mir

Ich erzähle hier von meinem ersten Stück. Von einem Stück, das im eigentlichen Sinn des Wortes kein Stück gewesen ist. Es wurde nicht geschrieben, von keinem Verleger erworben, Bühnenleitern nicht eingereicht. Ich habe vor dem Schauspiel „Der rote General", das jetzt im Theater in der Königgrätzer Straße zur Uraufführung gelangt, viele Theaterstücke geschrieben, fast alle zwischen meinem fünfzehnten und siebzehnten Lebensjahr, Stücke mit sehr viel leidenschaftlicher Liebe und vielen grauenhaft ermordeten Leichen. „Otto III.", „Die schwarzen Reiter", „Die Pest in Italien" und so fort. An ihren Titeln kann man sie erkennen. Ein einziger Mensch, mein Jugendfreund und Mitschüler Viktor hat die Schöpfungen meiner grausamen Knabenphantasie kennengelernt. Ich las ihm an Sonntagnachmittagen die Produktion der abgelaufenen Woche vor, ein oder zwei Dramen jede Woche, mit sauberer Handschrift in blaue Schulhefte eingetragen. Bei diesem Freund kostete ich zuerst die Wonnen von Erfolg und Anerkennung.

Aber ich will von meinem ersten Theaterstück sprechen. Es wurde nicht geschrieben, dafür wurde es aber, zum Unterschied von vielen geschriebenen und eingereichten Stücken, aufgeführt. Ich war acht Jahre alt, als ich meine erste Uraufführung erlebte. Auf die zweite mußte ich fast dreißig Jahre warten. Ich selbst, der Autor, war zugleich Regisseur und Darsteller der Hauptrolle des Stückes, so daß alle Konflikte zwischen Autor, Regisseur und Hauptdarsteller sich – schreckliche Vorstellung – in meiner eigenen Brust abspielten. Das größte Zimmer in der Wohnung meiner Eltern war die Bühne. Das Nebenzimmer der Zuschauerraum, die Tür zwischen den beiden Zimmern vertrat den Vorhang. Die Bühne war mit dem auf der anderen Seite anschließenden Raum durch drei aufwärtsgehende Stufen verbunden. Diese kleine Treppe erschien mir für Auftritt und Abgang der Schauspieler besonders reizvoll. Sie spielte auch sonst bei unseren Vergnügungen eine wichtige Rolle.

Bei der Vorstellung waren wirkliche Zuschauer da, zahlende Zuschauer, und es muß eine ganze Anzahl von Mitschülern und Eltern und Geschwistern von Mitspielern dagewesen sein. Ich erinnere mich, daß ein ganz ansehnlicher materieller Erfolg erzielt wurde, der unmittelbar nach Schluß der Vorstellung in Eiskaffee und ähnliche irdische Genüsse umgetauscht wurde. Die Aufführung war nicht das einzige Programm des festlichen Nachmittags, vielmehr schloß sich daran ein Schauturnen, das die Partei meines Bruders durchgesetzt hatte. Mein Bruder und seine Freunde waren bessere Turner als Schauspieler, und sie wollten ihre Überlegenheit über mich und meine Partei auf ihrem Gebiet noch am selben Nachmittag erweisen.

Das Stück dichtete ich auf den Proben. Es war ein historisches Drama. Ich hatte gerade ein Knabenbuch gelesen, die „Geschichte des Herzogs von Friedland", und das Schicksal dieses Menschen, der auf der Höhe seines Lebens von Mördern gefällt wird, der Zwiespalt dieses Mannes, in dessen Innern Ehrgeiz und Pflicht einen leidenschaftlichen Kampf kämpften, hat mich zum Dichter oder Nachdichter gemacht. Ich weiß, daß ich damals von der Existenz des Schillerschen „Wallenstein" keine Ahnung hatte, denn ich erinnere mich meiner Beschämung, als ich von der Existenz dieses Dramas nach der Aufführung erfuhr. In den Tagen darauf las ich die Schillerschen Dramen in der Reihenfolge der Schillerausgabe, und wenn ich auch wahrscheinlich nur wenig richtig verstanden habe, so war ich darum keineswegs weniger erschüttert von der ersten Begegnung mit den Schöpfungen eines dramatischen Genies, als wenn ich durch Bildung und Jahre auf die Lektüre vorbereitet gewesen wäre.

In dem Ort, in dem ich aufwuchs, gab es kein Theater. Selten kam eine Wanderbühne oder es gab Dilettantenvorstellungen. Der Besuch dieser Vorstellungen war uns Kindern verwehrt. Ich kannte das Theater bloß aus den Erzählungen der Erwachsenen und aus einer einzigen Nachmittagsvorstellung. Als Gast von Verwandten in einer nahen Stadt hatte ich das Ballett „Die Puppenfee" gesehen. Wie aber kam der Gedanke, den Wallenstein zu dramatisieren, in den Kopf des Achtjährigen? Vielleicht findet man eine Erklärung, wenn man an den ursprünglichen Sinn des Wortes Theater „spielen" denkt. Wir spielten auch sonst dramatisch, wir spielten Jäger und Hund so naturgetreu, daß mein Freund Ernst, der Hund, meinen Bruder, das Reh, das ich, der Jäger, jagte, wirklich in den Arm biß. Wir spielten Räuber und Polizisten, wir spielten Kapitän und Seefahrer und spielten „Herzog von Friedland".

Der Herzog von Friedland hatte drei Szenen. In der ersten Szene saß der Herzog allein in seinem Zimmer und erzählte von seiner Absicht, auf Grund des Angebots der Schweden den Kaiser zu verlassen und sich selbst zum König von Böhmen zu machen. Es war ein Monolog, der nicht geprobt werden mußte, da ich ihn selbst zu sprechen hatte und mich auf die Beherrschung des Stoffes und die Eingebung des Augenblicks, die mir die nötigen Worte bringen würde, verließ. Die Szene schloß mit der Mitteilung des Herzogs, daß er nun seinen Astronomen Seni in den Turm aufsuchen gehe, um sich von ihm aus den Sternen seine Zukunft deuten zu lassen. In der zweiten Szene saß der obengenannte Ernst als Seni an meinem Kinderschreibpult und blickte von Zeit zu Zeit aus dem Fenster gegen den Himmel, wobei er ein Lineal und ein Zeichendreieck an sein Auge hielt. So etwa sahen die Instrumente aus, die auf dem Deckel meines Wallensteinbuches abgebildet waren. Wallenstein trat ein und es entwickelte sich ein Dialog. Es ist mir leider nicht mehr erinnerlich, ob Seni abriet oder ermunterte, wahrscheinlich hielt sich der Autor genau an seine Quellen. Jedenfalls war der Dialog von düstern Todesahnungen schwer.

Die letzte Szene spielte in des Herzogs Schlafzimmer. Der Herzog monologisierte wieder, blickte aus dem Fenster zum gestirnten Himmel, nannte die Sternbilder mit ihren romantischen Namen Kassiopeia, Jupiter, Saturn, dann ging sein Blick auf das nächtliche Eger, ich erinnere mich, daß von den Türmen einer Kirche die Rede war – Sankt Nikolas oder Sankt Thomas –, deren Erwähnung mir ungemein poetisch erschien. Jetzt galt es, einen Übergang zum Mord- und Schlußauftritt zu finden. Jeder Theatermann weiß, wie wichtig gerade die letzten Augenblicke für das Schicksal eines Stückes sein können und welche Schwierigkeiten sich hier oft Autor, Regisseur und Darsteller entgegenstellen. Die drei entscheidenden Funktionen in mir vereinend, entschied ich mich rasch für das mir damals Selbstverständlichste. Wallensteins Diener, mein Bruder, dem ein Machtwort der Eltern Mitwirkung gesichert hatte, trat ein und sagte die mir unvergeßlichen Worte: „Wallenstein, es ist Zeit, zu Bett zu gehen. Die Uhr hat eben acht geschlagen." Gehorsam legte ich mich auf mein Ruhebett, zwei zusammengeschobene Stühle, nachdem ich vorher ein Nachthemd über meine Kleider gezogen hatte. Kaum verkündeten meine tiefen Atemzüge, daß ich schlafe, als Buttler mit den Mördern eindrang, den sich in den Weg stellenden Diener zuerst und dann den Herzog unter dem Ruf „Stirb, Verräter!" durchbohrte.

Der Vorhang fiel. Es folgte das Schauturnen.

Zwischen den Werken
Tagebuch-Aufzeichnungen

28. 9. 28.

... Der Entschluß, ein Tagebuch – nicht im wörtlichen Sinne des Wortes – zu führen, stammt nicht von heute. Seit einiger Zeit schon fühle ich das Bedürfnis, gewisse Dinge, die mich beschäftigen, gedanklich auf eine Formel zu bringen, sie durch das Schreiben zu fixieren und vor mich hin zu stellen – los zu werden. Ich habe das Gefühl, gerade jetzt an einem kritischen Punkt meines Lebens zu stehen. Und die Hoffnung, die Krise zu überwinden, wenn ich mich mit ihr ganz auseinandersetze. Überwinden. Ich zweifle nicht, daß ich sie irgendwie überwinde, überstehe, darüber hinauskomme. Aber das ist eben die Gefahr: daß es leicht und schmerzlos und auf Kosten meines besseren Ich geht.

Seitdem ich denke, quält mich eine Angst, die mir ärger ist als die Angst des Todes. Das ist die Angst, daß meine schöpferische Kraft versiegen, daß meine Arbeit Handwerk würde, wertlos. Die Angst ist größer, als die Angst des Todes, sage ich, und ich sage es nicht ohne Absicht so. Ich habe im Krieg die unmittelbare Gefahr des Todes stündlich vor mir gehabt, aber als ich betete, betete ich, daß mich Gott nur leben lassen solle, wenn ich zum Dichter ausersehen sei. Ich lebe. Aber trotzdem habe ich das Wunder dieses Geschenks nicht als unverlierbares Zeichen meiner Sendung genommen, vielmehr immer weiter um meinen Inhalt gebangt. Ich stand immer unter der merkwürdigen Vorstellung, daß es stündlich Gelegenheiten zu Sünden gibt, die man begehen kann, um für immer seinen character delebilis als Schöpfer zu verlieren. In jedem Lob, das meinen Werken gespendet wurde, fand ich Beunruhigung. Wenn man sagte, eine Figur, von mir geschaffen, sei einmalig, bebte ich schon um die nächste, ob auch sie mir so gelingen würde. Wenn man eines meiner Bücher das stärkste nennt, ist es mir, als hätte man es das schwächste genannt, denn daß ich stärkste geschrieben habe, zeigt, daß ich schwächere schreiben kann... gut, wie jeder andere, wie Goethe, wie Shakespeare, wie Dostojewski, aber mich beruhigen nicht die Tröstungen der Literaturgeschichte.

Heinrich F. sagt: ich müsse weiter Bücher schreiben wie „Knaben und Mörder", besonders wie die „Verstümmelten". Einmalig, kompromißlos, von letzter Konsequenz, radikal. Diese Bücher, sagt er, stünden im Bewußtsein, besser im Unterbewußtsein der Zeit, gegenwärtig und wirkend, mehr vorhanden als etwa Thomas Mann, und nennt noch einige große Namen. Ja, ich müsse. Aber ich höre nicht das unendliche Lob, das darin liegt. Ich höre bloß: ich muß und verbringe Stunden, Tage mit quälender Frage, ob ich kann.

All meine Zweifel sind neu geweckt und beunruhigender geworden durch die Aufführung meines Stückes. („Der rote General".) Ich fühle selbst, daß ich an diesem Stück nicht genug gearbeitet habe. Das wäre an einem anderen Stück nachzuholen. Aber ich habe mir einen mir ungemein liegenden Stoff, ein Thema, das mir eine wunderbare gesegnete Stunde geschenkt hat, vielleicht verscherzt. Ich bin einer leichtfertigen Unterschätzung des Theaters unterlegen. Ich verkannte, daß das Theater mindestens soviel an Arbeit verlangt, wie der Roman...

29. 9. 28.

... Gefühl, daß ich etwas schreiben muß und schreiben könnte. Alles Frühere abtun, etwas ganz Neues. Aber es ist ein unbestimmbarer Komplex, ungreifbar. Weiß nicht, es zu formen.

Ein Theaterstück, merkwürdig, wie das beginnt. Ich habe immer das Gefühl: wenn ich die ersten Sätze erst habe, habe ich das Ganze. Aber woher die ersten Sätze.

Ein Roman ginge leichter. Aber ich möchte ein Stück schreiben, eine Dichtung für das Theater. Justament!

Erschwerend ist, daß es mir unmöglich scheint, irgendwelche Konflikte des individuellen Lebens auf die Bühne zu stellen. Das war der Grund, daß ich den „Podkamjenski" geschrieben habe und keinen „Ibsen". Was geht das uns an, scheint mir, wie die Menschen mit ihren persönlichen Leiden fertig werden? Im Roman ist es eine andere Sache. Der Roman läßt Abweichungen zu. Abweichungen selbst in den dramatischen Dialogen: Perspektiven, Ausblicke, Parallelen; das Drama ist auf seine Handlung beschränkt, die Deduktion auf das allgemeine ist nur oder meinetwegen *sogar* indirekt möglich.

Heute 4 Dramen von Hauptmann gelesen: „Rose Bernd", „Friedensfest", „Michael Cramer", „Einsame Menschen". Letzteres für uns vollkommen gleichgültig. „Friedensfest" unerhört packend, man darf aber nicht darüber nachdenken, Problemstellung wie „Einsame Menschen", „Rose Bernd" dichterisch am stärksten, aber auch unsere Zeit nichts mehr angehend. Bleibt „Michael Cramer". Wenn der Alte kein Maler wäre, sondern einer wie Müller und Meyer: eine ewige Dichtung. Daß der Alte was Besonderes ist, macht die Sache zu einem Spezialfall, seine Sache. Bleibt unauslöschlich in uns das Drama des Buckligen.

Möchte alle vier nicht geschrieben haben, bis auf den buckligen Cramersohn.

Meine Sache müßte doch was anderes sein, was anderes auch als meine Epik. Wenn es nur würde, nur würde, nur würde! Wenn der Funke nur käme, zu zünden! Das Werg ist gespeichert, nur zünden muß es, *muß es*, nur zünden. Mit Gewalt ist da leider nichts zu machen.

[Das sind die schrecklichsten Zeiten, zwischen den Arbeiten. Ich sollte wegfahren. Aber erstens, zweitens, drittens das Geld, viertens, ich bin in so einer kritischen Stimmung, zum Umfallen (seelisch), den Unannehmlichkeiten fühle ich mich nicht gewachsen. Und dann: wenn man so dasitzt, in oder bei Marseille: ohne Ausrede, und es kommt am Ende nichts! Nicht auszudenken.

Das Stück muß etwas Erschütterndes sein, spannend und allgemein im Thema. Jeden persönlich und direkt angehend. Viel verlangt. Aber billiger geb ich's nicht. Heute nicht...]

30. 9. 28.

... Incipit Comödia. Ich werde an das Vergangene nicht mehr denken. Auch nicht Dinge lesen, die mich daran erinnern! Ich werde die Gedanken daran totschlagen. Wie ich wieder werde arbeiten können, wird alles besser gehen.

[Ich habe sechs Monate Urlaub. Niemand soll in dieser Zeit von mir etwas hören. Entweder ich habe dann etwas Wirkliches geschaffen oder ich mache Schluß mit allem. Vielleicht nicht mit dem Leben, aber mit der Kunst. Aber ohne sie ist kein Leben für mich. Das ist die Gefahr...]

3. 10. 28.

Laune gestern fürchterlich gewesen.
 Das Haus nicht verlassen.
 ... Entschlossen, ehestens wegzufahren, womöglich morgen! Einerlei wohin. Am ersten Tag mindestens bis Wien! Ob ich ein Stück aus dem Stoff von „Colberts Reise" schreiben soll? ...

26. 10. 28.

... Das kaum begonnene Tagebuch vier Wochen fast unterbrochen. Bin am Samstag, den 6., nach Paris gereist, habe dort 14 Tage verbracht und Eintragungen, das Stück betreffend, das zu schreiben ich noch immer nicht fest entschlossen bin, in ein Reisehandbuch gemacht. Darüber mehr ein anderes Mal...

[Manche schöne Stunde in Paris. Wenn es im Licht liegt, am Vormittag am Kai, ein interessanter Tag in Chartres, Gottesdienst unter den ehrsamen Messieurs und Madame Bovary. Abende. Theater zweimal (mit F. E. bei „Napoleon IV."), dann Lustspiel „Vient de paraitre", Satire auf die Verleger und Autoren, aus der man doch sieht, wie der französische Verleger an seinem Autor interessiert ist, sich für ihn einsetzt, auch menschlich ihm die Klassenmöglichkeiten zu gewähren sucht (wenn es auch verulkt wird).

Die Neger und der Negerball. Nette Stunden mit P. M. bis zum Morgen am Monte parnasse (Dôme, Coupole, Select). Am letzten Tag kam das Buch „Les sous-hommes", war zugleich in allen Auslagen und wird – angeblich – schon am ersten Tag gut gekauft. Auch die „Klasse" in einer Auslage gesehen.

Umschlagschleife auf den „Verstümmelten" in Paris (aus dem Gedächtnis zitiert): „Donnez moi, mon Seigneur que je puisse contempler mon coeur et mon corps sans degout (Baudelaire)." Halte ich für schön und gut...

Möchte Luft haben, Bewegung, mein Körper verfault. Fühle mich nicht gut.]

Möchte zwei Bücher schreiben, einen zerreißenden Roman und ein quellendes Theaterstück. Ich fühle, hoffe, bete, daß es gelingt. Aber wer kann das wissen. Es ist ein hartes Los: immer wieder ganz von vorne anfangen zu müssen. Das Los des Schriftstellers, Musikers, Malers. Nicht des Schauspielers. Oder doch im begrenzteren Maße beim Schauspieler...

30. 10. 28.

... Ich muß mich endlich wegen der Arbeit entscheiden: die Zeit verfließt. Der Stoff, den ich im Grunde ahne und fühle, ist nicht greifbar. Der Roman fällt aus, bevor ich nicht wieder ein Stück versucht habe. Bleiben zwei Stoffe: „Die Eifersucht", die mir für den Film sehr tauglich erscheint, als Drama vielleicht zu psychologisch. Und das Lustspiel: „Colberts Reise"...

Ein Schauspiel schreiben, in dem dieser Humor ist, den ich für Colberts Reise habe und der mir Spaß macht. Die tragische Figur des edlen Colbert. Die tragische des Satans Modlizki. Die komischen der Gattin, der Tochter, des Kudernak. Der Maler, jünglingshaft, tragikomisch, der seine „Ideale" hat. Er wird Maltscha verführen, nachdem Modlizki ihm die Liebesstunde vorbereitet hat. „Liebe ist ein einfacher, primitiver Vorgang. Es ist Kampf, es ist Haß, Gewalt ist nötig dabei! Liebe mit gegenseitiger Zustimmung ist bloß fad und lästig." (Anatole France „Komödiantengeschichte".)

Es müßte gelingen, in diesem Colbert und seinen Mitspielern wirklich Menschliches aufzudecken...

[28. 12. 28.]

... Seit dem 2. 11. 1928, also fast zwei Monate her, habe ich kein Tagebuch geführt, d. h., ich habe es in anderer Form geführt, indem ich die Komödie „Colberts Reise" schrieb, die ich vorläufig *„Die Gartenlaube"* nannte. Die Komödie war am 5. 12. [6. Dezember] fertig...

Fragment

Ich suche einem auf den Grund zu kommen und ihn zu fassen, der mit mir aufsteht und der mit mir schlafen geht. Ich sehe ihn sein Tagewerk verrichten, ich höre ihn sprechen, lachen und weinen, ich feiere seine Feste mit ihm und ich weine seine Tränen. Und die Frage, die ich ihm stelle, in der Mittagsrast, in den stillen Stunden der Nacht, ist: wer bist Du? Wer bist Du, der Du einen Sohn hast, einen Vater, eine Mutter, Nahrung schaffst und Träume hast, Rätselhafter, der Du mich schreckst, Einsamer, trotz Weib und Kind und Freund. Ich zittere, denn ich sehe: Dein Herz ist böse, und ich lächle, denn ich sehe: Dein Herz ist gut. Wenn man mich fragt, nenne ich Dich. Ich sage: Hermann Ungar, und ich wundere mich. Es ist ein fremder Name ohne Sinn, ohne Beziehung, ohne Widerhall. Habe ich diesen Namen gesprochen? Wenn jemand diesen Namen nennt, erhebt sich einer, blickt auf, wendet sich um. Ich?

Ich. Ich sprach mit meinem Freund und ich hörte aus der Ferne die Worte, die ich sprach. Ich war in meinem Büro, ich ordnete an und ich nahm Anordnungen entgegen, ich sah mich, daß ich ruhig war, antwortete, diesen unbegreiflichen Dingen in

[*1 Zeile Textverlust*]

Knien und ich fühlte, daß die Wärme seines Körpers mich beglückte. Ich lag neben der Frau und sie bewegte sich im Schlaf. Das war mein Vater, grauhaarig, gütig und ungeschickt. Nur dieser. Und nur diese meine Mutter, die mich abschiednehmend weinend umfing. Nur dieser war ich: der nur so hieß, dieser Eltern Sohn und dieses rotbäckigen Sohnes dankbarer Vater, nur in diesem Hause mit dem Eisenbalkon und in keinem anderen wurde ich geboren, hier wuchs ich auf und wurde so wie der Spiegel mich zeigt, bleichwangig, mager, mit braunem graudurchzogenem Haar, die Oberlippe aufgeworfen, eine Brille auf der langen schmalen Nase. In diesem Sarg liege ich, hinter dem mein Sohn geht und seine Mutter, und die Abordnung aus dem Büro. Ich sehe es nicht mehr, daß ich es bin, denn nun bin ich nicht mehr. Ein anderer liegt nun rechtmäßig neben meiner Frau. Sie bewegt sich unruhig im Schlafe.

Der andere sagt: ich! Mein Sohn sagt ich „Ich liebe". Er heißt Thomas. Ich habe ihn so genannt. Er sagte: Er, wenn er von sich sprach, als er kleiner war. Er und Ich waren zwei in ihm und sahen einander an. Seine Mutter lachte darüber.

Hängt der Name an uns oder hängen wir an einem Namen? Bin ich nur einer und der, der Hermann Ungar heißt? Wieso sind diese meine Eltern, diese meine Freunde, dieser mein Sohn? Mein Vetter Fritz fiel im Kriege. Bin ich Hermann Ungar, weil ich nicht im Kriege fiel wie Fritz? Oder fiel ich nicht im Kriege, damit ich Hermann Ungar sei? Wäre ich Hermann Ungars Schwester, wenn nicht sie, sondern ich als drittes Kind unserer Eltern geboren wäre? Wer wäre dann ich, Hermann Ungar? Oder wäre ich dann nicht? Bin ich ein einziger, der nur einmal in der Zeit vorgekommen ist, habe ich nur ein einziges Schicksal für mich allein? Gebe ich mir nicht viele Namen und viele Schicksale? Menschen spalten sich von mir los, sind sie erfunden? Sie sagen alle ich: Frauen, schwarzhaarige und blonde, blasse verstrickte Knaben, Kinder und Männer. Ich habe Klara Porges erfunden, Modlizki, Josef Blau, Franz Polzer, den buckligen Friseur Haschek, Karl Fanta, den dicken Onkel Bobek, Amelie Colbert, die von ihrer Mutter Maltscha gerufen wird. ...

(Hier bricht das Manuskript ab.)

Moderne Dramatiker über sich selbst

Ich bin 35 Jahre alt. Meine Freude ist mein Sohn Thomas, der jetzt lesen zu lernen beginnt. Mein Schmerz ist das Theater. Ich halte Kritiker, wenn sie gut über mich schreiben, für Genies, wenn sie schlecht über mich schreiben, für Idioten. Mit einem Wort: ich unterscheide mich hierin in nichts von anderen Autoren. Von Beruf bin ich Diplomat. Meine Kritiker bestätigen mir bei der Beurteilung von Theaterstücken stets meine hervorragende Qualifikation für die Diplomatie. Es gehört nicht dazu, aber es freut die Kritiker.

Ich habe mich dem Theater nach einem epischen Purgatorium zugewendet. (Deutsche, lest „Knaben und Mörder", „Die Verstümmelten", „Die Klasse"!) Nun schreibe ich eine Komödie.

Ort und Zeit meiner Beisetzung wird meine Witwe auch im Namen der hinterbliebenen mittellosen Kinder seinerzeit bekanntgeben.

Schreien Pferde wirklich?

„Das Pferd, einst ein weitverbreitetes Haustier, seit der Mitte des 20. Jahrhunderts ausgestorben, war klug, treu und schrie, wenn es verwundet war." Das werden unsere Enkel von den Pferden wissen. Sie werden dem Zeugnis der Poeten folgen, die das Pferd gekannt haben, zumal der Großteil unserer Zeitgenossen diesem Zeugnis glaubt, trotzdem heute noch die Möglichkeit besteht, die Berichte auf ihre Richtigkeit nachzuprüfen. Die Dichtung hat größere Suggestionskraft als die Wissenschaft. Der alte Brehm mag sagen: „...sind diejenigen, die mit ihm – dem Pferd – zu tun haben, nicht geneigt, ihm in geistiger Beziehung viel zuzutrauen...": das Pferd bleibt das kluge Tier. Er mag behaupten: „...ist doch die Fähigkeit des Pferdes gering, sich wirklich dem Menschen anzuschließen und durch Anhänglichkeit eine gewisse engere Verbindung mit ihm herzustellen. Wie wenig Pferde eilen freudig auf ihren Herrn zu, wie wenige folgen ihm getreulich nach!...": das Pferd bleibt, in Wirklichkeit von jeder „falschen" Katze an Treue weit übertroffen, das treue Haustier. Klugheit und Treue des Pferdes, konventionelle Meinungen, die sich, einmal entstanden, da der Gegenbeweis, kaum je angetreten, schwer zu erbringen ist, eingebürgert haben, zumal die vollkommene körperliche Erscheinung des hochgezüchteten Pferdes die Beilegung von vom menschlichen Standpunkt edler seelischer Eigenschaften anregt. Merkwürdiger ist der Glaube an das Schreien der Pferde.

Während Klugheit und Treue althergebracht, von den Pferden sozusagen ersessene Eigenschaften sind, scheint mir das Schreien neueren Datums. Und es unterscheidet sich zudem von den erstgenannten Eigenschaften dadurch, daß – man sollte es wenigstens so glauben – ein Gegenbeweis gerade heute leicht zu führen sein müßte. Haben doch Millionen von Menschen während des Krieges Pferde leiden und sterben gesehen! Aber es ist das unglaubliche dieser Suggestion von dem verwundet auf den Schlachtfeldern schreienden Pferd, daß dieses Schreien, wenn auch erst seit wenigen Monaten, zu den entsetzlichsten Erinnerungen der Kriegsteilnehmer gehört. Wir erleben den höchst merkwürdigen Fall, daß eine dichterische Gestaltung stärker ist als das wirkliche Erlebnis der Kriegsteilnehmer. Millionen von Männern haben gleich mir während des Krieges verwundete Pferde stumm, höchstens leise stöhnend, sterben gesehen und ihr reales Erlebnis ist durch das literarische Erlebnis verdrängt, die starke unwirkliche Vision eines Dichters hat das ergreifende eigene Gesicht von der stumm verreckenden Kreatur ausgetrieben. Ein Beweis für die gestalterische Kraft eines Dichters (Remarque „Im Westen nichts Neues"), dokumentarisch und sachlich aber in bezug auf die widerspruchslose Hinnahme der Schilderung durch die Zeugen eine merkwürdige Erscheinung, die festgehalten zu werden verdient.

Widerspruchslose Hinnahme? Das ist zu wenig. Die Suggestion geht so weit, daß dem, der die Wirklichkeit festzustellen wagt, aus tiefster Überzeugung widersprochen wird. Der unbeirrbare Zeuge – unbeirrbar, weil ihm selbst als jungem Menschen das stumme Leiden sterbender Pferde zu künstlerischem Erlebnis wurde – wird die Kriegsteilnehmer nicht bekehren, die jetzt, wohl insgesamt, die wilden Schreie der Pferde in ihren Erinnerungen hören. Es bleibt nichts übrig, als wieder den Vater Brehm zu zitieren, dem eigenen Wort objektiven Nachdruck zu verleihen: „Der allgemeine Stimmlaut des Pferdes ist das Wiehern, mit dem es aber nur seine angenehme Erregung bekundet: wenn es seinesgleichen begegnet, der Herr oder Pfleger in den Stall tritt und es nun Futter erwartet oder bei ähnlichen Gelegenheiten. Unbehagen dagegen drücken z. B. kitzlige Pferde durch schweineähnliches Quieken aus. Schmerzensschreie vernimmt man selten vom Pferd, höchstens ein leises Stöhnen." (Brehms Tierleben, Bd. 12 S. 701. 1922.)

Es ist nicht anzunehmen, daß Remarque das schreiende Pferd erfunden hat. Es scheint, daß auch da eine literarische Tradition besteht, die ich nicht verfolgen kann. Ich erinnere mich, das schreiende Pferd zuerst in der meisterlichen Novelle „Franta Zlin" von Ernst Weiß gefunden zu haben, einer Dichtung, deren erschütternde Wirkung durch diese Vision erhöht wird. Seither fand ich es mehrmals in literarischen Werken. Vielleicht ist Ernst Weiß der Erste gewesen, der Pferde hat schreien lassen. Vielleicht aber existiert das schreiende Pferd von früher her und es haben dunkle literarische Erinnerungen – literarische, da sie der Wirklichkeit nicht entstammen können – schreiende Pferde einzeln fortgezeugt, bis sie durch Remarque als Masse widerspruchslos ins Volksbewußtsein übergegangen sind. Warum gerade diese Erfindung so suggestiv wirkt? Weil sie das Tier, das unser Leidensgefährte war, vermenschlicht, uns nahebringt. Weil die menschenferne Stummheit des leidenden Geschöpfs uns fremd und unbegreiflich bleibt, weil das Pferd sich durch seine Stummheit, trotzdem es neben uns und mit uns litt, der Einbeziehung in den menschlichen Komplex „Krieg", an dem es körperlich teilnahm, entzog. Wir alle verlangen, ohne es zu wissen, daß es mit uns schreie. Es mag eine genialische Intuition gewesen sein, dem Pferdeschmerz seine Stimme zu geben. Von unserem Standpunkt aus. Doch das Pferd, zu dessen Anwalt ich mich aufgeworfen habe, mag die Vermenschlichung als „schreiendes" Unrecht empfinden und möchte in den Himmel der menschlichen Erinnerung eingehen als das, was es objektiv ist: als stumm leidende Kreatur.

Nach Bernard Shaw ändert Dichtung nachträglich die Weltgeschichte. Hat sich vor unseren Augen unter dem Einfluß der Dichtung die Naturgeschichte geändert?

Tomy hilft dichten
Vom „kint, das in den Ozejan gefaln is"

Thomas, genannt Tomy, fünf Jahre alt, hat eine Geschichte geschrieben, um seinem Vater zu helfen. Der Vater erfüllt Tomys Wunsch und sendet die Geschichte an eine „Zeitung für Große". Aber in einem Punkt kann der Vater Tomys Wunsch nicht erfüllen. Tomy bittet nämlich seinen Vater, nicht zu verraten, wer die Geschichte geschrieben hat: „Wenn sie wissen, daß ein kleiner Junge die Geschichte geschrieben hat, dann wollen sie vielleicht nicht soviel bezahlen."

Ich benütze die Gelegenheit und erzähle einiges von Tomy, was mir gerade so einfällt. Tomy ist gewiß nicht anders als alle anderen Kinder in seinem Alter auch, soweit sie gesund sind und normal entwickelt. Ich erzähle von Tomy, weil ich von anderen Kindern nichts erzählen kann. Tomy ist mein einziger Bekannter seiner Altersklasse.

Also: Tomy ist ein kleiner Dickschädel, bei dem alle Erziehungsarbeit fruchtlos ist. Ich habe es aufgegeben, ihn zu erziehen. Ich überlasse es dem Schicksal, was aus Tomy wird. Ich will offen zugeben, daß ich Tomy um seinen unbeugsamen Charakter beneide. Er kennt keine Ablenkung von seinem Ziel, kein Sich-beugen, kein Sich-unterkriegen-lassen, nichts hält ihn ab, das zu tun, was er sich vorgesetzt hat. Ich hörte einmal, vor kurzer Zeit, einen höllischen Spektakel aus dem Kinderzimmer, nicht den gewöhnlichen täglichen Spektakel, es war mir sofort klar, daß es sich um etwas Besonderes handeln müsse, zumal ich das Klirren von zerbrechendem Glas hörte. Ich eilte zu Hilfe. Ich übersah, ohne mich erst informieren zu müssen, sogleich die Situation. Erbost über eine Erziehungsmaßnahme seiner Vorgesetzten, hatte mein hoffnungsvoller Sohn mit einem Baustein ein Fenster der Glastür zerschmettert. Wortlos legte ich Tomy über den Tisch. Ich war wütend wie ein Erwachsener und prügelte Tomy demgemäß, die Erziehungsarbeit bloß unterbrechend, um Atem zu holen und meinen Sohn zu fragen: „Wirst du das noch einmal tun?" Worauf der Kleine, immer wieder, standhaft bis ans Ende, erwiderte: „Ja!" Seine Augen schwammen in Tränen, aber er ließ ohne Schmerzenslaut die große Exekution an sich vollziehen. Und da er mich – ich fürchte, mit Recht – als Erzieher nicht ernst nimmt, hatte er mir, als ich zu prügeln aufhörte, meine Torheit auch schon verziehen.

Mit der Logik der Erwachsenen kann man bei Tomy selbstverständlich nichts ausrichten. Ihm zu beweisen, daß etwas, was ihm Spaß macht – z. B. mit dem Dreirad durch alle Zimmer zu fahren –, schädlich (für die Teppiche), unvernünftig und sinnlos ist, ist ein aussichtsloses Beginnen. Wie kann auch schädlich, unvernünftig und sinnlos sein, was soviel Spaß macht? Und daß Teppiche wichtiger sind als unser Vergnügen, wird Tomy erst begreifen, wenn er so töricht geworden ist wie wir Erwachsenen, die wir uns durch unsere gepriesene Vernunft so manchen Spaß in unserem an Spässen gar nicht reichen Leben verderben lassen. Daß man einem Bettler nicht alles gibt, was man in der Tasche hat, wird Tomy erst klar sein, wenn er so hart geworden ist wie ein Großer. Dazu sollen wir Eltern ihn erziehen. Denn, wenn Tomy so bliebe, er könnte ein Heiliger werden und seinen Mantel und sein Hemd verschenken, und das wollen wir nicht. Das Geschäft des Heiligen scheint uns ein sehr schlechtes Geschäft. Wir glauben nicht, daß in unserer Zeit ein Heiliger imstande sein könnte, sich und seine Familie anständig zu ernähren.

Tomy liebt das weibliche Geschlecht, Brehms Tierleben, Dampfmaschinen, Ringelspiele, Schießbuden, Großvaters Dackel Waldi, der ein alter fetter Dackel ist und sich von Tomy alles gefallen läßt, seines Vaters Schreibmaschine, und diese am allermeisten. Da ich kein Erzieher bin, lasse ich ihn unbeaufsichtigt mit der Schreibmaschine spielen. Er ist stolz darauf, daß sein Vater ihm die Maschine ohne Angst anvertraut, und geht mit ihr um wie eine Mutter mit ihrem neugeborenen Kind. Selbstverständlich kennt er genau den Mechanismus des Auf- und Zumachens der Remington-Portable und alle Buchstaben. Er hat das Schreiben darauf gelernt und schreibt täglich Briefe an Großeltern, Freunde, Bekannte. Seine Orthographie ist rein phonetisch. Ich fürchte, er wird nie lernen, mit der Feder zu schreiben. Er lehnt ab, es zu versuchen: „Wir haben doch eine Schreibmaschine." Wer kann dagegen etwas sagen?

Nun hat Tomy den Einfall gehabt, seinem Vater zu helfen. Er weiß nicht, wie sehr er seinem Vater ohnehin hilft. Seinen Ausspruch, als er mich bat, ihm ein Stück für ein Kasperletheater zu schreiben, habe ich mir hinter die Ohren geschrieben. „Wie soll denn das Stück sein, Tomy?" – „Weißt du, bißchen zum Weinen und bißchen zum Lachen, und wieder bißchen zum Weinen und zum Lachen, das hab' ich am liebsten." Ist das nicht die Quintessenz dramaturgischer Weisheit?

Tomy will richtig helfen. Er will eine Geschichte für die Zeitung schreiben. Er setzt sich an die Maschine. Auf das leere Blatt schreibt er zuerst: I. Akt. „Weil man es auch im Kasperle-Theater spielen soll." Dann schreibt er, und er denkt beim Schreiben nach „wie der Vater". Die Geschichte ist nur für uns Erwachsene eine kurze, einfache Geschichte. Für Tomy ist es eine Erzählung „zum Lachen und zum Weinen", eine große, bewegte Erzählung. Die Worte haben bei ihm noch nicht ihren geheimen, großen Sinn verloren, sie sind bei ihm noch lebendige Dinge und drücken wirklich aus, was sie nennen, mit allem, was sich damit an bunten und dunklen Vorstellungen verbindet.

Das ist

Tomys Geschichte für die Zeitung:

es wa ainmal aine arme witwe di selbe hate ain kint da kintlif von cu hausewek unt kercen grat inden walt hinain drinen im walt wa ain schtükel fom ocijan daskintchen sa es nicht unt plumste hinain di ses kint das im walt wa unt inc waser ge faln is sa nur ima auf wol ken unt schwalben den es wa hanz kuk ini luft.

Der Tod macht Reklame

Der Tod schickt uns seine Werber ins Haus. Man macht für den Tod Reklame wie für Parfüms und Wäsche, mit dem Unterschied, daß nicht jeder unbedingt Parfüms und Wäsche haben, daß aber jeder sterben und daß jeder Körper begraben oder eingeäschert werden muß. Die Inserate des Todes stehen in allen Zeitungen. „Was wird eure Witwe tun, wenn ihr unversichert sterbt?" fragt das Inserat. Und es rät: Schreibe der X. Versicherungsgesellschaft, sie schickt dir ihren Vertreter ins Haus, der dich auf das beste für den Fall deines Todes beraten wird. Die Tatsache meines sicheren Todes wird von Unternehmungen geschäftlich ausgenützt. Dagegen ist nichts einzuwenden, zumal die Sorge für die Zeit nach meinem Tod in meinem eigenen oder im Interesse meiner Frau und meiner Kinder gelegen ist. Der Werber des Todes begnügt sich nicht mit der distanziert-unpersönlichen Form der Propaganda. Er schickt Briefe ins Haus, wenn dir ein Kind geboren wird, und weist dich darauf hin, daß in der Tatsache eines neuen Lebens die Tatsache eines neuen Sterbens beschlossen ist. Er kommt persönlich, und auf diese Weise habe ich die Bekanntschaft mit meinem Freund Sommer gemacht.

Sommer kam immer wieder und wurde abgewiesen. Ich sagte mir, daß ich meinen Kindern meine unsterblichen Werke „Knaben und Mörder", „Die Verstümmelten", „Die Klasse" hinterlasse (beachte dieses Beispiel vornehmer Reklame), Werke, die nach meinem Tod Auflagen von vielen Hunderttausend erleben müssen, und also unversichert sterben dürfe. Aber Sommer eroberte mein Herz. Das kam so: Ich hatte in diesem Blatt eine kleine heitere Skizze „Tulpe" veröffentlicht, in der der merkwürdige Tod eines Beamten und die Trauer seiner Witwe geschildert wurden. Da erhielt ich von Sommer einen Brief. Tulpes Tod, schrieb er, wäre für seine Witwe kein Anlaß des Schmerzes gewesen oder nicht eines so außerordentlichen Schmerzes, wenn der Selige bei der Gesellschaft, die Sommer zu vertreten die Ehre habe, und die nicht nur die größte, sondern auch die kulanteste in Deutschland sei, versichert gewesen wäre. Zum letzten Male gebe er, Sommer, mir die Chance. Er würde noch einmal versuchen, mich zu sprechen. So kam er und siegte. Jetzt zahle ich Monat für Monat. Aber wenn ich sterbe, wird meine Witwe das Geld bar ausgezahlt erhalten und nicht trauern müssen wie Frau Tulpe, und meine Söhne werden die Stunde meines Todes segnen. Und wenn ich gar bei einem Eisenbahn- oder Autounfall ums Leben komme, oder ein Ziegelstein fällt mir auf den Kopf, dann bekommen meine Teuren das Doppelte der Versicherungssumme ausgezahlt. Aber „das ist eine reine Glückssache", sagt Sommer.

Sommer macht Reklame für den Tod. Er preist die selig, die versichert sterben. Nun naht er wieder, denn ich habe noch nicht ausgesorgt. Wie, wenn im Augenblick meines Todes kein Geld im Hause ist? Meine Todeskrankheit hat viel gekostet, und die Abwicklung mit der Versicherungsgesellschaft dauert noch einige Tage. Wäre es mir nicht ein erleichterndes Bewußtsein, wenn ich die Augen schließe, daß Sommer für mein Begräbnis sorgt? Nicht er persönlich, natürlich, er ist nur ein Mensch, aber die Aktiengesellschaft, die er vertritt, „zu vertreten die Ehre hat". Da ist der Prospekt: Keine ärztliche Untersuchung. Bei Todesfall hört jede Prämienzahlung auf. „Wählen Sie Ihr Begräbnis!" Ich habe die Wahl zwischen fünf Klassen. Ich will die einfachste, aber Sommer ist dagegen. Mir genügt ein Sarg aus Kiefernholz, 75 Zentimeter hoch, mit reicher Verzierung, Griffen, Laken, besseres Hemd, Decke und Kissen, sowie Einsargen, Leichenwagen III. Klasse, Friedhofsgebühren, einschl. Träger bis zur Höhe von 75 RM, Dekoration der Friedhofskapelle bis zur Höhe von 15 RM, Harmoniumspiel. Aber Sommer sieht mich traurig an: „Denken Sie an die Kinder und an die gnädige Frau, die anwesend sein werden! Das schickt sich nicht!" Ich versuche schüchtern die zweite Klasse durchzusetzen, 100 Zentimeter hoher Sarg, acht Griffe, Leichenwagen II. Klasse, Sängerquartett. Aber Sommer hat schon die erste Klasse in der Einladung mit Rotstift angestrichen. „Ganzgekehlter eichener Paradesarg, 105 Zentimeter hoch, mit Holzeinsatz, acht Griffen, Laken, Hemd und Kissen aus Satinstoff, sowie Einsargen, Leichenwagen erster Klasse, Friedhofsgebühren einschließlich Träger bis zur Höhe von 150 RM, Geistlicher, Dekoration der Friedhofskapelle bis zur Höhe von 40 RM, Doppelquartett, Harmoniumspiel. Für besondere Unkosten zur freien Verfügung der Hinterbliebenen 300 RM."

So muß ich begraben werden, sagt Sommer, so verlange es die Rücksicht auf meine Kinder. So werde ich also begraben werden. Bevor der Sommer geht, wendet er sich noch einmal an mich: „Haben Sie besondere Wünsche?" Nein, ich wüßte nicht... es ist doch alles von der Gesellschaft so genau festgelegt. „Das musikalische Programm bei Ihrer Leichenfeier!" sagt Sommer. „Die Gesellschaft ist aus Propagandagründen geneigt, den Wünschen der verblichenen Klienten in diesem Punkte weitmöglichst entgegenzukommen." Ich verstumme vor diesen weitsichtigen Geschäftsgrundsätzen und überlasse die Auswahl meiner Begräbnismusik Sommers bewährtem Geschmack und seiner reichen Erfahrung, was die Wirkung der einzelnen Musikstücke, vorgetragen von Doppelquartett und Harmonium, auf eine andächtige Gemeinde von Trauernden anbelangt. Ich zweifle nicht, daß Sommers Programm meine Gäste zufriedenstellen wird.

Briefe

An Hermann Bahr, ca. 1910

[Brünn]

Vor einigen Wochen habe ich Ihnen geschrieben, alles aber wieder zurückerhalten. Herr Bahr ist verreist! Jetzt bin ich froh darüber, denn seitdem bin ich wieder gewachsen. Heute früh habe ich Ihr Tagebuch aufgeschlagen.

Hätte ich jemanden zu erziehen (...), ich würde ihm jede Stunde sagen: Lerne verehren, dann aber lerne gleich keinen Respekt haben!

Wie schön, so für uns, die wir werden.

Respekt haben ist beamtenhaft, bedientenhaft.

Was für ein freies, jugendfrisches Buch doch Ihr Tagebuch ist! Ihr schönstes Buch!

Es ist so voll von Ermutigung für die Leidenschaften der Jungen, für Wut und Mut!

Immer wenn ich es aufschlage, etwas Neues!

Ich sende Ihnen wieder Gedichte! Bitte, wenn Sie zu lesen beginnen, fangen Sie rückwärts an!

Ich bin jetzt ruhiger geworden, doch hoffnungsfreudig! Wie zuvor!

Mein erotisches, wildes Drama habe ich überwunden!

Auch den Brief Schamann's gelesen!

Armer, armer Schamann!

Jetzt stehe ich voll Hoffnung und Mut vor dem Leben, den Pfad zu betreten, zu dem mich eine Stimme ruft, und einst...!

Bitte, verzeihen Sie, wenn ich weitergeschrieben und von meinem Zwecke abweiche, ich möchte Ihnen aber am liebsten fortschreiben, als ob die Briefe an Sie mein Tagebuch wären.

Jetzt arbeite ich an einer Redeübung: „Herm. B. und d. junge Österreich." Beginnt: Ein Stürmer und Dränger in Österreich und soll schließen: Lerne verehren, dann aber...!

In Verehrung
  Ihr
  Hermann
    Ungar

An Ludwig Pinner und Gustav Krojanker, ca. 1914

Schani an Luz Lolo und Jonas von Klumm, sie zu carmonibus herausfordernd betreffend Vaterland, Freundschaft, Treue, Liebe und dergleichen Stoffe, wahrer Dichtkunst wert.

I.

Das Tabakstädtchen.

Wo ist des Deutschen Vaterland,
ist's Osterreich ist Bayernland?
Ist's Preussen, ist es Krotoschin
Ist Münster, Bozen, Jarotschin?
Die deutschen Dorfer, Weiler, Städt'? –
    Der wahre Deutsche ist aus Schwedt.

Der Dichter singt: Wein, Weib, Tabak!
Wes denkt er da, Geliebter, sag!
Denkt da der Deutsche an den Rhein?
Geliebter, sage ruhig: nein!
Wein, Tabak, Mädchen, bieder, nett
    ich sags voll Andacht: nur in Schwedt.

Es lebt im Prunk der Dekadence
entnervt der Sohn der falschen Françe.
Das Mark, der Trutz, du siehst sie schwinden: –
Der Deutsche wandelt unter Linden.
Zum Schöpfer blickt er, blau und stet.
    Du fragst mich, wo?: In Schwedt. In Schwedt.

O diese liebe Stadt a/O.!
hier schritt schon scherzend Luz Lolo.
Und nickend, sinnend sprach er: Traun,
hier möcht ich mir mein Haus erbaun!
Von Klumm, der bei Dragonern steht
    Verstand sofort und sprach: in Schwedt!

II.
Die Freundschaft.

Dem Schani, der nächtens durch sein Zimmer schreitet
ist es, als sässen still und stumm
– indess vor Freude sich sein Brustkorb weitet. –
An seinem Tische Luz Lolo und Klumm.

Er denkt, daß er was bringen müsse
aus seiner Kammer: Wein, Liqueur,
vielleicht auch Äpfel, Haselnüsse;
doch Schanis Füsse sind so seltsam schwer.

O, seine Füsse, sind so seltsam schwer,
indess er denkt, daß er was holen müsse.
Aus seiner Kammer: Wein, Liqueur,
vielleicht auch Äpfel, Haselnüsse.

Er denkt! Schon fühlt im Kopf er Dampf.
Von Nebeln wächst aus ihm ein Meer
Er fürchtet, daß der Denkerkrampf
ihn fällt; die Füsse sind so seltsam schwer.

Indessen lösen sich zu weiter Reise
in Nichts die Gäste wieder auf.
Das ist die Freundschaft, spricht gerührt er, leise.
O milde Tränen, nehmet euren Lauf!

An Emil Kohn, 8. 8. 1917

8. VIII 1917.

Lieber Onkel,

bei meiner gestrigen Anwesenheit in Jamnitz habe ich der l. Tante ein Manuskript von mir übergeben, das ich Dir in Wien persönlich übergeben wollte, da die l. Tante sich bereit erklärte, es Dir zu bringen. Es handelt sich um einen kurzen Roman, der nach verschiedenen Urteilen nicht ungeeignet ist, in irgendeinem besseren Verlag im Druck zu erscheinen. Ich selbst habe ihn bereits in Berlin an den Verlag Erich Reiss übergeben, möchte aber zwei Eisen im Feuer haben und Dich deswegen bitten, falls es Dir angenehm und möglich ist, ihn an irgendeinen anderen Verlag durch einen Bekannten, der derartige Beziehungen hat, empfehlen zu lassen. Ich denke vor allen Dingen an Kurt Wolff Leipzig und wenn das Glück mir besonders günstig ist, an S. Fischer Berlin, vielleicht zur Veröffentlichung in der Neuen Rundschau. Ich bitte Dich deswegen um derartige Empfehlungen, weil es nach der gesamten Lage der Dinge unmöglich ist, anders irgendwo hineinzukommen.

Noch eins: ich habe auf das Titelblatt mich unter meinem eigenen schönen Namen als Verfasser angegeben. In Anbetracht des Umstandes, daß ich Soldat bin, muß ich mir ein Pseudonym nehmen. Im Falle aus der Sache irgendwo Ernst wird, müßte das unbedingt berücksichtigt werden. Ich nehme aber an, daß Du mich sowieso von dem Stande der Unterhandlungen bei etwaigen Erfolgen oder Mißerfolgen unterrichten wirst. –

Die l. Tante und die l. Kinder habe ich in Jamnitz gesund und bei guter Laune angetroffen. Auch die l. Großmutter, der l. Onkel und die Buben befinden sich wohl. Meine Eltern sind mit Gerta in Boskowitz, wohin auch ich heute etwas auf einige Tage fahre.

Ich bitte Dich, lieber Onkel, meine Bitte nur dann zu erfüllen, wenn sie Dir nicht lästig fällt und wenn auch Du von meiner Arbeit etwas hälst.

Mit vielen Grüßen und Küssen an Dich und die Deinen bin ich Dein
dankbarer Neffe
Hermann

An Fritz Lampl, 15. 9. 1919

Prag, am 15. Sept. 19.
Sehr geehrter Herr!

Über Empfehlung von Ernst Weiß habe ich Ihnen vor etwa einem Monat meine Novelle „Ein Mann und eine Magd, Weg und Erweckung eines Bösen" eingesandt. Mich interessiert das Schick-

sal dieser Arbeit naturgemäß und ich möchte vorläufig wenigstens wissen, ob sie auch in Ihre Hände gelangt ist. Ich lege einen Coupon-réponse international bei und ersuche Sie, mir den Empfang meines Manuskriptes gütig bestätigen zu wollen.
Mit ausgezeichneter Hochachtung
ergebener
Dr. Ungar
Prag II Hopfenštokova 5/II.

An Fritz Lampl, 22. 9. 1919

Prag, am 22. IX. 19.

Sehr geehrter Herr,

ich habe heute Ihr Schreiben erhalten und freue mich, daß Sie die Qualitäten meiner Arbeit anerkennen. Eine Veröffentlichung im Rahmen Ihres Verlages wäre mir sehr gelegen, da ich mich gerne in solcher Gesellschaft sehen würde. Wäre es vielleicht möglich, daß ich mich materiell an der Herausgabe dieses Buches irgendwie, etwa durch eine Garantie, beteilige? Ich würde ein in den Grenzen meiner pekuniären Mittel liegendes Opfer zu bringen geneigt [sein]. Vielleicht könnten Sie dann eher an eine baldige Herausgabe denken? Ich bitte Sie, mir hierüber Ihre Meinung sagen zu wollen.
Mit vorzüglichster Hochachtung bin ich ergebenster
Hermann Ungar
Dr. Hermann Ungar
Prag II. Hopfenštoková 5/II.

An Fritz Lampl, 30. 9. 1919

Prag, am 30. September 19.

Sehr geehrter Herr,

es täte mir leid, wenn Sie annähmen, ich hätte den Zweck Ihres Unternehmens mißverstanden und durch mein Anerbieten Sie zu unlauteren Praktiken verleiten wollen. Mein Anerbieten war von mir, der ich in Verlagsgeschäften vollständig unversiert bin, ganz naiv gestellt und ich bitte Sie, mir das zu glauben. Ihren Standpunkt sehe ich vollständig ein und billige ihn.

Bereits in meinem letzten Schreiben habe ich erwähnt, welchen Wert ich darauf legen würde, gerade in Ihrem Verlag zu erscheinen. Die Entscheidung, die Sie von mir verlangen, fällt mir nun sehr schwer. Könnten Sie mir nicht vielleicht mitteilen, wann spätestens meine Arbeit zur Veröffentlichung gelangen dürfte? Ich bitte Sie, mir hiefür irgendwelche Anhaltspunkte zu geben, damit ich mich leichter entschließen kann.

Entschuldigen Sie, daß ich Sie so oft in dieser Angelegenheit belästige.

Mit vorzüglicher Hochachtung
    ergebenster
Dr. Hermann Ungar

Prag II, Hopfenštoková 5/II.

An Thomas Mann, 30. 5. 1921

[Berlin] 30. Mai 1921

Hochverehrter Herr Mann,

ich weiß gar nicht, in welche Worte ich all das kleiden soll, was ich Ihnen nun, da die Vossische Zeitung gestern Ihre Studie über mein Buch gebracht hat, so gerne sagen möchte. Dankbarkeit, Freude, Stolz, daß Sie, um dessen Anerkennung es mir so sehr ging, meinen Erstling durch einen so langen Artikel auszeichnen, daß er Ihnen sogar Gelegenheit gibt, allgemein Gültiges zu sagen – diese große Freude, daß ich Ihnen eine Anregung bringen konnte durch mein Buch, wenn auch nur eine kleine, der ich so viele Anregung und Bildung durch Sie erfahren habe, ich möchte es so gerne mit gehöriger Betonung Ihnen sagen, daß Sie wissen, daß Ihre Zurede, Ihre Worte der Gestärkung nicht an einen Undankbaren verschwendet sind. Eines ist bedrückend in solchen seltenen Stunden der Freude, die meine Jugend noch so hemmungslos erlebt, das ist der Zweifel an dem künftigen Werk. Werden die Hoffnungen sich erfüllen? Wird es Ihnen „genug" sein? Wird meine Gabe reichen, wenn sie vom Jugenderlebnis nicht mehr zehrt, wenn der Mann spricht? Meister, ich gäbe so viel darum, könnte ich eine Stunde vor Ihnen sitzen und Ihnen zuhören. Ich glaube, ich würde mich erkennen an Ihrer Stärke, Ihrem Wissen, ich bin ohne Erkenntnis, tappe in Zweifeln, oft in Verzweifeln.

Ich glaube nicht, daß ich in meiner künstlerischen Laufbahn jemals noch so glücklich sein werde wie gestern. Es war doch das erste Mal, begreifen Sie, anerkannt von einem Menschen, dessen Werk man seit früher Jugend verehrt und in angemessener Bescheidenheit liebt, – zum ersten Mal! Ich habe mich gestern wie ein kleiner Junge benommen, gar nicht wie ein mit einem Mal berühmter Autor und wenn es nicht so spät im Monat gewesen wäre, hätte ich mir vielleicht abends einen guten Wein geleistet. Seien Sie nicht böse darüber, daß ich mich so offen als so unernster Mensch bekenne und mich dessen nicht einmal schäme.

Was Sie sagen, erkenne ich alles restlos an. Wie recht haben Sie mit dem, was Sie zum Schluß der ersten Erzählung schreiben und wie milde (und weise!) wußten Sie Schülerschaft und Abhängigkeit festzustellen. Was Sie von der „verantwortlichen Art", „dem Geist der Gewissenhaftigkeit" sagen, hat mich tief getroffen. Es ist ein Problem, das mich gerade jetzt außerordentlich beschäftigt. Ich zweifle nämlich, ob ich die Form der „Er-Erzählung" schon beherrsche, die auch Sie der „Ich"-Form vorzuziehen scheinen. Mir ist als gingen eben in ihr, der „Er"-Form diese Dinge, von denen Sie schreiben, daß sie mir wesentlich seien, verloren. So kommt es, daß mein Roman, in „Ich"-Form begonnen, noch nicht vollendet ist, da ich ihn in „Er"-Form umschreibe, was natürlich andere Einstellung erfordert. Mir ist, als ginge hiebei manches verloren, eine gewisse Wehmut, die über dem Ganzen gewesen wäre und nicht zuletzt die Vorsicht der Aussage, ihre letzte Unbestimmbarkeit. (Was alles selbstverständlich bloß an meinem technischen Unvermögen liegt.) Ich möchte so gerne nach München fahren und über all das mit Ihnen sprechen. Leider wird das aus Gründen des Amtes, das mir Gott gegeben hat, vorläufig wohl nicht möglich sein.

Noch eins, bevor ich schließe: was Sie über den „Militarismus" als menschliches Symbol schreiben, ist mir tiefste Erkenntnis. Ist das gehorchen-wollen nicht ebenso da wie der Drang zu unbedingter „Liberté"? Ich war Soldat und damals – an der Front – nicht so über das eigene als über das Los der vielen anderen habe ich schwer geseufzt. Ich war damals Antimilitarist, Revolutionär; Politik ist für mich zu Ende: Aber zum Soldatentum (nicht zum Militarismus*,) habe ich ein Verhältnis und es ist mir als würde ich darüber später noch aussagen.

Verehrter Meister, ich bin glücklich, ich freue mich, daß nun mein Name dem Ihren verknüpft sein darf, ich bin unerhört stolz darauf. Ich wünsche nur eins: daß Sie auch in Zukunft neben mir bleiben. Was ich dazu tun kann, will ich gewissenhaft erfüllen.

In großer Dankbarkeit und Verehrung
immer Ihr
Hermann Ungar

*Das ist doch ein politischer Begriff!

An die Gesandtschaft der Tschechoslowakischen Republik in Berlin, 14. 9. 1921

Vyslanectví československé republiky
v Berlíně.

Na základě přiloženého osvědčení dovoluji si žádati za prodloužení mé dovolené z důvodu nemoci o 14 dní t. j. k 1. X. t. r.

Vyřízení této žádosti dovoluji si očekávati v Garmisch-Partenkirchen.

Garmisch-Partenkirchen, dne 14. IX. 21
Dr. Heřman Ungar.

1 příloha.

[*Übersetzung Jaroslav Bránský, Boskovice:*
An die Gesandtschaft der Tschechoslowakischen Republik in Berlin.
Aufgrund des beigefügten Attestes erlaube ich mir, um die Verlängerung meines Urlaubs wegen meiner Krankheit um 14 Tage, d. h. bis zum 1. X. d. J. zu ersuchen.
Die Erledigung dieses Gesuchs erlaube ich mir in Garmisch-Partenkirchen zu erwarten.
Garmisch-Partenkirchen, den 14. IX. 21
 Dr. Hermann Ungar.
1 Anlage.]

[*Anlage:*
14. 9. 21
 Aerztliches Zeugnis.
Herr Dr. Ungar bedarf wegen seiner überreizten Nerven einer Sanatoriumsbehandlung, um wieder arbeitsfähig zu werden. Es ist notwendig, daß er jetzt seine Tätigkeit auf einige Wochen unterbricht.
 Dr. R. Meyer
 Nervenarzt.]

An Josef Ponten, 3. 11. 1921

[Berlin] 3. November 1921.
 Sehr geehrter Herr Ponten,
 vielen Dank also für Ihren gerechten Brief. Ich gebe zu, daß Sie sicherlich Recht haben, auch in diesen wenigen Punkten, in denen ich glaube, heute noch einen anderen Standpunkt vertreten zu können. All das liegt aber weit hinter mir zurück, mir ist gar nicht mehr, als sei dieses Buch von mir. Was Sie mir schreiben, nehme ich dankend mehr auf den Weg nach vorwärts als zu betrachtender Rückschau. Jedenfalls: ich glaube Sie haben wirklich das Problem im Kern getroffen und ich danke Ihnen, daß Sie mich für nicht zu unbedeutend halten, als daß ich auch ein abfälliges Urteil ertragen könnte.
 Für Ihre Aachener Reise vielen Dank. Mir gefällt dieser lebendige Katholizismus ausgezeichnet. Wenn Sie das wollten, katho-

lisch sein und lebendig, mariengläubig und doch in der Realität, ist
es Ihnen wirklich unübertrefflich gelungen.

Nochmals meinen Dank für Alles und viele Grüße Ihnen und
Ihrer Frau Gemahlin
　　Ihr
　　　　Hermann Ungar.

Wenn Sie bei Dr. Mann sind, bestellen Sie ihm, bitte, wie Frau
Mann beste Grüße von mir!

An Ludwig Pinner, 19. 4. 1922

[Rom]

Lieber Ludwig,

ich bin in Rom! Ich fuhr über Florenz. All das läßt sich nicht
sagen... Ich habe ein sonderbares Gefühl. Daß es Menschen gegeben haben könnte, die trotzdem sie zum B. von Haemorrhoiden geplagt wurden, trotzdem sie Hühneraugen hatten, trotzdem sie das
Essen kalt auf den Tisch bekamen, in einer anderen Sphäre der Ruhe und des Friedens sich an die Werke der Kunst machten, die
(letztere) rein, keusch, von ewigem Frieden sind, aber – unserer
haemorrhoidalen Welt fern, von der sie kein Abbild geben. Sie er-
niedrigen den Menschen, indem er die Inkommensurabilität sieht.
Ich z. B. habe Raffael gesehen und Michelangelo. Glaubst Du aber,
daß mich in der hl. Stadt die Wanzen beißen? Ich stand vor dem
Christus mit dem Kreuz (Michelangelo) in der Dominikanerkirche
Sta Maria sopra Minerva, die auch ein Bild, auf dem unser alter
Freund Torquemada zu sehen ist, enthält, und neben mir stand ein
Mann, der sich mir zum Führer anbot. Dieser Mann nun hatte auf
der rechten Wange eine faustgroße, blutige, offene Geschwulst,
besser ein wildes Fleischgeschwür, das wie von Fliegen besessen
aussah und zum Teil schon von der Wange gelöst war. Ich werde
Christi (von Michelangelo) ewig gedenken: Gerade: das ist mein
Gedanke: gerade, diese Welt, ce notre monde: ce notre! Gerade das,
wovor Ihr die Augen schließt, meine Brüder mit den Idealen der
klassischen goetheanischen Geheimräte, gerade das, daß vor Mi-

chelangelo der Geschwürige steht! O Gott, lieber Freund, und doch, es ist dies alles, was ich an den Werken unserer Freunde aus den verschiedenen centos gesehen habe, von unendlich, ich möchte sagen, schmerzlich freudiger Erregung. Manchmal möchte ich weinen. In Florenz vor den Bildern des Leonardo, Raffael, Tintoretto und der Frauen des Botticelli. Ich weiß mir keine Hilfe. Im Grunde ist es Tand, wo es Sozialismus gibt und Zionismus und Menschen, die sich diesen Realitäten opfern. Wenn Du mir helfen kannst, hilf mir und schreibe mir. Ich bin in Verwirrung. Und schreibe mir auch viel, viel, viel von Dir selbst. Du weißt, wie sehr unter allen ich Dich mit dem Herzen liebe!

An Gustav Krojanker, 23. 4. 1922

Neapel.

Niemand wird es mir glauben,
wie hier die Matrosen auf und ab gehn.
Ich weiss ich predig es Tauben
und doch kann es jeder selbst sehn.

Sie haben hinten die Hosen
hoch über die Hüften geschnürt.
Sie sind schöner als deutsche Matrosen
und gern hätt ich einen verführt.

Ich habe es bloß unterlassen,
weil ich unsre Gesetze kenn.
Man kriegte gewiss mich zu fassen,
dass ich nicht mit nem Mädchen penn.

Man muss sich mit Städten verbinden,
In Prag mit Fraun, bei uns mit Vosen.
Neapel kann man nur finden
mit einem blauen Matrosen.

Es ist doch alles gelogen
– der Posilipp, die Lichter der Stadt –
Man ist um alles betrogen,
wenn man keinen Matrosen hier hat.

23. IV. 22.
Hermann Ungar

An Ludwig Pinner, Juli 1922

[Egern am Tegernsee]

Was den Roman betrifft, erscheint er anfangs November bei Rowohlt. Ich hatte ihn ursprünglich bei Kurt Wolff. Wolff machte mir Hoffnungen, nannte mich ein Genie, fürchtete mit einem Fuß einen Zensurprozeß, mit dem anderen zauderte er. Ich befreite ihn von aller Qual, indem ich das Buch selbst zurückzog... Herr Rowohlt versprach mir Tausenderlei, darunter 20.000 Mark Vorschuß. [...] Dem Erscheinen des Buches stehe ich mit gemischten Gefühlen gegenüber. Wird, so sprech ich, es nicht einen Skandal auslösen? Und das zu einer Zeit, wo ich wahrscheinlich schon wieder anderswo bin. Wo diese Geschichte eigentlich für mich schon so erledigt ist, daß ich gar nicht mehr für sie eintreten kann.

An das Außenministerium in Prag, 9. 11. 1922

Ministerstvu zahraničních věcí
v Praze.

Dovoluji si žádati, aby ministerstvo zahraničních věcí dalo svolení k mému sňatku s československou státní příslušnicí paní Markétkou Weiszovou, rozenou Stránskou, bytem Praha-Smíchov, Přemyslova tř. 14.

Sňatek hodlám uzavřiti v prosinci tohoto roku.

Dr. Heřman Ungar,
Konsulární attaché

v Berlíně, dne 9. listopadu 1922.

[*Übersetzung Jaroslav Bránský, Boskovice:*
An das Außenministerium in Prag.
Ich erlaube mir darum zu ersuchen, daß das Außenministerium mir die Bewilligung zu meiner Ehe mit der tschechoslowakischen Staatsangehörigen Frau Margarete Weiß, geborene Stránský, wohnhaft Prag-Smíchov, Přemyslgasse 14, erteilen möge.
Die Ehe beabsichtige ich im Dezember dieses Jahres zu schließen.
Dr. Hermann Ungar,
Konsularattaché
Berlin, den 9. November 1922.]

An Heinrich Mann, ca. November/Dezember 1922

Hochverehrter Herr Mann,

darf ich Ihnen mein neues Buch überreichen? Ich will nichts anderes damit, als Ihnen sagen, wie sehr ich mich darüber freue, daß mein erstes Buch Ihnen gefallen hat und wie glücklich ich darüber bin, daß ich einmal eine Stunde lang Ihnen gegenüber sitzen durfte.

Genehmigen Sie, hochverehrter Herr Mann, den Ausdruck meiner ergebensten Verehrung.

Immer Ihr
Hermann Ungar
Der gnädigen Frau meine Handküsse!
Berlin, Kurfürstendamm 233/II

An Felix Henseleit, 19. 6. 1924

19. VI. 24.

Sehr geehrter Herr Doktor,

bei unserem nächtlichen Spaziergang vor wenigen Wochen waren Sie so liebenswürdig, mir zu erlauben, dem B. C. etwas einzusenden. Ich mache von dieser Erlaubnis Gebrauch, indem ich die Besprechung eines Buches von Johannes Haase überreiche. Johannes Haase ist ein Abkömmling der „Bohemia" Haases, lebt in entsetzlichen Verhältnissen, tödlich lungenkrank und von einer geistigen Empfindsamkeit, die ihn wehrlos und hilflos macht. Er ist ein Superlativ von Franz Kafka, was diese Umstände des Lebens betrifft.

Ich war gegen sein Werk mißtrauisch wie gegen alles, was von Söhnen reicher Familien kommt, mögen sie auch verarmt sein. Ich war nach wenigen Zeilen gepackt und nicht wieder losgelassen. Ich möchte Joh. Haase helfen, indem ich das, was ich von ihm denke in der Öffentlichkeit sage, trotzdem ich damit eigentlich das Prinzip durchbreche, als Gladiator nicht zugleich Richter über Gladiatoren zu sein. Ich würde Sie bitten, wenn die Kritik für Ihr Blatt gut genug geschrieben ist und Sie sie bringen wollen, sie bald zu bringen, daß der arme Haase eine Freude hat.

Könnten Sie mir in letzterem Fall auch ein Belegexemplar schicken, daß ich es Haase dann einsenden kann?

Ich hoffe man wird meine Schrift lesen können. Ich habe keine Maschine zur Verfügung. [Durch neue Ereignisse überholt!]

Im Voraus besten Dank, sehr geehrter Herr Doktor. Ich freue mich, nach meiner Rückkehr nach Berlin, bald wieder einmal mit Ihnen mich aussprechen zu können.

Bitte der gnädigen Frau einen Handkuß zu bestellen!

Ich sehe der Mitteilung Ihrer Redaktion über die Buchbesprechung entgegen und zeichne als Ihr Ihnen aufrichtig ergebener
 Hermann Ungar
 dzt. Marienbad
 Hôtel Modern.

Bitte entschuldigen Sie, daß ich das Manuskript nicht an die Redaktion einsende. Aber ich möchte nicht, daß es liegen bleibt. Ich nutze eben meine Beziehungen aus. Sie sehen, wohin der Amerikanismus führt!

An Thomas Mann, 7. 12. 1924

[Berlin] 7. XII. 24.

Verehrter Meister,

ich habe den Zauberberg erst zu lesen begonnen, kaum ein Drittel erst hinter mir, aber ich fühle mich gedrängt, Ihnen zu sagen, wie glücklich mich dieses Buch macht. Es ist so beglückend in der Ironie, in dem verzeihenden Lächeln, in der souveränen Ruhe, in der Entfernung, aus der es geschrieben ist, so lebendig, so plastisch, jedes Wort ist wirklich, keines ist Ihnen „eingefallen", man kommt sich so armselig vor, man hat das Gefühl als schreibe da einer, der frei ist und bilde, indes man selbst die Dreckklumpen an den klobigen Füssen hat. Nur eines tröstet mich: daß ich Ihr Zeitgenosse bin und daß ich an Ihnen reifer werde und, – auf die Gefahr, daß Sie mich für unbescheiden halten – daß ich mich Ihnen, trotz allem, was man an mir sehen kann, nahe fühle, ich habe das Gefühl, daß ich in demselben Wasser am Ufer entlang mit Schlingpflanzen kämpfe, in dem Sie frei und ruhig in der Mitte dahinschwimmen, da wo das Wasser unendlich tief ist, aber doch so klar, daß Sie jedes Sandkorn auf seinem Grund sehen.

Der Zauberberg hat beglückende Wirkung, ich kann kein anderes Wort dafür finden, ich lese ihn und ich fühle keine Sorgen, ich bin nicht ganz klar darüber, wie das kommt, daß man von entsetzlichen Dingen liest ohne Grauen, vielleicht, weil Ihnen gegeben ist, das zweite Gesicht jeden Dings leuchten zu lassen, weil die Frage nach dem Wesentlichen, nach dem Zweck, hinter allem steht, und zugleich auch das Lächeln selbst über diese Frage und weil Sie allen verzeihen, selbst der trostlosen Landschaft, den eintönigen Korridoren, der Lungentuberkulose, weil Sie selbst Gott, dem Herrn mit einem milden Lächeln Nachsicht gewähren, etwa wie ein kluger Sohn seinem biertrinkenden Vater vergibt.

Verzeihen Sie, daß ich so, ohne es noch recht formuliert zu haben, vor Sie hintrete. Ich möchte nur sagen, wie ich mich freue.

Immer Ihr Sie verehrender
Hermann Ungar.

7. XII. 24.

Verehrter Meister,

ich habe den Zauberberg erst zu lesen begonnen, kaum ein Drittel erst hinter mir, aber ich fühle mich gedrängt, Ihnen zu sagen, wie glücklich mich dieses Buch macht. Es ist so beglückend in der Ironie, in dem verzeihenden Lächeln, in der souveränen Ruhe, in der Entfernung, aus der erzählt eben ist, so lebendig, so plastisch, jedes Wort ist wirklich, keines ist Ihnen „eingefallen," man kommt sich so armselig vor, wenn man das Gefühl als solches da liest, der freiab und bilder wieder man selbst die Dreck Klumpen an den klobigen Düsen hat. Nur eines tröstet mich: daß ich Ihr Zeitgenosse bin und daß ich an Ihnen reifer werde und, — auf die Gefahr, daß Sie mich für unbescheiden halten — und daß ich weiß Ihnen, trotz allem, was man nicht an mir sehen kann, wahlfühle, ich habe das Gefühl, daß ich in demselben Wasser am Ufer entlang mich selig pflanzend kämpfe, in dem Sie frei und ruhig in der Mitte, da es dem Wasser unendlich tief sitz aber doch so klar, daß Sie jedes Sandkorn auf seinem Grund sehen, stationschwimmen.

Der Zauberberg hat beglückendes Wirkung, ich kann kein anderes Wort dafür finden, ich lese ihn und ich stille keine Sorgen, ich bin mir ganz klar darüber, was das kommt, daß man von entsetzlichen Dingen liest ohne Grauen, vielleicht, weil Ihnen gegeben ist, das zweite Gesicht jedes Dings hinten zu lassen, weil die Frage nach dem Wesentlichen, nach dem Zweck, hinter allem steht und zugleich auch das Lächeln über diese Frage und weil Sie allem verzeihen, selbst der trostlosen Landschaft, dem eintönigen Korridoren, der Ausgestoßenen körperlos, weil Sie selbst Gott, dem Herrn mit einem milden Lächeln Nachsicht gewähren, ohne wie ein Kluger Sohn seinen beschränkten Vater verspottet.

Verzeihen Sie, daß ich so, ohne es noch recht formuliert zu haben, vor Sie hin trete. Ich wollte nur sagen, wie ich mich freue.

Immer Ihr Sie verehrender
Hermann Ungar.

An Thomas Mann, 30. 12. 1924

[Berlin] 30. XII. 24.

Sehr verehrter Herr Doktor,

Ihre freundliche Karte habe ich gestern erhalten. Ich habe den Zauberberg natürlich längst ausgelesen, in einem Atem; ich schrieb Ihnen nach dem ersten Drittel, nicht weil ich eine Pause einschaltete, sondern einfach, weil es mich drängte, Ihnen rasch ein Wort des Dankes zu sagen. Ich hätte so gerne darüber in einer Zeitung geschrieben und alles gesagt, was ich dazu denke, aber B. T., Voß, Börsenkourrier etc. alles bereits vergeben. Ich hätte geschrieben, trotzdem ich in Ihrer Schuld stehe, auf die Gefahr hin, daß man es falsch auslegt. Ich fürchte mich davor nicht. Denn in der Schuld eines Meisters kann man stehen, man kann sich zu ihm bekennen, auch unter diesen besonderen Umständen, denn die kleinlichen Dinge haben in dieser Höhe ihre Geltung verloren, der Lärm, den „die da unten" machen, dringt nicht herauf.

Ich bitte Sie um eins, teurer Meister, lassen Sie sich diese Dinge, die man Ihnen sagt und die Sie geschrieben lesen, nicht nahe gehen. Dieses Werk ist vollkommen, es steht neben den Pikwikiern wie neben der Bovary. Es hat „Welt" wie Gogol und Dostojewsky. Es ist nicht ungebändigter Sturzbach wie dieser, es hat die höchste gebändigste Form, das verwirrt die Beurteiler, die jetzt unter Dostojewskys Einfluß stehen. Ich möchte sagen, daß es groß ist wie Krieg und Frieden und ich meine, daß dieser Roman zu den besten der Weltliteratur gehört. Aber was Tolstoj fehlt, das gogolsche Lächeln, das ist im Zauberberg. Es ist ein ewiges Buch.

Kein Herz, schreiben Sie, sagen die Einwände. O diese Verwirrung, die der Expressionismus angerichtet hat! Es ist unkünstlerisch – nach meiner bescheidenen Meinung, unkünstlerisch im höchsten Maße, wenn das Herz des Autors mitpreßt. Wenn ich Ernst Weiß lese, der wie man sagt, eine Leuchte unter den Jungen ist und „Herz" hat, habe ich das beschämende Gefühl: der Autor ist aufgeregt, ich nehme an einer privaten Gemütsbewegung teil, an der teilzunehmen ich kein Recht habe. Es ist so, wie wenn man einen Bekannten trifft, der weinend vom Begräbnis seiner Gattin kommt, man ist peinlich berührt, weiß nicht, soll man bleiben oder sich rasch drücken. Verzeihen Sie, daß ich Ernst Weiß in diesem Zusammenhang nenne, aber ich nenne ihn, weil er typisch ist für das was man „Herz" nennt. Bei Ihnen merkt man Gott sei Dank nichts als Ihre Ruhe und Entfernung vom Treiben Ihrer Geschöpfe. Aber diese Geschöpfe haben Herz und ich bekenne, daß mir bisweilen die Tränen über die Backen gerollt sind, trotzdem ich ein abgebrühter Kunde bin, wenn z. B. so ein Herz wie das des wackeren Joachim aufhört zu schlagen. Und Sie weinen nicht mit, Gott sei Dank, Sie wissen bald wieder ein mildes Lächeln über die Dinge zu breiten, das ebenso eine Angelegenheit des Herzens ist wie der Schmerz.

Die Gespräche im 2. Band! Wie lebendig ist das, wie ernst geht es zu und doch wie viel Humor in der Führung, wie viel Witz im Einzelnen. Und wie ergreifend der Kampf um Hans Castorp, der – verschämterweise – an Objekten wie Demokratie, Kunst, Literatur, Politik und so fort geführt wird. Und wie tiefe Dinge stehen da. Um nur ein Beispiel zu nennen – es wäre besser, ich würde keines nennen, denn jede Zeile ist ein Beispiel – was Settembrini über die Musik sagt, was er, was Nafta über die Krankheit sagen. Und Naftas toller Selbstmord. Hinter diesen Dingen steht noch etwas, das zweite Gesicht, und das ist das Kriterium für die Dinge, ob sie ewig oder vergänglich sind.

Hans Castorp, Clawdia Chauchat, Settembrini, man möchte noch einen Band lesen über ihre weitere Schicksale. Man möchte doch bestimmt wissen, wie Hans Castorp diesen Krieg übersteht, wenn er nicht stirbt. Das ist auch groß, dieser Schluß, der ein neuer Anfang sein könnte, den Schwerpunkt wieder ins Ungewisse verlegt, außerhalb des Buches, wenn ich das klar ausdrücke, so daß man aufhört noch mit einem Wunsch, einer Neugierde im Herzen, wie bei einem Abschied von einem lieben Menschen. Es bleibt die Bereitschaft, wieder von ihm zu hören, ihm wieder zu begegnen, es ist nicht „erledigt", man streicht ihn nicht aus.

Ich könnte so stundenlang fortsetzen, über den Zauberberg zu schreiben. Aber ich will Sie nicht langweilen. Ich freue mich nur, daß Sie jetzt wieder einen freien Kopf und ein freies Herz haben für den Felix Krull. Ich freue mich, daß Sie jung sind und ein reiches Herz haben, trotz der „Herzlosigkeit", ein reiches Herz haben, reich genug um so viele und so verschiedene Menschen mit Blut zu erfüllen.

Wie ich höre, lebt hier Ihr Sohn Klaus, von dem ich auch in Tageszeitungen schon kleine Arbeiten gelesen habe. Es würde mich sehr freuen, ihn kennen zu lernen. Vielleicht ruft er mich einmal an, – ich bin im Telefonbuch zu finden –, daß ich die Möglichkeit habe, ihn zu bitten, einen Abend in meiner Familie zu verbringen.

Zum neuen Jahre Ihnen, Ihrer verehrten Frau Gemahlin und den Ihrigen alles Gute

immer, verehrter Meister, Ihr dankschuldiger

und aufrichtig ergebener

Hermann Ungar.

An Jan Grmela, 15. 4. 1925

Český překlad znamená pro mne více než pro jiného nečeského autora, protože vždy, když píšu, mám pocit, že bych to chtěl a měl napsati v české řeči.

[*Übersetzung Kurt Krolop, Praha:*
Eine tschechische Übersetzung bedeutet für mich mehr als für einen anderen nichttschechischen Autor, denn immer, wenn ich schreibe, habe ich das Gefühl, das in tschechischer Sprache schreiben zu wollen und zu sollen.]

An Thomas Mann, 2. 6. 1925

[Berlin] 2. 6. 25.

Verehrter Meister,

ich weiß, daß Ihnen die Post in diesen Tagen Gratulationen in solcher Menge bringt und ich wünsche Ihnen vor Allem, daß der Trubel dieses Tages, der für uns alle, die wir Sie als Menschen und als Künstler lieben, ein Festtag ist, Ihnen nicht allzu lästig werde.

Trotz aller Unannehmlichkeit hat so ein Tag doch sein Schönes, das
Gefühl nämlich, daß man von so vielen Menschen geliebt wird, daß
man so vielen Menschen etwas geben konnte, was ihr Leben bereichert hat. Gewiß dachten auch Sie schon oft, wie sehr das Wort des
Dichters, und auch des großen, ohne Wirkung bleibt, ohne sichtbaren Erfolg und ohne Auswirkung auf die Geschicke des Staates wie
des Einzelnen. Der Schauspieler fühlt die Anerkennung seiner
Kunst im Augenblick, er sieht seine Wirkung, wenn er sich vor seinen Zuhörern verneigt. Der Dichter könnte manchmal denken, seine Wirkung versage. So ein Tag, wie der, den Sie jetzt feiern, belehrt eines besseren und ich vermute, daß der vieltausendfache
Dank der Leser, Freunde und Schüler Sie für viele Stunden der
Enttäuschung, der Mutlosigkeit entschädigt. Ich denke mir, daß
viele, deren Namen Sie gar nicht kennen, Ihnen an diesem Tag einen Gruß schicken werden und das stelle ich mir als das Schönste
vor, den Dank des man on the street. Die Anerkennung, die Bewunderung der „Literaten" aller Schattierung und im besten Sinne
des Wortes ist sicherlich nicht so beglückend wie das naive Wort
des instinkthaften intuitiven Menschen, der nach der Arbeit als
Kaufmann, Bauer, Ingenieur oder was immer sich hingesetzt hat,
nachdem er sich den ganzen Tag auf diesen Augenblick gefreut hat,
die Buddenbrooks oder den Zauberberg zu lesen. Man fühlt: das
Werk, das man seinem Gott abgerungen hat wie Jakob dem Engel
seinen Segen, ist nicht bloß bewahrt in Kritiken, Aufsätzen, Artikeln kluger und gelehrter Männer, es ist im Herzen von tausenden
lebendig, es ist nicht in ein Archiv der Geistigkeit gelegt unter dem
Anfangsbuchstaben des Namens, protokolliert und numeriert, es
spricht wie ein Mensch zu vielen Menschen, es lacht und weint mit
ihnen, es verändert sich in denen, deren Besitz es geworden ist und,
ohne daß sie es wissen, hat es die, die es zu besitzen glaubten, zum
Besseren verändert.

Mein Sermon wird zu lang. Ich möchte Sie nicht ermüden. Sie
wissen, verehrter Meister, wie ich Sie verehre – und, es sei an diesem Tage einmal dieses Wort gestattet und verziehen – und liebe.
Ich weiß, was ich Ihnen danke, ich habe das Glück gehabt in diesem meinem Leben, nicht nur den Künstler Thomas Mann kennen

zu lernen, ich habe den Menschen Thomas Mann gesehen, er hat den Anfang meiner Bahn gesegnet und ich hoffe, er wird es nie bereuen. Was ich Ihnen wünsche läßt sich nur mit Worten sagen, die es nur schwach und farblos ausdrücken. Dem Künstler wünsche ich, daß er die Ziele, die er sich noch gesteckt hatte, erreiche, ich wünsche ihm, daß er noch lange die Freude des Schaffens erleide. Dem Menschen wünsche ich Gesundheit, Liebe seiner Kinder, Liebe der Freunde, es möge der Segen, der auf seinem Lebenswerk ruhte und ruhen möge, seinen Kindern auch zuteil sein, daß dann Glück zu ihm und der Mutter zurückkehre. Ich fühle mich beschämt, daß ich so zu sprechen wagte, aber der Augenblick ist groß genug, die menschliche Scheu zu überwinden. Verzeihen Sie mir, verehrter Meister, daß ich die Schranken einer formellen Beglückwünschung überschreite und seien Sie nicht im Zweifel, daß zu den Dankbarsten unter den Dankbaren ich gehöre.

Ich bin Ihr Sie verehrender
Hermann Ungar.

An das Auswärtige Amt in Berlin (Gesandtschaftsrat Freudenthal), 18. 1. 1926

Berlin, den 18. Januar 1926.
Sehr geehrter Herr Gesandtschaftsrat,

im Anschluss an unser heutiges Gespräch hier die Notiz:

Vorbereitung eines deutsch-tschechoslowakischen Zollkartells durch Zusammenkunft der beiderseitigen Zoll-Straf-Referenten. Unterredung soll rein informativ sein. Standpunkt des Auswärtigen Amtes? Eventuell wann Zusammenkunft und wo?

Ich danke bestens für Ihr liebenswürdiges Entgegenkommen und bin mit dem Ausdrucke vorzüglichster Hochachtung

ergebenster
Dr. H. Ungar.

An das Auswärtige Amt in Berlin (Gesandtschaftsrat Freudenthal), 31. 3. 1926

Berlin, den 31. März 1926.

Sehr geehrter Herr Gesandtschaftsrat,

Ich beehre mich in Angelegenheit des „Zollkartells", in der ich seinerzeit bei Ihnen vorzusprechen mir erlaubt habe, ergebenst Abschrift der Verbalnote B III.7a der deutschen Gesandtschaft in Prag vom 6. X. 1924 zu überreichen, da wie Sie mitteilten, von einem derartigen Vorgang weder im Reichsfinanzministerium noch bei der Gesandtschaft in Prag etwas bekannt ist.

Ich hoffe, dass nunmehr die Angelegenheit ihren Lauf wird nehmen können und bin mit dem Ausdrucke vorzüglicher Hochachtung

Ergebenster
Dr. H. Ungar.

An Emil Faktor, 31. 8. 1926

[Berlin] 31. VIII. 26.

Sehr geehrter Herr Doktor,

obzwar ich es absolut für eine typische Ente halte und obzwar ich weiß, daß diese unglaubhafte Nachricht dementiert werden wird, da es nicht möglich ist, daß Sie schon solche Jubiläen feiern, gratuliere ich gleichwohl, sozusagen für alle Fälle. Ich wünsche Ihnen, sehr verehrter Herr Doktor, daß Sie Ihr junges Herz und das Verständnis für alles, was aufstrebt, bis zum 90. 100. und wie man in unserer Heimat sagt, bis 120 behalten. (ich wünsche es vor allem auch uns!)

In diesem Sinne bin ich mit dem Ausdruck aufrichtigster Verehrung

Ihr ergebenster
Hermann Ungar.

An Samuel Fischer, 20. 10. 1926

[Berlin] 20. Oktober 1926

Sehr geehrter Herr Fischer,

zu den Tausenden, die gratulieren, noch ein Glückwünschender. Einer, dem die „Neue Rundschau" in Knabenjahren das aufregendste Ereignis des Monats gewesen ist, der die, denen er als seinen Lehrern größten Dank schuldet, durch Ihre Mittlerschaft kennen lernte – Fontane, Herman Bang, Thomas Mann – und dessen Wunschtraum in jenen glücklichen Jahren gewesen ist: im Fischer-Katalog mit eigenen Büchern vertreten zu sein. Vielen Dank also von einem, bei dem Ihr Werk fruchtbar geworden ist und dem es ein Ansporn zu eigenem Schaffen gewesen ist.

Ich wünsche Ihnen, sehr geehrter Herr Fischer, noch viele, viele Jahre gesund und in voller Arbeitskraft am Werk sein zu können, ich wünsche, daß Sie uns noch viele Gelegenheiten geben, Ihre Jubiläen mit unseren Glückwünschen zu begleiten.

In aufrichtiger Verehrung
 Ihr
 Hermann Ungar

An das Außenministerium in Prag, 29. 12. 1926

Dr. Heřman UNGAR,
žádost o mimořádnou výpomoc.

Ministerstvu zahraničních věcí
 v Praze.

U příležitosti vydání mé knihy „Enfants et Meurtriers" v nakladatelství „Nouvelle Revue Français" v Paříži hodlá pařížský P.E.N. Club uspořádati večeři, ke které mne pozval. Pokládám za správné tomuto pozvání vyhověti nejen z důvodů osobních, nýbrž též s ohledem na příležitost, která se tu naskýtá pro propagaci a representaci československé literatury v cizině. Z toho důvodu prosím, aby mi ministerstvo zahranižních věcí povolilo k účelu této cesty mimořádnou podporu 5000 Kč.

Dovoluji si prositi o blahovolné vyřízení své žádosti a o laskavé urychlené vyjádření, protože se mám odebrati do Paříže koncem ledna nebo začátkem února.

V Berlíně, 29. prosince 1926.

Dr. Heřman Ungar
legační attaché.

[*Übersetzung Jaroslav Bránský, Boskovice:*
Dr. Hermann Ungar,
Gesuch um außerordentliche Unterstützung.

An das Außenministerium in Prag.

Anläßlich des Herausgabe meines Buchs „Enfants et Meurtriers" im Verlag der „Nouvelle Revue Français" in Paris beabsichtigt der Pariser P.E.N. Club ein Diner zu veranstalten, zu dem er mich eingeladen hat. Ich halte es für richtig, dieser Einladung zu folgen, und zwar nicht nur aus persönlichen Gründen, sondern auch mit Rücksicht auf die Gelegenheit, die sich hier für die Propagierung und Repräsentation der tschechoslowakischen Literatur im Ausland bietet. Aus diesem Grund bitte ich, das Außenministerium möge mir zum Zweck dieser Reise eine außerordentliche Unterstützung von 5000 tschechischen Kronen bewilligen.

Ich erlaube mir, um wohlwollende Prüfung meines Gesuchs und um möglichst beschleunigte Äußerung zu bitten, weil ich mich nach Paris Ende Januar oder Anfang Februar begeben soll.

Berlin, den 29. Dezember 1926.

Dr. Hermann Ungar

Legationsattaché.]

An Gustav Krojanker, 5. 8. 1927

[Berlin] 5. VIII. 27.

Lieber Gustav,

ich hoffe Dich also wohlbehalten in Deinem Stammschloß zurück und schreibe Dir wegen unseres vorgestrigen Abends. Ich war durch W.s Urteil sehr deprimiert, trotzdem ich es nicht zeigte. Aber ich kann mir eigentlich nicht vorstellen, daß er recht hat. Ich mache einen: Anlaß für Schauspieler. Ich finde selbst da Stellen von gewisser dichterischer Schönheit und Tiefe. Z. B. der Einfall nach Podk. Szene, daß dieser sagt, Genosse, deinen Schnaps! Das ist doch eine Sache nicht ohne Tiefe. Oder wenn Brutzkin sagt: Trinken nicht, besaufen sich nicht u.s.w. Daß W. sagt, so ein Problem müsse in 5 Akten bearbeitet werden, das hat mich andererseits durch Naivität dieser Kunstrichterei beruhigt. Wenn ich allerdings jetzt Zweifel an seiner Kunstkenntnis äußere, – die ich wie Du weißt schon lange hege – so sage ich mir selbst augurenhaft: Aha. (Du verstehst!) (Ich meine, weil ich ihm nicht gefalle, glaube ich ihm nicht.)

Aber Du kennst mich lange, lieber Gustav, wie kein zweiter, Du weißt, daß ich Kritik, wenn sie mir im geringsten berechtigt scheint nicht nur ertrage, sondern dankbar bin für Winke, die man mir gibt und daß ich selbst sehr schnell meine Schwächen erkenne. Also: wie ist das in diesem Fall? Ich versuche mit aller Mühe W. zu glauben, aber ich finde keine Antwort in meinem Gewissen!!

Das wollte ich sagen und noch, daß ich von Ludwig unter dem Motto: ex oriente Luz! einen ergreifenden mich zutiefst rührenden Brief bekommen habe. Ich bitte Dich, schreibe mir sofort, wenn Du seine Schweizer Adresse erfährst. Ich will ihm ein begrüßendes Wort schicken.

Wie stets

Dein Schani

An Gustav Krojanker, 7. 9. 1927

[Berlin] 7. IX. 27.

Lieber Gustav,

ich danke Dir auf das herzlichste für Deinen Brief, der mir wirklich wieder Mut gemacht hat. Du verstehst, daß ich W. in letzter Zeit etwas ausweiche, nicht seine Kritik ist es, sondern seine Apodicke! Der Herr Entscheider! Aber ich bin nicht geärgert, ich kann alles ertragen, aber trotzdem danke ich Dir für Deine wieder wie so oft bewiesene Freundschaft.

Hier Pinners Brief, der mich durch die Diktion rührt: da stimmt etwas nicht, Gustav, glaube mir! Ich hätte ihm gern ein Wort des Grußes nach der Schweiz telegraphiert, aber ich nehme an, daß er nicht mehr in Zürich ist.

Wann fährst Du nach Partenkirchen?

Herzlichst wie stets

Dein Schani.

An Herbert Ihering, 3. 11. 1927

[Berlin] 3. November 1927

Herrn

Herbert Jhering

Berlin-Charlottenburg

Sehr geehrter Herr Jhering,

infolge eines Oberschenkelbruchs, der mich auf viele Wochen ans Bett fesselt, bin ich zu meinem Bedauern gezwungen, Ihnen meinen neuen Roman „Die Klasse" durch den Verleger zugehen zu lassen. Ich hätte grossen Wert darauf gelegt, Ihnen das Buch mit einigen wesentlichen Begleitworten persönlich zu schicken, augenblicklich erlaubt mir aber meine Lage nur die Unterschrift unter diese Schreibmaschinenzeilen.

Ergebenste Grüße

Hermann Ungar.

An Heinrich Mann, 4. 11. 1927

[Berlin] 4. 11. 1927

Sehr verehrter Herr Mann,

infolge eines Oberschenkelbruchs, der mich auf Wochen ans Bett fesselt, bin ich zu meinem Bedauern gezwungen, Ihnen meinen neuen Roman „Die Klasse" durch den Verleger zugehen zu lassen. Ich hätte grossen Wert darauf gelegt, Ihnen das Buch persönlich mit einigen wesentlicheren Worten zu schicken. Nun er-

laubt mir meine Lage höchstens die Unterschrift unter diese
Schreibmaschinenzeilen.
 Mit ergebenen Grüssen
  stets Ihr
   Hermann Ungar

An Oskar Baum, 18. 3. 1928

[Berlin] 18. III. 28.
 Verehrter Herr Baum,
 ich habe Ihnen schon telegraphisch gedankt, möchte es noch in ein paar Zeilen wiederholen. Vor allem herzlichsten Dank für das schöne Buch, das mir große Freude bereitet und das ich „auf einen Sitz" gelesen habe, mit wirklicher Ergriffenheit. Eine Composition von seltener Reinheit und innerer Wahrheit, die in allem zu Tage tritt. Das Thema berührt mich nahe, da sowohl meine Mutter blind wurde, wie meine Großmutter. Ich weiß nicht, wie ich Ihnen für Ihr schönes Geschenk danken soll.
 Und dann Ihre ausführliche Besprechung. Sie ist wirklich eine der wenigen, aus denen der Autor Nutzen ziehen kann. Das ist, glaube ich das schönste, was man von einer Rezension sagen kann. Der Vergleich mit Kafka und Winder freut mich. Es ist übrigens vielleicht nicht uninteressant wenn ich Ihnen sage, daß ich von Kafka außer dem Hungerkünstler nichts kenne. Ich habe, sooft ich etwas von ihm zu lesen begann, nach wenigen Zeilen aufgehört. Ich konnte nicht. Auch Winders Roman kenne ich leider nicht. Aber trotzdem: warum sollte nicht alles richtig sein, was in dieser Richtung gesagt wird. Es kommt aus der Atmosphäre, die wir geteilt haben, den ähnlichen Jugenderlebnissen, der gleichen Abstammung. Mir ist es übrigens schon einmal so gegangen. Als ich mein Buch „Knaben und Mörder" veröffentlichte, wurde ich, gewiß ein Lob, ein Schüler Freuds genannt, dessen Namen ich auf diese Weise wohl zum ersten Mal hörte. Es ist vielleicht so, daß das Genie eines Freud, eines Kafka wirkt und Einfluß ausübt, ohne daß man den Kontakt herstellt, gleichsam eine radiogene Wirkung.

Ich freue mich, mich mit Ihnen über all das bald mündlich unterhalten zu können. Ich bin ab 1. Juni wieder in Prag.
Nochmals vielen Dank in aufrichtiger Verehrung stets Ihr
Hermann Ungar

An Gustav und Ella Krojanker, 6. 6. 1928

[Weggis] 6. 6. 28.
Mein Lieber und Getreuer und auch Du werte Braut!
Ich schreibe Euch diesen Brief auf der prima Remington Schreibmaschine, grossartig für Schriftsteller, da sie nicht nur portable ist, sondern potentiell die grössten Dichtungen in sich hat. Man muss bloss auf die richtigen Typen klopfen. Ich werde mir die grösste Mühe geben.

Ich schrieb Euch gestern aus Zürich einen kurzen Kartengruss, den ich nun durch ein ausführlicheres Schreiben ergänzen will. Vor allem, dass ich mich entschlossen habe, etwa 8-10 Tage hier zu bleiben, Weggis, Hôtel Alpenblick, sowohl weil mich das Herumfahren ankotzt, da es doch nirgends schöner sein kann als in Boskowitz und weil ja eh das Leben nach dichterischer Weisheit bloss oder sogar ein Gleichnis ist, was ihrerseits auch die katholische Kirche den Gläubigen als Weisheit schenkt und sie so vor catilinarischer Neuerungssucht ebenso wie vor donjuanischem Weibertrieb warnt und vielleicht bewahrt. Hier also in Weggis, wo es wie gesagt keineswegs besser ist als z. B. in Burg, will ich letzte Hand an ein Theaterstück legen, das, wie Ihr vielleicht in der Berliner Judenpresse gelesen habt, mit Fritz Kortner in der Titelrolle und unter der Regie von Erich Engel am 16. September unberufen, toi, toi, toi im Theater in der Königgrätzerstrasse steigen soll. Ich weiss nicht, wie viele Freibillets ich als Autor bekomme und da ich annehme, dass Ihr bei der Premiere jedenfalls sein wollt, während ich von meinen Billets jedenfalls meine Frau und eventuell meinen Vater bedenken muss, ausserdem wohl eine Loge für den Gesandten werde andienen müssen, Euch meine Lieben aber keinesfalls an diesem Tage, mag er enden wie immer, entweder um mich mit Euch zu freuen oder mich von Euch trösten zu lassen, missen will – – – könntet Ihr also eventuell rechtzeitig zwei Billets eindecken? Ich weiss auch nicht, wie viel Tage vor der Schlacht ich auf dem Kriegsschauplatz eintreffen werde.

Ich würde mich sehr freuen, von Euch bald etwas zu hören. Schreibt mir so, dass ich noch hier Nachricht habe. Allerdings dürfte ein Brief hieher 2-3 Tage unterwegs sein, da wir nicht an der Eisenbahn liegen, sondern von einem Dampfboot ausgeübt werden, so als wären wir in Memel, schreibt die Maschine. Wenn Ihr wollt kann ich den Pilatus von Euch grüssen, zu Pontius bestehen hier keine Verbindungsmöglichkeiten.

Grete grüsst bestens, desgleichen ich Euch alle incl. Nachkommenschaft und bin ich und bleibe ich für heute nichts weiter als Euer
Schani

An Gustav Krojanker, 11. 6. 1928

[Weggis] 11. Juni 28.

Lieber Gustav,

ich erhalte soeben Deinen Brief aus dem Esplanade. Glaube mir, daß auch ich, besonders Deinetwegen, sehr schweren Herzens aus Berlin weggegangen bin, denn schließlich, ich habe doch außer Dir und Pinner wirklich niemanden, wenn ich von Weib, Kind und Verwandtschaft absehe. Ich wollte Dir sogar zum Abschied aus Berlin einige Worte schreiben, aber dann entsann oder besann ich mich, daß Dir Sentimentalität noch weniger liegt als mir.

Wenn die Lose uns beiden glücklich fallen, vielleicht wird es dann doch noch möglich, daß wir unsere Domicile von einander erreichbar aufschlagen. In oder bei Berlin, welch letzterem ich für meine Person den Vorzug geben würde.

Ich hatte eine Erholung außerordentlich nötig und bin deswegen hieher gefahren, fühle mich aber hier nicht sehr wohl. Dicke, schwüle Luft, das ganze ein Kessel in den kein frischer Hauch gelangt. Deswegen will ich morgen weiter, höher hinauf, in die Gegend von St. Moriz, wahrscheinlich nach Celerina, wo es nach den

Prospekten am billigsten zu sein scheint und wohin Du mir postlagernd schreiben kannst und sollst.

Ganz abgesehen von allem anderen wohnt im Alpenblick in Weggis der bekannte Niedersachse Lothar Loewe mit einem wahren Bauernschreck von Weib und beide gehen mir nicht von der Seite und auf die Nerven. Jener ist imstande, eine Stunde lang ununterbrochen zu reden, ohne daß man selbst am Gespräch teilnimmt und sagt so leeren Quatsch, wie es in der letzten Berl. Illustrierten Tucholsky so gut schildert. Morgen um 8 Uhr früh bin ich ihn los.

Wegen der Billets zu meiner Prem. bitte ich Dich, meine Worte nicht mißzuverstehen; wenn ich rechtzeitig in Berlin sein werde und wenn ich Karten bekomme, wirst Du selbstverständlich von mir versorgt werden.

Eine große Sünde liegt mir seit Tagen auf dem Herzen. Dein Geburtstag; der 1. Juni war der Tag des neuen Antritts in Prag, vorher die Aufregungen mit dem Stück in Berlin, ich habe am 2. Juni mit anderen Worten vollkommen vergessen und mich erst am 5. etwa in Schweizer Bergesfrieden an dieses für uns alle so wichtige Datum erinnert. Also, halte es dieses Jahr den besonderen Aufregungen zugute, wenn ich vergessen habe. Du weißt, wie ich Dir, wenn auch verspätet, alles Gute zum Geburtstag wünsche, vor allem, wenn es Gott gefällt, etwas mehr Zufriedenheit mit dem Schicksal, das über Dich verhängt ist. Fürstenabfindung, Gustav, im Grunde Fürstenabfindung, nicht ungerecht sein! Du hast viele Möglichkeiten, ich glaube an Deine Fähigkeiten, die Du gewiß noch einmal ausnutzen wirst. Du wirst nicht in Burg sterben! Schließlich, es ist Dir doch das Wesentliche im Leben gut geraten, d. i. Weib, Kind, Freunde und der unruhige Geist, der Leiden schafft, doch auch Freuden. Der Geist ist eine unglückliche Liebe für jeden, der ihn in der Lebenslotterie gezogen hat, man kriegt ihn nicht ins Bett! Aber die unglücklichen Lieben sind vielleicht in der „Vogel"perspektive die wirklichen großen und reichmachenden!

Du weißt, ich bin ein schlechter Pastor und ein schlechter Briefschreiber. Enträtsele die mystischen Worte und Du wirst schon merken, was ich meine: ich meine, Gustav, daß ich Dir von ganzem

Herzen zugetan bin und daß ich den Oktobertag segne, an dem ich Manuskripte bewehrt in Dein Zimmerchen Kurfürstendamm 48/49 eintrat. Und daß ich mir nichts mehr wünsche, als daß das zwischen uns bleiben soll wie bisher bis an das Ende unserer irdischen Fahrt.

Grüße mir die liebe Ella herzlichst und sei selbst herzlichst gegrüßt und umarmt von
Deinem treuen
Schani

An Gustav Krojanker, 18. 7. 1928

18. VII. 28.
Prag-Smíchov, Fibichova 5

Lieber Gustav,

glaube nicht, daß mir vor der so segensreich begonnenen Korrespondenz rasch wieder mieß geworden ist. „Das Gegenteil ist richtig." Aber die ersten Tage im neuen Wirkungskreis, der noch allzu unregelmäßige Lebenswandel infolge Ermangelung der Gattin, damit verbundene Vergnügungen, Ablenkungen, tropische Hitze und unerträgliche Luft in der gegen Mottenschäden geschützten Wohnung haben mir bis jetzt noch nicht die Muße zum Briefschreiben gegeben. Ich schreibe Dir heute aus dem Ministerium, wo ich von 9–2 sitze und mich grenzenlos langweile. So langweile, daß ich mich selbst zum Briefschreiben nur schwer entschließen kann.

Von Ella erhielt ich einen Brief aus Berlin, für den ich ihr herzlichst danke. Ich hoffe, die Kur, die wohl schon vorüber ist, hat ihr wirklich genutzt und sie ist jetzt ganz gesund.

Was Deine Teilnahme an meiner Premiere betrifft, lass Dir darüber keine grauen Haare wachsen. Es liegt mir nicht daran, daß Du das Stück an einem Abend siehst, an dem ich während der Aufführung wohl sehr nervös und nachher wohl in großer Gesellschaft sein werde, an der Du, wenn Du da bist, teilnehmen kannst, wo aber trotzdem zum Sprechen wenig Zeit sein wird. Wenn es Dir besser paßt – und hoffentlich wird das Stück doch einen Monat gehen – sieh Dir eben eine spätere Vorstellung an.

Auch daß Du nicht nach Berlin gekommen bist, hat mich nicht gekränkt. Ich hatte dort sehr viel zu tun, war im ganzen 2 Tage da und habe nebenbei an furchtbarem Durchfall gelitten.

Daß der Briefwechsel Dich angeregt hat, etwas zu schreiben, ist mir eine große und wirkliche Freude. Ich denke, wir könnten überhaupt, gleichsam wie in Tagebüchern uns gegenseitig Berichte über uns senden, die nicht nur den anderen informieren, sondern uns selbst auch helfen würden, uns über unsere eigenen Angelegenheiten klar zu werden. Wenn ich in diesem Brief damit nicht beginne so deshalb, weil ich heute nervös, im Amt fortwährend abgelenkt und von der Hitze müde bin.

Bevor ich vergesse: bitte nimm gleich eine Postkarte und teile dem K. J. V. meine Adresse mit. Ich möchte nämlich nicht, daß mir Briefe ans Min. gesandt werden, da ich wegen Zugehörigkeit zu einem reichsdeutschen Verband Unannehmlichkeiten haben könnte! Bitte nicht vergessen! Ich weiß die Adresse des K J V augenblicklich nicht.

Morgen wird Grete mit Tomy aus Boskowitz kommen. Ich bin schon sehr froh, daß ich wieder meine Ordnung haben werde. Im Hochsommer ist das Gasthauslaufen sehr unangenehm.

Was hörst Du von Pinner? Schreibt er regelmäßig? Sage ihm, daß ich ihm die mir geliehenen 1000 Mk im Herbst nach meiner Premiere bezahlen werde, und zwar wird er von Dir befriedigt werden. Oder soll ich das Geld direkt in der Motzstraße verteilen, um es ihm bequemer zu machen?

Ich grüße Ella herzlichst und bin mit den besten Grüßen an Dich

    Dein Schani

Was macht die kleine Jenny-Irene?

An Gustav Krojanker, 28. 7. 1928

Prag-Smichov, Fibichova 5, 28. 7. 28.
Lieber Gustav,

ich danke Dir für Deinen freundlichen Brief, mit dem ich mich sehr gefreut habe. Ich habe auch sofort die Nachforschungen nach jenem Schreiben, das Du zurück wünschst, eingeleitet und an dessen Inhalt ich mich genau erinnere. Leider bis jetzt mit negativem Erfolg. Ich könnte Dir alle möglichen Briefe, die Du mir im Lauf der Jahre geschrieben hast wieder vorlegen, gerade dieser aber scheint in der Hitze und der Unordnung des Reisens abhanden gekommen zu sein. Grete behauptet, sie wird ihn noch finden, aber garantieren kann ich dafür nicht. Er ist sicher nicht weggeworfen oder vernichtet worden, aber wahrscheinlich irgendwo in einen Stoss Manuskripte gerutscht und wird zufällig bei irgendeiner Gelegenheit wieder zu Vorschein kommen. Es würde mir sehr leid tun, wenn die geplante Arbeit an der Nichtauffindung dieses Briefes scheitern würde. Das würde allerdings keiner so gut verstehen wie ich. Denn auch ich bin stark abhängig von solchen Dingen und kenne die Verzweiflung, die einen überfällt, wenn man einen Zettel nicht finden kann, auf den man ein Wort vorgemerkt hat, das einem nun, da man sich des Wortes nicht erinnert, unerhört wichtig und so wesentlich erscheint, dass man ohne Wiederauffindung des verlorenen Zettels nicht weiterarbeiten zu können glaubt. Man muss sich dessen bewusst sein, wie abhängig man von Hemmungen ist, um sie zu überwinden. Es würde mir leid tun, wenn Du ohne den Brief die Arbeit, über deren Fortschreiten ich auf dem Laufenden gehalten zu werden bitte, nicht beginnen würdest. (Nach 24stündiger Unterbrechung) Auch mir sind einige wichtige Aktenstücke in den Tagen des Reisens verloren gegangen, die ich im Büro dringend brauche. Ich hoffe sie wiederzufinden so wie den von Dir verlangten Brief.

Ich sitze hier täglich 5 Stunden oben auf der Prager Burg, eine Amtsresidenz, wie man sich sie wirklich schöner nicht vorstellen kann. Und täglich, wenn ich den Berg besteige und auf das morgendlich in Nebel gehüllte Prag unter mir blicke, denke ich mir: es muss, muss, muss eine Lust sein hier zu arbeiten, sei es was immer.

Und dann sitze ich da in einem Saal zusammen mit drei anderen Sklaven und der Gedanke, dass hier vielleicht die Pagen des grossen Freundes des Rabbi Löw, Keplers, Tychos, des Kaisers Matthias ihr Schlaflager hatten, hat nicht den geringsten Reiz. Die Arbeit ist langweilig, glaubst Du. Das ist es nicht, sondern etwas viel ärgeres: es ist überhaupt nichts zu tun. Ich habe gestern trotz aller Anstrengung in 5 Stunden sage u. schreibe nur 3 Zeilen niederzuschreiben gehabt, wenn es gut geht, sind es manchmal 3 Seiten. Und etwas lesen oder für sich arbeiten geht aus verschiedenen Gründen, die aufzuzählen zu langweilig ist, auch nicht. Gebrochene Heimkehr um 3 Uhr mittags. Und dann die andere Qual, dass mir seit Wochen nichts mehr einfällt, trotzdem ich Einfälle dringendst notwendig habe. Wie ausgepumpt, versiegt. Alles drückt auf mich, ich fühle mich wirklich sehr elend.

Fällt mir ein, dass Du einen Bericht von mir über die Sache mit der Versicherungsgesellschaft verlangst. Der Rat der Weisen hat beschlossen, die Klage bei den Richtern einzureichen. Petit geht auf 20 Mille, glaube ich, aber vielleicht auch auf etwas mehr, ich weiss es nicht genau, zumal es sich da nur um Maximalforderungen handelt. Ich wäre Dir dankbar, wenn Du mich über Ellas Befinden auf dem Laufenden halten würdest. Hoffentlich wird die Kur einen Erfolg haben. Was macht die Kleine? Die Meinen sind ganz gut in Ordnung, Tommi entwickelt sich unberufen sehr gut, seine Stimme ist allerdings für unsere Raumverhältnisse etwas zu stark, während sein Appetit in keinem Verhältnis zu dem Einkommen eines Staatsbeamten steht.

Ich lege Dir einen Brief bei, der auf das Thema insoweit Bezug hat, dass er der psychologische Ausgangspunkt der Diskussion ist. Vielleicht hilft er Dir wieder etwas auf den Weg.

Mit besten Grüssen wie stets Dein
    Hermann Ungar

Von Grete und an Ella beste Grüsse.

An Gustav Krojanker, 4. 8. 1928

[Prag, 4. 8. 1928]

G.Z. 70.835/Po/28-II/5 Dezernent: H. U.
H. U./G. a. approb.: –
 a. exped.: videat Archiv!
 a. depositionem: –
zu dortigem G. K. / 1. 8. 28

Betreff: Krojanker, Fabrikant in Burg – Expedit: entnimm dem
Ungar, Beamter in Prag, Gefühle, Archiv Handzeichnung
Kompensation. als Beilage!!!

1 Beilage !!!

Pro domo: Dr. Gustav Krojanker, Fabrikant in Burg,
1. wünscht Schreiben vom....bei Auffindung eingesandt,
2. Anfrage betreffend die derseitigen Staatsangeh. Brod Max Postoberoffizial a. D. und Baum Oskar, Privater, beide verehelicht,
3. Bericht über die Reise der Ella K. Ehefrau, nach Tirol
4. dtto. Franz Werfel, diesseitiger Staatsangehöriger, Wien, led. ohne Beruf im Sinne der Kais. Verf. vom 13. Okt. 1763, Reichs-Patent de dato Schönbrunn, 17. Okt. 1763.

Kanzlei II/5 zwecks Vorlage der Personalstandesurkunden der ad 2, 3, 4 Genannten im Wege des Ministeriums des Innern. Dann Rückschluss an den Dezernenten!

4. 8. 28. Ungar.

Nach Entsprechung rückgeschlossen! Personalstandesdokumente ad 2, 3, 4 einverlangt
28. 9. 28 Kanzlei II/5 Müller 3
Asservatur!
Reproducat nach Eingang der Personalstandesdokumente ad 2. 3. u.4. 25. 10. 28. Ungar

Zu 70.835/Po/28-II/5
          Personalstandesdokumente werden im Wege des Protokolls angeschl vorgelegt.   Kanzlei II/5
                                                  17. 1. 29. Müller 3
Zurück Kanzlei II./5! Dokumente beziehen sich auf Brod Abraham, ledig, Religionslehrer in Rokycan, Werfel Johann, Klavierbauer in Esslingen, Baum Alfred, Arzt für Haut und Geschlechtskrankheiten in Joachimsthal Krojanker Mizzi, Prostituierte in Forst in der Lausitz. Zur. an das M. d. I. Asservatur! Reprod. 1. 7. 29!
                                                   25. II. 29. Ungar

Frist!!!   Ueber im Akt angeschlossene Beschwerde des p. t.
1. 7. 29.   Krojanker (G.Z. 25.764/29 Referat an Chef des Dép. Nichtabwartung der in Rede stehenden Personalstandesdokumente entsprechend Votum des Dezernenten beigetreten! Beschwerde und ursprüngliche Eingabe an VI/3 zwecks Gebührenbemessung an den Antragsteller!
          Asservatur!   27. 5. 29.
                  Dringend!
     Parlamentarische Intervention!
Ueber Antrag des Dezernenten erfolgt beschleunigte Erledigung!
Kanzlei II/5 Rückfrage an VI/3 betreffend Gebührenbemessung!
                                     15. 6. 29. Ungar
u.s.w.u.s.w.u.s.w. da könnte man jahrelang zuhören, was?
Wegen Ablebens des Antragstellers obsolet!!!
          A. A.   27. 9. 1992
                  Dr. Thomas Ungar, Geh. R

Lieber Gustav, denn ich wollte Dir einen Begriff geben, aber alle diese Vorgänge spielen sich im Ablauf der Jahre ab!

    Ich habe mich über Deinen Brief, wie immer, wenn ich von Dir höre, sehr gefreut. Um Deine Fragen zu beantworten: ich sehe die Prager Literatur sehr selten, da ich kaum ausgehe. Dass Werfels

Buch so gut ist, habe ich gehört, es erfüllt mich nicht mit Neid, aber mit Kummer. Sollte er der grössere sein. Es wäre nicht zu ertragen. Ich möcht das Buch gerne lesen und werde es mir, da er es mir nicht schickt durch Rowohlt kommen lassen.

Ich freue mich, dass Ella nach Hause kommt und hoffe, dass die Malaria nun endgültig überwunden sein wird. Warum fährst Du nicht mit nach Tirol? Würde Dir gewiss auch gut tun, vorausgesetzt, dass Du nicht vergisst beim Essen alle nötige Obsorge walten zu lassen.

Mir macht das Schreibmaschinenschreiben direkt Spass. Das nebenbei.

Am 25. August komme ich zu den Proben nach Berlin. Hoffentlich sehen wir uns da.

Wie ist die Unterredung mit Weitzmann ausgefallen? Grosse Umarmung? Nur wer Burg kennt weiss was ich leide!

In der Beilage eine kleine Handzeichnung, heute vormittags in meinem Büro angefertigt, darstellend eine Ecke des Erzbischöflichen Palais auf der Burg zu Prag, wie sie sich mir meinem Blick aus dem Fenster beut. Als Angebinde für Gustav! Gott hat mir versagt zu dichten, statt dessen hat er mir gegeben zu zeichnen. Die vielen Striche, die den Teil rechts unten füllen, sind Laubbäume, unter ihnen ein Birnbaum, den man nicht erkennt. Er wächst mir direkt ins Fenster und gemahnt mich an Tollers Schwalben. Wenn ich Flieger wär, ich wollte fliegen, wenn ich ein Vogel wär, ich wollte... na, auch! Alles vergeblich! Warum kommst Du eigentlich nicht nach Prag, fällt mir ein, wo ich so oft nach Burg gekommen bin? Möchte gern ein neues Theaterstück schreiben, fällt mir nichts ein, auch eine Novelle! fällt mir vielleicht was ein, will mal morgen sehen, denke an ein geruhsames bürgerliches Haus, etwa Michels, so erstklassig alles, Kind und Kegel! Heissen vielleicht Pelikan? Guter Name, wie? Habe schon einmal paar Zeilen dazu geschrieben. Na abwarten! Wenn ich bloss dem Amt entkommen könnte! Sag mal, lohnt es sich für 250 M sich das Leben zu verpatzen und die Hälfte seiner Zeit – Hälfte heisst in gewissem Sinne die ganze – in einem geist und seeletötenden Milieu zu verbringen, vorausgesetzt, dass man etwas besseres zu tun hat und eingedenk dessen, dass man mitten drin steht, d. h. dass es sozusagen bald vorbei ist. Es ist eine Frage, die man wohl selbst entscheiden muss, man muss den Mut zu so was aufbringen, ohne irgendwelche Rücksichten zu nehmen. Man muss den Mut zur Verzweiflung haben, alles auf die Karte seiner Begabung setzen können, sonst ist man ihrer vielleicht gar nicht wert. Wer rät einem da? Pinner, wenn er wüsste, dass ich solche Gedanken habe, er würde eigenst aus Palästina herkommen, mir sie auszutreiben. Und Du? Du wirst sagen, ich habe noch immer Zeit genug zu schreiben und wenn es nicht absolut nötig ist, soll ich dabei bleiben. Da ich Weib und Kind habe. Und wenn ich krank werde, fragst Du. Und wenn die Einfälle ausbleiben oder der Erfolg? Lauter vernünftige Fragen also, die Du mir vorlegst und auf die es keine andere Antwort gibt als etwa die Antwort von Tommi nach stundenlangen Vorträgen gespickt mit Vernunft und Drohung: Ich will aber doch Gurkensalat! Mir ist als wollte ich nun bald auch endgültig doch Gurkensalat, trotz aller Warnungen und ärztlicher Vorhaltungen. Also lieber Gustav, sag, was Dein Herz und Dein Verstand Dich zu sagen zwingen. Grete befindet sich infolge Schwangerschaft leider gar nicht gut. Kotzt den ganzen lieben Tag. Ich glaube, sie hat sich als wir Tommi erwarteten, viel besser befunden.

Die Löwes sind sehr lustige Leute! Ich verstehe bloss Jarosch nicht, wie er das aushält. Uebrigens bitte sag ihm nichts von meinen Bemerkungen, ich möchte nicht noch mehr Feinde haben. Sie haben übrigens schon in Weggis sehr stark für Grete Partei ergriffen und ihr Schätzung und Anerkennung erwiesen. Ich kann mir Magdeburg nur allzu lebhaft vorstellen.

Morgen ist Sonntag. Ich habe mich auf diesen Tag noch nie so gefreut wie jetzt. Vormittags bischen durch die Strassen und ins Kaffee, ein paar Zeitungen lesen. Uebrigens habe ich mir hier den Kaffeebesuch schon ganz abgewöhnt, verlasse das Haus kaum, ausser um ins Amt zu gehen. So miess ist mir vor der ganzen Welt.

Aber jetzt gehe ich schlafen, gute Nacht. lebe wohl, Grüsse von Grete und von mir an Dich und Ella!
Stets Dein
    Schani

An das Außenministerium in Prag, 4. 8. 1928

Dr Heřman Ungar.
ministerský komisař,
žádost o mimořádnou
dovolenou.

Ministerstvu zahraničních věci
    v Praze.

Dovoluji si žádati, aby mně byla laskavě povolena 4nedělní mimořádná dovolená.
Odůvodňuji tuto žádost takto:
Mezi 16. a 20. zářím t. r. bude v Berlíně, v divadle v Königgrätzerstrasse první představení divadelní hry, jejíž jsem autorem.

Poněvadž je pro mne nezbytně důležité zúčastniti se zkoušek, dovoluji si žádati, aby mně bylo dovoleno v pádu kladného vyřízení žádosti nastoupiti dovolenou dne 25. srpna t. r.

V Praze, dne 4. srpna 1928.

Dr Heřman Ungar.
ministerský komisař.

[*Übersetzung Jaroslav Bránský, Boskovice:*
Dr. Hermann Ungar.
Ministerialkommissar,
Gesuch um einen außerordentlichen Urlaub.

An das Außenministerium in Prag.

Ich erlaube mir darum zu ersuchen, daß mir freundlicherweise ein außerordentlicher Urlaub in der Dauer von 4 Wochen bewilligt werde.

Ich begründe dieses Gesuch auf diese Weise:

Zwischen dem 16. und 20. September d. J. wird in Berlin im Theater in der Königgrätzerstraße die Uraufführung eines Schauspiels stattfinden, dessen Autor ich bin.

Weil es für mich unerläßlich notwendig ist, an den Proben teilzunehmen, erlaube ich mir, darum zu ersuchen, daß mir bewilligt wird, im Fall einer positiven Entscheidung meines Gesuchs, den Urlaub am 25. August d. J. anzutreten.

Prag, den 4. August 1928.

Dr. Hermann Ungar.
Ministerialkommissar.]

An Gustav Krojanker, 26. 2. 1929

[Prag] 26. II. 29.

Lieber Gustav

ich habe Dir eben einen witzereichen Brief in Versen geschrieben. Ich sende ihn nicht ab. Er ist deplaciert im Hinblick auf das Entsetzliche, was sich in Palästina abspielt. Ich bin ernstlich besorgt um meine Schwester, die in einer Kolonie auf dem flachen Lande vollkommen schutzlos ist mit allen, die sich in dieser Kolonie befinden. (Ajn Charod) Ich bin gestern aus Berchtesgaden zurückgekommen, wo ich bei Michels zu Gast war. Ich habe die Zeitungen nur flüchtig gelesen und erkenne eben den Umfang des Unglücks.

Also auch dort soll nicht Friede sein? Vielleicht ist es das Schicksal der Völker, daß sie den Frieden und ihr Leben und das Leben auf ihrem Land durch Ströme von Blut erkaufen müssen. So soll das vergossene Blut das Land an uns ketten. Ich weiß nicht, wen von Freunden und Verwandten wir zu beklagen haben werden, aber ich zweifle nicht daran, daß alle unsere Freunde unter den Kämpfern sein werden.

Ich bin vollkommen konsterniert, in großer Sorge um die Sache und die Menschen, unter denen meine Schwester und viele mir Nahestehende sind.

Ich grüße Dich und die Deinen
Dein H. U.

An Außenminister Edvard Beneš, 15. 3. 1929

Velevážený pane ministře,

přijat Vámi do služeb Ministerstva zahraničních věcí, dovoluji si, obrátiti se na Vás touto žádostí:

po dlouhém uvážení nabyl jsem přesvědčení, že moje úřední činnost ve své bezvýznamnosti pro všeobecné blaho neodůvodnuje dostatečně okolnost, že jsem jí musel zanedbávati spisovatelskou práci. Po různých pracích – epických i dramatických, které byly přeloženy i do řečí francouzské, anglické a české – pracuji na velkém díle epickém, jehož děj se odehrává hlavně na půdě mého moravského domova. Pokládám toto dílo už v zájmu naši veřejnosti za dosti důležité abych v něm pokračoval napjetím všech svých duševních sil. Nabyl jsem tohoto rozhodnutí po těžkém konfliktu svědomí a ujišťuji, že rád bych sloužil republice dále jako úředník Ministerstva zahraničních věcí, kdy bych měl pocit, že budu míti v dohledné době možnost, uplatniti se k skutečnému prospěchu vlasti.

Nevím, pane ministře, jestli ministerstvo si váží okolnost, míti ve svém úřednickém sboru lidi, kteří se těší určitého uznání v duševním světě evropském, aby mohlo případně disponovati jejich osobou. Prosím proto, aby tato žádost byla podle Vašeho rozhodnutí považována bud za žádost o propuštění ze služby, nebo případně za žádost o prodloužení neplacené dovolené. Současně prosím, aby mě bylo povoleno, setrvati do doby rozhodnutí na neplacené dovolené.

    Podpisuji s výrazem své nejhlubší úcty a neodvratné oddanosti.

V Praze, dne 15. III. 1929.   Dr. Heřman Ungar
                                                                    min. komisař.

Vel. Pán
pan dr. E. Beneš,
ministr zahraničních věcí
   v Praze

[*Übersetzung Jaroslav Bránský, Boskovice:*
Hochgeehrter Herr Minister,
angenommen von Ihnen in die Dienste des Außenministeriums, erlaube ich mir, mich mit diesem Gesuch an Sie zu wenden:

    nach langem Überlegen bin ich zu der Überzeugung gelangt, daß in meiner Amtstätigkeit, die für das Allgemeinwohl so bedeutungslos ist, kein hinreichender Grund liegt für die Tatsache, daß ich mich gezwungen sehe, meine schriftstellerische Arbeit zu vernachlässigen. Nach verschiedenen epischen und dramatischen Werken, welche auch in die französischen, englischen und tschechischen Sprachen übersetzt wurden, arbeite ich an einem großen epischen Werk, dessen Handlung hauptsächlich auf dem Boden meiner mährischen Heimat spielt. Auch im Interesse unserer Öffentlichkeit halte ich dieses Werk für wichtig genug, um es mit Anspannung aller meiner Geisteskräfte fortzusetzen. Diese Überzeugung habe ich nach einem schweren Gewissenskonflikt gefaßt und ich versichere, daß ich der Republik gerne weiter als Beamter des Außenministeriums dienen würde, wenn ich das Gefühl hätte, daß mir in absehbarer Zukunft die Möglichkeit geboten würde, mit meiner Tätigkeit dem Wohl des Vaterlandes dienen zu können.

    Ich weiß nicht, Herr Minister, wie es das Ministerium beurteilt, daß es in seiner Beamtenschaft Leute gibt, die sich eines bestimmten Ansehens in der europäischen Geisteswelt erfreuen, wie also nötigenfalls über so eine Person disponiert werden kann. Daher bitte ich, dieses Gesuch nach Ihrer Entscheidung entweder als Entlassungsersuchen zu behandeln oder gegebenenfalls als Bitte um Verlängerung des unbezahlten Urlaubs. Gleichzeitig bitte ich um die Bewilligung, bis zur Entscheidung im unbezahlten Urlaub bleiben zu dürfen.

Ich unterzeichne mit dem Ausdruck meiner tiefsten Verehrung und unverbrüchlichen Ergebenheit.

Prag, den 15. III. 1929.   Hermann Ungar
                                     Ministerialkommissar

Hochgeehrten Herrn,
Herrn Dr. E. Benesch,
Außenminister]

An Gustav Krojanker, 18. 3. 1929

[Prag, Poststempel 18. III. 29]

Lieber Gustav,

am 15. d. M. wurde mir ein 7 Pf. schwerer Sohn geboren. Seinen Namen kannst Du nicht erfahren, weil ich selbst noch keinen Titel für mein neues Werk habe. Das ist immer meine schwächste Seite. Mutter Grete ist wohl, auch meiner Mutter geht es etwas besser. Grüsse an Ella!

Dein Schani

An Gustav Krojanker, 27. 3. 1929

[Prag] 27. III. [1929]

Lieber Gustav,

zuvor Dir und Ella herzlichen Dank für Wünsche.

Es ist bei Juden nie Sitte, Kinder so zu nennen, wie nahestehende Verwandte heißen, wenn diese am Leben sind. Hier fällt Thomas Michael aus. Ich entschied mich für Alexander Matthias, Rufname: Sascha.

Deine Idee: Emanzipation der Juden ausgezeichnet. Darf nicht auf Deutschland beschränkt werden. Wie wäre es mit dem wunderbaren Thema (nebenbei) Anteil der Juden an den revolutionären Bestrebungen in Europa und Amerika? Von Washington, französische Revolution zu Rosa Luxemburg, Trotzki etc.? Die Geschichte des russischen Bunds ist ein aufregender Roman! Ebenso Lassalle, Leo Deutsch, Engels, Marx!

Zu Pinners Brief kann ich Dir wenig sagen. Ich glaube, niemand läßt sich im Grunde raten, bestenfalls beeinflussen. Aber wie sollen wir das, Pinner und ich, so weit von dir getrennt. Ich verstehe und billige, daß Ella in Berlin ein Haus haben will, sich eingeordnet fühlen will in Gesellschaft und Freundschaft. Das ist gewiß der Einfluss, gegen den wir nichts tun können – und ich meinerseits nichts tun will – und dem Du nachgeben wirst, da Dir selbst, mehr aus physiologischen als aus inneren Gründen, das ruhige Leben eher zusagt, als das Leben in der Fremde, mit den drohenden Gefahren gestörter Nächte, kalten Morgenkaffees und verdorbener Butter an den Speisen. Ich würde es begrüßen, wenn Du Dich bischen umsehen würdest, nicht gleich wieder in den Kreis fallen würdest, dem Du seit Deinem 16 Jahre angehörst. Für mich war Berlin Fremde, neue Welt, zumal ich auch beruflich dort in einer mir bis dahin fremden Umgebung tätig war. Du kommst zu jung nach Hause, zumal Du bisher außer einigen Sanatorien im Grunde nichts gesehen hast (abgesehen von der kurzen Reise nach Palästina). Ich würde an und für sich es für besser halten, wenn Du <u>allein</u> ein wenig Dich umsehen würdest. Ella mit dem Kind könnte in Berlin bleiben, Du solltest nach Frankreich, nach England, nach <u>Russland</u>, nach Amerika. Auf 1 Jahr mindestens, zwischendurch könntest Du ja mit den Deinen da oder dort ein Rendez-vous haben.

Daß Pinner Deine Sesshaftigkeit nicht will, um die Übersiedlung nach Pal. nicht für immer unmöglich zu machen, glaube ich nicht. Ich hatte den Eindruck, daß er die Hoffnung, Dich herüberzuziehen, schon begraben hat. Du mußt also dieses Mißtrauen gegen seinen Rat nicht haben.

Ich sehe die Gefahr für Dich in der Einseitigkeit der jüd. Einstellung, die zu mangelnder Objektivität und einer Überschätzung der Wichtigkeit der jüd. Dinge führen muß. Man kann auch Historie des Judentums erst schreiben, das heißt so schreiben, daß etwas mehr daraus wird als Dubnow, wenn man die menschliche Weite des Blickes hat, nicht bloß die nationale. Ich meine das so: in der großen französischen Revolution wurden mit Danton die Brüder Frey, Landsleute von mir, Schieber und Kriegsgewinnler, vielleicht nebenbei gute Anhänger einer „bürgerlichen" Freiheit hingerichtet. Dubnow vergießt Tränen über das vergossene jüdische Blut. Sonst sieht er nichts. Das ist ungefähr für ihn die französische Revolution. Man muß beides sehen können. Und dazu muß man für eine Weile den Weizmanns entfliehen. Wozu ich Dir raten würde, wenn nicht (s. o.) das Raten zwecklos wäre.

Bei mir hat sich außer der Geburt des Kindes nichts geändert. Die Mutter liegt noch immer hier krank.

Ich freue mich, bald wieder von Dir zu hören!

Grüße Ella und Mimi!

    Stets Dein

      Schani

1 Blge.

An Emil Faktor, 10. 4. 1929

[Prag] 10. 4. 29.

Sehr verehrter Herr Doktor,

durch langwierige und schwere Krankheit in der Familie, Geburt eines Kindes und ähnliche Dinge war ich verhindert, mich um den „Jussuf" zu kümmern.

Nun aber, nachdem alles vorbei ist, habe ich ungesäumt die Recherchen begonnen und erfahren:

1.) daß die Honorierung im „P. T." in Ordnung geht. Ich hatte in der Erinnerung die Zahl der J-Aufsätze überschätzt.

2.) daß Winder – wie er behauptet – keinen Brief von Ihnen erhalten hat; er bittet Sie, ihm nochmals zu schreiben.

Empfehlen Sie mich und meine Frau Ihrer Frau Gemahlin auf das beste und seien Sie selbst von uns beiden auf das herzlichste gegrüßt.

Stets Ihr Ihnen dankbarst ergebener
Hermann Ungar.

Prag-Smíchov, Fibichova 5.

An Gustav Krojanker, 26. 8. 1929

Prag, XII. Fibichova 5,
den 26. VIII. 29.

Besser ists auf Schuhn zu laufen
als sie paarweis zu verkaufen.
Hat man sie schon angebracht,
Wer hat den Gewinn gemacht?
Der Gewinn – o seht wie schmeckt er
dem Herrn Generaldirekter!
Schön ists im Tessin zu sitzen,
statt in dem Kontor zu schwitzen,
statt dem Kaufmanns Einerlei
schreibst du heut einen Essay!
Sitzt in einer „Gartenlaube",
und dein Geist, wie eine Schraube
bohrt sich in die Stoffe ein!
Schön ists, Idealist zu sein!
(„Gartenlaube" à propos
Mit der meinen ist nichts los
Dortmund hab ich abgewiesen,
denn ich will sehr viel Reprisen.)
Sitzen in dem Rosengarten
des Tessin und zu erwarten
unsern Prinzen Luzlolo,
macht es dir die Seele froh?
Neben dir dein Kind, dein Weib,
gibts nen bessern Zeitvertreib?

Drob vergißt du nicht den Moses –
Laune, Witz, was immer Loses
in dir war, es flieht davon,
denkst du an den Mendelssohn.
Zeigefinger hochgehoben,
seh ich dich die „Sitte" loben,
Und des „Fortschritts" „Ethik" wegen
seh ich dich in Falten legen
deine Stirn gerade so
wie nen Hühnerarschpopo!
Nun zu mir, Maecenas Michel lud mich für kurz zu sich,
Oberbayern, Berchtesgaden,
(Alle Menschen tragen Waden)
Wer kein Geld hat, hat die Qual.
Und es bleibt ihm keine Wahl.
Es ist schröcklich, Gast zu sein,
Fremdes Brot und fremder Wein,
schmecken nicht, nur zarte Hand
wie des Freundes halten stand.
Gestern kehrte ich zurück,
brachte mir jedoch zum Glück,
Pläne für drei neue Stücke,
daß ich dir das Herz entzücke.
Sag nicht, wenger wäre mehr,
was mir einfiel freut mich sehr!
Wär ich doch kein faules Schwein,
bald wollt ich ein Dichter sein.
Schreibe bald und grüße ihn,
den vergilbten Mandarin,
wie ein altes Pergament
ist die Hand gegerbt, am End,
findest du auf seiner Pelle,
– daß es dir das Herz vergälle, –
Eine Schrift, gar schwer zu lesen,
von Prozenten, Zinsen, Spesen.

Denn das Schicksal, streng und hart,
jeden strafts auf seine Art.
Doch genug des blöden Reimens
jugendtollen Überschäumens,
Grüße Ella und das Kind,
sei gegrüßt auch du geschwind!
weißt du, wer war Isolani?
Dieses wünscht dir heut dein

                                                                Schani

An Gustav Krojanker, 23. 9. 1929

                                            Prag XII. Fibichova 5,
                                                      den 23. 9. 29.

Lieber Gustav,

ich bekomme eben Deine Karte, habe nicht schreiben können, da ich Deinen Brief mit Adresse irgendwohin verlegt habe und nicht finden kann.

Also: eben, vor 2 Minuten habe ich dem Min. der Ausw. Ang. meine Demission gegeben. Das ist wohl eine der entscheidensten Stunden meines Lebens. Gebe der Himmel, daß es sich an meinen Kindern nicht rächt. [*am linken Rand:* Wohl ein fürchterlicher Leichtsinn, aber ich kann nicht anders und bitte, mache mir keine Vorwürfe!]

Die Gartenlaube gelangt am 15. IX. im Theater am Schiffbauerdamm zur Uraufführung. Wahrscheinliche Besetzung: Homolka, Ponto, Neher, Gerron, Sandrock. Regisseur noch nicht gefunden.

Die letzten Tage waren für mich sehr aufregend, reich an Paniken, worüber ich Dir mündlich in Berlin ehestens zu berichten hoffe.

Machen wir nach dem 15. zusammen eine kleine Erholungsreise, eventuell mit unseren angetrauten Eheweibern? Paris? Marseille?

Von meiner Schwester sind günstige Nachrichten über ihr Befinden da.

Der Berliner Kinderarzt heißt Dr. Schiff, erster Assistent von Czerny, Charité. Dort hat ihn Grete immer telephonisch erreicht. Er hat seine Ordination irgendwo in der Kurfdammgegend und in der Charité und ist weitaus der angenehmste und für seinen Rang und seine Tüchtigkeit billigste Arzt Berlins. Wir und alle, denen wir ihn empfohlen haben, waren außerordentlich zufrieden. Die Gefahr ist bloß, daß sich die Frauen in ihn verlieben, weil er so sympathisch und hübsch ist. Was fehlt denn Eurem Balg? Unsere sind jetzt auch viel krank (Dünnschiss)

Arbeitest Du? Ich arbeite an einem neuen Stück, fürchte wird sehr schlecht.

Viele herzliche Grüße an Euch alle
Dein Schani.

Anhang

Textnachweise und Erläuterungen

Sofern nicht anders vermerkt, folgen die Texte Hermann Ungars in Einteilung, Grammatik, Orthographie, Interpunktion und Spracheigentümlichkeiten jeweils dem frühesten bekannten Abdruck. Es wurden lediglich eindeutige Satzfehler verbessert, Inkonsequenzen innerhalb einzelner Texte bereinigt (etwa in der Stellung der Anführungszeichen bei wörtlicher Rede) und veraltete Schreibweisen (Ae, ss) modernisiert; die typographische Gestaltung der Dramentexte und Briefe wurde vorsichtig vereinheitlicht.

Heute haben unsere Lippen sich gefunden
In: Dieter Sudhoff: *Hermann Ungar. Leben – Werk – Wirkung*. Würzburg 1990, S. 194.

Der einzige Zeuge dieses frühesten bisher bekannten literarischen Textes von Hermann Ungar ist eine Maschinenabschrift, zusammen mit dem Gedicht *Ich sehe uns, wir schreiten in die Weite*, die seine Cousine Blanka Haasová-Totisová in den 60er Jahren des 20. Jahrhunderts für die tschechische Ungar-Forscherin Eva Pátková anfertigte. Das Gedicht ist dort auf „Vánoce 1912" (Weihnachten 1912) datiert. Mit Blanka Totis (1895–1984), der Tochter seiner verwitweten Tante Fanny Totis geb. Ungar (1856–1926), der Schwester seines Vaters Emil Ungar (1860–1942), unterhielt Hermann Ungar seit dem Sommer 1912 bis 1917 eine Liebesbeziehung, die sich in zahlreichen Herzensergießungen äußerte, von denen nur diese beiden Beispiele überliefert sind. Vgl. Sudhoff (S. 172-174) und Eva Pátkova: *Hermann Ungar (1893-1929). Skizze einer Biographie*. In: *Germanistica Pragensia*, Prag, 4 (1966), S. 85-101, hier S. 92: „In diesem Falle handelte es sich tatsächlich um echte und tiefe Gefühlsbeziehungen. In Blanka Totis hatte Hermann Ungar einen Menschen gefunden, der ihn und seine Probleme gut verstand. Als Neunzehnjähriger widmete er ihr Liebesgedichte, in späteren Jahren befaßte er sich ernstlich mit dem Problem, sie zu heiraten. Mit seinem Freund Felix Loria sprach er oft und ausführlich über die Verantwortung eines Menschen, die er durch die Heirat mit einer nahen Verwandten seinen künftigen Kindern gegenüber auf sich nehmen würde. Schließlich beschlossen Hermann und Blanka auseinanderzugehen; zu diesem Entschluß trug teilweise auch Blanka Totis' Ansicht bei, daß sie ihrem Naturell nach nicht zueinander paßten. Felix Loria ist der Ansicht, daß Hermanns großer Verzicht einen Wendepunkt in seinem emotionellen Leben bedeutete." Blanka Totis heiratete nach der Trennung von ihrem Vetter den tschechischen Juden Vilo Haas (*1887), der als Ingenieur bei einer Brünner Maschinenfabrik arbeitete und den sie als Krankenschwester in einem Lazarett kennengelernt hatte, wo man ihm ein Bein abnehmen mußte; ihr gemeinsamer Sohn Peter Haas (1920–1942) ging 1938 nach Palästina und fiel in Nordafrika.

Ich sehe uns, wir schreiten in die Weite
In: Dieter Sudhoff: *Hermann Ungar. Leben – Werk – Wirkung.* Würzburg 1990, S. 194.

Der einzige Textzeuge ist die angeführte Maschinenabschrift von Blanka Haasová-Totisová, zusammen mit dem Gedicht *Heute haben unsere Lippen sich gefunden.* Das Gedicht ist dort auf „Léto 1913" (Sommer 1913) datiert.

Ich habe viel verloren...
In: *Der Mensch*, Brünn, 1 (Januar 1918), Nr. 1, S. 7.

Die früheste bisher bekannte Veröffentlichung Hermann Ungars; erschienen unter dem Pseudonym „Réveille" (Erwache!, abgeleitet vom militärischen Wecksignal) und mit der Datierung „(1913)". Die männliche Form der Anrede („O Lieber") hat dazu geführt, daß das Gedicht in eine Anthologie ‚Männerliebe in deutschen Gedichten' (*Ach Kerl ich krieg dich nicht aus meinem Kopf*, München 1997) aufgenommen wurde, doch dürfte sie sich nur auf das maskuline Substantiv „Mensch" beziehen. Daß Ungar gleichwohl auch homoerotische Neigungen besaß, mit denen er ironisch umzugehen wußte, zeigt das spätere Gedicht *Neapel*, das er am 23. 4. 1922 an seinen Freund Gustav Krojanker richtete; es ist in der vorliegenden Ausgabe ebenso wie weitere Scherzgedichte an die Freunde innerhalb des Briefteils abgedruckt.
Die in nur einem Jahrgang erschienene Brünner expressionistische ‚Monatschrift für Kultur' *Der Mensch*, in der pseudonym Ungars erste Veröffentlichungen erschienen, wurde von Leo Reiss herausgegeben und von Johannes Urzidil redigiert; zu den Mitarbeitern gehörten u. a. Karel Čapek, Iwan Goll, Heinrich Mann und Ernst Weiß.

Krieg. Drama aus der Zeit Napoleons in drei Akten
Paderborn: Igel Verlag Literatur, 1990. Mit einem Anhang herausgegeben von Dieter Sudhoff.

Der einzige bekannte Textzeuge für dieses gegen Ende des Ersten Weltkriegs entstandene Schauspiel (abgesehen von einer Zweitabschrift durch Nanette Klemenz aus den 60er Jahren des 20. Jahrhunderts, die sich heute im Archiv von Dieter Sudhoff, Paderborn, befindet) ist eine undatierte Maschinenabschrift (Seiten 3–54; Archiv Margarita Pazi, Tel Aviv), die Ungars Freund Ludwig Pinner anfertigte; ihr fehlen jedoch das Titelblatt, die Personenliste und die erste Textseite des Prologs. Der ursprüngliche Titel läßt sich nicht mehr feststellen. „Gemäß dem Hauptanliegen des Verfassers und der Problematik, die im Stück obwaltet", entschied Nanette Klemenz sich in ihrer Dissertation (*Hermann Ungar. Eine Monographie.* Bonn 1970, S. 207) für den Arbeitstitel *Krieg. Drama aus der Zeit Napoleons*, der sich seither in der Forschung eingebürgert hat und daher trotz denkbarer Alternativen wie *Aufruhr* oder *Gewehre* auch für den Erstdruck von 1990 Verwendung fand. Die fehlende Personenliste wurde bereits bei dieser Edition anhand der Sprecherangaben rekonstruiert. Der Textverlust der ersten Seite ist nur geringfügig und beeinträchtigt nicht das Verständnis.

Da Ludwig Pinners Abschrift zahlreiche Unregelmäßigkeiten und einige fehlerhafte Stellen aufweist, waren editorische Eingriffe unvermeidlich, sie beschränken sich aber auf das notwendige Maß. Handschriftliche Korrekturen Pinners im Typoskript wurden nur übernommen, wenn ihre Texttreue wahrscheinlich ist; seltene Ergänzungen des Herausgebers und Streichungen stehen in eckigen Klammern. Sprecherangaben variieren in der Abschrift gelegentlich (z. B. „*Frau Ballou*" statt „*Mutter Ballou*") und wurden auf die Grundform vereinheitlicht. Die Anredepronomina sind zumeist groß geschrieben; Abweichungen wurden korrigiert. Ähnliches gilt für die inkonsequente Apostrophierung. Die Interpunktion wurde dort verändert, wo sie sinnentstellend wäre; im besonderen waren fehlende Kommata zu ergänzen. Die in der Abschrift wahllos mit Groß- oder Kleinschreibung beginnenden Regieanweisungen folgen nun einem einheitlichen Prinzip: Groß geschrieben sind nur Bemerkungen mit Satzcharakter, die nicht durch die Sprecherangabe ergänzt werden können. Bei mehreren aufeinander folgenden Regieanweisungen in Klammern wurden die Zwischenklammern aufgelöst und durch Punkte ersetzt.

Hermann Ungars erstes überliefertes Theaterstück ist bis heute unaufgeführt geblieben.

Gewehre. Aus einem Schauspiel aus der Zeit Napoleons
In: *Der Mensch*, Brünn, 1 (August–Oktober 1918), Nr. 8-10, S. 107f.

Diese kurze Szene aus dem zweiten Akt des Schauspiels *Krieg* erschien wie alle Beiträge Ungars für die Monatsschrift *Der Mensch* unter dem Pseudonym „Réveille". Abgesehen von der Einleitung, weist sie nur geringfügige Varianten auf.

Erst die Entdeckung und Identifizierung dieses Dramenauszugs ermöglichte es 1990 im Rahmen der Monographie von Dieter Sudhoff (*Hermann Ungar. Leben – Werk – Wirkung*) und des Erstdrucks von *Krieg*, die „Réveille"-Texte (*Ich habe viel verloren..., Der Bettler. Zu einer Kritik, Gewehre. Aus einem Schauspiel aus der Zeit Napoleons)* Hermann Ungar zuzuschreiben.

Der rote General. Schauspiel

Bühnenmanuskript, Berlin-Wilmersdorf: Felix Bloch Erben. Verlag für Bühne, Film und Funk, 1928.

Uraufführung: Berlin, Theater in der Königgrätzer Straße, 15. 9. 1928; Regie: Erich Engel; Bühnenbilder: Caspar Neher; Musik: Walter Göhr; Darsteller: Gustav von Wangenheim (Pantschew), Emil Lind (Mendel Frischmann), Carl Balhaus (Andrejew), Ferdinand Hart (Brutzkin), Fritz Kortner (Podkamjenski), Eleonora von Mendelssohn (Serafima), Egon Friedell (Kaplan), Ludwig Stössel (Tatarinow), Felix Bressart (Zwiebel), Felix Kühne (Jude), Ernst Nessler (Ratmanow), Rudolf Platte (Soldat), Harry Hertzsch (Brutzkins Schreiber), Franz Schafheitlin (Vorsitzender der Volkskommissare), Ernst Stahl-Nachbaur (Nowosilzew).

Trotz des großen Bühnenerfolgs wurde Ungars Schauspiel *Der rote General* nur als „Unverkäufliches Manuskript." gedruckt: „Für sämtliche Bühnen und Vereine im ausschließlichen Debit der Verlagsfirma Felix Bloch Erben, Berlin-Wilmersdorf 1, Nikolsburger Platz 3, von der allein das Aufführungsrecht zu erwerben ist. Der Verfasser." Das Bühnenmanuskript enthält keine Orts- und Zeitangaben; diese wurden nach dem Theaterzettel (Beilage zur Zeitschrift des Theaters in der Königgrätzer Straße, *Zwischenakt* 8, Nr. 2, September 1928) ergänzt.

Szene aus dem Schauspiel „Podkamienski"

In: *Fünfzig Semester „Barissia"*. Festschrift, herausgegeben anlässlich des 50-semestrigen Stiftungsfestes der jüdisch-akademischen Verbindung „Barissia" Prag im K.P.J.V. Prag 1928, S. 79-83.

Abgesehen vom Motto und der Einleitung, weist dieser Dramenauszug, den Ungar seinen Freunden von der „Barissia" zu deren Jubiläumsfest Ende Mai 1928 zur Verfügung stellte, nur wenige, unerhebliche Varianten gegenüber der 2. Szene des Bühnenmanuskripts *Der rote General* auf, bei denen es sich zumeist nur um stilistische Unterschiede handelt. Am auffälligsten ist Mendel Frischmanns im Bühnenmanuskript gestrichenes Zugerlebnis und der in der Festschrift kürzer gefaßte Szenenschluß. Ungar entschied sich offenbar erst kurz vor der Berliner Uraufführung dazu, den abstrakten Titel *Podkamienski* in *Der rote General* umzuändern; eine Zeitlang sollte das Stück auch *Der Oberbefehlshaber* heißen.

Podkamienski. Aus einem Drama
In: *Die literarische Welt*, Berlin, 4 (17. 8. 1928), Nr. 33, S. 257f.

Die ungezeichnete redaktionelle Vorbemerkung stammt vermutlich vom Herausgeber Willy Haas; Ungar selbst hat wiederholt einer Gleichsetzung Podkamjenskis mit Leo Trotzki widersprochen.
Der Dramenauszug entspricht der 7. Szene des Stücks *Der rote General*, weist jedoch erhebliche Abweichungen vom Bühnenmanuskript auf und kommt offenbar Ungars ursprünglicher Intention näher. Stärker als in der endgültigen Fassung werden Podkamjenskis Vorwürfe gegen Brutzkin, seine Verzweiflung über die Ermordung des Vaters und seine Erbitterung über die antisemitischen Ressentiments der Genossen akzentuiert; zudem wird nur in dieser Fassung deutlich, daß seine Absetzung für Podkamjenski einer Verbannung nach Sibirien gleichkommt. Die späteren Änderungen dürften darauf zurückzuführen sein, daß Ungar nicht die sowjetfeindliche Propaganda bedienen wollte.

Notiz zum Schauspiel „Der rote General"
In: *Zwischenakt. Theater in der Königgrätzer Straße. Komödienhaus*, Berlin, 8 (September 1928), Nr. 2, S. 4.

Das von Felix Joachimson redigierte Heft, dem der Theaterzettel beigegeben war, enthält von Ungar außerdem die Skizze *Der Kalif*.

Zum Schauspiel „Der rote General"
In: *Gemeindeblatt der Jüdischen Gemeinde zu Berlin*, 18 (Oktober 1928), Nr. 10, S. 333.

Die Gartenlaube. Komödie in drei Akten
Bühnenmanuskript [Typoskript], Berlin-Wilmersdorf: Felix Bloch Erben, [1929].

Uraufführung: Berlin, Theater am Schiffbauerdamm, 12. 12. 1929; Regie: Erich Engel; Bühnenbilder: Caspar Neher; Technische Leitung: Hanns Sachs; Darsteller: Erich Ponto (Colbert), Hedwig Wangel (Frau Colbert), Hilde Körber (Amélie), Szöke Szakall (Kudernak), Theo Lingen (Ferdinand), Oskar Sima (Modlizki), Dagny Servaes (Josefine), Gerda Kuffner (Anna).
Die zunächst für den 15. 11. 1929 geplante Premiere der Komödie mußte wegen Hermann Ungars Tod verschoben werden. Bei den Proben wurde der Dichter von seinen Freunden Camill Hoffmann und Lela Dangl vertreten; erst zur Uraufführung kam auch seine Frau Margarete Ungar aus Prag nach Berlin.

Die von Heinrich Fischer geleitete Programmzeitung des Theaters am Schiffbauerdamm, *Das Stichwort*, widmete „dem Andenken Hermann Ungars" zur Uraufführung eine eigene Nummer; sie enthielt u. a. die Tagebuch-Aufzeichnungen des Dichters zur Entstehung der *Gartenlaube*, Auszüge aus den *Bemerkungen des Autors zu dieser Komödie*, die nachgelassene Selbstbetrachtung *Fragment* sowie die Skizze *Der Kalif*.
Als Textgrundlage der Berliner Aufführung diente das Bühnenmanuskript des Verlags Felix Bloch Erben, das jedoch von Regisseur Erich Engel erheblich verändert, namentlich gekürzt wurde. Das Regiebuch Engels mit seinen handschriftlichen Korrekturen wird in seinem Nachlaß (Stiftung Archiv der Akademie der Künste, Berlin) aufbewahrt. In einer weiteren bearbeiteten Fassung, zu der ein eigenes Regiebuch existiert, inszenierte Josef Jarno das Stück für die Wiener Renaissancebühne (Premiere 11. 6. 1930). Der außerordentliche Erfolg der Komödie ermöglichte dann eine reguläre Buchveröffentlichung im Rowohlt-Verlag (Berlin 1930), die von Ungars Nachlaßverwalter Camill Hoffmann und dem Rowohlt-Lektor Paul Mayer besorgt wurde. Alle weiteren Inszenierungen folgten dieser leicht zugänglichen Textfassung, die in einer Abschrift auch heute noch vom Verlag Felix Bloch Erben angeboten wird, aber in keiner Weise autorisiert ist.
Da auch die Edition der *Gartenlaube* im sogenannten *Gesamtwerk* des Zsolnay-Verlags (1989) der Rowohlt-Fassung folgt, ebenso wie sämtliche bisherigen Teildrucke und Übersetzungen, kann die hier vorgelegte Fassung des seinerzeit nur hektographierten und heute nahezu verschollenen Bühnenmanuskripts als Erstdruck gelten. Das Manuskript enthält den Vermerk: „Den Bühnen gegenüber als Manuskript gedruckt. Das Aufführungsrecht ist allein zu erwerben von dem Verlage Felix Bloch Erben Berlin-Wilmersdorf 1, Nikolsburger Platz 3".
Die Unterschiede zwischen dem Bühnenmanuskript und der Buchausgabe sind so groß, daß sie nur durch einen synoptischen Paralleldruck sinnfällig dokumentiert werden könnten. Unzweifelhaft autorisiert ist nur das Bühnenmanuskript, das daher als primärer Textzeuge zu gelten hat. In der Buchfassung wurden Änderungen Engels ebenso berücksichtigt wie konkrete Regieanweisungen der Berliner Inszenierung, die durch die dort verwendete Drehbühne notwendig wurden, aber auch in Engels Regiebuch noch nicht verzeichnet sind; entsprechend wurde der Ausgabe ein „Schema der Drehbühne" von Caspar Neher vorangestellt. Weitere einschneidende Änderungen gehen offenbar auf Entscheidungen Camill Hoffmanns und Paul Mayers zurück. Insgesamt ist die Buchausgabe gegenüber dem Bühnenmanuskript um etwa ein Viertel gekürzt.

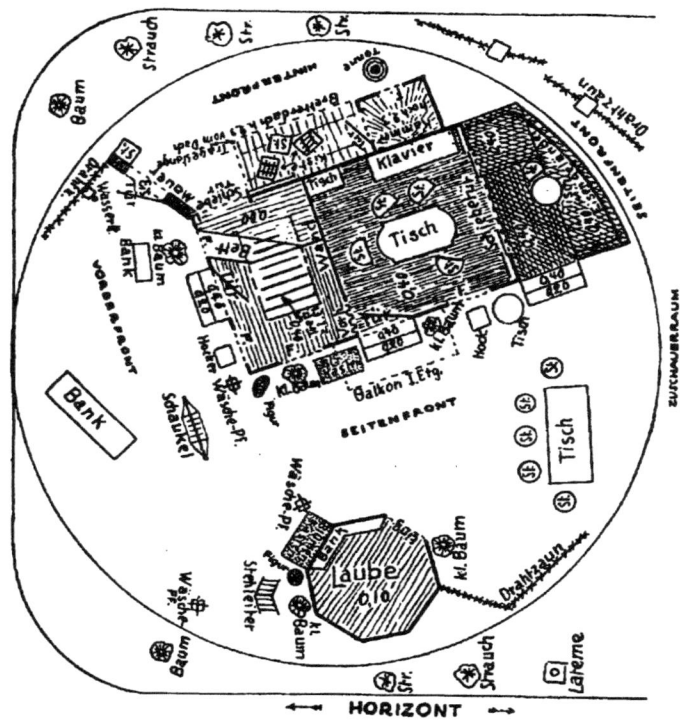

Schema der Drehbühne

Bemerkenswert ist, daß die Buchausgabe der *Gartenlaube* auch einige wenige Erweiterungen aufweist, und dies sogar in den *Bemerkungen des Autors zu dieser Komödie*; am Schluß der Charakteristik Colberts wurde hinzugefügt: „Seine Liebe zu allem Französischen, eine weitverbreitete fixe Idee unter seinen Landsleuten, ist den ‚komischen' alten Lustspielwirkungen des ‚Französisch' nicht verwandt. Sie ist von seinem Standpunkt aus nichts ‚Feines' und ‚Nobles', sondern die edle Beziehung zur Kultur und Tradition des Westens. Ich hoffe, daß sich hieraus kein Mißverständnis ergeben wird." (S. 8) Obwohl hier scheinbar das „Ich" des Autors spricht, stammt der Text von Erich Engel, der ihn handschriftlich in seinem Regiebuch ergänzte. Ebenso fügte er bei der Charakteristik Josefines, die Ungar als „sehr schön und sehr elegant" beschreibt, hinzu, sie sei „so, wie sich ein Gymnasiast in der Provinz die Halbweltdame vorstellt" (S. 9). Da diese und andere Textstellen direkt aus Engels Regiebuch übernommen wurden und auch die dort noch nicht verzeichneten Regieanweisungen zur Verwendung der Drehbühne zumindest indirekt auf den Regisseur zurück-

gehen, kann dieser neben Hoffmann und Mayer als weiterer Bearbeiter des Originaltextes gelten, vielleicht sogar mit Beteiligung des Bühnenbildners Caspar Neher.
In der vorliegenden Edition des authentischen Textes fehlen mit allen auf die Drehbühne bezogenen Regieanweisungen auch zwei Fußnoten der Buchausgabe. Nach der Beschreibung der Villa Colbert in den *Bemerkungen des Autors* heißt es in einer Anmerkung: „Bei der Uraufführung der Komödie ‚Die Gartenlaube' im Theater am Schiffbauerdamm in Berlin wurde bei offenem Vorhang in voller Szenenbeleuchtung die Drehbühne verwendet, die es ermöglichte, Colberts Villa und Garten von allen Seiten zu zeigen und die Szenen innerhalb der einzelnen Akte ohne Unterbrechung des Spiels zu wechseln. Im vorliegenden Buche sind diese Drehungen der Bühne vermerkt. Rechts und links gilt vom Zuschauer aus." (S. 7) Erklärungsbedürftig erschien aber auch der Begriff „Schkubanken": „Schkubanken, eine mährische Mehlspeise, entsprechend dem österreichischen ‚Sterz'. Im Theater am Schiffbauerdamm wurde ‚Palatschinken' gesprochen." (S. 61) Im Regiebuch hat Engel bei der ersten Nennung „Schkubanken" durch „Suppe" ersetzt, ein Detail, das symptomatisch ist für Differenzen auch zwischen Regiebuch und Aufführung. Nicht erst in der Buchfassung, sondern bereits im Theater am Schiffbauerdamm fehlten laut Programmzettel zwei anzügliche Szenen mit dem Gendarmen Vocedalek und dem fremden Dienstmädchen Marie. Im Regiebuch hat Engel die Rolle der Marie mit der des Dienstmädchens Anna zusammengelegt („Marie, ein Dienstmädchen bei Colberts", auf Programmzetteln anfangs noch als Anna), die Szenen selbst aber nicht gestrichen. Auch Engels Regiebuch läßt folglich eine Rekonstruktion der tatsächlichen Aufführung nur bedingt zu. Dies gilt besonders auch für den Schluß, wo in der Buchfassung Ferdinand vergeblich versucht, bei Colbert um Amélies Hand anzuhalten; entsprechende Textstellen fehlen sowohl im Bühnenmanuskript als auch im Regiebuch, könnten bei der Uraufführung aber gleichwohl bereits gesprochen worden sein.
Aufschlußreich für die Varianten zwischen Bühnenmanuskript, Regiebuch und Buchausgabe ist beispielsweise der Schluß des ersten Aktes. Auf Amélies Begeisterung über pornographische Bilder reagiert Modlizki bei Ungar mit dem Satz: „Die Größe der dargestellten männlichen Geschlechtsorgane wird in Wirklichkeit kaum erreicht, Maltscha." Engel hat ihn im Regiebuch zuerst durch den kryptischen Satz ersetzt: „Die hier dargestellten Dimensionen werden in Wirklichkeit selten erreicht", und dann zwei „andere mögliche Fassungen" notiert: „1.) Die dargestellten Situationen sind widerwärtig und lächerlich, Maltscha. 2.) Ich erlaube mir auf das Abstoßende der dargestellten männlichen und weiblichen Formen hinzuweisen, Maltscha." Für die Buchausgabe ent-

schieden sich die Herausgeber für eine Kombination der letzten beiden Varianten: „Ich erlaube mir auf das Abstoßende der dargestellten Situationen hinzuweisen." (S. 21)
Tendenziell ist festzustellen, daß die Bearbeitungen und Streichungen im Regiebuch und dann vor allem in der Buchausgabe im wesentlichen solchen Stellen galten, die mit den Worten Frau Colberts (nachdem Modlizki die pornographischen Bilder auf die Veranda geworfen hat) als „bodenlose Schweinerei" empfunden werden könnten. Die Urfassung endet mit dieser auch auf das Stück gemünzten Bemerkung. Im Regiebuch ist sie nicht gestrichen, aber durch moralisierende Ergänzungen entschärft. Modlizkis vorangehender letzter Satz lautet dort: „Herr Colbert, waschen Sie sich die Hände!", während Frau Colbert als Schlußsatz des Stückes noch einen Vorwurf an ihre Tochter anbringt: „das ist stark... Amélie...". In der Buchfassung bekommen die Bilder nur Amélie und Ferdinand zu Gesicht („Hier, als Andenken – die Bilder zu wohltätigen Zwecken"), woraufhin der Bräutigam „erregt" aufspringt: „Diese Frechheit!" Unmittelbar darauf erscheinen Herr und Frau Colbert auf dem Balkon, wo sie einen Schlußdialog sprechen, der in der Urfassung der Szene vorangeht: „FRAU COLBERT: Wenn man die Männer läßt, geht alles drunter und drüber! Aber jetzt ist es wieder in Ordnung. Colbert! Sooo – und jetzt ist Schluß mit allen Narrheiten, verstanden? COLBERT: Paris, es war die Sehnsucht meines Lebens, Melanie! FRAU COLBERT: Ein anständiger Mensch hat mit zweiundfünfzig keine Sehnsucht." (S. 64)
Festzuhalten bleibt, daß die bisher verbreitete Fassung der *Gartenlaube* nicht als authentischer Text Hermann Ungars gelten kann und nicht einmal als Rezeptionszeugnis der frühen Inszenierungen. Ein genauer Textvergleich erübrigt sich daher und wäre allenfalls rezeptionshistorisch zu begründen. Um dem ursprünglichen Autorwillen gerecht zu werden, sollten neben der Forschung auch alle künftigen Aufführungen der Komödie auf die vorliegende Fassung zurückgreifen.

Der Bettler. Zu einer Kritik
In: *Der Mensch*, Brünn, 1 (Februar 1918), Nr. 2, S. 31 f.

Ungars programmatischer Essay erschien wie seine anderen Texte für die Brünner ‚Monatsschrift für Kultur' unter dem Pseudonym „Réveille", das er unmittelbar aufgreift, wenn er schreibt: „Wir stehen auf, zu sprechen, zu wecken."
Reinhard Johannes Sorges (1892–1916) ‚dramatische Sendung' *Der Bettler*, für die er bereits 1912 den Kleist-Preis erhalten hatte, war am 23. 12. 1917 im Deutschen Theater Berlin durch die Gesellschaft „Das

junge Deutschland" uraufgeführt worden. Die Besprechung, auf die Ungar sich bezieht, konnte bisher nicht ermittelt werden.

Unsere Zukunft
In: *Barissenblätter*, Prag (August 1918), Nr. 5, o. S. (5-7).

Seit 1913 war Ungar Mitglied der Prager zionistischen Couleurverbindung „Barissia", die 1903 in Konkurrenz zum nationaljüdischen Verein „Bar Kochba" gegründet worden war; vor dem Krieg war er einer der geistigen Führer der „Barissia" gewesen, im Sommersemester 1914 sogar ihr Präses. Die Erfahrung des Krieges distanzierte ihn dann jedoch von den Formen der Verbindung, und er engagierte sich für eine Neuorientierung im Geist eines zionistischen Sozialismus. Sein Artikel in den *Barissenblättern*, unter der Rubrik *Der Konvent*, löste eine heftige, aber letztlich ergebnislose Debatte aus. Die Enttäuschung darüber entfernte Ungar auch vom Nationaljudentum.

Dr. Eckstein: Franz Ekstein aus Teplitz, später Dermatologe in Bodenbach, Präses der „Barissia" im Sommersemester 1912 und Wintersemester 1912/13.

Dr. Kohner: Walther Kohner aus Karlsbad, später Badearzt, von 1907 bis 1910 zusammen mit Heinrich Wittmann eine der herausragenden Führerpersönlichkeiten der „Barissia", hatte im Dezember 1917 die *Barissenblätter* gegründet.

Pirus: Herbert Birnbaum aus Teplitz, später Advokat in Teplitz-Schönau, Präses im Sommersemester 1910.

Kastor: Walther Kohner.

Sergius: Heinrich Wittmann aus Brünn, später Verlagsdirektor in Mährisch-Ostrau.

Medo: Hermann Hönig aus Falkenau, später Augenarzt in Mährisch-Ostrau, Präses im Wintersemester 1913/14.

Lik: Robert Neubauer aus Karlsbad, später Advokat in Postelberg, Gründungsmitglied.

Mungo: Gustav Munk aus Boskowitz, später Zahnarzt ebenda.

Alef: nicht ermittelt.

Fall K. Urbach: Kurt Urbach, der Sohn eines Teplitzer Porzellanfabrikanten (Firma Ditmar-Urbach) hatte gegen Kriegsende eine Christin geheiratet und sich ihretwegen taufen lassen.

A. H.: Alter Herr.

Friedrich Adler: sozialistischer Politiker und Journalist (1879–1960), Sohn Viktor Adlers, hatte im Oktober 1916 den österreichischen Ministerpräsidenten Karl von Stürgkh erschossen, um damit ein drastisches Zeichen gegen die herrschende Kriegspolitik zu setzen; er wurde eingekerkert und 1918 amnestiert.

x: Präses.
xx: Zweitchargierter.
a.B.: aktiver Bursche (Verdoppelung als Pluralform).
i.a.B.: inaktiver Bursche.
Bubi: Ernst Kohn aus Eger, Fechtwart vor dem Krieg, gefallen.
Kartell P. j. V.: Kartell Prager jüdischer Verbindungen.
K. J. V.: Kartell Jüdischer Verbindungen Deutschlands.
Mikron: nicht ermittelt.
Baby: nicht ermittelt.
Ungars eigener Couleurname, den auch andere Freunde benutzten, war „Schani" (auch: „Shani"), eine in Österreich verbreitete Abkürzung des Namens Johann, die wie das französische „Jean" einen untergeordneten Helfer meint.

Aus einem Tagebuch
In: *Die Drei Ringe*, Reichenberg, 8 (November 1932), Nr. 11, S. 220-222.

Aus Gesundheitsgründen reiste Ungar im April 1922 (nach Abschluß des Romans *Die Verstümmelten*) auf Anraten der Ärzte nach Italien, zunächst nach Florenz und Fiesole, dann nach Rom und Neapel. In Florenz begann er ein Tagebuch zu führen, das er als *Italienisches Reisetagebuch* veröffentlichen wollte; der Gedanke zerschlug sich jedoch und überliefert wurden lediglich die beiden Eintragungen, die posthum in den ‚Monatsblättern für Freimaurerei und verwandte Gebiete' *Die Drei Ringe* erschienen (Im Frühjahr 1929 war Ungar Mitglied der Prager Freimaurerloge „Freilicht zur Eintracht" geworden.). Im Sommer 1923 reiste Ungar ein zweites Mal nach Florenz.
kleine Geschichte einer Reise: Gemeint ist die ‚Erzählung' *Colberts Reise*, die im August 1922 in der Berliner *Neuen Rundschau* erschien. Einen Nachdruck der italienischen Aufzeichnungen, zur Verfügung gestellt von A. H. Grinzz, brachten die Prager *Barissenblätter* im Oktober 1933 unter dem Titel *Aus Shanies Tagebuch*.

Schanis Brief zum 40semestrigen Stiftungsfest
In: *Barissenblätter*, Prag (August 1923), Nr. 29, S. 3f.

Ende Mai 1923 fand in Teplitz-Schönau das 40semestrige Stiftungsfest der „Barissia" statt; berufliche Verpflichtungen hielten den Gesandtschaftsattaché im Berlin der Inflation zurück.

Edelmark und die Folgen
In: *Prager Tagblatt* 48 (22. 12. 1923), Nr. 298, S. 1.

Die Rentenmark (= 1000 Milliarden Papiermark), mit der die Inflation in Deutschland überwunden werden konnte, wurde am 20. 11. 1923 eingeführt. Als Konsularattaché in der Handelsabteilung der tschechoslowakischen Botschaft Berlin war Ungar besonders gut über die Vorgänge informiert und also prädestiniert, einen Korrespondentenbericht über die Folgen der Stabilisierung für die unteren sozialen Schichten und die tschechoslowakische Wirtschaft zu schreiben – es blieb aber das einzige Mal, daß er in beruflicher Eigenschaft publizierte.

Havenstein: Rudolf Havenstein (1857–1923), seit 1908 Reichsbankpräsident und durch seine ‚finanzielle Mobilmachung' einer der Hauptschuldigen an der Inflation, war ausgerechnet am Tag der Stabilisierung der Mark, am 20. 11., gestorben; Reichskanzler Gustav Stresemann und Reichspräsident Friedrich Ebert hatten ihm im August vergebens den Rücktritt nahegelegt, nachdem Reichsfinanzminister Rudolf Hilferding im Kabinett die währungspolitischen Versäumnisse der Reichsbankleitung scharf kritisiert hatte. Nachfolger Havensteins wurde im Dezember Hjalmar Schacht (bereits im November Reichswährungskommissar).

Johannes Haase: „Lux in tenebris lucet"
In: *Berliner Börsen-Courier* 56 (6. 7. 1924), Nr. 313, Morgen-Ausgabe, Beilage, S. 8.

Johannes Haases extremer Roman um den religiös wahnsinnigen Psychiater Gryphius Güldenstubbe, der durch Selbstsuggestion die Identität des mittelalterlichen Henkers Claus von Deckenpfronn angenommen hat, erschienen 1924 als Band 39 in der Reihe der Mosaik-Bücher (Copyright 1923), wurde auch von Paul Leppin besprochen: „Unheilvolle Phantasien erfahren im Geist eines Irrsinnigen schreckhaft gespenstische Wiedergeburt, verwandeln ein krankhaft verändertes Bewußtsein in eine in Wahrheit lange vermoderte Wirklichkeit. Claus von Deckenpfronn, der Peinmann der heiligen Inquisition, steigt aus lockeren Instinkten, gefährlichen Wünschen wie Beelzebub aus den Schwefeldünsten neuerdings ins Leben empor. Der Haß, die kupplerische Begierde dieses Lebens, alle Angst und Gottesjämmerlichkeit, die es begleiten, sind Thema und Gegenstand eines Buches, das Johannes Haase, ein Prager Autor, in mehreren ‚Erlebnissen' als Roman einführt. Die Akribie, mit der uns kein Mittelchen der schärferen und schärfsten Befragung geschenkt wird, verbreitet um das Buch des neuen Dichters eine Atmosphäre, in welcher Sadismus mit allen Spielarten satanistisch orientierter Buhlschaft um die Herrschaft streitet. Aber der

absonderliche Hauch verirrter Erotik ist es nicht allein, der unser Interesse spannt, der die Aufzeichnungen eines Wahnsinnigen zu menschlich durchbluteten Bekenntnissen macht, die ans Gewissen rühren und erschüttern. Johannes Haase, vorläufig allzusehr in eine Magie verstrickt, die uns mit dem Licht häufig genug auch die Luft absperrt, ist ohne Zweifel ein Sucher, dem mit den Wirkungen seines Buches nicht Genüge getan wird, dem das Antlitz der Kunst dereinst auch Erquickung und Erlösung bedeutet." (*Prager Presse* 4, 26. 7. 1924, Nr. 205, S. 6)
Vgl. Ungars Begleitbrief zu seiner Rezension an Felix Henseleit vom 19. 6. 1924.
Ungar schrieb nur noch einmal eine Buchrezension (Panaït Istrati, 1927).

Publikum und Gesellschaft
In: *Berliner Börsen-Courier* 56 (25. 12. 1924), Nr. 605, Morgen-Ausgabe, Beilage, S. 6.

Es handelt sich um die Antwort auf eine Rundfrage, an der sich neben Ungar u. a. Heinrich und Thomas Mann, Hermann Bahr, Georg Kaiser, Paul Kornfeld, Oskar Loerke und Ernst Rowohlt beteiligten. Die redaktionelle Einleitung (S. 5) lautet: „Gibt es noch eine Gesellschaft? Gibt es im Zusammenhang damit noch ein ‚Publikum', eine Kultur, eine Gemeinschaft Aufnehmender? Wir haben diese Frage an geistig Hervorbringende, an Künstler, an Männer des Schrifttums und des Theaters gerichtet. Viele haben geantwortet. Jeder äußert sich über die Gesellschaft; nicht einer im Namen der Gesellschaft. Es hat also die Gesellschaft selbst nicht geantwortet. Weil sie nicht vorhanden ist? Sicherlich gilt das für ‚die' Gesellschaft: wäre sie, sie hätte durch den Mund der Antwortgeber, einiger von ihnen, gesprochen. Tatsächlich denkt jeder, der das Wort ‚Gesellschaft' braucht, an etwas anderes dabei; was nicht der Fall wäre, wenn wir eine Gesellschaft hätten. Da somit der einzelne Beobachter auf seine Gedanken über mögliche oder tatsächliche Gemeinschaftsformen, statt auf das Selbstverständliche eines überlieferten Zugehörigkeitsgefühls angewiesen ist, meint der eine das Volk und den Staat, der andere diesen oder jenen Bildungskreis, und die meisten sprechen vom ‚Publikum'; vielerlei Publikum. Der Gesamteindruck ist: In Deutschland wenigstens konnte weder ‚die' noch eine Gesellschaft in den Wirren der letzten zehn Jahre zertrümmert werden, weil es schon vorher keine gab. Krieg und Revolution änderten im Grunde wenig an einer Entwicklung, deren Epochenatem viel länger ist als das, was uns plötzliche Wandlung scheint. Und noch eins ist kennzeichnend. Die Optimisten sprechen nur von einzelnen Ansätzen, die unter sich nicht zusammenhängen; das Bild einer noch irgendwie als Gesamtheit gedachten, wenn auch untergehenden Gesellschaft erscheint nur bei den Pessimisten. Es scheint, daß der nicht verzweifelnde Betrachter heute nur Bausteine sieht; und daß in der Tat die Bausteine wesentlicher sind als das Gebäude."

Für Dich! Die Charell-Revue im Großen Schauspielhaus
In: *Prager Tagblatt* 50 (12. 9. 1925), Nr. 213, S. 6.

Den Redaktionsauftrag, über aktuelle Berliner Theater- und Revueinszenierungen zu berichten, hatte Max Brod vermittelt; innerhalb von nur zwei Wochen erschienen im *Prager Tagblatt* vier Kritiken (über Charell, Schanzer und Welisch, Shaw und Jerome, Molnar), dann verleidete die *Teresina*-Affäre (vgl. *Das Recht auf das Wort „Bockmist"*) Ungar das Tagesschreiben.
Eric Charell (d. i. Erich Löwenberg, 1894–1974) hatte 1924 von Max Reinhardt das Große Schauspielhaus übernommen und inszenierte hier bis 1927 drei große Ausstattungsrevuen: *An Alle!*, *Für Dich!*, *Von Mund zu Mund*; später wandte er sich der Revueoperette (*Im weißen Rößl*, 1930) und dem Film (*Der Kongreß tanzt*, 1931) zu. Das Komikerduo Paul Morgan (1886–1938) und Wilhelm Bendow (1884–1950) gehörte zu den populärsten Schauspielern der zwanziger Jahre. Als Bühnenausstatter war auch Walter Trier (1890–1951) wesentlich am Erfolg der Charell-Revuen beteiligt.

Die Teresina
In: *Prager Tagblatt* 50 (15. 9. 1925), Nr. 215, S. 4.

Oscar Straus (1870–1954), Wiener Operettengröße, komponierte 48 Bühnenwerke, darunter *Die Perlen der Cleopatra* (1923) und *Die Königin* (1927), sowie Kammermusik, Lieder und Filmmusiken; seine Operette *Die Teresina* wurde am Deutschen Künstlertheater uraufgeführt, einer der Berliner Bühnen Heinz Saltenburgs (1882–1948). Das von Ungar heftig kritisierte Textbuch hatte das Autorenduo Rudolph Schanzer (1875–1944) und Ernst Welisch (1875–1941) geschrieben. Der große Erfolg war aber in erster Linie der beliebten Soubrette Fritzi Massary (1882–1969) zu verdanken.
Sattler: Reichspräsident Friedrich Ebert (1871–1925), SPD-Vorsitzender und 1919 von der Weimarer Nationalversammlung zum Reichspräsidenten gewählt, war ursprünglich Sattler; er war am 28. 2. 1925 in Berlin gestorben.

Das Recht auf das Wort „Bockmist"
In: *Die literarische Welt*, Berlin, 1 (16. 10. 1925), Nr. 2, S. 6.

Eine redaktionelle Nachbemerkung lautet: „*Otto Zarek* wird in der nächsten Nummer der ‚L. W' auf diesen Angriff erwidern." Eine Ge-

gendarstellung Otto Zareks (1898–1958), Erzähler, Dramatiker und zu dieser Zeit Dramaturg der Saltenburg-Bühnen, ist jedoch nicht bekannt.

Shaw und Jerome
In: *Prager Tagblatt* 50 (22. 9. 1925), Nr. 221, S. 3.

George Bernard Shaws (1856–1950) fünfteiliges Drama *Zurück zu Methusalem!* war bereits 1921 in London erschienen, erlebte die deutsche Premiere aber erst 1925 in der Tribüne Victor Barnowskys, u. a. mit Curt Goetz (1888–1960); später wurden auch die weiteren Teile inszeniert, die Ungar aber nicht mehr besprach. – Jerome K. Jeromes (1859–1927) Komödie *Lady Fanny und die Dienstbotenfrage* wurde in Heinz Saltenburgs Theater am Schiffbauerdamm gezeigt; Tilla Durieux (1880–1971) hatte zuvor am Theater in der Königgrätzer Straße die Titelrolle in Karlheinz Martins epochaler Inszenierung von Frank Wedekinds *Franziska* gespielt (vgl. Ungars Besprechung der Charell-Revue *Für Dich!*).

Molnar: Der gläserne Pantoffel
In: *Prager Tagblatt* 50 (26. 9. 1925), Nr. 225, S. 6.

Ungars letzte Theaterkritik. Das Volksstück *Der gläserne Pantoffel* (*Az üvegcipö*, 1924) des Ungarn Franz Molnar (Ferenc Molnár, 1878–1952) erfuhr im Theater am Kurfürstendamm die deutsche Premiere, mit Max Pallenberg (1877–1934), Käthe Dorsch (1890–1957) und Adele Sandrock (1864–1937).

Was die Manuskripte des Dichters verraten
Ein Blick in die Werkstatt Thomas Manns
In: *Die literarische Welt*, Berlin, 1 (30. 10. 1925), Nr. 4, S. 1f.

Thomas Mann, auf dessen Anregung dieser Essay möglicherweise zurückgeht, hatte Ungar die (heute verschollenen) Handschriften der *Buddenbrooks*, des *Tod in Venedig* und des *Zauberbergs* geliehen; laut Auskunft von Edith Yapou, der Tochter Camill Hoffmanns (Brief an Dieter Sudhoff, 27. 1. 1986), war Ungar anfangs enttäuscht: „Er sprach davon, daß Mann schon die erste Fassung seiner Schriften so perfekt niederschrieb, daß seine Manuskripte wenig Korrekturen aufwiesen, was ihn enttäuschte, weil sie keinen Einblick in seine Arbeitsweise gewährten."

Die von Ungar erwähnte Biographie *Thomas Mann* des Literatur- und Theaterkritikers Arthur Eloesser (1870–1938) war eben erst erschienen.

Im Abdruck der *Literarischen Welt* sind die Streichung aus *Tod in Venedig* und das letzte *Zauberberg*-Faksimile fälschlich vertauscht.

Warum es den französischen Dichtern besser geht
Offener Brief Hermann Ungars an den Verleger
In: *Die literarische Welt*, Berlin, 3 (25. 2. 1927), Nr. 8, S. 3f.

Im Februar 1927 (Copyright 1926) erschien im Pariser Verlag von Paul Gallimard, in der Reihe „Éditions de la Nouvelle Revue Française", in einer Auflage von 3000 Exemplaren eine französische Übersetzung von *Knaben und Mörder: Enfants et meurtriers*. Traduit de l'allemand par G. Fritsch-Estrangin. Aus diesem Anlaß hatte Ungar bereits Ende 1926 durch Vermittlung Gallimards die Einladung zu einem Festbankett des französischen PEN-Klubs erhalten, woraufhin er das Außenministerium in Prag am 29. 12. 1926 um eine außerordentliche Unterstützung von 5000 tschechischen Kronen bat. Vom 2. bis 10. 2. 1927 hielt Ungar sich dann erstmals in Paris auf. Er lernte hier seinen Übersetzer Guy Fritsch-Estrangin (1901–1982) kennen, den er vermutlich auch in dessen Wohnung (40 rue François Ier) besuchte. Fritsch-Estrangins handschriftliche Übersetzung der *Geschichte eines Mordes* (*Histoire d'un meurtre*, 92 S.) befindet sich heute im Literaturarchiv des Museums für böhmische Literatur (Památník národního písemnictví, Strahov).
Am Abend des 4. 2. fand in der Buchhandlung Flammarion am Boulevard des capucines eine von Gallimard organisierte Soirée statt, bei der Ungar seine Bücher signierte und einige wichtige französische Schriftsteller kennenlernte, in der Mehrzahl linksorientierte, der europäischen Idee aufgeschlossene Autoren: Maurice Dekobra (1888–1973, Unterhaltungsschriftsteller), Francis Carco (1886–1958, Montmartre-Dichter, Autor psychologischer Romane; *L'homme traqué*, 1922; *Rien qu'une femme*, 1923; *Nuits de Paris*, 1927), Jean Paulhan (1884–1968, Erzähler und Chefredakteur der *Nouvelle Revue Française*), Pierre Benoît (1886–1962, Autor aktionsreicher Abenteuer- und Unterhaltungsromane; *Atlantide*, 1919), Léon-Paul Fargue (1878–1947, Lyriker in der Nachfolge Mallarmés; *Tancrède*, 1911). Nach einem Bericht Fritsch-Estrangins in der *Nouvelle Revue Française* (*H. Ungar en France*, 19. 2. 1927) nahmen außer diesen von Ungar genannten Autoren auch Jules Romains (1885–1972, maßgebender Dichter des Unanimismus; *Les copains*, 1913; *Psyche*, 1922-29) und Georges Imann (dem Fritsch-Estrangin sein Vorwort zu *Enfants et meurtriers* gewidmet hatte; *1889; *L'Adieu nocturne*, 1926) an der Soirée bei Flammarion teil.

Das „Essen im Penklub" fand am 5. 2. statt, in der rue de Chevreuse 4; Ehrengäste an dem von Benjamin Crémieux (1888–1944, Kritiker und Pirandello-Übersetzer), dem Sekretär des französischen „Cercle Littéraire International", geleiteten Abend waren laut der Ankündigung in *Les Nouvelles Littéraires* (5. 2. 1927) neben Ungar nicht nur der amerikanische Schriftsteller Sherwood Anderson (1876–1941; *Winesburg, Ohio*, 1919; *The Triumph of the Egg*, 1921; *Dark Laughter*, 1925) und der italienische Romancier Luciano Zuccoli (1868–1929; *I Lussuriosi*, 1893), sondern auch die aus England stammenden Autoren Richard Le Gallienne (1866–1947; *Quest of the Golden Girl*, 1896) und Anna Wickham (1884–1947; *The Little Old House*). In einer kurzen Ansprache vor den etwa 70 Mitgliedern sagte Crémieux dem in Frankreich noch unbekannten Dichter einen völlig verdienten Erfolg voraus.
Mit seinem Übersetzer Guy Fritsch-Estrangin besuchte Ungar am 6. 2. den einflußreichen Kritiker und Romancier Edmond Jaloux (1878–1949; *L'agonie de l'amour*, 1898; *Le reste est silence*, 1909; *L'alcyone*, 1925; *La fugitive*, 1926), in dessen Wohnung er auch den Herausgeber der *Nouvelles Littéraires*, Maurice Martin du Gard (1896–1970), kennenlernte. Nach Fritsch-Estrangins Bericht (*H. Ungar en France*) war Ungar „un lecteur fidèle" dieser mit der *Literarischen Welt* vergleichbaren Zeitschrift und unterhielt sich mit Jaloux über die Möglichkeiten internationaler Beziehungen und die Notwendigkeit, besonders den literarischen Austausch mit Frankreich zu intensivieren. Jaloux dankte Ungar für seinen Besuch mit einer ausführlichen, sehr positiven Besprechung von *Enfants et meurtriers* in den *Nouvelles Littéraires* (26. 3. 1927).
Im Café chez Fast hielt Ungar im kleinen Kreis eine Vorlesung aus *Enfants et meurtriers*.
Das *Prager Tagblatt* meldete am 8. 2. 1927 (*Hermann Ungar in Paris*): „Hermann Ungar, dessen ‚Knaben und Mörder' in französischer Übersetzung [...] in Paris erschienen sind, weilte dieser Tage in Paris, hielt bei Flammarion einen Vortrag und einen Autogramm-Tag, an dem er ‚Enfants et meurtriers' und seine Photographie in großen Mengen unterschrieb. Die Kritik rühmt ihn in ausführlichen Würdigungen."
Die Wochenschrift *Die literarische Welt* erschien im Rowohlt Verlag, Ungars Offener Brief erreichte den Adressaten Ernst Rowohlt (1887–1960) also unmittelbar. Dem Brief ist eine Fotografie beigegeben: „Hermann Ungar signiert seine eben verkauften Exemplare in einer Pariser Buchhandlung [Flammarion]" (abgebildet bei Dieter Sudhoff: *Hermann Ungar. Leben – Werk – Wirkung*. Würzburg 1990, Bildteil Nr. 55, und in Hermann Ungar: *Der Bankbeamte und andere vergessene Prosa. Erzählungen, Essays, Aufzeichnungen, Briefe*. Mit einem Anhang hrsg. von Dieter Sudhoff. Paderborn 1989, S. 109, Abb. 14).

Eine redaktionelle Nachbemerkung lautet: „Das in dem vorstehenden Artikel erwähnte Buch heißt ‚Knaben und Mörder' (Ernst Rowohlt Verlag) und ist unter dem Titel ‚Enfants et Meurtriers' bei Gallimard, Paris, französisch erschienen."
Ungars Verhältnis zu seinem Verleger wurde durch seine kritischen Anmerkungen nicht getrübt. Symptomatisch hierfür ist, daß auch er (zusammen mit den Rowohlt-Autoren Walter Benjamin, Martin Beradt, Franz Blei, Arnolt Bronnen, Albert Ehrenstein, Bruno Frank, Leonhard Frank, Alfons Goldschmidt, Stefan Großmann, Franz Hessel, Paul Kornfeld, Max Krell, Emil Ludwig, Alfred Polgar, Joachim Ringelnatz, Leo Slezak, Wilhelm Speyer und Ernst Weiß) zu den Unterzeichnern einer *Erklärung gegen Kerr* gehörte, die am 6. 2. 1928 in der Berliner Zeitschrift *Der Montag Morgen* (Jg. 6, Nr. 6, S. 2) und am 10. 2. 1928 in der *Literarischen Welt* (Jg. 4, Nr. 6, S. 9) erschien. Alfred Kerr hatte am 30. 1. 1928 in einem Artikel *Abgelehnt* im *Berliner Tageblatt* behauptet, die Schriftsteller des Rowohlt Verlags zerfielen „in zwei Gruppen": „In solche, denen keine Ablehnung so nachdenklich wäre wie eine Ablohnung – und in solche, die dem Blatt [der *Literarischen Welt*] eine Geldhilfe nicht ablehnten." Die als „stille Geldgeber-Interessenten aus der Literatur" beschuldigten Autoren antworteten darauf in zwei Punkten: „1. Keinem von uns ist ein Autor bekannt, der irgend einer Unternehmung des Herrn Rowohlt oder der Zeitschrift ‚Die Literarische Welt' jemals Geldhilfe geleistet hätte. – 2. Wir kennen Herrn Ernst Rowohlt als einen Verlagsbuchhändler aus innerem Beruf und aus literarischer Leidenschaft, der vom Typus des bloßen Geschäftemachers so weit als nur möglich entfernt ist, und wir begreifen diesen Irrtum des Herrn Dr. Alfred Kerr nicht."

Panait Istrati: „Kyra Kyralina" und „Onkel Angiel"
In: *Die literarische Welt*, Berlin, 3 (15. 7. 1927), Nr. 28, S. 5.

Auf den rumänischen Erzähler französischer Sprache Panaït Istrati (1884–1935), den Romain Rolland als ‚Gorki des Balkan' rühmte, war Ungar vermutlich in Paris aufmerksam geworden, wo Istrati als neuer Stern am Literaturhimmel galt; die deutschen Erstveröffentlichungen von *Kyra Kyralina* (mit einem Vorwort von Romain Rolland) und *Onkel Angiël* (beide zuerst Paris 1924) erschienen 1926 und 1927. *Kyra Kyralina* erzählt die Geschichte der schönen und sinnlichen Türkin Kyra aus Brăila, die ihrem grausamen Vater auf abenteuerliche Weise entkommt, um dann von einem Haremshändler auf sein Schiff gelockt und nach Konstantinopel entführt zu werden. Ihr Bruder Dragomir sucht unter größten Gefahren vergeblich in den Serails der großen Stadt nach seiner geliebten Schwester. In *Onkel Angiël* erscheint der

Titelheld als ein neuer Hiob, der vom Schicksal ausersehen ist, das ganze Grauen kennenzulernen, das ein starker Mensch zu ertragen vermag und der sich am Ende zu Tode trinkt. Am Sterbebett seines Onkels hört Adrian Zograffi – das Alter ego des Autors – die Geschichte von Cosma, dem großherzigen Räuber, einem Gegenbild zum Dulder Angiël. Istrati setzte den großangelegten Lebenszyklus von Adrian Zograffi fort mit den Bänden *Présentation des Haïdoucs* (1925; *Die Haiduken*, 1929), *Domnitza de Snagov* (1926), *Codine* (1926), *Mikhaïl* (1927), *Le pêcheur d'éponges* (1930), *Le maison Thüringer* (1933), *Le bureau de placement* (1933) und *Méditerrane* (1934/35). – Ungars zweite und letzte Buchkritik.

Die größte Gemeinheit Ihres Lebens... Eine Rundfrage!
In: *Magdeburgische Zeitung* 3 (24. 7. 1927), Nr. 370, 1. [Haupt-] Ausgabe, Beilage, S. 5.

Neben Ungar antworteten auf die Rundfrage der *Magdeburgischen Zeitung* Artur Landsberger, Hanns Heinz Ewers, Egon Erwin Kisch, Magnus Hirschfeld, Hedwig Courths-Mahler und Paul Grätz. Seit Mai 1926 war Bernard Guillemin, den Ungar in der aktivistischen „Gruppe 1925" kennengelernt hatte, Leiter der Unterhaltungsbeilage der *Magdeburgischen Zeitung*; dank seiner Beziehungen als früherer Mitarbeiter des Ullstein-Verlags und des *Berliner Börsen-Couriers* konnte Guillemin die hervorragendsten Schriftsteller der Zeit für sein Blatt gewinnen. Von Ungar brachte die *Magdeburgische Zeitung* neben verschiedenen Nachdrucken auch den Originalbeitrag *Der Kalif* (5. 5. 1927).

Wie entsteht ein Roman?
In: *Berliner Tageblatt* 57 (17. 1. 1928), Nr. 28, Abend-Ausgabe, S. 2f.

Ungars erster Sohn Michael *Thomas* wurde am 25. 10. 1923 in Prag geboren; über den ebenfalls als „Keimerlebnis" genannten Verkehrsunfall in Berlin ist weiter nichts bekannt. Ein Auszug aus dem Roman *Die Klasse* (1927) erschien bereits am 24. 6. 1925 im *Berliner Tageblatt*. Die *Magdeburgische Zeitung* veröffentlichte den Essay am 25. 3. 1928 unter dem Titel *Roman und Erlebnis*.

Für Alfred Döblin
In: *Prager Tagblatt* 53 (14. 8. 1928), Nr. 192, S. 5.

Ungar hatte Alfred Döblin (1878–1957) in der Berliner „Gruppe 1925" kennengelernt, einer nur kurzlebigen, aber durch den Rang ihrer Mitglieder (u. a. Rudolf Leonhard, Johannes R. Becher, Bertolt Brecht, Albert Ehrenstein, Leonhard Frank, Erwin Piscator, Kurt Tucholsky

und Alfred Wolfenstein) bedeutenden aktivistischen Schriftstellervereinigung. Die „langen Winterabende" beziehen sich auf die Schlußphase der Gruppe 1926/27, in der Döblin von Leonhard die organisatorische Leitung übernommen hatte. Döblin war bereits am 10. 8. 1928 fünfzig Jahre alt geworden.
Döblins bekanntester Roman *Berlin Alexanderplatz* erschien erst 1929; die von Ungar genannten Texte konnten 1928 als Döblins Hauptwerke gelten, doch fällt auf, daß gerade der Dokumentarbericht *Die beiden Freundinnen und ihr Giftmord* (1924) fehlt, der ebenso wie Ungars *Die Ermordung des Hauptmanns Hanika* in Leonhards Reihe „Außenseiter der Gesellschaft" erschienen war: *Die drei Sprünge des Wang-Lun. Chinesischer Roman* (1916), *Wallenstein. Roman* (1920), *Berge Meere und Giganten. Roman* (1924), *Manas. Epische Dichtung* (1927).

„Wallenstein" von mir
In: *Vossische Zeitung*, Berlin (15. 9. 1928), Nr. 221, Unterhaltungsblatt Nr. 217, S. 1.

Ungar schrieb diese Boskowitzer Kindheitserinnerung aus Anlaß der Uraufführung seines Stücks *Der rote General*; sie wurde am Tag der Premiere veröffentlicht. Eine redaktionelle Vorbemerkung lautet: „Der als Erzähler bekannte, aus Mähren stammende Dichter der ‚Verstümmelten' tritt heute mit seinem *„Roten General"* zum erstenmal als Dramatiker vor das Publikum.
Schauplatz der geschilderten „ersten Uraufführung" war Ungars Geburtshaus in Boskovice, das sogenannte „Kaiser-Haus" (Na Císařské), Zborovská ulice 86 (heute Nr. 11); vgl. die Abbildungen bei Sudhoff (*Leben – Werk – Wirkung*, Bildteil Nrn. 7/8, aus den Jahren 1964 und 1986) sowie in den Editionen *Der Bankbeamte* (Bildteil Nr. 4, 1986) und *Romány a menší prózy* (Boskovice 2001, Bildteil). 1993 wurde zum Andenken an Hermann Ungar eine Bronzeplastik des Bildhauers Bedřich Čelikovský an seinem Geburtshaus angebracht mit der Inschrift: „V TOMTO DOMĚ SE NARODIL SPISOVATEL HERMANN UNGAR 1893 1929" („In diesem Hause wurde der Schriftsteller Hermann Ungar geboren"; Abbildung im Bildteil der Edition *Romány a menší prózy*).
viele Theaterstücke: sämtlich nicht erhalten.
Jugendfreund und Mitschüler Viktor: Viktor Klettenhofer (*1891), der Sohn des Direktors der Brünner Arbeiter-Unfall-Versicherungs-Anstalt, von 1905 bis 1911 Ungars Mitschüler am II. deutschen Staats-Gymnasium in Brünn. Befreundet hatten sich die beiden über das gemeinsame Interesse für Orientalistik und die „Geheimlehren"; Alexander Loebl erinnerte sich in einem Brief an Eva Pátková (8. 2. 1965): „Klettenhofer war anders eingestellt wie die übrigen deutschen Schü-

ler, er war ein ernster, fast schwermütiger Junge, der die Mutter verloren hatte, vielseitig interessiert, z. B. auch für Hypnotismus. [...] Sie waren unzertrennliche Freunde, täglich stundenlang beisammen." Klettenhofer wurde später Zahnarzt in Wien.

mein Bruder: Felix Ungar (*1894) übernahm später die väterliche Spirituosenfabrik in Boskowitz, heiratete Anfang der dreißiger Jahre Marianne Knöpflmacher (*1903); im März 1942 wurde er mit seiner blinden Mutter Jeanette (*1867), seiner Frau und den Söhnen Hans-Georg (*1933) und Otto (*1934) über Brünn nach Theresienstadt deportiert und wahrscheinlich noch im selben Jahr in Auschwitz ermordet; der Vater Emil Ungar starb kurz vor der Deportation der Boskowitzer Juden.

„Geschichte des Herzogs von Friedland": nicht ermittelt.

„Die Puppenfee": heiteres Kinderballett (1888) von Josef Bayer (1852–1913); mit der „nahen Stadt" dürfte Brünn gemeint sein, wo Emil Ungars älterer Bruder Markus *Max* Ungar (1850–1930) und seine Schwester Fanny Totis lebten.

mein Freund Ernst: nicht ermittelt; möglicherweise Ernst Walt, der im Nachbarhaus wohnte.

Zwischen den Werken. Tagebuch-Aufzeichnungen
In: *Berliner Börsen-Courier* 62 (11. 12. 1929), Nr. 577, S. 6f.

Eine redaktionelle Vorbemerkung des *Berliner Börsen-Couriers* zu dieser posthumen Veröffentlichung aus Ungars Tagebuch lautet: „Hermann *Ungars* nachgelassene Komödie ‚Gartenlaube' wird Donnerstag im ‚Theater am Schiffbauerdamm' uraufgeführt. Wir veröffentlichen hier einige ergreifende Stellen aus den Tagebuchaufzeichnungen, die der Dichter in der Spanne zwischen dem ‚Roten General' und der ‚Gartenlaube' geschrieben hat. Sie werden in der Programmzeitschrift des Theaters am Schiffbauerdamm, dem ‚Stichwort', veröffentlicht werden."

Unter dem Titel *Entstehung der „Gartenlaube"* veröffentlichte auch das *Prager Tagblatt* (Jg. 54, 12. 12. 1929, Nr. 290, S. 3f.) Auszüge aus dem Tagebuch. Dort lautet die Vorbemerkung: „Heute wird des frühverstorbenen Hermann Ungars Komödie ‚Die Gartenlaube' im ‚Theater am Schiffbauerdamm' in Berlin uraufgeführt. Ungar hat ein Tagebuch hinterlassen, aus dem in der von Heinrich Fischer geleiteten Programmzeitung ‚Das Stichwort' des Schiffbauerdamm-Theaters nachfolgende Aufzeichnungen erscheinen. Sie begleiten die Entstehung der ‚Gartenlaube' und umfassen die Produktionsspanne zwischen ‚Rotem General' und ‚Gartenlaube':". Der Abdruck des *Prager Tagblatts* weist nicht nur formale, hier nicht berücksichtigte Varianten (z. B. Aus-

schreibung der Datumsangaben) und mehrere Auslassungen gegenüber der Fassung des *Börsen-Couriers* auf, sondern enthält auch einige zusätzliche Auszüge, die in der vorliegenden Edition an der entsprechenden Stelle eingefügt und durch eckige Klammern kenntlich gemacht sind.
In der Zeitung des Theaters am Schiffbauerdamm *Das Stichwort* (Februar 1930, S. 1) erschien, anders als es die Vorabdrucke vermuten lassen, nur eine Kurzfassung der Aufzeichnungen ohne weitere Auszüge.
Heinrich F.: Heinrich Fischer (1896–1974), österreichischer Schriftsteller und Dramaturg, seit 1928 am Berliner Theater am Schiffbauerdamm und Redakteur der Zeitung *Das Stichwort*.
Aufführung meines Stückes: Das Revolutionsschauspiel *Der rote General* war am 15. 9. 1928, zwei Wochen vor Beginn der Aufzeichnungen, im Theater an der Königgrätzer Straße unter der Regie Erich Engels uraufgeführt worden.
Podkamjenski: Ursprünglicher Titel des *Roten Generals*.
4 Dramen von Hauptmann: Rose Bernd. Schauspiel (1903), *Das Friedensfest. Eine Familienkatastrophe* (1890), *Michael Kramer* (1900), *Einsame Menschen. Drama* (1891). Thema des Dramas *Michael Kramer* ist das tragische Schicksal des häßlichen, einsamen und verstörten jungen Malers Arnold Kramer, der sich den Ansprüchen des Vaters und der Gesellschaft, die sein Genie verkennen, verweigert und am Ende den Freitod wählt; Ungar erkannte in ihm offenbar eine Identifikationsfolie.
Ich habe sechs Monate Urlaub: Vom 24. 9. 1928 bis zum 24. 3. 1929. Vor Ablauf der Frist wurde der unbezahlte Urlaub um ein weiteres Halbjahr bis zum 24. 9. 1929 verlängert. Ungar nahm seine Stelle als Ministerialkommissar des Prager Außenministeriums danach nicht mehr auf und demissionierte am 10. 10. 1929.
nach Paris gereist: Über Ungars zweiten Aufenthalt in Paris ist außer seinen eigenen Aufzeichnungen nichts bekannt. Im Oktober 1928 erschien bei Gallimard die französische Übersetzung des Romans *Die Verstümmelten*: *Les sous-hommes*. Traduit de l'allemand par G. Fritsch-Estrangin.
F. E.: Guy Fritsch-Estrangin, Ungars französischer Übersetzer.
P. M.: nicht ermittelt, möglicherweise der Rowohlt-Lektor Paul Mayer.
Umschlagschleife auf den „Verstümmelten": Das tatsächliche Zitat, das auch den Werbeanzeigen beigegeben war, lautete: „Ah! Seigneur! donnez-moi / la force et le courage / De contempler et mon corps sans dégoût." Ungars Roman *Die Klasse* erschien erstmals 1989 in französischer Sprache, er kann in Paris also nur eine deutsche Ausgabe gesehen haben.
Anatole France „Komödiantengeschichte": Der satirische Schriftsteller und Kritiker Anatole France (1844–1924) hatte 1921 den Litera-

turnobelpreis erhalten. Sein Roman *Histoire comique* war erstmals 1903 erschienen; als Motto für die *Gartenlaube* wählte Ungar ein Zitat aus Frances Roman *L'île des pingouins* (1908). In Deutschland war Anatole France in den zwanziger Jahren besonders durch die Übersetzungen Paul Wieglers populär.

Fragment
In: *Das Stichwort. Zeitung des Theaters am Schiffbauerdamm*, Berlin (Februar 1930), S. 4.

Das Fragment dürfte um 1928, in zeitlicher Nähe zu den Tagebuch-Aufzeichnungen, entstanden sein und erschien mit dem Zusatz „(Aus dem Nachlaß.)". Der einzige bekannte Textzeuge (Deutsches Literaturarchiv, Marbach am Neckar) ist eine Fotokopie, bei der eine Zeile abgeschnitten ist.

Vetter Fritz: nicht ermittelt; der einzige Sohn des Onkels Max mit seiner Frau Marie Ptáčková hieß zwar Friedrich und wurde Fritz genannt (1880–1942), fiel jedoch nicht im Krieg.

Hermann Ungars Schwester: Gertrud (Gerta) Ungar (1895–1946) studierte in Wien Medizin und ging nach dem Abschluß 1926 nach Palästina, wo sie zunächst im Kibbuz Ejn Charod lebte und im nahegelegenen Bezirksspital als Kinderärztin arbeitete. Um 1933 zog sie nach Tel Aviv, wo sie im Dienst der Krankenkasse weiterhin als Kinderärztin tätig war. Sie war mit Rudolf Kleiner-Zair verheiratet; die Ehe blieb kinderlos. Angeblich soll Gerta Ungar sich das Leben genommen haben, nachdem sie von der Ermordung ihrer Mutter Jeanette und ihres Bruders Felix durch die Nazis erfahren hatte; wahrscheinlich starb sie jedoch an einer Krankheit.

Moderne Dramatiker über sich selbst
In: *Der Kontakt. Stadttheater Erfurt*, Spielzeit 1929/30, Nr. 8, S. 123f.

Redaktionelle Nachbemerkung zum Schlußsatz: „Es klingt, wie ein tragikomischer Scherz und Unger, der diese Zeilen im Anfang des Jahres schrieb, starb vor kurzem! Seine Komödie ‚Gartenlaube' wird jetzt in Berlin mit großem Erfolg gespielt." Weitere Selbstaussagen (S. 121-125) erschienen von Günter Weisenborn, Hans Meisel, Gerhard Menzel und Joseph M. Velter.

Schreien Pferde wirklich?
In: *Berliner Tageblatt* 58 (8. 5. 1929), Nr. 215, Abend-Ausgabe, S. 2.

In Erich Maria Remarques Roman *Im Westen nichts Neues*, nach dem Erstdruck in der *Vossischen Zeitung* (1928) Anfang 1929 als Ullstein-Buch erschienen mit einer schon zuvor vergriffenen Startauflage von

30.000 Exemplaren (bei Erscheinen von Ungars Essay lag die Auflage bereits bei einer halben Million), heißt es: „Ich habe noch nie Pferde schreien gehört und kann es kaum glauben. Es ist der Jammer der Welt, es ist die gemarterte Kreatur, ein wilder, grauenvoller Schmerz, der da stöhnt. [...] Man möchte aufstehen und fortlaufen, ganz gleich wohin, nur um das Schreien nicht mehr zu hören." (Berlin 1929, S. 66f.) Ernst Weiß nennt das schreiende Pferd in seiner Novelle *Franta Zlin* (*Genius*, München, 1, 1919, aufgenommen 1928 in den Erzählungsband *Dämonenzug*) nur in einer Klammer: „Pferd und Mann versanken im Sumpf (selbst Pferde hatten einen menschlichen Schrei, vor dem alles erdröhnte)" (*Die Erzählungen*. Frankfurt/M. 1982, S. 84). Otokar Fischer hat das Thema später noch einmal zusammenfassend behandelt (*Schreien Pferde wirklich?* In: *Prager Presse* 9, 22. 8. 1929, S. 8): „Der Dichter Hermann Ungar hat im Berliner Tageblatt [...] einen Aufsatz erscheinen lassen, [...] in dem [...] er das Leiden und Sterben verwundeter Pferde als einen kaum hörbaren Vorgang darstellt, die erschütternde Situation Remarques jedoch durch eine zweifellos bestehende literarische Tradition erklären will. [...] Hermann Ungars Fingerzeig ist beachtenswert. Nur gilt es, die Spur von der Novelle seines mährischen Landsmannes weiter zurückzuverfolgen. Die in Rede stehende Ueberlieferung hat es in der modernen Literatur in der Tat gegeben, doch ist ihr Ausgangs- (oder wenigstens ihr sehr wesentlicher Durchgangspunkt) in einem Werk anzusetzen, das ob der vielen Darstellungen des Weltkriegsgrauens nicht in Vergessenheit geraten sollte: nämlich in Zolas seinerzeit weltberühmtem Roman ‚Débâcle' [1892] aus dem Krieg von 1870/71. Im ersten Kapitel des dritten Teils ist dort ein Bericht zu lesen, der wohl als eine meisterliche Verwertung jener Situation anzusprechen ist, die bei Remarque weiterlebt: ‚Einige Tiere waren nach zweitägigem Todeskampfe noch nicht tot und sie hoben ... den leidenden Kopf, während andere unbeweglich dalagen und von Zeit zu Zeit einen lauten Schrei ausstießen, jene Klage des sterbenden Pferdes, die so eigentümlich, so furchtbar schmerzlich ist, daß die Luft davon zittert.' [...] Ob Pferde ‚wirklich schreien', mögen Fachleute und Soldaten erörtern. Was jedoch die dichterische Verwertung dieser Möglichkeit anlangt, so scheint die ‚genialische Intuition, dem Pferdeschmerz seine Stimme zu geben', aufs Konto des sich als ‚Naturalisten' gerierenden Franzosen zu setzen zu sein. Möglicherweise ließe sich die Tradition noch weiter in die Vergangenheit verfolgen, sicher hat das von Zola so nachdrücklich verwendete Detail lebendige Nachfolge gefunden, und es würde wohl die Mühe lohnen, sich in sonstigen Schlachtberichten [...] nach jenem Motiv umzusehen, unter dessen Ausgestaltern man Ernst Weiß und Remarque zu nennen hat." Tatsächlich ist der Pferdeschrei ein alter literarischer Topos, der sich in der deutschen Literatur u. a. auch bei Karl May findet, etwa im dritten Band der Reiseerzählung *Old Surehand* (Freiburg i. Br. 1896, S. 490), wo die Rede ist vom „entsetzlichen, gar nicht zu beschreibenden Todesschrei von Pferden", „die Schmerzen einer ganzen Welt herausbrüllend". Die stärkste Ausformung fand das Motiv jedoch erst 1930 in dem heute vergessenen, von Remarque beeinflußten Kriegs- und Tierbuch *Kriegspferd Pummelchen* (Hamm) des westfälischen Erzählers Franz Müller-Frerich; vgl. Dieter Sudhoff: „*Schreiende Pferde*". *Franz Müller-Frerichs Roman „Kriegspferd Pummelchen"*. In: *Literatur in Westfalen. Beiträge zur Forschung 6*. Hrsg. von Walter Gödden. Bielefeld 2002.

Tomy hilft dichten. Vom „kint, das in den Ozejan gefaln is"
In: *Prager Tagblatt* 54 (12. 7. 1929), Nr. 161, S. 3.

Thomas, genannt Tomy, fünf Jahre alt: Michael *Thomas*, Ungars erster Sohn, geboren am 25. 10. 1923 in Prag. Noch auf den Wunsch des Vaters hin besuchte Thomas Ungar später die Prague English Grammar School; nach dem Münchner Abkommen schickte seine Mutter Margarete ihren ältesten Sohn zum Weiterstudium nach London, ehe sie selbst im Juni 1939 mit ihrem jüngeren Sohn Alexander (Sascha) nachfolgte und mit ihren Kindern in die Kleinstadt Wells (Grafschaft Somerset) am Rande der Mendip Hills zog. 1943 meldete Thomas sich zur Royal Navy und nannte sich fortan Tom Unwin; Mutter und Bruder nahmen später denselben Familiennamen an. Nach dem Krieg war Tom Unwin zunächst Sekretär der „International Federation of Agricultural Producers" in London; seit 1947 war er im Dienst agrarischer Aufbauarbeiten, der Entwicklungs-, Flüchtlings- und Hungerhilfe tätig, bis 1951 bei der „United Africa Company" (später „Overseas Food Corporation") in Tanganyika, bis 1964 als Distriktoffizier, Distriktkommissar und schließlich Staatssekretär im Außenministerium der Regierung von Tanganyika. Weil er nicht Staatsbürger werden wollte, mußte er die verantwortliche Stelle aufgeben. Von 1964 bis 1981 war er Hilfsmissionschef (bis 1973) und Missionschef des „United Nations Development Programme" mit Sitz in New York, lebte und arbeitete in Malawi (ein Jahr), der Türkei (fünf Jahre), auf den Philippinen (drei Jahre) und in Papua-Neuguinea (acht Jahre). 1981 wurde er zum Flüchtlingskommissar der „United Nations" ernannt; er arbeitete als Missionschef in Uganda und die letzten Monate vor seiner Pensionierung 1983 als Direktor im Genfer Hauptquartier. Auch danach war er noch im Auftrag verschiedener Entwicklungsprogramme tätig, u. a. in Kambodscha, im Sudan und in Kirgisien. Hermann Ungars älterer Sohn lebt heute mit seiner zweiten Frau Diana in Milverton, Grafschaft

Somerset, in der Nähe von Taunton. Er hat eine Tochter aus erster Ehe (Vicky, *1957) und einen Sohn Alexander (*1972).

Der Tod macht Reklame
In: *Berliner Tageblatt* 58 (10. 8. 1929), Nr. 374, Morgen-Ausgabe, [Sonderbeilage:] Reklame und Publikum, 3. Beilage, S. 2.
Das Feuilleton (die mutmaßlich letzte Erstveröffentlichung zu Lebzeiten) erschien unter dem Obertitel „Reklame hier, Reklame dort..." in einer Sonderbeilage anläßlich einer Ausstellung von Werbeplakaten in Berlin, zusammen mit weiteren Texten u. a. von Erich Weinert, Alfred Döblin, Hans Reimann und Marieluise Fleißer.
ein Kind geboren: Ungars zweiter Sohn *Alexander* Matthias, genannt Sascha, war am 15. 3. 1929 geboren worden. Er begleitete seine Mutter 1939 von Prag nach England, besuchte die Schule in Wells und anschließend Internate auf der Isle of Wight und in Street, Nähe Wells. Nach dem Krieg ging er mit seiner Mutter nach Kanada, wo er in Vancouver ein forstwissenschaftliches Studium begann, das er aber schon nach einem Jahr abbrach, um sich der Physik und Mathematik zu widmen. Anfang der fünfziger Jahre wurde er graduiert. Er arbeitete viele Jahre als Physiker in den Boeing-Werken in Seattle und wohnte in Bellevue, einer Vorstadt von Seattle. Alexander Unwin starb am 24. 1. 2000; er hinterließ seine Frau und drei Kinder.
kleine heitere Skizze „Tulpe": abgedruckt im zweiten Band der *Sämtlichen Werke*.

An Hermann Bahr, ca. 1910
Manuskript, 4 S., undatiert und ohne Anrede; Österreichische Nationalbibliothek, Theatersammlung, Wien (Erstveröffentlichung).
Hermann Bahr (1863 Linz – 1934 München), führender Vertreter der Wiener Moderne („Jung-Wien"), Erzähler, Dramatiker und Essayist. Der Schüler Hermann Ungar, der noch bis 1911 das II. deutsche Staats-Gymnasium in Brünn besuchte, hatte dem ‚Förderer und Gönner aller jungen österreichischen Dichter' bereits früher auf Büttenpapier eine Auswahl seiner neuromantischen, heute verschollenen Gedichte geschickt, war aber offenbar ohne Antwort geblieben. Auf diese erneute (oder eine weitere) Sendung erhielt Ungar laut Auskunft Felix Lorias einen wohlwollenden Brief, in dem Bahr ihn zum Schreiben ermunterte; Ungar soll diesen Brief in Ehren gehalten haben. Eine tatsächliche Förderung durch Bahr scheint es jedoch nicht gegeben zu haben.
Tagebuch: Hermann Bahrs *Tagebuch* (aus dem Zeitraum Herbst 1905 bis Ende 1908) war 1909 bei Paul Cassirer in Berlin erschienen. Weitere seiner umfangreichen, zeitgeschichtlich interessanten, aber zu eitler

Geschwätzigkeit neigenden Tagebücher veröffentlichte Bahr in verschiedenen Verlagen. Ungar zitiert aus Bahrs Tagebucheintragung vom 4. 6. 1908 (S. 200f.): „Hätte ich jemanden zu erziehen (was ich mir jetzt manchmal sehr wünsche, es dürfte nur mein eigenes Kind nicht sein, ich mag mich nicht im Spiegel sehen), ich würde ihm jede Stunde sagen: Lerne verehren, dann aber lerne gleich keinen Respekt haben! Die meisten bringen es freilich nicht einmal dazu, auch nur den Unterschied zu fühlen. Respekt haben ist beamtenhaft, bedientenhaft, untertänig, knechtisch, kriechend; aber Verehrung ist Freiheit, und vielleicht die einzige Art, sich gegen das Große zu behaupten. Lerne verehren und lerne verachten und dann, in der Mitte von Verehrung und Verachtung, in dich abgegrenzt, sei, was du bist!"

Gedichte: Im Nachlaß Hermann Bahrs (Österreichische Nationalbibliothek, Theatersammlung) konnten bisher keine Gedichte Ungars aufgefunden werden.

erotisches, wildes Drama: nicht überliefert.

Brief Schamann's: Unter dem Datum des 25. 10. 1905 zitiert Bahr in seinem *Tagebuch* (S. 49-56) einen Brief des erfolglosen und am 5. 9. 1909 an den Folgen einer langjährigen Syphiliserkrankung gestorbenen Brünner Erzählers und Dramatikers Franz Schamann (1876–1909; *Mährische Geschichten*, 1902), in dem dieser mit sehr konkreten Vorstellungen vom österreichischen Staat die Gründung eines Reichsinstituts für dramatische und Mimenkunst zur Förderung ‚aufstrebender Talente' fordert: „Die erforderlichen fünf Millionen Kronen kann der Reichsrat leicht bewilligen, wenn er beim Kriegsbudget was abzwackt und der Kultusvorstehung was abstreicht. Wir brauchen keine Kirchen mehr, dafür Bühnen! Denn das Theater ist die Kirche von morgen!" (S. 53) Schamanns Hauptmotiv war die eigene Notlage: „Was ich Ihnen hier schreibe, ist [...] ein Schrei meiner Not. Ich bin heute dreißig Jahre alt, kämpfe seit zwölf Jahren um eine Aufführung irgend eines meiner Stücke und hab's bis heute nicht errungen." (S. 54)

Redeübung: Ungar hielt die Redeübung *Hermann Bahr und das junge Österreich* im Schuljahr 1909/10. Redeübungen waren Unterrichtsgegenstand in der VII. und VIII. Klasse; die Themen konnten relativ frei gewählt werden.

An Ludwig Pinner und Gustav Krojanker, ca. 1914

Manuskript, 1 S., ohne jede weitere Angabe, vermutlich Beilage zu einem Brief an Gustav Krojanker; Archiv Edith Krojanker, Jerusalem (*Der Bankbeamte und andere vergessene Prosa. Erzählungen, Essays, Aufzeichnungen, Briefe.* Mit einem Anhang hrsg. von Dieter Sudhoff. Paderborn 1989, S. 145-148).

Luz Lolo: Ludwig Pinner, geb. 1890 in Berlin; Abitur 1908 am Berliner Friedrich-Werderschen Gymnasium; mit 16 Jahren Beitritt zur zionistischen Bewegung; 1909-15 agrarwissenschaftliche Studien an der Landwirtschaftlichen Hochschule in Berlin, an der Ludwig-Maximilians-Universität in München und an der Vereinigten Friedrichs-Universität Halle-Wittenberg, Promotion; Kriegsteilnehmer, Bekanntschaft mit Kurt Tucholsky; 1921 Auswanderung nach Palästina; dort Arbeiten auf dem Gebiet wissenschaftlicher Pflanzenzüchtung; bis 1931 Forschungen an der Landwirtschaftlichen Versuchsstation Rechovot; 1931-38 tätig in den Jaffa Plantations, im Jaffa Orange Syndicate, in der Haavarah, im Hitachduth Olej Germania und der Siedlungsgesellschaft Rassco; 1938-68 Leiter der Abteilung Mittelstandsansiedlung der Jewish Agency und bis zu seinem Tode 1979 Vorsitzender mehrerer Organisationen wie Pri Or Ltd., Haspaka oder Private Farmers Fund; lebte in der ersten Rassco-Siedlung Kfar Schmarjahu.
Jonas von Klumm: Gustav Krojanker, geb. 1891 als Sohn des Schuhfabrikanten Wilhelm Krojanker („Conrad Tack & Cie.", Burg bei Magdeburg und Berlin); Abitur 1909 am Berliner Kgl. Wilhelms-Gymnasium; Jura-Studium in Berlin und Freiburg, volks- und staatswissenschaftliche Studien in Berlin und München, 1914 Promotion; Kriegsteilnahme; Direktor und Vorstandsmitglied der väterlichen Firma in Burg; schied 1929 aus der Firmenleitung aus, um sich in Berlin ganz der jüdisch-politischen und kulturellen Arbeit zu widmen; Direktor des Berliner Jüdischen Verlags und Weltverlags; 1932 Auswanderung nach Palästina (Jerusalem); engagiert in Georg Landauers Alijah Chadashah; 1938 Redakteur der *Jüdischen Weltrundschau*, im Auftrag der Jewish Agency in Deutschland, um Fragen der Übersiedlung deutscher Juden zu klären (Kapitaltransfer); 1945 in Jerusalem gestorben. Bekannteste Veröffentlichung: *Juden in der deutschen Literatur. Essays über zeitgenössische Schriftsteller* (Hrsg.). Berlin 1922, ²1926.
Ungar hatte seine beiden engsten Freunde im Wintersemester 1911/12 in Berlin kennengelernt, in der zionistischen Studentenverbindung „Hasmonäa"; Krojanker hat sich in einem Nachruf an die erste Begegnung erinnert: „Vor mir ersteht wieder das Bild, da ich ihn zum ersten Male sah; es mag Ende 1911 gewesen sein. Eines Tages stand er in meinem Zimmer und bot einen erheiternden Anblick: ein blonder rosiger Knabe mit weichen Zügen, der feierlich in ein dunkles Gewand gehüllt war und einen Zylinderhut in der Hand trug. Er stammte aus einem guten Bürgerhause in Boskowitz und war in dem nahegelegenen Brünn zur Schule gegangen; von dort kam er nun als Student nach Berlin und machte Antrittsvisite mit allen Attributen der Honoratioren von zu Hause. [...] Damals [...] wirkte er halb komisch und halb feierlich. Und es war auch wirklich kein gewöhnlicher Besuch, dies erste

Zusammentreffen, denn kaum daß er in seiner Sofa-Ecke saß, zückte er auch schon ein umfangreiches Manuskript und gestand mir den Traum seiner zwanzig Jahre, nichts geringeres als ein Dichter zu werden." (*Hermann Ungar zum Gedächtnis*. In: *Jüdische Rundschau*, Berlin, 34, 17. 12. 1929, Nr. 99, S. 671)

Schwedt: Pinner und Krojanker dienten während ihrer Militärzeit eine Zeitlang im „Tabakstädtchen" Schwedt an der Oder, südlich von Stettin.

An Emil Kohn, 8. 8. 1917

Manuskript, 4 S., ohne Ortsangabe; Archiv Eric Conrad, London (Erstveröffentlichung).

Dr. Emil Konrad Kohn († 1933), der Bruder von Hermann Ungars Mutter Jeanette geb. Kohn, war Redakteur in Wien (*Neues Wiener Journal, Neue Freie Presse*) und verfügte daher über literarische Beziehungen; er nannte sich als Journalist Emil Konrad. Im Nachlaß Emil Kohns ist ein Widmungsexemplar des Romans *Die Verstümmelten* erhalten: „Meinem Onkel Dr. Emil Konrad in herzlicher Gesinnung / Berlin, März 1923 / Hermann Ungar." Welches Manuskript Ungar seiner Tante zur Weiterleitung übergab, läßt sich nicht mehr feststellen. Die Familie Kohn stammte aus Jamnitz (Jemnice) in Mähren und besaß dort eine Spiritusbrennerei. Ungar, der mit einer Beinverletzung vom Fronteinsatz beurlaubt war, hatte in Jamnitz die Familie seines besonders geliebten Onkels Ludwig Kohn, Emils Bruder, besucht. Ungars Großeltern mütterlicherseits waren Samuel (1835–1911) und Katharina Kohn, die „l[iebe] Großmutter"; sie hatten fünf Kinder: die Töchter Ernestine, Jeanette und Emma sowie die Söhne Emil Konrad und Ludwig, Gutsbesitzer und Pächter der Herrschaften Jamnitz und Pullitz.

An Fritz Lampl, 15. 9. 1919

Manuskript, 1 S., gedruckter Briefkopf: DR. HERMANN UNGAR; Österreichische Nationalbibliothek, Wien (*Der Bankbeamte und andere vergessene Prosa*, S. 148, Faksimile S. 149).

Fritz Lampl (1892 Wien – 1955 London), österreichischer Dramatiker, Erzähler und Lyriker (*Gedichte*, 1920; *Flucht. Komödie*, 1920). Im April 1919 hatte Lampl zusammen mit Alfred Adler, Albert Ehrenstein, Jacob Moreno Levy, Hugo Sonnenschein und Franz Werfel den Genossenschaftsverlag (Wien, Leipzig) gegründet, der die vollkommene Sozialisierung der Autoren anstrebte. Ernst Weiß hatte Ungar den Verlag empfohlen, nachdem er selbst dort im *Neuen Daimon* (1919), herausgegeben von Lampl, sein Drama *Tanja* veröffentlicht hatte. Zu einer Verbindung Ungars mit dem Genossenschaftsverlag kam es offenbar deshalb nicht, weil er den Bedingungen (u. a. Verlust der Autorenrechte auch für alle künftigen Werke) skeptisch gegenüberstand und eine baldige Veröffentlichung nicht möglich war. Die Novelle *Ein Mann und eine Magd* erschien dann zusammen mit der *Geschichte eines Mordes* 1920 unter dem Obertitel *Knaben und Mörder* im Verlag von E. P. Tal & Co. (Leipzig, Wien, Zürich), dessen Lektor Carl Seelig war; der Untertitel *Weg und Erweckung eines Bösen* entfiel. Da auch Lampl zeitweise für den Tal-Verlag tätig war, ist eine Vermittlung des Manuskripts durch ihn denkbar.

An Fritz Lampl, 22. 9. 1919
Manuskript, 1 S., Notiz Lampls am linken oberen Briefrand: „Antwort 27./9.19. bedauern – kein Selbstkostenverlag!"; Österreichische Nationalbibliothek, Wien (*Der Bankbeamte und andere vergessene Prosa*, S. 150).

An Fritz Lampl, 30. 9. 1919
Manuskript, 1 S.; Österreichische Nationalbibliothek, Wien (*Der Bankbeamte und andere vergessene Prosa*, S. 150f.).

An Thomas Mann, 30. 5. 1921
Manuskript, 2 S., gedruckter Briefkopf: DR. HERMANN UNGAR / BERLIN, W. / KURFÜRSTENDAMM 233^{II} / T. STEINPL. 106 99, Briefumschlag abgestempelt am 31. 5., gedruckte Absenderangabe: DR. HERMANN UNGAR / BERLIN, W. / KURFÜRSTENDAMM 233II, Adreßangabe: SH. / Herrn / Thomas Mann / München / Poschingerstr. 1; Eidgenössische Technische Hochschule, Thomas Mann-Archiv, Zürich (*Der Bankbeamte und andere vergessene Prosa*, S. 151-153).

Im März 1921 (Posteingang 14. 3.) hatte Ungar den seit der Schulzeit verehrten Thomas Mann (1875 Lübeck – 1955 Kilchberg bei Zürich) erstmals in einem „längere[n] Brief" um eine Besprechung von *Knaben und Mörder* gebeten; im April wiederholte er seine Bitte, wie sich einer Tagebucheintragung Manns vom 22. 4. entnehmen läßt: „Brief von Dr. Ungar, der natürlich gern eine Besprechung seiner Erzählungen möchte, die ich auch vorhabe. [...] Las abends ‚Knaben und Mörder' von Ungar." (*Tagebücher 1918–1921*. Hrsg. von Peter de Mendelssohn. Frankfurt/M. 1979, S. 492, 508) Schon am nächsten Tag, am 23. 4., schrieb Mann an Ungar, er wolle das Buch besprechen, und am 29. 5. erschien dann der Aufsatz, der den Debütanten mit einem Mal bekannt machte. (*Vossische Zeitung*, Berlin, 29. 5. 1921, Nr. 248) Als Mann Ungars hier abgedruckten Brief vom 30. 5. erhielt, notierte er am 1. 6. in sein Tagebuch: „Langer rührender Dankesbrief von Ungar, da mein

Aufsatz in der Vossischen Z. schon erschienen. Vergnügen daran und an dem Glück des jungen Dichters." (*Tagebücher 1918–1921*, S. 525f.)
Schluß der ersten Erzählung: Mann störte die „ein wenig blasse und klischeemäßige Liebeslehre am Schluß" der Erzählung *Ein Mann und eine Magd*, in der nach seinem Geschmack „der geistige Pazifismus der Jugend von 1918 eine etwas modische Sprache [redet]".
Schülerschaft und Abhängigkeit: Mann verwies vor allem auf Dostojewski und sich selbst: „Die Erstlinge des jungen Böhmen verleugnen in ihrer Lebensstimmung, ihrer zugleich weichen und grausamen Art, das Menschliche zu sehen und zu geben, russischen Einfluß nicht: Die Herrschaft Dostojewskijs über die europäische Jugend von 1920 bewährt sich auch hier. Daneben ist hochbegabte Abhängigkeit von deutschen Bildungen nicht zu verkennen – freie Schülerschaft voller Eigenleben, die der Referent ohne Nervosität zu Akte gibt."
„verantwortliche Art", „Geist der Gewissenhaftigkeit": Mann: „Anziehend ist sie [die Geschichte *Ein Mann und eine Magd*] vor allem durch die vom Osten empfangene Kunst, das seelisch Extreme, Exzentrische, ja Groteske als das eigentlich Menschliche empfinden zu lassen, und durch eine genaue, abwägende, verantwortliche Art, dies Menschliche zu behandeln, eine Art, in der es als die ernsteste und wichtigste Angelegenheit von der Welt sittlich vorgestellt wird. Wendungen wie ‚Wenn ich es recht überlege, finde ich, daß ich vielleicht, vielleicht sage ich...' sind charakteristisch für diesen Geist der Gewissenhaftigkeit."
mein Roman: Die Verstümmelten.
„Militarismus" als menschliches Symbol: Mann: „Das geistige Motiv des Soldatentums, das die Novelle [*Geschichte eines Mordes*] irgendwie beherrscht, ging mir nahe und hat mir zu denken gegeben. Der Militarismus, jetzt in Europa an seinen Ausgangspunkt, sein eigentliches Heimatland, ich meine Frankreich, zurückgekehrt – womit wir einverstanden sein wollen –, wird dort, als Realität, sich wohl unrühmlich totlaufen. Aber nicht nur, daß auch in einer Welt des reinen Zivilismus das Soldatentum als Lebensform in beschränktem Maße ja bestehen bleiben wird: als seelisch-sittliches Symbol namentlich ist der Militarismus unsterblich, und die Kunst, deren eigentümlich positiver Indifferentismus nach Symbolwerten weit interessierter als nach politischen Prinzipien fragt, wird ihn eben als seelisches Gleichnis niemals verleugnen."

An die Gesandtschaft der Tschechoslowakischen Republik in Berlin, 14. 9. 1921
Manuskript, 1 S., 1 Beilage; Archiv des tschechischen Außenministeriums, Prag (Erstdruck, Faksimile des Briefs im Bildteil der Edition *Romány a menší prózy*, Boskovice 2001).

Obwohl zweisprachig aufgewachsen und in Diensten des tschechoslowakischen Außenministeriums tätig, beherrschte Ungar offenbar die tschechische Sprache (die er als Amtssprache gewöhnlich benutzen mußte) nicht vollkommen und machte orthographische, grammatische und syntaktische Fehler (gelegentlich auch Wortfehler), die hier jedoch nicht im einzelnen nachgewiesen werden.
Ungar litt seit seiner Jugend an Nervenreizungen, die im Sommer 1921 vor allem durch die schwierige Arbeit am Roman *Die Verstümmelten* akut wurden. Seit Anfang September 1921 hielt er sich deshalb in Garmisch-Partenkirchen auf, wo er u. a. Otto Flake besuchte und Grüße Gustav Krojankers an Ella Kahn geb. Asch (Ellen Krojanker, 1894–1976) überbrachte, die spätere erste Frau seines Freundes, die zu dieser Zeit noch mit Walter I. L. Kahn aus Frankfurt verheiratet war. Es ist denkbar, daß Ungar in dieser Zeit auch Thomas Mann in München besuchte; Mann war erst am 13. 9. von einer Sommerreise zurückgekehrt, so daß hierin ein heimlicher Grund für die Urlaubsverlängerung liegen könnte.

An Josef Ponten, 3. 11. 1921
Manuskript, 1 S.; Öffentliche Bibliothek, Aachen (Erstveröffentlichung).

Josef Ponten (1883 Raeren bei Eupen – 1940 München), katholischer Verfasser von Romanen, Novellen sowie kunstgeschichtlichen und geographischen Arbeiten, verheiratet mit Julia Ponten Freiin von Broich. Sein bedeutendster Roman, *Der Babylonische Turm. Geschichte der Sprachverwirrung einer Familie* (1918), wurde auch von Thomas Mann geschätzt, dessen Freund Ponten 1920 in München wurde. Diese Freundschaft erklärt Ungars Grüße an „Dr. Mann" und dessen Frau Katia Mann geb. Pringsheim.
gerechten Brief: Ponten hatte offenbar brieflich Kritik geübt an Ungars Erstlingswerk *Knaben und Mörder*.
Aachener Reise: Gemeint ist die Novelle *Die Fahrt nach Aachen* (Köln 1924); Ponten hatte Ungar vermutlich ein Typoskript mit dem ursprünglichen Titel *Die Reise nach Aachen* geschickt.

An Ludwig Pinner, 19. 4. 1922
In: Nanette Klemenz: *Hermann Ungar. Eine Monographie.* Bonn 1970, S. 37f., 29, 21, dort fälschlich auf 1921 datiert (*Der Bankbeamte und andere vergessene Prosa*, S. 154f.).

Ungars Briefe an Ludwig Pinner sind verschollen; überliefert sind nur zwei von Nanette Klemenz mitgeteilte Teilabschriften (19. 4. 1922 und Juli 1922). Aus einem Brief Pinners vom 14. 2. 1965 an Eva Pátková geht hervor, daß er eine „Zahl von Briefen" aus dem Zeitraum von 1912 bis 1926 besaß: „Ich kann mich nicht entschliessen, die Briefe inhaltlich weiterzugeben. Sie sind so intimer Art u. voller Bemerkungen über Personen unseres Kreises, zudem durchsetzt mit Ausdrücken, die dem damals besonders unter Studenten üblichen, etwas libertinem Jargon entstammen, dass sie nur von Zeitgenossen richtig verstanden werden können." Zum Rom-Brief vgl. *Aus einem Tagebuch.*
In Rom traf Ungar zufällig mit dem ebenfalls aus Boskowitz stammenden, in Frankreich lebenden tschechischen Maler Othon Coubine (Otakar Kubín, 1883–1969) und dessen zweiter Frau Berthe geb. Chaix zusammen; von der Begegnung zeugt eine Ansichtskarte vom 22. 4. 1922 an den gemeinsamen Verwandten „Signore Dr. Karel Krejčí [1893–1972] / Boskovice / Rép. Tchécoslovaque" (Faksimile im Bildteil der Edition *Romány a menší prózy*). Coubine schrieb: „‚Nescházejí se hory s horamy ale lidé s lidmi.' Tak náhodou jsme se sešli a vzpomínáme na Boskovice a posíláme Vám srdečné pozdravy. O. Coubine Kubín" („Es begegnen sich nicht Berge mit Bergen, sondern Menschen mit Menschen." So zufälligerweise sind wir uns begegnet und erinnern uns an Boskovice und senden Ihnen herzliche Grüße); Ungar ergänzte: „Srdečné pozdravy Vám a milostivé paní Vám oddaný H. Ungar" (Herzliche Grüße Ihnen und der gnädigen Frau Ihr ergebener H. Ungar), B. Coubine unterschrieb nur mit ihrem Namen (Übersetzungen Jaroslav Bránský, Boskovice).

An Gustav Krojanker, 23. 4. 1922
Typoskript mit Signatur, 1 S.; Archiv Edith Krojanker, Jerusalem (*Der Bankbeamte und andere vergessene Prosa*, S. 155f.).

Obwohl ohne eigentliche Ortsangabe, dürfte das Scherzgedicht, das vermutlich einem Brief beilag, in Neapel entstanden sein.

An Ludwig Pinner, Juli 1922
In: Nanette Klemenz: *Hermann Ungar. Eine Monographie.* Bonn 1970, S. 39, 40 (*Der Bankbeamte und andere vergessene Prosa*, S. 156).

In Egern am Tegernsee verbrachte Ungar seinen Jahresurlaub.

der Roman: Die Verstümmelten erschien tatsächlich im November 1922 im Rowohlt Verlag Berlin, das Copyright wurde jedoch auf 1923 datiert.

An das Außenministerium in Prag, 9. 11. 1922
Manuskript, 1 S., Bearbeitungsvermerk: č. 527 res. příl. Ø / Dne 9. XI. 22; Archiv des tschechischen Außenministeriums, Prag (Erstdruck, Faksimile im Bildteil der Edition *Romány a menší prózy*).

Hermann Ungar heiratete am 30. 11. 1922 auf der Bezirkspolizeiverwaltung (dem damaligen Standesamt) in Prag-Smíchov seine Geliebte Margarete Weiß geb. Stránský (1895 Prag – 1978 Vancouver); Trauzeuge war Camill Hoffmann. Das Außenministerium hatte Ungar einen zweiwöchigen Urlaub gewährt.

Ungar hatte seine künftige Gattin in Prag kennengelernt, als Frau des reichen Seidengroßhändlers Rudolf Weiß, Inhaber des „Lyoner Seidenhauses", mit dem sie einen Sohn Hans (Honza) hatte. Ihr Vater Heinrich Stránský, verheiratet mit Paula geb. Gehorsam, war ein wohlhabender Kohlengroßhändler und lebte mit seiner Familie im Stadtteil Smíchov, im Haus Přemyslova 14 (heute Staropramenná), wo auch die Fabrik untergebracht war. Wegen der Inflation in Deutschland blieb Margarete Ungar zunächst bei ihren Eltern und zog erst im September 1924 mit ihrem inzwischen geborenen Sohn Thomas nach Berlin zu ihrem Mann.

An Heinrich Mann, November/Dezember 1922
Manuskript, 1 S., von Heinrich Mann als Konzeptblatt benutzt, datiert nach dem Erscheinen der *Verstümmelten* im November 1922; Stiftung Archiv der Akademie der Künste, Literaturarchiv, Berlin (*Der Bankbeamte und andere vergessene Prosa*, S. 156f.).

Über die im Brief angesprochene Begegnung Ungars mit Heinrich Mann (1871 Lübeck – 1950 Santa Monica) ist nichts Näheres bekannt. Die „Handküsse" an die „gnädige Frau" lassen vermuten, daß er auch Maria (Mimi) Mann geb. Kanova (1886–1946), die aus Prag stammende erste Frau Heinrich Manns, kennengelernt hatte.
mein neues Buch: Die Verstümmelten.
mein erstes Buch: Knaben und Mörder.

An Felix Henseleit, 19. 6. 1924
Manuskript, 2 S.; Deutsches Literatur-Archiv, Marbach am Neckar (Erstveröffentlichung).

Ungar verbrachte seinen Sommerurlaub 1924 vom 13. 6. bis 7. 7. im mondänen Kurort Marienbad (Mariánské Lázně). Kurz zuvor war er in

Prag gewesen und hatte dort vermutlich Johannes Haase, den Autor des soeben im Berliner Mosaik Verlag erschienenen Romans *Lux in tenebris lucet*, kennengelernt. Über Johannes Haase und sein offenbar schweres Schicksal ist kaum etwas bekannt. Im Krieg war Haase Offizier gewesen, er war mit Paul Leppin befreundet und hatte 1921 mit Georg Mannheimer die Prager Zeitschrift *Die Wahrheit* gegründet.
Von Marienbad aus schickte Ungar seine Haase-Rezension an Felix Henseleit (1903–1974) vom *Berliner Börsen-Courier* („B. C."); dort erschien sie am 6. 7. 1924.
Bemerkenswert ist der Vergleich des lungenkranken Johannes Haase mit Franz Kafka, der am 3. 6. 1924 an derselben Krankheit in Kierling bei Klosterneuburg gestorben war. Die Beisetzung hatte am 11. 6. auf dem jüdischen Friedhof in Prag-Straschnitz stattgefunden; daß Ungar, der sich zu dieser Zeit in Prag aufhielt, daran teilnahm, ist wenig wahrscheinlich, die Dringlichkeit, mit der er für Johannes Haase eintrat, zeigt aber, daß er bei der Niederschrift seiner Kritik das Schicksal Kafkas vor Augen hatte, von dem bis dahin lediglich einige Erzählungsbände erschienen waren.

An Thomas Mann, 7. 12. 1924
Manuskript, 1 S.; Eidgenössische Technische Hochschule, Thomas Mann-Archiv, Zürich (*Der Bankbeamte und andere vergessene Prosa*, S. 157f., Faksimile in: Dieter Sudhoff: *Hermann Ungar. Leben – Werk – Wirkung*. Würzburg 1990, Bildteil Nr. 52).

Zauberberg: Thomas Manns zweibändiger Roman, an dem er mit Unterbrechungen seit 1912 gearbeitet hatte, war am 28. 11. 1924 im Verlag S. Fischer erschienen; Ungar hatte wahrscheinlich ein Widmungsexemplar bekommen und war einer der ersten Leser. Einige Gedanken aus diesem und dem folgenden Brief finden sich im Essay *Was die Manuskripte des Dichters verraten* (1925) wieder.

An Thomas Mann, 30. 12. 1924
Manuskript, 3 S., Briefumschlag abgestempelt am 31. 5., Absenderangabe: H. Ungar, Berlin W 15 Branden/burgische Str. 38, Adreßangabe: SH. / Herrn / Dr. Thomas Mann / München / Poschingerstr. 1; Eidgenössische Technische Hochschule, Thomas Mann-Archiv, Zürich (*Der Bankbeamte und andere vergessene Prosa*, S. 158-160).

Ihre freundliche Karte: verschollen; offenbar hatte Mann auf Einwände der Literaturkritik verwiesen, die ihm vorgeworfen hatte, dem *Zauberberg* fehle es an „Herz".
B. T.: Berliner Tageblatt.
Voß: Vossische Zeitung.

Ihr Sohn Klaus: Über eine Bekanntschaft Ungars mit Klaus Mann (1906 München – 1949 Cannes) ist nichts weiter bekannt.

An Jan Grmela, 15. 4. 1925

In: *Pražští Němci a němečtí Židé. Vzpominky.* 1954. 43 Seiten Manuskript, 22 Seiten Typoskript, S. 21; Památník národního písemnictví, Strahov.

Jan Grmela (1895–1957), Beamter des Statistischen Amts und zeitweise Bibliotheksdirektor in Prag, selber Autor zahlreicher Gedichte, Erzählungen, Romane und Dramen und einer der wichtigsten tschechischen Vermittler deutscher Literatur, hatte Ungar während einer Berliner Studienreise im Jahre 1924 kennengelernt, über die er in der Zeitschrift *Pramen* (Jg. 5, Nr. 3, S. 135-138) unter dem Titel *Německé impresse* berichtete. In seinen bis heute unveröffentlichten Erinnerungen an „Prager Deutsche und deutsche Juden" schreibt Grmela über Ungar: „Seine Prosa zog mich an. Ungar stammte aus der Zunft Franz Kafkas. Eine schwierige Literatur, welcher auch der Einfluß Dostojewskis deutlich anzumerken war, verbunden allerdings mit jüdischer analytischer Zersetzungskraft. Er verstand es, die Tiefen der menschlichen Seele zu ergründen, und zwar gerade bei gezeichneten, perversen und sonderbaren Menschen. Viele seiner Arbeiten sind geradezu Kabinettstücke des Grauens und Musterbeispiele einer Kunst, die mit raffinierter Schlichtheit des Stils und des Ausdrucks arbeitet." (Übersetzung Kurt Krolop, Praha) Mit Ungars Einverständnis habe er das Übersetzungsrecht für *Knaben und Mörder* und einige kleinere Arbeiten erhalten.

Die von Grmela zitierte Briefstelle bezieht sich vermutlich auf die Anfang 1925 abgeschlossene Übersetzung *Hoši a vrahové*, die 1926 im Verlag A. Král in Praha-Smíchov erschien. Der Originalbrief ist verschollen.

An Thomas Mann, 2. 6. 1925

Manuskript, 2 S.; Eidgenössische Technische Hochschule, Thomas Mann-Archiv, Zürich (*Der Bankbeamte und andere vergessene Prosa*, S. 161f.).

Gratulation zu Thomas Manns 50. Geburtstag am 6. 6. 1925.

An das Auswärtige Amt in Berlin (Gesandtschaftsrat Freudenthal), 18. 1. 1926

Typoskript mit Signatur, 1 S., gedruckter Briefkopf: LÉGATION / DE LA / RÉPUBLIQUE TCHÉCOSLOVAQUE / a BERLIN, mehrere Sicht- und Bearbeitungsvermerke; Politisches Archiv des Auswärtigen Amtes, Bonn (Erstveröffentlichung).

Ungars Aufgabengebiet als Konsularattaché in der Handelsabteilung der tschechoslowakischen Gesandtschaft in Berlin (1922-28) erstreckte sich u. a. auf Zollangelegenheiten. 1926 war er Mitglied der tschechoslowakischen Delegation bei den deutsch-tschechoslowakischen Handelsvertragsverhandlungen, die jedoch nur sehr schleppend vorankamen. Gesandter in der Berliner Rauchstraße 27 war seit 1925 der Historiker Kamil Krofta (1876–1945), der 1927 durch František Chvalkovský (1885–1944) abgelöst wurde. Die beiden hier abgedruckten Schreiben an den Gesandtschaftsrat Freudenthal sind Beispiele seiner Dienstkorrespondenz.

Das Auswärtige Amt in der Wilhelmstraße 74 antwortete auf Ungars Schreiben am 10. 4. 1926 in einer Verbalnote (Politisches Archiv des Auswärtigen Amtes, Bonn): „Das Auswärtige Amt beehrt sich der Tschechoslowakischen Gesandtschaft auf das an Herrn Gesandtschaftsrat Freudenthal gerichtete Schreiben des Herrn Attaché Ungar vom 18. Januar d. J. zu erwidern, daß die informatorische Aussprache der beiderseitigen Referenten über ein etwa abzuschließendes deutsch-tschechoslowakisches Zollkartell im Mai in Berlin stattfinden könnte. An der Besprechung würden seitens des Auswärtigen Amtes der Vortragende Legationsrat Windel und seitens des Reichsfinanzministeriums die Oberregierungsräte Zweck und Trapp teilnehmen. Die tschechoslowakische Gesandtschaft wird ergebenst um Benennung der tschechoslowakischen Teilnehmer an der Besprechung und um gefällige Mitteilung über den Zeitpunkt ihres Eintreffens in Berlin gebeten. Das Auswärtige Amt wäre dankbar, wenn diese Mitteilung wenigstens zwei Wochen vor der Ankunft der betreffenden Herren in Berlin erfolgen würde. Nachricht über Ort und Zeitpunkt des Beginns der Verhandlungen darf sich das Auswärtige Amt bis dahin vorbehalten."

An das Auswärtige Amt in Berlin (Gesandtschaftsrat Freudenthal), 31. 3. 1926

Typoskript mit Signatur, 1 S., gedruckter Briefkopf: LÉGATION / DE LA / RÉPUBLIQUE TCHÉCOSLOVAQUE / a BERLIN, Bearbeitungsvermerke; Politisches Archiv des Auswärtigen Amtes, Bonn (Erstveröffentlichung).

Offenbar hatte sich Unstimmigkeit darüber ergeben, von welcher Seite zuerst der Vorschlag eines Zollkartells zwischen Deutschland und der Tschechoslowakei gemacht worden war. Freudenthal wurde daraufhin zu einer Rücksprache mit Ungar aufgefordert, über die er am 14. 4. 1926 in einer Aufzeichnung an den Gesandtschaftsrat Benndorf berichtete: „Auftragsgemäß begab ich mich am 13. April zur Tschechoslowakischen Gesandtschaft zum Zwecke einer persönlichen Rücksprache mit dem dortigen Attaché Dr. Ungar über die Frage der Verhandlungen wegen eines Zollkartells zwischen Deutschland und der Tschechoslowakei. Auf Grund eines Briefes von Herrn Dr. Ungar vom 31. März d. Js. [...] hatten sich [...] Zweifel darüber erhoben, von welcher Seite die Anregung zu der Eröffnung dieser Verhandlung ausgegangen sei. Während das A. A. auf Grund eines Schreibens des Attaché Dr. Ungar vom 18. Januar 1926 [...] auf dem Standpunkt steht, daß es sich um eine Anregung der Tschechoslowakischen Regierung handelt, wurde von Dr. Ungar auf Grund einer in der Anlage zu seinem Brief vom 31. März abschriftlich mitgeteilten Verbalnote der Deutschen Gesandtschaft in Prag vom 6. Oktober 1924 die Auffassung vertreten, die Verhandlungen gingen auf deutsche Initiative zurück. Diese Verbalnote enthält aber, wie ich Herrn Ungar auf Grund der hiesigen Akten nachweisen konnte, keineswegs eine deutsche Anregung zum Abschluß eines Zollkartells, sondern betrifft lediglich die Regelung einiger bei der Wiederinkraftsetzung eines Teils des alten deutsch-österreichisch-ungarischen Zollkartells von 1892 unerledigt gebliebener Punkte. Herr Dr. Ungar, dem ich darlegte, daß bei diesem Sachverhalt die Gefahr bestünde, es möchte bei etwaigen Verhandlungen sich herausstellen, daß der Verhandlungsgegenstand überhaupt nicht feststehe, erklärte, nicht in der Lage zu sein, sofort eine endgültige Antwort zu erteilen und gab mir die bereits von hier abgegangene Verbalnote vom 10. April d. J. [...] mit dem Bemerken zurück, daß er offiziell noch nicht Kenntnis davon genommen habe. Weisungsgemäß wies ich noch darauf hin, daß die Deutsche Regierung grundsätzlich bereit sei, einer Anregung der Tschechoslowakischen Regierung in Vorbesprechungen über den Abschluß eines neuen Zollkartells einzutreten, Folge zu leisten. Herr Dr. Ungar versprach mit tunlichster Beschleunigung auf telefonischem Wege von Prag sich Gewißheit darüber zu verschaffen, ob die in seinem Brief vom 18. Januar d. J. hierher mitgeteilte Anregung der Tschechoslowakischen Regierung sich auf den Abschluß eines neuen Zollkartells oder lediglich auf die endgültige Regelung der oben erwähnten noch ausstehenden Punkte bezüglich des alten Zollkartells erstrecken. Er sagte baldmöglichste Benachrichtigung des A. A. vom Erfolg seiner Rückfrage zu."

An Emil Faktor, 31. 8. 1926

Manuskript, 1 S., gedruckter Briefkopf: LÉGATION / DE LA / RÉPUBLIQUE TCHÉCOSLOVAQUE / a BERLIN; Bayerische Staatsbibliothek, München (*Der Bankbeamte und andere vergessene Prosa*, S. 162f.).

Emil Faktor (1876 Prag – 1942 Lodz), promovierter Jurist, Schriftsteller und einflußreicher Journalist, von 1917 bis 1931 Chefredakteur des *Berliner Börsen-Couriers*, hatte Ungar in den ersten Berliner Jahren gefördert; 1927 veröffentlichte Faktor einen Vorabdruck des Romans *Die Klasse*. Faktor beging am 31. 8. 1926 seinen 50. Geburtstag. 1933 mußte er in seine Heimat emigrieren, im Oktober 1941 wurde er in das Ghetto Litzmannstadt (Lodz) deportiert.

An Samuel Fischer, 20. 10. 1926
In: Gottfried u. Brigitte Bermann-Fischer (Hrsg.): *S. Fischer und sein Verlag. Reden, Briefe, Aufsätze*. Berlin 1926, S. 104 (*Der Bankbeamte und andere vergessene Prosa*, S. 163).

Samuel Fischer (1859 Liptó Szent Miklós – 1934 Berlin), der zunächst Kompagnon in der Berliner Verlagsbuchhandlung Hugo Steinitz gewesen war, hatte sich 1886 selbständig gemacht und den S. Fischer Verlag gegründet. Ungars Gratulation zum vierzigjährigen Verlagsjubiläum ist nur durch die private Festschrift überliefert.
Die Verlagszeitschrift *Die Neue* (bis 1904: *Deutsche*) *Rundschau* war 1894 aus dem anfänglich naturalistischen Kampforgan *Freie Bühne* hervorgegangen; von Ungar war dort 1922 die Novelle *Colberts Reise* erscheinen.

An das Außenministerium in Prag, 29. 12. 1926
Typoskript mit Signatur, 1 S., Siegel der tschechoslowakischen Gesandtschaft Berlin, Gebührenstempel und Signatur des Buchhalters Josef Eibl vom 30. 12. 1926; Archiv des tschechischen Außenministeriums, Prag (Erstveröffentlichung).

Ungars Bitte um eine außerordentliche Unterstützung wurde entsprochen. Er hielt sich vom 2. bis 10. 2. 1927 in Paris auf. Vgl. hierzu Ungars Offenen Brief an den Verleger Ernst Rowohlt, *Warum es den französischen Dichtern besser geht*.

An Gustav Krojanker, 5. 8. 1927
Manuskript, 2 S., gedruckter Briefkopf: VYSLANECTVÍ / REPUBLIKY ČESKOSLOVENSKÉ / V BERLÍNĚ; Archiv Edith Krojanker, Jerusalem (*Der Bankbeamte und andere vergessene Prosa*, S. 164).

Stammschloß: Burg bei Magdeburg.
W.: möglicherweise Ernst Weiß.
Anlaß für Schauspieler: bezieht sich auf das kurz zuvor fertiggestellte Schauspiel *Der rote General*, das zunächst noch den Arbeitstitel *Podkamjenski* trug.

Podk.: Podkamjenski, jüdischer Oberbefehlshaber der Roten Armee, die Titelfigur des Dramas.
Brutzkin: Gegenspieler Podkamjenskis.
in 5 Akten: Das Stück gliedert sich in 10 Szenen.
Ludwig: Ludwig Pinner hielt sich im August 1927 beruflich in Zürich auf.

An Gustav Krojanker, 7. 9. 1927
Manuskript, 1 S.; Archiv Edith Krojanker, Jerusalem (*Der Bankbeamte und andere vergessene Prosa*, S. 165).
Pinners Brief: nicht erhalten.
Partenkirchen: häufiges Urlaubsziel Krojankers.

An Herbert Ihering, 3. 11. 1927
Typoskript mit handschriftlicher Grußformel und Signatur, 1 S., gedruckter Briefkopf: Ernst Rowohlt Verlag · Berlin W 35 / POTSDAMER STRASSE 123ᴮ · AN DER POTSDAMER BRÜCKE / [Bankverbindungen, Telegramm-Adresse, Fernsprecher]; Stiftung Archiv der Akademie der Künste, Darstellende Kunst, Berlin (Erstveröffentlichung).
Herbert Ihering (1888 Springe bei Hannover – 1977 Berlin), Theater- und Filmkritiker, arbeitete von 1918 bis 1933 vor allem für die *Weltbühne* und den *Berliner Börsen-Courier*. Mitte der zwanziger Jahre war er neben seinem Antipoden Alfred Kerr der einflußreichste Kritiker der Weimarer Republik; im Gegensatz zu Kerr, der am Illusionstheater Max Reinhardts festhielt, trat Ihering für das Regietheater der Neuen Sachlichkeit ein und förderte Bertolt Brecht.
Oberschenkelbruch: Am Abend des 13. 10. 1927 war Ungar in Berlin von einem Autobus angefahren und schwer verletzt worden; im Hospital „Paulinenhaus vom Roten Kreuz" stellte man einen Oberschenkelbruch, Fraktur des Hüftknochens und Schnittverletzungen fest. Am 1. 12. wurde Ungar in häusliche Pflege entlassen, doch vermerkt ein Bericht vom gleichen Tag, daß die Fraktur nur schlecht heile und der Kranke auch erheblichen Schaden an seinem Nervensystem genommen habe; im Mai 1928 war Ungar wieder arbeitsfähig, erholte sich aber zeitlebens nicht mehr von den Unfallfolgen.
Der Roman *Die Klasse* war Anfang November 1927 im Ernst Rowohlt Verlag erschienen; einen ähnlich lautenden Brief schickte Ungar an Heinrich Mann, sehr wahscheinlich auch an weitere prominente Adressaten. Soweit bekannt, haben Herbert Ihering und Heinrich Mann sich nicht öffentlich zu dem Roman geäußert. Den Dramen Ungars stand Ihering skeptisch bis ablehnend gegenüber.

An Heinrich Mann, 4. 11. 1927
Karte, 1 S., Typoskript mit handschriftlicher Ergänzung der Grußformel („stets") und Signatur, gedruckter Kopf: DR. HERMANN UNGAR / Berlin W 15, / Brandenburgische Str. 38; Stiftung Archiv der Akademie der Künste, Literaturarchiv, Berlin (*Der Bankbeamte und andere vergessene Prosa*, S. 165f.).
Vgl. den Kommentar zum Brief an Herbert Ihering vom 3. 11. 1927.

An Oskar Baum, 18. 3. 1928
Karte, 2 S., Manuskript, gedruckter Kopf: DR. HERMANN UNGAR / Berlin W 15, / Brandenburgische Str. 38; Jewish National and University Library, Jerusalem (*Der Bankbeamte und andere vergessene Prosa*, S. 166f.).
Der blinde Prager Dichter *Oskar Baum* (1883 Pilsen – 1941 Prag), der mit Max Brod und Felix Weltsch zum engeren Freundeskreis Kafkas gehört hatte, hatte am 9. 3. 1928 in der Berliner *Jüdischen Rundschau* eine Besprechung des Romans *Die Klasse* veröffentlicht (*Hermann Ungar und sein neuer Roman*, Nr. 20, S. 141f.), in der er Ungar mit Kafka und Ludwig Winder (*Turnlehrer Pravda*) verglich.
das schöne Buch: Drei Frauen und ich. Erzählungen und Bekenntnisse. Stuttgart: Engelhorns Nachf., 1928. Oskar Baum hat in seinem Werk immer wieder seine Blindheit thematisiert. In Ungars Familie war mütterlicherseits eine Augenkrankheit erblich, die schon bei der Großmutter Katharina Kohn im Alter zur völligen Erblindung geführt hatte; ihre Tochter Jeanette litt seit ihrer Jugend daneben noch an Diabetes und erblindete schließlich trotz mehrerer Operationen ebenfalls. Ungar selbst war nur leicht sehbehindert und trug seine Brille nicht ständig, während seine Schwester Gerta die Krankheit der Mutter geerbt zu haben scheint.
Kafkas Sammelband *Ein Hungerkünstler. Vier Geschichten*, der die Erzählungen *Erstes Leid, Eine kleine Frau, Ein Hungerkünstler* und *Josefine, die Sängerin oder Das Volk der Mäuse* enthält, war unmittelbar nach seinem Tod im Verlag Die Schmiede in Berlin erschienen; die von Baum genannte Novelle *Turnlehrer Pravda* von Ludwig Winder (1889 Schaffa – 1946 Baldock/Hertfordshire) war erstmals 1923 in der *Neuen Rundschau* abgedruckt worden, ehe sie 1924 das erste Kapitel des Romans *Hugo. Tragödie eines Knaben* (Wien, Leipzig, München: Rikola) bildete.
Ich bin ab 1. Juni wieder in Prag: Am 1. 6. 1928 trat Ungar offiziell seinen Dienst als Ministerialkommissar im Prager Außenministerium auf dem Hradschin an.

An Gustav und Ella Krojanker, 6. 6. 1928
Typoskript mit Signatur (gestrichen: „Hermann"), 2 S.; Archiv Edith Krojanker, Jerusalem (*Der Bankbeamte und andere vergessene Prosa*, S. 167f.).
Gustav Krojanker hatte 1924 *Ella gesch. Kahn geb. Asch* (Ellen Krojanker) geheiratet, 1925 war die Tochter Jenny-Irene geboren worden. 1933 folgte Ella Krojanker ihrem Mann nach Palästina, 1936 kam es zur Scheidung, und sie emigrierte über Italien nach London; Gustav Krojanker heiratete 1938 in Jerusalem Edith Epstein (Edith Krojanker). Gleich nach seinem Dienstantritt in Prag hatte Ungar Anfang Juni 1928 seinen Jahresurlaub genommen und war mit seiner Frau Margarete (*Grete*) in die Schweiz gereist; Aufenthalte in Zürich, Weggis und Celerina. In *Weggis am Vierwaldstättersee* wohnte Ungar im schloßähnlichen *Hotel Alpenblick* von Chr. Jung-Müller (heute abgerissen und durch einen modernen Hotelblock ersetzt); im zeitgenössischen Hotelprospekt (ca. 1930) heißt es: „WEGGIS liegt 445 Meter über Meer, 30 Minuten von Luzern, an einem der landschaftlich schönsten Punkte des Vierwaldstättersees. Gleich Lugano und Montreux ist Weggis Frühlings- und Herbst-Kurort. Frühlingstage in Weggis sind für jeden neuen Besucher ein Erlebnis. Die Blütenpracht, der angenehm lauwarme Seewind, dazu das Leuchten der weissen Bergspitzen, das Milieu für jeden Schönheits- und Erholungsuchenden. Den besonderen Anziehungspunkt bildet das ideale Strand- und Sonnenbad. Reiches Ausflugsgebiet zu Fuss, Schiff oder Auto in die Berg- und Gletscherwelt der Urschweiz." Von Weggis aus geht der Blick über den Vierwaldstättersee zum *Pilatus*, dem Hausberg von Luzern, auf den Ungar am Schluß seines Briefes anspielt.
Burg: Im Haus seines Freundes Gustav Krojanker in Burg bei Magdeburg verbrachte Ungar öfters seine Wochenenden, um sich zu erholen.
ein Theaterstück: Der rote General (*Podkamjenski*); die Premiere im Theater an der Königgrätzer Straße fand nicht am 16. 9., sondern bereits am 15. 9. 1928 statt. Regie führte *Erich Engel* (1891–1966), der sich vor allem durch Brecht-Inszenierungen einen Namen machte, die Titelrolle spielte Fritz Kortner (1892–1970).
eine Loge für den Gesandten: Gesandter der Tschechoslowakei in Berlin war seit 1927 František Chvalkovský.

An Gustav Krojanker, 11. 6. 1928
Manuskript, 3 S., gedruckter Briefkopf: Hotel & Pension Alpenblick / mit Châlet-Dépendance und Villa Favorita / Weggis am Vierwaldstättersee / den...19... [handschriftlich ergänzt] / Chr. Jung-Müller / Bes.

[Wappen]; Archiv Edith Krojanker, Jerusalem (*Der Bankbeamte und andere vergessene Prosa*, S. 168-170).
Esplanade: Grand Hotel in Berlin, am Tiergarten.
Celerina: Kurort in der Nähe von St. Moritz im Engadin; über Ungars Aufenthalt dort ist weiter nichts bekannt.
Lothar Loewe: nicht ermittelt.
Quatsch: Ungar bezieht sich auf die Glosse *Der Quatsch*, die Kurt Tucholsky (1890-1935) am 31. 5. 1928 unter dem Pseudonym Peter Panter in der *Berliner Illustrirten Zeitung* (Nr. 23, S. 995) veröffentlicht hatte; Tucholsky unterscheidet dort zwischen ‚politischem Quatsch‘, ‚Geschäftsquatsch‘, ‚Familienquatsch‘, ‚Literaten-Quatsch‘, ‚erotischem Quatsch‘ und ‚medizinischem Quatsch‘.
Zufriedenheit mit dem Schicksal: Krojanker fand in seiner Tätigkeit als Direktor der Schuhfabrik in Burg, die seit 1924 von seinem älteren Bruder Hermann geleitet wurde, keine Befriedigung und suchte nach einer Lebensalternative.
Kurfürstendamm 48/49: Studentenwohnung Gustav Krojankers, in der Ungar im Oktober 1911 dem späteren Freund erstmals begegnete; vgl. den Kommentar zu den ersten überlieferten Scherzgedichten an Krojanker und Pinner (ca. 1914).

An Gustav Krojanker, 18. 7. 1928

Manuskript, 2 S.; Archiv Edith Krojanker, Jerusalem (*Der Bankbeamte und andere vergessene Prosa*, S. 170f.).

die ersten Tage im neuen Wirkungskreis: als Ministerialkommissar im Prager Außenministerium auf dem Hradschin; aus Anlaß der Premiere des *Roten Generals* in Berlin erhielt Ungar am 25. 8. 1928 vier Wochen außerordentlichen Urlaub, anschließend wurde ihm zweimal ein halbjähriger unbezahlter Urlaub gewährt, ehe er endgültig demissionierte: er war also nur in den beiden ersten Monaten nach seinem Schweizer Aufenthalt wirklich auf der ‚Burg‘ tätig.
Ermanglung der Gattin: Margarete Ungar war mit Thomas zu den Schwiegereltern nach Boskowitz gereist.
Ellas Kur: Während einer kurzen Palästinareise mit ihrem Mann war Ella Krojanker an Malaria erkrankt.
Berlin: Zur Vorbereitung der Premiere des *Roten Generals* war Ungar nach Berlin gereist.
K. J. V.: Ungar gehörte noch immer dem Kartell Jüdischer Verbindungen in Deutschland an.
Motzstraße: In der Berliner Motzstraße gab es ein Zentrum der Prostitution.
Jenny-Irene: Gustav und Ella Krojankers dreijährige Tochter.

An Gustav Krojanker, 28. 7. 1928
Typoskript mit Signatur, 2 S., gedruckter Briefkopf: DR. HERMANN UNGAR / Berlin W 15, / Brandenburgische Str. 38; Archiv Edith Krojanker, Jerusalem (*Der Bankbeamte und andere vergessene Prosa*, S. 172f.).
Deinen freundlichen Brief: verschollen.
jenem Schreiben: verschollen.
die geplante Arbeit: nicht ermittelt; Krojanker plante offenbar eine Arbeit, zu der er Aufzeichnungen in einem Brief an Ungar benötigte.
Rabbi Löw: Jehuda Liva ben Bezalel (1520–1609), genannt ‚Hoher Rabbi Löw‘, legendärer Prager Rabbiner, der den ‚Golem‘, einen künstlichen Menschen, geschaffen haben soll.
Kepler: Johannes Kepler (1571–1630), deutscher Astronom, 1600 Gehilfe Tycho de Brahes in Prag und nach dessen Tod sein Nachfolger als kaiserlicher Mathematiker.
Tycho: Tycho de Brahe (1546–1601, eig. Tyge Brahe), dänischer Astronom, 1599 von Kaiser Rudolf II. als Hofastronom nach Prag berufen.
Kaiser Matthias: Matthias (1557–1619) zwang seinen Bruder Rudolf II. 1611 zur Abdankung und war selbst von 1612 bis zu seinem Tod Kaiser.
die Sache mit der Versicherungsgesellschaft: nicht ermittelt.
Ellas Befinden: nach ihrer Malaria-Erkrankung.
Tommi: Ungars Sohn Thomas wurde im Oktober 1928 fünf Jahre alt.
Ich lege Dir einen Brief bei: verschollen.

An Gustav Krojanker, 4. 8. 1928
Typoskript mit Signatur, 3 S., Handzeichnung als Beilage; Archiv Edith Krojanker, Jerusalem (*Der Bankbeamte und andere vergessene Prosa*, S. 174-178).
Der Brief imitiert eingangs scherzhaft Ungars Dienstkorrespondenz.
Deinen freundlichen Brief: verschollen; Krojanker hatte Ungar nach seinen Begegnungen mit Prager Literaten, besonders mit Max Brod und Oskar Baum, gefragt.
Werfels Buch: Der Abiturententag. Die Geschichte einer Jugendschuld. Wien 1928; der Roman war nicht bei Rowohlt, sondern im Zsolnay Verlag erschienen.
zu den Proben: des *Roten Generals*.
Weitzmann: Chaim Weizmann (1874–1952), zionistischer Politiker, seit 1920 Präsident der Zionistischen Weltorganisation, seit 1927 auch der Jewish Agency; 1948 erster Staatspräsident des Staates Israel.

Krojanker gab 1937 einen Band *Reden und Aufsätze 1901–1936* von Weizmann heraus.
Tollers Schwalben: Ungar hatte Ernst Toller (1893–1939) spätestens 1926 in der „Gruppe 1925" kennengelernt; Tollers *Schwalbenbuch*, während seiner Festungshaft im Zuchthaus Niederschönenfeld entstanden, war 1924 bei Kiepenheuer in Potsdam erschienen.
eine Novelle: nicht ermittelt.
Michel: Mäzen Ungars, vermutlich ein wohlhabender Berliner Geschäftsmann, der auch ein Haus in Berchtesgaden besaß. Näheres ist nicht bekannt. Als Margarete Ungar nach dem Tod ihres Mannes nach Berlin fuhr, um an der Premiere der *Gartenlaube* teilzunehmen, wohnte sie bei Michels.
Die Löwes: Lothar Loewe und Frau.
Jarosch: nicht ermittelt.

An das Außenministerium in Prag, 4. 8. 1928

Typoskript mit Signatur, 1 S., Siegel, zwei Bearbeitungsstempel und mehrere Bearbeitungsvermerke; Archiv des tschechischen Außenministeriums, Prag (Erstveröffentlichung).

Ein Bearbeitungsvermerk (Unterschrift unleserlich) der Kanzlei II/5 vom 4. 8. lautet: „Četl; není námitek se stanoviska" (Gelesen; kein Einwand von unserem Standpunkt aus); Kamil Krofta, Ungars ehemaliger Vorgesetzter in Berlin, seit 1927 stellvertretender Außenminister in Prag, hat am 9. 8. sein „Souhlasím" (Einverstanden) hinzugefügt. Der beantragte vierwöchige Urlaub zur Vorbereitung der Premiere des *Roten Generals* war damit bewilligt; am 25. 8. konnte Ungar nach Berlin reisen. Vgl. Abbildung Nr. 62 im Bildteil der Monographie *Hermann Ungar. Leben – Werk – Wirkung*, die Ungar bei einer Regiebesprechung mit Erich Engel, Fritz Kortner und dem Intendanten Victor Barnowsky zeigt.

An Gustav Krojanker, 26. 2. 1929

Manuskript, 1 S., Briefkopf: DR. HERMANN UNGAR; Archiv Edith Krojanker, Jerusalem (*Der Bankbeamte und andere vergessene Prosa*, S. 178f.).

das Entsetzliche, was sich in Palästina abspielt: die arabischen Angriffe auf jüdische Siedlungen. Obwohl Ungar sich nach dem Krieg vom Zionismus entfernt hatte, blieb er am Geschehen in Palästina, wo inzwischen auch Ludwig Pinner und seine Schwester Gerta lebten, interessiert. Laut Gustav Krojanker (*Hermann Ungar zum Gedächtnis*) ergriff ihn „tiefe Erschütterung" bei den „letzten Ereignissen in Palästina": „Er hat gleich nach den ersten Nachrichten einen Brief an mich

gerichtet, der ein pathetisches Bekenntnis zu unserer Sache war und gerade durch diese für ihn ungewöhnliche Form bewies, eine wie tiefe Verbindung er seinem ganzen Wesen nach mit der zionistischen Sache eingegangen war." Im September 1929 gehörte Ungar, wie Oskar Baum, Max Brod oder Felix Weltsch, zu den unterzeichnenden Treuhändern eines Spendenaufrufs *An die Juden Prags!* (*Prager Tagblatt*, 11. 9. 1929) zum Wiederaufbau der zerstörten Siedlungen: „Solidarisch und von einheitlichem Willen erhoben, sammelt das Judentum der ganzen Welt seine Kräfte, um sofort Hilfe zu schaffen dem Lande Israel, mit gesteigerter Energie Zerstörtes wieder aufzurichten, um im Aufbau fortzufahren. Wir Unterzeichneten stellen uns hinter dieses Streben und diesen Willen unabhängig von unserer Stellung zum zionistischen Programm, sei es weil wir in Palästina eine nationale Heimstätte, sei es eine Zufluchtsstätte der Verfolgten entstehen sehen. [...] Helfet großzügig und schnell dem Lande Israel, niemandem zum Trotz, allen Bewohnern Palästinas ein Friedenswerk!" Nach einer Angabe des Berliner Zionisten Erich Cohn (*Dem Andenken Hermann Ungars*, Nachruf in der *Jüdischen Rundschau*, 1. 11. 1929) dachte Ungar sogar daran, nach Palästina zu reisen: „Der Angriff auf den Jischuw hatte ein merkwürdiges und leidenschaftliches Aufflammen seines Nationalgefühls bewirkt. Er, der sonst oft Zweifel an dem moralischen Fundament des Zionismus geäußert hatte, weil damit vielleicht nur ein neuer intoleranter und aggressiver Nationalismus in die Welt gerufen werde, fühlte sich plötzlich ins Herz getroffen. Es drängte ihn nach zionistischer Betätigung; er wollte wissen, wie und wo er der Bewegung mit seinen Fähigkeiten am meisten nützen könne, und wir berieten den Plan, ihm eine Palästina-Reise zu ermöglichen, deren literarische Ergebnisse in der ihm zugänglichen großen Presse erscheinen und Sympathie und Interesse für unsere Arbeit wecken sollten."
meine Schwester: Gerta Ungar lebte seit 1926 als Kinderärztin im Kibbuz Ejn Charod, wo sie durch die Angriffe unmittelbar gefährdet war.

An Außenminister Edvard Beneš, 15. 3. 1929

Manuskript, 1 S., Bearbeitungsstempel und Bearbeitungsvermerk; Archiv des tschechischen Außenministeriums, Prag (Erstveröffentlichung des Originals, Teilübersetzung von Tom Unwin, Milverton, in *Der Bankbeamte und andere vergessene Prosa*, S. 179f.).
Edvard Beneš (1884–1948), seit 1918 Außenminister der Tschechoslowakischen Republik, wurde 1935 Nachfolger Tomáš G. Masaryks als Staatspräsident; 1938 Rücktritt, 1940 Präsident der tschechoslowakischen Exilregierung in London, 1945 wieder Präsident der ČSR,

1948 nach der kommunistischen Umwälzung zum Rücktritt gezwungen.
Der Bearbeitungsvermerk stammt von Abteilungsrat Karel Štrup (*1886), der während Ungars Berliner Zeit von 1921 bis 1925 Legationssekretär der dortigen Gesandtschaft gewesen war, und lautet: „DIe rozhodnutí p. ministra má se podati vládě návrh na 6 měs. bezpl. dovolenou" (Laut Entscheidung des Herrn Ministers soll der Regierung ein sechsmonatiger unbezahlter Urlaub vorgeschlagen werden). Beneš lehnte also den Vorschlag einer Demission ab und entschied, den unbezahlten Urlaub um weitere sechs Monate bis zum 24. 9. 1929 zu verlängern. Im Antrag an das Präsidium des Ministerrats vom 23. 3. 1929, verfaßt von Štrup und unterzeichnet von Beneš, heißt es: „Dr. Ungar hat sich als Literat einen Weltruf errungen und wird als der wichtigste Vertreter der jüngeren deutschen Schriftstellergeneration betrachtet. Seine bisherigen Romane ,Knaben und Mörder', ,Die Verstümmelten' und ,Die Klasse' sind ins Französische, Englische und Tschechische übersetzt worden, und sein Drama ,Der rote General' ist mit gleichem Erfolg begrüßt worden. Ungar arbeitet jetzt an einem großen epischen Werk, welches die Schicksale einer Gruppe von mährisch-slowakischen Landarbeitern beschreibt, und das hauptsächlich in seiner mährischen Heimat spielt. Mit Hinsicht auf Ungars bisherige literarische Erfolge besteht kein Zweifel, daß auch das Werk, an dem er jetzt arbeitet, in Fremdsprachen übersetzt werden wird, und daß es in dieser Weise zu einer besseren Kenntnis tschechoslowakischer Menschen und Verhältnisse beitragen wird." (Zeitgenössische englische und russische Übersetzungen Ungars sind nicht bekannt; im Deutschen Exilarchiv in Frankfurt/M., Sammlung Edmond Pauker, sind jedoch zwei maschinenschriftliche Übersetzungen der Dramen von Elisabeth Abbott überliefert: *The red general* und *The arbor*.) Der Ministerrat bemerkte am 5. 4. hellsichtig: „Es ist wahrscheinlich, daß Dr. Ungar früher oder später den Staatsdienst verlassen wird, um sich gänzlich der literarischen Arbeit zu widmen, die ihm beträchtlichen finanziellen Gewinn bringt." (Státní ústřední archiv v Praze; Übersetzung der tschechischen Originale von Tom Unwin.)
Ungars Scheu, bereits jetzt endgültig den Staatsdienst zu quittieren, ist verständlich, denn am Tag seines Briefes an Beneš wurde sein zweiter Sohn Alexander Matthias geboren. Auch damit mag es zusammenhängen, daß der tschechische Text besonders viele Fehler aufweist, zumal er eine gleichlautende handschriftliche Kopie („Opis") für das Außenministerium (Manuskript, 1 S., Bearbeitungsstempel und Aktenvermerk; Archiv des tschechischen Außenministeriums, Prag) anfertigte; diese enthält den Zusatz: „Ministerstvu zahraničních věcí / v Praze. / Předkládám shora uvedený opis přípisu, jenž byl mnou odeslán panu

ministru zahraničních věcí. / V Praze, dne 15. III. 1929. / Dr. Heřman Ungar / ministerský komisař" (Dem Außenministerium in Prag. Ich lege obige Abschrift dem Schreiben bei, das von mir an den Herrn Außenminister geschickt wird).

An Gustav Krojanker, 18. 3. 1929
Postkarte, datiert nach Poststempel, 2 S., Manuskript, Nachgebührvermerke, Absenderangabe: H. Ungar / Prag XII. Fibichova 5, Adreßangabe: Herrn / Gustav Krojanker / Burg bei Magdeburg / Deutschland / Německo; Archiv Edith Krojanker, Jerusalem (*Der Bankbeamte und andere vergessene Prosa*, S. 180).

Am 15. 3. 1929 war Ungars zweiter Sohn Alexander Matthias (Sascha) geboren worden.

meiner Mutter geht es etwas besser: Jeanette Ungar, nahezu erblindet und zudem an Diabetes leidend, lag krank in einem Prager Spital; die näheren Umstände sind unbekannt.

An Gustav Krojanker, 27. 3. 1929
Manuskript, 2 S., Briefkopf: DR. HERMANN UNGAR; Archiv Edith Krojanker, Jerusalem (*Der Bankbeamte und andere vergessene Prosa*, S. 181f.).

Deine Idee: Emanzipation der Juden: Gustav Krojanker hatte sich nach langen inneren Kämpfen dazu durchgerungen, die Schuhfabrik in Burg zu verlassen; er plante eine Geschichte der jüdischen Emanzipation, die er aber nicht verwirklichte. Auf Drängen seiner Frau Ella zog er von Burg nach Berlin.

Pinners Brief: Pinner hatte seinem Freund zu Auslandsreisen geraten.
Dubnow: Simon Dubnow (1860–1941), russischer Historiker, u. a. Verfasser der *Weltgeschichte des jüdischen Volkes* (10 Bde., Berlin 1925-29, übersetzt von A. Steinberg).
Brüder Frey: Die Bankiers Siegmann Gottlob Junius und Emanuel Frey stammten aus Brünn; vgl. zu ihrer Rolle in der französischen Revolution Egon Erwin Kisch: *Dantons Tod und Poppers Neffen* (*Gesammelte Werke* II/2. Berlin, Weimar 1980, S. 49-67).
Mimi: Krojankers Tochter Jenny-Irene.
1 Blge.: Die Beilage ist nicht erhalten.

An Emil Faktor, 10. 4. 1929
Manuskript, 1 S., Bayerische Staatsbibliothek, München (*Der Bankbeamte und andere vergessene Prosa*, S. 183).

langwierige und schwere Krankheit: bezieht sich auf Ungars Mutter.

„*Jussuf*": Emil Faktor hatte Ungar um Erkundigungen beim *Prager Tagblatt* („*P. T.*") und bei Ludwig Winder (*Deutsche Zeitung Bohemia*) gebeten; unter dem Pseudonym „Jussuf" (nach einer ‚feinkomischen' Figur in Friedrich Adlers Einakterzyklus *Freiheit* von 1904) veröffentlichte Faktor in beiden Blättern feuilletonistische Plaudereien, in der Regel Nachdrucke aus dem *Berliner Börsen-Courier* – offenbar hatte es Unstimmigkeiten in der Honorarfrage gegeben.
Frau Gemahlin: Sophie Faktor geb. Sack (1890–1942), Konzertpianistin.

An Gustav Krojanker, 26. 8. 1929
Manuskript, 2 S., Briefkopf: DR. HERMANN UNGAR; Archiv Edith Krojanker, Jerusalem (*Der Bankbeamte und andere vergessene Prosa*, S. 183-185).

Generaldirektor: Gustav Krojankers Bruder Hermann (1885–1978).
Schön ists im Tessin zu sitzen: Krojanker, inzwischen aus der Firmenleitung der Schuhfabrik ausgeschieden, war in den Tessin gereist, um sich in Ruhe seinen wissenschaftlichen Studien zu widmen.
„*Gartenlaube*": Ungar hatte Schwierigkeiten, eine Bühne für seine freizügige Kleinbürgersatire *Die Gartenlaube* zu finden; erst durch Vermittlung Alfred Kerrs konnte Mitte September 1929 das Berliner Theater am Schiffbauerdamm für die Aufführung gewonnen werden.
Prinz Luzlolo: Ludwig Pinner wollte Krojanker im Tessin besuchen.
Maecenas Michel: Ungars Förderer hatte ihn in sein Berchtesgadener Haus eingeladen.
Pläne für drei neue Stücke: Laut Ludwig Pinner (Brief an Nanette Klemenz, 18. 2. 1965) sollen sich in Ungars Nachlaß drei fast vollendete Dramen gefunden haben.
den vergilbten Mandarin: Pinner.
Isolani: Figur in Schillers *Wallenstein*, wohl nur des Reimes wegen genannt.

An Gustav Krojanker, 23. 9. 1929
Manuskript, 1 S.; Archiv Edith Krojanker, Jerusalem (*Der Bankbeamte und andere vergessene Prosa*, S. 186).

meine Demission: Am 10. 10. 1929 schied Ungar aus dem diplomatischen Dienst aus, um als freier Schriftsteller zu leben; keine drei Wochen später, am 28. 10. 1929, starb er an einer akuten Bauchfellentzündung, der Folge eines Blinddarmdurchbruchs, in einer Prager Klinik (Londýnská 72, heute Nr. 15). Am 30. 10. 1929 wurde der Dichter auf dem jüdischen Friedhof Smíchov-Malvazinka (Abteilung 2, Reihe 7, Grabnummer 103) beigesetzt.

Gartenlaube: Das Datum der Uraufführung (15. IX.) ist ein Schreibfehler, gemeint ist der 15. 11.; durch Ungars Tod verzögerte sich die Premiere bis zum 12. 12. 1929. Von den genannten Schauspielern wirkte nur Erich Ponto (als Colbert) mit; Regisseur wurde, wie schon beim *Roten General,* Erich Engel.
Berliner Kinderarzt: Krojankers Tochter Jenny-Irene war erkrankt.
neues Stück: nicht ermittelt.

Nach dem Tod Hermann Ungars wechselten die Freunde und Verwandten Briefe, die zeigen, wie schmerzlich sie den unerwarteten Verlust erlebten. Die Briefe des Freundes Ludwig Pinner, der Frau Margarete Ungar und des Bruders Felix Loria an Gustav Krojanker (Archiv Edith Krojanker, Jerusalem) werden im folgenden erstmals vollständig dokumentiert.

Ludwig Pinner an Gustav Krojanker, 5. 11. 1929
Manuskript, 1 S.

5/10. [recte 11.] 29.

Mein lieber Gustav,

eben aus Jerusalem kommend, hole ich die J. R. von der Post und finde darin die schreckliche Nachricht.

Gustav, wenn Du doch hier wärst! Ich weiss nicht, was ich Dir sagen soll und was ich Dir und mir sagen könnte. Aber ich habe das heisse Bedürfnis, Dich zu sehen und zu fühlen, dass Du noch da bist, dass die Welt noch nicht leer ist, noch nicht alles versteinert. Irrsinniges Schicksal, irrsinniges Leben. Welchen Sinn hat es zu fühlen?

Ein Mensch, der tausendmal mehr lebte als wir, und ausgerissen aus dem Leben. Vorbei, verfallen, eine Sache geworden wie der Tisch vor mir. Und nie wieder. Und alles zu spät.

Schreib mir bitte alles was Du weißt. Was wird mit Grete und den Jungen?

Dein LP.

J. R.: Die Berliner *Jüdische Rundschau* brachte eine erste Todesnachricht am 29. 10. 1929; am 1. 11. 1929 folgte Erich Cohns persönlich gehaltener Nachruf *Dem Andenken Hermann Ungars.* Am 17. 12. 1929 veröffentlichte Gustav Krojanker in der *Jüdischen Rundschau* einen umfangreichen Erinnerungsaufsatz *Hermann Ungar zum Gedächtnis.* Ludwig Pinner selbst schrieb einen Nachruf für eine hebräische Literaturrevue in Palästina, der jedoch nur in der deutschen Originalfassung bekannt ist (vgl. Pinners Brief vom 14. 11. 1929, auszugsweise abgedruckt bei Sudhoff: *Hermann Ungar. Leben – Werk – Wirkung,* S. 422).

Margarete Ungar an Gustav Krojanker, 11. 11. 1929
Manuskript, 2 S., Briefkopf: DR. HERMANN UNGAR; die äußerst zerfahrene Schrift läßt auf einen psychischen Ausnahmezustand schließen.

11/XI. 29 Montag

Lieber Gustav,
 seit Tagen will ich Dir danken für Deinen so herzlichen Brief. Der einzige Mensch, für den ich hätte sterben können, ist mir für immer verloren. Für wen könnte ich, nach einem Hermann Ungar noch jemals Interesse aufbringen. Das Einzige, was mir geblieben ist, sind meine Kinder. Der erste Mensch, den ich sterben sah, mußte mein Schani sein. Ist das nicht grausam. Und dabei könnte er so sicher noch leben, wenn nicht 4 Trotteln von Ärzten durch Ignoranz diesen Mord begangen hätten, in nicht ganz 30 Stunden. Ich muß Dir alles erzählen. Schreiben kann man das nicht.

 Ich wäre Dir dankbar, wenn Du mir vielleicht, wenn Du Zeit hast, paar Manuskripte durchlesen und prüfen könntest. Die Theatersache u. die dringendsten Geschäfte erledigt Hoffmann für mich bis jetzt. Das Stück soll am 1. Dezember gespielt werden. Ich komme dazu nach B. Wie hat sich der Arme darauf gefreut! Bis zu seinem letzten Atemzug hat er davon phantasiert.

 Gäbe es doch ein Erwachen aus diesem bösen entsetzlichen Traum.

 Herzlichst Deine
  Grete Ungar

Ignoranz: Die Ärzte hatten Ungars Blinddarmentzündung nicht erkannt; vgl. Felix Ungars Brief vom 14. 11. 1929.

paar Manuskripte: Die meisten Manuskripte müssen heute als verschollen gelten; einige verwandte Camill Hoffmann für den Nachlaßband *Colberts Reise* (1930).

Theatersache: Die Premiere der *Gartenlaube* im Theater am Schiffbauerdamm, an deren Vorbereitung sich Camill Hoffmann zusammen mit Lela Dangl beteiligte; das Stück konnte erst am 12. 12. 1929 gespielt werden.

Ludwig Pinner an Gustav Krojanker, 14. 11. 1929
Manuskript, 2 S.

14. Nov. 1929.

Lieber Gustav,
 ich erhielt Deine Mitteilung von Schanis Tode, als ich Dir schon geschrieben hatte. Ich lege heute ein Schreiben an Grete Ungar bei, da ich die Adresse nicht weiss, zur baldigen Weitersendung.

 An Schani denken hiess für mich, der Erde näher sein, das Leben mehr zu lieben. Eine Krücke mehr, die zerbrochen ist. Ich weiss, dass es auch für Dich so ist. Wie sehr für mich, habe ich jetzt erst gemerkt. Aber sein Dasein schien so gewiss und stark, dass man sich des Besitzes kaum bewusst wurde.

Es war etwas viel für mich in der letzten Zeit und ich fühle mich recht elend und mürbe. Auch körperlich, ich weiss nicht, ob als Ursache oder Wirkung. Es sind soviele Krücken zerbrochen. Ich bin enttäuscht, dass Du auf 2 lange Briefe von mir, die ich Dir seit den Unruhen schrieb, kaum antwortest. Stattdessen scheinst Du gekränkt, dass ich nicht schreibe. Aber Du machst Dir wahrscheinlich nicht klar, was jetzt hier auf einem lastet. Ich fühle wieder diesen nie weichenden Druck auf dem Herzen wie damals, als ich das Geschäft auf dem Hals hatte. Nur ist es diesmal berechtigter. Seitdem die Unruhen und das danach folgende Désanchentement den Nebel zerrissen haben, in dem wir lebten, vergeht kein Tag, der den Abgrund nicht deutlicher hervortreten lässt. Ich zermartere mir vergebens das Gehirn nach einer Lösung oder nur nach einem Weg; was ich nie getan habe, ich suche Menschen, um mich auszusprechen, ich verschlinge Zeitungen und gehe in Versammlungen, ich bin neulich sogar in einer öffentlichen Discussion hervorgetreten, aber das alles kann mir keinen Ruhepunkt geben. Und diese Fruchtlosigkeit der Discussion; die Mitte und der rechte Flügel weiss nichts als Anklagen, Ressentiments, billige Beruhigungsmittel auf Grund von Entstellungen der Lage und Wunschphantasien und der kleine linke Flügel verkennt gleichfalls die Realitäten und vor allem die einzig lebendigen Triebkräfte des Zionismus. Ich könnte mich natürlich auch an der Discussion beteiligen und manches sagen und richtigstellen, aber ich sehe keinen Nutzen darin, solange auch mir der Weg so unklar ist.

Von Dir weiss ich garnichts, seitdem Du aus der Firma ausgetreten bist ausser den Ortsveränderungen. Ich weiss nicht, was Du tust und beabsichtigst, nicht wie Du lebst und wovon Du lebst.

Vielleicht willst Du eine hiesige Zeitung abonnieren? Eine englische oder hebräische. Dann schreibe mir.

Ich habe gestern Nacht eine literarische Würdigung Ungars geschrieben für eine hiesige liter. Zeitung. Ich werde sie Dir senden.

Herzlichst und mit Gruss an Ella
Dein LP.

Unruhen: bezieht sich auf die arabischen Übergriffe; die weiteren Ausführungen gelten der gespannten politischen Situation in Palästina nach den Angriffen.
literarische Würdigung: Abdruck nicht ermittelt.

Felix Ungar an Gustav Krojanker, 14. 11. 1929
Manuskript, 2 S.

Boskowitz 14 XI 29.

Lieber Gustav!

Ich danke Dir vielmals für Deinen frd. Brief, den ich erst heute beantworten kann, da ich erst gestern aus Prag kam. Grete kommt wohl auch schwer zum schreiben u hat wahrschl. Deinen Brief an sie auch noch nicht beantwortet.

Ich bin ganz zerbrochen u innerlich vernichtet durch dieses ungeheure, plötzliche Unglück. Mir ist mehr als ein Bruder im gewöhnl. Sinne gestorben, denn ich war mit ihm so verwachsen u so eins, daß er mir in allem Freund, Berater u selbstlose Stütze war. Doppelt schwer war u ist dieser Schlag, da m. Mutter fast ganz erblindet ist.

Doch ich darf nicht lamentieren u muß trachten mich aufzurichten um den neuen Aufgaben gewachsen zu bleiben, zu denen neben der Sorge um Hermanns Familie auch die um meine Eltern, die gut, mit großer Energie u Ruhe dieses Unglück ertragen, gehört.

Ich will Dir nun über die letzten Tage Hermanns berichten. Ich bin Montag den 21. X abends aus Prag – wo gerade einige Tage vorher m. Mutter operiert wurde – abgereist u Mittwoch abends telefon. dringend nach Prag berufen worden, da Hermann erkrankt war. Hermann hatte Dienstag nachm. starke Bauchschmerzen, war aber doch noch bei unserer Mutter im Sanatorium, ging aber bald wegen der Schmerzen weg, nachdem er sich noch vom Chirurgen des San. untersuchen hatte lassen, der aber nichts fand. Da aber im Laufe des Nachm. Brechreiz etc eintrat und die Schmerzen nicht nachließen wurde ein Internist u ein Chirurg zu ihm gerufen. Alle Ärzte wurden auf die Möglichkeit daß es Blinddarm sei aufmerksam [x] [*am linken Rand:* [x] im Hinblick auf seine Erkrankung in Berlin 1925] gemacht, trotzdem wurde keine richtige Diagnose gestellt. So verbrachte der Arme die Nacht auf Mittwoch unter großen Schmerzen u fortwährendem Brechen Mittwoch konnten die Ärzte sich noch immer über den Fall nicht klar werden, trotzdem der Zustand sich nicht besserte. Erst Mittwoch abends entschlossen sich die Ärzte ihn ins San. zu bringen u den Bauch zu öffnen. Jetzt konstatierte man einen perforierten Blinddarm und als Folge eine gänzlich vereiterte Bauchhöhle (Bauchfellentzündung) Die Ärzte trifft da wohl ein Verschulden, da, wäre die Oper. 2^h früher vorgenommen worden, Hermann wahrscheinlich noch zu retten gewesen wäre.

Die wenigen Tage, die Hermann noch lebte verbrachte er relativ gut ohne sich des hoffnungslosen Zustandes (den auch wir nicht kannten) bewußt zu sein. Sonntag nachm. verlor er das Bewußtsein u schlief Montag früh um ½ 2^h ruhig (soweit wir es beurteilen können, was in einem Sterbenden vorgeht) ein.

Grete war stark u aufopfernd u verliert auch jetzt den Kopf nicht. Sie ist unermüdlich mit den Kindern beschäftigt. Tomy kennt die Tatsachen ohne sie aber zu erfassen.

Du glaubst gar nicht wie uns Dein Brief geholfen hat das Schwere erträglicher zu machen, denn solche Briefe sind Beweis daß Hermann nicht umsonst gelebt hat. Bewahre bitte diese Freundschaft auch seiner Frau u seinen Kindern, die Dich vielleicht einmal brauchen werden.

Bleibst Du lange in Paris?
Entschuldige bitte, daß ich mit Bleistift schreibe u sei bestens gegrüßt von
Deinem
Felix Ungar.

Wir versuchen Hermann's lit Nachlaß so weit wie möglich zu sichten u heraus zu bringen. Solltest Du nach Berlin kommen würde ich Grete bitten Dich zuzuziehen. Grete wird anfangs Dezember zur Prem. der Gartenlaube in Berlin sein.

Gestern aus Prag: Felix Ungar war nach der Beerdigung seines Bruders noch in Prag geblieben, um seiner Schwägerin beizustehen.
Mutter fast ganz erblindet: Jeanette Ungar hatte sich im Sanatorium einer vergeblichen Augenoperation unterzogen.

Felix Ungar an Gustav Krojanker, 21. 11. 1929
Typoskript mit Signatur, 2 S.

Boskowitz, 21. XI. 29.
Lieber Gustav!
Ich danke Dir bestens fuer Deinen Brief. Die verlangten Daten kann ich Dir selbstverst. mitteilen.
1. Hermann kam 1911 (Oktober) nach Berlin und zwar direkt vom Gymnasium in Bruenn. Erst nach Berlin-Muenchen studierte er in Prag.
2. Seine juridischen Studien wurden beendet d. h. er erreichte den Doktorgrad, der eben bei uns nach Abschluß der Studien verliehen wird. Seine Tätigkeit auf jur. Gebiete beschränkte sich dann auf eine kurze Konzipiententätigkeit bei einem Rechtsanwalt, die bei uns in der Dauer von 7 Jahren erforderlich ist, wenn man Rechtsanwalt werden will.

Ob Deine Anwesenheit in Berlin bei der Auffuehrung erwuenscht ist, kann ich nicht beurteilen und muesste Grete Dir darueber etwas schreiben. Ich glaube es handelt sich hauptsächlich um Hermanns Tagebuch, das Du ev. durchsehen solltest, da ich Grete sagte sie soll bei diesem bes. vorsichtig sein, da man ja nicht weiß was drin steht und wer ev. durch irgend eine Bemerkung sich verletzt fuehlen könnte. Ich selbst habe es nicht gelesen, da ich mich so knapp nach Hermann's Tod nicht dazu entschließen konnte.

Ich möchte Dich noch bitten mir und auch Grete die Nummer der J. R., in der Dein Aufsatz ueber Hermann erscheint zusenden zu lassen.

Ich bin mit den besten Gruessen
Dein
Felix Ungar

verlangte Daten: Krojanker benötigte biographische Angaben für seinen Aufsatz *Hermann Ungar zum Gedächtnis*, der am 17. 12. 1929 in der *Jüdischen Rundschau* erschien.

Hermanns Tagebuch: Die Bedenken von Felix Ungar, die auch von anderen geteilt wurden und in der Folge zur Vernichtung des Tagebuchs führten (durch Lela Dangl beim Einmarsch deutscher Truppen in Prag), waren nur zu berechtigt. Am bezeichnendsten ist die Reaktion von Willy Haas, der sich, als er von Camill Hoffmann erfuhr, Ungar habe ihn im Tagebuch einen „widerlichen Literaten" genannt, radikal von dem toten Dichter distanzierte, ihn in späteren Erinnerungsarbeiten ignorierte und noch 1963 in einem Rundfunkbeitrag (*Hier irrte: Willy Haas* [*Selbstkritik der Kritiker* II], Westdeutscher Rundfunk, 22. 1. 1963) denunzierte: „Und so blieb für mich [...] bis zum heutigen Tag das Problem offen, ob ein ganz offenbar schlechter Mensch, ein Heuchler, der sich mir als wohlwollender Freund oder doch Bekannter gegeben hatte, nach seinem Tode erst seine wahre, haßvolle Seite gezeigt hatte, dennoch ein bedeutender Schriftsteller sein konnte."

Margarete Ungar an Gustav Krojanker, 26. 11. 1929
Manuskript, 2 S., Briefkopf: DR. HERMANN UNGAR.

26./XI. 29.

Lieber Gustav!

Eben kommt Dein Telegramm. Ich bin so energielos u. wie gelähmt, ich kann mich zu nichts aufraffen, jeden Tag will ich Dir schreiben. Die Première ist für den 10. Dezember angesetzt aber noch nicht endgültig. Es soll gleichzeitig eine Art Totenfeier werden. Um dieselbe Zeit wollen die Zionisten einen Gedenkabend machen, möglichst an einem Sonntag. Hoffmann sagt, ich müßte bei der Première im Theater sein. Ich möchte sehr, sehr gern und doch graut es mir davor. Aber ich fahre bestimmt. Nachdem Du doch aber weit weg von B. bist und es mit Schani besprochen hattest, daß Du nicht nach B. kommst zur Première, glaube ich nicht, daß Du deswegen nach B. kommen sollst. Ich kann nur 2 Tage höchstens bleiben u. will bei Michels wohnen. Ella schrieb mir bereits zweimal sehr lieb und ausführlich. Die Manuskripte habe ich vorläufig an Hoffmann gesandt, der mit Rowohlt u. allen Leuten in Verbindung ist und die kleinen Sachen gleich für Rowohlt brauchte, der ein Buch, ein Novellenbuch jetzt herausbringt. Nachdem Hoffmann auch von dem Tagebuch wußte u. danach fragte, konnte ich nicht gut es ihm nicht senden. Also vorläufig ist es mit den Manuskripten nicht eilig. Es sind noch massenhaft Sachen da, aus seiner Jugend, vielleicht manche sogar zur Veröffentlichung. Berthold Viertel kommt im Feber aus Hollywood nach B. und ich möchte, daß er den Roten General verfilmt. Die Regie der Gartenlaube führt Engel. Ponto, Sima, Wangel, Körber.

Für mich ist alles zerstört u. zu Ende. Wer käme jemals nach einem Hermann Ungar für mich noch in Betracht. Die Buben sind sehr herzig, besonders der Kleine, der ein Mordskerl ist u. mit 8 Monaten 21 Pf. hat. Es

ist mir wirklich eine große Erleichterung, daß Ihr alle ihn so liebtet und daß Ihr so rührend gut zu mir seid.
Die herzlichsten Grüße
Deine Grete Ungar

weit weg von B.: Krojanker hielt sich in dieser Zeit in Paris auf.
Novellenbuch: Colberts Reise.
Tagebuch: verschollen.
Berthold Viertel: Der Lyriker, Essayist, Übersetzer und Regisseur Berthold Viertel (1885–1953), der 1922 bzw. 1923 für die *Weltbühne* Ungars Bücher *Knaben und Mörder* und *Die Verstümmelten* enthusiastisch besprochen hatte, war Ende 1927 als Drehbuchautor nach Hollywood gegangen und kehrte erst 1932 endgültig nach Europa zurück; eine Verfilmung des *Roten Generals* kam nicht zustande.

Liste der Briefempfänger

Bahr, Hermann: S. 279
Baum, Oskar: S. 305f.
Beneš, Edvard: S. 319-321
Auswärtiges Amt in Berlin (Gesandtschaftsrat Freudenthal): S. 299f.
Gesandtschaft der tschechoslowakischen Republik in Berlin: S. 286f.
Faktor, Emil: S. 300, 323f.
Fischer, Samuel: S. 301
Grmela, Jan: S. 297
Henseleit, Felix: S. 291f.
Ihering, Herbert: S. 304
Kohn, Emil: S. 281f.
Krojanker, Ella: S. 306f.
Krojanker, Gustav: S. 280f., 289f., 302-304, 306-319, 321-327
Lampl, Fritz: S. 282-284
Mann, Heinrich: S. 291, 304f.
Mann, Thomas: S. 284-286, 293-299
Pinner, Ludwig: S. 280f., 288-290
Ponten, Josef: S. 287f.
Außenministerium in Prag: S. 290f., 301f., 317f.

Nachwort

Hermann Ungar gilt mit Recht vor allem als Epiker, dessen Erzählungen und Romane *Knaben und Mörder, Die Verstümmelten* und *Die Klasse* mit beinahe peinigender Sachlichkeit die Destruktionen der menschlichen Seele beschreiben. Welche anderen Möglichkeiten noch in ihm angelegt waren, von einem schwermütigen Impressionismus über unverstellte Sozialkritik bis hin zu einem abgründigen Humor, zeigen bereits manche seiner weiteren Prosaarbeiten, der Dokumentarbericht *Die Ermordung des Hauptmanns Hanika* etwa und einige der Erzählungen, mehr noch aber die hier vereinten Gedichte, Dramen, Feuilletons und Briefe. Erst sie vervollständigen das Bild des Dichters und bringen ihn dem Leser auch als Mensch näher.

Wenig überraschend, begann Ungar in frühen Jahren zunächst als neuromantischer Lyriker und suchte den Zuspruch etablierter Vorbilder wie Hermann Bahr. Spätestens die Erschütterungen des Weltkriegs distanzierten ihn dann jedoch von diesem epigonalen, auf Stimmung bedachten Schreiben, von dem heute lediglich noch einige wenige Liebesgedichte zeugen, und machten ihn eine Zeitlang zu einem sozialpolitisch engagierten, beinahe revolutionären Autor, der unter dem nomme de guerre „Réveille" den ‚neuen Menschen' erwecken wollte. Das eindringlichste Zeugnis dieser Werkphase ist das pazifistische Schauspiel *Krieg*, dessen utopische Hoffnungsgläubigkeit indes vor den Anstürmen der Nachkriegswirklichkeit nicht standhalten konnte und bald einem düsteren Verismus wich, der seine Klimax im Roman *Die Verstümmelten* erreichte. Neben der ideologischen Desillusion dürften auch ästhetische Bedenken, eine gewachsene Distanz zum Pathos der Rede und zur antiquierten, an Schiller orientierten Struktur, dazu geführt haben, daß Ungar sein ‚Drama aus der Zeit Napoleons' am Ende verwarf und nicht zur Veröffentlichung bestimmte.

Während Ungar, soweit bekannt, bald nach dem Krieg als Lyriker verstummte und allenfalls noch Scherzgedichte an die Freunde schrieb, blieb ihm das Theater, für das er schon als Schüler Stücke geschrieben hatte, weiterhin ein Wunschort, dem er sich gegen

Ende seines Lebens, nachdem seine Romane und Erzählungen nicht die erhoffte Resonanz gefunden hatten, noch einmal in einer existentiellen Schaffenskrise zuwandte. Tatsächlich wurde er den Zeitgenossen mit seinen kurz hintereinander entstandenen und doch beinahe gegensätzlichen Stücken *Der rote General* und *Die Gartenlaube* dann bekannter als mit seiner radikalen Prosa, doch lag dies weniger an ihrem literarischen Gewicht als an der Thematik: Das Revolutionsstück *Der rote General*, in dem es um das Problem Judentum und Bolschewismus geht, wurde als Schlüsseldrama über Trotzki und Stalin gesehen; die Bürgersatire *Die Gartenlaube*, deren Uraufführung Ungar nicht mehr erleben durfte, schockierte durch ihre unverblümte Behandlung der Sexualität noch in der abgemilderten Bühnen- und Buchfassung. Beiden Stücken gemeinsam ist ein rebellischer Gestus, der sich nicht mehr in der Utopie, sondern in ihrer Negation erfüllt.

Von einer fast unbekannten Seite, als genauer und vehementer Zeit- und Kulturkritiker, mit einem sicheren Gespür für soziales Unrecht und künstlerische Qualität, zeigt Ungar sich in seinen Feuilletons. Wenngleich ihm das Tagesschreiben schwerfiel und die meisten seiner Themen uns heute ferngerückt sind, vermögen seine Aufsätze noch immer den Furor oder die Begeisterung ihrer Entstehensstunde zu vermitteln. Wesentlicher jedoch als ihr Anlaß sind die Aufschlüsse, die sie über Ungars eigenes Denken und Empfinden geben. Exemplarische Bedeutung hat hier vor allem seine einfühlsame graphologisch-psychologische Studie über Thomas Mann, mit dem er sich verbunden fühlte in der Idee kreativer Visionen und der Verantwortung vor dem Wort. Hierin mag auch die Affinität zu solch unterschiedlichen Autoren wie Johannes Haase oder Alfred Döblin ihren Grund haben, während Ungars Ausfall gegen das Textbuch der *Teresina* belegt, wie sensibel er auf jeden Sprachmißbrauch reagierte. In der Kunst kannte Hermann Ungar, anders als im Leben, keinen Kompromiß.

Zur Tragik im Leben Ungars gehört, daß es ihm skrupulöser Selbstzweifel wegen nicht gelang, sich aus der Sphäre der verhaßten Bürgerwelt zu befreien und auf das eigene Ich zu bauen; als er sich endlich dazu durchrang, seine Beamtenexistenz aufzugeben, stand er bereits vor dem Tod. Nur in der Phantasie konnte er die Rebellion ausleben, die er in der Wirklichkeit nicht wagte. In Ungars autobiographischen Schriften, den Aufzeichnungen und Briefen, ist dieser innere Konflikt ein immer wiederkehrendes Thema; besonders die Tagebucheintragungen von 1922 und 1928 lassen sich hier nicht ohne Erschütterung lesen, und das Nachlaß-*Frag-*

ment offenbart als Folge eine tiefe Identitätskrise. Daneben sprechen diese Texte davon, daß Ungar im Leben wie in der Literatur ein Außenseiter blieb, der Nähe allenfalls bei den Freunden Gustav Krojanker und Ludwig Pinner erfuhr und in der Familie: Den Freunden schrieb er warme Briefe, dem Sohn Thomas widmete er eine heiter-liebevolle Glosse, und doch: „Einsamer, trotz Weib und Kind und Freund" (*Fragment*). Die Erfahrungen von Isolation, Ich-Dissoziation und Entfremdung, wie sie in den Autobiographika aufscheinen und im literarischen Werk gestaltet sind, weisen über den Einzelfall hinaus auf die existentielle Krise des modernen Menschen schlechthin. Zusammen mit seiner artifiziellen Könnerschaft verleiht dies Ungar einen Rang, der umgekehrt auch Fragen nach den scheinbar nur privaten Lebensumständen legitimiert; insbesondere die erhaltenen Briefe geben darauf bemerkenswerte Antworten. Sie werden nahezu vollständig wiedergegeben; lediglich auf den Abdruck einiger weniger Dienstschreiben aus dem Archiv des Prager Außenministeriums wurde verzichtet.

Komplettiert wird die Edition *Sämtlicher Werke* Hermann Ungars durch eine umfassende Bibliographie der Primär- und Sekundärliteratur, an der Gregor Ackermann (Aachen) mitwirkte. Ihm gilt ebenso ein besonderer Dank wie dem tschechischen Ungar-Forscher Jaroslav Bránský, der mit wichtigen Hinweisen und notwendigen Übersetzungen aushalf.

Dieter Sudhoff

Bibliographie
von Dieter Sudhoff und Gregor Ackermann

I. Primärliteratur

1. Einzelschriften

a) Prosa

Knaben und Mörder. Zwei Erzählungen. Leipzig, Wien, Zürich: E. P. Tal & Co. Verlag, 1920. 124 S.; ^{2}1922 (3. und 4. Tausend); 1927 Übernahme durch den Ernst Rowohlt Verlag.
Inhalt: *Ein Mann und eine Magd* S. 5-56; *Geschichte eines Mordes* S. 57-123.

Die Verstümmelten. Roman. Berlin: Ernst Rowohlt Verlag, 1923 [recte 1922]. 269 S.

Die Ermordung des Hauptmanns Hanika. Tragödie einer Ehe. Berlin: Verlag Die Schmiede, 1925. 96 S. (Außenseiter der Gesellschaft – Die Verbrechen der Gegenwart, herausgegeben von Rudolf Leonhard, Bd. 14).

Die Klasse. Roman. Berlin: Ernst Rowohlt Verlag, 1927. 262 S.

Die Klasse. Roman. Herausgegeben und mit einem Nachwort versehen von Manfred Linke. Bibliographie der Publikationen Hermann Ungars von Eva Pátková. Mainz: v. Hase & Koehler Verlag, 1973. 212 S. (Die Mainzer Reihe, herausgegeben von der Akademie der Wissenschaften und der Literatur zu Mainz, Klasse der Literatur, Bd. 36). [Manfred Linke: *Nachwort* S. 191-201; Eva Pátková: *Bibliographie* S. 203-211].

Die Verstümmelten. Roman. Köln-Lövenich: „Hohenheim" Verlag, 1981. 166 S. (Edition Maschke). [Harald Kaas: *Notiz über Hermann Ungar* S. 158-166].

Die Verstümmelten. Roman. Herausgegeben und mit einem Nachwort versehen von Dieter Sudhoff. Frankfurt am Main: Suhrkamp Verlag, 1987. 184 S. (Bibliothek Suhrkamp Bd. 952). [Hermann Ungar: *Fragment* S. 163-166; Dieter Sudhoff: *Nachwort* S. 167-184].

Die Klasse. Roman. Mit einem Nachwort von Joachim Schreck. Berlin: Verlag der Nation, 1988. 215 S. [Joachim Schreck: *Nachwort* S. 205-215].

Die Klasse. Roman. Reinbek bei Hamburg: Rowohlt Taschenbuch Verlag, 1991. 204 S. (Rowohlt Jahrhundert, herausgegeben von Walter Boehlich, Bd. 82). [*Zu diesem Buch* (Thomas Mann) S. 2f.].

Knaben und Mörder. Zwei Erzählungen. Reinbek bei Hamburg: Rowohlt Taschenbuch Verlag, 1993. 119 S. (Rowohlt Jahrhundert, herausgegeben von Walter Boehlich, Bd. 79). [*Zu diesem Buch* (Thomas Mann) S. 2f.].
Inhalt: *Ein Mann und eine Magd* S. 7-55; *Geschichte eines Mordes* S. 57-119.

Ein Mann und eine Magd. Göttingen: Steidl Verlag, 1997. 94 S. (Bibliothek der Erzähler, herausgegeben von Jürgen Manthey, Bd. 20).

Knaben und Mörder. Mit Zeichnungen und Originalradierungen von Sascha Juritz. Nachwort von Michael Faber. Leipzig: Faber und Faber, 2001. 117 S. (Die Graphischen Bücher Bd. 19).

Die Verstümmelten. Roman. Berlin: Maas Verlag, 2001. 150 S. (Maas Media Vol. 9, Book-On-Demand).

Die Klasse. Roman. Berlin: Maas Verlag, 2001. 153 S. (Maas Media Vol. 10, Book-On-Demand).

Übersetzungen

Hoši a vrahové [*Knaben und Mörder*, tschechisch]. Autorisovaný překlad Jana Grmely. Praha-Smíchov: A. Král, 1926. 120 S. (Brána 9).
Inhalt: *Muž a děvečka* S. 5-55; *Příběh jedné vraždy* S. 57-116; Jan Grmela: *Doslov* S. 116-119.

Enfants et meurtriers [*Knaben und Mörder*, französisch]. Traduit de l'allemand par G. Fritsch-Estrangin. Paris: Librairie Gallimard, 1926 [recte 1927]. 221 S. (Éditions de la Nouvelle Revue Française).
Inhalt: G. Fritsch-Estrangin: *Avant-propos* S. 7-11; *Histoire d'un meurtre* S. 13-128; *Un homme et une servante* S. 129-220.

Les sous-hommes (Die Verstümmelten) [französisch]. Traduit de l'allemand par G. Fritsch-Estrangin. Paris: Librairie Gallimard, 1928. 219 S. (Éditions de la Nouvelle Revue Française).

Třída [*Die Klasse*, tschechisch]. *Román.* Přeložila Marie Fialová. Praha: Ústřední dělnické knihkupectví a nakladatelství (Ant. Svěcený), 1929. 182 S. (Knihovna moderní beletrie „Křižovatky"). [A. Kučera: *Heřman Ungar* S. 181f.].

Enfants et meurtriers [*Knaben und Mörder*, französisch]. *Deux récits* traduits de l'allemand par Guy Fritsch-Estrangin. Postfaces de Thomas Mann et de Jean Grenier. Toulouse: Ombres, 1987. 133 S.
Inhalt: Anonym: *Hermann Ungar* S. 7-11; *Histoire d'un meurtre* S. 13-75; *Un homme et une servante* S. 77-125; *Postface* de Thomas Mann S. 127-129; *Postface* de Jean Grenier S. 129-131.

Les Mutilés [*Die Verstümmelten*, französisch]. *Roman* traduit de l'allemand par Guy Fritsch-Estrangin. Toulouse: Ombres, 1987. 197 S. [Anonym: *Hermann Ungar* S. 7-11].

La Classe [*Die Klasse*, französisch]. *Roman* traduit de l'allemand par Béatrice Durand-Sendrail et François Rey. Toulouse: Éditions Ombres, 1989. 236 S.

I mutilati [*Die Verstümmelten*, italienisch]. Traduzione di Clara Bovero. Torino: Bollati Boringhieri, 1989. 167 S.

Los mutilados [*Die Verstümmelten*, spanisch]. *Novela*. Traducción del alemán por Ana María de la Fuente. Barcelona: Editorial Seix Barral, S. A., 1989. 187 S. (Biblioteca breve).

Els mutilats [*Die Verstümmelten*, katalanisch]. Traducció de Josep Mauri i Dot. Vic, Barcelona: Eumo Editorial, S. A., 1989. 207 S. (Narratives 16).

Bratři [*Die Brüder*, tschechisch]. Přeložil a poznámku o autorovi napsal PhDr. Jaroslav Bránský. Ilustrace a grafická úprava zasloužilý umělec Miroslav Houra. Blansko: Vydalo Okresní kulturní středisko Blansko u příležitosti Halasova Kunštátu, 1989. o. S. [4 Bl., Ill., 1 sign. Kunstbeilage] [Jaroslav Bránký: *Návraty Hermanna Ungara*; *Z literárního odkazu Hermanna Ungara*; *Ediční poznámka překladatele*].

Ragazzi e assassini [*Knaben und Mörder*, italienisch]. *Due racconti*. Traduzione di Clara Bovero. Torino: Bollati Boringhieri, 1990. 108 S.

La classe [*Die Klasse*, italienisch]. Traduzione di Franco Stelzer. Trento: L'editore, 1990. 207 S.

L'Assassinat du capitaine Hanika. Tragédie d'un couple [*Die Ermordung des Hauptmanns Hanika. Tragödie einer Ehe*, französisch]. *Récit* traduit de l'allemand par François Rey. Toulouse: Éditions Ombres, 1990. 78 S. [François Rey: [*Introduction*] S. 7f.; *Chronologie de la vie de Hermann Ungar* S. 75-78].

Meninos e assassinos [*Knaben und Mörder*, portugiesisch]. Tradução Célia Henriques e Vitor Silva Tavares. Lisboa: & etc, 1990. 99 S.
Inhalt: Anonym: [*Vorwort*] S. 7-12; *História dum assassinato* S. 13-60; *Um homem e uma criada* S. 61-99.

Chlapci a vrazi [*Knaben und Mörder*, tschechisch]. Přeložil a doslov napsal Jaroslav Bránský. Ilustroval Lubomír Stříbrcký. Boskovice: Vydal „Prostor", společnost pro rozvoj nezávislé kultury, edice Archiv, svazek 1, 1990. 86 S.
Inhalt: *Muž a služka* S. 1-34; *Historie jedné vraždy* S. 35-75; Jaroslav Bránský: *Kalendárium života a díla Hermanna Ungara*; *Boskovický původ Ungarova rodu*; *Prvotina Hermanna Ungara a její Boskovické motivy* S. 76-86.

De verminkten [*Die Verstümmelten*, niederländisch]. Vertaald uit het Duits door Carlien Brouwer. Met een nawoord van Jürgen Serke. Amsterdam: Coppens & Frenks, Uitgevers, 1991. 185 S. [Jürgen Serke: *Nawoord* S. 173-185].

La clase [*Die Klasse*, spanisch]. Novela. Traducción del alemán por Ana María de la Fuente. Barcelona: Editorial Seix Barral, S. A., 1991. 189 S. (Biblioteca breve).

Chicos y asesinos [*Knaben und Mörder*, spanisch]. Traducción del alemán por Ana María de la Fuente. Barcelona: Editorial Seix Barral, S. A., 1991. 108 S. (Biblioteca breve).

Nens i assassins [*Knaben und Mörder*, katalanisch]. Traducció de Ramón Farrés. Vic: Eumo Editorial, S. A., 1991. 118 S. (Narratives 28).

Alexander [tschechisch, Übersetzer: Jaroslav Bránský]. Ke 100. výročí narození Hermanna Ungara přeložil a s kresbou Miroslava Houry svym přátelům věnuje. [Boskovice] 1993. o. S. [1 Bl., 1 Ill., 1 sign. Kunstbeilage [Nachbemerkung Bránský].

Zavraždění kapitána Haniky. Tragédie jednoho manželství [*Die Ermordung des Hauptmanns Hanika. Tragödie einer Ehe*, tschechisch]. Vydáno ke stému výročí narození Hermanna Ungara. Český překlad a doslov Jaroslav Bránský. Boskovice: Nakladatelství Formát s.r.o., 1993. 61 S. [Jaroslav Bránský: *Překladatelův doslov* S. 57-61].

Enfants et meurtriers [*Knaben und Mörder*, französisch]. *Histoire d'un meurtre*; *Un homme et une servante*. Deux récits traduits de l'allemand par François Rey. Toulouse: Éditions Ombres, 1993. 153 S. (Petite bibliothèque Ombres 14).
Inhalt: *Histoire d'un meurtre* S. 9-84; *Un homme et une servante* S. 85-145; *Chronologie de la vie de Hermann Ungar* S. 147-152.

De verminkten [*Die Verstümmelten*, niederländisch]. Vertaald door Carlien Brouwer. Tweede druk. [Amsterdam:] Pandora Pockets, 1994. 185 S. [Jürgen Serke: *Nawoord* S. 173-185].

Les Mutilés [*Die Verstümmelten*, französisch]. Roman traduit de l'allemand par François Rey. Toulouse: Éditions Ombres, 1995. 219 S. (Petite bibliothèque Ombres 52). [*Notice bibliographique* S. 9-12; Hermann Ungar: *Fragment* S. 201-207; *Chronologie de la vie de Hermann Ungar* S. 209-216; *Traductions et éditions françaises* S. 217f.].

The Maimed [*Die Verstümmelten*, englisch]. Translated from the German by Kevin Blahut. Illustrated by Pavel Rût. Prague: Twisted Spoon Press, 2002. 220 S. [Hermann Ungar: *Fragment* S. 210-213; K(evin) B(lahut): *About the Author* S. 215-218, *About the Translator / About the Illustrator* S. 219, *A Note on the Text* S. 220].

The Maimed [*Die Verstümmelten*, englisch]. *Novel*. Translated by Mike Mitchell. Sawtry, Cambridgeshire: Dedalus Ltd., 2002. 210 S. [Mike Mitchell: *Foreword* S. 9-14].

b) Dramen

Der rote General. Schauspiel. Bühnenmanuskript, Berlin-Wilmersdorf: Felix Bloch Erben. Verlag für Bühne, Film und Funk, 1928. 58 S.

Die Gartenlaube. Komödie in 3 Akten. Bühnenmanuskript [Typoskript], Berlin-Wilmersdorf: Felix Bloch Erben, [1929]. V, 88 S. [*Bemerkungen des Autors zu dieser Komödie* S. I-V].

Die Gartenlaube. Komödie in drei Akten. Berlin: Ernst Rowohlt Verlag, 1930. 64 S. [*Bemerkungen des Autors zu dieser Komödie* S. 6-9].

Die Gartenlaube. Komödie in drei Akten. Bühnenmanuskript [Typoskript nach der Buchausgabe], Berlin: Felix Bloch Erben, [o. J.]. 77 S. [*Bemerkungen des Autors zu dieser Komödie* S. 4-7].

Die Gartenlaube. Komödie. Fernsehbearbeitung: Walter Berson und Wolfgang Staudte. Typoskript, Berlin: Sender Freies Berlin, 1969. 108 S.

Krieg. Drama aus der Zeit Napoleons in drei Akten. Mit einem Anhang herausgegeben von Dieter Sudhoff. Paderborn: Igel Verlag Literatur, 1990. 80 S. [Dieter Sudhoff: *Editorische Notiz* S. 51f.; Réveille [Hermann Ungar]: *Gewehre. Aus einem Schauspiel aus der Zeit Napoleons* S. 53f.; Dieter Sudhoff: *Vom „Umwerter aller Werte". Hermann Ungar, der Weltkrieg und „Krieg"* S. 55-72; Hermann Ungar: *Biba stirbt* S. 73-75; ders.: *Wie entsteht ein Roman?* S. 76-79].

Drei jüdische Dramen. Hermann Ungar: Der rote General, Walter Mehring: Der Kaufmann von Berlin, Paul Kornfeld: Jud Süß. Mit Dokumenten zur Rezeption. Herausgegeben von Hans-J. Weitz unter Mitwirkung von Michael Assmann. Göttingen: Wallstein Verlag, 1995. 423 S. (Veröffentlichungen der Deutschen Akademie für Sprache und Dichtung Darmstadt, 69. Veröffentlichung).

Inhalt: Hans-J. Weitz: *Vorbemerkungen* S. 9-19; Hermann Ungar: *Der rote General* S. 21-64; Walter Mehring: *Der Kaufmann von Berlin. Ein historisches Schauspiel aus der deutschen Inflation* S. 65-188; Paul Kornfeld: *Jud Süß. Tragödie in drei Akten und einem Epilog* S. 189-270; *Dokumente zur Wirkungsgeschichte* S. 271-387 [*Hermann Ungar – Der rote General* S. 273-296: Carl von Ossietzky/*Die Weltbühne* S. 273-276, Walter Mehring/*Das Tage-Buch* S. 276-280, Schemaryahu Gorelik/*Jüdische Rundschau* S. 280, Max Hochdorf/*Der Abend* (Spätausgabe des *Vorwärts*) S. 280f., Alfred Kerr/*Berliner Tageblatt* S. 281-284, Herbert Ihering/*Berliner Börsen-Courier* S. 284-287, Monty Jacobs/*Vossische Zeitung* S. 287, Ernst Heilborn/*Frankfurter Zeitung* S. 288, Norbert Falk/*B. Z. am Mittag* S. 288f., Max Osborn/*Berliner Morgenpost* S. 289, Heinrich Bachmann/*Germania* S. 289, Arthur Eloesser/*Münchner Neueste Nachrichten* S. 289f., Paul Fechter/ *Deutsche Allgemeine Zeitung* S. 290, Franz Köppen/*Berliner Börsen-Zeitung* S. 291, Franz Servaes/*Berliner Lokal-Anzeiger* S. 291f., Hans Knudsen/*Rheinisch-Westfälische Zeitung* S. 292, „Bar Kochba"/*Der Angriff* S. 292-296; *Walter Mehring – Der Kaufmann von Berlin* S. 297-357; *Paul Kornfeld – Jud Süß* S. 358-378; *Anmerkungen* S. 379-387]; *Abbildungen* S. 389-398; *Quellennachweise* S. 399-405 [*1. Zu Hermann Ungar: Der rote General* S. 401f.; *2. Zu Walter Mehring: Der Kaufmann von Berlin* S. 402-404; *3. Zu Paul Kornfeld: Jud Süß* S. 404f.]; *Register der Zeitungen und Zeitschriften* S. 407-412; *Biographisches Register der Rezensenten* S. 413-422; *Editorische Nachbemerkung* S. 423.

Übersetzungen

La Tonnelle [*Die Gartenlaube*, französisch]. *Comédie en trois actes*. Texte français de François Rey. Toulouse: Éditions Ombres [Théâtre], La Comédie de Béthune, 1993. 94 S. [*Remarques de l'auteur au sujet de cette comédie* S. 7-12].

c) Sammlungen

Colberts Reise. Erzählungen. Berlin: Ernst Rowohlt Verlag, 1930. 143 S. Inhalt: Thomas Mann: *Vorwort* S. 5-13; *Colberts Reise* S. 17-41; *Der Weinreisende* S. 45-82; *Die Bewandtnis* S. 85-89; *Tulpe* S. 93-98; *Alexander* S. 101-107; *Mellon, der „Schauspieler"* S. 111-115; *Bobek heiratet* S. 119-127; *Der heimliche Krieg* S. 131-135; *Die Brüder* S. 139-142.

Hermann Ungar. Eine Einführung in sein Werk und eine Auswahl von Manfred Linke. Wiesbaden: Franz Steiner Verlag, 1971. 173 S. (Akademie der Wissenschaften und der Literatur, Schriftenreihe der Klasse der Literatur, Verschollene und Vergessene).
Inhalt: Manfred Linke: *Einführung* S. 9-42; *Geschichte eines Mordes* S. 44-89; *Drei Abschnitte aus „Die Verstümmelten"* S. 90-115; *Zwei Auszüge aus „Die Ermordung des Hauptmanns Hanika"* S. 116-124; *Szenen aus „Die Gartenlaube"* S. 125-142; *Der Weinreisende* S. 143-165; *Der heimliche Krieg* S. 166-168; *Die Brüder* S. 169-171; *Nachweise* S. 172; *Bibliographie der Werke Hermann Ungars (Auswahl)* S. 173.

Der Kalif und andere Kurzprosa. Eine Auswahl. Mit einem Nachwort und 3 Porträtzeichnungen von B. F. Dolbin, hrsg. von Dieter Sudhoff. Siegen: Universität-Gesamthochschule Siegen, 1986. 50 S. (Vergessene Autoren der Moderne, hrsg. von Franz-Josef Weber und Karl Riha, XIX).
Inhalt: *Der Kalif* S. 3-5; *Heilanstalt* S. 6-8; *Brief an eine Frau* S. 8-10; *Aus einem Tagebuch (Italien, April 1922)* S. 11-13; *Brief aus Rom an Ludwig Pinner* S. 14; *Tulpe* S. 15-17; *Bobek heiratet* S. 17-21; *„Wallenstein" von mir* S. 22-24; *Schreien Pferde wirklich?* S. 25; *Die Bewandtnis* S. 26-28; *Mellon, der „Schauspieler"* S. 28-30; *Tomy hilft dichten. Vom „kint, das in den Ozejan gefaln is"* S. 30-32; *Der Tod macht Reklame* S. 33f.; *Alexander. Fragment* S. 34-37; *Tagebuch-Aufzeichnungen (1928)* S. 38-42; *(Moderne Dramatiker über sich selbst)* S. 42; *Textnachweise* S. 42f.; *Hermann Ungar – Zeittafel* S. 43f.; Dieter Sudhoff: *Nachwort: Notizen zu Hermann Ungar und zu dieser Auswahl* S. 45-49; *Auswahlbibliographie der wichtigsten Sekundärliteratur* S. 50.

Geschichte eines Mordes. Erzählungen. Mit einem Vorwort von Thomas Mann 1930. Herausgegeben und mit einem Nachwort von Joachim Schreck. Berlin: Verlag der Nation, 1987. 272 S.
Inhalt: Thomas Mann: *Vorwort* S. 5-11; *Ein Mann und eine Magd* S. 13-55; *Geschichte eines Mordes* S. 56-110; *Der Bankbeamte* S. 111-119; *Colberts Reise* S. 120-137; *Der Weinreisende* S. 138-165; *Die Bewandtnis* S. 166-169; *Tulpe* S. 170-173; *Alexander* S. 174-178; *Mellon, der „Schauspieler"* S. 179-182; *Bobek heiratet* S. 183-189; *Der heimliche Krieg* S. 190-193; *Die Brüder* S. 194-197; *Die Ermordung des Hauptmanns Hanika. Tragödie einer Ehe* S. 198-255; Joachim Schreck: *Nachwort* S. 257-270; *Editorische Bemerkung* S. 271.

Das Gesamtwerk. Mit einem Nachwort von Jürgen Serke. Wien, Darmstadt: Paul Zsolnay Verlag, 1989. 461 S. (Bücher der böhmischen Dörfer, herausgegeben von Jürgen Serke).

Inhalt: *Der rote General. Schauspiel* S. 9-41; *Knaben und Mörder. Zwei Erzählungen* S. 43-101 [*Ein Mann und eine Magd* S. 45-69; *Geschichte eines Mordes* S. 70-101]; *Die Verstümmelten. Roman* S. 103-197; *Fragment* S. I-III; *Die Ermordung des Hauptmanns Hanika. Tragödie einer Ehe* S. 199-233; *Die Klasse. Roman* S. 235-345; *Die Gartenlaube. Komödie in drei Akten* S. 347-389; *Colberts Reise. Erzählungen* S. 391-440 [*Colberts Reise* S. 392-403; *Der Weinreisende* S. 404-420; *Die Bewandtnis* S. 421-423; *Tulpe* S. 424-426; *Alexander* S. 427-429; *Mellon, der „Schauspieler"* S. 430f.; *Bobek heiratet* S. 432-435; *Der heimliche Krieg* S. 436-438; *Die Brüder* S. 439f.]; Jürgen Serke: *Nachwort* S. 441-459; *Editorische Notiz* S. 460; *Bibliographie der selbständig erschienenen Werke* S. 461.

Der Bankbeamte und andere vergessene Prosa. Erzählungen, Essays, Aufzeichnungen, Briefe. Mit einem Anhang herausgegeben von Dieter Sudhoff. Paderborn: Igel Verlag Literatur, 1989. 211 S.
Inhalt: *Zur Ausgabe* S. 10; I. *Erzählungen* S. 11-57 [*Heilanstalt* S. 13-15; *Brief an eine Frau* S. 16-18; *Traum* S. 19-21; *Der Bankbeamte* S. 22-29; *Die Brüder* S. 30-32; *Tulpe* S. 33-36; *Kleine Lügen. Dialog zwischen Eheleuten* S. 37-40; *Der Kalif* S. 41-43; *Mellon, der „Schauspieler"* S. 44-46; *Der heimliche Krieg* S. 47-49; *Die Bewandtnis* S. 50-53; *Alexander. Fragment* S. 54-57]; II. *Essays* S. 59-101 [*Der Bettler. Zu einer Kritik* S. 61f.; *Edelmark und die Folgen* S. 63-65; Johannes Haase: *„Lux in tenebris lucet"* S. 65f.; *Für Dich! Die Charell-Revue im Großen Schauspielhaus* S. 66-68; *Die Teresina* S. 68-71; *Das Recht auf das Wort „Bockmist"* S. 71-73; *Shaw und Jerome* S. 73-76; *Molnar: Der gläserne Pantoffel* S. 76-78; *Was die Manuskripte des Dichters verraten. Ein Blick in die Werkstatt Thomas Manns* S. 78-92; *Warum es den französischen Dichtern besser geht. Offener Brief Hermann Ungars an den Verleger* S. 92-96; *Panait Istrati: „Kyra Kyralina" und „Onkel Angiel"* S. 97f.; *Für Alfred Döblin* S. 98f.; *Schreien Pferde wirklich?* S. 99-101]; *Bildteil* S. 103-110; III. *Aufzeichnungen* S. 111-142 [*„Wallenstein" von mir* S. 113-116; *Unsere Zukunft* S. 116-122; *Schanis Brief zum 40semestrigen Stiftungsfest* S. 122-124; *Aus einem Tagebuch (Italien, April 1922)* S. 124-127; *Antwort auf eine Rundfrage „Publikum und Gesellschaft"* S. 128-130; *Fragment. Aus dem Nachlaß* S. 130f.; *Tagebuch-Aufzeichnungen (1928)* S. 132-136; *Tomy hilft dichten. Vom „kint, das in den Ozejan gefaln is"* S. 137-139; *Der Tod macht Reklame* S. 139-142; *(Moderne Dramatiker über sich selbst)* S. 142]; IV. *Briefe* S. 143-186; *Anhang* [Hermann Ungar: *Ich habe viel verloren* S. 188; *Textnachweise und Kommentar* S. 189-203; *Zeittafel* S. 204f.; Dieter Sudhoff: *Nachwort: Abseitiges eines Außenseiters* S. 206-210].

Die Romane. Stuttgart: Deutscher Bücherbund [Gütersloh: Bertelsmann Club GmbH; Wien: Buchgemeinschaft Donauland Kremayr und Scheriau, und angeschlossene Buchgemeinschaften], [1993]. 366 S., 1 Beiheft 13 S. (Bibliothek des 20. Jahrhunderts, herausgegeben von Walter Jens und Marcel Reich-Ranicki).
Inhalt: *Die Verstümmelten. Roman* S. 9-169; *Fragment* S. 170-173; *Die Klasse. Roman* S. 175-366 [Beiheft: Ulrich Weinzierl: *Hermann Ungar – Die Romane* S. 5-11; *Zeittafel* S. 12f.].
Sämtliche Werke in drei Bänden. Herausgegeben von Dieter Sudhoff. Oldenburg: Igel Verlag Literatur, 2001/02.
Werke 1: Romane (2001). 352 S.
Inhalt: *Der Bankbeamte* S. 7-14; *Die Verstümmelten. Roman* S. 15-154; *Fragment* S. 155-157; *Die Klasse. Roman* S. 159-322; *Bobek heiratet* S. 323-328; *Anhang* [*Textnachweise und Erläuterungen* S. 331-333, *Zeittafel* S. 334-337; Dieter Sudhoff: *Nachwort* S. 338-352].
Werke 2: Erzählungen (2002). 266 S.
Inhalt: *Knaben und Mörder. Zwei Erzählungen* S. 7-94 [*Ein Mann und eine Magd* S. 9-46; *Geschichte eines Mordes* S. 47-94]; *Die Ermordung des Hauptmanns Hanika. Tragödie einer Ehe* S. 95-147; *Verstreute Erzählungen* S. 149-234 [*Heilanstalt* S. 151-153; *Brief an eine Frau* S. 154-156; *Traum* S. 157-159; *Colberts Reise* S. 160-175; *Die Brüder* S. 176-178; *Alexander. Fragment* S. 179-183; *Tulpe* S. 184-187; *Biba stirbt* S. 188-191; *Der Kalif* S. 192-195; *Kleine Lügen. Dialog zwischen Eheleuten* S. 196-199; *Mellon, der „Schauspieler"* S. 200-202; *Der heimliche Krieg* S. 203-205; *Die Bewandtnis* S. 206-209; *Der Weinreisende. Erzählung* S. 210-234]; *Anhang* [*Textnachweise und Erläuterungen* S. 237-247; Dieter Sudhoff: *Nachwort* S. 249-266].
Werke 3: Gedichte, Dramen, Feuilletons, Briefe (2002). 472 S.
Inhalt: *Gedichte* S. 7-11 [*Heute haben unsere Lippen sich gefunden* S. 9; *Ich sehe uns, wir schreiten in die Weite* S. 10; *Ich habe viel verloren...* S. 11]; *Dramen* S. 13-188 [*Krieg. Drama aus der Zeit Napoleons in drei Akten* S. 15-56; *Gewehre. Aus einem Schauspiel aus der Zeit Napoleons* S. 57f.; *Der rote General. Schauspiel* S. 59-105; *Szene aus dem Schauspiel „Podkamienski"* S. 106-110; *Podkamienski. Aus einem Drama* S. 111-119; *Notiz zum Schauspiel „Der rote General"* S. 120; *Zum Schauspiel „Der rote General"* S. 121; *Die Gartenlaube. Komödie in drei Akten* S. 123-188]; *Feuilletons* S. 189-275 [*Der Bettler. Zu einer Kritik* S. 191f.; *Unsere Zukunft* S. 193-199; *Aus einem Tagebuch* S. 200-203; *Schanis Brief zum 40semestrigen Stiftungsfest* S. 204f.; *Edelmark und die Folgen* S. 206-208; *Johannes Haase: „Lux in tenebris lucet"* S. 209f.; *Publikum und Gesellschaft* S. 211-213; *Für Dich!*

Die Charell-Revue im Großen Schauspielhaus S. 214f.; *Die Teresina* S. 216-219; *Das Recht auf das Wort „Bockmist"* S. 220f.; *Shaw und Jerome* S. 222-224; *Molnar: Der gläserne Pantoffel* S. 225f.; *Was die Manuskripte des Dichters verraten. Ein Blick in die Werkstatt Thomas Manns* S. 227-240; *Warum es den französischen Dichtern besser geht. Offener Brief Hermann Ungars an den Verleger* S. 241-245; *Panait Istrati: „Kyra Kyralina" und „Onkel Angiel"* S. 246f.; *Die größte Gemeinheit Ihres Lebens... Eine Rundfrage!* S. 248; *Wie entsteht ein Roman?* S. 249-253; *Für Alfred Döblin* S. 254; *„Wallenstein" von mir* S. 255-258; *Zwischen den Werken. Tagebuch-Aufzeichnungen* S. 259-263; *Fragment* S. 264f.; *Moderne Dramatiker über sich selbst* S. 266; *Schreien Pferde wirklich?* S. 267-269; *Tomy hilft dichten. Vom „kint, das in den Ozejan gefaln is"* S. 270-272; *Der Tod macht Reklame* S. 273-275]; *Briefe* S. 277-327; *Anhang [Textnachweise und Erläuterungen* S. 331-386; *Liste der Briefempfänger* S. 387; Dieter Sudhoff: *Nachwort* S. 388-391; *Bibliographie* S. 392-470; *Werkregister* S. 471f.].

Übersetzungen

Le voyage de Colbert [*Colberts Reise*, französisch]. *Nouvelles et récits* traduits de l'allemand par François Rey. Toulouse: Éditions Ombres, 1989. 117 S.
Inhalt: François Rey: *Introduction* S. I-IV; *Le voyage de Colbert* S. 7-27; *La raison d'être* S. 29-33; *Mellon, l'„acteur"* S. 35-38; *La guerre secrète* S. 39-43; *Alexandre* S. 45-50; *Les frères* S. 51-54; *Tulpe* S. 55-59; *Le voyageur en vins* S. 61-92; *L'employé de banque* S. 93-102; *Bobeck se marie* S. 103-110; *Chronologie de la vie de Hermann Ungar* S. 111-115.

Il viaggio di Colbert [*Colberts Reise*, italienisch]. Prefazione di Thomas Mann. Traduzione di Maria Laura Benedetti e Franco Stelzer. Trento: L'editore, 1990. 100 S.

Le voyage de Colbert [*Colberts Reise*, französisch]. *Nouvelles et récits* traduits de l'allemand et présentés par François Rey. Toulouse: Éditions Ombres, 1998. 125 S. (Petite bibliothèque Ombres 120).

Romány a menší prózy [Romane und kleinere Prosa, tschechisch]. Přeložil a k vydání připravil PhDr. Jaroslav Bránský, který sestavil obrazovou přílohu, navrhl grafickou úpravu a vazbu. Boskovice: Kulturní zařízení města Boskovice a nakladatelství František Šalé – Albert, 2001. 484 S., 16 S. Abb.
Inhalt: *Chlapci a vrazi* [Knaben und Mörder] S. 7-68 [*Muž a služka* S. 9-35; *Historie jedné vraždy* S. 36-68]; *Zmrzačení* [Die Verstümmelten]

S. 71-182, *Fragment* S. 183-185; *Zavraždění kapitána Haniky. Tragédie jednoho manželství* [*Die Ermordung des Hauptmanns Hanika. Tragödie einer Ehe*] S. 187-222; *Třída* [*Die Klasse*] S. 225-351; *Colbertova cesta a jiné povidky* [*Colberts Reise* und andere Erzählungen] S. 353-408 [*Colbertova cesta* (*Colberts Reise*) S. 355-366; *Obchodní cestující s vínem* (*Der Weinreisende*) S. 367-384; *Souvztažnost* (*Die Bewandtnis*) S. 385-387; *Tulipán* (*Tulpe*) S. 388-390; *Alexander. Fragment* S. 391-394; *Mellon, „herec"* (*Mellon, der „Schauspieler"*) S. 395-397; *Bobek se žení* (*Bobek heiratet*) S. 398-402; *Tajná válka* (*Der heimliche Krieg*) S. 403-405; *Bratři* (*Die Brüder*) S. 406-408]; *Ostatní prózy nevydané knižně* [Sonstige Prosa, die nicht in Buchform erschien] S. 411-447 [*Léčebný ústav* (*Heilanstalt*) S. 413-415; *Dopis jedné ženě* (*Brief an eine Frau*) S. 416-418; *Sen* (*Traum*) S. 419-421; *Bankovní úředník* (*Der Bankbeamte*) S. 422-427; *Biba umírá* (*Biba stirbt*) S. 428-430; *Drobné lži. Manželský dialog* (*Kleine Lügen. Dialog zwischen Eheleuten*) S. 431-433; *Kalif* S. 434-436]; *Hermann Ungar o sobě a o své tvorbě* [Hermann Ungar über sich selbst und sein Werk] S. 439-447 [*Fragment. Z pozůstalosti* (*Fragment. Aus dem Nachlaß*) S. 441f.; *Jak vzniká román?* (*Wie entsteht ein Roman?*) S. 443-446; *(Moderní dramatikové sami o sobě)* (*Moderne Dramatiker über sich selbst*) S. 447]; Bildteil o. S.; Jaroslav Bránský: *Ediční poznámka* S. 449; *Komentář k jednotlivým textům* S. 450-462; *Bibliografie knižních vydání Ungarových děl* S. 465f.; *Návraty Hermanna Ungara* S. 467-481.

2. Texte in Anthologien, Zeitschriften und Zeitungen

a) Lyrik

Réveille [Pseud.]: *Ich habe viel verloren... (1913)*. In: *Der Mensch*, Brünn, 1 (Januar 1918), Nr. 1, S. 7.

(1913) [*Ich habe viel verloren...*]. In: *Ach Kerl ich krieg dich nicht aus meinem Kopf. Männerliebe in deutschen Gedichten unseres Jahrhunderts*. Herausgegeben und mit einem Nachwort von Hans Stempel und Martin Ripkens. München: Deutscher Taschenbuch Verlag, 1997 (dtv 20015), S. 163 [Biobibliographischer Hinweis S. 200].

b) Erzählende Prosa

Heilanstalt. In: *Prager Tagblatt* 44 (13. 7. 1919), Nr. 164, Unterhaltungs-Beilage, S. 1.

Brief an eine Frau. In: *Prager Tagblatt* 44 (23. 11. 1919), Nr. 275, Unterhaltungs-Beilage, S. 1.

Traum. In: *Berliner Börsen-Courier* 53 (25. 12. 1921), Nr. 603, Morgen-Ausgabe, 1. Beilage, S. 6.

Colberts Reise. Erzählung. In: *Die Neue Rundschau,* Berlin, 33 (August 1922), Nr. 8, S. 834-848.

Der Bankbeamte. In: *Deutsche Erzähler aus der Tschechoslowakei. Ein Sammelbuch.* Herausgegeben und eingeleitet von Otto Pick. Reichenberg, Prag, Leipzig, Wien: Heris-Verlag, 1922, S. 298-313.

Fragment. In: *Vers und Prosa,* Berlin, 1 (15. 5. 1924), Nr. 5, S. 177-180.

Die Brüder. In: *Berliner Börsen-Courier* 56 (17. 8. 1924), Nr. 385, Morgen-Ausgabe, 1. Beilage, S. 5.

Die Klasse [Auszug]. In: *Berliner Tageblatt* 54 (24. 6. 1925), Nr. 295, Abend-Ausgabe, S. 2.

Alexander. Fragment. In: *Berliner Tageblatt* 54 (26. 8. 1925), Nr. 403, Abend-Ausgabe, S. 4.

Tulpe. In: *Berliner Tageblatt* 54 (11. 9. 1925), Nr. 431, Abend-Ausgabe, S. 2.

Biba stirbt. In: *Berliner Tageblatt* 54 (23. 12. 1925), Nr. 605, Morgen-Ausgabe, S. 2.

Biba stirbt. In: *Morgenzeitung und Handelsblatt,* Mährisch-Ostrau, 13 (29. 12. 1925), Nr. 353, S. 3.

Biba stirbt. In: *Egerer Zeitung* 80 (3. 1. 1926), Nr. 2, S. 2.

Biba stirbt. In: *Berliner Tageblatt* 55 (23. 8. 1926), Abend-Ausgabe, S. 2.

Der Kalif. In: *Magdeburgische Zeitung* (5. 5. 1927), Nr. 225, 1. [Haupt-]Ausgabe, 3. Beilage, S. 17.

Die Brüder. In: *Magdeburgische Zeitung* (14. 5. 1927), Nr. 242, 1. [Haupt-]Ausgabe, 3. Beilage, S. 13f.

Bobek heiratet. In: *Berliner Tageblatt* 56 (15. 5. 1927), Nr. 228, Morgen-Ausgabe, S. 2f.

Die Klasse. Roman. In: *Berliner Börsen-Courier* 59 (24. 5.-17. 7. 1927), Nrn. 239-329, jeweils Morgen-Ausgabe, S. 6; Voranzeigen Nrn. 237 (22. 5. 1927), S. 16 und 238 (23. 5. 1927), S. 3.

Bobek heiratet. In: *New Yorker Volkszeitung* 50 (28. 5. 1927), Nr. 127, S. 8.

Kleine Lügen. Dialog zwischen Eheleuten. In: *Prager Tagblatt* 52 (7. 10. 1927), Nr. 238, S. 3.

Kleine Lügen. Dialog zwischen Eheleuten. In: *Sozialdemokrat*, Prag, 7 (19. 11. 1927), Nr. 271, [Beilage:] Feierabend, Nr. 47, S. 3f.

Kleine Lügen. Dialog zwischen Eheleuten. In: *Vorwärts!*, Milwaukee, 47 (3. 3. 1928), Nr. 9, S. 8.

Der Kalif. In: *Der Freihafen*, Hamburg, 11 (1928/29), Nr. 2, S. 9-11.

Der Kalif. In: *Zwischenakt. Theater in der Königgrätzer Straße. Komödienhaus*, Berlin, 8 (September 1928), Nr. 2, S. 3-6; wiederabgedruckt in: *Zwischenakt*, Nr. 3 (Oktober 1928).

Mellon, der „Schauspieler". In: *Berliner Tageblatt* 58 (18. 4. 1929), Nr. 182, Morgen-Ausgabe, 1. Beiblatt, S. 1.

Mellon, der „Schauspieler". In: *Prager Tagblatt* 54 (28. 5. 1929), Nr. 124, S. 3.

Der heimliche Krieg. In: *Berliner Tageblatt* 58 (30. 6. 1929), Nr. 304, Morgen-Ausgabe, 5. Beiblatt, S. 1 [Redaktionelle Vorbemerkung].

Der heimliche Krieg. In: *Prager Tagblatt* 54 (4. 7. 1929), Nr. 155, S. 3 [Redaktionelle Vorbemerkung].

Die Brüder. In: *Hannoverscher Kurier* 81 (26. 8. 1929), Nr. 398, Abend-Blatt, S. 2.

Der heimliche Krieg. In: *Hannoverscher Kurier* 81 (5. 10. 1929), Nr. 468, Abend-Blatt, Beilage, S. 1.

Jelinek [Auszug aus *Ein Mann und eine Magd*]. In: *Prager Presse* 9 (30. 10. 1929), Nr. 294, S. 5 [Redaktionelle Vorbemerkung].

Kleine Lügen. Dialog zwischen Eheleuten. In: *Teplitz-Schönauer Anzeiger* 69 (1. 11. 1929), Nr. 252, S. 4 [Redaktionelle Vorbemerkung].

Kleine Lügen. Dialog zwischen Eheleuten. In: *Die Rheinische Zeitung am Sonntag*, Köln, 38 (3. 11. 1929), Nr. 302, S. 7 [Redaktionelle Vorbemerkung].

Dialog zwischen Eheleuten [Kleine Lügen]. In: *Morgenzeitung und Handelsblatt*, Mährisch-Ostrau, 17 (3. 11. 1929), Nr. 302, S. 22 [Redaktionelle Vorbemerkung].

Der Bankbeamte [Auszug]. In: *Die Wahrheit*, Prag, 8 (15. 11. 1929), Nr. 22, S. 5-7 [Redaktionelle Vorbemerkung S. 5].

Kleine Lügen. Dialog zwischen Eheleuten. In: *Sozialdemokrat*, Prag, 9 (16. 11. 1929), Nr. 268, [Beilage:] Feierabend, Nr. 46, S. 2f. [Redaktionelle Vorbemerkung S. 2].

Dialog zwischen Eheleuten [Kleine Lügen]. In: *Aussiger Tagblatt* 73 (16. 11. 1929), Nr. 262, Unterhaltungs-Beilage.

Mellon, der „Schauspieler". In: *Der Scheinwerfer*, Essen, 4 (November/ Dezember 1929), Nr. 5/6, S. 13f. [Redaktionelle Vorbemerkung S. 13].

Die Bewandtnis. In: *Die literarische Welt*, Berlin, 5 (19. 12. 1929), Nr. 51/52, S. 5.

Der Weinreisende. Erzählung. In: *Die Neue Rundschau*, Berlin, 41 (Februar 1930), Nr. 2, S. 223-243.

Traum und Wirklichkeit [Zwei Auszüge aus *Der Weinreisende*]. In: *Prager Presse* 10 (9. 2. 1930), Nr. 40, [Beilage:] Dichtung und Welt, Nr. 6, S. IIf.

Der Kalif (Aus dem Nachlaß). In: *Das Stichwort. Zeitung des Theaters am Schiffbauerdamm*, Berlin (Februar 1930), S. 3f.

Die Brüder. In: *Der Wiener Tag* 9 (3. 7. 1930), Nr. 2637, S. 6.

Der heimliche Krieg. In: *Sonntagsblatt der New Yorker Volkszeitung* 53 (20. 7. 1930), Nr. 29, Section II, S. 3.

Der heimliche Krieg. In: *Vorwärts. Wochenblatt der New Yorker Volkszeitung* 53 (26. 7. 1930) Nr. 30, Section II, S. 3.

Colberts Reise [Auszug]. In: *Prager Presse* 10 (12. 9. 1930), Nr. 251, S. 4 [Redaktionelle Vorbemerkung].

Mellon, der „Schauspieler". In: *Berliner Börsen-Courier* 63 (19. 10. 1930), Nr. 489, Morgen-Ausgabe, 2. Beilage, S. 9 [Redaktionelle Vorbemerkung].

Alexander. Fragment. In: *Jüdischer Almanach auf das Jahr 5691* (1930/ 31). Hrsg. im Auftrage des Keren Kayemeth Lejisrael in Prag. Redigiert von Dr. F[riedrich] Thieberger u. Dr. F[elix] Weltsch. Prag 1930, S. 231-236 [Redaktionelle Vorbemerkung S. 231].

Colberts Reise. In: *Ego und Eros. Meistererzählungen des Expressionismus.* Herausgegeben von Karl Otten. Mit einem Nachwort von Heinz Schöffler. Stuttgart: Henry Goverts Verlag, 1963, S. 27-43; Darmstadt: Moderner Buch-Club, 1965, S. 24-37 [Biobibliographische Notiz von Ellen Otten S. 501].

Die Bewandtnis. In: *Ego und Eros. Meistererzählungen des Expressionismus.* Herausgegeben von Karl Otten. Mit einem Nachwort von Heinz Schöffler. Stuttgart: Henry Goverts Verlag, 1963, S. 354-357; Darmstadt: Moderner Buch-Club, 1965, S. 300-302 [Biobibliographische Notiz von Ellen Otten S. 501].

Aus: „Geschichte eines Mordes" [Auszug]. In: Ruediger Engerth (Hrsg.): *Im Schatten des Hradschin. Kafka und sein Kreis.* Graz, Wien, Köln: Stiasny Verlag, 1965 (Stiasny-Bücherei Bd. 1004), S. 108-111 [Biographische Skizze S. 107].

Colberts Reise. In: Viktor Žmegač (Hrsg.): *Das große deutsche Erzählbuch.* Königstein/Ts.: Athenäum Verlag, 1979, S. 408-417.

Colberts Reise. In: *Deutschsprachige Erzählungen 1900-1945* (3 Bde.). Herausgegeben von Wulf Kirsten und Konrad Paul. Band II: 1919-1932. „Mars". Berlin, Weimar: Aufbau-Verlag, 1981, S. 107-122 [Biobibliographischer Hinweis S. 791].

Polzer [Erstes Kapitel *Die Verstümmelten*]. In: *Menschen im Büro. Von Kafka zu Martin Walser. Vierzig Geschichten.* Herausgegeben und mit einem Nachwort von Hannes Schwenger. München: Deutscher Taschenbuch Verlag, 1984 (dtv 10215), S. 33-40 [Biobibliographischer Hinweis S. 217].

Die Klasse. Roman. In: *Neue Zeit*, Berlin, 45 (4. 4.-16. 6. 1989), Nrn. 79-140 [60 Folgen, Ankündigung 3. 4. 1989, Nr. 78].

Biba stirbt. In: *Juni. Magazin für Kultur & Politik*, Mönchengladbach, 4 (1990), Nr. 1, S. 133-136.

Alexander. Fragment. In: *Das Buch der Ränder.* Herausgegeben von Karl-Markus Gauß. Klagenfurt, Salzburg: Wieser Verlag, 1992, S. 41-46 [Biographische Notiz S. 421].

Der Bankbeamte. In: *Prager deutsche Erzählungen.* Herausgegeben von Dieter Sudhoff und Michael M. Schardt. Mit 26 Abbildungen. Stuttgart: Philipp Reclam jun., 1992 (Universal-Bibliothek Nr. 8771, auch als gebundene Ausgabe), S. 393-402 [Bio-Bibliographie S. 484f.].

Die Verstümmelten [Auszug]. In: *Die unheimliche Stadt. Ein Prag-Lesebuch.* Herausgegeben von Hellmut G. Haasis. Mit 23 Abbildungen von Hugo Steiner-Prag. München, Zürich: Piper, 1992 (Serie Piper Bd. 1377), S. 268-277 [Biobibliographischer Hinweis S. 368; S. 160-162: Antwort eines „Anonymus" auf eine Umfrage bei ehemaligen Prager Schriftstellern, *Warum haben Sie Prag verlassen?*, fälschlich Ungar zugeschrieben].

Alexander. In: *Deutsche Erzählungen aus Prag*. Herausgegeben von Harald Salfellner. Prag: Vitalis Literaturverlag, 1997 (Bibliotheca Bohemica 10), S. 95-101 [Biobibliographischer Hinweis S. 161f.].

Die Klasse [Auszug]. In: *Hörst du's schlagen halber acht. Die Welt der Schule in Gedichten und Prosa*. Herausgegeben von Peter Härtling und Christoph Haacker. Stuttgart: Radius-Verlag, 1998, S. 171-178 [Quellenverzeichnis S. 297].

Ein Mann und eine Magd. In: *Deutsche Erzählungen aus Mähren*. Herausgegeben von Harald Salfellner. Prag: Vitalis, 1999 (Bibliotheca Bohemica), S. 81-132 [Biobibliographischer Hinweis S. 175].

Übersetzungen

Colbertova cesta [*Colberts Reise*, tschechisch]. Přeložila Jarmila Haasová [Übersetzerin]. In: *Tribuna*, Praha, 4 (8. 10., 15. 10., 22. 10. 1922), Nr. 236, S. 7f.; Nr. 242, S. 8; Nr. 248, S. 8.

Bratři [*Die Brüder*, tschechisch, Übersetzer: Jan Grmela]. In: *Host*, Praha, 4 (1924/25), S. 149f.

Vražda kapitána Haniky [*Die Ermordung des Hauptmanns Hanika*, tschechisch]. In: *Lidové noviny*, Brno, 34 (25. 2.-13. 3. 1926), Nrn. 100-133, jeweils S. 4.

La classe [Auszug aus *Die Klasse*, französisch]. Traduit par G. Fritsch-Estrangin. In: *La Nouvelle Revue Française*, Paris, 28 (1. 5. 1927), S. 622-625.

Drobné lži. Rozhovor mezi manžely [*Kleine Lügen. Dialog zwischen Eheleuten*, tschechisch, Übersetzer: Jan Grmela]. In: *Modní revue*, Praha, 8 (28. 4. 1928), Nr. 17, Beilage, S. 31.

Le voyage de Colbert [*Colberts Reise*, französisch]. Traduit par Guy Fritsch-Estrangin. In: *Revue d'Allemagne*, Paris, 1 (April 1928), Nr. 6, S. 539-556 [Guy Fritsch Estrangin: *Hermann Ungar* S. 536-538].

Sen [*Traum*, Auszug aus *Die Verstümmelten*, tschechisch, Übersetzer: Jan Grmela]. In: *Večerník Práva lidu*, Praha, 38 (1929), Nr. 201, Beilage.

Vztahy a spojitosti (Z pozůstalosti) [*Die Bewandtnis (Aus dem Nachlaß)*, tschechisch, Übersetzer: Jan Grmela]. In: *Čin*, Praha, 1 (1929/30), S. 394-397.

Podivín [*Ein Sonderling*, Auszug aus *Die Verstümmelten*, tschechisch]. Přeložil Jan Grmela. In: *Kalendář česko-židovský. Ročenka 1932-33*. Redigoval Egon Hostovský. Praha 1932, S. 18-24 [Vorbemerkung Jan Grmela S. 18].

De reis van Colbert [*Colberts Reise*, niederländisch, Übersetzer: Willem van Toorn]. In: *Voor het einde. 33 Duitse verhalen uit de jaren 1900–1933.* Met een voorwoord van Siegfried E. van Praag. Vertaling onder redactie van Willem van Toorn en Huib van Krimpen. Amsterdam: Allert de Lange, 1980, S. 144-162 [Biobibliographischer Hinweis S. 570].

Ze závěru románu „Zmrzačení" [Auszug aus *Die Verstümmelten*, tschechisch, Übersetzer: Jaroslav Bránský]. In: *Světová literatura*, Praha, 33 (1988), Nr. 1, S. 220-221 [*Z literárního odkazu Hermanna Ungara* S. 217-229; Jaroslav Bránský: *Hermann Ungar, zapomenutý a neznámý* S. 217-219].

Třída. První kapitola [Erstes Kapitel *Die Klasse*, tschechisch, Übersetzer: Jaroslav Bránský]. In: *Světová literatura*, Praha, 33 (1988), Nr. 1, S. 221-225 [*Z literárního odkazu Hermanna Ungara* S. 217-229; Jaroslav Bránský: *Hermann Ungar, zapomenutý a neznámý* S. 217-219].

Kalif [tschechisch, Übersetzer: Jaroslav Bránský]. In: *Světová literatura*, Praha, 33 (1988), Nr. 1, S. 225f. [*Z literárního odkazu Hermanna Ungara* S. 217-229; Jaroslav Bránský: *Hermann Ungar, zapomenutý a neznámý* S. 217-219].

Tajná válka [*Der heimliche Krieg*, tschechisch, Übersetzer: Jaroslav Bránský]. In: *Světová literatura*, Praha, 33 (1988), Nr. 1, S. 226-228 [*Z literárního odkazu Hermanna Ungara* S. 217-229; Jaroslav Bránský: *Hermann Ungar, zapomenutý a neznámý* S. 217-219].

Bratři [*Die Brüder*, tschechisch, Übersetzer: Jaroslav Bránský]. In: *Světová literatura*, Praha, 33 (1988), Nr. 1, S. 228f. [*Z literárního odkazu Hermanna Ungara* S. 217-229; Jaroslav Bránský: *Hermann Ungar, zapomenutý a neznámý* S. 217-219].

Alexander [tschechisch, Übersetzer: Jaroslav Bránský]. In: *Rovnost*, Brno, 104 (3. 11. 1989), Nr. 259 [Nachbemerkung Bránský].

Tulpe [tschechisch, Übersetzer: Jaroslav Bránský]. In: *List pro literaturu*, Brno (Oktober 1990), Nr. 7 [Nachbemerkung Bránský].

Sen [*Traum*, tschechisch, Übersetzer: Jaroslav Bránský]. In: *Tvar*, Praha (29. 8. 1991), Nr. 35, S. 12 [Vorbemerkung Bránský: *Návraty Hermanna Ungara*].

Souvislost [*Die Bewandtnis*, tschechisch, Übersetzer: Jaroslav Bránský]. In: *Tvar*, Praha (29. 8. 1991), Nr. 35, S. 12 [Vorbemerkung Bránský: *Návraty Hermanna Ungara*].

El empleado de banca [*Der Bankbeamte*, spanisch]. In: *Praga Mágica*. Traducción de Herminia Dauer. Colección dirigida par Esteban Martín Morales. Barcelona: Editorial Juventud, S. A., 1995, S. 91-98.

Agent s vínem [*Der Weinreisende*, tschechisch, Übersetzerin: Ivana Vízdalová]. In: *Setkání. 13 německých próz z českých zemí*. Z německých originálů uspořádala a přeložila dr. Ivana Vízdalová. Illustrace: ak. mal. Josef Velčovský. Praha: Nakladatelství Akropolis, 1995 (Edice Premiéra, svazek 12), S. 179-202 [Ivana Vízdalová: *Setkání na hvězdě démonů* S. 9-22; Biobibliographischer Hinweis S. 242].

Zvláštní okolnosti [*Die Bewandtnis*, tschechisch, Übersetzer: Jaroslav Bránský]. In: *Duha. Moravská zemská knihovna*, Brno (2001), Nr. 1, S. 11f. [*Prozaické dílo*; Nachbemerkung Bránský S. 13].

Tulipán [*Tulpe*, tschechisch, Übersetzer: Jaroslav Bránský]. In: *Duha. Moravská zemská knihovna*, Brno (2001), Nr. 1, S. 12f. [*Prozaické dílo*; Nachbemerkung Bránský S. 13].

c) Dramenauszüge

Réveille [Pseud.]: *Gewehre. Aus einem Schauspiel aus der Zeit Napoleons* [Auszug aus *Krieg*]. In: *Der Mensch*, Brünn, 1 (August–Oktober 1918) Nr. 8-10, S. 107f.

Szene aus dem Schauspiel „Podkamienski" [Auszug aus *Der rote General*, Varianten]. In: *Fünfzig Semester „Barissia"*. Festschrift, herausgegeben anlässlich des 50-semestrigen Stiftungsfestes der jüdisch-akademischen Verbindung „Barissia" Prag im K.P.J.V. Prag: Selbstverlag der „Barissia", 1928, S. 79-83 [Vorbemerkung Ungar S. 79].

Podkamienski. Aus einem Drama [Auszug aus *Der rote General*, Varianten]. In: *Die literarische Welt*, Berlin, 4 (17. 8. 1928), Nr. 33, S. 3f. [Redaktionelle Vorbemerkung S. 3].

d) Feuilletons

Réveille [Pseud.]: *Der Bettler. Zu einer Kritik*. In: *Der Mensch*, Brünn, 1 (Februar 1918), Nr. 2, S. 31f.

Unsere Zukunft (Der Ko[n]vent). In: *Barissenblätter*, Prag (August 1918), Nr. 5, o. S. [5-7].

Schanis Brief zum 40semestrigen Stiftungsfest. In: *Barissenblätter*, Prag (August 1923), Nr. 29, S. 3f.

Edelmark und die Folgen. In: *Prager Tagblatt* 48 (22. 12. 1923), Nr. 298, S. 1.

Johannes Haase: „Lux in tenebris lucet". In: *Berliner Börsen-Courier* 56 (6. 7. 1924), Nr. 313, Morgen-Ausgabe, Beilage, S. 8.

Johannes Haase: „Lux in tenebris lucet". In: *Prager Tagblatt* 49 (13. 7. 1924), Nr. 164, Unterhaltungs-Beilage, S. 4.

Publikum und Gesellschaft [Antwort auf eine Rundfrage]. In: *Berliner Börsen-Courier* 56 (25. 12. 1924), Nr. 605, Morgen-Ausgabe, Beilage, S. 6.

Für Dich! Die Charell-Revue im Großen Schauspielhaus. In: *Prager Tagblatt* 50 (12. 9. 1925), Nr. 213, S. 6.

Die Teresina. In: *Prager Tagblatt* 50 (15. 9. 1925), Nr. 215, S. 4.

Shaw und Jerome. In: *Prager Tagblatt* 50 (22. 9. 1925), Nr. 221, S. 3.

Molnar: Der gläserne Pantoffel. Berliner Theater am Kurfürstendamm. In: *Prager Tagblatt* 50 (26. 9. 1925), Nr. 225, S. 6.

Das Recht auf das Wort „Bockmist". In: *Die literarische Welt*, Berlin, 1 (16. 10. 1925), Nr. 2, S. 6.

Was die Manuskripte des Dichters verraten. Ein Blick in die Werkstatt Thomas Manns. In: *Die literarische Welt*, Berlin, 1 (30. 10. 1925), Nr. 4, S. 1f.

Brief an S. Fischer, 20. 10. 1926. In: Gottfried u. Brigitte Bermann-Fischer (Hrsg.): *S. Fischer und sein Verlag. Reden, Briefe, Aufsätze.* Berlin: S. Fischer Verlag, 1926, S. 104.

Warum es den französischen Dichtern besser geht. Offener Brief Hermann Ungars an den Verleger. In: *Die literarische Welt*, Berlin, 3 (25. 2. 1927), Nr. 8, S. 3f.

Panait Istrati: „Kyra Kyralina" und „Onkel Angjel". In: *Die literarische Welt*, Berlin, 3 (15. 7. 1927), Nr. 28, S. 5.

Die größte Gemeinheit Ihres Lebens... Eine Rundfrage! [Antwort auf eine Rundfrage]. In: *Magdeburgische Zeitung* (24. 7. 1927), Nr. 370, 1. [Haupt-] Ausgabe, Beilage, S. 5.

Wie entsteht ein Roman? In: *Berliner Tageblatt* 57 (17. 1. 1928), Nr. 28, Abend-Ausgabe, S. 2f.

Roman und Erlebnis [*Wie entsteht ein Roman?*]. In: *Magdeburgische Zeitung* (25. 3. 1928), Nr. 163, 1. [Haupt-] Ausgabe, 5. Beilage, S. 21.

Für Alfred Döblin. In: *Prager Tagblatt* 53 (14. 8. 1928), Nr. 192, S. 5.

„Wallenstein" von mir. In: *Vossische Zeitung*, Berlin (15. 9. 1928), Nr. 221, Unterhaltungsblatt Nr. 217, S. 1 [Redaktionelle Vorbemerkung].

Notiz zum Schauspiel „Der rote General". In: *Zwischenakt. Theater in der Königgrätzer Straße. Komödienhaus*, Berlin, 8 (September 1928), Nr. 2, S. 4; wiederabgedruckt in: *Zwischenakt*, Nr. 3 (Oktober 1928).

Zum Schauspiel „Der rote General". In: *Gemeindeblatt der Jüdischen Gemeinde zu Berlin* 18 (Oktober 1928), Nr. 10, S. 333.

Schreien Pferde wirklich? In: *Berliner Tageblatt* 58 (8. 5. 1929), Nr. 215, Abend-Ausgabe, S. 2.

Schreien Pferde wirklich? [Auszug]. In: *Die Literatur*, Stuttgart, Berlin, 31 (1928/29), S. 587.

Tomy hilft dichten. Vom „kint, das in den Ozejan gefaln is". In: *Prager Tagblatt* 54 (12. 7. 1929), Nr. 161, S. 3.

„Wallenstein" von mir. In: *Rigasche Rundschau* 62 (8. 8. 1929), Nr. 176, Beilage, S. 5.

Der Tod macht Reklame. In: *Berliner Tageblatt* 58 (10. 8. 1929), Nr. 374, Morgen-Ausgabe, [Sonderbeilage:] Reklame und Publikum, 3. Beilage, S. 2.

Der Tod macht Reklame. In: *Prager Tagblatt* 54 (1. 9. 1929), Nr. 205, S. 4f.

„Wallenstein" von mir. In: *Breslauer Zeitung* 110 (20. 9. 1929), Nr. 440, Morgenblatt.

„Wallenstein" von mir. In: *Prager Tagblatt* 54 (30. 10.·1929), Nr. 253, S. 8.

„Die Gartenlaube" [Auszug aus *Bemerkungen des Autors zu dieser Komödie*, Vorwort zu *Die Gartenlaube*]. In: *Prager Presse* 9 (30. 10. 1929), Nr. 294, S. 8 [Redaktionelle Vorbemerkung].

Zwischen den Werken. Tagebuch-Aufzeichnungen, In: *Berliner Börsen-Courier* 62 (11. 12. 1929), Nr. 577, S. 6f. [Redaktionelle Vorbemerkung S. 6].

Entstehung der „Gartenlaube" [*Zwischen den Werken*, Varianten]. In: *Prager Tagblatt* 54 (12. 12. 1929), Nr. 290, S. 3f. [Redaktionelle Vorbemerkung S. 3].

[Zwischen den Werken. Tagebuch-Aufzeichnungen, Auszug]. In: *Die Literatur*, Stuttgart, Berlin, 32 (Februar 1930), Nr. 5, S. 279.

[Zwischen den Werken. Tagebuch-Aufzeichnungen, Varianten]. In: *Das Stichwort. Zeitung des Theaters am Schiffbauerdamm*, Berlin (Februar 1930), S. 1.

Bemerkungen des Autors zu „Gartenlaube" [Auszug aus *Bemerkungen des Autors zu dieser Komödie*, Vorwort zu *Die Gartenlaube*]. In: *Das Stichwort. Zeitung des Theaters am Schiffbauerdamm*, Berlin (Februar 1930), S. 2.

Fragment. (Aus dem Nachlaß). In: *Das Stichwort. Zeitung des Theaters am Schiffbauerdamm*, Berlin (Februar 1930), S. 4.

(Moderne Dramatiker über sich selbst). In: *Der Kontakt. Stadttheater Erfurt.* Spielzeit 1929/30, Nr. 8, S. 123f.

„Wallenstein" von mir. In: *Der Wiener Tag* 9 (29. 7. 1930), Nr. 2659, S. 6.

Tomy hilft dichten. In: *Der Wiener Tag* 9 (25. 9. 1930), Nr. 2709, S. 6.

Aus einem Tagebuch. In: *Die Drei Ringe. Monatsblätter für Freimaurerei und verwandte Gebiete*, Reichenberg, 8 (November 1932), Nr. 11, S. 220-222.

Aus Shanies Tagebuch [Aus einem Tagebuch]. In: *Barissenblätter*, Prag (Oktober 1933), Nr. 83, S. 4-7.

Notiz Hermann Ungars zum Schauspiel „Der rote General". In: Klaus Völker: *Fritz Kortner. Schauspieler und Regisseur.* Berlin 1987, S. 95.

Wie entsteht ein Roman? In: *Juni. Magazin für Kultur & Politik*, Mönchengladbach, 4 (1990), Nr. 1, S. 137-140.

Schreien Pferde wirklich? In: *Mitteilungen der Karl-May-Gesellschaft*, Hamburg, 22 (September 1990), Nr. 85, S. 58-60 [Redaktionelle Bemerkung von H[ansotto] Hatzig S. 60].

Übersetzungen

Moderní dramatikové sami o sobě [*Moderne Dramatiker über sich selbst*, tschechisch, Übersetzer: Jaroslav Bránský]. In: *Světová literatura*, Praha, 33 (1988), Nr. 1, S. 219 [*Z literárního odkazu Hermanna Ungara* S. 217-229; Jaroslav Bránský: *Hermann Ungar, zapomenutý a neznámý* S. 217-219].

II. Sekundärliteratur

1. Gesamtdarstellungen

Ackermann, Gregor: *Höllenwelt der Spießer. Die späte Wiederentdeckung Hermann Ungars.* In: *Deutsche Volkszeitung/die tat*, Düsseldorf (13. 10. 1989), Nr. 42.

Ders.: *Hermann Ungars Werke in neuen Editionen.* In: *Juni. Magazin für Kultur & Politik*, Mönchengladbach, 4 (1990), Nr. 1, S. 144f.

Ders.: *Notizen zur Ungar-Bibliographie.* In: *Juni. Magazin für Literatur & Politik*, Mönchengladbach, 12 (1998), Nr. 29, S. 141-153.

Anonym:

Hermann Ungar gestorben. In: *Prager Presse* 9 (28. 10. 1929), Extra-Ausgabe, S. 5.

Hermann Ungar †. In: *Berliner Tageblatt* 58 (28. 10. 1929), Nr. 509, Abend-Ausgabe, S. 4.

Hermann Ungar gestorben. In: *Prager Abendzeitung* (29. 10. 1929), S. 2.

Heřman Ungar zemřel. In: *Lidové noviny*, Brno, 37 (29. 10. 1929), Nr. 543, S. 5.

Hermann Ungar gestorben. In: *Neue Freie Presse*, Wien (29. 10. 1929), Nr. 23393, S. 7.

Hermann Ungar †. In: *Berliner Börsen-Courier* 62 (29. 10. 1929), Nr. 505, S. 7.

Hermann Ungar (Zug des Todes). In: *Berliner Börsen-Zeitung* 75 (29. 10. 1929), Nr. 506, S. 4.

Hermann Ungar †. In: *Hallesche Zeitung* (29. 10. 1929), 1. Blatt.

Dass. In: *Leipziger Neueste Nachrichten* (29. 10. 1929), Nr. 302, S. 2.

Hermann Ungar †. In: *Deutsche Tageszeitung*, Berlin, 36 (29. 10. 1929), Nr. 512, Morgenausgabe.

Hermann Ungar †. Der Prager Dichter. In: *Berliner Morgenpost* (29. 10. 1929), Nr. 258.

Hermann Ungar †. In: *Deutsche Allgemeine Zeitung*, Berlin, 68 (29. 10. 1929), Morgenausgabe, Beiblatt, S. 1.

Hermann Ungar †. In: *Stadt-Anzeiger*, Köln (29. 10. 1929), Nr. 549, Abend-Ausgabe, 4. Blatt, S. 2.

Hermann Ungar. In: *Jüdische Rundschau*, Berlin, 34 (29. 10. 1929), Nr. 85, S. 566.

Hermann Ungar †. In: *General-Anzeiger*, Dortmund, 42 (29. 10. 1929), Nr. 297, 3. Blatt, S. 4.

Hermann Ungar gestorben. In: *Jüdisch-liberale Zeitung*, Berlin, 9 (30. 10. 1929), Nr. 44, S. 2.

Hermann Ungar gestorben. In: *Prager Tagblatt* 54 (30. 10. 1929), Nr. 253, S. 2 [Todesanzeige der Familie S. XI].

[Foto]. In: *Prager Presse* 9 (30. 10. 1929), Nr. 294, S. 5.

Hermann Ungar gestorben. In: *Teplitz-Schönauer Anzeiger* (30. 10. 1929).

Der Dichter Hermann Ungar. In: *Salzburger Volksblatt* 59 (30. 10. 1929), Nr. 250, S. 6.

Hermann Ungar †. In: *Zwickauer Tageblatt und Anzeiger* 68 (30. 10. 1929), Nr. 254, S. 10.

Der deutsch-mährische Schriftsteller Hermann Ungar †. In: *Dresdner Neueste Nachrichten* 37 (30. 10. 1929), Nr. 254, S. 4.

Pohřeb spisovatele Ungara. In: *Večerník Práva lidu*, Praha, 18 (38) (31. 10. 1929), Nr. 250.

Hermann Ungar gestorben. In: *Jüdische Volksstimme*, Brünn (31. 10. 1929).

[Hermann Ungar gestorben.]. In: *Frankfurter Zeitung* 74 (31. 10. 1929), Nr. 814, Abendblatt, S. 1.

Hermann Ungar †. In: *Neue Zürcher Nachrichten* (31. 10. 1929).

[Foto]. In: *Hamburger Fremdenblatt* 101 (31. 10. 1929), Nr. 302, 2. Beilage, Rundschau im Bilde.

[Todesnachricht]. In: *Literarisches Zentralblatt für Deutschland*, Leipzig, 80 (31. 10. 1929), Nr. 20, Sp. 1514.

H. Ungar. In: *Signál*, Praha, 2 (1. 11. 1929), Nr. 7, S. 1.

Hermann Ungar gestorben. In: *Die Neue Welt*, Wien, 3 (1. 11. 1929), Nr. 111, S. 5.

Hermann Ungars Bestattung. In: *Vossische Zeitung*, Berlin (1. 11. 1929), Nr. 261, Unterhaltungsblatt Nr. 256, S. 2.

Hermann Ungar gestorben. In: *Arbeiter-Zeitung*, Wien, 42 (2. 11. 1929), Nr. 303, S. 8.

Hermann Ungar gestorben. In: *Israelitisches Familienblatt*, Hamburg, 31 (7. 11. 1929), Nr. 45.

Hermann Ungar †. In: *Der Deutsche Rundfunk*, Berlin, 7 (8. 11. 1929), Nr. 45, S. 1426 [im Programmteil, S. I, Hinweis auf Rudolf Kayser: *Hermann Ungar †*].

Zum Gedächtnis Hermann Ungars. In: *Kölner jüdisches Wochenblatt* 7 (29. 11. 1929), Nr. 48, S. 2.

[Foto]. In: *Magazin für Alle*, Berlin, 5 (1. 1. 1930), Nr. 1, S. 3.

[Foto]. In: *Münchner Illustrierte Presse* (1930), Nr. 1, S. 31.

Ungar, Hermann. In: *The Universal Jewish Encyclopedia. In Ten Volumes.* Vol. 10. New York 1948, S. 343.

Hermann Ungar. In: Hermann Ungar: *Enfants et meurtriers. Deux récits.* Toulouse 1987, S. 7-11.

Dass. In: Hermann Ungar: *Les Mutilés. Roman.* Toulouse 1987, S. 7-11.

Hermann Ungar: Geschichte eines Mordes [Bücher-Eingang]. In: *National-Zeitung*, Berlin, 40 (5. 10. 1987), Nr. 234, S. 7.

Prosa von Hermann Ungar. In: *Wochenblatt*, Leonberg u. a., 26 (4. 1. 1990), Nr. 1, S. 3.

[Igel Verlag Literatur]. In: *Fachdienst Germanistik*, München, 8 (Juni 1990), Nr. 6, S. 9.

Hermann Ungar: Der Bankbeamte und andere vergessene Prosa. In: *Literatur-Report*, Prien (August 1990), Nr. 48.

Zur Person [Dieter Sudhoff]. In: *Neue Westfälische*, Bielefeld (1. 9. 1990), Nr. 203.

Carina Lehnen: Krüppel, Mörder und Psychopathen. In: *Literatur-Report*, Prien (November 1990), Nr. 52.

[Vorwort]. In: Hermann Ungar: *Meninos e assassinos.* Lisboa 1990, S. 7-12.

[*Krieg*; *Der Bankbeamte und andere vergessene Prosa*]. In: *Main-Echo*, Aschaffenburg (29. 9. 1992).

Elend der Existenz erbarmungslos ausgelotet. Schriftsteller Hermann Ungar wurde vor 100 Jahren geboren – Diplomat und Salonlöwe. In: *Main-Echo*, Aschaffenburg (20. 4. 1993).

Arche Literatur Kalender 1989, Bl. 11.-17. Dezember. Zürich 1988.

Arche Literatur Kalender 1993, Bl. 19.-25. April. Zürich 1992.

B. B.: *Herrmann Ungar gestorben.* In: *Selbstwehr*, Prag, 23 (1. 11. 1929), Nr. 49, S. 2.

Bartl, Alexander: *Meine Schüler, die Feinde. Gescheiterte Existenzen: Eine Werkausgabe Hermann Ungars.* In: *Frankfurter Allgemeine Zeitung* (26. 6. 2002), Nr. 145, S. 46.

Bauer, Michael: *Lust am Leid – Leiden an der Lust. Zu zwei neuen Hermann-Ungar-Editionen.* In: *Süddeutsche Zeitung*, München (13. 12. 1989), Nr. 286, S. 11.

Bauer, Stefan: *Sudhoff, Dieter: Hermann Ungar. Leben – Werk – Wirkung.* In: *Bohemia*, München, Wien, 32 (1991), S. 231-233.

Berg, G.: *Hermann Ungar (Drei Tote).* In: *Die neue Bücherschau*, Berlin, 7 (1929), S. 684.

Binder, Hartmut: *Wiederentdeckung eines Erzählers. Neue Hermann-Ungar-Ausgaben.* In: *Neue Zürcher Zeitung* (20. 9. 1989), Nr. 218.

Ders.: *Das Werk als Ausdruck der Persönlichkeit. Dieter Sudhoffs Buch über Hermann Ungar.* In: *Neue Zürcher Zeitung* (5. 11. 1990), Fernausgabe Nr. 257, S. 36.

B., K. [K. B., Blahut, Kevin]: *About the Author.* In: Hermann Ungar: *The Maimed.* Prague 2002, S. 215-218.

Brand, Guido K.: *Werden und Wandlung. Eine Geschichte der deutschen Literatur von 1880 bis heute.* Berlin 1933, S. 475f.

Bránský, Jaroslav: [*Hermann Ungar*]. Rundfunkessay. Brünner Rundfunk (Československý rozhlas Brno, Hlas Jihomoravského kraje), 3. 3. 1987, 15.30-15.35 Uhr.

Ders.: *Hermann Ungar, zapomenutý a neznámý.* In: *Světová literatura*, Praha, 33 (1988), Nr. 1, S. 217-219.

Ders.: *Renesance Hermanna Ungara?* In: *Nový život*, Blansko, 29 (6. 4. 1988), Nr. 14, S. 3.

Ders. [(drý)]: *Ungarové v Boskovicích.* In: *Nový život*, Blansko, 30 (19. 4. 1989), Nr. 16.

Ders.: *Návraty Hermanna Ungara; Z literárního odkazu Hermanna Ungara; Ediční poznámka překladatele.* In: Hermann Ungar: *Bratři.* Blansko 1989, o. S.

Ders.: *Nově o Hermannu Ungarovi.* In: *Nový život*, Blansko, 30 (20. 12. 1989), Nr. 51/52., S. 3.

Ders.: *Kalendárium života a díla Hermanna Ungara; Boskovický původ Ungarova rodu; Prvotina Hermanna Ungara a její Boskovické motivy.* In: Hermann Ungar: *Chlapci a vrazi.* Přeložil a doslov napsal Jaroslav Bránský. Boskovice 1990, S. 76-86.

Ders.: *Boj o Hermanna Ungara pokračuje*. In: *Nový život*, Blansko, 31 (26. 9. 1990), Nr. 38, S. 3.

Ders. [(drý)]: *Monografie o H. Ungarovi*. In: *Lidová demokracie*, Brno, 46 (12. 9. 1990), Nr. 213.

Ders.: *Boskowitzer Motive im Werk des Dichters Hermann Ungar*. In: *Litteraria Pragensia, Academia Praha*, Prag, 2 (1991), S. 89-97.

Ders.: *Boskovické kořeny rodu a tvorby spisovatele Hermanna Ungara*. In: *Vlastivědná ročenka Okresního archivu Blansko*, Blansko (1993), S. 39-53.

Ders.: *Ediční poznámka*; *Komentár k jednotlivým textům*; *Bibliografie knižních vydání Ungarových děl*; *Návraty Hermanna Ungara*. In: Hermann Ungar: *Romány a menší prózy*. Boskovice 2001, S. 449-481.

Braun, Michael: *„Alles Geschriebene bisher Quark". Ein Hinweis auf den kleinsten Verlag der Avantgarde, der sich um die „vergessenen Autoren der Moderne" bemüht*. In: *die tageszeitung/taz*, Berlin (12. 8. 1986), Nr. 1982.

Brod, Max: *Sein Schaffen (Zum Tode Hermann Ungars)*. In: *Prager Tagblatt* 54 (30. 10. 1929), Nr. 253, S. 8.

Ders.: *Der Prager Kreis*. Stuttgart, Berlin, Köln, Mainz 1966; dass. [mit einem Nachwort von Peter Demetz] Frankfurt/M. 1979, S. 228f.

Brosche, Wolfgang: *Hermann Ungar: Der Bankbeamte*. In: *Paderborner* (Oktober 1989), Nr. 10, S. 34f.

[Ders.]: *Seelisch Verkrüppelte schreien in seinem Werk. Eine sorgfältige, verdienstvolle Edition: Paderborner Igel Verlag gibt Hermann Ungar heraus*. In: *Neue Westfälische*, Bielefeld (20. 10. 1989).

Ders.: *Oberflächenreize der Gesellschaft. Hermann Ungars „Der Bankbeamte"*. In: *die tageszeitung/taz*, Berlin (8. 12. 1989).

Brox, Ronald: *Polzer & Blau*. In: PADER- + LIPPEmagazin 3 (November 1988), Nr. 9, S. 4.

(SC) [Canz, Sigrid]: *Hermann Ungar (1893-1929)*. In: Adalbert Stifter Verein (Hrsg.): *Verwehte Spuren / Zaváté stopy. Deutschsprachige jüdische Schriftsteller aus Mähren / Židovští spisovatelé německého jazyka z Moravy*. Ausstellung / Výstava [6. 2.-24. 3. 2001 Sudetendeutsches Haus, München; 24. 5.-30. 9. 2001 Regionální muzeum v mikulově / Regionalmuseum in Nikolsburg]. München 2000, S. 54f.

Castle, Eduard (Hrsg.): *Deutsch-Österreichische Literaturgeschichte. Ein Handbuch zur Geschichte der deutschen Literatur in Österreich-Ungarn*. Bd. 4: *Von 1890 bis 1918*. Wien 1937, S. 1380.

Cluny, C. M., in: *L'Express*, Paris (1989) [lt. Ombres-Katalog, Toulouse, 1990, S. 11].

Cohn, Erich: *Dem Andenken Hermann Ungars*. In: *Jüdische Rundschau*, Berlin, 34 (1. 11. 1929), Nr. 86, S. 576.

Colombo, Michèle: *La redemption dans l'œuvre de Hermann Ungar (1893-1929)*. Masch. Arbeit [Mémoire de DEA] Université de Paris 1992.

Den, Petr: *Splátka na dluh Hermannu Ungarovi*. In: *Proměny*, New York, 6 (1969), Nr. 4, S. 49-57.

Dlouhán, F.: *Dva mrtví*. In: *Nová svoboda*, Praha, 6 (7. 11. 1929), Nr. 45, S. 719f.

Eisner, Pavel: *Milenky. Německý básník a česká žena*. Praha 1930, S. 85-87.

Ders.: *Německá literatura na půdě ČSR. od roku 1848 do našich dnů*. In: *Československá vlastivěda*. Díl VII: *Písemnictví*. Praha 1933, S. 325-377 (366).

Eloesser, Arthur: *Die deutsche Literatur vom Barock bis zur Gegenwart*. Bd. II: *Von der Romantik bis zur Gegenwart*. Berlin 1931, S. 622.

Ders.: *Literatur*. In: Siegmund Kaznelson (Hrsg.): *Juden im deutschen Kulturbereich*. Berlin [2]1959, S. 1-67 (47).

Engerth, Ruediger (Hrsg.): *Im Schatten des Hradschin. Kafka und sein Kreis*. Graz, Wien, Köln 1965, S. 5-18 [*Einleitung*, S. 9, 16], S. 107 [Biographische Skizze].

E., D. [D. E., Engländer, Deborah]: *Hinweise auf Hermann Ungar*. In: *Schwäbische Zeitung*, Leutkirch (20. 10. 1972), Nr. 243.

Dass. [Varianten, Deborah Engländer: *Hermann Ungar. Eine Einf. in sein Werk und eine Ausw. von Manfred Linke*]. In: *Germanistik*, Tübingen, 13 (1972), 1973, S. 199f.

F., C. L. [C. L. F.]: *Hermann Ungar à Berlin*. In: *Les Nouvelles Littéraires*, Paris (12. 1. 1929), Nr. 326, S. 8.

Fe., W. [W. Fe, Felitz, Werner]: *Ungar, Hermann*. In: *Harenbergs Lexikon der Weltliteratur. Autoren – Werke – Begriffe*. Bd. 5. Dortmund 1989, S. 2932f.; vollständig überarbeitete und aktualisierte Studienausgabe 1995.

Fiala-Fürst, Ingeborg: *Der Beitrag der Prager deutschen Literatur zum deutschen literarischen Expressionismus. Relevante Topoi ausgewählter Werke*. St. Ingbert 1996, S. 143-153, 250-252 [Bibliographie].

Friedrich, Gudrun: *Mord mit siebzehn (Aus der Bücherkiste)*. In: *Neue Berliner Illustrierte* 44 (1988), Nr. 9, S. 40.

Fritsch-Estrangin, G[uy]: *Avant-propos*. In: Hermann Ungar: *Enfants et meurtriers*. Paris 1926, S. 7-11.

Ders.: *H. Ungar en France*. In: *Les Nouvelles Littéraires*, Paris (19. 2. 1927), Nr. 227, S. 6.

Ders. [Guy Fritsch Estrangin]: *Hermann Ungar*. In: *Revue d'Allemagne*, Paris, 1 (April 1928), Nr. 6, S. 536-538.

Ders. [Guy Fritsch-Estrangin]: *Hermann Ungar est mort*. In: *Les Nouvelles Littéraires*, Paris (9. 11. 1929), Nr. 369, S. 6.

Gauß, Karl-Markus: *Vom Leben in Enge und Angst. Der mährische Erzähler Hermann Ungar*. In: *Neue Zürcher Zeitung* (2. 9. 1988), Nr. 203, S. 39f.

Ders.: *Jammer, Unglück und Verzweiflung (Zu entdecken: Der Erzähler Hermann Ungar). Ein Konkurrenzunternehmen: Zwei Werkausgaben Ungars warten auf Leser*. In: *Die Zeit*, Hamburg (8. 3. 1991), Nr. 11, S. 73.

Ders.: *Jammer und Unglück, Scherz und Lustigkeit – Hermann Ungar*. In: Karl-Markus-Gauß: *Die Vernichtung Mitteleuropas. Essays*. Klagenfurt, Salzburg 1991, S. 79-92.

Giebisch, H. / Pichler, L. / Vancsa, K. (Hrsg.): *Kleines österreichisches Literaturlexikon*. Wien 1948, S. 476f.

Glauert, Barbara: *Hermann Ungar: Ein Hinweis und ein Bericht*. Rundfunkessay. Saarländischer Rundfunk, Studiowelle Saar, 2. 3. 1972, 20.30-22.00 Uhr (Donnerstagsstudio Literatur).

Dies: *Ein neuentdeckter Einzelgänger. Hermann Ungar: Ein Hinweis und ein Bericht*. In: *Aufbau*, New York (3. 3. 1972), Der Zeitgeist Nr. 356, S. 17f.

Glayman, Claude: *Sadisme et angoisse*. In: *La Quinzaine Littéraire*, Paris (16.-31. 5. 1987), Nr. 486, S. 8f.

Goll, Victor: *Zum Tode Hermann Ungars*. In: *Weser-Zeitung*, Bremen (1. 11. 1929), Nr. 649.

Grmela, Jan: *Doslov*. In: *Heřman Ungar: Hoši a vrahové*. Praha 1926, S. 116-119.

Ders.: *Heřman Ungar zemřel*. In: *Čin*, Praha, 1 (1929/30), S. 38f.

Ders. [J. G.]: *Dva Němci*. In: *Plán*, Praha, 1 (1929/30), S. 574f.

Ders.: *Německá Praha literární*. In: *Literární noviny*, Praha, 3 (14. 11. 1929), S. 3.

Ders. [-jg-]: *(Hermann Ungar)*. In: *Kalendář česko-židovský 1932-33*. Praha 1932, S. 18.

Ders.: *Pražští Němci a němečtí Židé. Vzpomínky*. 1954. 43 Seiten Manuskript, 22 Seiten Typoskript [Ungar S. 21]; Památník národního písemnictví, Strahov.

Guillemin, Bernard: *Hermann Ungar †*. In: *Magdeburgische Zeitung* (6. 11. 1929), Nr. 610, 2. Ausgabe, S. 3.

Dass. In: *Neue Badische Landeszeitung*, Mannheim (1929), Nr. 557.

Haas, Willy: *Hier irrte: Willy Haas (Selbstkritik der Kritiker* II). Rundfunkessay. Westdeutscher Rundfunk, Köln, 22. 1. 1963, 19.15-19.35 Uhr.

Hahnl, Hans Heinz: *Hermann Ungar*. In: Hans Heinz Hahnl: *Vergessene Literaten. Fünfzig österreichische Lebensschicksale*. Wien 1984, S. 183-186.

Dass. [Auszug]. In: *Theater in der Josefstadt*, Spielzeit 1983/84, Programmheft 8 (*Die Gartenlaube*), Wien 1984, S. 4-9 [dass. Spielzeit 1984/85, Programmheft 1b].

Hannak [Pseud.]: *Don Juan*. In: *Das Tage-Buch*, Berlin, 10 (16. 11. 1929), Nr. 46, S. 1940-1942.

Dass. [Auszug]. In: *Prager Tagblatt* 54 (17. 11. 1929), Nr. 269, Beilage, S. IV.

Hecker, Manfred: *Hermann Ungar zum 100. Todestag (Vergessenen Schriftstellern auf der Spur)*. In: *Prager Volkszeitung* 43 (23. 4. 1993), Nr. 17.

Ders.: *Hermann Ungar. Vergessener Schriftsteller neu entdeckt*. In: *Prager Volkszeitung* 43 (27. 8. 1993), Nr. 35.

[Heilborn, Ernst]: *Hermann Ungar*. In: *Die Literatur*, Stuttgart, Berlin, 32 (1929/30), S. 179.

Herlitz, Georg / Kirschner, Bruno (Begr.): *Jüdisches Lexikon. Ein enzyklopädisches Handbuch des jüdischen Wissens in vier Bänden*. Bd. IV/2. Berlin 1930 [Nachdruck Königstein/Ts. 1982], Sp. 1098.

Hermes, Roger: *Dieter Sudhoff: Hermann Ungar. Leben – Werk – Wirkung*. In: *Wirkendes Wort*, Düsseldorf, 41 (Juli/August 1991), Nr. 2, S. 345-347.

Hofer, Magdalena: *Mährische Briefe an den Vater: Hermann Ungar, Ernst Weiß, Ludwig Winder*. Masch. Diplomarbeit. Innsbruck 1992.

Hoffmann, Dirk: [*Das Gesamtwerk*; *Der Bankbeamte und andere vergessene Prosa*; *Krieg*; Sudhoff: *Hermann Ungar*]. In: *Zeitschrift für deutsche Philologie*, Berlin, 110 (1991), Nr. 4, S. 623-629.

Ders.: *Carina Lehnen: Krüppel, Mörder und Psychopathen.* In: *Wirkendes Wort*, Düsseldorf, 43 (April 1993), Nr. 1, S. 163-165.

Iggers, Wilma Abeles: *Hermann Ungar – Leben und Werk. Von Nanette Klemenz.* In: *Modern Austrian Literature*, Binghamton, N. Y., 7 (1974), Nr. 1/2, S. 234-236.

Jaccard, Roland: *Les huis clos meurtriers d'Hermann Ungar. Un écrivain tchèque contemporain de Kafka qui nous entraîne dans le bas-fonds de l'âme humaine.* In: *Le Monde*, Paris (4. 8. 1989), S. 9, 14.

Jäger, Christian: *Die kleine Literatur und ihre Wissenschaft. Eine methodologische Untersuchung des Konzeptes von Deleuze/Guattari an Beispielen der Prager und sudetendeutschen Literatur.* Masch. Habil. FU Berlin 2001.

Jaksch, Friedrich: *Lexikon sudetendeutscher Schriftsteller und ihrer Werke für die Jahre 1900–1929.* Reichenberg 1929, S. 278.

-át. [Jirát, Vojtěch]: *Hermann Ungar (Literární zprávy).* In: *Národní listy*, Praha (3. 11. 1929), Nr. 301.

Ders. [V. Jirát]: *Arno Holz a Hermann Ungar.* In: *Rozpravy aventina*, Praha, 5 (21. 11. 1929), Nr. 10, S. 116.

jp: *Romány / menší prózy.* In: *Lidoré noviny*, Praha (8.4.2002), S. 30

k., s. [s. k.]: *Karl-May-Biographie. Aus dem Programm des Verlages der Nation für 1988.* In: *Der Morgen*, Berlin (19. 2. 1988), Nr. 42, S. 4.

Kaas, Harald: *Notiz über Hermann Ungar.* In: Hermann Ungar: *Die Verstümmelten. Roman.* Köln-Lövenich 1981, S. 158-166.

Kafka, Hans: *Hermann Ungar †.* In: *Die literarische Welt*, Berlin, 5 (8. 11. 1929), Nr. 45, S. 7.

Kasack, Hermann: [*Hermann Ungar*]. Rundfunkessay. „Funk-Stunde" AG Berlin, 27. 3. 1927, 13.10.-14.30 Uhr (*Die Stunde der Lebenden: Friedrich Koffka – Hermann Ungar*); Typoskript, 3 S., Deutsches Literaturarchiv, Marbach.

Kayser, Rudolf: *Zwei Tote: Arno Holz und Hermann Ungar.* In: *Die Neue Rundschau*, Berlin, 40 (1929), S. 859f. (860).

Ders.: *Hermann Ungar.* In: *Die Literatur*, Stuttgart, Berlin, 32 (1929/30), S. 197-199.

Ders.: *Hermann Ungar †.* Rundfunkessay. „Funk-Stunde" AG Berlin, 10. 11. 1929, 19.40-20.00 Uhr.

M. v. St. [Meister vom Stuhl, Kleinschnitz, Eduard): *Br. Dr. Hermann Ungar †.* In: *Die Drei Ringe*, Reichenberg, 5 (Dezember 1929), Nr. 12, S. 268.

Klemenz, Nanette: *Hermann Ungar. Eine Monographie* [Phil. Diss. Freiburg in der Schweiz 1966]. Bonn 1970; auch: *Leben und Werk.* Bonn 1971.

Knobloch, Erhard Jos.: *Kleines Handlexikon: Deutsche Literatur in Böhmen, Mähren, Schlesien von den Anfängen bis heute.* München ^{2}1976, S. 102.

Knopp, František: *Romány / menší prózy.* In: *Literární noviny*, Praha (13. 2. 2002), Nr. 7, S. 16.

Kolbow, Uta: *Menschenschicksale in der bürgerlichen Gesellschaft. Literarische Wiederentdeckung nach 50 Jahren.* In: *Berliner Zeitung* (2./3. 1. 1988).

Kornfeld, Paul: *Hermann Ungar †.* In: *Das Tage-Buch*, Berlin, 10 (2. 11. 1929), Nr. 44, S. 1839f.

Dass. In: Paul Kornfeld: *Revolution mit Flötenmusik und andere kritische Prosa 1916–1932.* Hrsg. und kommentiert von Manon Maren-Grisebach. Heidelberg 1977, S. 93f.

Kosch, Wilhelm: *Deutsches Literatur-Lexikon. Biographisches und bibliographisches Handbuch.* Zweite, vollständig neubearbeitete und stark erweiterte Auflage. Vierter Band. Bern 1958, S. 3088.

Krojanker, Gustav: *Hermann Ungar zum Gedächtnis.* In: *Jüdische Rundschau*, Berlin, 34 (17. 12. 1929), Nr. 99, S. 671f.

Kučera, A[ntonín J.]: *Heřman Ungar.* In: Heřman Ungar: *Třída. Román.* Praha 1929, S. 181f.

Ders. [A. J. Kučera]: *K úmrti Hermanna Ungara.* In: *Venkov*, Praha, 24 (3. 11. 1929), Nr. 258, S. 7.

Kürschners *Deutscher Literatur-Kalender. Nekrolog 1901–1935.* Hrsg. von Gerhard Lüdtke. Berlin, Leipzig 1936, Sp. 746.

Kuh, Anton: *Ein Dichter bietet sein Werk an. Zu Hermann Ungars Tod.* In: *Berliner Tageblatt* 58 (29. 10. 1929), Nr. 511, Abend-Ausgabe, S. 3.

Kutzer, Christoph: *Humanist mit Hang zu Extremen. Der Oldenburger Igel Verlag würdigt das Werk Hermann Ungars mit einer Gesamtausgabe.* In: *Nordwest-Zeitung*, Oldenburg (17. 8. 2001), Nr. 191.

Landowski, Imme: *Bürgerliche Lebensordnung als Problemhorizont in Hermann Ungars Werk.* Masch. Magisterarbeit. TU Carolo-Wilhelmina Braunschweig 1988.

Lange, Kirstin: *Ein wirklich „tierischer" Verlag.* In: *Neue Westfälische*, Bielefeld (31. 8. 1989).

Lehnen, Carina: *Krüppel, Mörder und Psychopathen. Hermann Ungars Roman „Die Verstümmelten"*. Mit einer Vorbemerkung von Dieter Sudhoff. Paderborn 1990 (Studien zur Prager deutschen Literatur 1).

Lindon, Mathieu: *Attention Ungar à vous*. In: *Libération*, Paris (21./22. 3. 1987), S. 35.

Ders.: *Ungar. Ecole du dégoût*. In: *Libération*, Paris, Sonderheft *Les 100 Livres de l'Année* (März 1990).

Linke, Manfred: *Einführung*. In: *Hermann Ungar. Eine Einführung in sein Werk und eine Auswahl* von Manfred Linke. Wiesbaden 1971, S. 9-42.

Ders.: *Nachwort*. In: Hermann Ungar: *Die Klasse*. Roman. Hrsg. und mit einem Nachwort versehen von Manfred Linke. Mainz 1973, S. 191-201.

Lowsky, Martin: *Naturgeschichte und poetische Lizenz*. In: *Der Haide-Anzeiger. Mitteilungen zu Arno Schmidt* (Februar 1992), Nr. 30, S. 10f.

M., J.-M. [J.-M. M.]: *Ungar, le strict pessimiste*. In: *La Croix l'Événement*, Paris (25. 4. 1987).

Mann, Thomas: *Vorwort*. In: Hermann Ungar: *Colberts Reise. Erzählungen*. Berlin 1930, S. 5-13.

Dass. [Erstdruck, *Hermann Ungar*]. In: *Berliner Tageblatt* 59 (10. 10. 1930), Nr. 478, Morgen-Ausgabe, 1. Beiblatt, S. 1.

Dass. [*Hermann Ungar*]. In: *Deutsche Zeitung Bohemia*, Prag, 103 (11. 10. 1930), Nr. 240, S. 3f.

Dass. [Auszug, *Das Leben Hermann Ungars*]. In: *Prager Presse* 10 (11. 10. 1930), Nr. 280, S. 4.

Dass. [Auszug, *Wie Hermann Ungar starb*]. In: *Neues Wiener Journal* 38 (12. 10. 1930), Nr. 13253, S. 25.

Dass. [*Thomas Mann über Hermann Ungar*]. In: *Barissenblätter*, Prag (Januar 1931), Nr. 68, o. S.

Dass. [*Hermann Ungar: Colberts Reise und andere Erzählungen*]. In: Thomas Mann: *Gesammelte Werke in dreizehn Bänden*. Bd. X: *Reden und Aufsätze 2*. Frankfurt/M. ^{2}1974 [1960], S. 734-740.

Dass. [*Hermann Ungar: Colberts Reise und andere Erzählungen*]. In: Thomas Mann: *Reden und Aufsätze I*. Frankfurt/M. 1965.

Dass. In: Hermann Ungar: *Geschichte eines Mordes. Erzählungen*. Berlin 1987, S. 5-11.

Masarykův slovník naučný. Díl VII. Praha 1933, S. 471.

Mayer, Paul: *Hermann Ungar †*. In: *Die Weltbühne*, Berlin, 25 (5. 11. 1929), Nr. 45, S. 711-713.

Medikus, Thomas: [*Das Gesamtwerk*]. Rundfunkessay. Deutschlandfunk (Bücher im Gespräch), 27. 8. 1989, 15.05-15.30 Uhr.

(wbt) [Wort, Bild und Ton, Meifert, Franziska]: *Verschollenes, Vergessenes und Unverwüstliches*. In: *Buch-Presse-Dienst*, Pentling, 8/[19]90 II.

Melichar, Miloš: *Trilogie z Boskovska*. Boskovice 1966. Typoskript, 28 Seiten (S. 3-31).

Mielke, Rita: *„Nicht nur Kafka": Zur Wiederentdeckung der deutschsprachigen Prager Literatur*. Rundfunkessay. Westdeutscher Rundfunk, Köln, WDR 3 (Am Abend vorgestellt), 10. 2. 1984.

Min[aty, Wolfgang]: *Ungars Kleinbürger*. In: *Die Welt*, Hamburg (23. 9. 1989), Nr. 222.

Mitchell, Mike: *Foreword*. In: Hermann Ungar: *The Maimed. Novel*. Sawtry, Cambridgeshire 2002, S. 9-14.

Mühlberger, Josef: *Geschichte der deutschen Literatur in Böhmen 1900–1939*. München, Wien 1981, S. 231, 305, 389-391.

Muneles, Otto: *Bibliographical Survey of Jewish Prague*. Prague 1952, S. 542.

Nussep, Anke: *Hermann Ungar: „Der Bankbeamte und andere vergessene Prosa"*. In: *Das Heft*, Paderborn, 7 (September 1989).

Pátková, Eva: *Hermann Ungar*. In: *Věstník židovských náboženských obcí v československu*, Praha, 26 (1. 11. 1964), Nr. 11, S. 7.

Dies.: *Hermann Ungar. Ein vergessener Dichter Prager deutscher Literatur*. In: *Allgemeine Jüdische Wochenzeitung*, Düsseldorf, 21 (28. 10. 1966), Nr. 31, S. 7.

Dies.: *Hermann Ungar (1893–1929). Skizze einer Biographie*. In: *Germanistica Pragensia*, Prag, 4 (1966), S. 85-101.

Dies.: *Pražská německá literatura a Hermann Ungar*. In: *Časopis pro moderní filologii*, Praha, 50 (1968), S. 80-85.

Dies. *Bibliographie Hermann Ungar*. In: Hermann Ungar: *Die Klasse. Roman*. Mainz 1973, S. 203-211.

Dies. [ep]: *Ungar, Hermann*. In: *Slovník spisovatelů německého jazyka a spisovatelů lužickosrbských*. Zpracoval kolektiv autorů za vedení Václava Boka, Věry Macháčkové-Riegerové a Jiřího Veselého. Praha 1987, S. 679f.

Paulhan, Claire: *Les terreurs indicibles de Hermann Ungar (Lettres tchèques)*. In: *Le Monde*, Paris (10. 7. 1987), S. 14.

Paulsen, Wolfgang: [*Der Bankbeamte und andere vergessene Prosa*; *Krieg*; *Das Gesamtwerk*; Sudhoff: *Hermann Ungar*; Lehnen: *Krüppel*,

Mörder und Psychopathen]. In: *Modern Austrian Literature*, Riverside, 26 (1993), Nr. 2, S. 157-162.

Pfoser, Alfred: *Den „Zwilling" Franz Kafkas ins Licht gestellt. Wer Hermann Ungars „Gesamtwerk" entdecken will, braucht vor allem gute Augen*. In: *Salzburger Nachrichten* (26. 8. 1989).

Philo-Lexikon. Handbuch des jüdischen Wissens. Berlin ^{3}1936 [Nachdruck Königstein/Ts. 1982], Sp. 772.

Pinner, Ludwig: *Hermann Ungar* [November 1929 in einer unbekannten hebräischen Revue erschienen; deutsches Typoskript, 3 S., Archiv Edith Krojanker, Jerusalem].

Pinthus, Kurt: *Hermann Ungar. Der Dichter der Qualen gestorben*. In: *8-Uhr-Abendblatt*, Berlin, 82 (29. 10. 1929), Nr. 253, 3. Beiblatt, S. 3.

AMP [Píša, A. M.]: *Hermann Ungar zemřel*. In: *Právo lidu*, Praha, 38 (31. 10. 1929), Nr. 254, S. 6.

Poláček, Jiří: *Romány a menší prózy Hermanna Ungara*. In: *Rovnost*, Brno, 12 (3. 4. 2002), Nr. 78.

Pontzen, Alexandra: *Zwischen Kafka und Canetti. Hermann Ungars Romane und Erzählungen in der Ausgabe „Sämtliche Werke"*. In: *literaturkritik.de*, Marburg, 4 (Februar 2002), Nr. 2, S. 30-32.

Porath, Holger: *Hermann Ungars Roman „Die Verstümmelten" auf dem Hintergrund der deutschsprachigen Prager Literatur des frühen 20. Jahrhunderts*. Masch. Magisterarbeit. FU Berlin 1993.

Postma, Heiko: *Im Schatten Franz Kafkas. Hermann Ungars Prosaband „Der Bankbeamte"*. In: *Hannoversche Allgemeine Zeitung* (29. 11. 1990), S. 34, Das neue Buch.

r. r.: *Zum Gedächtnis Hermann Ungars*. In: *Frankfurter Zeitung* 74 (17. 11. 1929), Nr. 860, 2. Morgenblatt, Literaturblatt.

Raabe, Paul: *Die Autoren und Bücher des Literarischen Expressionismus. Ein bibliographisches Handbuch*. Stuttgart 1985, S. 480; Zweite, verbesserte und um Ergänzungen und Nachträge 1985–1990 erweiterte Auflage. Stuttgart 1992, S. 480, 985.

Reffet, M[ichel]: [*Das Gesamtwerk; Der Bankbeamte und andere vergessene Prosa; Krieg*]. In: *Études Germaniques*, Paris, 45 (Oktober/Dezember 1990), Nr. 4, S. 475f.

Dass. [M. R.]. In: *Austriaca. Cahiers Universitaires d'Information sur l'Autriche*, Rouen, 15 (Dezember 1990), Nr. 31, S. 157f.

Ders. [Michel Reffet]: *Dieter Sudhoff: Hermann Ungar. Leben – Werk – Wirkung*. In: *Austriaca. Cahiers Universitaires d'Information sur l'Autriche*, Rouen, 18 (Juni 1993), Nr. 36, S. 216f.

Rey, François: *Chronologie de la vie de Hermann Ungar*. In: Hermann Ungar: *Le voyage de Colbert. Nouvelles et récits.* Toulouse 1989, S. 111-115.

Dass. In: Hermann Ungar: *L'Assassinat du capitaine Hanika. Tragédie d'un couple.* Toulouse 1990, S. 75-78.

Ripkens, Martin: *Von Menschen als Monstern. Hermann Ungars abgründige Existenzen.* In: *Frankfurter Rundschau* (7. 4. 1990), S. ZB 4.

Riss, Heidelore: *Ungar, Hermann.* In: *Metzler Lexikon der deutschjüdischen Literatur. Jüdische Autorinnen und Autoren deutscher Sprache von der Aufklärung bis zur Gegenwart.* Hrsg. von Andreas B. Kilcher. Stuttgart, Weimar 2000, S. 578-580.

Rolin, Olivier: *Hermann Ungar. La foli de la culpabilité.* In: *Le Figaro*, Paris (29. 5. 1989), S. 23.

Rothe, Wolfgang: *Der Expressionismus. Theologische, soziologische und anthropologische Aspekte einer Literatur.* Frankfurt/M. 1977, S. 169, 172f., 267-269.

Rüb, Matthias: *Lust, Last, Leiden. Die Belletristik in diesem Herbst.* In: *Frankfurter Allgemeine Zeitung* (5. 10. 1989), Nr. 231, S. 33.

Rüf, Isabelle: *Hermann Ungar.* In: *L'Hebdo*, Lausanne (13. 8. 1987), S. 52.

-s.: *Hermann Ungar †.* In: *Vossische Zeitung*, Berlin (29. 10. 1929), Nr. 258, Unterhaltungsblatt Nr. 253, S. 3.

Sm., A. [A. Sm., Sakheim, Arthur]: *Weltliteratur, Die Juden in der. 1. Die Juden in der deutschen Literatur.* In: *Jüdisches Lexikon. Ein enzyklopädisches Handbuch des jüdischen Wissens in vier Bänden.* Begründet von Georg Herlitz und Bruno Kirschner. Bd. IV/2. Berlin 1930 [Nachdruck Königstein/Ts. 1982], Sp. 1382-1393 (1386, 1392).

Sandberg, Beatrice: *Der Roman zwischen 1910 und 1930.* In: Helmut Koopmann (Hrsg.): *Handbuch des deutschen Romans.* Düsseldorf 1983, S. 489-509 (491, 500f.).

Regh, Toni [d. i. Michael Schardt]: *Hermann Ungar: „Das Gesamtwerk".* In: *Das Heft*, Paderborn, 8 (November 1990), S. 56.

Scherer, Bruno: *Klemenz, Nanette: Hermann Ungar. Leben und Werk.* In: *Germanistik*, Tübingen, 13 (1972), 1973, S. 200.

Schindler, Christian: *Bücher aus Böhmen.* In: *Deutsches Allgemeines Sonntagsblatt*, Hamburg (16. 3. 1990).

Schmid, Ulrich: *In den Höllentälern der Seele. Das Werk des Kafka-Zeitgenossen Hermann Ungar liegt jetzt vollständig vor.* In: *Augsburger Allgemeine* (27. 11. 1991), Nr. 273.

Schmieschek, Ruth: *Der Aspekt der Angst als zentrales Element im Werk Hermann Ungars. Versuch eines Gegenentwurfs zum biografisch-psychoanalytischen Interpretationsansatz.* Masch Diss. Universität Wien 1994.

Schreck, Joachim [d. i. Joachim Bechtle-Bechtinger]: *Nachwort.* In: Hermann Ungar: *Geschichte eines Mordes. Erzählungen.* Hrsg. und mit einem Nachwort von Joachim Schreck. Berlin 1987, S. 257-270.

Ders.: *Nachwort.* In: Hermann Ungar: *Die Klasse. Roman.* Mit einem Nachwort von Joachim Schreck. Berlin 1988, S. 205-215.

Schröder, Eduard: *Hermann Ungar.* In: *Orplid*, Leipzig, 5 (1929), Nr. 9/10, S. 134-136.

Schütz, Hans J.: *Ein „Fanatiker der Causalität". Warum es so leicht ist, den Prager Schriftsteller Hermann Ungar nicht zu mögen („Ein deutscher Dichter bin ich einst gewesen", Folge 24).* In: *Börsenblatt für den deutschen Buchhandel,* Frankfurt/M., 40 (28. 9. 1984), Nr. 78, S. 2361-2363.

Ders.: *Ungar, Hermann.* In: Hans J. Schütz: *„Ein deutscher Dichter bin ich einst gewesen". Vergessene und verkannte Autoren des 20. Jahrhunderts.* München 1988, S. 276-281, Bibliographie S. 331.

Serke, Jürgen: *Hermann Ungar: Ein Spion im höchsten Dienst.* In: Jürgen Serke: *Böhmische Dörfer. Wanderungen durch eine verlassene literarische Landschaft.* Wien, Hamburg 1987, S. 230-245, Bibliographie S. 466.

Ders.: *Nachwort.* In: Hermann Ungar: *Das Gesamtwerk.* Mit einem Nachwort von Jürgen Serke. Wien, Darmstadt 1989, S. 441-459.

Ders.: *Nawoord.* In: Hermann Ungar: *De Verminkten.* Amsterdam 1991, S. 173-185.; dass. [Amsterdam] 1994.

Stern, Desider: *Werke von Autoren jüdischer Herkunft in deutscher Sprache.* Wien ³1970, S. 359.

Steyer, Elfriede: *Früh verloschenes Talent.* In: *Wochenpost,* Dresden (1988), Nr. 10.

Storck, Karl: *Deutsche Literaturgeschichte.* Zehnte vermehrte Auflage. Bearbeitet von Dr. M[artin] Rockenbach. Stuttgart 1926, S. 585.

Strecker, Manfred: *Das Menschliche im seelisch Extremen. Neuausgabe der Werke Hermann Ungars.* In: *Neue Westfälische,* Bielefeld (22. 10. 2001), Nr. 245, Wissenschaft und Hochschule.

Ders.: *Ungelüftete Seelengründe. Alle Erzählungen Hermann Ungars herausgegeben.* In: *Neue Westfälische,* Bielefeld (25. 3. 2002) Nr. 71, Wissenschaft und Hochschule.

Sudhoff, Dieter: *„Aus seiner heimlichsten Atmosphäre".* Erinnerungen an einen Vergessenen: Der Dichter Hermann Ungar. In: Neue Westfälische, Bielefeld (13. 7. 1985).

Ders.: *Nachwort: Notizen zu Hermann Ungar und zu dieser Auswahl.* In: Hermann Ungar: *Der Kalif und andere Kurzprosa. Eine Auswahl.* Mit einem Nachwort hrsg. von Dieter Sudhoff. Siegen 1986, S. 45-49.

Ders.: *Nachwort.* In: Hermann Ungar: *Die Verstümmelten. Roman.* Hrsg. und mit einem Nachwort versehen von Dieter Sudhoff. Frankfurt/M. 1987, S. 167-184.

Ders.: *Textnachweise und Kommentar; Zeittafel; Nachwort: Abseitiges eines Außenseiters.* In: Hermann Ungar: *Der Bankbeamte und andere vergessene Prosa. Erzählungen, Essays, Aufzeichnungen, Briefe.* Mit einem Anhang hrsg. von Dieter Sudhoff. Paderborn 1989, S. 189-210.

Ders.: *Hermann Ungar. Leben – Werk – Wirkung* [Masch. Diss. Universität Paderborn 1989]. Würzburg 1990.

Ders.: *Notiz zu Hermann Ungar und zu zwei neuentdeckten Prosatexten.* In: *Juni. Magazin für Kultur & Politik,* Mönchengladbach, 4 (1990), Nr. 1, S. 141-143.

Ders.: *„Großartig und grauenhaft". Zum 100. Geburtstag des Dichters Hermann Ungar.* In: *Neue Zürcher Zeitung* (21. 4. 1993), Fernausgabe Nr. 90, S. 31.

Ders.: *Textnachweise und Erläuterungen; Zeittafel; Nachwort.* In: Hermann Ungar: *Sämtliche Werke in drei Bänden.* Hrsg. von Dieter Sudhoff. *Werke 1: Romane.* Oldenburg 2001, S. 331-352.

Ders.: *Textnachweise und Erläuterungen; Nachwort.* In: Hermann Ungar: *Sämtliche Werke in drei Bänden.* Hrsg. von Dieter Sudhoff. *Werke 2: Erzählungen.* Oldenburg 2002, S. 237-266.

Ders.: *Textnachweise und Erläuterungen; Nachwort; Bibliographie* [mit Gregor Ackermann]. In: Hermann Ungar: *Sämtliche Werke in drei Bänden.* Hrsg. von Dieter Sudhoff. *Werke 3: Gedichte, Dramen, Feuilletons, Briefe.* Oldenburg 2002, S. 331-470.

Ders.: *Hermann Ungar.* In: *Lexikon der deutschsprachigen Autoren aus Mähren und Schlesien.* Olomouc 2002.

Tetzlaff, Walter: *2000 Kurzbiographien bedeutender deutscher Juden des 20. Jahrhunderts.* Lindhorst 1982, S. 340.

Thevenon, Patrick: *L'enfer secret d'un bon bourgeois.* In: *Le Nouvel Observateur,* Paris (19.-25. 6. 1987), S. 61.

Thieß, Frank: *Hermann Ungar (Porträts junger Dichter I.).* In: *Die literarische Welt,* Berlin, 4 (17. 8. 1928), Nr. 33, S. 1.

Urbach, Reinhard: *Hermann Ungar. Eine Einführung in sein Werk und eine Auswahl von Manfred Linke*. Rundfunkessay. Österreichischer Rundfunk, Österreich 1 (Ex libris), 17. 6. 1972, 16.03 Uhr.

Ders.: *Hermann Ungar – eine Wiederentdeckung*. In: *Salzburger Nachrichten* (8. 7. 1972), S. 29.

Ders.: *Nanette Klemenz: Hermann Ungar. Eine Monographie* In: *Literatur und Kritik*, Wien, 8 (1973), Nr. 78, S. 507f.

-ach- [Vachek, Emil]: *Německé prozy*. In: *Pramen*, Plzeň, 6 (1925/26), Nr. 4/5, S. 185f.

Vietor-Engländer, Deborah: [*Das Gesamtwerk*; *Der Bankbeamte und andere vergessene Prosa*; Sudhoff: *Hermann Ungar*]. In: *Germanistik*, Tübingen, 32 (1991), Nr. 3/4, S. 1008f.

Vodosek, Peter: *Ungar, Hermann: Der Bankbeamte und andere vergessene Prosa*. In: *ekz-Informationsdienst*, Reutlingen, 42/1989.

Völker, Klaus: *Ein düsterer Melancholiker aus Böhmen. Das Gesamtwerk Hermann Ungars und zwei Ergänzungsbände*. In: *Der Tagesspiegel*, Berlin (30. 9. 1990), Nr. 13686, S. IX.

Ders.: *Ungar, Hermann*. In: *Literatur Lexikon. Autoren und Werke deutscher Sprache*. Hrsg. von Walther Killy. Bd. 11. Gütersloh, München 1991, S. 486f.

Vollmer, Hartmut: *Grenzen des Lebens. Textsammlung des Dichters Hermann Ungar*. In: *Neue Westfälische*, Bielefeld (12. 7. 1986), Nr. 158.

Wallas, Armin A.: [*Der Bankbeamte und andere vergessene Prosa*; *Krieg*; Sudhoff: *Hermann Ungar*]. In: *Mnemosyne*, Klagenfurt (Oktober 1990), Nr. 9, S. 70-72.

Weber, Albrecht: *Deutsche Literatur in ihrer Zeit. Literaturgeschichte im Überblick*. Bd. II: *Von 1880 bis zur Gegenwart*. Freiburg i. Br. 1979, S. 206.

Weinzierl, Ulrich: *Der Katastrophenwärter. Über Hermann Ungar, aus Anlaß einer DDR-Ausgabe*. In: *Frankfurter Allgemeine Zeitung* (6. 12. 1988), Nr. 284, S. L9.

Ders.: *Trotzki auf dem Theater. Ein Epiker von europäischem Rang wird entdeckt: Hermann Ungar*. In: *Frankfurter Allgemeine Zeitung* (24. 10. 1989), Nr. 247, S. 34.

Ders.: *Unheimliche Sogwirkung. Ein beeindruckendes Kompendium zu Hermann Ungar* [Sudhoff: *Hermann Ungar*]. In: *Frankfurter Allgemeine Zeitung* (8. 1. 1991), Nr. 6, S. 22.

Dass. [Faksimile]. In: *KMG-Nachrichten* (März 1991), Nr. 87, S. 24.

Ders.: *Hermann Ungar – Die Romane.* [Begleitheft zu:] Hermann Ungar: *Die Romane.* Stuttgart [1993].

Wichner, Ernest: *Marode Schicksale in faulen Zeitläuften. Immer wieder entdeckt, immer wieder vergessen: Hermann Ungar, ein missratenes „Gesamtwerk" und drei Lesetips.* In: *Basler Zeitung* (8. 12. 1989), Nr. 288, Teil IV, S. 53.

Ders. / Wiesner, Herbert (Hrsg.): *Prager deutsche Literatur. Vom Expressionismus bis zu Exil und Verfolgung.* Ausstellungsbuch. Literaturhaus Berlin 1995, S. 97-105.

Wiegler, Paul: *Geschichte der deutschen Literatur.* Bd. II: *Von der Romantik bis zur Gegenwart.* Berlin 1930, S. 856.

Wilpert, Gero von: *Deutsches Dichterlexikon. Biographisch-bibliographisches Handwörterbuch zur deutschen Literaturgeschichte.* Stuttgart ²1976, S. 714f.

Wimmer, Paul: *Ein kompromißloser Analytiker.* In: *Wiener Zeitung* (16. 11. 1990), S. 15.

W., L. [L. W., Winder, Ludwig]: *Hermann Ungar gestorben.* In: *Deutsche Zeitung Bohemia*, Prag, 102 (30. 10. 1929), Nr. 253, S. 8.

Wininger, S. (Hrsg.): *Große Jüdische National-Biographie. Ein Nachschlagewerk für das jüdische Volk und dessen Freunde.* Czernowitz 1925-1936, Sechster Band, S. 160f.

Živsa, Irena: *Ungar, Hermann.* In: *Handbuch der deutschen Gegenwartsliteratur.* Hrsg. von Hermann Kunisch. Bd. 2. München ²1970, S. 264f.

Dies. [Irena Raithel-Živsa]: *Ungar, Hermann.* In: *Lexikon der deutschsprachigen Gegenwartsliteratur.* Begründet von Hermann Kunisch, neu bearbeitet und hrsg. von Herbert Wiesner. München 1981, S. 492f.

[Dies.]: *Ungar, Hermann.* In: Manfred Brauneck (Hrsg.): *Autorenlexikon deutschsprachiger Literatur des 20. Jahrhunderts.* Reinbek bei Hamburg 1984, S. 598.

Zohn, Harry: *Zur Literaturgeschichte tschechisch-deutscher Juden.* In: *Zeitschrift für die Geschichte der Juden*, Tel Aviv, 2 (1965), Nr. 1/2, S. 15-23 (22).

Ders.: *Participation in German Literature.* In: *The Jews of Czechoslovakia. Historical studies and surveys.* Vol. I. Philadelphia, New York 1968, S. 468-522 (500f., 511, 519).

(zyl): *Kompletní dílo Hermanna Ungara v překladu Jaroslava Bránskeho je na trhu.* In: *regionální noviny*, Blansko, 12 (18. 12. 2001), Nr. 50, S. 6.

2. Einzeldarstellungen

a) Knaben und Mörder

Anonym:
Hermann Unger: Knaben und Mörder. In: *Das Tage-Buch*, Berlin, 2 (9. 7. 1921), Nr. 27, S. 852.

[*Hoši a vrazi*]. In: *Národní osvobození*, Praha, 2 (3. 9. 1925), Nr. 241, S. 3.

B., D. [D. B.]: *Herman Ungar. – Enfants et Meurtriers*. In: *Europe*, Paris (1927), Nr. 52, S. 560.

drb. [Borecký, Jaromír]: [*Herman Ungar, Hoši a vrahové*]. In: *Zvon*, Praha, 26 (1925/26), Nr. 29, S. 406.

Desbarats, Carole: *Hermann Ungar. Enfants et meurtriers*. In: *Art Press*, Paris (Oktober 1987), Nr. 118.

Grenier, Jean: *Enfants et meurtriers, par Hermann Ungar*. In: *La Nouvelle Revue Française*, Paris, 28 (1927), I, S. 409-411.

Dass. [Auszug, *Postface*]. In: Hermann Ungar: *Enfants et meurtriers. Deux récits*. Toulouse 1987, S. 129-131.

Hermann, Georg: *Brieven over Duitsche Literatuur* [XIV.]. In: *Algemeen Handelsblad*, Amsterdam (11. 2. 1922).

Jaloux, Edmond: *Enfants et meurtriers, par Hermann Ungar*. In: *Les Nouvelles Littéraires*, Paris (26. 3. 1927), Nr. 232, S. 3.

Jarno, Stephane: *Violence*. In: *Le Matin*, Paris (21. 4. 1987), S. V.

Jurčinová, Eva: *Hermann Ungar: Hoši a vrahové*. In: *Lidové noviny*, Brno, 34 (13. 6. 1926), Nr. 297, S. 9.

Kalmer, Josef: *Triebhaftes*. In: *Renaissance*, Wien, 1 (Juli 1921), Nr. 7, S. 16.

Mahrholz, Werner: *Erstlingswerke*. In: *Rheinisch-Westfälische Zeitung*, Essen, 184 (26. 4. 1921), Nr. 333, II. [Mittags-] Ausgabe, Beilage.

Mann, Thomas: *„Knaben und Mörder"*. In: *Vossische Zeitung*, Berlin (29. 5. 1921), Nr. 248, 4. Beilage, Literarische Umschau.

Dass. [Auszug]. In: *Das literarische Echo*, Stuttgart, Berlin, 23 (1920/21), Sp. 1182.

Dass. In: *Die Initiale*, Wien, Leipzig u. a., 1 (Juni 1921), Nr. 3, S. 12-17.

Dass. In: Thomas Mann: *Bemühungen. Neue Folge der gesammelten Abhandlungen und kleinen Aufsätze* (*Gesammelte Werke* Bd. 10). Berlin 1925, S. 296-302.

Dass. In: Thomas Mann: *Gesammelte Werke in dreizehn Bänden*. Bd. X: *Reden und Aufsätze* 2. Frankfurt/M. ²1974 [1960], S. 604-609.

Dass. In: Thomas Mann: *Reden und Aufsätze* I. Frankfurt/M. 1965, S. 310-315.

Dass. [Auszug, französisch, übersetzt von Bernard Kreiss]. In: Hermann Ungar: *Enfants et meurtriers*. Toulouse 1987, S. 127-129.

Ders. *German Letter [IV]*. In: *The Dial*, New York, 76 (Januar 1924), Nr. 1.

Dass. [französisch, *Les chroniques nationales, Allemagne (Quelques romanciers)*, übersetzt von René Gouzy]. In: *La Revue de Genève* (Juni 1924), Nr. 48, S. 762-771 (766f.).

Dass. [deutsche Originalfassung, *Briefe aus Deutschland. German Letter IV*]. In: Hans Wysling: *Dokumente und Untersuchungen. Beiträge zur Thomas Mann-Forschung*. Bern, München 1974.

Dass. [*Briefe aus Deutschland. Vierter Brief (München, September 1923)*]. In: Thomas Mann: *Gesammelte Werke in dreizehn Bänden*. Bd. XIII: *Nachträge*. Frankfurt/M. 1974, S. 290-300 (294f.).

Michaelis, Heinz: *Hermann Ungar: „Knaben und Mörder"*. In: *Berliner Börsen-Courier* 54 (29. 1. 1922), Nr. 49, Morgen-Ausgabe, S. 7.

Morandini, Giuliana: *In Ungar voci di Kafka*. In: *La Stampa*, Torino (31. 3. 1990), Beilage: Tuttolibri, S. 2; auch in: *Rassegna del libro tedesco in Italia*, Bonn (1990), Nr. 1, S. 78.

N., H. [H. N.]: *Neue Novellen*. In: *Leipziger Tageblatt* (15. 9. 1921), Nr. 450, S. 3.

Pick, Otto: *Deutsche Autoren aus der Tschechoslowakei*. In: *Prager Presse* 1 (1. 4. 1921), Nr. 5, Morgen-Ausgabe, S. 4.

Ders. [o. p.]: *Bohemiensia*. In: *Die literarische Welt*, Berlin, 2 (14. 5. 1926), Nr. 20, S. 4.

Pierre, André: *Hermann Ungar: Enfants et meurtriers*. In: *L'Europe Nouvelle*, Paris, 10 (2. 4. 1927), Nr. 477, S. 448.

Pujmanová-Hennerová, M[arie]: *H. Ungar: „Hoši a vrahové"*. In: *Tribuna*, Praha, 8 (1926), Nr. 27, S. 8.

Rost, Nico: *Alfred Döblin en Hermann Ungar (Kroniek der Duitsche Letteren)*. In: *De Telegraaf*, Amsterdam (9. 7. 1921).

Savary, Philippe: *Histoires à l'étouffée*. In: *Le Matricule des anges*, Paris (April/Mai 1993), Nr. 3.

S. [Schumann, Wolfgang]: *„Knaben und Mörder"*. In: *Kunstwart*, München, 36 (Oktober 1922), Nr. 1, S. 53f.

Ders. [Wolfgang Schumann] (Hrsg.): [*„Knaben und Mörder"*]. In: *Literarischer Jahresbericht des Dürerbundes*, München (1922/23), Sp. 9.

Sternberg, Erich-Walter: *„Knaben und Mörder" (Buchschau)*. In: *Der Kritiker*, Berlin, 3 (1921), II. Maiheft, S. 14.

Tschuppik, Walter: *Hinweis auf neue Bücher.* In: *Prager Tagblatt* 45 (12. 12. 1920), Nr. 289, S. 14.

Viertel, Berthold: *Knaben und Mörder.* In: *Die Weltbühne*, Berlin, 18 (3. 8. 1922), Nr. 31, S. 114f.

Dass. In: *Das Stichwort. Zeitung des Theaters am Schiffbauerdamm*, Berlin (Februar 1930), S. 3.

Winder, Ludwig: *Deutsche Erzähler.* In: *Deutsche Zeitung Bohemia*, Prag, 93 (12. 12. 1920), Nr. 289, 2. Beiblatt.

Z., St. [St. Z., Zweig, Stefan]: *Novellenbücher aus Österreich.* In: *Neue Freie Presse*, Wien (26. 1. 1921), S. 1-3.

Ders. [Stefan Zweig]: *Hermann Ungar. Knaben und Mörder. Zwei Erzählungen.* In: *Berliner Tageblatt* 50 (8. 5. 1921), Morgen-Ausgabe, 4. Beilage, Literarische Umschau.

b) Die Verstümmelten

Anonym:

Hermann Ungar [Notiz]. In: *Prager Tagblatt* 47 (5. 1. 1922), Nr. 4, S. 6.

Ungars „Verstümmelte". In: *Mittelbayerische Zeitung*, Regensburg (3. 1. 1987).

[*Die Verstümmelten*]. In: *Deutsche Bücher*, Amsterdam, 2 (1990), S. 164f.

Azancot, Leopoldo: *Fantasmas de dentro. La obra olvidada de Hermann Ungar.* In: *El País*, Madrid (10. 12. 1989), S. 4.

B., K. [K. B., Blahut, Kevin]: *A Note on the Text.* In: Hermann Ungar: *The Maimed*. Prague 2002, S. 220.

Blöcker, Günter: *Sex, Angst und Ekel. Hermann Ungars Roman „Die Verstümmelten".* In: *Frankfurter Allgemeine Zeitung* (14. 10. 1981), Nr. 238, S. 26.

Bránský, Jaroslav: *Spisovatel z Boskovic.* In: *Svobodné slovo*, Brno, 43 (5. 8. 1987), Nr. 181, S. 5.

Flake, Otto: *Bücher.* In: *Die Weltbühne*, Berlin, 19 (3. 5. 1923), Nr. 18, S. 508-512 (508-510).

Fontana, Oskar Maurus: *Hermann Ungar: Die Verstümmelten. Roman.* In: *Berliner Börsen-Courier* 55 (21. 1. 1923), Nr. 35, Morgen-Ausgabe, S. 8.

Heißenbüttel, Helmut: *Parabel des Libidinösen. Ein empfehlender Hinweis auf Hermann Ungar.* In: *Süddeutsche Zeitung*, München (14. 10. 1981), Nr. 236, S. VII.

K.: *Hermann Ungar, Die Verstümmelten.* In: *Das Tage-Buch*, Berlin, 3 (30. 12. 1922), Nr. 52, S. 1805f.

Krell, Max: *Neue deutsche Romane und Novellen.* In: *Die neue Bücherschau*, Berlin, 2 (1922), S. 100-112 (106) [auch zu: *Knaben und Mörder*].

(LDH): *Hermann Ungar. „De verminkten".* In: *Humo,* Brussel (20. 2. 1992), Nr. 2685, S. 171.

Mannarini, Lalli: *Si riscopre Ungar un Kafka dimenticato.* In: *La Stampa*, Torino (11. 3. 1989), Beilage: Tuttolibri; auch in: *Rassegna del libro tedesco in Italia*, Bonn (1989), Nr. 1-2, S. 98f.

Mossel, Erik: *Ungar in Nederland ook eindelijk gewaardeerd.* In: *Nieuw israelietisch weekblaad*, Amsterdam, 127 (10. 7. 1992), Nr. 47, S. 14.

Musa, Robert: *Die Verstümmelten.* In: *Future Magic* 20 (Juli 1998).

Pawlu, Erich: *Wiederentdeckung von Autoren des „Prager Kreises": Im Schatten Kafkas. Gleichnishaftes über die Krise des Zivilisationsmenschen.* In: *Augsburger Allgemeine Zeitung* (8. 6. 1988), Nr. 130, S. 9.

Dass. [*„Prager Kreis" im Schatten Franz Kafkas. Ein Symposion der Kulturstiftung der deutschen Vertriebenen in Königswinter*]. In: *Deutsche Umschau*, Bonn (Juli 1988), S. 8.

Pazi, Margarita: *Ein fast vergessener Autor aus Prag.* In: *Israel Nachrichten*, Tel Aviv (22. 1. 1988).

Pinthus, Kurt: *Die Verstümmelten.* In: *8-Uhr-Abendblatt*, Berlin, 76 (17. 5. 1923), Nr. 113, Beiblatt, S. 4.

Pohl, Gerhart: *Wo steht die junge deutsche Dichtung?* In: *Die neue Bücherschau*, Berlin, 2 (1922), S. 95-99 (97f.).

Rastello, Luca: *Hermann Ungar, I mutilati.* In: *L'indice*, Roma (November 1989), Nr. 9, S. II.

Reinhold, Kurt: *Hermann Ungar: Die Verstümmelten.* In: *Danziger Rundschau* (14. 1. 1924).

Rohrwasser, Michael: *Melancholischer Geschlechtskrieg. Im Schatten Kafkas: Hermann Ungar und sein Roman „Die Verstümmelten".* In: *Frankfurter Rundschau* (22. 9. 1987), Nr. 219.

Rouleaux, Wil: *Eine Sexualhölle voll tiefster Melancholie (Oostenrijske literatuur).* In: *Vrij Nederland*, Amsterdam (8. 2. 1992), S. 71.

Saudek, Robert: *Die Verstümmelten.* In: *Prager Presse* 3 (20. 1. 1923), Nr. 18, Abend-Ausgabe, S. 3.

Schäfer, Frank: *Subkutaner Sex. Stefan Zweig fand ihn widerlich, Thomas Mann bewunderte ihn. Über Hermann Ungars Roman „Die Verstümmelten".* In: *Jungle World*, Berlin (19. 9. 2001), Nr. 39.

Dass. [*Miasmen der Seele. Hermann Ungars Roman „Die Verstümmelten"*]. In: *Neue Zürcher Zeitung* (2. 10. 2001), Nr. 228, Internationale Ausgabe, S. 35.

Schäfer, Thomas: *Hermann Ungars ‚Die Verstümmelten'.* In: *Der Rabe*, Zürich (1988), Nr. 21, S. 206.

Schardt, Michael: *Abgründe der menschlichen Existenz.* In: *TIPex. Magazin für Literatur & Kultur*, Paderborn, 3 (September 1987), Nr. 8, S. 44f.

Dass. [*Die Abgründe der menschlichen Existenz. Hermann Ungars erster Roman „Die Verstümmelten" wurde neu aufgelegt*]. In: *Wolfenbütteler Zeitung* (16. 11. 1987), S. 11.

Dass. [*Die Abgründe der menschlichen Existenz. Hermann Ungars erster Roman „Die Verstümmelten" neu aufgelegt*]. In: *Umbruch*, Frankfurt, 7 (Sommer 1988), Nr. 2.

Schmiedt, Helmut: *Ordnung und frühes Leid. Zu Hermann Ungars Roman „Die Verstümmelten".* In: *Die Horen*, Hannover, 32 (Bd. 4/1987), Nr. 148, S. 210-212.

gn [Schumann, Wolfgang]: *Die Verstümmelten.* In: *Kunstwart*, München, 36 (März 1923), Nr. 6, S. 252f.

Sinz, Dagmar: *Drei Romane auf Pariser Bühnen. Texte von Guilloux, Bulgakow und Ungar.* In: *Neue Zürcher Zeitung* (4. 12. 1990), Fernausgabe Nr. 281, S. 26.

Sochaczewer, Hans: *Erfülltes und Gefühltes.* In: *Berliner Tageblatt* (3. 6. 1923), Nr. 257, 4. Beiblatt, Literarische Rundschau.

Spindler, Matthias: *Fallstudie psychischer Deformationen. Hermann Ungars Roman „Die Verstümmelten" wurde wieder aufgelegt.* In: *Mannheimer Morgen* (21. 10. 1982), Nr. 243, S. 40.

Sucher, C. Bernd: *Menschen, Maschinen und Begierden. Deschamps „Les Frères Zénith" und Ungars „Die Verstümmelten" beim Festival d'automne.* In: *Süddeutsche Zeitung*, München (15./16. 12. 1990), Nr. 288, S. 15.

Sudhoff, Dieter: *Hermann Ungars Prager Roman „Die Verstümmelten". Gültigkeit und Aktualität einer Parabel.* In: Hartmut Binder (Hrsg.):

Franz Kafka und die Prager deutsche Literatur. Deutungen und Wirkungen. Bonn 1988, S. 107-125.

Ders.: *Höllenfahrten. Hermann Ungar und sein Roman „Die Verstümmelten".* Rundfunkessay. Südwestfunk Baden-Baden, 2. Programm (Matinee), 1. 4. 1990, 10.05.-10.35 Uhr; dass. (Profile), 18. 4. 1993.

Ders.: *Die Verstümmelten. Roman.* In: *Reclams Romanlexikon.* Hrsg. von Frank Rainer Max und Christine Ruhrberg. Bd. 4: *20. Jahrhundert* II. Stuttgart 1999, S. 21f.

Viertel, Berthold: *Die Verstümmelten.* In: *Die Weltbühne*, Berlin, 19 (7. 6. 1923), Nr. 23, S. 661-663.

Vollmer, Hartmut: *Schattenseiten menschlicher Existenz.* In: *Neue Westfälische*, Bielefeld (3. 12. 1987), Nr. 280.

Ders.: *Hermann Ungar: Die Verstümmelten.* In: *Neue Deutsche Hefte*, Berlin, 34 (1987), Nr. 4, S. 816-818.

Wichner, Ernest: *Die Schrecken des Alltags. Hermann Ungar: Die Verstümmelten.* Rundfunkessay. Saarländischer Rundfunk, II. Programm (Bücher-Lese), 28. 6. 1987, 14.30-15.00 Uhr.

Wiegler, Paul: *Zehn Bücher des Monats.* In: *Prager Tagblatt* 47 (26. 11. 1922).

W., L. [L. W., Winder, Ludwig]: *Erzähler.* In: *Deutsche Zeitung Bohemia*, Prag, 96 (31. 1. 1923), Nr. 24, S. 2.

Z., H. [H. Z., Ziégler, Henri de]: *Hermann Ungar: Les Sous-hommes (Die Verstümmelten).* In: *Bibliothèque Universelle et Revue de Genève* (März 1929), S. 385.

Ž., I. [I. Ž., Živsa, Irena]: *Die Verstümmelten. Roman von Hermann Ungar.* In: *Kindlers Literaturlexikon.* Bd. XI. Zürich 1970, S. 9893f.

Dies. / KLL [Redaktion Kindlers Literatur Lexikon]: *Die Verstümmelten. Roman von Hermann Ungar.* In: *Kindlers Neues Literatur Lexikon.* Hrsg. von Walter Jens. Bd. 16. München 1991, S. 937f.

Zweig, Arnold: *Bücherpaket.* In: *Jüdische Rundschau*, Berlin, 29 (19. 12. 1924), Nr. 101, S. 732f.

Zweig, Stefan: *Die Verstümmelten.* In: *Die Neue Rundschau*, Berlin, 34 (November 1923), Nr. 11, S. 1054f.

Dass. In: *Prager Tagblatt* 48 (25. 11. 1923), Nr. 278, S. 22.

c) Die Ermordung des Hauptmanns Hanika

Altmann: *Hermann Ungar: "Die Ermordung des Hauptmanns Hanika". Tragödie einer Ehe.* In: *Neue Freie Presse*, Wien (19. 9. 1926).

Anonym: *"Außenseiter der Gesellschaft. Die Verbrechen der Gegenwart".* In: *Prager Presse* 4 (8. 2. 1924), Nr. 38, Morgen-Ausgabe, S. 6.

bd.: *Hermann Ungar: Die Ermordung des Hauptmanns Hanika.* In: *Berliner Volkszeitung* 74 (9. 6. 1926), Nr. 268, Abendblatt, S. 4.

Bránský, Jaroslav: *Překladatelův doslov.* In: Hermann Ungar: *Zavraždění kapitána Haniky. Tragédie jednoho manželství.* Český překlad a doslov Jaroslav Bránský. Boskovice 1993, S. 57-61.

Euringer, Richard: *Außenseiter der Gesellschaft.* In: *Die schöne Literatur*, Leipzig, 28 (Juni 1927), Nr. 6, S. 249-252.

Georg, Manfred: *Die Verbrechen der Gegenwart.* In: *8-Uhr-Abendblatt*, Berlin, 79 (16. 2. 1926), Nr. 38.

Glückauf, Tomáš: *Der mährische Schriftsteller Hermann Ungar. Tatsachenliteratur: Krimis (Deutsche Literatur).* In: *Freundschaft*, Prag, 39 (1991), Nr. 6.

Jaccard, Roland: *Autopsie d'un meurtre. Hermann Ungar reconstitue en 1925 un procès qui tint en haleine la Tchécoslovaquie.* In: *Le Monde*, Paris (3. 8. 1990), S. 12.

Kersten, Kurt: *Gnade und Krise.* In: *Das Tage-Buch*, Berlin, 7 (27. 2. 1926), Nr. 9, S. 353-355.

Lessing, Theodor: *Sieben Kriminalfälle.* In: *Prager Tagblatt* 51 (7. 3. 1926), Nr. 57, Unterhaltungs-Beilage, S. VI.

Mach, Jan: *Hon na čarodějnici (Český pitaval 3).* In: *Květy*, Bratislava (15. 7. 1993), Nr. 29, S. 12f.

Nordeck, Hans: *Außenseiter der Gesellschaft.* In: *Hochland*, München, 25 (August 1928), Nr. 11, S. 546-549.

p., o. [o. p., Pick, Otto]: *"Außenseiter der Gesellschaft".* In: *Prager Presse* 6 (26. 1. 1926), Nr. 26, Morgen-Ausgabe, S. 6.

hr [Reimann, Hans]: *Hermann Ungar: Die Ermordung des Hauptmanns Hanika.* In: *Das Stachelschwein*, Frankfurt/M. (1926), Nr. 6, S. 58.

Rey, François: *[Introduction].* In: *L'Assassinat du capitaine Hanika. Tragédie d'un couple.* Toulouse 1990, S. 7f.

d) Die Klasse

AL.: *Versuche mit Komplexen.* In: *Kieler Nachrichten* (26. 9. 1968) [TV-Kritik].

Anonym:

„Die Klasse". In: *Prager Presse* 8 (21. 9. 1928), Nr. 263, S. 7.

H. Ungar, *„Třída".* In: *Právo lidu,* Praha, 38 (März 1929), příl. Co. život dává, S. 1f.

Die Klasse. In: *Badische Neueste Nachrichten,* Karlsruhe (21. 9. 1968) [TV-Kritik].

Die Klasse. In: *Düsseldorfer Nachrichten* (24. 9. 1968) [TV-Kritik].

[*„Die Klasse"*]. In: *Westdeutsche Rundschau,* Wuppertal (25. 9. 1968) [TV-Kritik].

Mißverstandene Jugend. Die Klasse. In: *Die Welt,* Hamburg (26. 9. 1968) [TV-Kritik].

„Die Klasse". In: *Abendzeitung,* München (26. 9. 1968) [TV-Kritik].

Gute schauspielerische Leistungen (Kritische Rückschau). In: *Aachener Volkszeitung* (26. 9. 1968) [TV-Kritik].

[*„Die Klasse"*]. In: *Wiesbadener Kurier* (26. 9. 1968) [TV-Kritik].

Dass. [*Ironisch-trauriges Kammerspiel*]. In: *Öffentlicher Anzeiger,* Bad Kreuznach; *Neuwied-Rhein-Zeitung; Koblenz-Rhein-Zeitung* (26. 9. 1968) [TV-Kritik].

Dass. [Varianten, *Kritisch gesehen*]. In: *Osnabrücker Zeitung* (26. 9. 1968) [TV-Kritik].

[*„Die Klasse"*]. In: *Fuldaer Volkszeitung; Fränkische Tagespost* (27. 9. 1968); *Ludwigshafener Kreis-Zeitung* (28. 9. 1968) [TV-Kritik].

Dass. [Auszug]. In: *Oberhessische Presse,* Marburg (26. 9. 1968); *Holsteinischer Courier* (28. 9. 1968) [TV-Kritik].

Ein Neurotiker auf dem Katheder. In: *Schwäbische Zeitung,* Leutkirch (27. 9. 1968) [TV-Kritik].

Verschwendete Begabungen. „Die Klasse", Fernsehspiel von Hermann Ungar. In: *epd/Kirche und Fernsehen,* Frankfurt/M. (28. 9. 1968), Nr. 39, S. 13f. [TV-Kritik].

[*„Die Klasse"*]. In: *Neue Ruhr-Zeitung,* Essen (28. 9. 1968) [TV-Kritik].

[*„Die Klasse"*]. In: *Telegraf,* Berlin (29. 9. 1968) [TV-Kritik].

[*„Die Klasse"*]. In: *Vorwärts,* Bad Godesberg (3. 10. 1968) [TV-Kritik].

‚Die Klasse'. In: *Hör Zu*, Hamburg (1968), Nr. 41; Leserbrief von Josef H., in: *Hör Zu* (1968), Nr. 42 [TV-Kritik].

Hermann Ungar: La classe. In: *La Stampa*, Torino (13. 10. 1990), Beilage: Tuttolibri, S. 2.

B. B.: *Jugend von gestern...* In: *Fernseh-Pressedienst* (1968), Nr. 40 [TV-Kritik].

Baum, Oskar: *Hermann Ungar und sein neuer Roman*. In: *Jüdische Rundschau*, Berlin, 33 (9. 3. 1928), Nr. 20, S. 141f.

Dass. [Varianten, *Herrmann Ungar und sein neuer Roman*]. In: *Selbstwehr*, Prag, 23 (1. 11. 1929), Nr. 49, S. 2.

b-ck: *Die Klasse.* In: *Lübecker Nachrichten* (26. 9. 1968) [TV-Kritik].

Beckmann, Emmy: *Die Schule in der Dichtung unserer Tage.* In: *Die Frau*, Berlin, 37 (Mai 1930), Nr. 8, S. 484-490 (487).

Bo: *Symbolischer Rohrstock.* In: *Der Abend*, Berlin (25. 9. 1968) [TV-Kritik].

Brod, Max: *Die Qual der Schule.* In: *Prager Tagblatt* 55 (2. 3. 1930), Nr. 53, S. II.

Dahmen, Hans: *Lehrer und Schüler von ehedem und heute.* In: *Hochland*, München, 27 (1929/30), Nr. 6, S. 510-524 (510, 513f.).

Deimling, Elfriede: [„*Die Klasse"*]. In: *Nordsee-Zeitung*, Cuxhaven (28. 9. 1968) [TV-Kritik].

Dürr, Erich: *Die Klasse. Roman.* In: *Die Literatur*, Stuttgart, Berlin, 30 (1927/28), S. 482f.

E., G. [G. E.]: *Klassen-Kampf.* In: *Saarbrücker Zeitung* (26. 9. 1968) [TV-Kritik].

-el: *Filmkünstler Staudte.* In: *Allgemeine Zeitung*, Mainz; *Ingelheimer Allgemeine Zeitung* (26. 9. 1968) [TV-Kritik].

-ers: *Klasse-„Klasse".* In: *Rheinische Post*, Düsseldorf (26. 9. 1968) [TV-Kritik].

Fernández Sastre, Roberto: *Un mundo asfixiante. El expresionismo radical de Hermann Ungar.* In: *El Pais*, Madrid (31. 3. 1991), S. 5.

Fontana, Oskar Maurus: *Hermann Ungar: Die Klasse. Roman.* In: *Das Tage-Buch*, Berlin, 9 (28. 1. 1928), Nr. 4, S. 166f.

Frisch, Efraim: *„Die Klasse". Hermann Ungars neuer Roman.* In: *Frankfurter Zeitung* 73 (22. 1. 1928), Nr. 59, 2. Morgenblatt, Literaturblatt.

gmé: *Begreifen.* In: *Thüringische Landeszeitung*, Weimar (2. 11. 1988), S. 3.

GN: *Die Klasse.* In: *Göttinger Tageblatt* (28. 9. 1968) [TV-Kritik].

Goetz, Wolfgang: *Bücher um die Angst. Hermann Ungar – Valerian Tornius.* In: *Vossische Zeitung*, Berlin (29. 1. 1928), Nr. 25, Literarische Umschau Nr. 5, S. 9.

Graaff, Chr. de: *Hermann Ungar: „Die Klasse"* (*Duitsche Literatuur*). In: *Algemeen Handelsblad*, Amsterdam (17. 12. 1927), Bijvoegsel.

Grande, Richard: *Ungar, Hermann: Die Klasse. Roman.* In: *Die schöne Literatur*, Leipzig, 29 (November 1928), Nr. 11, S. 532.

Gürtler, Johannes: *Die höhere Schule im Spiegel des neuen Romans.* In: *Monatsschrift für Höhere Schulen*, Berlin, 30 (1931), S. 19-38 (20f., 35, 37).

HH: [*„Die Klasse"*]. In: *Westdeutsche Allgemeine Zeitung*, Essen (25. 9. 1968) [TV-Kritik].

Herrmann, Klaus: *Bilanz der deutschen Dichtung 1927.* In: *Die neue Bücherschau*, Berlin, 5 (1927), S. 257-261 (258).

Herwig, Franz: *Neue Romane.* In: *Hochland*, München, 26 (1928/29), S. 307-311 (308f.).

Hohmann, Walter: *Der Philologe im Spiegel der öffentlichen Meinung. Ein Beitrag zum Ausleseproblem.* In: *Deutsches Philologenblatt*, Leipzig, 39 (1931), S. 103-106 (105).

Horn, Effi: *Lehrer-Ängste.* In: *Münchner Merkur* (26. 9. 1968) [TV-Kritik].

Hostovský, E[gon]: *Herman Ungar: „Die Klasse".* In: *Host*, Praha, 7 (1927/28), S. 156.

J., E. [E. J.]: *Ehrenrettung. Tagebuch des Fernsehers.* In: *Frankfurter Allgemeine Zeitung* (26. 9. 1968), Nr. 224, S. 22 [TV-Kritik].

K., H. [H. K.]: *Hermann Ungar: Die Klasse. Roman.* In: *Stuttgarter Neues Tagblatt* (3. 12. 1927), Nr. 566, Abend-Ausgabe, Bücher und Schriften, S. 34.

K., E. [E. K., Kästner, Erich]: *Bücher in Kürze.* In: *Neue Leipziger Zeitung* (25. 2. 1928), Nr. 56, S. 6.

Kai.: *Die Klasse. Verstaubte Thematik – aber erstklassige Regie und Darstellung.* In: *Funk-Uhr*, Hamburg (1968), Nr. 41; Leserbrief von Günter Hagedorn, in: *Funk-Uhr* (1968), Nr. 42 [TV-Kritik].

kdh: *Staudte in seinem Element.* In: *Augsburger Allgemeine Zeitung* (26. 9. 1968) [TV-Kritik].

Keller, Hans: *Die Gestalt des Lehrers im modernen Schulroman.* In: *Schweizer Erziehungs-Rundschau*, Zürich, 11 (1938/39), Nr. 3, S. 50-54 (53).

Keßler, E.: *Hermann Ungar: Die Klasse. (Roman.).* In: *Vorwärts*, Berlin, 45 (8. 7. 1928), Nr. 319, Morgenausgabe.

Kramberg, K[arl] H[einz]: *Die Klasse.* In: *Süddeutsche Zeitung*, München (26. 9. 1968), Nr. 232, S. 12 [TV-Kritik].

Lembert, R.: *Spiegel und Wirklichkeit. Eine Betrachtung über die Wertung der höheren Schule in dem modernen Roman.* In: *Bayerische Blätter für das Gymnasial-Schulwesen*, München, Berlin, 67 (1931) S. 129-153 (147f.).

Loerke, Oskar: *Hermann Ungar: Die Klasse.* In: *Berliner Börsen-Courier* 59 (4. 12. 1927) Nr. 567, Morgen-Ausgabe, 2. Beilage, S. 9.

Dass. In: Oskar Loerke: *Der Bücherkarren. Besprechungen im Berliner Börsen-Courier 1920–1928.* Unter Mitarbeit von Reinhard Tgahrt hrsg. von Hermann Kasack. Heidelberg, Darmstadt 1965, S. 399f.

Metzger, Ludwig: *Porträt einer Unperson. George A. Schaafs, Die Klasse. Fernsehspiel nach dem Roman von Hermann Ungar.* In: FUNK-Korrespondenz, München u. a. (4. 10. 1968), Nr. 40, S. 15f. [TV-Kritik].

Michel, Jean-Baptiste: *L'étrange faute de Josef Blau. On redécouvre Hermann Ungar.* In: *Le Nouvel Observateur*, Paris (10.-16. 8. 1989), S. 63.

P., E. [E. P.]: *„Die Klasse".* In: *Mannheimer Morgen* (26. 9. 1968) [TV-Kritik].

Paul, Wolfgang: *Der Pauker.* In: *Tagesspiegel*, Berlin (26. 9. 1968) [TV-Kritik].

Dass. [W. P.]. In: *Kölnische Rundschau* (26. 9. 1968) [TV-Kritik].

(ph): *[„Die Klasse"].* In: *Hessische Allgemeine Zeitung*, Kassel (25. 9. 1968) [TV-Kritik].

p., o. [o. p., Pick, Otto]: *Hermann Ungars Roman „Die Klasse".* In: *Prager Presse* 7 (8. 11. 1927), Nr. 307, S. 6.

Rosenberg, Manfred: *Hermann Ungar's Roman: „Die Klasse".* In: *Jungzionistische Blätter*, Berlin, 1 (März 1928), Nr. 2, o. S. [Beilage der *Jüdischen Rundschau*, Berlin, 33, 1928].

Ruppel, K. H.: *Hermann Ungar: Die Klasse.* In: *Die literarische Welt*, Berlin, 3 (2. 12. 1927), Nr. 48, S. 6.

Schmits, Walter: *Neue Romane.* In: *Kölnische Zeitung* (17. 11. 1927), Nr. 734, Morgen-Ausgabe.

Schröder, A.: *Schüler und Lehrer höherer Schulen in der neueren deutschen Romandichtung.* In: *Zeitschrift für Deutschkunde,* Leipzig, Berlin, 45 (1931), Nr. 7/8, S. 508-530 (515, 520-524).

Schröder, Eduard: *Hermann Ungar: Die Klasse (Neue Romane).* In: *Rhein-Mainische Volkszeitung,* Frankfurt/M., 58 (9. 3. 1928), Nr. 57, Reichs-Ausgabe, Kulturelle Beilage Nr. 1.

S, Wo [WoS, Schütte, Wolfram]: *Die Klasse.* In: *Frankfurter Rundschau* (26. 9. 1968) [TV-Kritik].

Schwabach, Erik-Ernst: *Hermann Ungars: Die Klasse.* In: *Beiblatt der Zeitschrift für Bücherfreunde,* N. F., Leipzig, 20 (Januar/Februar 1928), Nr. 1, Sp. 16.

Spenlé, Jean-Edouard: *Lettres allemandes.* In: *Mercure de France,* Paris, 39 (1. 12. 1928), Nr. 208, S. 461-467 (463).

Steinbach, Peter: *„Die Klasse".* In: *Abendpost,* Frankfurt/M. (25. 9. 1968) [TV-Kritik].

Sternberg, Heinz: *Hermann Ungar: Die Klasse.* In: *Internationale Zeitschrift für Individualpsychologie,* Wien, München, 7 (1929), S. 321-323.

Süskind, W[ilhelm] E[manuel]: *Hermann Ungar: „Die Klasse".* In: *Magdeburgische Zeitung* (10. 2. 1928), Nr. 75, 1. [Haupt-] Ausgabe, Literatur-Beilage.

T., J. v. [J. v. T.]: *„Die Klasse".* In: *Ruhr-Nachrichten,* Dortmund (26. 9. 1968) [TV-Kritik].

Tauber, Fritz (Roch): *Hermann Ungar: „Die Klasse".* In: *Barissenblätter,* Prag (März 1928), Nr. 50.

Teßmer, Hans: *Bunte Reihe.* In: *Dresdner Nachrichten* 72 (24. 11. 1927), Nr. 550, Literarische Umschau.

-th.: *„Die Klasse".* In: *Die Rheinpfalz,* Ludwigshafen; *Ludwigshafener Rundschau; Mittelhaardter Rundschau* (26. 9. 1968) [TV-Kritik].

tp: *Die Klasse.* In: *Badische Neueste Nachrichten,* Baden-Baden, Karlsruhe; *Aachener und Bühler Bote* (27. 9. 1968) [TV-Kritik].

tsch: *Herbert Fux – auf Strolche spezialisiert.* In: *Hamburger Abendblatt* (24. 9. 1968), Nr. 223, S. 4.

Dass. [anon., gekürzt, *„Ich stehe immer auf der bösen Seite". Herbert Fux – heute in dem Fernsehstück „Die Klasse"*]. In: *Hessische Allgemeine Zeitung,* Kassel (24. 9. 1968) [TV-Kritik].

Václavek, B.: *Cesta k bohu a lidem.* In: *Literární svět* 1 (1927/28), Nr. 8, S. 8.

Vietor-Engländer, Deborah: *Ungar, Hermann: Die Klasse. Roman. Hrsg. und mit e. Nachw. vers. v. Manfred Linke.* In: *Germanistik,* Tübingen, 17 (1976), S. 622.

V-r., M. [M. V-r., Vischer, Melchior, d. i. Emil Fischer]: *Hermann Ungar. Die Klasse.* In: *Berliner Tageblatt* 56 (4. 12. 1927), Nr. 573.

W., L. [L. W., Winder, Ludwig]: *Romane.* In: *Deutsche Zeitung Bohemia,* Prag, 100 (11. 12. 1927), Nr. 293, S. 16.

wk.: *Die Klasse (Gestern gesehen).* In: *Hamburger Abendblatt* (25. 9. 1968), Nr. 224 [TV-Kritik].

e) Der rote General

Anonym:

„Der rote General". In: *Prager Presse* 8 (14. 9. 1928), Nr. 256, S. 7.

Berlínská premiéra československého autora. In: *Národní osvobození,* Praha, 5 (17. 9. 1928), Nr. 258, S. 2.

Berliner Premieren. In: *Dresdner Neueste Nachrichten* (19. 9. 1928).

Ein Trotzki-Drama von Herrmann Ungar. In: *Neue Freie Presse,* Wien (19. 9. 1928), Nr. 22994, Morgenblatt, S. 9.

Uraufführung eines Oesterreichers in Berlin. Hermann Ungars „Der rote General" am Theater in der Königgrätzerstraße. In: *Wiener Allgemeine Zeitung* 49 (20. 9. 1928), Nr. 15094, S. 5.

„Der rote General." In: *Die Stimme. Jüdische Zeitung,* Wien, 1 (27. 9. 1928), Nr. 39, S. 9.

„Der rote General". In: *Völkischer Beobachter,* München (28. 9. 1928), Nr. 226, S. 2.

Tooneel te Berlijn. Twee moderne drama's. Der rote General, van Hermann Ungar. Oktobertag, van Georg Kaiser. In: *Nieuwe Rotterdamsche Courant* (28. 9. 1928).

Het tooneelseizoen te Berlijn. In: *Algemeen Handelsblad,* Amsterdam (28. 9. 1928).

Fritz Kortner in Hermann Ungars „Der rote General" [Foto]. In: *Berliner Tageblatt* 57 (30. 9. 1928), Nr. 463, Welt-Spiegel, S. 9.

Berliner Revue. In: *Berliner Arbeiter-Zeitung* 3 (30. 9. 1928), Nr. 39, 1. Beiblatt, S. 2.

Hermann Ungar. „Der rote General". Verlag der Vertriebsstelle, Berlin. In: *Dramaturgische Blätter des Verbandes der deutschen Volksbühnenvereine,* Berlin, 5 (Oktober 1928), Nr. 6, S. 56f.

[*„Der rote General"*, Rubrik *Stadttheater Bochum*]. In: *Volksblatt*, Bochum, 30 (1. 12. 1928), Nr. 281, 6. Blatt, S. 1.

[*„Der rote General"*, Rubrik *Stadttheater Bochum*]. In: *Volksblatt*, Bochum, 30 (3. 12. 1928), Nr. 283, 2. Blatt, S. 2.

[*„Der rote General"*, Rubrik *Stadttheater Bochum*]. In: *Volksblatt*, Bochum, 30 (5. 12. 1928), Nr. 285.

[*„Der rote General"*, Rubrik *Stadttheater Bochum*]. In: *Volksblatt*, Bochum, 30 (7. 12. 1928), Nr. 287.

[*„Der rote General"*, Rubrik *Stadttheater Bochum*]. In: *Volksblatt*, Bochum, 30 (8. 12. 1928), Nr. 288.

[*„Der rote General"*, Rubrik *Stadttheater Bochum*]. In: *Volksblatt*, Bochum, 30 (13. 12. 1928), Nr. 292.

Reimann-Parodie auf den roten General. In: *Prager Tagblatt* 53 (29. 12. 1928), Nr. 307, S. 7.

[*„Der rote General"*]. In: *Prager Tagblatt* 54 (7. 9. 1929), Nr. 210, S. 5.

Bab, J[ulius]: *„Der rote General". Theater in der Königgrätzer Strasse.* In: *Berliner Volkszeitung* 76 (17. 9. 1928).

Bachmann, H[einrich]: *Hermann Ungar: „Der rote General." Uraufführung* [*Theater in der Königgrätzer Straße*]. In: *Germania*, Berlin, 58 (17. 9. 1928), Nr. 432, Abendausgabe.

Dass. [Auszug]. In: *Drei jüdische Dramen. Hermann Ungar: Der rote General, Walter Mehring: Der Kaufmann von Berlin, Paul Kornfeld: Jud Süß.* Mit Dokumenten zur Rezeption. Hrsg. von Hans-J. Weitz unter Mitwirkung von Michael Assmann. Göttingen 1995, S. 289.

Bar Kochba: *„Der rote General".* In: *Der Angriff*, Berlin (24. 9. 1928), S. 3.

Dass. In: *Drei jüdische Dramen. Hermann Ungar: Der rote General, Walter Mehring: Der Kaufmann von Berlin, Paul Kornfeld: Jud Süß.* Mit Dokumenten zur Rezeption. Hrsg. von Hans-J. Weitz unter Mitwirkung von Michael Assmann. Göttingen 1995, S. 292-296.

Behl, C. F. W.: *Hermann Ungar: „Der Rote General". Berliner Uraufführung.* In: *Kasseler Post* 46 (21. 9. 1928), Nr. 262.

Bie, Oscar: *Berliner Theater.* In: *Breslauer Neueste Nachrichten* (19. 9. 1928).

Biedrzynski, Richard: *Judenmission. Hermann Ungar: „Der Rote General". Theater in der Königgrätzer Straße.* In: *Deutsche Zeitung*, Berlin (17. 9. 1928), Nr. 219b, Abendausgabe, S. 2.

Breslauer, S.: *Der rote General. Betrachtung zu einem Judenstück.* In: *Der nationaldeutsche Jude*, Berlin (Oktober 1928), Nr. 5/10, S. 1f.

Brod, Max: *Ungar-Uraufführung in Berlin. „Der rote General."*. In: *Prager Tagblatt* 53 (16. 9.1928), Nr. 221, S. 9.

Ders. [M. B.]: *Berliner Regie.* In: *Prager Tagblatt* 53 (18. 9. 1928), Nr. 222, S. 8.

Buxbaum, Hans: *Der rote General. Zur Erstaufführung im Stadttheater am 8. Dezember 1928 (Stadttheater Bochum).* In: *Volksblatt*, Bochum, 30 (6. 12. 1928), Nr. 286.

Dass. [*Zur Aufführung von Hermann Ungars Schauspiel „Der rote General"*]. In: *Das Prisma. Blätter der vereinigten Stadttheater Bochum-Duisburg*, Bochum, 5. Spielzeit 1928/29, Beilage 3, S. 1f.

C. A. P.: *„Der rote General." Kammerspiele.* In: *Hamburger Nachrichten* 137 (12. 11. 1928), Nr. 532, Abendblatt, S. 1.

„Charivari" für Theater, Musik, Film und Rundfunk [Rezensionsblatt des Verlags Felix Bloch Erben], Berlin [1928], Nr. 20, S. 1-3 [*Hermann Ungar. Ein neuer Dramatiker siegt! Der rote General*].

Cremers [Paul Joseph]: *Hermann Ungar: „Der rote General". Westdeutsche Erstaufführung in Bochum.* In: *Rheinisch-Westfälische Zeitung*, Essen, 191 (10. 12. 1928), Nr. 633, Abendausgabe, S. 1.

Düsel, Friedrich: *Dramatische Rundschau.* In: *Westermanns Monatshefte*, Braunschweig, Berlin, Hamburg, 73 (November 1928), S. 335-340 (336f.).

E., F. [F. E.]: *Hermann Unger: Der rote General* (*Kammerspiele im Lustspielhaus*). In: [Hamburger Zeitung, nicht identifiziert] (12. 11. 1928).

Eisgruber, Heinz: *„Der rote General". Trotzki als Bühnenfigur.* In: *Schlesische Bergwacht*, Waldenburg, 18 (21. 9. 1928), Nr. 222, Die frohe Rast.

Eloesser, Arthur: *Berliner Theater.* In: *Münchner Neueste Nachrichten* 81 (18. 9. 1928), Nr. 255, S. 4.

Dass. [Auszug]. In: *Drei jüdische Dramen. Hermann Ungar: Der rote General, Walter Mehring: Der Kaufmann von Berlin, Paul Kornfeld: Jud Süß. Mit Dokumenten zur Rezeption.* Hrsg. von Hans-J. Weitz unter Mitwirkung von Michael Assmann. Göttingen 1995, S. 289f.

Elsner, Richard (Hrsg.): *Hermann Ungar, Der rote General* [Pressestimmen]. In: *Das deutsche Drama in Geschichte und Gegenwart*, Berlin, 1 (1929), S. 217-219.

Elster, Hanns Martin: *Berliner Theaterbrief.* In: *Bergisch-Märkische Zeitung*, Wuppertal, 139 (25. 10. 1928), Nr. 296.

Engelien: *Der rote General* (*Bochumer Theater*). In: *Kölnische Zeitung* (14. 12. 1928), Nr. 686b, Morgen-Ausgabe.

Falk, Norbert: *Der rote General. Hermann Ungars Drama im Theater in der Königgrätzer Straße*. In: *B. Z. am Mittag*, Berlin (17. 9. 1928), Nr. 256.

Dass. [Auszug]. In: *Drei jüdische Dramen. Hermann Ungar: Der rote General, Walter Mehring: Der Kaufmann von Berlin, Paul Kornfeld: Jud Süß. Mit Dokumenten zur Rezeption*. Hrsg. von Hans-J. Weitz unter Mitwirkung von Michael Assmann. Göttingen 1995, S. 288f.

F. [Fechter, Paul]: *Hermann Ungar: Der rote General (Theater in der Königgrätzer Straße (Premiere von gestern)* [Vorbericht]. In: *Deutsche Allgemeine Zeitung*, Berlin, 67 (16. 9. 1928), Nr. 435.

Ders. [Fechter]: *Hermann Ungar: „Der rote General". Theater in der Königgrätzer Straße*. In: *Deutsche Allgemeine Zeitung*, Berlin, 67 (17. 9. 1928), Nr. 436, Abendausgabe, S. 2.

Dass. [Auszug]. In: *Drei jüdische Dramen. Hermann Ungar: Der rote General, Walter Mehring: Der Kaufmann von Berlin, Paul Kornfeld: Jud Süß. Mit Dokumenten zur Rezeption*. Hrsg. von Hans-J. Weitz unter Mitwirkung von Michael Assmann. Göttingen 1995, S. 290.

Fischer, Hans W.: *Der rote General. (Uraufführung in der Königgrätzer Straße.)*. In: *Die Welt am Montag*, Berlin, 34 (17. 9. 1928), Nr. 38, S. 2.

Frels, Wilhelm: *Die dramatische Produktion des Jahres 1928*. In: *Die schöne Literatur*, Leipzig, 30 (Mai 1929), Nr. 5, S. 200-206 (202).

Frenzel, Elisabeth: *Judengestalten auf der deutschen Bühne. Ein notwendiger Querschnitt durch 700 Jahre Rollengeschichte*. München o. J. [ca. 1936], S. 232, 237f., 243, 248.

G., v. [v. G.]: *Lessing-Theater. – Theater in der Königgrätzer Straße. – Staatliches Schauspielhaus. – Theater in der Behrenstraße (Aus den Theatern)*. In: *Der Jungdeutsche*, Berlin (22. 9. 1928), Nr. 223, 2. Blatt.

Georg, Manfred: *Tragödie des Außenseiters. „Der rote General" von Hermann Ungar*. In: *Tempo*, Berlin, 6 (17. 9. 1928).

Gorelik, Sch[emaryahu]: *Hermann Ungar „Der rote General" (Theater in der Königgrätzer Straße.)*. In: *Jüdische Rundschau*, Berlin, 33 (21. 9. 1928), Nr. 74/75, S. 531f.

Dass. [Auszug]. In: *Drei jüdische Dramen. Hermann Ungar: Der rote General, Walter Mehring: Der Kaufmann von Berlin, Paul Kornfeld: Jud Süß. Mit Dokumenten zur Rezeption*. Hrsg. von Hans-J. Weitz unter Mitwirkung von Michael Assmann. Göttingen 1995, S. 280.

Gronemann, Sammy: *Der rote General.* In: *Gemeindeblatt der Jüdischen Gemeinde zu Berlin* 18 (Oktober 1928), Nr. 10, S. 331-333.

Haas, Willy: *Hermann Ungar: Der rote General. Theater in der Königgrätzer Straße.* In: *Der Montag Morgen*, Berlin, 6 (17. 9. 1928), Nr. 38, S. 2.

Hakohen, Meir: *Der rote General. Hermann Ungars Judendrama der Revolution.* In: *Jungzionistische Blätter*, Berlin, 1 (September 1928), Nr. 7, o. S. [Beilage der *Jüdischen Rundschau*, Berlin, 33, 1928].

Heilborn, Ernst: *Zwei rote Generale. „Der Rote General", Schauspiel von Hermann Ungar. Uraufführung im Theater in der Königgrätzerstraße Berlin, am 15. September.* In: *Frankfurter Zeitung* 73 (18. 9. 1928), Nr. 700, Abendblatt, S. 1.

Dass. [Auszug]. In: *Drei jüdische Dramen. Hermann Ungar: Der rote General, Walter Mehring: Der Kaufmann von Berlin, Paul Kornfeld: Jud Süß.* Mit Dokumenten zur Rezeption. Hrsg. von Hans-J. Weitz unter Mitwirkung von Michael Assmann. Göttingen 1995, S. 288.

Ders.: *„Der Rote General." Schauspiel.* In: *Die Literatur*, Stuttgart, Berlin, 31 (1928/29), S. 97.

Herrmann (Neiße), Max: *Berliner Theater-Winter I.* In: *Das Stachelschwein*, Berlin (November/Dezember 1928), S. 58f.

Dass. In: Max Herrmann-Neiße: *Panoptikum. Stücke und Schriften zum Theater (Gesammelte Werke).* Hrsg. von Klaus Völker. Frankfurt/M. 1988, S. 655-659.

hl.: *„Der rote General". Theater in der Königgrätzer Straße.* In: *Neue Preußische Kreuz-Zeitung*, Berlin, 81 (17. 9. 1928), Nr. 439, Abendausgabe.

Hochdorf, Max: *Hermann Ungar: Der rote General. Theater i. d. Königgrätzer Straße.* In: *Der Abend*, Spätausgabe des *Vorwärts*, Berlin, 45 (17. 9. 1928), Nr. 440, o. S. [3].

Dass. [Auszug]. In: *Drei jüdische Dramen. Hermann Ungar: Der rote General, Walter Mehring: Der Kaufmann von Berlin, Paul Kornfeld: Jud Süß.* Mit Dokumenten zur Rezeption. Hrsg. von Hans-J. Weitz unter Mitwirkung von Michael Assmann. Göttingen 1995, S. 280f.

Hollaender, Felix: *Hermann Ungar: Der rote General. Theater in der Königgrätzer Straße.* In: Felix Hollaender: *Lebendiges Theater. Eine Berliner Dramaturgie.* Berlin 1932, S. 200-204.

Ih., H. [H. Ih., Ihering, Herbert]: *Der rote General. Theater i. d. Königgrätzer Straße. (Vorbericht.).* In: *Berliner Börsen-Courier* 61 (16. 9. 1928), Nr. 435.

Ders. [Herbert Ihering]: *Der rote General. Theater in der Königgrätzer Straße.* In: *Berliner Börsen-Courier* 61 (17. 9. 1928), Nr. 436.

Dass. In: *Drei jüdische Dramen. Hermann Ungar: Der rote General, Walter Mehring: Der Kaufmann von Berlin, Paul Kornfeld: Jud Süß. Mit Dokumenten zur Rezeption.* Hrsg. von Hans-J. Weitz unter Mitwirkung von Michael Assmann. Göttingen 1995, S. 284-287.

Ders.: *Große Berliner Premiere. „Der rote General" im Theater in der Königgrätzer Straße.* In: *Magdeburgische Zeitung* (21. 9. 1928), Nr. 515, 2. Ausgabe, S. 3.

Dass. [*„Der rote General"*]. In: *Hamburger Fremdenblatt* 100 (22. 9. 1928), Nr. 264, S. 2f.

Dass. [*„Der rote General". Berliner Première*]. In: *Thüringer Allgemeine Zeitung*, Erfurt, 79 (22. 9. 1928), Nr. 264.

J., M. [M. J., Jacobs, Monty]: *„Der rote General" (Theater in der Königgrätzer Straße)* [Vorbericht]. In: *Vossische Zeitung*, Berlin (16. 9. 1928), Nr. 439.

Ders. [Monty Jacobs]: *Hermann Ungars „Roter General". Theater in der Königgrätzer Straße.* In: *Vossische Zeitung*, Berlin (17. 9. 1928), Nr. 440.

Dass. [Auszug]. In: *Drei jüdische Dramen. Hermann Ungar: Der rote General, Walter Mehring: Der Kaufmann von Berlin, Paul Kornfeld: Jud Süß. Mit Dokumenten zur Rezeption.* Hrsg. von Hans-J. Weitz unter Mitwirkung von Michael Assmann. Göttingen 1995, S. 287.

K., E. [E. K., Kästner, Erich]: *„Der rote General".* In: *Neue Leipziger Zeitung* (19. 9. 1928), Nr. 262, S. 2.

Dass. In: Erich Kästner: *Gemischte Gefühle. Literarische Publizistik aus der „Neuen Leipziger Zeitung" 1923-1933.* Hrsg. von Alfred Klein. Zürich 1989, Bd. 2, S. 123-125.

Kafka, Hans: *„Historisches Gemälde" oder „Filmreportage"? Zur Uraufführung von Hermann Ungars „Der rote General".* In: *Die literarische Welt*, Berlin, 4 (28. 9. 1928), Nr. 39, S. 8.

K..r [Kerr, Alfred]: *Hermann Ungar: „Der rote General." Königgrätzer Strasse* [Vorbericht]. In: *Berliner Tageblatt* 57 (17. 9. 1928), Nr. 439, Morgen-Ausgabe.

Ders. [Alfred Kerr]: *Hermann Ungar: „Der Rote General". Königgrätzer Strasse.* In: *Berliner Tageblatt* 57 (17. 9. 1928), Nr. 440, Abend-Ausgabe, S. 2f.

Dass. [Auszug]. In: *Drei jüdische Dramen. Hermann Ungar: Der rote General, Walter Mehring: Der Kaufmann von Berlin, Paul Kornfeld: Jud*

Süß. Mit Dokumenten zur Rezeption. Hrsg. von Hans-J. Weitz unter Mitwirkung von Michael Assmann. Göttingen 1995, S. 281-284.

Kienzl, Florian: *„Der rote General" von Hermann Unger (Aus der Theaterwelt)*. In: *Bremer Nachrichten* 186 (23. 9. 1928), Nr. 265, 1. Blatt.

Dass. [Varianten, *Berliner Theater*]. In: *Dresdner Anzeiger* 199 (27. 9. 1928), Nr. 455, Morgenausgabe.

Knudsen, Hans: *„Der rote General"*. Uraufführung im „Theater Königgrätzer Straße". In: *Rheinisch-Westfälische Zeitung*, Essen, 191 (18. 9. 1928), Nr. 480, Abendausgabe, S. 1.

Dass. [Auszug]. In: *Drei jüdische Dramen. Hermann Ungar: Der rote General, Walter Mehring: Der Kaufmann von Berlin, Paul Kornfeld: Jud Süß*. Mit Dokumenten zur Rezeption. Hrsg. von Hans-J. Weitz unter Mitwirkung von Michael Assmann. Göttingen 1995, S. 292.

Ders.: *Ungar, Hermann: Der rote General*. In: *Die schöne Literatur*, Leipzig, 29 (November 1928), Nr. 11, S. 553.

Köppen, Franz: *Hermann Ungar: „Der rote General". Theater in der Königgrätzer Straße*. In: *Berliner Börsen-Zeitung* 74 (17. 9. 1928), Nr. 436, Abendausgabe, S. 3.

Dass. [Auszug]. In: *Drei jüdische Dramen. Hermann Ungar: Der rote General, Walter Mehring: Der Kaufmann von Berlin, Paul Kornfeld: Jud Süß*. Mit Dokumenten zur Rezeption. Hrsg. von Hans-J. Weitz unter Mitwirkung von Michael Assmann. Göttingen 1995, S. 291.

Kubsch, Hugo: *„Der rote General." Theater in der Königgrätzer Straße*. In: *Deutsche Tageszeitung*, Berlin, 35 (17. 9. 1928), Nr. 439, Abendausgabe.

Kür. [Kürschner, Arthur]: [*Der rote General*]. In: *Das Theater*, Berlin, 9 (1928), Bd. II, Nr. 19, 1. Oktoberheft 17, S. 431f.

Lachmann, Ismar: *Berliner Theater. „Der rote General" – „Was jede Frau weiß" – „Eltern und Kinder" – „Der große Bariton"*. In: *Breslauer Zeitung* (18. 9. 1928).

Loewenstein, Walter: *Der rote General. Schauspiel von Hermann Ungar. Uraufführung: Berlin, Theater in der Königgrätzer Straße*. In: *Jüdisch-liberale Zeitung*, Berlin, 8 (21. 9. 1928), Nr. 38, S. 2f.

M. A. M.: *„Der rote General". Kammerspiele im Lustspielhaus*. In: *Hamburger Fremdenblatt* 100 (12. 11. 1928).

M. M.: *„Der rote General"*. In: *Neue Zürcher Zeitung* 149 (19. 9. 1928), Nr. 1693, Abendausgabe, 8. Blatt, S. 1.

M., F. [F. M., Märker, Friedrich]: [*Berliner Theater in der Königgrätzer Straße*]. In: *Fränkischer Kurier*, Nürnberg (1. 10. 1928), Nr. 272, S. 7.

Mehring, Walter: *Der roite Genral.* In: *Das Tage-Buch*, Berlin, 9 (22. 9. 1928), Nr. 38, S. 1570-1573.

Dass. In: *Drei jüdische Dramen. Hermann Ungar: Der rote General, Walter Mehring: Der Kaufmann von Berlin, Paul Kornfeld: Jud Süß.* Mit Dokumenten zur Rezeption. Hrsg. von Hans-J. Weitz unter Mitwirkung von Michael Assmann. Göttingen 1995, S. 276-280.

Dass. In: Walter Mehring: *Reportagen der Unterweltstädte. Berichte aus Berlin und Paris 1918 bis 1939.* Unter Mitarbeit von Horst Schwiemann hrsg. und mit einem Anhang versehen von Georg Schirmers. Oldenburg 2001, S. 180-184.

Moes, Eberhard: *Tendenzdramen.* In: *Der Scheinwerfer*, Essen, 2 (April 1929), Nr. 14, S. 11-14.

Dass. In: *Der Scheinwerfer. Ein Forum der Neuen Sachlichkeit 1927-1933.* Hrsg. von Erhard Schütz und Jochen Vogt. Essen 1986, S. 127-130.

Morus [Lewinsohn, Richard]: *Sowjetpogrome.* In: *Die Weltbühne*, Berlin, 24 (2. 10. 1928), Nr. 40, S. 533-535.

Mysing: *Der rote General (Berliner Theater).* In: *Kölnische Zeitung* (21. 9. 1928).

Oppenheimer, Hans: *„Der Rote General".* In: *Central Verein-Zeitung*, Berlin, 7 (28. 9. 1928), Nr. 39, S. 549.

O., M. [M. O., Osborn, Max]: *„Der rote General." Theater in der Königgrätzer Straße* [Vorbericht]. In: *Berliner Morgenpost* (16. 9. 1928), Nr. 222.

Ders. [Max Osborn]: *„Der rote General." Theater in der Königgrätzer Straße.* In: *Berliner Morgenpost* (18. 9. 1928), Nr. 223.

Dass. [Auszug]. In: *Drei jüdische Dramen. Hermann Ungar: Der rote General, Walter Mehring: Der Kaufmann von Berlin, Paul Kornfeld: Jud Süß.* Mit Dokumenten zur Rezeption. Hrsg. von Hans-J. Weitz unter Mitwirkung von Michael Assmann. Göttingen 1995, S. 289.

Ossietzy, Carl v.: *Der rote General.* In: *Die Weltbühne*, Berlin, 24 (25. 9. 1928), Nr. 39, S. 492-494.

Dass. In: Carl von Ossietzky: *Sämtliche Schriften.* Oldenburger Ausgabe, Bd. IV: *1927-1928.* Hrsg. von Werner Boldt und Renke Siems. Reinbek bei Hamburg 1994, S. 484-487.

Dass. In: *Drei jüdische Dramen. Hermann Ungar: Der rote General, Walter Mehring: Der Kaufmann von Berlin, Paul Kornfeld: Jud Süß.* Mit Dokumenten zur Rezeption. Hrsg. von Hans-J. Weitz unter Mitwirkung von Michael Assmann. Göttingen 1995, S. 273-276.

Polgar, Alfred: *Summarischer Bericht. Aus einem Brief.* In: *Das Tage-Buch,* Berlin, 9 (13. 10. 1928), Nr. 41, S. 1698-1701 (1700).

Reus, Gunter: *Oktoberrevolution und Sowjetrußland auf dem deutschen Theater. Zur Verwendung eines geschichtlichen Motivs im deutschen Schauspiel von 1918 bis zur Gegenwart.* Bonn 1978, S. 172-177.

Roessler, Rudolf: *Schauspiel 1928/29.* Berlin 1929, S. 22.

-s.: *Theater in der Königgrätzer Straße: „Der rote General".* In: *Berliner Lokal-Anzeiger* (17. 9. 1928), Nr. 441.

Sabatzky, Kurt: *Der Jude in der dramatischen Gestaltung.* Königsberg i. Pr. [1930], S. 53-55.

S-s., F. [F. S-s., Servaes, Franz]: *Theater in der Königgrätzer Straße. „Der rote General"* [Vorbericht]. In: *Berliner Lokal-Anzeiger* (16. 9. 1928), Nr. 440.

Ders.: *Ein Hetzdrama. Hermann Ungar: „Der rote General" im Theater in der Königgrätzer Straße.* In: *Berliner Lokal-Anzeiger* (17. 9. 1928), Nr. 441.

Dass. [Auszug]. In: *Drei jüdische Dramen. Hermann Ungar: Der rote General, Walter Mehring: Der Kaufmann von Berlin, Paul Kornfeld: Jud Süß.* Mit Dokumenten zur Rezeption. Hrsg. von Hans-J. Weitz unter Mitwirkung von Michael Assmann. Göttingen 1995, S. 291f.

Ders.: *Hermann Ungar: „Der rote General".* In: *Leipziger Neueste Nachrichten* (19. 9. 1928), Nr. 263, S. 3.

Str., Dr. [Dr. Str., Straßer, Gregor]: *„Der rote General." Theater in der Königgrätzer Straße.* In: *Berliner Arbeiter-Zeitung* 3 (23. 9. 1928), Nr. 38, S. 3.

Strecker, Karl: *Berliner Theater.* In: *Hamburger Nachrichten* 137 (18. 9. 1928), Nr. 438, Abendausgabe, S. 1.

Dass. In: *Dresdner Nachrichten* 72 (18. 9. 1928), Nr. 441, S. 4f.

Dass. In: *Chemnitzer Tageblatt und Anzeiger* 81 (20. 9. 1928), Nr. 261, 2. Beilage.

Dass. In: *Schlesische Zeitung,* Breslau, 108 (21. 9. 1928), Nr. 484, Abendausgabe.

Weitz, Hans-J.: *Vorbemerkungen.* In: *Drei jüdische Dramen. Hermann Ungar: Der rote General, Walter Mehring: Der Kaufmann von Berlin, Paul Kornfeld: Jud Süß.* Mit Dokumenten zur Rezeption. Hrsg. von Hans-J. Weitz unter Mitwirkung von Michael Assmann. Göttingen 1995, S. 9-19.

Weltmann, Lutz: *"Der rote General" im Theater in der Königgrätzer Straße.* In: *Das blaue Heft*, Berlin, 10 (1928), S. 605f.

Wp.: *Stadttheater Bochum. Hermann Ungar: "Der rote General."* In: *Volksblatt*, Bochum, 30 (11. 12. 1928), Nr. 290, 2. Blatt, S. 2.

Z., H. v. [H. v. Z, von Zwehl, Hans]: *Ungar: Der rote General. Theater in der Königgrätzer Straße.* In: *Die Welt am Abend*, Berlin, 6 (17. 9. 1929), Nr. 218, 1. Beilage, S. 2.

f) Die Gartenlaube

a., e. [e. a.]: *Studio pražského německého divadla.* In: *Lidové noviny*, Brno, 38 (30. 3. 1930), Nr. 163, S. 8.

Anonym:

"Die Gartenlaube". In: *Prager Presse* 9 (2. 10. 1929), S. 8.

Hermann Ungars Komödie "Die Gartenlaube". In: *Deutsche Zeitung Bohemia*, Prag, 102 (19. 11. 1929), Nr. 270, S. 7.

Hermann Ungars Komödie "Die Gartenlaube". In: *Prager Tagblatt* 54 (11. 12. 1929), Nr. 289, S. 6.

Theater am Schiffbauerdamm. In: *Berliner Volks-Zeitung* 77 (12. 12. 1929), Nr. 585, Morgenausgabe, S. 2.

Hermann Ungars Komödie "Die Gartenlaube." In: *Berliner Volks-Zeitung* 77 (13. 12. 1929), Nr. 587, Morgenausgabe, S. 2.

Hermann Ungar: "Die Gartenlaube". Berliner Uraufführung. In: *Prager Tagblatt* 54 (13. 12. 1929), Nr. 291, S. 6.

Hermann Ungars "Gartenlaube". Uraufführung in Berlin. In: *Prager Presse* 9 (14. 12. 1929), Nr. 339, S. 5.

"Die Gartenlaube". Theater am Schiffbauerdamm. In: *Der Tag*, Berlin (14. 12. 1929), Nr. 298, S. 2.

Hermann Ungars "Gartenlaube". In: *Prager Tagblatt* 54 (14. 12. 1929), Nr. 292, S. 7.

"Die Gartenlaube" von Hermann Ungar (Premieren, die waren). In: *Berliner Lokal-Anzeiger* (16. 12. 1929).

Berlin. In: *Dramaturgische Blätter des Verbandes der deutschen Volksbühnenvereine*, Berlin, 6 (Dezember 1929), Nr. 8, S. 15.

Tooneel te Berlijn. Die Gartenlaube van Hermann Ungar. (Theater am Schiffbauerdamm.) Apollo, Brunnenstrasse van Grossmann en Hessel. (Volksbühne). In: *Nieuwe Rotterdamsche Courant* (19. 1. 1930), Ochtendblad, B., S. 1.

Hermann Ungars „Gartenlaube". In: *Prager Tagblatt* 55 (18. 3. 1930), Nr. 66, S. 6f.

Hermann Ungars „Gartenlaube". In: *Prager Presse* 10 (31. 5. 1930), Nr. 149, S. 6.

[*„Die Gartenlaube"*]. In: *Neue Freie Presse*, Wien (11. 6. 1930), Nr. 23614, S. 10.

Hermann Ungars „Gartenlaube". In: *Prager Tagblatt* 55 (27. 6. 1930), Nr. 150.

Das Aktionsprogramm des Brünner deutschen Theaters. In: *Deutsche Zeitung Bohemia*, Prag, 103 (29. 6. 1930), Nr. 152, S. 8.

Dass. [*Das Aktionsprogramm des Deutschen Theaters in Brünn*]. In: *Prager Tagblatt* 55 (29. 6. 1930), Nr. 152.

Die „Gartenlaube" in Prag verboten. In: *Barissenblätter*, Prag (August 1930), Nr. 65, S. 8f.

Theater in der Klosterstraße: „Die Gartenlaube" von Hermann Ungar. In: *Deutsche Allgemeine Zeitung*, Berlin, 70 (12. 11. 1931), Nr. 523, Morgenausgabe, Berliner Rundschau.

První (Dokumenty). In: *Literární noviny*, Praha, 6 (Januar 1932), Nr. 3, S. 1.

„Die Gartenlaube". In: *Funk und Film*, Wien (21. 3. 1954).

„Die Gartenlaube". In: *Wiener Montag* (22. 3. 1954).

Klassenkampf – garniert mit Beatmusik und Popeffekten, ohne weitere Angaben; SFB-Archiv [TV-Kritik].

Schwacher Sport-Spiegel, starker Staudte. In: *Düsseldorfer Nachrichten* (26. 3. 1970), Nr. 72 [TV-Kritik].

Mit massiven Seitenhieben. In: *Passauer Neue Presse* (26. 3. 1970) [TV-Kritik].

Liebe in der Laube. Heiteres bei Kellertheater-Sommerspielen. In: *Neue Kronenzeitung*, Wien (4. 7. 1986).

Von Molière bis Dürrenmatt. Rückblick auf den oberösterreichischen Theatersommer. In: *Oberösterreichischer Kulturbericht*, Linz (1986), Nr. 19.

Aufricht, Ernst Josef: *Erzähle damit du dein Recht erweist.* Berlin [1966], S. 106f.

B.: *Das „gewagteste" Stück: „Die Gartenlaube". Nachvorstellung im Operettenhaus.* In: *Hamburger Nachrichten* 139 (29. 9. 1930), Nr. 454, Abend-Ausgabe, S. 2.

B., H. [H. B.]: *Schuldig geblieben.* In: *Die Furche*, Wien (20. 6. 1984), Nr. 25, S. 11.

Bab, Julius: „*Die Gartenlaube*". *Uraufführung im Theater am Schiffbauerdamm.* In: *Berliner Volkszeitung* 77 (13. 12. 1929), S. 4.

Ders.: *Berliner Theaterbrief. Die Gartenlaube.* In: *Hannoversches Tageblatt* 78 (17. 12. 1929), Nr. 349, 2. Beilage, S. 10.

Bachmann, H[einrich]: *Hermann Ungars „Die Gartenlaube". Uraufführung.) (Theater am Schiffbauerdamm).* In: *Germania*, Berlin, 59 (14. 12. 1929), Nr. 582, Abendausgabe.

Benjamin, Walter: *Hermann Ungar: „Die Gartenlaube". Uraufführung im Theater am Schiffbauerdamm.* In: *Die literarische Welt*, Berlin, 5 (19. 12. 1929), Nr. 51/52, S. 17.

Dass. In: Walter Benjamin: *Gesammelte Schriften.* Unter Mitwirkung von Theodor W. Adorno und Gershom Scholem hrsg. von Rolf Tiedemann und Hermann Schweppenhäuser. Bd. IV: *Kleine Prosa. Baudelaire-Übertragungen.* Hrsg. von Tillmann Rexroth. Teilband 1. Frankfurt/M. 1972, S. 554f.

Bie, Oscar: *Uraufführung in Berlin: „Die Gartenlaube."* In: *Breslauer Neueste Nachrichten* (14. 12. 1929).

Dass. [*„Die Gartenlaube" von Hermann Ungar*]. In: *Dresdner Neueste Nachrichten* 37 (15. 12. 1929), Nr. 291.

Dass. [*Die „Gartenlaube"*]. In: *Neue Mannheimer Zeitung* (16. 12. 1929).

Ders.: *Z berlinské činohry.* In: *Lidové noviny*, Brno (1930), Nr. 9, S. 8.

Braem, Helmut M.: *„Die Gartenlaube" (Kritisch gesehen).* In: *Stuttgarter Zeitung* (26. 3. 1970), S. 33 [TV-Kritik].

D., L. [L. D., Davidsohn, Ludwig]: *Theater am Schiffbauerdamm. Hermann Ungar: „Die Gartenlaube".* In: *Buch und Bühne. Berliner Blätter für Theater und Literatur* (Januar/Februar 1930), S. 6.

Düsel, Friedrich: *Dramatische Rundschau.* In: *Westermanns Monatshefte*, Braunschweig, Berlin, Hamburg, 74 (Februar 1930), S. 639-644 (641, 643).

Eisenbarth, Wilhelm: *„Die Gartenlaube".* In: *Die Rheinpfalz*, Ludwigshafen (26. 3. 1970) [TV-Kritik].

-el: *Gartenlaube (Kritische Fernseh-Rückblende).* In: *Allgemeine Zeitung*, Mainz (26. 3. 1970) [TV-Kritik].

Elg: *Geschichten um die „Gartenlaube". Harry Fuss führt im Konzerthaustheater Regie.* In: *Weltpresse*, Wien, 10 (10. 3. 1954).

Eloesser, Arthur: *„Die Gartenlaube". Theater am Schiffbauerdamm.* In: *Vossische Zeitung*, Berlin (13. 12. 1929).

Elsner, Richard (Hrsg.): *Hermann Ungar, Die Gartenlaube* [Pressestimmen]. In: *Das deutsche Drama in Geschichte und Gegenwart*, Berlin, 2 (1930), S. 246.

Elster, Hanns Martin: *Berliner Theaterbrief.* In: *Hallesche Zeitung* (24. 12. 1929).

Ders.: *Berliner Theater. Im Dienste parteipolitischer Propaganda und sozialistisch-kommunistischer Weltanschauung.* In: *Bergisch-Märkische Zeitung*, Wuppertal, 141 (15. 1. 1930), Nr. 14, S. 5.

Eser, Willibald: *Theo Lingen. Komiker aus Versehen.* München, Wien 1986, S. 64f., 205.

F., E. [E. F.]: *Berliner Weihnachtspremieren.* In: *Wiener Allgemeine Zeitung* 50 (28. 12. 1929), Nr. 15473, S. 5.

F., E. [E. F.]: *Die Gartenlaube. Komödie von Hermann Ungar (Zentraltheater).* In: *Magdeburgische Zeitung* (4. 7. 1930), Nr. 358, 1. Ausgabe.

Faktor, Emil: *„Die Gartenlaube" (Theater am Schiffbauerdamm).* In: *Berliner Börsen-Courier* 62 (13. 12. 1929), Nr. 582, Abend-Ausgabe.

Ders. [E. F.] *Die „Gartenlaube" (In der Klosterstraße).* In: *Berliner Börsen-Courier* 64 (13. 11. 1931), Nr. 532, Abend-Ausgabe, S. 3.

Falk, Norbert: *Hermann Ungar: „Die Gartenlaube". Theater am Schiffbauerdamm.* In: *B. Z. am Mittag*, Berlin (13. 12. 1929).

Feld, Hans: *Hermann Ungar: Die Gartenlaube. Theater am Schiffbauerdamm.* In: *Film-Kurier*, Berlin (Dezember 1929).

F., H. W. [H. W. F., Fischer, Hans W.]: *„Die Gartenlaube." (Theater am Schiffbauerdamm.).* In: *Die Welt am Montag*, Berlin, 35 (16. 12. 1929), Nr. 50, 1. Beilage.

Gallasch, Peter F.: *Staudte ist kein Jungfilmer. Hermann Ungar, Die Gartenlaube. Fernsehspiel.* In: *FUNK-Korrespondenz*, München u. a. (2. 4. 1970), Nr. 14, S. 17f. [TV-Kritik].

Georg, Manfred: *Die Hölle in der Gartenlaube. Hermann Ungar-Premiere im Theater am Schiffbauerdamm.* In: *Tempo*, Berlin, 7 (14. 12. 1929).

Dass. [*Hermann Ungars „Gartenlaube". Uraufführung in Berlin*]. In: *Deutsche Zeitung Bohemia*, Prag, 102 (15. 12. 1929), Nr. 293, S. 8f.

Godard, Colette: *Le rire des années troubles. Agathe Alexis met en scène deux auteurs d'Europe centrale: Hermann Ungar et Ödön von Horvath. La Tonnelle et Le Belvédère à Béthune.* In: *Le Monde*, Paris (27. 2. 1993), S. 14.

Goldmann, Paul: *„Die Gartenlaube"*. In: *Neue Freie Presse*, Wien (Dezember 1929).

Grimme, Karl Maria: *Modlizki will Prolet sein. Veraltete Komödie im „Theater im Konzerthaus"*. In: *Neue Wiener Tageszeitung* (14. 3. 1954).

Gigo [Grünbaum, Hans]: *Brief des Fuxen Gigo* [an Fritz Tauber, 24. 12. 1929]. In: *Barissenblätter*, Prag (Januar 1930), Nr. 62, S. 4f.

-gsto-: *Lau ist's in der „Gartenlaube". Sommerproduktion des Linzer Kellertheaters im Landhaus-Arkadenhof.* In: *Oberösterreichische Nachrichten*, Linz (4. 7. 1986), S. 8.

Haas, Willy: *In memoriam Hermann Ungar. Die Gartenlaube. Theater am Schiffbauerdamm.* In: *Der Montag Morgen*, Berlin, 7 (16. 12. 1929), Nr. 50, S. 5.

Haider, Hans: *Ein Diener macht tabula rasa. „Die Gartenlaube" von Hermann Ungar im Theater in der Josefstadt*. In: *Die Presse*, Wien (16./17. 6. 1984), Nr. 10876, S. 6.

HAL: *„Die Gartenlaube"* (Kritisch betrachtet). In: *Wiesbadener Kurier* (26. 3. 1970) [TV-Kritik].

Hampel, Reinhard: *Die „Gartenlaube" in der Josefstadt: Die Würde des Proleten.* In: *Oberösterreichische Nachrichten*, Linz (16. 6. 1984).

Hecht, R. R.: *Uraufführung in Berlin.* In: *Jüdische Presszentrale*, Zürich (20. 12. 1929), Nr. 575, S. 10.

Heilborn, Ernst: *„Die Gartenlaube"*. In: *Frankfurter Zeitung* 74 (16. 12. 1929), Nr. 936, Abendblatt, S. 1.

Ders.: *„Die Gartenlaube"*. In: *Die Literatur*, Stuttgart, Berlin, 32 (1929/30), S. 289.

Hirschmann, Christoph: *„Die Gartenlaube" von Hermann Ungar im Theater in der Josefstadt: Ein Symbol für ewiges Spießertum.* In: *Arbeiter-Zeitung*, Wien (16. 6. 1984).

Hochdorf, Max: *Theater am Schiffbauerdamm. Hermann Ungar: „Die Gartenlaube."* In: *Vorwärts*, Berlin, 46 (13. 12. 1929).

Hoe.: *Hermann Ungar: „Die Gartenlaube". Sonder-Nachtvorstellung im Operettenhaus.* In: *Hamburger Echo* (29. 9. 1930), Nr. 269.

Hollaender, Felix: *Hermann Ungars Komödie „Die Gartenlaube". Theater am Schiffbauerdamm.* In: *8-Uhr-Abendblatt*, Berlin, 82 (13. 12. 1929), Nr. 291, 3. Beiblatt.

Hubalek: *„Die Gartenlaube"*. In: *Arbeiter-Zeitung*, Wien (14. 3. 1954), Nr. 61, S. 7.

Ihering, Herbert: „*Die Gartenlaube.*" *Gedächtnispremiere für Hermann Ungar.* In: *Hamburger Fremdenblatt* 101 (17. 12. 1929), Nr. 349, Abend-Ausgabe, S. 3.

Dass. [Varianten]. In: *Magdeburgische Zeitung* (18. 12. 1929), Nr. 692, 2. Ausgabe.

J., E. [E. J.]: *Ungars „Gartenlaube". Tagebuch des Fernsehers.* In: *Frankfurter Allgemeine Zeitung* (26. 3. 1970), Nr. 72, S. 2 [TV-Kritik].

[Josefstadt] *Theater in der Josefstadt*, Spielzeit 1983/84, Programmheft 8 (*Die Gartenlaube*), Wien 1984 [dass. Spielzeit 1984/85, Programmheft 1b] [*Zeittafel* S. 38f.].

Junghans: „*Die Gartenlaube.*" *Theater am Schiffbauerdamm.* In: *Neue Preußische Kreuz-Zeitung*, Berlin, 82 (14. 12. 1929), Nr. 390.

K., E. [E. K., Kästner, Erich]: *Hermann Ungars „Gartenlaube".* In: *Neue Leipziger Zeitung* (19. 12. 1929), Nr. 353, S. 6.

Dass. In: Erich Kästner: *Gemischte Gefühle. Literarische Publizistik aus der „Neuen Leipziger Zeitung" 1923–1933.* Hrsg. von Alfred Klein. Zürich 1989, Bd. 2, S. 227-229.

Kafka, Hans: *Plus und Minus / Bilanz und Vorschau.* In: *Die literarische Welt*, Berlin, 5 (31. 5. 1929), Nr. 22, S. 7.

Kahl, Kurt: *In der Gartenlaube straft der Proletarier den Herrn. Die Josefstadt spielt Hermann Ungars Skandal- und Erfolgsstück aus dem Jahr 1929.* In: *Wiener Morgen Kurier* (16. 6. 1984), S. 11.

Kehlmann, Michael: *Colbert und Modlizki.* In: *Theater in der Josefstadt*, Spielzeit 1983/84, Programmheft 8 (*Die Gartenlaube*), Wien 1984, S. 11f. [dass. Spielzeit 1984/85, Programmheft 1b].

Kerr, Alfred: *Georg Kaiser: Kolportage.* In: *Berliner Tageblatt* 58 (17. 9. 1929).

Ders. [K..r]: *Hermann Ungar: „Die Gartenlaube." Theater am Schiffbauerdamm* [Vorbericht]. In: *Berliner Tageblatt* 58 (13. 12. 1929), Nr. 587, Morgen-Ausgabe.

Ders. [Alfred Kerr]: *Hermann Ungar: „Die Gartenlaube." Theater am Schiffbauerdamm.* In: *Berliner Tageblatt* 58 (13. 12. 1929), Nr. 588, Abend-Ausgabe, S. 2f.

Dass. In: Alfred Kerr: *Mit Schleuder und Harfe. Theaterkritiken aus drei Jahrzehnten.* Hrsg. von Hugo Fetting. Berlin 1982, S. 494-497.

Dass. [*Ein Lachender schrieb das*]. In: *Theater in der Josefstadt*, Spielzeit 1983/84, Programmheft 8 (*Die Gartenlaube*), Wien 1984, S. 13-16 [dass. Spielzeit 1984/85, Programmheft 1b].

Ders.: *Fünfzigmal "Gartenlaube"*. In: *Berliner Tageblatt* 59 (1. 2. 1930), Nr. 55, Abend-Ausgabe, S. 4.

Kn. [Kersten, Kurt]: *Die Gartenlaube. Hermann Ungars letzte Komödie.* In: *Die Welt am Abend*, Berlin, 7 (13. 12. 1929), Nr. 291.

Kg., F. [F. Kg.]: *"Die Gartenlaube."* Gastspiel Berliner Bühnenkünstler im Deutschen Theater. In: *Hannoversches Tageblatt* 79 (3. 9. 1930), Nr. 244, 2. Beilage, S. 10.

Kienzl, Florian: *Hermann Ungar: "Die Gartenlaube". Uraufführung im Theater am Schiffbauerdamm (Aus der Theaterwelt).* In: *Bremer Nachrichten* 187 (20. 12. 1929), Nr. 352, 1. Blatt.

Dass. [Varianten, *Berliner Uraufführungen*]. In: *Dresdner Anzeiger* 200 (24. 12. 1929), Nr. 602, Morgenausgabe.

-pf. [Knopf, Julius]: *"Die Gartenlaube."* Im Theater in der Klosterstraße. In: *Berliner Börsen-Zeitung* 77 (13. 11. 1931), Nr. 532, Abendausgabe, S. 3.

Knudsen, Hans: *Hermann Ungar: "Die Gartenlaube". Uraufführung im "Theater am Schiffbauerdamm".* In: *Rheinisch-Westfälische Zeitung*, Essen, 192 (14. 12. 1929), Nr. 639, Abendausgabe, S. 1.

Ders.: *Ungar, Hermann: Die Gartenlaube.* In: *Die schöne Literatur*, Leipzig, 31 (Februar 1930), Nr. 2, S. 102.

Kraft, Peter: *Ein Skandal mit Charme. Brigitte Schwaiger inszenierte "Die Gartenlaube" in Linz.* In: *Salzburger Nachrichten* (4. 7. 1986).

Ders.: *"Skandal" im Charme seiner Jahre. Ungars Komödie "Die Gartenlaube", inszeniert von Brigitte Schwaiger, in Linz.* In: *linz aktiv. Kulturelle Vierteljahresschrift der Stadt Linz*, Herbst 1986, S. 100.

K. H. K. [Kramberg, Karl Heinz]: *Die Gartenlaube.* In: *Süddeutsche Zeitung*, München (26./27. 3. 1970), Nr. 73/74, S. 21 [TV-Kritik].

Kraml, Karin: *Drum prüfe, wer Komödien findet... Brigitte Schwaigers Regie-Erstling im Arkadenhof des Landhauses.* In: *Neues Volksblatt*, Linz (4. 7. 1986).

Kruntorad, Paul: *Die Saison endet behäbig, trivial, konfus und angestrengt (Chronik Wien).* In: *Theater heute* 25 (1984), Nr. 8, S. 48f.

Kubsch, Hugo: *"Die Gartenlaube."* Theater am Schiffbauerdamm. In: *Deutsche Tageszeitung*, Berlin, 36 (13. 12. 1929), Nr. 589, Morgenausgabe, S. 2.

Lachmann, Ismar: *"Die Gartenlaube" (Berliner Theater).* In: *Breslauer Zeitung* (19. 12. 1929), Nr. 593.

-ld.: *Zum erstenmal „Die Gartenlaube", Komödie in drei Akten von Hermann Ungar (Renaissancebühne).* In: *Neues Wiener Tagblatt* 64 (13. 6. 1930), Nr. 161, S. 9.

Liga, J.: *Berliner Uraufführungen.* In: *Vogtländischer Anzeiger und Tageblatt*, Plauen, 142 (1. 1. 1930), Nr. 1.

[Linzer Kellertheater]: *Linzer Kellertheater*, Programmheft Sommerspiele 1986, Die Gartenlaube, eine Komödie von Hermann Ungar [*Der Autor und das Stück*], Linz 1986.

Loos: *Kleines Theater im Konzerthaus: „Die Gartenlaube".* In: *Der Abend*, Wien (16. 3. 1954).

Lothar, Rudolph: *Berliner Theater. „Pariser Leben" von Offenbach im Renaissancetheater. – „Die Gartenlaube", Komödie von Hermann Ungar, im Theater am Schiffbauerdamm. – „Sie verweigert die Aussage", Lustspiel von Richard Keßler, im Trianontheater.* In: *Neues Wiener Journal* (18. 12. 1929) Nr. 12959, S. 3.

M. M.: *Berliner Theater.* In: *Neue Zürcher Zeitung* 150 (17. 12. 1929), Nr. 2492, Abendausgabe, 10. Blatt, S. 1.

m-r., g. [g. m-r.]: *„Die Gartenlaube". Nachtvorstellung im Operettenhaus.* In: *Hamburger Fremdenblatt* 102 (29. 9. 1930), Nr. 270.

Märker, Friedrich: *Berliner Theaterbrief.* In: *Fränkischer Kurier*, Nürnberg, 97 (18. 12. 1929), Nr. 350, S. 3.

Martin, Gunther: *Ein Vetter des Unbestechlichen. „Die Gartenlaube", eine Wiederentdeckung im Theater in der Josefstadt.* In: *Wiener Zeitung*; *Wiener Kurier* (16. 6. 1984).

may: *Verschollen und vergessen. „Die Gartenlaube" auf der Freilichtbühne am Juliusturm.* In: *Der Tagesspiegel*, Berlin (30. 8. 1977), Nr. 9707, S. 4.

Mysing: *Hermann Ungar: Die Gartenlaube (Berliner Theater).* In: *Kölnische Zeitung* (19. 12. 1929), Nr. 694b, Abend-Ausgabe, S. 2.

N., R. [R. N.]: *„Die Gartenlaube" im Theater im Konzerthaus.* In: *Österreichische Volksstimme*, Wien (16. 3. 1954), Nr. 63.

n., s. [s. n.]: *Hermann Ungar: Die Gartenlaube. Uraufführung im Theater am Schiffbauerdamm. (Eine kurze Unterhaltung).* In: *Jüdische Rundschau*, Berlin, 34 (20. 12. 1929), Nr. 100, S. 681.

Nürnberg, Rolf: *Die Gartenlaube. Im Theater am Schiffbauerdamm.* In: *12-Uhr-Blatt*, Berlin (14. 12. 1929).

Osborn, Max: *„Die Gartenlaube." Hermann Ungars Komödie im Theater am Schiffbauerdamm.* In: *Berliner Morgenpost* (14. 12. 1929).

p., a. [a. p.]: *Kleines Theater im Konzerthaus: „Die Gartenlaube".* In: *Neues Österreich,* Wien (20. 3. 1954), S. 5.

P., E. [E. P.]: *„Die Gartenlaube".* In: *Mannheimer Morgen* (26. 3. 1970) [TV-Kritik].

Pfoser, Alfred: *Dienen mit dem bösen Blick. „Die Gartenlaube" von Hermann Ungar im Wiener Theater in der Josefstadt.* In: *Salzburger Nachrichten* (20. 6. 1984).

p., o. [o. p., Pick, Otto]: *Sternheim und Ungarn* [sic; *„Die Kassette". Kleine Bühne – „Die Gartenlaube" in Wien*]. In: *Prager Presse* 10 (8. 7. 1930), Nr. 185, S. 8.

Polcuch, Valentin: *Hürchen gesucht. Die Gartenlaube.* In: *Die Welt,* Hamburg (26./27. 3. 1970), Nr. 72 [TV-Kritik].

Presler, Eckard: *Die „Gartenlaube" wird entblättert. Wolfgang Staudte und seine zeitlose Zeitkritik.* In: *B. Z.,* Berlin (24. 3. 1970), S. 14 [TV-Kritik].

(qu): [*„Die Gartenlaube"*]. In: *Hessische Allgemeine Zeitung,* Kassel (25. 3. 1970), Nr. 71 [TV-Kritik].

R.: *„Die Gartenlaube." Von Hermann Ungar (Renaissancebühne).* In: *Wiener Zeitung* 227 (13. 6. 1930), Nr. 135, S. 8f.

r., h. [h. r.]: *Hermann Ungar: „Die Gartenlaube". Verführungskomödie im Konzerthaustheater.* In: *Weltpresse,* Wien, 10 (15. 3. 1954), Nr. 61, S. 3.

Raff, Friedrich: *Die Gartenlaube. Berliner Theaterbrief.* In: *Deutsche Republik,* Frankfurt/M., V, 4 (1930), Nr. 14, S. 436-438.

Reimann, Viktor: *Kleinbürgertraum, Bedientenhaß. Josefstadt: Hermann Ungars „Gartenlaube" in Kehlmanns Regie.* In: *Neue Kronenzeitung,* Wien (16. 6. 1984).

Roessler, Rudolf: *Schauspiel 1929/30.* Berlin 1930, S. 26f.

Ru., We. [We. Ru., Rusack, Werner]: *„Die Gartenlaube." Berliner Gastspiel im Deutschen Theater.* In: *Hannoverscher Kurier* 82 (2. 9. 1930), Nr. 410/411, Abend-Blatt, Beilage, S. 9.

S-s., F. [F. S-s., Servaes, Franz]: *Hermann Ungar: „Die Gartenlaube" (Theater am Schiffbauerdamm, Berlin).* In: *Leipziger Neueste Nachrichten* (20. 12. 1929), Nr. 354, S. 3.

Schneider, Monika: *Ein unbekannter alter Autor in der Josefstadt. Hermann Ungars „Die Gartenlaube".* In: *Süd-Ost-Tagespost,* Graz (23. 6. 1984).

Starke, Ottomar: *Ottomar Starkes kleine Literaturbilderbogen* [*Die Gartenlaube*, Karikatur]. In: *Die literarische Welt*, Berlin, 6 (24. 1. 1930), Nr. 4, S. 1.

Steiner, Irmgard: *Der Diener als Revolutionär. Theater in der Josefstadt spielt zum Festwochenausklang „Die Gartenlaube".* In: *Neues Volksblatt*, Linz (16. 6. 1984).

Stepany, Manfred: *Eher beiläufige Belustigung. Leichte Sommerkost im Arkadenhof des Landhauses.* In: *Oberösterreichisches Tagblatt*, Linz (4. 7. 1986).

Stern, W. H.: *„Die Gartenlaube." Eine Komödie im Theater am Schiffbauerdamm.* In: *Neue Zeit*, Berlin (17. 12. 1929).

Strecker, Karl: *Berliner Theater.* In: *Hamburger Nachrichten* 138 (18. 12. 1929), Nr. 590, Abendausgabe, S. 2.

Dass. In: *Dresdner Nachrichten* 73 (18. 12. 1929), Nr. 592.

Dass.: In: *Chemnitzer Tageblatt und Anzeiger* 82 (19. 12. 1929), Nr. 349, 2. Beilage.

Dass. [K. Str.] In: *Schlesische Zeitung*, Breslau, 109 (22. 12. 1929), Nr. 650.

t., l. [l. t.]: *Ein Zeitstück von vorgestern – noch nicht antiquiert.* In: *Die Union*, Wien (17. 3. 1954), S. 7.

[Tauber, Fritz]: *Notizen von Roch.* In: *Barissenblätter*, Prag (Januar 1930), Nr. 62, S. 5.

Ders. [Fritz Tauber]: *Hermann Ungar-Abend für geladene Gäste.* In: *Selbstwehr*, Prag, 25 (4. 12. 1931), Nr. 51, S. 4.

Ders. [Roch]: *Hermann-Ungar-Gedenkfeier in Prag.* In: *Barissenblätter*, Prag (Januar 1932), Nr. 73, S. 11.

Thun, Eleonore: *„Gegen jeden Takt"* (*Josefstadt*). In: *Wochenpresse*, Wien (19. 6. 1984), S. 45f.

Uebe, Ingrid: *Die Gartenlaube* (*Für Sie gesehen*). In: *Neue Ruhr-Zeitung*, Essen (26./27. 3. 1970), Nr. 72 [TV-Kritik].

Videns: *Herrenabend in der Renaissancebühne. Erstaufführung von Hermann Ungars „Gartenlaube".* In: *Neues Wiener Journal* 38 (12. 6. 1930), Nr. 13131, S. 13.

W., Dr.: *„Die Gartenlaube" in der Klosterstraße.* In: *Vossische Zeitung*, Berlin (13. 11. 1931), Nr. 536, Abendausgabe.

W., G. [G. W.]: *Modlizki gegen Gartenlaube. Staudte inszeniert ein sozialkritisches Stück.* In: *wähl aus*, Rundfunkbeilage der *Schwäbischen Zeitung* (21.-27. 3. 1970), Nr. 67 [TV-Kritik].

W., P. [P. W.]: *(Renaissancebühne.). Zum erstenmal: „Die Gartenlaube".* In: *Neue Freie Presse,* Wien (13. 6. 1930), Nr. 23616, S. 14.

W., R. [R. W., Warnecke, R.]: *„Die Gartenlaube". Nachtvorstellung im Operettenhaus.* In: *Altonaer Nachrichten* (29. 9. 1930).

W., H. v. [H. v. W., Wedderkop, Hermann von]: *Die Gartenlaube, Theater am Schiffbauerdamm.* In: *Der Querschnitt,* Berlin, 10 (1930), Nr. 1, S. 188.

Werner, Bruno E.: *„Die Gartenlaube". Theater am Schiffbauerdamm.* In: *Deutsche Allgemeine Zeitung,* Berlin (14. 12. 1929).

g) Colberts Reise

Anonym: *Hermann Ungar: Colberts Reise.* In: *Israelitisches Familienblatt,* Hamburg, 33 (12. 11. 1931), Nr. 46.

B., F. [F. B., Blei, Franz]: *Hermann Ungar, Colberts Reise. Erzählungen.* In: *Neue Revue,* Berlin-Charlottenburg, 2 (1930/31), S. 230.

Burschell, Friedrich: *Ueber Hermann Ungar.* In: *Frankfurter Zeitung* 76 (4. 10. 1931), Nr. 740, 2. Morgenblatt, Literaturblatt Nr. 40, S. 7.

Eges, Willem: *Een jong gestorven auteur. Hermann Ungar, Colberts Reise.* In: *Den gulden Winckel,* Baarn, 30 (1930), S. 200f.

Eloesser, Arthur: *Nachlaß von Hermann Ungar.* In: *Vossische Zeitung,* Berlin (9. 11. 1930), 6. Beilage, Literarische Umschau Nr. 45.

Kornfeld, Paul: *Ungars Nachlaß.* In: *Das Tage-Buch,* Berlin, 12 (13. 6. 1931), Nr. 24, S. 945f.

Dass. In: Paul Kornfeld: *Revolution mit Flötenmusik und andere kritische Prosa 1916–1932.* Hrsg. und kommentiert von Manon Maren-Grisebach. Heidelberg 1977, S. 130-132.

Anton [Kuh, Anton]: *Der Dichter und der Knalleffekt.* In: *Neue Revue,* Berlin-Charlottenburg, 2 (1930/31), S. 260.

Ders. [K.]: *Hermann Ungar, Colberts Reise.* In: *Der Querschnitt,* Berlin, 10 (1931), Nr. 1, S. 70.

L.: *Hermann Ungar, Colberts Reise.* In: *Zeitschrift für die Geschichte der Juden in der Tschechoslowakei,* Brünn (1931), Nr. 3, S. 217.

Leppin, Paul: *Colberts Reise. Erzählungen.* In: *Die Literatur,* Stuttgart, Berlin, 33 (1930/31), S. 222.

Lorenzoni, Oskar: *Ungar, Hermann: Colberts Reise.* In: *Der Gral,* München 26 (Oktober 1931), Nr. 1, S. 74.

Mühlberger, Josef: *Dichtung.* In: *Sudetendeutsches Jahrbuch 1931*, Eger, Kassel-Wilhelmshöhe, S. 101-105 (103).

Ders.: *Sudetendeutsche Dichtung 1930.* In: *Witiko*, Eger, 4/III (1931), S. 227-231 (228f.).

Peterich, Eckart: *Teatromania Berlinese o la trasformazione di una novella.* In: *Solaria*, Firenze, 6 (1931), S. 60-62.

Rey, François: *Introduction.* In: Hermann Ungar: *Le voyage de Colbert. Nouvelles et récits.* Toulouse 1989, S. I-IV.

Rostosky, Fritz: *Ungar, Hermann: Colberts Reise. Erzählungen.* In: *Die neue Literatur*, Leipzig, 32 (April 1931), Nr. 4, S. 181.

Winder, Ludwig: *Hermann Ungars Nachlaß.* In: *Deutsche Zeitung Bohemia*, Prag, 103 (20. 11. 1930), Nr. 272, S. 2.

Zerkaulen, Heinrich: *Frauen und Dichter. Jones: „Serena Blandich" – Haller: „Frau Agathens Sommerhaus" – Verhoeven: „Heimweh" – Bergengruen: „Karl der Kühne" – Ungar: „Colberts Reise".* In: *Dresdner Nachrichten* 73 (16. 12. 1930), Nr. 589, Literarische Umschau.

h) Krieg

Anonym: *Hermann Ungar: Krieg.* In: *Literatur-Report*, Prien (September 1990), Nr. 50.

Binder, Hartmut: *Gegen den Krieg. Ein Frühwerk Hermann Ungars.* In: *Neue Zürcher Zeitung* (23./24. 12. 1990), Fernausgabe Nr. 298, S. 27f.

Bránský, Jaroslav: *Válka Hermanna Ungara.* In: *Nový život*, Blansko, 31 (20. 6. 1990), Nr. 23/24.

Ders. [(bra)]: *Dramatik H. Ungar.* In: *Lidová demokracie*, Brno, 46 (18. 7. 1990), Nr. 165.

Brosche, Wolfgang: *Notwendige Hoffnungen, ungefiltert. Ein frühes Theaterstück Hermann Ungars.* In: *die tageszeitung/taz*, Berlin (8. 8. 1990), S. 17.

Colombo, Michèle: *Guerre: Un drame expressioniste de Hermann Ungar recemment publie. Etude des sources et influences. Comparaison avec les pieces expressionnistes et pacifistes allemandes de la même epoque.* Masch. Seminararbeit [Exposé]. Université de Paris 1992.

Nussep, Anke: *Hermann Ungar: „Krieg".* In: *Das Heft*, Paderborn, 8 (Juni 1990), S. 49.

Sudhoff, Dieter: *Editorische Notiz*. In: Hermann Ungar: *Krieg. Drama aus der Zeit Napoleons in drei Akten*. Paderborn 1990, S. 51f.

Ders.: *Vom „Umwerter aller Werte". Hermann Ungar, der Weltkrieg und „Krieg"*. In: Hermann Ungar: *Krieg. Drama aus der Zeit Napoleons in drei Akten*. Paderborn 1990, S. 55-72.

Vietor-Engländer, Deborah: *Ungar, Hermann: Krieg*. In: *Germanistik*, Tübingen, 33 (1992), Nr. 1, S. 280.

we., u. [u. we., Weinzierl, Ulrich]: *Hermann Ungar*. In: *Frankfurter Allgemeine Zeitung* (9. 6. 1990).

3. Erwähnungen, Notizen

Adler, H. G.: *Die Dichtung der Prager Schule*. In: Manfred Wagner (Hrsg.): *Im Brennpunkt: ein Österreich. 14 Beiträge auf der Suche nach einer Konstante*. Wien 1976, S. 67-98 (70).

Albérès, R. M.: *Geschichte des modernen Romans*. Düsseldorf, Köln 1964, S. 284.

Alker, Ernst: *Profile und Gestalten der deutschen Literatur nach 1914*. Hrsg. von Eugen Thurnher. Stuttgart 1977, S. 228f.

Anonym:

Deutsche Autoren in tschechischer Übersetzung. In: *Die literarische Welt*, Berlin, 1 (30. 10. 1925), Nr. 4, S. 4.

Notes et échos. In: *Les Nouvelles Littéraires*, Paris (5. 2. 1927), Nr. 225, S. 2.

Hermann Ungar in Paris. In: *Prager Tagblatt* 52 (8. 2. 1927), Nr. 32, S. 6.

Programmankündigung [*Die Stunde der Lebenden*]: *Friedrich Koffka – Hermann Ungar*. In: *Funk-Stunde*, Berlin (27. 3. 1927), Nr. 13, S. 389.

Poplach na berlínské burse pro zlomenou nohu československého diplomata. In: *Večer*, Praha (25. 10. 1927).

Plané pověsti o zavraždění čsl. diplomata v Berlíně. In: *Narodní listy*, Praha (25. 10. 1927).

Programmhinweis auf Rudolf Kayser: *Hermann Ungar †*. In: *Funk-Stunde*, Berlin (8. 11. 1929), Nr. 46, S. 1477.

Zwei Prager. In: *Prager Tagblatt* 55 (1. 2. 1930), Nr. 28, S. 7.

[Hinweis auf Eva Pátkovás geplante Ungar-Dissertation]. In: *Informationsbulletin des Rates der jüdischen Gemeinden in Böhmen und Mähren*, Prag (Dezember 1964), S. 59.

Bránský, Jaroslav: *Boskovice v proměnách času.* Boskovice 1990, S. 43, 67, Bildteil [Ungar-Haus].

Ders.: *Osud Židů z Boskovic a bývalého okresu boskovického 1939–1945.* Boskovice 1995, passim.

Ders.: *Židé v Boskovicích.* Boskovice 1999, passim.

Brecht, Bertolt: *Briefe.* Hrsg. und kommentiert von Günter Glaeser. Frankfurt/M. 1981, S. 142.

Brinkmann, Richard: *Expressionismus. Internationale Forschung zu einem internationalen Phänomen.* Sonderband der *Deutschen Vierteljahrsschrift für Literaturwissenschaft und Geistesgeschichte.* Stuttgart 1980, S. 265.

Brod, Leo: *Prager jüdische Schriftsteller.* In: *Allgemeine Jüdische Wochenzeitung,* Düsseldorf, 21 (29. 4. 1966), Nr. 5, S. 6.

C., W. [W. C.]: *Jung-Prag im „C. d. W.".* In: *Prager Presse* 1 (8. 5. 1921), Nr. 41, S. 6.

Demetz, Hans: *Meine persönlichen Beziehungen und Erinnerungen an den Prager deutschen Dichterkreis.* In: Eduard Goldstücker (Hrsg.): *Weltfreunde. Konferenz über die Prager deutsche Literatur.* Prag 1967, S. 135-145 (145).

Eisner, Paul: *Anderthalb Jahrzehnte Literatur.* In: *Prager Presse* 13 (7. 3. 1933), Sonderbeilage: T. G. Masaryk 1850–1933, S. 18f.

Elsner, Richard (Hrsg.): *Das deutsche Drama in Geschichte und Gegenwart,* Berlin, 5 (1933), S. 20f.

Fischer, Ot[akar]: *Schreien Pferde wirklich?* In: *Prager Presse* 9 (22. 8. 1929), S. 8.

Flake, Otto: *Es wird Abend. Bericht aus einem langen Leben.* Gütersloh 1960, S. 295, 302, 305, 313f.

Forst de Battaglia, Otto: *Literarisches Dumping.* In: *Die schöne Literatur,* Leipzig, 31 (1930), S. 529-535 (532).

Ders.: *Der Kampf mit dem Drachen. Zehn Kapitel von der Gegenwart des deutschen Schrifttums und von der Krise des deutschen Geisteslebens.* Berlin 1931, S. 120, 218, 242f.

Fryd, Norbert: *Vom Ende einer Insel.* In: *Im Herzen Europas,* Prag, 3 (März 1959), S. 4-6 (4).

Grebeníčková, Ružena: *Nachwort.* In: Ludwig Winder: *Die jüdische Orgel. Roman.* Olten, Freiburg i. Br. 1983, S. 153-168 (160).

Lg. [Greiner, Leo]: *Vortragsmatinee Ernst Deutsch.* In: *Berliner Börsen-Courier* 59 (24. 3. 1927), Nr. 139, Morgen-Ausgabe, S. 6.

Grmela, Jan: *Německé impresse.* In: *Pramen*, Plzeň, 5 (1924/25), Nr. 3, S. 135-138 (135f.).

Grochowiak, Thomas: *Ludwig Meidner.* Recklinghausen 1966, S. 226 [Foto].

Gual, Carlos García: *Prólogo.* In: *Praga Mágica.* Colección dirigida par Esteban Martín Morales. Barcelona 1995, S. 7-19 (12f.).

Ders.: *Mágica Praga.* In: *Leer*, Madrid (Juni 1993), Nr. 65, S. 48-51.

Guillemin, Bernard: *Von der ungleichen Würde der dichterischen Gegenstände.* In: *Die Tat*, Jena, 20 (Dezember 1928), S. 646-655 (653).

H., J. [J. H.]: *Ernst Deutsch und seine Prager Freunde.* In: *Allgemeine Jüdische Wochenzeitung*, Düsseldorf, 21 (1966), Nr. 29.

Haas, Franz: *Der Dichter von der traurigen Gestalt. Zu Leben und Werk von Ernst Weiß.* Frankfurt/M., Bern, New York 1986, S. 158.

Gandert, Gero / Schulz, Peter: *Bibliografie Wolfgang Staudte.* In: Eva Orbanz (Red.): *Wolfgang Staudte.* Berlin 1977, S. 226-245 (241f.).

Hagemann, Peter A.: *Filmografie Wolfgang Staudte.* In: Eva Orbanz (Red.): *Wolfgang Staudte.* Berlin 1977, S. 189-225 (215f.).

Hinze, Klaus-Peter: *Gruppe 1925. Notizen und Dokumente.* In: *Deutsche Vierteljahrsschrift für Literaturwissenschaft und Geistesgeschichte*, Stuttgart, 54 (1980), S. 334-346 (335, 345).

Hoffmann, Dierk: *Paul Leppin. Ein Beitrag zur Prager deutschen Literatur der ersten Hälfte des 20. Jahrhunderts.* Masch. Diss. 5 Teile. Basel 1973, Teil II, S. 75, Anm. 47.6.

Hohoff, Curt: *Ernst Weiß: Der arme Verschwender.* In: *Bücherkommentare* (15. 3. 1965).

Hellmann, Albrecht [Kaznelson, Siegmund]: *Erinnerungen an gemeinsame Kampfjahre.* In: Felix Weltsch (Hrsg.): *Dichter, Denker, Helfer. Max Brod zum 50. Geburtstag.* Mährisch-Ostrau 1934, S. 49-54 (50).

Kisch, Egon Erwin: *Briefe an den Bruder Paul und an die Mutter 1905–1936.* Hrsg. von Josef Poláček. Berlin, Weimar 1978, S. 206-208, 479 [Anm.].

Krolop, Kurt: *Ludwig Winder (1889–1946). Sein Leben und sein erzählerisches Frühwerk. Ein Beitrag zur Geschichte der Prager deutschen Literatur.* Masch. Diss. Halle 1967, S. 262-264, 395.

Ders.: *Nachwort.* In: Ludwig Winder: *Der Thronfolger. Ein Franz-Ferdinand-Roman.* Berlin 1984, S. 597-625 (597, 599, 618f.).

Kruntorad, Paul: *Die Prager deutsche Literatur und Mitteleuropa.* In: *Konturen. Magazin für Sprache, Literatur und Landschaft,* Ismaning, 2 (1993), S. 53-58.

Lindemann, Elmar: *Literatur und Rundfunk in Berlin 1923–1932. Studien und Quellen zum literarischen und literarisch-musikalischen Programm der „Funk-Stunde" AG Berlin in der Weimarer Republik.* Bd. II. Masch. Diss. Göttingen 1978.

Loerke, Oskar: *Tagebücher 1903–1939.* Hrsg. von Hermann Kasack. Heidelberg, Darmstadt 1956, S. 144f., 169.

Mahrholz, Werner: *Deutsche Literatur der Gegenwart. Probleme – Ergebnisse – Gestalten.* Berlin 1930, S. 366, 491.

Mann, Thomas: *Tagebücher 1918–1921.* Hrsg. von Peter de Mendelssohn. Frankfurt/M. 1979, S. 492, 495, 508f., 525f., 791 [Anm.].

Ders.: *Briefe 1889–1936.* Hrsg. von Erika Mann. Frankfurt/M. 1961, S. 312-316 [an B. Fucik, 15. 4. 1932] (316).

Mayer, Paul: *Ernst Rowohlt in Selbstzeugnissen und Bilddokumenten.* Reinbek bei Hamburg 1968 [Privatdruck 1967], S. 106f.

Ders.: *Lebendige Schatten. Aus den Erinnerungen eines Rowohlt-Lektors.* Reinbek bei Hamburg 1969, S. 27.

Meller, Michael: *Ein schmerzliches Lächeln.* In: *Echo der Zeit,* Recklinghausen (10. 10. 1965), Nr. 41.

Ders.: *Das Ende der „Sohn"-Pathetik.* In: *Echo der Zeit,* Recklinghausen (2. 10. 1966), Nr. 40.

Montale, Eugenio: *I quadri in cantina.* In: Eugenio Montale: *Farfalla di Dinard.* Milano 1975, S. 220-224 (221).

Mossel, Eric: *Literaire Gids van Praag.* Baarn 1988, S. 98, 151, 153, 158.

Netenjacob, Egon: *Warum Wolfgang Staudte kein Fernsehautor ist. Ein Versuch, eine zynische Frage zu beantworten.* In: Eva Orbanz (Red.): *Wolfgang Staudte.* Berlin 1977, S. 58-64 (60).

Orbanz, Eva: *Biographie Wolfgang Staudte.* In: Eva Orbanz (Red.): *Wolfgang Staudte.* Berlin 1977, S. 182-188 (187).

Otten, Ellen: *Zwei vergessene Ungar-Erzählungen* [Leserbrief]. In: *Börsenblatt für den deutschen Buchhandel,* Frankfurt/M., 41 (5. 2. 1985), Nr. 10, S. 319.

Otten, Karl (Hrsg.): *Das leere Haus. Prosa jüdischer Dichter.* Stuttgart 1959, S. 646.

Pazi, Margarita: *Fünf Autoren des Prager Kreises.* Frankfurt/M., Bern, Las Vegas 1918, S. 95, 266f., 296.

Dies.: *Der „Prager Kreis".* Ein Kapitel der deutsch-jüdischen Symbiose. In: *Tribüne*, Frankfurt/M., 18 (1979), Nr. 70, S. 110-127 (118).

Petersen, Klaus: *Die „Gruppe 1925". Geschichte und Soziologie einer Schriftstellervereinigung.* Heidelberg 1981, passim.

Pick, Otto: *Deutsche Dichter in Brünn und im mährischen Gebiet.* In: *Prager Presse* 7 (4. 12. 1927), Nr. 333, Sonderbeilage: Brünn, die Hauptstadt von Mähren, S. 12f.

Reffet, Michel: *Die Eigenständigkeit des Erzählstils in der Prager deutschen Literatur.* In: *Prager deutschsprachige Literatur zur Zeit Kafkas* (Schriftenreihe der Österreichischen Franz Kafka Gesellschaft 4). Wien 1991, S. 69-88 (77).

Richard, Lionel: *Ein gewisser Liberalismus und seine Mäander. Die Nouvelle Revue Française und ihr Verhältnis zu Deutschland (1925–1940).* In: Jürgen Sieß (Hrsg.): *Widerstand, Flucht, Kollaboration. Literarische Intelligenz und Politik in Frankreich.* Frankfurt/M., New York 1984, S. 90-121 (94f., 114f.).

Rost, Nico: *Persoonlijke ontmoetingen met Frans Kafka en mijn Tsjechische vrienden.* In: Nico Rost: *Tegenover de anderen. Eerste bundel verhalen en reportages.* Den Haag 1966, S. 127-151 (127f.).

Ders.: [Unveröffentlichtes Manuskript], Nachlaß, Universitätsbibliothek Leiden, 10 S., S. 3f.

Rühle-Gerstel, Alice: *Bücher, die lebendig geblieben sind.* In: *Die literarische Welt*, Berlin, 5 (19. 7. 1929), Nr. 29, S. 6.

Schöffler, Heinz: *Karl Otten, Ego und Eros. Ein Nachwort in zwei Teilen.* In: Karl Otten (Hrsg.): *Ego und Eros. Meistererzählungen des Expressionismus.* Stuttgart 1963; Darmstadt 1965, S. 469-494 (470, 473f.)

Schröter, Klaus: *Alfred Döblin in Selbstzeugnissen und Bilddokumenten.* Reinbek bei Hamburg 1978, S. 117.

Schütz, Hans: *Juden in der deutschen Literatur. Eine deutsch-jüdische Literaturgeschichte im Überblick.* München, Zürich 1992, S. 208, 217, 222f.

Stöber, Rudolf: *Rudolf Leonhard: Seine literarische und weltanschauliche Entwicklung.* Masch. Diss. Martin-Luther-Universität Halle-Wittenberg 1963, S. 34.

Straube, Großarchivar Br.: *Zur Totengedenkfeier der Großloge 1930.* In: *Die Drei Ringe*, Reichenberg, 6 (April 1930), Nr. 4, S. 96.

Strecker, Manfred: *Müßiggänger und Liebende. Igel-Verlag macht viele seiner Projekte mit Paderborner Literaturwissenschaftlern.* In: *Neue*

Westfälische, Bielefeld (1. 2. 2001), Nr. 27, Wissenschaft und Hochschule.

Strelka, Joseph: *Brücke zu vielen Ufern. Wesen und Eigenart der österreichischen Literatur.* Wien 1966, S. 79.

Sudhoff, Dieter / Schardt, Michael M.: *Einleitung.* In: *Prager deutsche Erzählungen.* Hrsg. von Dieter Sudhoff und Michael M. Schardt. Stuttgart 1992, S. 9-46 (40f.).

Sudhoff, Dieter: *„Schreiende Pferde". Franz Müller-Frerichs Roman „Kriegspferd Pummelchen".* In: *Literatur in Westfalen. Beiträge zur Forschung 6.* Hrsg. von Walter Gödden. Bielefeld 2002.

Tasiemka, Hans: *Zwanzig Stunden „Romanisches Café".* In: *Die literarische Welt*, Berlin, 2 (15. 1. 1926), Nr. 3, S. 5.

Tau, Max: *Auf dem Weg zur Versöhnung.* Hamburg 1968, S. 54.

Tramer, Hans: *Die Dreivölkerstadt Prag.* In: *Robert Weltsch zum 70. Geburtstag von seinen Freunden.* Hrsg. von Hans Tramer und Kurt Loewenstein. Tel Aviv 1961, S. 138-203 (195).

Ders.: *Prague – City of Three Peoples.* In: *Leo Baeck Institute, Year Book* IX. London 1964, S. 305-339 (334, 337).

Urzidil, Johannes: *The living contribution of jewish Prague to modern german literature* (*Leo Baeck Memorial Lecture* 11). New York 1968, S. 8.

Veselá, Gabriela: *E. E. Kisch und der deutschsprachige Prager erotische Roman.* In: *Philologica Pragensia*, Prag, 28 (1985), Nr. 4, S. 202-215 (206f.).

Dies.: *Die Juden in der Prager deutschsprachigen Literatur.* In: Ctibor Rybár: *Das jüdische Prag. Glossen zur Geschichte und Kultur. Führer durch die Denkwürdigkeiten.* Most 1991, S. 180-238 (234f.).

Dies.: *Schuld und Sühne in der deutschsprachigen Literatur in den böhmischen Ländern.* In: *Prager deutschsprachige Literatur zur Zeit Kafkas* (Schriftenreihe der Österreichischen Franz Kafka Gesellschaft 4). Wien 1991, S. 89-98 (95f.).

Veselý, Jiří: *Zur nationalen und sozialen Problematik in der deutschsprachigen mährischen Literatur.* In: *Philologica Pragensia*, Prag, 29 (1986), Nr. 3, S. 118-131 (129).

Völker, Klaus: *Fritz Kortner. Schauspieler und Regisseur.* Berlin 1987, S. 72 [Foto], 95f. [Fotos], 96, 160.

Vollmer, Hartmut: *Liebes(ver)lust. Existenzsuche und Beziehungen von Männern und Frauen in deutschsprachigen Romanen der zwanziger*

Jahre. Erzählte Krisen – Krisen des Erzählens. Oldenburg 1998, S. 235, 464, 544.

Weltsch, Felix: *The Rise and Fall of the Jewish-German Symbiosis: The Case of Franz Kafka.* In: *Leo Baeck Institute, Year Book* I. London 1956, S. 255-276 (258).

Wll.: *Vom Berliner Sender. Vorbericht des neuen Sendeprogramms – Kritik der Woche.* In: *Der Deutsche Rundfunk,* Berlin, 5 (27. 3. 1927), Nr. 13, S. 878f. [S. 904 Programmankündigung].

Wodak, Ernst: *Prag von Gestern und Vorgestern.* Tel Aviv 1948, S. 85, 178.

Žmegač, Viktor (Hrsg.): *Geschichte der deutschen Literatur vom 18. Jahrhundert bis zur Gegenwart.* Bd. II. Königstein/Ts. 1980, S. 325f.

Zweig, Stefan / Zweig, Friderike: *Unrast der Liebe. Ihr Leben und ihre Zeit im Spiegel ihres Briefwechsels.* Bern, München 1951 (1981), S. 116-118, 325 [Anm.].

Werkregister

Angeführt sind sämtliche Werke Hermann Ungars in alphabetischer Reihenfolge, wobei bestimmte und unbestimmte Artikel unberücksichtigt blieben; römische Ziffern benennen die Bandzahl der vorliegenden Edition, gefolgt von der Seitenzahl.

Alexander. Fragment II 179-183
Aus einem Tagebuch III 200-203
Der Bankbeamte I 7-14
Der Bettler. Zu einer Kritik III 191f.
Die Bewandtnis II 206-209
Biba stirbt II 188-191
Bobek heiratet I 323-328
Brief an eine Frau II 154-156
Briefe III 279-327
Die Brüder II 176-178
Colberts Reise II 160-175
Edelmark und die Folgen III 206-208
Die Ermordung des Hauptmanns Hanika. Tragödie einer Ehe II 95-147
Fragment [Die Verstümmelten] I 155-157
Fragment III 264f.
Für Alfred Döblin III 254
Für Dich! Die Charell-Revue im Großen Schauspielhaus III 214f.
Die Gartenlaube. Komödie in drei Akten III 123-188
Geschichte eines Mordes II 47-94
Gewehre. Aus einem Schauspiel aus der Zeit Napoleons III 57f.
Die größte Gemeinheit Ihres Lebens... Eine Rundfrage! III 248
Heilanstalt II 151-153
Der heimliche Krieg II 203-205
Heute haben unsere Lippen sich gefunden III 9
Ich habe viel verloren... III 11
Ich sehe uns, wir schreiten in die Weite III 10
Johannes Haase: „Lux in tenebris lucet" III 209f.
Der Kalif II 192-195
Die Klasse. Roman I 159-322
Kleine Lügen. Dialog zwischen Eheleuten II 196-199
Knaben und Mörder. Zwei Erzählungen II 7-94
Krieg. Drama aus der Zeit Napoleons in drei Akten III 15-56
Ein Mann und eine Magd II 9-46
Mellon, der „Schauspieler" II 200-202

Moderne Dramatiker über sich selbst III 266
Molnar: Der gläserne Pantoffel III 225f.
Notiz zum Schauspiel „Der rote General" III 120
Panait Istrati: „Kyra Kyralina" und „Onkel Angiel" III 246f.
Podkamienski. Aus einem Drama III 111-119
Publikum und Gesellschaft III 211-213
Das Recht auf das Wort „Bockmist" III 220f.
Der rote General. Schauspiel III 59-105
Schanis Brief zum 40semestrigen Stiftungsfest III 204f
Schreien Pferde wirklich? III 267-269
Shaw und Jerome III 222-224
Szene aus dem Schauspiel „Podkamienski" III 106-110
Die Teresina III 216-219
Der Tod macht Reklame III 273-275
Tomy hilft dichten. Vom „kint, das in den Ozejan gefaln is" III 270-272
Traum II 157-159
Tulpe II 184-187
Unsere Zukunft III 193-199
Die Verstümmelten. Roman I 15-154
„Wallenstein" von mir III 255-258
Warum es den französischen Dichtern besser geht. Offener Brief Hermann Ungars an den Verleger III 241-245
Was die Manuskripte des Dichters verraten. Ein Blick in die Werkstatt Thomas Manns III 227-240
Der Weinreisende. Erzählung II 210-234
Wie entsteht ein Roman? III 249-253
Zum Schauspiel „Der rote General" III 121
Zwischen den Werken. Tagebuch-Aufzeichnungen III 259-263